GOLDMANN

Buch

Italien 1503: Die ebenso schöne wie faszinierende Sklavin Sanchia wird ihrem Besitzer abgekauft, da Lionello Andreas, Herr des Stadtstaates Mandara, erfährt, daß Sanchia eine hervorragende Diebin ist. Sie soll für ihn die sagenumwobene Statue des »Windtänzers« aus der Schatzkammer des sadistischen Damari zurückholen. Damari hat die Statue vor Jahren aus dem Besitz der Familie Andreas gestohlen. Auf dem Weg dorthin erfaßt Lionello eine wilde Leidenschaft zu seiner Sklavin, die ihn immer wieder durch ihre Unnahbarkeit fasziniert. Als Sanchia beim Raub des »Windtänzers« gefaßt wird, muß sie fürchterliche Foltern über sich ergehen lassen. Innerlich macht sie Lionello für ihre Schmerzen verantwortlich, und als dieser sie aus den Fängen Damaris rettet, kann sie ihm diese Gefangenschaft nicht verzeihen. Lionello erträgt diese Ablehnung nur schwer, und in den folgenden Wochen bemüht er sich daher sehr um Sanchias Liebe. Als Sanchia endlich kapituliert, muß er abreisen, da Fremde seine Schiffe verbrennen! Er ahnt nicht, daß Damari hinter der Intrige steckt. Nach langer Zeit kehrt Lionello wieder in sein Haus zurück. Doch da sind der »Windtänzer« und Sanchia spurlos verschwunden...

Autorin

Iris Johansen hat mit ihren historischen Romanen schon viele Preise gewonnen. Ihr erster Roman erhielt den Romance Author Award, danach folgten unter anderem der Silver Pen Award. Momentan arbeitet sie an dem letzten Teil der Trilogie DER WINDTÄNZER, der im Oktober 1992 in Amerika auf den Markt kommen soll und schon von den Fans sehnsüchtig erwartet wird.

IRIS JOHANSEN

TÄNZER IM WIND

ROMAN

Aus dem Amerikanischen von
Dr. Ingrid Rothmann

GOLDMANN VERLAG

Originaltitel: The Wind Dancer
Originalverlag: Bantam Doubleday Publishing, New York

Deutsche Erstveröffentlichung

Umwelthinweis:
Alle bedruckten Materialien
dieses Taschenbuches sind chlorfrei
und umweltfreundlich.
Das Papier enthält bereits Recycling-Anteile.

Der Goldmann Verlag
ist ein Unternehmen der Verlagsgruppe Bertelsmann

Made in Germany · 1. Auflage · 9/92

Umschlaggestaltung: Design Team München
Umschlagillustration: Schlück/Daeni, Garbsen
Satz: IBV Satz- und Datentechnik GmbH, Berlin
Druck: Elsnerdruck, Berlin
Verlagsnummer: 41319
Redaktion: Ursula Walther/SD
Herstellung: Ludwig Weidenbeck
ISBN 3-442-41319-2

1. KAPITEL

Florenz, 3. März 1503

»Haltet die Diebin! Haltet sie! Ich wurde beraubt!«

Sanchia lief quer über den Mercato Vecchio, an der Kirche vorüber, weiter die Straße entlang und setzte über einen ausgemergelten, schwarz-weißen Straßenköter hinweg, der sich an den über die Pflastersteine verstreuten Abfällen gütlich tat. Sie duckte sich unter dem ausgestreckten Arm eines Schuhmachers mit Lederschürze, doch seine große Hand bekam das grobe Wolltuch zu fassen, das ihren Kopf bedeckte. Sie entriß es ihm mit einem Ruck und rannte weiter.

Der Händler, der sie verfolgte, holte trotz seiner Beleibtheit immer mehr auf, so daß Sanchias Herz in panischer Angst gegen die Rippen hämmerte.

Diesmal würde man sie erwischen.

Man würde ihr die Hände an den Gelenken abhacken.

Man würde sie in die Stinche werfen, den Ratten zum Fraß.

Heißer quälender Schmerz durchzuckte ihre linke Seite wie ein Stich. Sie mußte trotzdem weiterlaufen.

Was sollte sonst aus Piero werden? fragte sie sich verzweifelt. Die anderen waren älter und würden irgendwie überleben. Aber Piero war erst sechs. Einem so kleinen Kind konnte so vieles zustoßen...

»Haltet sie, ihr Tölpel! Das kleine Luder hat meine Börse geklaut!«

Dio, dachte Sanchia, das war aber knapp. Wie konnte der so schnell laufen, mit so viel Fett um den Leib? Sie wich einem mit Fischen angefüllten Faß aus, bog um die Ecke des Canto di Vacchereccia, um dann zwischen dem Laden eines Goldschmieds und einer Apotheke in ein Gäßchen einzubiegen.

Finsternis. Über der Stadt lag die Dämmerung, doch in dem Gäßchen herrschte totale Finsternis.

Aus den tiefen Schatten an den Fundamenten der kleinen Häuser funkelten leuchtende Äuglein.

Ratten. Scharen von Ratten.

Sie blieb abrupt stehen und zuckte unwillkürlich zurück.

Die Steine unter ihren dünnen Schuhsohlen waren glitschig von den Abfällen, die die Ladenbesitzer hinausbeförderten. Vor den Ratten brauchte sie keine Angst zu haben, solange sie sich am Abfall gütlich tun konnten.

Der Gestank faulender Nahrungsmittel in der engen Gasse war überwältigend. Sie schluckte und versuchte gegen den Ekel anzukämpfen, der ebenso der Angst wie dem üblen Geruch entsprang.

»In welche Richtung ist sie gelaufen?«

Die Stimme des Händlers klang atemlos und etwas weiter entfernt. War sie ihm entwischt, als sie in die Seitenstraße gestürmt war? Sie drückte sich in den undurchdringlichen Schatten des Goldschmiedladens, die Handflächen flach an die Mauer gepreßt. Ihr Atem kam in harten, gepeinigten Stößen. Ob er sie hören konnte? Sie versuchte, den Atem anzuhalten, den sie gar nicht hatte. *Cristo*, was, wenn er sie gehört hatte? Die Kälte der Mauer durchdrang den Stoff ihres Kleides und kühlte ihren Rücken. Ihre Muskeln schienen bleiern, das Blut in den Adern erstarrt. Plötzlich war sie sich der scharfen, rauhen Beschaffenheit der Steinmauer an ihren Händen bewußt, doch es war ein fast angenehm empfundenes Gefühl. Etwas berühren zu können. Was würde sie ohne ihre Hände machen? Wie würde sie leben? Wie würden sie alle leben?

»Hier entlang, du ungeschicktes Ding, du!«

Sie erstarrte. Die Stimme war nicht die des dicken Händlers, sondern eine, die ihr leider allzu vertraut war. Ihr Herz tat einen hoffnungsvollen Sprung. Der Seiteneingang der Apotheke hatte sich geöffnet, und sie erkannte trotz der Finsternis Caprinos zierliche, stutzerhaft gekleidete Gestalt.

Sie überwand die wenigen Meter mit einem Satz und purzelte förmlich durch den Eingang in die Apotheke. Ihr Blick huschte zum vorderen Teil des Ladens, doch der Geselle hinter dem kleinen Ladentisch vermied es geflissentlich, in ihre Richtung zu sehen.

»Er ist verläßlich«, erklärte Caprino. »Er arbeitet für mich.«

Gift, dachte Sanchia schaudernd – oder vielleicht die stark wirkenden, weißen Pülverchen, mit denen Caprino seine Huren versorgte.

Caprino schlug die Tür zu und streckte die Hand aus: »Die Börse!«

Sie suchte unter ihrem Tuch nach der weichen Lederbörse und ließ sie in seine Hand gleiten. Sie mußte sich an die Tür lehnen, da ihre Knie so heftig zitterten, daß sie kaum aufrecht stehen konnte.

»Du warst ungeschickt«, äußerte Caprino barsch. »Ich hätte zulassen sollen, daß dieser Dummkopf dich erwischt. Nächstes Mal helfe ich dir nicht.«

Sie mußte warten, bis sie wieder ein verständliches Wort herausbrachte. »Es gibt kein nächstes Mal. Ich werde es nie wieder tun.«

»Du wirst«, erwiderte Caprino kühl. »Jetzt bist du außer dir vor Angst, aber das vergeht wieder. Du wirst deine Angst vergessen und nur noch an das Geld denken, das dir Brot verschafft. Sonst bist du gar nicht so ungeschickt. Bei den nächsten zehn Diebereien wirst du vielleicht ungeschoren davonkommen.«

»Ich muß einen anderen Weg finden.« Sanchia ballte die Hände zu Fäusten. »Es muß einen anderen Weg geben.«

»Als du zu mir kamst, warst du nicht dieser Meinung.« Caprino öffnete die Tür. »Jetzt habe ich keine Zeit für dich. Bei Giulia gibt es für mich Wichtiges zu tun. Warte hier noch ein paar Minuten, ehe du zu Giovanni zurückgehst.« Die Tür fiel hinter ihm ins Schloß.

Er hatte ihr ihren Anteil an der Börse vorenthalten, wie ihr dumpf klar wurde. Bot sich ihm die Gelegenheit, dann war Caprino kein Betrag zu klein, um ihn an sich zu bringen. Morgen würde sie ihn aufsuchen und ihren Anteil verlangen müssen. Sie hatte mehrere Mäuler zu füttern, und Caprino hatte ganz recht... Hunger war eine scharfe Klinge, die auch einen Heiligen zum Dieb zu machen vermochte.

Aber lohnte es sich, aus Hunger zu riskieren, daß einem die Hände abgehackt wurden?

Sie wurde von neuer Panik erfaßt, als sich ihr eine haarsträubende Erinnerung aufdrängte. Zwei Monate zuvor hatte sie mitangesehen, wie man einen Dieb mit zwei blutigen Armstümpfen aus der Stinche, dem Kerker, auf die Straße geworfen hatte. Seit damals verlebte sie ihre Tage mit der Angst vor dieser Bestrafung und wurde des Nachts von bösen Träumen gequält. Immer wieder hatte sie sich den Kopf zerbrochen, wie sie auf andere Weise Geld verdienen könnte, um sie alle zu ernähren, während sie insgeheim fürchtete, ihre verzweifelten Pläne nie verwirklichen zu können. Es gab keinen anderen Weg.

So wie es nächstes Mal oder das Mal danach keinen anderen Weg geben würde. Sie würde immer wieder stehlen müssen, wie Caprino es vorausgesagt hatte. Doch was die Angst betraf, die sie in ihrem Griff hielt und hilflos machte, hatte er sich geirrt. Das war keine Sache, die vorübergehen würde.

Sie wußte, daß diese Angst sie nie verlassen würde.

»Guten Abend, edle Herren, ich habe die Ehre, Euch zu begrüßen. Ich bin Guido Caprino.« Vom Eingang aus lächelte Caprino zwei an einem blankpolierten Tisch in der Mitte sitzenden Herren gewinnend zu. »Die bezaubernde Madonna Giulia sagte mir, ich könnte Euch einen kleinen Dienst erweisen.«

Während er sich den Männern auf diese Weise ehrerbietig näherte, war er um eine gleichmütige Miene bemüht. Der Ältere muß Lorenzo Vasaro sein, entschied er. Die hohen Wangenknochen und die tiefliegenden Augen entsprachen der Beschreibung, die Giulia ihm von Vasaro geliefert hatte, zudem reagierten Caprinos Instinkte spontan auf die finstere und bedrohliche Aura, die ihn umgab. Von schlanker Statur, wirkte er in seinem schwarzen Samt mit den modischen Schlitzen ungemein elegant und sehr viel gefährlicher als sein Begleiter. Als Caprino dem anderen einen Blick zuwarf, empfand er Abneigung, weil Vasaros Begleiter so männlich wirkte. Lionello Andreas mußte über sechs Fuß groß sein, schätzte Caprino, und war zu grobknochig, um elegant zu wirken, auch wenn er vornehm gekleidet gewesen wäre. Hier aber, in grauer Hose und losem weißem Hemd, sah er genauso aus, wie Caprino es erwartet hatte: wie ein barbarischer Krieger mit mehr Kampflust als Verstand. Er trug keine Waffe, nicht einmal einen Dolch. Andreas mochte Herr von Mandara sein, aber Caprino hätte seinen Kopf darauf verwettet, daß es Vasaro war, der hinter den Kulissen die Fäden zog.

»Tretet ein, edler Caprino.« Andreas griff nach dem Silberpokal auf dem Tisch vor sich und deutete damit auf einen mit Kissen belegten Stuhl am Fenster, ehe er den Pokal an die Lippen führte. »Setzt Euch.«

Dieser arrogante Bastard hatte es nicht der Mühe wert befunden, aufzustehen und ihn förmlich zu begrüßen. Dennoch lächelte Caprino gewinnend und durchquerte den Raum, um sich zu setzen. Zweifellos hielt ihn Andreas einer Respektsbekundung für nicht würdig. Nun, der Mann würde bald anders denken.

Lorenzo Vasaro erhob sich und bewegte sich wortlos und geschmeidig durch den Raum, um sich links vom Fenster an die Wand zu lehnen. Die Arme vor der Brust verschränkt, hielt er den Blick unverwandt auf Caprino gerichtet.

Ein kluger Schachzug. Caprinos Achtung vor Vasaro wuchs. Durch seinen Platzwechsel war Caprino zwischen Vasaro und Andreas geraten. Caprino war nun versucht, Vasaro als den Würdigeren der beiden anzusprechen, wandte sich aber dennoch an Andreas. »Ich bin immer überglücklich, wenn ich Freunden von Madonna Giulia gefällig sein kann. Was wollt Ihr von mir?«

»Ich brauche einen Dieb.« Andreas lehnte sich in seinem Stuhl zurück und studierte Caprino aus zusammengekniffenen Augen.

Caprino hielt seinem Blick mit unbeirrbar höflichem Lächeln stand. »Es wird mir ein Vergnügen sein, Euch den geschicktesten Dieb von Florenz zu besorgen, Euer Hochwohlgeboren. Soll es nur ein Dieb sein, oder müßte er noch über andere Talente verfügen? Soll er zusätzlich morden? Ich verfüge über ein paar mir Ergebene, die Talente in dieser Richtung haben, niemanden aber, der über die außergewöhnlichen Fähigkeiten des edlen Herrn Vasaro verfügt.«

Andreas erstarrte. »Ihr wißt von Vasaro?«

»Wie auch nicht?« Caprino blieb vorgebeugt auf seinem Stuhl sitzen, eine Hand mit Anmut und scheinbarer Lässigkeit am edelsteinbesetzten Griff seines Dolches. »Er funkelt wie ein heller Stern am Firmament und blendet alle, die seiner ansichtig werden. Ist es da ein Wunder, daß ich ihn erkenne?«

»Aber gar nicht.« Andreas warf einen belustigten Blick zu Vasaro, der Caprino noch immer ausdruckslos betrachtete. »Hast du gehört, Lorenzo? Ein Stern, bei allen Heiligen! Willst du dich bei dem freundlichen Herrn nicht bedanken?«

»Ein Dank ist nicht vonnöten«, beeilte Caprino sich zu sagen. »Ich zolle nur Respekt, wo dieser gerechtfertigt ist. Wie dumm von mir anzunehmen, Ihr könntet einen Mörder brauchen, da doch Herr Vasaro in Euren Diensten steht. Warum solltet Ihr einen anderen benötigen...«

»Wie Ihr ganz richtig sagt, brauche ich keinen Mörder«, unterbrach Andreas ihn mit plötzlicher Ungeduld. »Ich brauche einen Dieb, mit Händen so geschickt und sicher wie ein von einem Meisterbogenschützen abgeschossener Pfeil, mit einer Berührung, zart wie der Kuß eines Schmetterlings.«

»In Florenz gibt es zahlreiche Diebe«, sagte Caprino nachdenklich. »Ich selbst habe einige hervorragende ausgebildet.«

»Das hörte ich.« Andreas verzog die Lippen zu einem zynischen Lächeln. »Zweifellos habt Ihr auch viele Individuen in der einstigen Profession meines Freundes Lorenzo unterwiesen.«

Caprino reagierte mit einem Achselzucken. »Einen oder zwei. Aber das Handwerk des Mörders erfordert einen gewissen Wagemut, den man nicht bei jedermann antrifft. Ein Dieb ist anders. Er hat es leichter. Dieberei macht sich zwar nicht so gut bezahlt, aber...« Er ließ den Satz unvollendet. »Wie lange würdet Ihr diesen Dieb benötigen, edler Andreas?«

Andreas erstarrte. »Ihr kennt mich also?« Seine Stimme war von gefährlicher Sanftheit. »Funkelt auch mein Name am Firmament?«

Caprinos Hand umklammerte den Dolchgriff. Er spürte, wie seine Stirn feucht wurde, als er seines Fehlers gewahr wurde. Er hatte Vasaro für die eigentliche Bedrohung gehalten. Ein törichter Irrtum! Seiner Erfahrung nach verfügten die meisten Krieger, selbst Condottieri, nicht über die Fertigkeiten und Finessen, die Caprino vor allem bewunderte. Doch er hätte nicht zulassen dürfen, daß seine Verachtung für diesen Beruf sein Urteil über den Mann überschattete. Nein, das stimmte nicht ganz, gestand Caprino sich widerstrebend ein. Seine instinktive Abneigung gegen Andreas' überwältigende Männlichkeit hatte zu dem Irrtum beigetragen, da sie ihn davon abgehalten hatte, den Mann einer ernsthaften Begutachtung zu unterziehen. Nun erkannte er Intelligenz neben dem Zynismus in Andreas' strahlenden dunklen Augen, die ebenso gnadenlos blickten wie die von Vasaro. Caprino fuhr sich mit der Zunge über die Unterlippe. »Euer Ruhm hat sich über ganz Italien verbreitet, mein Herr. Ein berühmter Condottiere wie Ihr muß damit rechnen, erkannt zu werden und...« Caprino sprach nicht weiter. »Ich hatte ja keine Ahnung, daß Euer Besuch in unserer Stadt unter Geheimhaltung steht. Wenn Ihr unerkannt bleiben wollt, dann versteht es sich von selbst, daß ich nie Euer Gesicht sah, nie Eure Stimme hörte, nie Euren Namen vernahm.«

»Und wer hat Euch meinen Namen genannt?« fragte Andreas seidenweich. »Und in welchem Zusammenhang? Ich bat Giulia, niemandem zu verraten, daß ich mich in Florenz aufhalte.«

»Erhabener, Ihr wißt, wie unbedacht Frauen sein können. Als Madonna Giulia mich hierher bat, erwähnte sie Euren Namen, aber sonst nichts. Das schwöre ich, edler Andreas. Hätte die Dame nach mir geschickt, wenn ich kein Mann von Diskretion und Ehre wäre?«

»Lorenzo?« Andreas' Blick war unverwandt auf Caprinos Gesicht gerichtet.

Vasaros Stimme war so heiser, daß sie wie eine über den Steinboden gezogene Holzkiste kratzte. »Wenn der Preis hoch genug ist, würde er zum Verräter werden. Soll ich ihn aus dem Weg schaffen?« Vasaro fragte es so beiläufig, als hätte er gefragt, ob er den Rest in Andreas' Pokal ausschütten sollte.

Caprino beugte sich auf seinem Stuhl vor, um aufzuspringen, den Dolch bereit für...

»Ich glaube nicht«, sagte Andreas. »Er weiß nicht genug, um mir etwas anhaben zu können, und es wäre für mich umständlich, mich nach einem anderen Mittelsmann umzusehen.«

»Eine weise Entscheidung.« Caprinos Griff, mit dem er den Dolch umklammerte, lockerte sich. »Ein Mann sollte immer auf lange Sicht planen. Nun, was ist mit diesem Dieb?«

»Eben fiel mir eine Eigenschaft ein, die er unbedingt besitzen müßte«, sagte Andreas, den Blick auf seine schweren Lederhandschuhe auf dem Tisch gerichtet. »Er muß mein Eigentum werden.«

»Eigentum?«

Andreas' langer, kräftiger Zeigefinger strich über die Messingnieten, die den Handschuh zierten. »Er muß mit Leib und Seele mir gehören. Ich kann nicht dulden, daß er zu Euch zurückläuft, voll mit Geschichten, die Ihr an den Meistbietenden verhökern könnt.« Andreas lächelte. »Natürlich könnte ich mich seiner endgültig entledigen, nachdem er seinen Zweck erfüllt hat, aber mir widerstrebt es, gute Arbeit auf diese Weise zu belohnen. Es wäre unklug.«

»Das sehe ich.« Caprinos unsteter Blick schoß zu Vasaro. Gerüchte wollten wissen, daß Vasaro in Andreas' Dienste getreten war, als der Condottiere im Alter von siebzehn Jahren stand. Wie hatte Andreas es geschafft, einen so raffinierten Mörder all die Jahre an seiner Seite zu halten? Besaß er ihn mit Leib und Seele, wie er diesen Dieb zu besitzen wünschte? Darüber lohnte es nachzudenken, denn wer außer Satan vermochte sich einen Dämon untertan zu machen? »Männer dieser Art sind schwer aufzutreiben. Wie könnte ich...«

»Ihr müßt über Mittel und Wege verfügen.« Andreas zog eine Börse aus seinem Gürtel und warf sie auf den Tisch in Caprinos Richtung. »Habgier, Rache, ein Frauenzimmer... wir beide wissen um die Waffen, die einen Mann bezwingen. Setzt sie ein.«

Caprino öffnete die Börse, um die Dukaten zu zählen. »Ein anständiger Preis.«

»Eine fürstliche Summe für einen einzigen kleinen Dieb, wie Ihr wißt, aber wenig für die Seele eines menschlichen Wesens.«

Caprino lächelte. »Ich bin sicher, Ihr werdet bald feststellen, ob dem so ist oder nicht.« Er machte eine Pause. »Ich darf das behalten?« fragte er, als er die Börse in seinen Gürtel steckte. »Euer Vertrauen ehrt mich.«

»Caprino, ich kann es mir leisten, Euch zu trauen. Falls Ihr mich enttäuscht, weiß ich, wo Ihr zu finden seid. Wann kann ich erwarten, daß Ihr mir den Dieb, für den ich eben bezahlt habe, schickt?«

»Das kann ich nicht sicher sagen.« Caprino stand auf und wollte zur Tür. »Ich muß es mir durch den Kopf gehen lassen und...«

»Morgen.« Andreas' Ton war unverändert, sein Lächeln aber wirkte wie das eines Raubtieres. »Bis drei Uhr. Ich bin ein ungeduldiger Mensch.« Sein Blick erfaßte Caprinos Gesicht. »Euch schwebt bereits jemand vor. Bringt ihn zu mir.«

Caprino erschrak. »Aber, Euer Hochwohlgeboren. Ich muß überlegen und abwägen...« Er hielt inne. Wie hatte dieser Hurensohn Andreas es geschafft, ihn so leicht zu durchschauen? »Ich habe in der Tat jemanden im Sinn, der Euren Anforderungen entsprechen könnte, aber es sind Schwierigkeiten damit verknüpft.«

»Dann schafft sie aus dem Weg.«

»Dazu bedarf es vielleicht noch weit mehr Dukaten, als diese Börse enthält.«

Um Andreas' Lippen legte sich ein verkniffener Zug. »Mir widerstrebt es, von Habgierigen bedrängt zu werden. Es wäre sehr klug, wenn Ihr Euch dies vor Augen haltet.«

Caprino senkte die Lider, um seinen Blick zu verbergen. »Ich möchte nicht als Bettler dastehen, wenn ich Euch das Geforderte verschaffen soll. Ich bin meinen Preis wert.«

»Wenn ich ihm heute einen Dolch zwischen die Rippen jage, wird sich morgen in den Straßen von Florenz ein anderer Caprino finden«, gab Vasaro tonlos von sich. »Vielleicht einer, der nicht so habgierig ist, Lion.«

Caprino schauderte. Er beherrschte sich mit aller Gewalt und nickte. »Morgen oder am Tag danach. Ich bin nicht so dumm, mich für unersetzlich zu halten. Aber Euer Hochwohlgeboren sind ungeduldig, und ich bin es, der Euch heute helfen kann.«

Andreas schwieg, während Caprino den säuerlichen Geschmack der Angst im Mund spürte.

Da vollführte Andreas eine Geste der Ungeduld. »Ich muß mich von der Geschicklichkeit Eures langfingrigen Schurken überzeugen können.« Er hielt kurz inne. »Morgen.«

»Aber das ist zu rasch. Ich kann nicht...« Caprino verstummte. Er hatte eine stattliche Anzahlung bekommen. Da war es vielleicht günstiger, wenn er jetzt nicht zu viel Druck ausübte. »Wie Euer Hochwohlgeboren befehlen. Ich werde Himmel und Hölle in Bewegung setzen, um Eurem Wunsch nachzukommen.«

»Morgen um zwei werde ich mich auf der Piazza San Michele mit einer Börse einfinden, die ebenso viel enthält«, erklärte Andreas. »Gelingt es Eurem Dieb, sie mir zu entwenden, dann gehört sie Euch. Wenn nicht...« Er zog die Schultern hoch. »Dann werde ich mit Euch höchst unzufrieden sein. So sehr, daß man Euch vielleicht aus dem Arno fischen wird.« Er entließ ihn mit einer Handbewegung. »Gute Nacht, Caprino. Warum bringst du den Herrn nicht nach Hause, Lorenzo?«

»Es ist nicht weit. Mein Haus liegt unweit der Piazza.« Caprino ging rasch zur Tür. »Guten Abend, meine Herren. Bis morgen.«

Andreas' Lächeln war von Spott gefärbt. »Begleite ihn, Lorenzo. Für einen Mann mit einer Börse voller Dukaten können die Straßen gefährlich werden.«

Mit einer Aufwallung hilfloser Wut wurde Caprino klar, daß Andreas mit ihm spielte. Er wandte sich an der Tür um und zischte zwischen zusammengebissenen Zähnen hervor: »Wollt Ihr mich auf die Probe stellen, ob ich Herrn Lorenzo fürchte? Nun, ich fürchte ihn. Ich bin kein mutiger Mensch, denn was ich bin, verdanke ich nicht der Tapferkeit. Aber bedenkt, wer heute abend den Ton bestimmt hat.« Er tippte sich mit dem Zeigefinger an die linke Schläfe. »Hier oben. Das ist es, was zählt.« Er verneigte sich. »Wie Ihr morgen sehen sollt.«

Die Tür fiel hinter ihm zu. Caprino atmete auf, als die Spannung von ihm abfiel. Er zog sein kurzes rotes Cape zurecht und setzte sein Samtbarett sorgfältig in dem Winkel auf, den er bevorzugte, ehe er die Treppe hinunterging. Dabei richtete er den Blick bewundernd auf die Venus, die in nackter Pracht die Wand neben der Treppe zierte. Das Gemälde war neu und mit wahrer Meisterschaft ausgeführt, dennoch war die Venus nicht von außergewöhnlicher Schönheit, ein Umstand, der nicht verwunderte. Giulia würde nie zulassen, daß in ihrem Haus jemand oder etwas ihre eigenen Reize überstrahlte.

»*Buona sera*, Caprino.« Giulia Marzo trat ihm am Fuße der Treppe entgegen. »Ist alles nach Wunsch gegangen?« Sie lächelte süß.

Caprino hob den Umhang an, um ihr die Börse zu zeigen.

Sie hielt ihm die flache Hand hin. »Es ist ein Vergnügen, mit dir zu arbeiten, Caprino.«

»Morgen«, wehrte er ab und wollte an ihr vorüber.

»Jetzt.« Ihr Lächeln blieb unverändert. »Oder ich enthülle dem edlen Andreas, daß du nicht die Absicht hast, dein Versprechen zu erfüllen und diesen Dieb zu finden, ja, daß du jetzt schon zu den Toren der Stadt läufst. Ich bezweifle sehr, ob du das prächtige Haus überhaupt erreichen würdest, das du mit den von deinen Huren und Dieben abgepreßten Dukaten gebaut hast.«

Er hielt unvermittelt inne und drehte sich zu ihr um. Eigentlich hätte er wissen müssen, daß Giulia sämtliche Vorgänge in Andreas'

Gemach belauschen würde. Es war nicht nur die goldene Schönheit dieser Hure, die es ihr gestattet hatte, aus einem seiner Bordelle zur Besitzerin dieser vornehmen *casa* aufzurücken. Widerstrebend öffnete er den Beutel und drückte ihr fünf Dukaten in die Hand. »Eines Tages, wenn mir der Geduldsfaden reißt, dann lasse ich dich zu mir zurückbringen«, sagte er leise. »Dann werde ich dich splitternackt ausziehen und draußen auf der Straße zur Schau stellen und dein süß duftendes Fleisch jedem Vorübergehenden feilbieten. Was glaubst du, wie du deinen feinen Herren nach ein paar Wochen allgemeinen Gebrauchs gefallen wirst?«

»Du kannst mir keine Angst einjagen.« Sie tat die Drohung achselzuckend ab. »Caprino, du kannst mir nichts mehr anhaben. Ich genieße den Schutz vieler mächtiger Herren hier in Florenz.«

»Wie zum Beispiel den Schutz dieses Bastards dort oben?« Caprino deutete mit einer ruckartigen Kopfbewegung zu der Tür am oberen Ende der Treppe. »Hier in Florenz verfügt Andreas über keine Macht. Diese hat er nur in Mandara.«

»Im Moment.« Giulias Blick wanderte nach oben. »Lion könnte überall herrschen. Männer wie er sind selten.«

Caprino kniff die Augen zusammen. »Entdeckte ich da einen Anflug von Lust, *madonna mia*? Vorsicht, oder du verlierst deine einzige Waffe im Kampf mit Cupido! Eine Hure darf nie Lust empfinden. Sie darf nur die Lust anderer erregen.«

»Und Lion gelüstet es nach mir«, erklärte sie hitzig. »Seit zwei Jahren sucht er meine *casa* auf. Nie hat er eine der anderen Frauen verlangt, immer nur mich.« Als sie Caprinos befriedigten Blick bemerkte, versuchte sie die Sache gleichmütig abzutun. »Nicht, daß das von Bedeutung wäre.«

»Ich glaube, dir liegt sehr viel daran.« Er sah sie eindringlich an. »Möchte nur wissen, warum. Du hast einen höchst merkwürdigen Geschmack. Ich finde den Kerl richtig häßlich.«

»Wie willst du das beurteilen? Ich habe dir viel zu viel hübsche Jungen und abstoßende Männer zugeschanzt, um nicht zu wissen, wie eigenartig dein Geschmack ist, Caprino.«

Er steckte die Börse in seinen Gürtel und meinte spöttisch: »Er ist für meinen verfeinerten Geschmack viel zu grobschlächtig. Soldaten können so rauh sein... Aber hier sind noch einmal fünf Dukaten für dich, wenn du herausfindest, warum unser kühner Condottiere die Dienste eines Diebes benötigt.«

Giulias Blick wanderte wieder zum oberen Ende der Treppe. »Ich will es mir überlegen. Doch ist er kein Mann, der in Gesellschaft einer Frau geschwätzig ist.«

»Nicht einmal bei *la bella* Giulia?« Er wandte sich ab. »Sieben Dukaten?«

Er öffnete die Tür und trat auf die Straße.

Diesen Abend habe ich ganze Arbeit geleistet, dachte er zufrieden. Andreas mußte viel zu gewinnen hoffen, um sich Caprinos Forderungen so widerspruchslos zu fügen. Wenn er es klug anfing, konnte er sich die Situation weiter zunutze machen, damit es weiter Gold in seine Truhen regnete.

Anstatt seinem eigenen Haus abseits der Piazza zuzustreben, hielt er nun auf die Via Calimala und die Druckerei des Giovanni Ballano zu.

»Du hast zu leicht nachgegeben«, sagte Lorenzo, als sich die Tür hinter Caprino schloß. »Ich hätte ihn dazu gebracht, sich mit weniger zufriedenzugeben.«

Lion führte den Pokal an die Lippen. »Falls Caprino mir bringt, was ich möchte, dann ist es den Preis wert.«

Lorenzo zog die Schultern hoch. »Wenn du meinst.«

»Ja, das meine ich.« Lion legte die Füße auf den Tisch und kreuzte sie an den Gelenken. »Wir brechen übermorgen nach Solinari auf.«

»Falls Caprinos Dieb deine kleine Prüfung besteht.«

»Da tut er gut daran, oder ich werde dir befehlen, mit Caprino zu verfahren, wie du es für richtig hältst.«

Um Lorenzos Lippen zuckte die Andeutung eines Lächelns. »Nein, das wirst du nicht.«

Lion zog eine schwarze Braue hoch. »Du meinst, ich sei zu gutmütig, um Caprino deiner zarten Behandlung zu überlassen?«

»Ich meine, du würdest es genießen, Caprino selbst zu bestrafen.« Sein Blick begegnete dem Lions. »Warum beharrst du darauf, meine Seele zu retten, wenn ich sie doch schon vor langer Zeit verlor? Als Kind von elf Jahren, um genau zu sein. Damals beging ich meinen ersten Meuchelmord. Und was hast du mit elf getrieben, Lion?«

»Ich folgte dem Banner meines Vaters und sah mit an, wie seine Söldner brandschatzten und vergewaltigten. Ich tötete zum erstenmal mit dreizehn.« Er hielt inne. »Und ich halte meine Seele für nicht verloren.«

»Ja, aber dein Töten war mit Ruhm und Ehre überstrahlt«, sagte Lorenzo ganz leise. »In der Welt eines Meuchelmörders gedeiht kein Ruhm.«

»Töten ist Töten.«

»Wenn du wirklich dieser Meinung wärst, würdest du zulassen, daß ich Caprino beseitige?«

Lion ließ ein Lächeln sehen. »Vielleicht werde ich es zulassen.«

»Nein, das wirst du nicht. Um dies zu tun, müßtest du in Caprinos Welt leben. In meiner Welt.«

»Es ist nicht deine Welt. Deine Welt ist jetzt Mandara.«

»Weil du es sagst?«

»Weil du dir vor dreizehn Jahren deinen Platz verdient hast.«

»Mit der Klinge eines Meuchelmörders.«

»Die mir das Leben rettete und meinen Vater rächte.«

»Ruhm und Ehre.« Lorenzos rauhe Stimme klang spöttisch. »Siehst du, in welchen Bahnen dein Verstand arbeitet? Ich fürchte, du hast einen bedauerlichen Fehler, Lion. Irgendwie hast du dir die Denkweise einer vergangenen Epoche aneignen können. Ritterlichkeit wird in einem Land, in dem es Männer wie ich zu Ansehen und Vermögen bringen können, nie den Sieg davontragen.«

»Ritterlichkeit? Lorenzo, hast du den Verstand verloren? Niemand ist realistischer als ich. Wenn du Ritterlichkeit finden möchtest, mußt du dich leider an Marco halten.«

»Ich gebe ja zu, daß dein Bruder geradezu widerwärtig edel und anständig ist, aber ich vermute, daß du mit einer schwächeren Form von derselben Krankheit angesteckt wurdest.« Als Lion etwas einwerfen wollte, hob Lorenzo abwehrend die Hand. »Vielleicht teilst du meine Philosophie nicht, mein Freund, doch die Neigung zu Edelmut ist zweifelsfrei vorhanden. Denk daran, mit welcher Beharrlichkeit du bemüht warst, mich an deiner Seite zu halten, damit ich nicht von neuem darangehe, neapolitanischen Edlen die Kehlen durchzuschneiden.«

»Die meisten verdienten dieses Los.«

»Aber ich fragte nie danach, ob es im Einzelfall gerechtfertigt war.« Lorenzo lächelte unmerklich. »Töten ist Töten.«

»Bei allem, was heilig ist, Lorenzo, wirst du endlich aufhören, meine Worte gegen mich zu wenden? Warum willst du nicht eingestehen, daß du nicht mehr bist, was du warst?«

»Weil ich bin, was ich bin und was ich war und sein werde.«

»*Cristo!*« Lion sog erregt die Luft ein. »Und was bist du, beim Heil deiner undurchschaubaren Seele?«

Da erhellte ein jähes Lächeln Lorenzos schmale Züge. »Ich sagte schon, ich hätte keine Seele. Ich bin sehr vieles, aber nur eines ist von Bedeutung.«

»Und was ist das?«

»Ich bin der Freund des Lionello Andreas«, sagte Lorenzo leise.

Lion beäugte ihn mißtrauisch. »Ich werde das unbehagliche Gefühl nicht los, daß du dich wieder über mich lustig machst.«

Lorenzo zog die Brauen hoch. »Aber natürlich«, sagte er unumwunden. »Wie kann ein Mensch ohne Seele Freundschaft kennen? Es freut mich, daß du so scharfsichtig bist. Das beweist, daß ich dich in den vergangenen dreizehn Jahren gut erzogen habe.«

Lion stieß eine halblaute Verwünschung aus. »Lorenzo, eines Tages werde ich...«

»Mein Herr, die Stunde ist spät.« Giulia Marzo erschien lächelnd in der Tür. »Wenn es Euch beliebt, zeige ich jetzt Herrn Vasaro sein Gemach. Wünscht er eine Gefährtin? Ich habe eine bezaubernde kleine Sizilianerin, die ihm viel Vergnügen bereiten könnte.«

»Lorenzo?« Lion warf Vasaro einen Blick zu.

Lorenzo schüttelte den Kopf. »Diesmal nicht.«

»In jüngster Zeit immer seltener.« Lion bedachte ihn mit einem nachdenklichen Blick. »Ich fürchte, du eignest dir allmählich die Lebensgewohnheiten eines Mönches an. Das war nicht immer so.«

»Ich bin ein alter Mann von vierundvierzig. Vielleicht habe ich meine Männlichkeit eingebüßt«, sagte Lorenzo leichthin, als er sich umwandte und zur Tür ging. »Im Moment finde ich meine Bücher anregender als diese verlockenden Blumen. Aber bitte, laß dich durch mich nicht abhalten, dich im Garten der Venus zu tummeln.«

»Ich lasse mich nicht abhalten.« Lions Blick glitt über Giulias nackte Schultern zu ihren üppigen Brüsten. »Das verspreche ich.«

Als Giulia gleich darauf wiederkam, saß Lion noch in derselben Stellung da, die Füße auf dem Tisch, den Blick gedankenvoll auf den Weinpokal gerichtet.

»Vasaro ist ein sonderbarer Mensch.« Giulia lehnte sich an die geschlossene Tür. »Habt Ihr nicht Angst, ihn Euren Freund zu nennen? Caprino sagte, Vasaro sei...«

»Nicht schlechter als wir alle«, unterbrach Lion sie. »Wir leben in gewalttätigen Zeiten, und ein Mann muß zur Gewalt greifen, wenn er überleben und sein Eigentum behalten will.«

»Oder um sich anzueignen, was einem anderen gehört?« fragte Giulia spöttisch. »Benötigt Ihr deswegen einen Dieb?«

Seine Augen wurden schmal, als er sie ansah. »Giulia, ich mag Fragen nicht.« Er lächelte. »Tatsächlich halte ich das Formen von Worten für sündhafte Verschwendung, wenn die Lippen in anderen Dingen viel geschickter sind. Leg dein Gewand ab, *cara*.«

Giulia spürte, wie sich in ihrem Leib etwas zusammenkrampfte, als sie ihn ansah, atemlos und bebend – was keine Überraschung darstellte, denn so war es immer mit Lion, seit seinem ersten Besuch vor mehr als zwei Jahren. Caprino hatte mit seiner Beschreibung Lions recht. Man hätte ihn tatsächlich häßlich nennen können, wie Caprino es getan hatte. Lions Züge schienen von einem kühnen Axthieb aus Stein geschlagen und nicht vom einfühlsamen Meißel eines Künstlers geschaffen. Seine Wangenknochen waren zu breit, die schwarzen Brauen gerade Balken über nachtdunklen Augen, die außer Wachsamkeit und Zynismus kaum ein Gefühl erkennen ließen. Seine Lippen, wenn auch wohlgeformt, zeigten eine Andeutung von Sinnlichkeit und Grausamkeit. Das dunkle Haar war noch immer so kurz geschnitten wie zu der Zeit, als er den Kriegerhelm getragen hatte, und sein Körper, der zwar geschmeidig war, hatte nichts von der schlanken Anmut des Höflings an sich. Auch in einer lässigen Haltung wie der gegenwärtigen ließ sein loses weißes Hemd die Kraft seiner massiven Schultern ahnen, und seine graue Hose umspannte kraftvolle Schenkel und muskulöse Waden.

Macht, ging es Giulia mit plötzlichem Erstaunen auf. Lion Andreas verfügte nicht nur über körperliche Kraft und Macht, sondern auch über innere Kraft und Macht, die weit über jene anderer Männer hinausging... ganz gewiß über jene der Männer, denen sie begegnet war. Seine Neugierde auf das Leben, auf alles, was um ihn herum vorging, war intensiver, seine Möglichkeiten für das Gute oder Böse extremer, seine Gelüste stärker, als es ihrer Erfahrung nach bei anderen der Fall war.

»Ich werde allmählich ungeduldig, *cara*. Muß ich betteln?«

»Ihr bettelt nie.« Sie kam durch den Raum auf ihn zu, während sie die Perlenschnur, die ihr helles Haar zusammenhielt, löste. »Ihr nehmt.« Sie ließ die Perlen auf einen Tisch fallen. »Und nehmt.« Ihre flache Hand liebkoste seinen Schenkel. Sie spürte, wie seine Muskeln unter ihrer Berührung hart wurden. »Bis ich nicht einmal mehr den kleinen Finger heben kann.«

»Wie grausam.« Er hob ihre Hand und führte sie an seine Lippen. »Mich wundert, daß du mich noch empfängst, wenn ich dich doch ausnutze.« Seine Zunge strich über die empfindliche Haut ihrer Handfläche. »Du duftest immer nach Rosen. Bin ich fern von dir, dann bleibt mir dieser Duft ständig im Gedächtnis haften.«

»Wenn Ihr zwischen den Schenkeln einer Eurer anderen Huren liegt? Ihr kommt nur ein- oder zweimal im Jahr nach Florenz. Wer erfreut Euch, wenn Ihr mich verlaßt?«

Er blickte auf, in seinen dunklen Augen blitzte es belustigt auf. »Vielleicht finde ich wie Lorenzo Trost bei Plutarch und Aristoteles.«

Ihr Lächeln kam zögernd. »Ihr doch nicht. In Euch ist zuviel Hunger. Ich bezweifle, ob Ihr es eine Woche ohne Frau aushaltet. Haltet Ihr Euch eine Dirne in Mandara, die Euch immer gefällig ist? Ich weiß, daß...« Sie sprach nicht weiter, als sie die scharfen Kanten seiner Zähne auf ihrer Handfläche spürte, Zähne, die gerade nur so viel Druck ausübten, daß ein Lust- und kein Schmerzgefühl sie durchschoß.

Lions große Hand glitt nach oben und liebkoste ihre Kehle. »Spielt es denn eine Rolle, daß es andere Frauen gibt?« Seine Finger streichelten sanft die Höhlung, wo ihr Puls zu spüren war. »Warum auch? Ich frage dich nie, wie vielen Männern du dienst, wenn ich nicht da bin.« Er zog den viereckigen Ausschnitt ihres Gewandes herunter und entblößte ihre Brüste. Eine schwielige Hand wanderte zu ihrer linken Brust, die er umfaßte. Er beobachtete, wie ihre Brustspitze starr hervortrat. »Unser Zusammensein, das ist es, was für mich zählt.« Er beugte sich vor, und seine Lippen umschlossen ihre Brustwarze. Sie spürte, wie seine warme Zunge sie reizte und liebkoste.

»Lion...« Sie taumelte und griff in sein Haar. »Ich könnte mit dir nach Mandara kommen.«

Er hob mit einem Ruck den Kopf. Sein Blick war undurchdringlich. »Nein!«

Was für ein törichtes Anerbieten! Es war ihr unwillkürlich herausgerutscht, von der Eifersucht auf andere Frauen in seinem Leben ausgelöst. Lion würde sie nie mit nach Mandara nehmen, ebenso wenig wie er ihr von seinem Leben erzählte, das er ohne sie führte. »Es war nur ein Scherz«, beeilte sie sich zu sagen und rieb ihre Brustspitze verlockend an seinen Lippen. »Warum sollte ich mein gutes Leben in Florenz aufgeben? Ich habe alles, was ich möchte: Geld, prachtvollen Schmuck – und ein Mann ist wie der andere.«

»Gewiß.« Lions Anspannung wich. »Aber es gibt nur eine Giulia«, sagte er leichthin. »Giulia die Göttliche.« Er stand auf und zog sie mit sich zum Bett. »Giulia die Großzügige.«

Sie sah ihm an, wie seine Begierde wuchs, wie seine Männlichkeit sich hart und kühn gegen den Stoff seiner Hose drückte. Lust durchschoß sie. »Großzügig?«

»Ich bin in der Stimmung, heute deine Großzügigkeit auf die Probe zu stellen.« Er lächelte, als er sich auf dem Lager niederließ, die Beine spreizte und Giulia auf die Knie zog. Er nahm ihre Hand und führte die Handfläche an die Lippen, ehe er sie über seine steife Männlichkeit legte. »Und du wirst heute sehr großzügig sein, nicht wahr, *cara*?«

Heute, morgen, einige Tage. Mehr würde es mit Lion nie geben. Aber was machte das schon aus? Ihre Hand wanderte langsam und aufreizend über seinen Körper, während sie ihn durch ihre langen Wimpern hindurch ansah. Er war erregt, geradezu schmerzhaft erregt und von einer Gefühlsintensität, daß ihr vor Machtgefühl ganz schwindlig wurde. Atemlose Erregung erfüllte sie. Lion würde wild, stark und lüstern wie ein Satyr sein, unersättlich wie immer, wenn er erregt war. Mehr noch. »Ja«, flüsterte sie. »Ich werde großzügig sein, *amore mio*.«

»Du scheinst nicht zu begreifen, meine bezaubernde Sanchia«, äußerte Caprino in mildem Ton. »Du hast keine andere Wahl. Du wirst auf die Piazza gehen und den Herrn um seine Börse erleichtern. Dann bringst du mir die Börse, und ich werde dafür sorgen, daß du gebührend entlohnt wirst. Du wirst es tun, andernfalls wirst du nie wieder in Florenz eine Börse stehlen.«

»Warum ich?« fragte Sanchia hitzig. »Ich sagte heute schon, daß ich nicht...«

»Das ist eine Aufgabe ganz besonderer Art.«

»Es kommt zu rasch. Ich kann nicht...« Sie sprach nicht weiter, als sie merkte, wie laut sie geworden war. Sie warf einen ängstlichen Blick auf die Tür in der Nische. Giovanni durfte nicht wissen, daß sie hier draußen mit Caprino war. Nur weil Giovanni sich heute schon über seinen dritten Krug Wein hergemacht hatte, und es sehr unwahrscheinlich war, daß er ihre Abwesenheit bemerken würde, hatte sie es gewagt, hinauszuschlüpfen, als Caprino einige Minuten zuvor aufgetaucht war. »Du weißt, daß ich die Werkstatt mitten am Tag nicht verlassen kann. Giovanni wird Fragen stellen.«

»Und du wirst lügen.« Caprino schob die Schultern hoch. »Du lügst ihn ja nicht zum ersten Mal an.«

»Ich hab' nicht oft gelogen.« Mitunter waren Lügen lebenswichtig, aber Sanchia hatte entdeckt, daß eine gelegentliche Lüge, die etwas Wahrheit enthielt, sehr viel mehr Glauben fand. »Und nur wenn es wirklich wichtig war.«

»Aber dies ist wichtig. Du warst es ja, die vor drei Jahren zu mir kam und ausgebildet werden wollte. Aus purer Gutmütigkeit machte ich dich zu einem der geschicktesten Langfinger von Florenz, und was verlangte ich als Gegenleistung? Nichts.«

»Zwei Drittel jeder gestohlenen Börse ist von einem Nichts weit entfernt.«

»Ich hätte alles verlangen können und nicht nur die paar Dukaten.«

Und er hätte auch alles bekommen, dachte Sanchia matt. Sie hätte gar keine andere Wahl gehabt, als seinen Forderungen nachzukommen. Caprino erhielt seinen Anteil an jeder Dieberei, Hurerei und an jedem Mord in Florenz. »Caprino, nie habe ich versucht, dich um deinen Anteil zu betrügen.«

»Ich weiß. Ein so tugendhaftes Kind. Es wird einem richtig warm ums Herz.« Er kam einen Schritt näher. »Und wie geht es deinen drei kleinen Freunden? Wie ich höre, zeigt sich Bartolomeo als Giovannis Gehilfe ebenso geschickt wie du. Wie alt ist er jetzt?«

»Zehn«, sagte sie wachsam.

»Und Elisabeth? Vor einigen Tagen sah ich sie. Ein liebliches Mädchen, ganz Goldhaar und weiche helle Haut. Sie muß inzwischen fünfzehn sein.«

Sanchia erstarrte. »Vierzehn.«

»Alt genug. Wann wirst du sie zu mir schicken? Es gibt leichtere Wege für ein hübsches Hühnchen, in der Welt zurechtzukommen, als jenen, den du für sie erwählt hast.«

Sanchias Angst wurde von Wut hinweggefegt. »Halt dich von ihr fern, Caprino!«

»Ach, genau, das ist es, was ich gern sehe. Ein wenig Feuer.« Er begutachtete Sanchia ganz objektiv. »Eigentlich siehst du nicht schlecht aus. Ein bißchen mehr Farbe auf die Wangen und ein paar Pfund auf die mageren Knochen, und ich könnte dich auch gebrauchen.« Er führte sein spitzenbesetztes Taschentuch mit einer Geste des Ekels an die Nase. »Nach einem Dutzend duftender Bäder und einer gründlichen Parfümierung.«

»Du gebrauchst mich ohnehin.« Ihre Wimpern senkten sich über die Augen. »Ich stehle für dich.«

»Das reicht nur, um die Brut, die dir so ans Herz gewachsen ist, zu ernähren.«

»Es wird dir genügen müssen.«

»Aber mir genügt niemals etwas. Ich bin ein habgieriger Mensch. Hast du das noch nicht gemerkt, Sanchia?« Er lächelte andeutungsweise. »Gib mir Elisabeth, und ich teile mit dir die Dukaten, die ich für sie bekomme. Ich könnte vielleicht sogar Giulia Marzo überreden, sie zu nehmen. Deine Elisabeth könnte die Kurtisane eines reichen und mächtigen Herrn werden. Feines Essen, herrliche Gewänder...«

»Nein!« Sanchia sah die Furchen, die sich in Caprinos Stirn zeigten, und fing sofort an, ihn zu besänftigen. »Noch nicht. Nächstes Jahr vielleicht.«

»Warum nicht jetzt?« Caprinos Ton war eine seidenweiche Drohung. »Mich betrübt unendlich, daß du die dir erwiesene Freundlichkeit nicht erwiderst. Undankbarkeit macht mich sehr unglücklich. Erst weigerst du dich, mir morgen einen kleinen Gefallen auf der Piazza zu tun, und jetzt hältst du mit diesem reizenden Kind zurück und sagst mir...«

»Ich werde die Börse stehlen«, unterbrach Sanchia ihn. Als sie seine befriedigte Miene sah, wurde ihr voller Verzweiflung klar, daß er genau das erreicht hatte, was er wollte. Seine Drohung, Elisabeth für seine Zwecke zu benutzen, hatte Sanchia wieder zum Stehlen gezwungen. Hatte sie denn etwas anderes erwartet? Caprino erreichte mit Gerissenheit, Tücke oder Gewalt immer sein Ziel. Dennoch – diesmal war es nur eine Drohung gewesen, dachte sie erleichtert. »Warum liegt dir so viel an dieser Börse? Wenn ich eine leichtere...« Sie hielt inne.

Caprino schüttelte den Kopf. »Es muß der Mann sein, den ich dir zeige. Und warum ich darauf bestehe, geht dich nichts an.« Er wandte sich zum Gehen. »Auf der Piazza um zwei. Sei pünktlich.« Er warf einen Blick über die Schulter. »Wenn ich die Börse nicht bekomme, werde ich... mich schadlos halten müssen. Du verstehst, Sanchia?«

»Ich verstehe.« Ein Schaudern überlief sie, als sie seinem Blick begegnete. »Du bekommst deine Börse.«

»Gut. Was für ein braves Kind.« Gleich darauf wurde er von der Dunkelheit aufgesogen, und Sanchia atmete auf.

Dio, was hatte sie für Angst ausgestanden! Sie hatte gewußt, es würde nur eine Frage der Zeit sein, bis Caprino Elisabeths Wert erkannte. Nichts und niemand entging lange Caprinos Aufmerksamkeit, wenn es bedeutete, daß zusätzlich Geld in seine Börse floß, doch vielleicht war es ihr diesmal wieder geglückt, ihn für eine Zeit abzuwehren.

Sie stand da und starrte in die Dunkelheit, in der Caprino verschwunden war. Jetzt mußte mit Elisabeth rasch etwas geschehen, da sie viel zu hübsch geworden war, als daß Sanchia sie noch lange beschützen konnte. In letzter Zeit hatte sie Giovanni oft dabei ertappt, wie er Elisabeth ansah. In seinen Augen lag dieselbe Lust, die er für Sanchias Mutter empfunden hatte. Bald würde er es bei Elisabeth versuchen, wenn Caprino bis dahin das Mädchen nicht in eines seiner Bordelle gezwungen hatte. Eine Lösung für Elisabeths Problem hatte Sanchia zur Hand, doch die würde mehr Dukaten kosten, als sie aus ihrem Anteil von den für Caprino gestohlenen Börsen erübrigen konnte. Vielleicht, wenn es ihr gelang, öfter aus der Werkstatt zu schleichen...

Sie tat fast einen Sprung, als das Klirren zerbrechenden Tongeschirrs in der Werkstatt hinter ihr ertönte. Dem Geräusch folgten unmittelbar Giovannis laute Flüche. »Sanchia! Wo, zum Teufel, steckst du?«

Sie wappnete sich und wandte sich zur offenen Tür um. »Ich habe nur ein wenig Luft geschnappt. Es ist so...« Entsetzt sah sie nun das Durcheinander, das im ganzen Raum herrschte. Ein Tonkrug lag zerbrochen auf dem Tisch, und Giovanni war vergeblich bemüht, mit einem Lappen den Rotwein aufzuwischen, der sich über die zwei Pergamentbögen vor ihm ausbreitete.

»Nein!« Sanchia lief durch den Raum und starrte den ersten Bogen an. Er war ruiniert, die Tinte verlief auf dem Pergament. Vorsichtig hob sie ihn von dem darunterliegenden. Der zweite Bogen war noch leserlich, doch die Flüssigkeit war hindurchgedrungen, so daß man auch diesen Bogen würde kopieren müssen. »Du hast alles ruiniert!«

»Du kannst das in Ordnung bringen«, brummelte Giovanni und schüttelte den zottigen grauen Kopf. »Ich muß die Arbeit erst morgen mittag abliefern.« Er drehte sich um und steuerte unsicher auf den Raum hinter dem Laden zu. »Müde... du bringst das in Ordnung, ja?«

Ja, sie konnte es wieder in Ordnung bringen. Es wird die ganze Nacht und den Großteil des nächsten Tages in Anspruch nehmen, dachte sie matt. Den Heiligen sei Dank, daß Bartolomeo alle Bögen fein säuberlich in den Schrank gesperrt hatte, sobald er den Drucksatz für jede Seite hergestellt hatte, da andernfalls dieses Mißgeschick tatsächlich eine Katastrophe gewesen wäre. Nur die zwei letzten Bögen hatte er auf dem Tisch liegen gelassen, um sie frühmorgens am nächsten Tag zu setzen. Nun war dieses Mißgeschick an sich schon schlimm genug. Meister Rudolfo war Gelehrter und Kaufmann zugleich und wäre außer sich gewesen, wenn er wüßte, daß sein Original des *Convivio* beschädigt worden war. Mochte er auch, der gegenwärtigen Mode folgend, Kopien der Bücher seiner Bibliothek auf dem Wunder der Druckerpresse nachdrucken lassen, so war ihm doch die Liebe zur Schönheit des Originals geblieben und das Bewußtsein des Kaufmannes für deren spezifischen Wert. Sie würde nun nicht nur Rudolfos Originalblätter durch zwei eines ebenso schön geschriebenen Manuskriptes ersetzen, sondern noch am selben Abend mit der Herstellung des Drucksatzes beginnen müssen. Sie und Bartolomeo hatten sich ausgerechnet, daß sie beide von Tagesanbruch an würden arbeiten müssen, um die letzten beiden Blätter zeitgerecht fertigzustellen. Nun, da Bartolomeo gezwungen war, das Drucken allein zu besorgen, während sie die handschriftliche Kopie fertigstellte, mußte ein Teil des Drucksatzes in der Nacht erledigt werden.

»Ich räume den Tisch ab.«

Sanchia drehte sich um und sah Piero an der Tür zum kleinen Lagerraum stehen. Wie er dastand und sich mit dem Handrücken die Augen rieb, sah er in seiner Verschlafenheit und Zerzaustheit unbeschreiblich süß aus, viel jünger noch als sechs Jahre. Sie wurde von einer Woge der Zuneigung erfaßt, und plötzlich kam ihr die Welt nicht mehr so trostlos vor. Das Leben mochte seine garstigen Seiten haben, aber es war nicht durch und durch garstig. Es gab Kinder wie Piero und schön geschriebene Wörter auf Pergament und vermutlich noch Hunderte andere wundervolle Dinge, auf die sie sich nicht besinnen konnte oder von denen sie erst erfahren mußte. »Geh zurück auf deinen Strohsack«, sagte sie leise. »Ich mache alles allein.«

Er schüttelte den Kopf, und schon stand er am Tisch und fing an, die Tonscherben aufzusammeln. Sein kleiner, rundlicher Körper schwankte dabei ein wenig. Er schläft fast im Stehen, dachte sie zärtlich. Doch sie wußte, daß er hartnäckig war und sich nicht davon abbringen lassen würde, ihr zu helfen. Ja, es gab viele wundervolle Dinge, die Menschen wie Caprino und Giovanni nicht beflecken konnten. Freundschaft und Liebe gehörten dazu.

»Ich werde Bartolomeo wecken.« Piero trug die Tonscherben zu dem großen Strohkorb am anderen Ende des Raumes. »Er kann den Drucksatz machen.«

Sanchia schüttelte den Kopf. »Bartolomeo hat sich erst vor einer Stunde schlafen gelegt.«

»Und du hast gar nicht geschlafen«, antwortete Piero. »Ich wecke Bartolomeo.« Er verschwand in dem Raum, in dem sie zu viert schliefen.

Gleich darauf hörte Sanchia den grollenden Protest eines völlig verschlafenen Bartolomeo, sodann Pieros entschlossene Stimme. »Nein, ich lasse dich nicht weiterschlafen! Sanchia braucht uns.«

Sanchia lächelte. Klein, wie er war, ließ sich Piero nicht von einem einmal gefaßten Entschluß abbringen. Ihr Lächeln erlosch, als sie daran dachte, daß es nur seine Hartnäckigkeit war, die ihn am Leben erhalten hatte, als seine Mutter ihn der Straße überlassen und in eines von Caprinos Bordellen gegangen war. Noch Wochen nachdem Sanchia ihn vor zwei Jahren in einer Gasse unweit der Piazza della Signoria gefunden hatte, war Piero ihr mit der Scheu eines wilden kleinen Tieres begegnet.

Bartolomeo erschien gähnend in der Tür. »Sanchia, ich kann nicht.« Er hielt plötzlich hellwach inne und rief aus: »*Dio!* Kannst du etwas davon retten?«

Sanchia schüttelte den Kopf. »Beide Seiten müssen kopiert werden.«

Bartolomeo warf einen finsteren Blick zu der Tür, hinter der der schnarchende Giovanni lag. »Das ist in diesem Monat schon das dritte Mal. Bald wird niemand mehr zu ihm kommen. Meister Arcolo liefert viel bessere Arbeit und betrinkt sich nicht ständig.« Sein Blick wanderte mit besitzergreifendem Stolz zu der Druckerpresse, die wie ein riesiges hölzernes Insekt in einer Ecke hockte. »Giovanni verdient ein so edles Instrument nicht. Es ist an ihn vergeudet.«

»Aber nicht an dich«, sagte Sanchia voller Zuneigung. »Ich könnte nicht sagen, ob du die Mutter dieser Druckerpresse bist oder ob sie deine Mutter ist.«

Piero zupfte an Bartolomeos wollenem Hemd. »Stell die Lettern zusammen.«

»*Dio*, laß mir eine Minute Zeit.« Bartolomeo sah mit gerunzelter Stirn auf Piero nieder. »Ich möchte mir wenigstens den Schlaf aus den Augen waschen.«

Piero schüttelte den Kopf. »Sanchia braucht dich. Sie ist müde und möchte zu Bett gehen.«

Sanchia verzog das Gesicht. »Für mich gibt es heute keinen

Schlaf.« Sie reichte Bartolomeo das Blatt, das noch leserlich war. »Wenn du das jetzt schaffst, werde ich versuchen, das andere Blatt bis morgen zu kopieren.«

Bartolomeo nickte kurz, als er einen Blick auf die Seite warf. Seine Müdigkeit war wie weggeblasen. Sanchia sah, daß Eifer seine Züge erhellte, während er sich vorstellte, wie er die schwungvolle Handschrift in seine geliebte Druckschrift übertrug. »Ich kann es schaffen.« Sein Ton deutete an, daß er sich schon in das Problem vertieft hatte, als er durch den Raum ging. »Es dauert nur...« Er sprach nicht weiter, während seine Finger im Setzkasten nach den richtigen Lettern suchten.

Piero hatte den Tisch abgeräumt und brachte nun den ganzen Raum in Ordnung.

Sanchia ging indessen an den Schrank und holte ein Blatt von Giovannis feinstem Pergament hervor. Damit ging sie zurück an den Kopiertisch und setzte sich. Nach einem Blick auf das ruinierte Blatt legte sie es beiseite. Es war ihr keine Hilfe. Die Buchstaben waren bis zur Unleserlichkeit verlaufen. Gottlob hatte sie das gesamte Werk vor einigen Tagen gelesen wie fast immer, wenn Giovanni einen neuen Auftrag bekam. Es war das dritte *Convivio*, das die Druckerei in diesem Jahr kopierte, doch waren ihr in dieser Ausgabe ein paar winzige Abweichungen aufgefallen. Rudolfos Foliant stammte von den Mönchen eines Franziskanerklosters, und der fromme Mann, dessen Feder die Abschrift von Dantes Werk zu verdanken war, hatte hochmütig einige Sätze ausgelassen und andere hinzugefügt. Zu hoffen, daß ein Gelehrter wie Rudolfo nicht über diesen Blättern gebrütet hatte, bis er sie bis auf den letzten Federstrich auswendig kannte, war vergebens.

Piero sank neben ihrem Stuhl auf den Boden und lehnte den Kopf an ihr Knie. Geistesabwesend streichelte sie sein helles Haar und bemühte sich, ihre Müdigkeit zu vertreiben.

Ganz plötzlich wurde sie von Panik überwältigt. Wenn sie es diesmal nicht schaffte? Wenn ihr Gedächtnis sie im Stich ließ? Mit einem tiefen Atemzug versuchte sie sich zur Ruhe zu zwingen. Es lag kein Grund vor, weshalb ihr Gedächtnis sie diesmal im Stich lassen sollte. Seit ihrer frühen Kindheit hatte sie sich alles merken können, was ihr je vor Augen gekommen war, bis ins kleinste Detail.

Gewiß war ihr diese Fähigkeit jetzt, da sie ihrer so dringend bedurfte, nicht verlorengegangen. Gott war zwar nicht immer gütig, aber er konnte doch nicht so grausam sein und sie dieser Gabe berauben.

Sie schloß die Augen und versuchte sich zu entspannen. Dabei zwang sie ihre Erinnerung zurück.

Und ihr Gedächtnis stellte sich wieder ein.

Plötzlich sah sie das ganze Blatt mit all seinen willkürlichen Ungenauigkeiten vor sich. Heilige Maria sei gepriesen, dachte Sanchia erleichtert.

Wieder hellwach, griff sie nach dem Federkiel.

2. KAPITEL

»Du hast dich verspätet.« Caprino zerrte Sanchia in den Schatten der Arkaden an der Piazza. »Ich sagte, um zwei Uhr.«

»Anders ging es nicht«, stieß Sanchia atemlos hervor. »Ein Mißgeschick hat uns Zeit gekostet... wir wurden erst vor einer Stunde fertig... und dann mußte ich warten, bis Giovanni ging, um...«

Mit einer ungeduldigen Handbewegung brachte er sie zum Schweigen. »Dort ist er.« Er deutete mit einer Kopfbewegung über die bevölkerte Piazza. »Der Große mit dem weinroten Samtumhang, der dem Geschichtenerzähler lauscht.«

Sanchias Blick folgte jenem Caprinos zu dem Mann hin, der vor einer Tribüne stand. Er ist mehr als nur groß, er ist ein wahrer Hüne, ging es ihr durch den Sinn. Die ungezwungene Lässigkeit seiner Haltung verriet Selbstsicherheit und deutete seine Fähigkeit an, stets Herr der Lage zu bleiben. Ertappte er sie, dann würde er vermutlich seine starken Hände benutzen, um ihren Kopf wie eine Nuß zu knacken. Nun, sie war zu müde, um sich jetzt deshalb Sorgen zu machen. Seit über dreißig Stunden hatte sie ohne Schlaf auskommen müssen. Vielleicht war es ganz gut, daß sie ihre Mattigkeit hinderte, sich um ihr Schicksal allzuviel zu bekümmern. Ihre Angst durfte nicht schuld daran sein, daß sie so ungeschickt vorging wie am Tag zuvor. Und sie war erleichtert, daß sich der Riese den Verlust einiger Dukaten gewiß leisten konnte. Seine kostbare Kleidung zeigte an, daß es sich um einen Edelmann oder um einen begüterten Kaufmann handeln mußte.

»Los.« Caprino stieß sie mit einem kleinen Schubs auf die Piazza. »Jetzt!«

Sie zog ihr Tuch über den Kopf, um ihr Gesicht zu beschatten und lief zur Tribüne, von der aus Luca Brezal seine Geschichten vortrug und sie mit der Lyra begleitete. Sie hatte Luca schon mehrfach gehört und hielt ihn für nicht sonderlich begabt. Sie wünschte, der Geschichtenerzähler wäre Pico Fallone gewesen. Pico war imstande, sein Publikum völlig in den Bann zu schlagen, und hätte es ihr sehr erleichtert, sich an den Riesen so nahe anzuschleichen, daß der Griff nach seiner Börse sich wie selbstverständlich ergab.

Ein Regentropfen traf auf ihr Gesicht. Sie blickte zum Himmel, der sich plötzlich verfinstert hatte. Jetzt nicht! dachte sie verzweifelt. Wenn der Regen richtig einsetzte, würden die Menschen, die jetzt die Piazza bevölkerten, auf der Suche nach einem Unterstand davonlaufen, und sie müßte dem in Samt gekleideten Riesen folgen, bis er sich in eine Situation begab, die es ihr gestattete, ihn um seine Börse zu erleichtern.

Wieder fiel ein Tropfen auf ihre Hand, und ihr ängstlicher Blick flog zu dem großen Mann. Seine Aufmerksamkeit galt noch immer dem Geschichtenerzähler. Der Himmel mochte wissen, wie lange sein Interesse anhalten würde. Sie beschleunigte den Schritt, als sie schattengleich in der Menge um die Tribüne verschwand.

Knoblauch, dachte Lion, als der Geruch sich beleidigend seiner Nase aufdrängte. Knoblauch, verwesender Fisch und noch irgendein Geruch, der noch ekelhafter stank. Er ließ seinen Blick über die Menge wandern, um die Quelle dieser Gerüche zu finden. Die Menschen, die die Empore umdrängten, waren dieselben, die er Augenblicke zuvor in dem Bemühen, Caprinos Dieb zu entdecken, studiert hatte. Die einzig neu Hinzugekommene war ein mageres Frauenzimmer in einem ärmlichen grauen Gewand, um den Kopf ein schäbiges wollenes Tuch. Sie löste sich vom Rand der Zuschauerschar und wollte über die Piazza laufen. Der Geruch verflüchtigte sich mit ihrem Verschwinden, und Lion holte tief Luft. *Dio*, wenigstens in diesem Punkt war das Glück ihm hold. Daß er im Regen stehen und warten mußte, bis Caprino seinen Meisterdieb präsentierte, war ihm alles andere als angenehm.

»Geschafft«, murmelte plötzlich Lorenzo an Lions Seite. Er hatte vom anderen Ende der Menschenmenge zugesehen. Nun sagte er lauter: »Ein fingerfertiger Diebstahl, wie ich noch nie einen sah.«

»Wie bitte?« Lion furchte die Stirn. »Es war kein...« Er brach ab und blickte zu seinem Gürtel hinunter. Der Beutel war verschwunden. Nur die abgeschnittenen Schnüre hingen noch am Gürtel. »Herrje...« Sein Blick überflog hastig die Piazza. »Wer?«

»Die holde Madonna, die aussah wie ein Bettlermädchen und roch wie ein verwesender Leichnam.« Lorenzos Nicken wies auf die Arkaden hin. »Sie verschwand hinter dieser Säule, und ich möchte wetten, daß du dort Caprino antreffen wirst, der mit ihr deine Dukaten zählt.«

Lion ging auf die Säule zu. »Eine Frau«, murmelte er. »Das hatte ich nicht erwartet. Wie gut ist sie?«

Lorenzo fiel in Gleichschritt mit ihm. »Sehr gut.«

»Eine Frau... bietet interessante Möglichkeiten. Die Posten vor dem Palazzo rechnen nicht mit einem weiblichen Wesen.«

»Und schon gar nicht mit einem Wesen, das wie eine faulige Forelle stinkt. Ich möchte sogar bezweifeln, ob ein Fischhändler sie anziehend finden könnte.«

»Dieses Problem ließe sich leicht lö...« Lion hielt inne, als Caprino hinter der Säule hervortrat und auf sie zukam.

Mit selbstzufriedenem Lächeln hielt Caprino Lions Börse hoch. »Na, zufrieden? Ein Diebstahl, locker wie die Schritte einer Pavane.«

»Wo ist das Weibsbild?« Lion spähte mit zusammengekniffenen Augen in den dunklen Bogengang.

»Fort. Ich habe Sanchia zurück in die Werkstatt geschickt, bis Ihr Eure Entscheidung getroffen habt. Es wäre sinnlos, sie jetzt schon einzuweihen. Wäre ja möglich, daß Ihr ein Mädchen für Eure Zwecke ungeeignet fändet.«

»Sie könnte geeignet sein«, sagte Lion bedächtig. »Falls sie sich als gefügig erweist.«

Caprinos Lider senkten sich, um das plötzliche Aufblitzen seiner Augen zu verbergen. »Eine Frau, die man besitzt, ist immer gefügig.

Glaubt Ihr, ich hätte Eure zweite Forderung vergessen? Sanchia ist Sklavin wie ihre Mutter vor ihr. Ihr könnt sie kaufen und ihr befehlen, was immer Ihr wollt.« Er lächelte unmerklich. »Und sie würde niemals wagen, Euch zu hintergehen, indem sie davonläuft und mir oder einem anderen von Euren Belangen erzählt.«

»Eine Sklavin«, wiederholte Lion. Sklaverei war in seinem Stadtstaat Mandara nicht gestattet, doch in anderen Teilen Italiens gab es viele aus der Türkei, aus Spanien und dem Balkan eingeführte Sklaven. »In Euren Diensten?«

Caprino schüttelte den Kopf. »Sie gehört Giovanni Ballano, der in der Via Calimala eine Druckerei besitzt.«

»Und er schickt sie zum Stehlen aus?«

Wieder schüttelte Caprino den Kopf. »Er weiß davon nichts. Giovanni ist ein Trunkenbold und ein Tölpel, der bald seinen Laden und seinen ganzen Besitz verlieren wird. Er ist auf Sanchias Hilfe angewiesen, aber drückt ihm einen Krug Wein und ein paar Dukaten in die Hand, und er wird Euch das Mädchen überlassen.«

»Noch mehr Geld?« fragte Lion trocken. »Diese Diebin hat mich schon einiges gekostet.«

»Ich habe gefunden, was Ihr wolltet«, protestierte Caprino. »Ihr könnt nicht erwarten, daß ich mich selbst beraube, indem ich sie für Euch kaufe.« Nachdenklich runzelte er die Stirn. »Aber aus purer Herzensgüte würde ich Euch die Hälfte dieser Börse zurückgeben, wenn Ihr Euch entschließen könntet, Sanchia zu Euch zu nehmen.«

Lions Augen verengten sich. »Ach? Warum seid Ihr so darauf aus, daß ich das kleine Sklavenmädchen kaufe?«

»Es wäre mir sehr gelegen, wenn sie aus Florenz verschwände. Auch ich habe meine Geheimnisse, edler Herr. Einverstanden?«

Lion sah ihn lange und eindringlich an, ehe er langsam nickte. »Wenn Ballano sich überreden läßt, sie zu verkaufen, dann akzeptiere ich Eure Diebin.« Er nahm die Börse aus Caprinos Hand in Empfang. »Kommt morgen in der Früh zu Giulia, und ich werde Euch die Hälfte des Goldes in der Börse wiedergeben.«

»Ihr vertraut mir nicht?«

Lion verzog die Lippen zu einem Lächeln ohne Heiterkeit. »Vertrauen?« Damit wandte er sich um und überquerte die Piazza.

Lorenzo holte ihn ein. »Du willst Ballano jetzt aufsuchen?«

Lion nickte. »Wir haben schon zuviel Zeit vergeudet. Ich möchte am Donnerstag in Solinari sein.«

»Du glaubst, Damari könnte die Statuette fortschaffen?«

»Wer weiß, was diesem Hurensohn noch einfällt? Wenn er etwas unternimmt, dann meist mit einem bestimmten Ziel vor Augen.«

»Er haßt dich«, bemerkte Lorenzo. »Dich zu hindern, etwas zu bekommen, was du dir wünschst, könnte für ihn Grund genug sein.«

»Nun, das wird ihm nicht glücken.« Lion preßte die Lippen zusammen. »Der ›Tänzer im Wind‹ gehört mir, und ich werde nicht zulassen, daß sich jemand an meinem Eigentum vergreift.«

Lorenzo blieb an einem Tisch unweit einer *trattoria* unter den Arkaden der Südseite der Piazza stehen. »Ich will hier auf dich warten.« Er ließ sich auf einen Stuhl fallen und zog ein schmales Bändchen unter seinem Umhang hervor. »Du bist in dieser Angelegenheit von bedrückender Ernsthaftigkeit. Dein kleinliches Gefeilsche langweilt mich.«

»Der Himmel möge verhüten, daß du Langeweile leiden mußt«, lautete Lions ironische Erwiderung.

»Du sprichst mir aus der Seele.« Lorenzo schlug das Büchlein auf. »Obgleich der Himmel schon vor langer Zeit sein Interesse an mir verloren hat. Also lauf und erledige deine Geschäfte.«

Lion schüttelte mit unmerklichem Lächeln den Kopf. »Wie Ihr befehlt.« Er machte kehrt und hielt auf die Via Calimala zu.

Es regnete schon ziemlich stark, als Sanchia in der Druckerwerkstatt eintraf. Ein besorgtes Stirnrunzeln störte die stille Schönheit von Elisabeths Antlitz, als sie Sanchia in der Tür entgegentrat. »Giovanni ist noch nicht zurück.« Sie zog Sanchia eilig in den Laden. »Du bist ja ganz durchnäßt. So wirst du dir eine Erkältung holen. Komm und trink einen Schluck Wein zum Aufwärmen.«

Sanchia schüttelte den Kopf. »Nicht jetzt. Ich muß unbedingt schlafen.« Sie schleppte sich durch den Laden zum Lagerraum und sank auf dem Strohsack in die Knie. Vor Müdigkeit seufzend, streckte sie sich aus und zog die dünne Decke bis ans Kinn. »Weck mich, wenn Giovanni kommt. Wo sind Piero und Bartolomeo?«

»Giovanni hat sie zum Weinladen um einen neuen Krug geschickt.« Elisabeth bückte sich und zog die Decke um Sanchias schmalen Körper zurecht. »Schlaf jetzt. Ich will dafür sorgen, daß Giovanni dich nicht weckt.«

Sanchia fielen die Augen zu, als seien die Lider mit Blei beschwert. Sie war nicht imstande, sie auch nur eine Sekunde länger offen zu halten. Jetzt mußte sie schlafen, und sei es nur für kurze Zeit. Wahrscheinlich würden es nur wenige kostbare Augenblicke sein. Sie wußte, Elisabeth würde versuchen, sie vor einer Störung zu bewahren, aber das Mädchen war zu sanftmütig und arglos, um Giovanni an seinem Tun zu hindern. Wenn Meister Rudolfo Gefallen an ihrer Arbeit gefunden hatte, würde Giovanni vermutlich einen anderen Auftrag mitbringen und verlangen, daß sie auf der Stelle damit anfingen.

Und Meister Rudolfo hat sicher Gefallen daran gefunden, dachte sie mit einem Anflug von Stolz. Sie und Bartolomeo hatten am *Convivio* hervorragende Arbeit geleistet. Wirklich ganz ausgezeichnet...

»Nein, Ihr dürft sie nicht wecken! Was habt Ihr mit Sanchia vor?« Die Verzweiflung in Elisabeths Stimme durchdrang die schweren Wolken des Schlafs, die sich um Sanchia zusammenbrauten. Da stimmte etwas nicht, dachte sie benommen. Sie mußte ihre Augen mit aller Gewalt öffnen. Nein, das war zu schwierig. Schließlich schaffte sie es, so weit wachzuwerden, daß sie den im Eingang stehenden Mann anstarren konnte.

Leuchtende dunkle Augen sahen sie aus einem Antlitz an, das steinhart war wie das der Statue des Lorenzo di Medici auf der Piazza. Die Piazza! Dieser Schock fegte die letzten Schleier des Schlafes aus ihrem Bewußtsein. Das war doch der Mann von der Piazza!

Sie fuhr kerzengerade und unter wahnsinnigem Herzklopfen auf. Die massive Gestalt des Riesen füllte den Eingang so aus, daß der winzige Lagerraum von Sekunde zu Sekunde kleiner zu werden schien, als entzöge der Mann ihm auf wundersame Weise die Größe. Wie Zeus, der Kraft vom Firmament bezieht, um seine Blitze zur Erde zu schicken, dachte sie trotz ihrer Schlaftrunkenheit.

Er lächelte voller Ingrimm. »Wie ich sehe, erkennst du mich. Mir scheint, der Diebstahl meiner Börse beschwert dein Gewissen nur wenig. Du hast so selig wie ein Säugling in den Armen der Mutter geschlafen. Hältst du nach einem Diebstahl immer ein Nickerchen?«

Irgendwo hinter den breiten Schultern des Riesen hörte sie Elisabeth nach Luft schnappen. Sanchia war viel zu verängstigt, um zu sprechen. Sie konnte nichts tun, als ihn anzustarren.

Er furchte die Stirn. »Antworte mir.«

»Ich... nein.« Sie schluckte schwer. »Werdet Ihr mich einsperren lassen?«

»Ist dies nicht das Schicksal, das allen Dieben gebührt?«

Elisabeth schluchzte stoßweise. »Sanchia, ich habe ihm gesagt, daß er nicht hereinkommen darf. Ich sagte ihm...«

Der Mann beachtete Elisabeth nicht. Sein Blick ruhte unverwandt auf Sanchias Gesicht. »Ist nicht die Stinche der Ort, wo du hingehörst?« wiederholte er.

»Ja, dorthin gehören Diebe.« Sie zwang sich, seinem Blick standzuhalten. »Aber ich habe Eure Börse nicht mehr, und wenn Ihr mich einsperren laßt, dann werdet Ihr Euer Gold nie zurückbekommen. Man wird mir die Hände abhacken und...« Sie mußte innehalten, da das Entsetzen ihr die Kehle abschnürte. Die blutige Vision stand deutlich vor ihren Augen, und es dauerte einen Moment, bis sie weitersprechen konnte. »Wenn ihr mich laufen laßt, werde ich einen Weg finden, um Euch alles zurückzuzahlen. Das verspreche ich, edler Herr.«

»Das Versprechen einer Diebin.«

»Ich halte mein Wort immer.«

»Also eine Diebin, aber keine Lügnerin?«

»Es ist nicht so, daß ich nie lügen würde«, bekannte sie aufrichtig. »Aber nur wenn ich muß. Mitunter ist es besser, man lügt, als daß schlimmere Dinge passieren. Aber meine Versprechen halte ich.«

»Tut ihr nichts«, schluchzte Elisabeth. »Bitte, tut ihr nichts.«

»Hör zu heulen auf«, herrschte er sie ungeduldig über die Schulter hinweg an. »Sie ist diejenige, die eigentlich heulen sollte.«

»Sanchia weint nie«, sagte Elisabeth darauf.

»Sanchia was?« Er drehte sich zu Sanchia um. »Wie lautet dein ganzer Name?«

»Nur Sanchia.« Sie befeuchtete die Lippen mit der Zunge. »Ich habe keinen anderen.«

Er verbeugte sich spöttisch. »Lionello Andreas, hochberühmte Diebin. Ich glaube, uns ist es bestimmt, miteinander sehr vertraut zu werden. Steh auf, damit ich dich ansehen kann.«

Sie rappelte sich auf und raffte das Wolltuch eng um sich, um das Frösteln zu vertreiben, das jedes einzelne Glied ihres Körpers erfaßt hatte.

»Komm her.«

Sie tat zögernd einen Schritt auf ihn zu, dann noch einen.

»Bleib stehen.« Er hob mit einer angewiderten Grimasse die Hand. »Nimmst du denn nie ein Bad?«

»Doch, ich bade, mein Herr.« Ihre Augen blickten riesengroß aus ihrem schmalen Gesichtchen, als sie zu ihm aufsah. »Bitte, edler Herr, schenkt mir Vertrauen. Ich werde das Geld zurückgeben.«

»Ich traue auf dieser Welt nur wenigen Menschen, und ein Dieb ist nicht darunter.« Sein Blick umfaßte sie, und seine Miene verfinsterte sich. »*Dio*, du bist ja knochig wie eine verhungerte Katze. Füttert dich Ballano nicht?«

Sie erstarrte. »Ihr kennt Giovanni?«

»Nein, das Vergnügen hatte ich noch nicht. Wo ist er?«

»Er kommt bald zurück«, jammerte Elisabeth. »Könntet Ihr nicht gehen, ehe er wiederkehrt?«

»Elisabeth...« Sanchia holte tief Luft und versuchte ihre Ungeduld zu unterdrücken. »Warum stellst du dich nicht an die Tür und hältst Ausschau nach Giovanni, während ich mit Seiner Exzellenz spreche?«

»Ja, Sanchia.« Mit einem unsicheren Blick zu Andreas lief Elisabeth aus dem Raum.

»Sie hat das Gehirn eines Huhnes«, erklärte Lion unverblümt. »O Gott, wie ich jammernde Frauenzimmer hasse!«

»Sie ist erst vierzehn«, fühlte Sanchia sich bemüßigt, Elisabeth zu verteidigen. »Und sie ist nicht dumm. Ihr habt sie erschreckt.«

Lions Blick konzentrierte sich auf sie. »Aber dich nicht?«

Sie nickte. »Doch, mich auch.« Sie schluckte schwer. »Aber es hilft mir nicht weiter, wenn ich mich ängstige. Wie Ihr schon sagtet, macht Heulerei und Gejammer die Männer nur ungehalten.«

»Ist das deine Erfahrung?« fragte er eindringlich.

»Männer mögen Tränen nicht. Tränen machen sie ungeduldig,

so wie jetzt eben Euch, mein Herr.« Sie stand kerzengerade da und sah ihn an. »Was kann ich tun, damit Ihr mich nicht in den Kerker werfen laßt?«

»Was würdest du denn tun?« fragte er neugierig.

»Alles«, flüsterte sie. »Ich kann sie nicht allein lassen. Sie haben ja außer mir niemanden.«

»Wer sind ›sie‹?« Seine Worte kamen zerstreut, da er sie nun gründlich musterte. Bei allen Heiligen, das Frauenzimmer sieht wirklich wie eine halbverhungerte Katze aus, dachte er mit einem Aufblitzen unvernünftigen Ärgers. Sanchia schien wenig älter als die schluchzende Kleine am anderen Ende des Raumes zu sein. Klein und feinknochig wie ein Kätzchen... auch ihr rechteckiges Gesicht war sonderbar katzenähnlich, mit den hohen Wangenknochen, der olivfarbenen Haut und den leicht schräg stehenden Augen. Und diese Augen waren von besonderer Eigenart, bernsteingolden und überaus reizvoll, auch wenn sie angstvoll blickten wie eben jetzt. Ihr kastanienbraunes Haar sah aus, als hätte man es achtlos abgeschnitten, kürzer als das seines Pagen Nicolo. Und jetzt war es vom Regen naß und ringelte sich in feuchten Löckchen um ihr Gesicht. »Um wen bist du so besorgt?«

»Um Piero und Bartolomeo und Elisab...«

»Er kommt!« hörte man Elisabeth aufgeregt rufen. »Sanchia, tu etwas.«

Sanchia erbleichte. »Bitte, geht jetzt. Ich flehe Euch an, mein Herr.«

»Du fürchtest diesen Giovanni?«

»Nicht meinetwegen. Mich braucht er, deswegen wird er mich vielleicht nur verprügeln. Aber wenn er sehr wütend wird, dann könnte es passieren, daß er alle fortschickt, und das darf er nicht tun. Ich könnte nicht...«

»Ich bitte tausendmal um Entschuldigung, weil ich Euch warten ließ, mein Herr«, dröhnte Giovannis Stimme vom Eingang her. »Wie kann ich Euch zu Diensten sein?«

Sanchia blickte Lion verzweifelt und mit angehaltenem Atem an. In seiner Miene war nichts Sanftes zu entdecken, nur dieses sonderbare, tastende Abschätzen.

Da wandte sich Andreas abrupt um und sah Giovanni an. »Signor

Ballano, ich bin Lionello Andreas und bin gekommen, um Euch ein Angebot zu machen.«

»Geht es um einen Auftrag?« Giovanni fegte an Elisabeth vorüber und betrat die Werkstatt. »Ich stelle Kopien von Hand oder durch Druck her. Meine Arbeit wird in ganz Florenz gepriesen.« Giovanni deutete auf die Druckerpresse. »Die beste Maschine in ganz Italien, und ich…«

»Nein, ich brauche keine Kopien«, unterbrach ihn Lion. »Ich brauche eine Dienerin und hörte, Ihr hättet eine Sklavin, die meinen Anforderungen entsprechen könnte.« Er trat beiseite und zeigte auf Sanchia, die reglos vor Entsetzen hinter ihm stand. »Ich gebe Euch fünfundzwanzig Dukaten für sie.«

»Sanchia?« Giovannis blutunterlaufene Augen wurden groß vor Staunen. »Ihr wollt Sanchia kaufen?«

»Warum nicht? Sie ist jung und sieht gesund und kräftig aus. Sie kann noch viele Jahre Arbeit leisten. Deshalb mein großzügiges Angebot. Ihr werdet mühelos Ersatz für sie finden.«

»Fünfundzwanzig Dukaten?« wiederholte Giovanni. »Für Sanchia?«

»Sind wir handelseins? Habt Ihr ihre Papiere bei der Hand?«

»In meinem Schrank im Nebenzimmer. Eine Rechnung für ihre Mutter und sie.« Plötzlich wich Giovannis Erstaunen hinterlistiger Gerissenheit. »Es ist nicht genug. Wie soll ich ohne sie mein Geschäft führen? Ich habe jahrelang gebraucht, um ihr die Kunst des Kopierens und die Bedienung der Presse beizubringen. Und jetzt wollt Ihr sie mir für fünfundzwanzig Dukaten wegnehmen?«

Allmächtiger, der Mann ist so habgierig wie Caprino, dachte Lion angewidert. »Fünfundzwanzig ist mehr als genug.«

»Für eine gewöhnliche Sklavin gewiß, aber Sanchia ist nicht nur fleißig, sie hat auch ein besonderes Talent.« Er ließ eine eindrucksvolle Pause eintreten. »Sie behält alles im Gedächtnis. Sie braucht sich eine Seite eines Manuskripts nur anzusehen und kann es Euch aufsagen.«

»Eine hübsche Sache, aber für mich ohne Wert«, sagte Lion ungeduldig. »Was ist, verkauft Ihr sie oder nicht?«

Giovanni überlegte rasch. »Sie ist jung genug, um Euch Kinder zu gebären. Das sollte Euch etwas wert sein.«

»Ich kaufe sie nicht für mein Bett. Um mich auf diese Weise zu reizen, ist sie nicht anziehend genug.«

Giovanni warf Sanchia einen Blick zu und mußte ihm widerstrebend recht geben. »Gewiß, aber eine Frau ist eine Frau, wenn eines Mannes Blut in Wallung gerät. Vielleicht könnt Ihr...«

»Ich bin des Feilschens überdrüssig.« Lion griff in seinen Gürtel und holte die Börse heraus. »Fünfzig Dukaten. Nicht mehr. Einverstanden?«

Giovannis Blick blieb hungrig an der Börse hängen. »Noch immer zu wenig. Sie kann kräftig zupacken und...« Er hielt inne, als sein Blick jenem von Lion begegnete. Unwillkürlich wich er einen Schritt zurück. »Einverstanden, mein Herr!«

»Nein!« Sanchia, die alles wie einen schockierenden Alptraum miterlebte, unfähig zu glauben, daß dies tatsächlich geschah, bis Giovannis letzte Worte des Einverständnisses sie aus ihrer Erstarrung rissen. Sie stürzte auf Giovanni zu. »Das kannst du nicht tun. Ich kann nicht gehen...«

»Still! Weißt du, wie lange ich brauche, um fünfzig Dukaten zu verdienen?«

»Ich werde sie nicht verlassen.« Sie umklammerte seinen Arm. »Du kannst das nicht tun. Wir werden sie...«

Sie konnte nicht weitersprechen, da Giovannis Hand auf ihrer Wange auftraf, so heftig, daß sie ins Taumeln geriet.

»Sanchia!« Elisabeth lief auf sie zu, tränenüberströmt. »Ach, Sanchia!«

Giovanni wandte sich hastig an Lion. »Ansonsten ist sie nicht so ungebärdig. Hin und wieder eine Tracht Prügel, und sie wird wieder ganz fügsam.«

Lions Miene verhärtete sich beim Anblick des roten Flecks auf Sanchias Wange. »Rühr sie nie wieder an! Sie gehört jetzt mir, und ich werde sie selbst züchtigen, wie ich es für richtig befinde.«

»Ich werde nicht mit ihm gehen.« In Sanchias Augen loderte es. »Es wäre nicht recht. Ich habe dir gut gedient, du Dummkopf!«

Giovanni ging drei Schritte auf sie zu. »Still oder ich...«

»Finger weg!« Lions Ton war eine stählerne Drohung. »Oder Ihr werdet es bereuen, Ballano.«

Giovanni hielt schweratmend inne. »Sie wird fügsamer sein,

wenn sie nicht mehr mit diesen drei Dahergelaufenen zusammen ist. Ich hätte mich nie von ihr überreden lassen sollen, sie aufzunehmen.«

»Sie haben dich nichts gekostet.« Sanchias Worte sprühten Feuer. »Ich habe dafür gesorgt, daß sie zu essen hatten, und mich um sie gekümmert!«

»Sanchia, nicht«, flüsterte Elisabeth.

»Warum nicht?« Aus Sanchias Augen funkelte eine aus Verzweiflung geborene Kühnheit. »Was kann er mir antun, was er mir nicht schon längst angetan hat? Er ist ein habgieriger, einfältiger Tropf.«

»Ihre Papiere und die Rechnung«, forderte Lion. Das verängstigte Kätzchen hat plötzlich Krallen gezeigt, bemerkte er überrascht. Noch eine Minute, und sie hatte Ballano so sehr in Wut gebracht, daß er sich dem Verkauf widersetzen würde, nur um sich das Vergnügen zu gönnen, sie bewußtlos zu prügeln. »Meine Zeit ist knapp bemessen.«

Giovanni warf Sanchia einen zornigen Blick zu, ehe er an den Kopiertisch trat und ein paar Zeilen auf einen Pergamentbogen schrieb. »Hier ist Eure Quittung. Das Mädchen gehört Euch.« Er drehte sich um und steuerte auf die Tür zu, die zu seinen Räumlichkeiten führte. »Ich hole rasch ihre Papiere aus dem Schrank.«

Sanchia wandte sich instinktiv der weinenden Elisabeth zu, um sie zu trösten. »Alles wird wieder gut. Ich werde einen Weg finden, mich weiterhin um euch zu kümmern.«

»Aber, Sanchia, was kannst du schon tun?«

Lion musterte Sanchia. Die Wut, die eben noch Sanchias Gesicht gezeichnet hatte, war verschwunden, ein Umstand, der ihm Stoff zum Nachdenken lieferte. Hätte er zugelassen, daß sie sich Ballano weiterhin widersetzte, der Verkauf wäre womöglich nicht zustande gekommen. War der Zorn des Mädchens nur gespielt gewesen, um dieses Ziel zu erreichen? »Ja, Sanchia, was kannst du schon tun?« fragte er seidenweich. »Langsam drängt sich mir die Frage auf, wer all die Jahre, die du bei Ballano verbracht hast, der Sklave war.«

Sie drehte sich um und sah ihn an. »Es stand immer zweifelsfrei fest, wer Sklave war«, sagte sie erbittert.

»Aber du leugnest nicht, daß dein Zorn gespielt war, nur um dein Ziel zu erreichen?«

Sie schüttelte den Kopf. »Er war nicht gespielt. Ich war wirklich wütend, hätte mich aber beherrscht, wenn ich nicht der Meinung gewesen wäre, ich könnte Giovanni damit vom Verkauf abhalten.«

»Ein gefährliches Mittel. Er hätte dir sehr weh tun können.«

»Ach was, das heilt wieder. Solange ich von Wert für ihn bin, hätte er mich nicht getötet. Er ist einfältig, aber nicht verrückt.«

»Du scheinst ihn ja gut zu kennen. Aber mich kennst du nicht. Ich bin nicht einfältig, Sanchia.«

Sanchia schauderte. »Niemals hätte ich den Irrtum begangen, Euch für einfältig zu halten.«

»Hier sind die Papiere.« Giovanni eilte auf sie zu, eine ausgefranste Ledermappe in den Händen, die er Lion reichte und dafür die mit Dukaten gefüllte Börse in Empfang nahm. »Ich habe beide einem Spanier abgekauft, der mir versicherte, sie entstammten einem guten, kräftigen Schlag. Ihr habt einen günstigen Kauf getan.«

»Einen interessanten auf jeden Fall.« Lion spürte plötzlich Widerwillen. Mit diesem Mann wollte er nichts mehr zu tun haben. »Hol deine Sachen, Sanchia. Wir gehen.«

Giovanni sagte rasch: »Sie hat nichts zu holen. Sklaven besitzen nichts, mein Herr.«

Sanchia führte ihre bebenden Finger an die Schläfen und versuchte krampfhaft zu überlegen. »Ich kann noch nicht fort. Da ist noch Elisabeth...

Giovannis Blick glitt zu Elisabeth. »Die geht dich nichts mehr an. Ich könnte sie vielleicht ganz gut gebrauchen. Sie macht im Laden sauber, und ich brauche jemanden, der...«

»Nein«, widersprach Sanchia. »Hier wird sie nicht bleiben.«

»Und wohin sollte sie gehen?« fragte Giovanni. »Ich biete ihr ein Dach über dem Kopf und Essen für ihren Bauch. Mehr hat sie nicht zu erwarten. Ich könnte auch Bartolomeo noch übernehmen, aber Piero muß gehen. Er ist noch zu klein, um sich nützlich zu machen.«

»Du wirst keinen von ihnen behalten.« Sanchia wandte sich an Elisabeth. »Geh und suche Bartolomeo und Piero. Wir treffen uns auf der Piazza.«

Elisabeth sah sie verdutzt an.

»Beeil dich!« Sanchia versetzte ihr einen kleinen Stoß. »Alles wird gut, du wirst schon sehen.«

»Bleib«, befahl Giovanni. »Gehorche mir, Elisabeth!«

Das Mädchen bedachte ihn mit einem verängstigten Blick und floh aus der Werkstatt.

Da fing Giovanni gotteslästerlich zu fluchen an. »Sie werden auf der Straße verhungern, du wirst schon sehen, du arrogantes Luder!« stieß er zu Sanchia gewendet hervor.

»Nein, das werden sie nicht. Ich werde es nicht zulassen.« Ihr gelassener Blick traf ihn, als sie schon zur Tür ging. »Und ich werde auch nicht zulassen, daß die drei von dir mißbraucht werden. Ich weiß, was du ihnen antun wirst, wenn ich nicht mehr da bin. Bartolomeo würde sehr bald dein Sklave sein, wie ich es war, und aus Elisabeth würde deine Hure werden. Ehe ich das zulasse, sehe ich dich lieber in der Hölle schmoren.« Sie wandte sich an Lion. »Wir können jetzt gehen.«

»Vielen Dank.« Lions Ton war von Ironie gefärbt. »Darf ich dich daran erinnern, daß du mir gehörst und nicht ich dir?« Er folgte ihr auf die Straße.

»Daran braucht Ihr mich nicht zu erinnern.« Sie raffte ihr Umschlagtuch fester um sich, um die Kälte abzuwehren, die von den in ihr tobenden Gefühlen ausgelöst wurde, ebenso aber von der Kälte, die dem Regen folgte. Ich muß mir etwas ausdenken, überlegte sie dumpf, doch sie war so erschöpft und abgestumpft, daß es ihr schwerfiel, einen klaren Gedanken zu fassen. »Warum habt Ihr mich gekauft?«

»Weil es mir gefiel, aus einer Laune heraus, vielleicht.«

Sie schüttelte den Kopf. »Ihr seid kein impulsiver Mensch. Ich glaube nicht, daß Ihr grundlos etwas tun würdet.«

»Ach, ich bin für dich also so leicht durchschaubar?« fragte Lion leise. »Es wäre klüger, du würdest mit dieser Eigenschaft hinterm Berg halten.«

»Ich muß versuchen, Euch zu begreifen.« Sie drehte sich um und blickte ihn an. Aus ihrem Ton sprach nackte Verzweiflung. »Ich muß versuchen zu erkennen, was Ihr seid und was Ihr wollt, damit ich es Euch geben kann. Damit ich einen Weg finden kann...« Sie hielt inne, um einen bebenden Atemzug zu tun. »Seid Ihr mir gram, weil ich Euch bestohlen habe? Habt Ihr mich gekauft, damit Ihr mich nach Belieben foltern könnt?«

Er preßte die Lippen zusammen. »Das Foltern von Kindern gehört nicht zu meinen Vergnügungen.«

»Ich bin kein Kind. Ich habe mein sechzehntes Jahr erreicht.«

Seine Augen blitzten belustigt. »In diesem Fall werde ich vielleicht meine Meinung ändern. Ich will sehen, ob ich in den Verliesen von Mandara nicht ein paar Folterinstrumente auftreiben kann.«

»Wir verlassen Florenz?« Sie furchte die Stirn. »Das könnte sich als Problem erweisen.«

»Ich bitte um Entschuldigung. Zögere nicht, mich zu informieren, falls meine Pläne dir nicht genehm sind.« Sein sarkastischer Ausdruck wich einem finster warnenden Blick. »Wir kehren Florenz morgen den Rücken, und ich rate dir, dich mir nicht so heftig zu widersetzen, wie du es bei deinem bisherigen Herrn getan hast.«

»Ihr seid nicht wie Giovanni.« Ihre Antwort war so geistesabwesend wie ihr Blick. »Aber ich muß wissen, was Ihr von mir wollt.«

»Ganz einfach. Ich möchte eine Sklavin, die bedingungslos alle meine Befehle befolgt. Warum sonst hätte ich dich kaufen sollen?«

»Töten werde ich nicht für Euch.«

Er zog eine Braue hoch. »Falls das deine einzige Einschränkung ist, kann ich sie akzeptieren.«

Ihren ganzen Mut zusammennehmend, sagte Sanchia hastig: »Ich möchte mit Euch einen Handel abschließen.«

»In Florenz scheint alle Welt mit mir ins Geschäft kommen zu wollen«, antwortete er trocken. »Jetzt wird mir klar, warum Florenz als Stadt der Händler bekannt ist. Aber ich fühle mich verpflichtet, dich auf die Tatsache aufmerksam zu machen, daß ich es nicht nötig habe, mit dir handelseins zu werden. Ich habe fünfzig Dukaten für die zweifelhafte Ehre bezahlt, dich zu besitzen.«

»Und Ihr wollt doch Euer Geld nicht verlieren, oder?« Sie fuhr sich mit der Zunge über die Lippen. »Wenn Ihr mir fünfundsiebzig Dukaten gebt, verspreche ich, daß ich nicht fortlaufen werde, was Ihr von mir auch fordern werdet.«

Lion erstarrte zur Reglosigkeit. »Soll das eine Drohung sein? Weißt du, was einem geflüchteten Sklaven blüht?«

»Ja.« Sie sagte es in unsicherem Ton. »Dennoch müßte ich es tun. Ich könnte Elisabeth und die anderen hier nicht schutzlos zurücklassen. Sie gehören zu mir.«

Unter seinem eindringlichen Blick spürte sie, wie ihr Nacken schweißnaß wurde. *Dio*, was für ein gewagtes Spiel! Von dem Augenblick an, als sie ihn auf der Piazza erspäht hatte, hatte sie gewußt, daß mit ihm nicht zu spaßen war.

»Was hast du mit dem Geld vor?« fragte er.

»Zehn Dukaten für Bartolomeo, damit er bei Meister Arcolo in der Druckerei als Gehilfe arbeiten kann. Arcolo ist anständig und hat keine Söhne, die sein Gewerbe übernehmen könnten. Wenn er sieht, wie fleißig Bartolomeo ist, wird er ihm die Chance geben, mehr als nur Gehilfe zu sein. Fünfzig Dukaten für Elisabeth. Alessandro Benedetto, der Sohn des Bäckers, würde sie gern zur Frau nehmen, aber sein Vater wird es nicht erlauben, wenn sie keine Mitgift einbringt.«

»Hegt sie liebevolle Gefühle für den jungen Mann?«

Sanchia zog die Schultern hoch. »Elisabeth ist von sanfter Wesensart. Ihr gefällt Alessandro ganz gut, und mit der Zeit würde sie lernen, ihn zu lieben. Zumindest wäre sie bei ihm sicher vor Giovanni und Caprino.«

Lions Blick schien sie zu durchbohren. »Caprino?«

»Caprino möchte sie für eines seiner Bordelle haben. Das darf ich nicht zulassen, aber Caprino wird sie sich einfach nehmen, wenn ich nicht zur Stelle bin und es verhindern kann.«

»Ich verstehe.« Lion kniff die Lippen zusammen. »Ein gerissener Bursche, dieser Caprino.«

»Ihr kennt ihn?«

»Allmählich lerne ich ihn kennen.«

»Er darf Elisabeth nicht bekommen. Sie würde im Bordell höchstens ein Jahr überleben. Sie ist zu...« Sie hielt kurz inne, um dann fortzufahren: »Fünfzehn Dukaten für Piero. Elisabeth würde sich ja um ihn kümmern, aber ich kann nicht erwarten, daß Alessandros Familie ihn unentgeltlich nimmt.«

»Also auch eine Mitgift für Piero?« murmelte Lion. »Langsam komme ich mir vor wie ein Heiratsvermittler.«

»Für einen Reichen ist es nicht viel Geld«, sagte sie drängend. »Und es würde bedeuten, daß alle abgesichert und versorgt sind.«

»Und du hättest keinen Grund mehr, nach Florenz zurückzulaufen?«

Sie nickte ernsthaft. »Ich sagte schon, daß ich meine Versprechen halte. Ich werde sein, was Ihr von mir erwartet, wenn Ihr ihnen nur helft.«

Sein Blick lag forschend auf ihr. »Bedingungsloser Gehorsam ohne Fragen?«

Sie nickte.

»Absolute Treue zu mir, solange du mir gehörst?«

»Ja.«

Ein schiefes Lächeln legte sich um seine Lippen. »Fünfundsiebzig Dukaten. Das also ist heutzutage der Preis für eine Seele.«

Sie war verwirrt. »Was?«

»Ach, schon gut.« Sein Blick glitt zur Piazza. »Du sollst deine fünfundsiebzig Dukaten bekommen.«

Sanchias Erleichterung war so groß, daß ihr schwindlig wurde. »Jetzt gleich?«

»Warum nicht?« Er nickte einem schlanken, eleganten Mann zu, der an einem der Tische unter den Arkaden saß. »Sicher wird mein Freund Lorenzo überglücklich sein, mit dir zu gehen und deine Schäfchen zu ihrer neuen Zuflucht zu geleiten. Er verfügt über unendlich viel Herzensgüte.«

Sanchia riß die Augen auf. »Ihr beliebt zu scherzen.« Sie war überzeugt, daß der Mann, der am Tisch sitzend in einem Buch las, nichts Liebenswertes an sich haben konnte. Weder ein einnehmendes Wesen noch gutes Aussehen, dachte sie, als sie ihn prüfend anstarrte. Sein dunkelbraunes Haar war an den Schläfen mit silbernen Fäden durchzogen, seine Nase war zu lang, sein Teint dunkel. Die eingefallenen Wangen und tiefliegenden Augen erinnerten sie vage an Fra Savonarola, den man auf der Piazza della Signoria verbrannt hatte, als sie noch ein Kind gewesen war. Da blickte er plötzlich auf, und Sanchia erstarrte. Die grauen Augen des Mannes glühten nicht vor fanatischer Inbrunst wie seinerzeit die des ketzerischen Mönches, sie waren vielmehr menschlichen Gefühlen so entrückt wie die Sterne einer Winternacht.

Er klappte das Buch zu und ließ den Blick kühl und abschätzend über Sanchia gleiten, als sie auf ihn zuhielten. »Sie ist jünger, als ich dachte. Ist sie geeignet?«

»Sie tut gut daran.« Lion schnitt eine Grimasse. »Allerdings entpuppt sie sich als reichlich kostspielige Erwerbung. Wenn wir Florenz nicht bald den Rücken kehren, werde ich vielleicht ganz Mandara verkaufen müssen, um sie bezahlen zu können.«

Lorenzo erhob sich mit einer spöttischen Verbeugung. »Lorenzo Vasaro, zu Euren Diensten, Madonna Sanchia.«

Über Lions Gesicht huschte ein Anflug von Bosheit. »Tatsächlich könntest du ihr einen großen Dienst erweisen. Wie liebenswürdig von dir, es anzubieten.«

»Da sind sie ja!« Sanchia hatte Elisabeth, Bartolomeo und Piero auf der anderen Seite der Piazza entdeckt. »Ich hole sie und erkläre...« Der Satz blieb unvollendet, denn sie war schon in Bewegung und lief zu den Kindern.

Lorenzos Blick folgte Sanchia. Bei den drei Kindern angelangt, fing sie an, hastig und mit großer Eindringlichkeit auf sie einzureden. »Du hast nicht zufällig auch diese drei Straßenkinder gekauft?«

»Nicht ganz. Aber wie es aussieht, ist unsere Sanchia von ausgeprägt mütterlicher Natur und möchte ihre Brut versorgt wissen, ehe sie die Stadt verläßt. Geh mit ihr und wende so viel Geld auf, wie nötig ist, damit die Kinder untergebracht werden.« Er zog die Stirn kraus. »Und verschaff Sanchia etwas zu essen. Sie sieht ja halb verhungert aus.«

»Unsere Sanchia?«

Lion reagierte mit einem Achselzucken. »Meine Sanchia. Mir erscheint es vernünftig, ihr Gewissen zu beruhigen, ehe wir sie nach Solinari bringen.«

»Sehr vernünftig«, äußerte Lorenzo ernsthaft. »Ich kann gut verstehen, daß du deiner Sklavin Sorgen ersparen möchtest.«

»Du findest es lächerlich?« fragte Lion. »Gold kann einem nicht immer alles erkaufen, und ich bin auf ihre absolute Loyalität angewiesen.«

»Und du glaubst, du erkaufst dir von ihr das Gewünschte, wenn du diese drei Kinder versorgst?«

Lions Blick flog zu Sanchia, die auf dem Pflaster neben dem Kleinsten kniend beruhigend auf ihn einredete. Aus ihren Zügen strahlte so viel Liebe, daß Lion den Blick nicht mehr abzuwenden vermochte. »Ja«, sagte er langsam. »Das wird mir das Gewünschte verschaffen.«

3. KAPITEL

»Wohin bringt Ihr mich?« fragte Sanchia, die ihren Schritt beschleunigte, um mit Lorenzos ausholenden Schritten mithalten zu können.

»Zur *casa* von Giulia Marzo«, gab Lorenzo zurück. »Dort steigen wir während unserer Aufenthalte in Florenz ab.«

»Ich habe von ihr gehört. Sie ist eine berühmte Kurtisane und hat viele reiche Liebhaber. Ist Lionello Andreas reich? Er muß es wohl sein, sonst hätte er für mich nicht so viel bezahlen können. Er sprach von einem Ort Mandara. Werden wir dorthin gehen? Ich war noch nie fort aus Florenz. Mit drei Jahren kam ich hierher. Damals wurde ich an Giovanni verkauft und...«

»Genug!« seufzte Lorenzo. »Machst du denn nie eine Pause? Seit wir das Haus des Bäckers verlassen haben, redest du ununterbrochen wie ein Wasserfall.«

»Ich rede immer, wenn ich Angst habe.« Sanchias Lächeln fiel unsicher aus. »Und eben jetzt habe ich große Angst. Ich fühle mich so... sonderbar.«

»Aber, als du mit dem Bäcker um die Mitgift der hübschen Elisabeth gestritten hast, schienst du keine Angst zu haben.«

»Das war etwas anderes. Man mußte Meister Benedetto nur sehr deutlich vor Augen führen, wie vorteilhaft die Heirat mit Elisabeth für seinen Sohn sein wird. Sein Laden läuft sehr gut, und er könnte für Alessandro eigentlich eine viel bessere Partie aushandeln. Ich habe mir schon Sorgen gemacht, er würde Piero nicht akzeptieren, falls Elisabeth ihm zu wenig einbringt.« Sie drehte sich um und sah ihn an. »Dem Himmel sei Dank, daß Ihr dabei wart. Dank Eurer Hilfe konnte ich alles rascher als erhofft hinter mich bringen.«

»Ich?« Er zog eine Braue hoch. »Ich habe doch nichts gesagt.«

»Ich weiß, aber das spielt keine Rolle. Ihr habt bewirkt, daß ihm unbehaglich zumute war und er sich wünschte, Ihr würdet schleunigst verschwinden. Ich glaube, Ihr schafft es, daß sich die meisten Menschen in Eurer Gegenwart unbehaglich und eingeschüchtert fühlen.«

»Nun, dich scheine ich nicht einzuschüchtern«, bemerkte er trokken. »Hat dir noch niemand gesagt, daß so viel Offenheit höchst unklug ist? Wer hört schon gern, daß seine Anwesenheit Unbehagen hervorruft?«

Erstaunt blickte sie ihn an. »Aber Euch kümmert das nicht. Ihr lebt schon so lange damit, daß es ein Teil von Euch ist.«

»Du bist sehr scharfsichtig.« Er musterte ihr Gesicht. »Du durchschaust die Menschen recht gut. Das fiel mir bei Meister Arcolo und dann wieder bei Benedetto auf. Du erkennst ihre Wünsche und Begierden und nutzt sie zu deinen Gunsten.«

»Das war notwendig«, lautete ihre unumwundene Antwort. »Mitunter ist der Verstand die einzige zur Verfügung stehende Waffe. Habt Ihr das nicht selbst schon erleben müssen, Meister Lorenzo?«

»Ja.« Er schwieg eine Weile. Dann sagte er: »Aber ich würde keinesfalls versuchen, Lion so zu manipulieren wie den guten Bäcker. Das könnte sich als gefährlich erweisen.«

»Das würde ich nie tun. Ich habe ihm Treue geschworen.« Sie versuchte ein Lächeln. »Aber mir wäre viel wohler, wenn Ihr mir etwas über Andreas erzählen würdet. Ich habe nie einem anderen gehört als Giovanni, und das war so, als sei man keine Sklavin.«

»Ach? Weil er so gütig zu dir war?«

Sie schüttelte den Kopf. »O nein. Giovanni ist viel zu selbstsüchtig, um gütig sein zu können. Das brächte er gar nicht fertig. Als Kind lehnte ich mich gegen ihn auf, aber als ich merkte, was für ein Einfaltspinsel er ist, wurde das Leben leichter.« Sie zuckte mit den Achseln. »Man mußte ihm nur verschaffen, was ihm Behagen bereitete, dann ließ er einen in Ruhe.«

»Wieder eine Manipulation«, murmelte Vasaro. »Drei Kinder von der Straße bei sich aufzunehmen… das ist nicht die Tat eines Selbstsüchtigen.«

»Ich mußte ihn davon überzeugen, daß es reine Selbstsucht wäre«, erklärte Sanchia. »Bartolomeo und Elisabeth sind Geschwister, die im Nachbarhaus lebten. Als ihre Eltern vor drei Jahren dem Fieber erlagen, blieben sie verwaist zurück, und ich konnte nicht zulassen, daß sie auf der Straße landeten. Deshalb redete ich Giovanni ein, für wie klug ihn alle halten würden, wenn er die beiden zu sich in die Druckerei nähme. Dann hätte er drei Sklaven statt nur mich, ohne einen zusätzlichen Dukaten ausgeben zu müssen. Ich versprach ihm, dafür zu sorgen, daß sie keinen Ärger machten, und mein Essen mit ihnen zu teilen.«

»Offensichtlich hast du Wort gehalten. Du bist ja nur noch Haut und Knochen.«

Sie verzog das Gesicht. »Es ging nicht wie geplant, denn es war nie genug Essen für alle da. Als dann noch Piero zu uns kam, wußte ich, daß etwas geschehen mußte. Als Sklavin konnte ich nur für Giovanni arbeiten, und immer, wenn ich ihn um Geld anflehte, drohte er, die Kinder hinauszuwerfen.«

»Deshalb verlegtest du dich aufs Stehlen.« Vasaros Ton war bar allen Ausdrucks. »Diese Art von Wohltätigkeit hätte dich beide Hände kosten können.«

Sie zuckte zusammen. »Ich weiß, aber Wohltätigkeit war es nicht.« Sie standen im Begriff, den Ponte Vecchio zu überqueren, der fast ausschließlich von den Läden reicher Seidenhändler und Juweliere gesäumt war. Sanchia aber sah davon nichts, als sie in die trüben Fluten des Arno starrte. »Die drei waren meine Familie. Ich hatte große Angst, aber ich würde es wieder tun. Ich war so allein, ehe sie kamen.«

»Und jetzt bist du wieder allein.«

»Nichts dauert ewig«, entgegnete sie philosophisch. »Ich hätte mir ohnehin für Elisabeth etwas einfallen lassen müssen. Sie ist zu hübsch, und das ist für eine Frau nur eine Gefahr. Giovanni hat immer mehr getrunken, und das Geschäft ging immer schlechter. Das bedeutete, daß Bartolomeo sich anderwärts um Arbeit hätte umsehen müssen.«

»Und Piero?«

»Piero...?« Ihre Miene wurde nachdenklich. »Ich hoffte, Piero noch eine Weile behalten zu können.« Sie schüttelte den Kopf und versuchte durch Blinzeln, die Tränen zurückzuhalten, die ihr in den Augen brannten. Wie dumm, ausgerechnet jetzt zu weinen, da sie doch den Abschied trockenen Auges hinter sich gebracht hatte. Elisabeth weinte immer, wenn sie mit einer Veränderung konfrontiert wurde, und Sanchia hatte auch Tränen in Bartolomeos Augen gesehen, als sie ihn bei Arcolo zurückgelassen hatte. Aber Piero hatte nicht geweint. Er hatte sie nur mit seinen durchdringenden blauen Augen angesehen und ihre Hand so fest umklammert, daß sie auch noch geschmerzt hatte, nachdem Sanchia und Lorenzo den Bäckerladen verlassen hatten. »Aber Piero wird bei Elisabeth gut aufgehoben sein. Sie ist sehr liebevoll und...« Ihre Stimme versagte ihr den Dienst. Sie mußte tief durchatmen. »Sie alle haben es jetzt viel besser als bei Giovanni.«

»Und was ist mit dir?« Lorenzo sah sie forschend an. »Glaubst du, daß du auch besser dran bist?«

»Ich weiß es nicht.« Sie sah ihn offen an. »Bin ich es?«

»Darauf weiß auch ich keine Antwort.« Ein unmerkliches Lächeln huschte um seine Lippen. »Lion hatte noch nie einen Sklaven. Es wird interessant sein, seine Reaktion auf diese neue Situation zu beobachten.«

»Und Euch wird das sehr gefallen, so ist es doch, oder? Ich glaube, Ihr habt es Euch zur Gewohnheit gemacht, dazustehen und den Menschen zuzusehen, als seien sie Schauspieler auf einer Bühne.« Nach einem Augenblick des Schweigens fragte sie: »Warum hat er mich gekauft, wenn er keine anderen Sklaven besitzt?«

»Ich glaube, das zu erklären, überlasse ich ihm.«

Sie lächelte einladend. »Wollt Ihr nicht auch meine Reaktion beobachten? Wenn Ihr es mir sagt, verspreche ich Euch, daß meine Antwort äußerst zufriedenstellend ausfallen wird.«

Lorenzo lächelte amüsiert. »Versuchst du, auch mich zu manipulieren? Du genießt es offenbar, am Rande des Abgrundes zu wandeln.«

»Entschuldigt.« Die Lebhaftigkeit ihrer Miene wich matter Resignation. »Vermutlich ist es mir zur zweiten Natur geworden. Es ist nicht so, daß ich...« Sie hielt inne, um stockend fortzufahren: »Ich habe Angst. Er macht mir angst.«

»Lion? Nun, als du ihn dazu brachtest, für deine kleinen Freunde ein hübsches Sümmchen lockerzumachen, hast du nicht sehr verängstigt ausgesehen. Im Gegenteil, du wirktest sehr beherzt.«

»Nur weil es unumgänglich war.« Sie befeuchtete ihre Lippen. »Er erweckt in mir das Gefühl...« Sie suchte nach Worten. »Es ist ein Gefühl, das sich immer einstellt, ehe ich mir eine fette Börse greife. Da empfinde ich bebende Angst, aber zugleich auch eine gewisse Erregung.«

»Hmm, wie interessant.«

»Helft mir!« Ihre Hand umfaßte das Wolltuch über ihrer Brust fester. »Bei Giovanni hatte ich nicht dieses Gefühl der Hilflosigkeit, wohl aber bei Lionello Andreas.«

»Warum sollte ich dir wohl helfen? Lion ist mein Freund, und du bedeutest mir nichts.« Das sagte er völlig unbeteiligt.

Sanchias Hoffnungen sanken. »Ich wüßte auch nicht, aus welchem Grund Ihr mir helfen solltet.« Sie überlegte. »Es sei denn, Ihr findet es amüsanter, mir die Sache ein wenig zu erleichtern. Ein verängstigtes Mäuschen, das um Andreas herumhuscht, wird Euch wenig fesseln.«

Er lachte verhalten. »Du bist alles andere als ein verängstigtes Mäuschen.« Er hielt inne. »Lion ist ein ehrenwerter Mann. Diene ihm anständig, und er wird dich nicht mißbrauchen.«

Sanchia wurde von einer Woge der Erleichterung erfaßt, als sie glaubte, in der Mauer, die Lorenzo um sich herum aufgerichtet hatte, um Distanz zwischen sich und seine Umgebung zu legen, einen kleinen Riß entdeckt zu haben. »Er tritt auf wie ein großer Herr. Ist er sehr reich?«

Lange sagte er nichts, so daß sie schon glaubte, er würde gar nicht antworten. »Er ist Herr über den Stadtstaat Mandara. Er ist sehr vermögend, besitzt aber nur dieses eine Lehen. Sein Vater war Condottiere und erzog Lion zu seinem Nachfolger. Lorenzo di Medici gab Lions Vater Mandara als Lohn dafür, daß er gegen einen gefürchteten Nachbarn in den Kampf zog.«

»Wo liegt Mandara?«

»Im Süden, zwischen Florenz und Pisa.«

»Und jetzt ist Andreas Herr der Stadt?«

Vasaro nickte. »Seit dem Tod seines Vaters vor dreizehn Jahren. Lion wurde auch Condottiere und behielt die Truppen seines Vaters, bis er sich vor zwei Jahren entschloß, sie aufzulösen und nach Mandara zurückzukehren.« Vasaro sah sie fragend an. »Na, hast du mir jetzt genug entlockt, um deine Befürchtungen auszuräumen?«

»Nein.« Sie seufzte. »Ihr würdet Eure Absicht wohl nicht ändern und mir verraten, weshalb Andreas mich gekauft hat?«

Vasaro gab keine Antwort.

»Nun, das dachte ich mir.«

»Dann hättest du nicht...« Er hielt inne. »Santa Maria, was ist denn das?«

Sie überquerten den Mercato Nuovo, wo Bankiers mit ihren Kontobüchern und dicken Börsen an grünbespannten Tischen saßen. Es waren freilich nicht die Bankleute, die Vasaros Interesse auf sich zogen, sondern ein dicklicher, von feixenden Zuschauern umringter Mann. »Irre ich mich, oder entledigt sich dieser beleibte Mensch seiner Hose?«

»Ach, das ist nur ein Bankrotteur«, erklärte Sanchia gleichmütig. »Um seiner Verpflichtungen entbunden zu werden, muß er mit seinen nackten Hinterbacken dreimal diesen schwarz-weißen Marmorkreis berühren, der die Stelle des Streitwagens von Florenz symbolisch einnimmt.«

»Wie unwürdig.« Um Vasaros Mund zuckte es erheitert, als er über den *mercato* weiterging. »Lion befürchtete schon, du würdest ihn zum Bettler machen. Ich muß ihn warnen – sollte er bankrott gehen, dann sollte es keinesfalls in dieser hochgerühmten Stadt geschehen.«

»So viel habe ich gar nicht verlangt. Es war nötig um...«

»Still jetzt.« Lorenzo hob die Hand. »Deine Proteste und Erklärungen interessieren mich nicht. Gönne mir ein paar Augenblicke der Stille.«

Sie gingen eine kurze Weile schweigend weiter, bis Lorenzo schließlich sagte: »Giulias Haus liegt um die nächste Ecke.« Er warf ihr einen Blick zu. »Ich frage mich allen Ernstes, ob sie dich überhaupt zur Tür hereinläßt. Ich weiß, daß Madonna Giulia in allem, was ihr Haus betrifft, sehr eigen ist.«

Sanchia furchte die Stirn. »Ich werde nichts stehlen.«

»Ich habe nicht auf deine diebische Natur angespielt.« Er rümpfte die Nase. »Du brauchst ganz dringend ein ausgiebiges Bad.«

»Ich bin sauber. Erst heute morgen habe ich gebadet. Es ist...« Sie hielt inne, als sie um die Ecke bogen. Mit großen Augen und offenkundigem Wohlgefallen begutachtete sie das eindrucksvolle zweigeschossige Haus. »Was für eine herrliche *casa*! Großartig wie ein Palazzo! Unglaublich, daß eine Hure so viel verdienen kann... sonderbar, daß Männer in ihrer Dummheit so viel bezahlen, nur um ihre Fleischeslust bei einer Frau zu befriedigen, obwohl die Wonne nur kurz währt.«

Um seine Lippen zuckte es wieder. »Mir erscheint es nicht sonderbar. Aber schließlich gehöre auch ich zu diesen dummen Männern.«

Sie drehte sich um und sah ihn nachdenklich an. Sein Benehmen war so eisig, so distanziert, daß man sich ihn nur schwer mit einer der Dirnen dieses prächtigen Hauses vorstellen konnte.

»Frönt Ihr wahrhaftig der Lust mit...«

»Ich glaube, du hast für den Moment genug Fragen gestellt«, unterbrach er sie und faßte nach ihrem Ellbogen. So dirigierte er sie auf das kunstvoll geschnitzte Portal zu. Er sah Sanchia nicht an, als er öffnete und murmelte: »Aber natürlich, gelegentlich lasse ich mich dazu herbei.«

»Wenn du möchtest, daß deine kleine Sklavin hier die Nacht verbringen darf, dann kommst du lieber mit und kämpfst es mit Giulia aus.« Lorenzo lehnte in der Tür zu Lions Gemach. Er verdeckte mit seiner langen, schmalen Hand diskret ein Gähnen. »Ich habe Sanchias Schäfchen in neuen Pferchen untergebracht, aber ich lehne es entschieden ab, mich zwischen zwei zankende Frauenzimmer werfen zu müssen.«

»Wo ist sie?« Lion stand auf und ging an die Tür. Der Anflug von boshafter Schadenfreude, der Lorenzos betont zur Schau getragener Gleichmut zugrunde lag, deutete meist Ärger an. Cristo, was war denn jetzt wieder los? Seitdem er am heutigen Nachmittag Sanchia auf der Piazza erblickt hatte, war nichts mehr nach Plan verlaufen.

»In Giulias Gemach.« Lorenzo folgte ihm über den Korridor. »Wir hatten die Schwelle kaum überschritten, als Giulia im Flur erschien und sich über den... hm... ungewöhnlichen Geruch deiner kleinen Sanchia mokierte.« Lorenzo wählte bewußt eine beschönigende Wendung. »Sie bestand darauf, ihre Dienerschaft zu rufen und dem Kind ein Bad zu bereiten.«

»Das Sanchia eindeutig braucht.«

»Das aber Sanchia handgreiflich ablehnt. Als ich sie zuletzt sah, wurde sie von zweien von Giulias Mägden festgehalten, während

Giulia selbst sie entkleidete.« Lorenzo öffnete die Tür zu Giulias Zimmer. »Ach, wie ich sehe, hat man sie in den Badezuber geschafft. Was für ein wundervoller Fortschritt!«

»Warum hörst du nicht auf mich, du dummes Weibsstück? Ich brauche kein Bad!« Es war Sanchias streitlustige Stimme.

Lion betrat den Raum und hielt abrupt inne. »Mein Gott, was ist denn hier passiert?«

Kleidungsstücke waren wie von einem Windstoß über den ganzen Raum verteilt. Giulia Marzos Goldhaar hing ihr lose auf die Schultern, die Perlenschnur, die ihre Haarflut zusammenhielt, war gerissen, Perlen lagen verstreut auf dem Boden. Das Mieder ihres meerblauen Gewandes wies einen gezackten Riß auf, und überall war Wasser, auf dem Boden, auf Giulia und den zwei Mägden, die Sanchia im Zuber festhielten, während die Herrin des Hauses bemüht war, sie abzuschrubben.

Sanchias Blick flog zu Lion. Plötzlich gab sie ihren Widerstand auf. »Die wollen nicht auf mich hören. Ich versuchte ihnen beizubringen, daß es nichts nutzt.«

»Sie stinkt«, stieß Giulia zähneknirschend hervor. »Lorenzo sagte mir, diese Teufelin gehöre Euch, aber ich möchte sie nicht in meinem Haus haben, ehe ich ihr diesen gräßlichen Geruch nicht abgewaschen habe.« Giulia tauchte ein Tuch ins Wasser und rieb damit energisch Sanchias Hals ab.

»Du tust mir weh.« Sanchias Bernsteinaugen sprühten Flammen. »Und es nutzt nichts. Ich bin sauber.«

»Sie sieht tatsächlich sauber aus«, bemerkte Lion amüsiert. Die goldene Haut auf Sanchias Schultern glänzte oberhalb des trüben Wassers, und sie war auch nicht annähernd so dünn, wie ihr lose schlotterndes Gewand einen glauben ließ.

»Sagt ihr, sie soll auf mich hören und...« Sanchia sprach nicht weiter, als sie Lions Blick begegnete. Ihre Augen wurden groß, sie starrte ihn wie gebannt an, während ein zartes Rosa ihre goldenen Wangen färbte. Dann schluckte sie und holte bebend Luft. »Bitte, mein Herr, sagt ihr, sie soll Schluß machen.«

Lion starrte sie wortlos an.

»Bitte...« Sanchias goldbraune Augen blickten ihn aus ihrem dreieckigen Gesichtchen groß an.

»Mir gefallen Frauen, die ›bitte‹ sagen können.«

In seinem verhaltenen Ton lag eine Eindringlichkeit, die bewirkte, daß Giulia ihm einen überraschten Blick über die Schulter hinweg zuwarf. »Lion, haltet Euch heraus. Es ist dringend nötig.«

»Meinem Gefühl nach ist sie sauber.« Er ließ sich auf einen mit Kissen belegten Stuhl in sicherer Entfernung vom Zuber nieder und streckte die Beine aus. Sein aufmerksamer Blick kehrte sofort wieder zu Sanchias rosig gekrönten Brüsten zurück, die knapp unter der Wasseroberfläche zu sehen waren. Gott Eros selbst hätte keine erregenderen und sinnlicheren Brustspitzen erschaffen können. »Es ist doch sinnlos, diese köstliche Haut rot zu schrubben, wenn es nicht nötig ist, Giulia.«

»Aber der Geruch ist...«

»Es ist mein Haar«, unterbrach Sanchia sie empört. »Hättest du auf mich gehört, dann hätte ich es dir sagen können. Allmorgendlich nach dem Bad reibe ich es mit einer Mischung ein. Es ist mein Haar, das stinkt und gewaschen werden muß.«

Giulia, die vor dem Zuber kniete, starrte Sanchia verständnislos an. »Du reibst etwas so ekelhaft Riechendes in dein Haar?«

Sanchia nickte. »Seit ich zwölf war. Knoblauch, Fischöl und...«

Giulia hob abwehrend die Hand. »Halt ein. Ich will es nicht wissen.«

»Aber ich«, sagte Lorenzo von der Tür her. »Faszinierend.«

Lion sah sie aus zusammengekniffenen Augen an. »Mich interessiert nicht so sehr die Mixtur als der Grund für deren Herstellung.«

»Giovanni hat einen sehr ausgeprägten Geruchssinn«, erklärte Sanchia ohne Umschweife. »Als meine Mutter noch lebte, mußte sie jeden Morgen baden und sich parfümieren. Dann mußte sie sich nackt auf den Boden des Ladens knien, und er nahm sie, wie ein Köter eine Hündin auf der Straße nimmt. Als meine Mutter starb, wußte ich, daß ich bald alt genug sein würde, um von Giovanni auf dieselbe Weise benutzt zu werden.«

Lorenzo lachte auf. »Du hast eine ungewöhnlich wirksame Abschreckung gewählt.«

Lion fand dies weniger amüsant. Er ertappte sich bei einer Vielzahl starker Gefühle, die ihn ganz überraschend übermannten. Wut und Mitleid kämpften in ihm mit einem merkwürdigen Schuldgefühl, das er empfand, weil vor seinem geistigen Auge ein Bild erschien – Sanchia, nackt auf dem Boden kniend, wie sie ihn voller Angst mit ihren großen braunen Augen über die Schulter ansah.

Lust durchschoß ihn heiß und ballte sich versengend in seinen Lenden zusammen, als ihm klar wurde, daß der Mann in seiner Phantasie, der Mann, der sie ansah und den in ihrem Körper zu empfangen sie bereit war, nicht Giovanni Ballano war.

Der Mann war er selbst.

Er erhob sich jäh. »Wascht ihr Haar«, ordnete er an, schon im Gehen begriffen. »Und dann bringt sie zu mir.«

Lorenzo folgte Lion den Gang entlang zu Lions Räumlichkeiten. Er ging an den Tisch und schenkte Rotwein aus einer Silberkaraffe in zwei Pokale. »Hier, trink einen Schluck Wein...« Er drehte sich um und reichte ihm einen der Pokale, wobei sein Blick spottgeladen zu Lions unterer Körperhälfte wanderte. »Ich glaube, du brauchst Abkühlung.«

»Ist das der Grund, weshalb du vorhin mein ›Einschreiten‹ gefordert hast?« Lion setzte sich auf den großen Stuhl am Fenster. »Lorenzo, welches Spiel spielst du?«

»Ich weiß nicht, was du meinst.« Lorenzo sah ihn mit ungetrübter Harmlosigkeit an. »Dein kleines Straßenmädchen zeigte sich höchst begierig zu erfahren, was und wer du bist, und da dachte ich, es wäre ein Freundschaftsdienst, euch beide in eine Situation zu bringen, in der Enthüllungen sich ganz natürlich einstellen.« Er lächelte. »Was auch der Fall war. Ich hatte keine Ahnung, daß Sanchia so verlockend sein würde. Ihre Brüste sind köstlich.«

»Ja.« Lions Hand umklammerte den Stiel seines Pokals, als die Erinnerung an Sanchia, nur von Dampf und Wasser umgeben, ihn überfiel. »Aber ich habe sie nicht gekauft, damit sie mit mir das Bett teilt.«

»Ich weiß. Das läßt aber die Möglichkeiten um so verlockender erscheinen.« Lorenzo ließ sich auf die bestickten Kissen des Stuhles am Tisch sinken und führte den Pokal an seine Lippen. »Ich sehe den Entwicklungen zwischen euch beiden mit größter Neugierde entgegen.«

»Damit willst du andeuten, du freust dich darauf, uns auf dem

Spieß, auf dem du uns schmoren lassen willst, leiden zu sehen«, sagte Lion trocken. »Ich bezweifle, ob wir dir das erhoffte Vergnügen bereiten werden. Ich weiß gar nicht, warum es für dich von Interesse sein sollte, ob ich mit Sanchia das Bett teile, da ich doch in den letzten Jahren mehr Frauen hatte, als ich zählen kann.«

»Ja, aber es gibt da einen Unterschied. Sanchia ist dein Besitz. Sie gehört dir.« Lorenzos Blick blieb befriedigt auf Lions Gesicht hängen. »Und kein Mensch auf dieser Welt ist besitzergreifender als du, Lion. Du erträgst es nicht, daß dir jemand etwas nimmt, was dir gehört. Denk daran, daß du buchstäblich Himmel und Hölle in Bewegung setzt, um den ›Tänzer im Wind‹ wiederzubekommen, und dabei handelt es sich nur um eine Statuette.«

Lions Finger umklammerten den Pokal fester. »Es ist mehr als nur eine Statuette.«

»Ja, für deine Familie vielleicht.« Lorenzo zog die Schultern hoch. »Für euch ist es eine Art Heiligtum, eine Reliquie, die ihr bewahren und hüten müßt. In meinen Augen ist das Ding eher einer schönen Sirene vergleichbar, die Menschen ins Verderben lockt.«

»Sanchia ist nicht der ›Tänzer‹.«

»Nein, aber als dein Eigentum wird sie mit Sicherheit dieselben Instinkte in dir wecken.« Lorenzo nippte am Wein und lächelte Lion über den Rand des Pokals hinweg zu. »Was glaubst du, wird passieren, wenn du sie nach Mandara bringst?«

»Ich bringe sie nicht nach Mandara.«

Lorenzo zog eine Braue hoch. »Sie sagte, du wolltest sie hinbringen.«

»Das war, ehe ich...« Lion sprach nicht weiter. Er zog die dunklen Brauen finster zusammen, während er einen tiefen Schluck nahm.

»Ehe du dich entschlossen hast, sie in dein Bett zu nehmen?«

Lion hielt seinem Blick stand. »Ja.« Die Absicht, die sich nur andeutungsweise in ihm regte, seitdem er Sanchia im Waschzuber gesehen hatte, war plötzlich zum Entschluß gereift. »Warum auch nicht? Sie gehört immerhin mir, wie du sagtest.«

»Es gibt keinen Grund, weshalb du sie nicht nehmen solltest.« Lorenzo blickte in die rubinroten Tiefen seines Weines. »Du hast meine volle Billigung.«

»Und dies sollte sofort meine Wachsamkeit auf den Plan rufen. Warum liegt dir daran, daß Sanchia meine Geliebte wird?«

»Ich bewundere sie.«

Lion starrte ihn verblüfft an. Er konnte sich nicht entsinnen, wann Lorenzo zum letztenmal eine wohlwollende Äußerung über einen Menschen getan hatte. Gewiß, Bewunderung war nicht Zuneigung, aber das Eingeständnis war dennoch ungewöhnlich.

Lorenzo entging Lions Verwunderung nicht. »Nein, es stimmt. Sie erinnert mich an mich selbst, an die Zeit, als ich in den Straßen Neapels groß wurde. Sie kämpft mit allen ihr zur Verfügung stehenden Waffen ums Überleben und schafft sich neue, wenn die alten nichts mehr taugen.« Er ließ ein Achselzucken folgen. »Ein Jammer, daß sie so gutherzig ist. Es ist eine Schwäche, die sie schließlich ins Verderben stürzen wird.«

»Und weil du sie bewunderst, möchtest du sie in meinem Bett sehen.«

»Damit bekäme sie eine Waffe in die Hand. Im Moment hat sie gegen dich keine einzusetzen. Das Kind hängt dem lächerlichen Glauben an, Versprechen müßten gehalten werden. Man würde meinen, sie müßte es nach dem Leben, das sie geführt hat, besser wissen.«

»Sie braucht keine Waffen«, sagte Lion voller Ungeduld. »Ich habe nicht die Absicht, grausam zu ihr zu sein.«

»O doch, sie wird Waffen brauchen.« Lorenzos Zeigefinger fuhr den Rand seines Pokals entlang. »Wenn du sie nach Mandara bringst.«

Lion erstarrte. »Meine Geliebten bringe ich nicht dorthin.«

»Sanchia wirst du dorthin bringen. Weil sie dir gehört.«

»Nein, *per dio*, du weißt, daß ich nie...«

»Diesmal schon.« Lorenzo hob den Blick. »Ich freue mich schon mitanzusehen, was sich daraus ergibt.«

»Weil du gern zusiehst, wenn unser aller Leben durcheinandergewirbelt wird, und dein Vergnügen dabei hast.«

Zum erstenmal schwand der Spott aus Lorenzos Miene. »Nein, weil diese Torheit in Mandara schon zu lange andauert. Es wird Zeit, daß jemand den Lauf der Dinge ändert.«

»Lorenzo, halte dich da heraus. Es ist meine Entscheidung.«

Sofort legte sich wieder Spott über Lorenzos Miene. »Ich glaube, das ertrage ich nicht. Unser letzter Aufenthalt in Mandara bot mir auch nicht das kleinste Vergnügen. Diese große Güte und tugendhafte Mäßigung... Übel kann einem dabei werden.«

»Wie bedauerlich. Ich fürchte aber, du mußt dich damit abfinden. Ich bringe keine Bettgefährtinnen nach Mandara.«

»Wir werden sehen.« Lorenzo leerte den Pokal zur Neige, stellte ihn hin und stand auf. »Und jetzt wünsche ich gute Nacht. Berichte mir am Morgen, wie du die kleine Sanchia genossen hast.« Er ging zur Tür. »Glaubst du, sie ist noch Jungfrau? Nie wäre ich auf den Gedanken gekommen, ehe sie uns von ihrer genialen Duftmischung erzählte.« In seinen grauen Augen blitzte es silbern auf, als er sich an der Tür umdrehte. »Wie köstlich für dich, wenn sie es wäre. Denk doch, wie eng sie dich umspannen wird, und wie süß es sein wird, ihre kleinen Schreie des Staunens und des neugefundenen Entzükkens zu vernehmen.« In der Tür stehend, fügte er noch leise hinzu: »Und das würde sie um so mehr zu deinem Eigentum machen, nicht?« Als Lorenzo die Tür schließen wollte, stutzte er. »Ach, Sanchia, wie bezaubernd du aussiehst...« Er schnüffelte. »Und wie du duftest. Tritt ein. Lion erwartet dich.« Er öffnete die Tür ganz weit und trat beiseite. »*Buona sera*, meine Damen.«

Sanchia und Giulia blieben im Eingang stehen. Mit einer ruckartigen Kopfbewegung deutete Giulia auf das Mädchen. »Nun, gefällt sie Euch?«

Lions Blick wanderte langsam über Sanchias zierliche Gestalt. Ihm war klar, daß Giulia über diesen Eindringling und über seine Reaktion alles andere als entzückt war. Es stand zu vermuten, daß sie dem Mädchen das schlichteste Gewand, das im ganzen Haus aufzutreiben war, gegeben hatte. Das einfache Samtkleid, das Sanchia trug, war von sattem Braun und wies keinen kunstvollen Zierat auf. Doch der dunkle Ton des Gewandes ließ den Olivton ihrer Haut golden schimmern, und der tiefe Ausschnitt enthüllte die anmutige Linie ihres Halses und die Wölbung ihrer Brüste, die das Samtmieder verführerisch strafften.

Lions Blick haftete am nackten goldenen Fleisch ihres Brustansatzes. Das Gefühl in seinen Lenden war so stark, daß es fast schmerzte. »Ja, sie gefällt mir.«

»Wir mußten das Haar dreimal waschen, bis der Geruch getilgt war.« Giulia preßte die Lippen zusammen, als sie bemerkte, daß Lions Blick Sanchia nicht loslassen wollte. »Ich nehme an, Ihr verlangt heute nicht nach mir?«

»Nein.«

Giulia vollführte eine Drehung, die ihren blauen Kleidersaum schwingen ließ. »Ihr seid des Wahnsinns. Sollte Euch der Sinn nach Abwechslung stehen, könnte ich Euch zehn Schöne verschaffen, die reizvoller sind als dieses... dieses... Kind!«

Die Tür fiel laut hinter ihr ins Schloß.

»Ich kann sie nicht leiden«, gab Sanchia tonlos von sich.

»Dann stört es dich gewiß nicht, zu erfahren, daß sie deine Abneigung erwidert.« Lion hob den Blick von der zarten Kontur ihres Halses. »Dein Haar ist ja noch feucht.«

»Ein wahres Wunder. Sie und diese beiden anderen Frauenzimmer erstickten mich fast, als sie mir die Haare trockenrieben.«

Lion sah jetzt, daß ihr Haar nicht jene stumpfe braune Farbe hatte, die er zunächst zu sehen geglaubt hatte. Die Mischung, die sie aufgetragen hatte, mußte dem Haar Farbe und Glanz geraubt haben. Obschon noch dunkel vor Feuchtigkeit, enthüllte der Kerzenschein den feurigen Schimmer glänzenden, brünetten Haares. »Komm her und laß dich ansehen.«

Erst zögerte sie, dann aber ging sie langsam auf ihn zu, voller Anmut, die Schultern zurückgenommen, den Rücken gerade. Die Haltung eines Kriegers, der in die Schlacht zieht, dachte er.

Sie blieb vor ihm stehen. »Sie hat recht.« Ihre Stimme war atemlos. »Ich bin nicht ansehnlich. Ich bin zu mager und besitze nicht die schöne helle Haut von Elisabeth oder Giulia Marzo. Ihr werdet nicht viel Vergnügen an mir haben.«

Lion lehnte sich zurück. »Da irrst du dich. Wie ich schon zu Giulia sagte, erregst du durchaus mein Wohlgefallen.« Wieder blieb sein Blick an der glatten Haut ihrer Schultern haften. »Und der Ton deiner Haut... er gefällt mir. Er erinnert mich an das Gold des...« Er sprach nicht weiter. Betroffen merkte er, daß er im Begriff gestanden hatte, sie mit dem ›Tänzer im Wind‹ zu vergleichen. Lorenzos Bemerkung mußte ihn auf diesen Gedanken gebracht haben. Eigentum. Der ›Tänzer im Wind‹. Sanchia...

Er führte den Pokal an die Lippen. »Du weißt, weshalb du hier bist?«

»Ja.« Sie befeuchtete ihre Lippen. »Ich wußte es, als ich Euren Blick bemerkte, als ich im Bad saß. Ganz so wie Giovanni meine Mutter ansah. Ihr wollt meinen Körper benutzen.«

Der Vergleich erboste ihn. »Ich bin nicht Ballano«, gab er schroff von sich.

»Ihr habt mir ein Bad verordnet, Ihr habt mich parfümieren lassen.« Sie holte bebend Luft. »Wollt Ihr, daß ich mich entkleide und vor Euch auf den Boden knie?«

»Nein!« Seine heftig hervorgestoßene Verneinung verblüffte ihn ebenso wie sie. »Es gibt lustvollere Möglichkeiten, eine Frau zu nehmen... nicht so, als wäre sie eine läufige Hündin.«

»Und doch hat die Vorstellung Euch erregt«, sagte Sanchia. »Ich sah, daß Ihr...«

»Du siehst zuviel.« Plötzlich kam ihm ein Gedanke. »Versuchst du etwa, mich von meiner Absicht abzubringen, indem du mich mit Ballano vergleichst? Lorenzo behauptet, du würdest jede Waffe benutzen, die dir zu Gebote steht.«

»Hier habe ich keine Waffen«, sagte sie schlicht. »Ich gab Euch mein Versprechen, daß ich Euch gehorchen werde.«

Sie besaß keine Waffen. Lorenzo hatte das gleiche gesagt, wie Lion sich frustriert ins Gedächtnis rief. Sie gehörte ihm. Er hatte das Recht, ihren Körper nach Belieben zu benutzen, sei es voller Zärtlichkeit, sei es mit Brutalität. Sie wußte es und fand sich damit ab. Warum also hatte er das Gefühl, sich bei ihr rechtfertigen zu müssen, weil er mit ihr ins Bett wollte? »Es muß nicht so sein wie mit Ballano. Ich werde dir Wonne bereiten und...«

»Nein.« Aus ihren aufgerissenen Augen sprach Verwirrung. »Warum lügt Ihr mich an? Immer ist es der Mann, der Wollust empfindet. Frauen sind nur Gefäße, die Männer in ihren Körper aufnehmen und ihren Samen empfangen. Nicht ein einziges Mal empfand meine Mutter Lust.«

»Weil sie wie ein Stück Vieh behandelt wurde.« Lion setzte den Pokal so heftig auf dem Fensterbrett ab, daß der Rest des Weines auf das blankpolierte Holz spritzte. »Ich will dir zeigen, wie...« Er hielt inne, als er ihren Blick sah, aus dem völliger Unglauben sprach.

Da lächelte er mit plötzlich erwachender Unverschämtheit. »Ach, das ist eine Herausforderung. Soll ich dir ein Versprechen geben, meine von Zweifeln geplagte Sanchia? Angenommen, ich sage dir jetzt, daß ich dich nicht als ›Gefäß‹ benutze, solange du mich nicht darum anflehst. Solange du dich nicht willig niederkniest und ich von dir Gebrauch machen kann wie Giovanni von deiner Mutter, weil du danach lechzt, mich in dir zu spüren.«

Aus ihrem Blick sprach Verwunderung. »Warum solltet Ihr mir ein Versprechen geben? Auf meine Gefühle müßt Ihr keine Rücksicht nehmen. Ich gehöre Euch. Es ist unwichtig, wenn ich nichts empfinde, wenn...«

»Mir ist es wichtig.« Sein Ton ließ Gereiztheit heraushören sowie kaum verhüllte Gewalttätigkeit. »Weiß Gott, es ist mir wichtig.« Er nahm ihre Hand und zog Sanchia vor seinem Stuhl auf die Knie. »Und ich werde dieses Versprechen vermutlich tausendfach bereuen, ehe dies alles vorbei ist. Und jetzt sieh mich an.«

Gehorsam hob sie den Kopf und hielt den Atem an, als sie in seiner Miene las. In Lions Blick lagen dunkle, exotische Geheimnisse, und die Wölbung seiner Lippen kündete von unverhüllter Sinnlichkeit.

»Was siehst du?«

»Ihr begehrt mich.«

»Ja.« Seine großen Hände fielen schwer auf ihre schmalen Schultern. »Und immer wenn ich dich von nun an ansehe, werde ich an das denken, was ich gern mit dir täte.« Eine schwielige Hand ließ ihre Schulter los und strich über ihre Kehle. Ihre Haut war so samtweich, wie sie aussah, und warm, so warm... Er spürte, wie heiße Lust ihn durchschoß und seine Männlichkeit noch größer werden ließ. »Ich werde dich berühren, wann immer es mir beliebt.« Er schob den Stoff ihres Kleides von ihren Schultern. »Wenn es mir gefällt, werde ich dieses schöne Fleisch entblößen und dich liebkosen. Ohne Rücksicht darauf, wo wir uns befinden. Ohne Rücksicht darauf, wer zusieht.«

Sie blickte ihn wie gebannt an, während ihr Puls an der Kehle wild zu flattern begann.

»Bist du Jungfrau?«

Sie befeuchtete ihre Lippen. »Ja.«

»Gut.« Es war primitive Befriedigung, was er empfand, so tief, daß die Erinnerung an Lorenzos Worte fast überlagert wurde. »Dem Himmel sei Dank für diese gräßliche Mixtur, was immer sie gewesen sein mag.«

»Sie bestand aus Fischöl, Knoblauch und Hühnerdr...« Sie brach mitten im Wort ab, als seine Hand unter das Mieder ihres Gewandes glitt und eine harte Handfläche ihre Brustspitze berührte. Er spürte ihren Herzschlag unter seinen Fingerspitzen. Sanchia schloß die Augen. »Jetzt fällt es mir wieder ein. Ihr wolltet es nicht wissen.«

»Ich möchte viel lieber wissen, warum deine Brust so wonnig unter meiner Hand anschwillt.«

»Ach? Ich weiß nicht, warum. Vielleicht werde ich krank. Ich fühle mich ganz eigenartig.«

»Du bist nicht krank.« Seine Hand streichelte ihre Brust, als wäre sie sein Lieblingskätzchen. »Wenn ich dich berühre, reagierst du immer so.« Er drückte ihre Brust sanft.

Sanchia riß die Augen auf, Röte stieg ihr in die Wangen. Sie sah auf seine große Hand hinunter, die ihre Brust bedeckte. »Das gibt Euch Wonne?«

»Ja, ebenso wie dir.«

»Es bereitet mit keine Wonne. Mir ist heiß, und es schmerzt...« Wieder drückte Lion ihre Brust und ließ den Daumen über die rosige Spitze gleiten. »Mir geht es ebenso. So setzt die Wonne ein.« Daumen und Zeigefinger fingen an, ihre zugespitzte Brustwarze zu ziehen. Wie würde sie sich in seinem Mund anfühlen, fragte er sich, wenn er daran sog und mit den Zähnen daran knabberte? Diese Vorstellung bewirkte, daß seine Finger unwillkürlich fester zugriffen.

Ein Schaudern überlief sie. Ihr Blick glitt zu seinem Gesicht.

Sofort gaben seine Finger sie frei. »Das war ein Fehler. Ich wollte dir nicht weh tun.«

»Ihr habt mir nicht weh getan. Es hat sich nur merkwürdig angefühlt.«

Lion blickte auf sie nieder. Er wußte, daß er im Moment weit genug gegangen war. Zwar nicht weit genug für mich, dachte er reuig, aber wenn er sie jetzt nicht allein ließ, würde er sie die ganze Nacht nicht verlassen.

Cristo, warum ließ er von ihr ab, wenn er steinhart war und sich danach verzehrte, in ihre süße Enge einzudringen? War sie nicht bereit, würde er mit Sanftheit vorgehen und... Er preßte die Lippen zusammen, als er merkte, daß er sich etwas vorlog. Er begehrte sie zu heftig und würde seine Begierde nicht bezwingen können, wenn er erst einmal zwischen ihren Schenkeln lag. Er würde den Kopf verlieren und in rasender Lust in sie eindringen, so daß er in ihren Augen ein Straßenköter würde wie Ballano.

Der Gedanke an Ballano ließ ihn widerstrebend ihre Brust loslassen und seine Hand von ihrem Samtmieder lösen. »Steh auf«, sagte er rauh.

Hellrote Flecken brannten auf ihren Wangen, als sie ihn ansah.

»Steh auf. Es ist vorbei.« Seine Lippen verzogen sich zu einem Lächeln. »Für jetzt jedenfalls.«

Sie gehorchte und trat einen Schritt zurück. »Ihr werdet mich nicht mehr anfassen?«

Er stand auf und strebte zur Tür. »Zieh dich aus und geh zu Bett.«

»Wo denn?«

Er deutete auf das Bett, das im Raum stand. »Glaubst du, ich hätte dir wie Ballano zugemutet, auf einer Decke auf dem Boden zu schlafen?«

»Aber das ist Euer Bett«, stammelte sie.

»Um so mehr Grund für dich, es in Anspruch zu nehmen. Mein Bett, meine Sklavin. Lorenzo sagt, ich hätte eine ungemein besitzergreifende Natur. Falls es der Wahrheit entspricht, dann sollte es mich freuen, dich bei meiner Rückkehr in meinem Bett zu sehen.«

»Wohin geht Ihr?«

»In Giulias Gemach.« Lions Lächeln ließ einen Anflug von Grausamkeit ahnen. »Ich brauche eine Frau, und Giulia ist stets sehr zuvorkommend. Anders als du weiß sie, was es heißt, Wonne zu empfinden und zu spenden. Ihr ist es einerlei, was mich erregt, solange ich nur sie genügend errege. Sie wird dir sogar noch dankbar sein.«

»Das glaube ich nicht«, sagte Sanchia mit gerunzelter Stirn. »Und vielleicht spielt sie die Wollust nur. Ich hörte, daß Huren dies zu tun pflegen.«

Er sah sie fassungslos an. Diese Möglichkeit hatte er nie in Betracht gezogen. Ob Giulia wirklich...

Sanchia fing zu lachen an.

Cristo, das kleine Teufelchen wollte ihn reizen, merkte er mit Erstaunen. Erst hatte sie unterwürfigsten Gehorsam gezeigt, und jetzt leuchtete aus ihrem Gesicht boshafte Schadenfreude. Ihr Lachen war so ansteckend, daß sich auf seinen Lippen ein zögerndes Lächeln ausbreitete. »Ich werde sie fragen.« Er begegnete ihrem Blick. »Wenn du dir selbst die Frage stellst, ob auch du nur so getan hast als ob.«

Ihr Lachen verschwand, als sich ihre langen Wimpern über ihre Augen senkten. »Ich sagte Euch...«

»Daß es keine Lust war«, schloß er den Satz an ihrer Stelle. »Denk darüber nach, wenn du in meiner Abwesenheit im Bett liegst. Ich glaube, du wirst entdecken, daß es Lust war, was du heute empfunden hast.« Seine Stimme senkte sich zu sinnlicher Weichheit. »Und wenn du daliegst, dann bedenke, daß ich Giulia noch mehr Wonne spende, jene Wonne, die du hättest empfinden können.« Er wandte sich zum Gehen. »Schlaf wohl, Sanchia.« Die Tür schloß sich mit einem festen Klicken hinter ihm. Sanchias Blick blieb verwundert an der Tür haften. Was für ein merkwürdiger Mensch er doch war! Er hatte sie auf dieselbe viehische Weise nehmen wollen wie Giovanni ihre Mutter. Nichts war ihr deutlicher zu Bewußtsein gekommen, als er dagesessen und sie im Bad beobachtet hatte. Warum hatte er es nicht getan? Frauen waren stets leichte Beute für einen Mann, ob Freie oder Sklavinnen. Zuweilen hatte sie geglaubt, das Dasein als Sklavin sei vielleicht um eine Spur leichter. Da Sklavinnen Eigentum ihres Herrn waren, war meist für ihr Essen und Nachtlager gesorgt. Eine Freie aber endete, wenn sie hübsch war, sehr oft in einem von Caprinos Bordellen. War sie häßlich, konnte sie leicht auf der Straße verhungern.

Als sie erwacht war und Andreas im Eingang des Lagerraumes gesehen hatte, hätte ihr Entsetzen nicht größer sein können. Nicht nur aus Angst vor Vergeltung, sondern weil sie nicht imstande war, sich eine Meinung über ihn zu bilden. Sie spürte große Kraft in ihm, konnte aber nicht erkennen, in welcher Weise er diese gebrauchte! Seine Motive und seine Ziele waren ihr ein Rätsel, und das machte ihr angst. Ihrer Erfahrung nach war Verstehen gleichbedeutend mit Erobern oder zumindest mit Überleben, aber ohne Verstehen war sie hilflos.

Langsam öffnete sie das Gewand, das sie eben erst angezogen hatte, wobei sie den Blick noch immer auf die Tür gerichtet hielt. Was würde er tun, wenn er wiederkehrte? fragte sie sich. Seine Worte waren so sonderbar gewesen. Sie hatte ihn nicht herausfordern wollen, er aber schien zu glauben, daß es ihre Absicht gewesen war. War es deshalb, weil sie Jungfrau war? Sonderbar, denn ihre Unberührtheit hatte ihr immer sehr wenig bedeutet.

Sie hatte gewußt, daß der Verlust ihrer Unschuld unvermeidlich war. Entweder würde Giovanni sie ihr rauben oder irgendein anderer, dem sie auf der Straße in die Hände fiel. Vor etlichen Monaten wäre es beinahe so weit gewesen, als sie in eine finstere Gasse gezerrt worden war, von einem Seemann, der zu gierig nach einer Frau gewesen war, um den Geruch an ihr wahrzunehmen. Sie hatte gewußt, daß Schreien sinnlos war. Vergewaltigung war in den Seitengassen keine Seltenheit und bewirkte bestenfalls ein indigniertes Hochziehen der Brauen und eine Beschleunigung der Schritte der Passanten. Ein wenig Glück und ein Tritt zwischen seine Beine hatten ihr Entkommen ermöglicht.

Der Verlust ihrer Jungfräulichkeit erschien ihr weniger bedeutsam als die Ungerechtigkeit, daß man sie ihr ohne ihr Einverständnis nehmen wollte. Ihrer Meinung nach wurde die Jungfräulichkeit einer Frau reichlich überbewertet. Es war einzusehen, daß die Reinheit einer Frau von Bedeutung war, wenn ein Mann sicher sein wollte, ob sein Sohn von ihm war, doch wenn es nicht um eine Ehe ging, dann war es töricht von den Männern, dem Umstand, daß sie bei einer Frau der erste waren, so viel lustvolle Bedeutung zuzumessen.

Doch Lionello Andreas hatte sich töricht benommen, als er erfahren hatte, daß sie Jungfrau war; seine Miene hatte so viel primitive Befriedigung ausgestrahlt, daß sie ein sonderbar brennendes Gefühl in ihrer Magengrube verspürt hatte. Seine Hände auf ihrem Körper hatten dasselbe peinigende Gefühl erzeugt, das irgendwo zwischen Schmerz und Hunger angesiedelt war.

Hunger? Sie schüttelte den Kopf, als sie sich des Gewandes entledigte und auch ihr Hemd ablegte. Beides legte sie sorgfältig auf den Stuhl beim Tisch. Warum war ihr dieses Wort in den Sinn gekommen? Hunger empfand man nach Nahrung und Schlaf und nach den schönen Wörtern in Büchern, aber nicht nach Männerhänden auf dem Körper. Die Erschöpfung mußte es sein, die sie so sehnsüchtig und töricht reagieren ließ.

Sie zog die Samtdecke zurück und schlüpfte darunter. Ein Jammer, daß ihre Müdigkeit sie hinderte, die Weichheit der Matratze und den sauberen Duft von Fichtenharz und Lorbeerblättern zu genießen, der dem Bettzeug anhaftete. Noch nie zuvor hatte sie in einem richtigen Bett geschlafen, und sie wünschte, sie hätte diesen Luxus richtig auskosten können. Sanchia war immer schon bestrebt gewesen, einen Augenblick der Wonne besonders auszukosten, weil sich vielleicht nie wieder einer einstellen würde. In schlechten Zeiten konnte man sich dann an der Erinnerung eines Augenblicks voller Schönheit laben und empfand die mißliche Lage nicht mehr so unüberwindlich.

Der Schlaf winkte unwiderstehlich. Sie sollte noch aufstehen und die Kerze ausblasen, damit Andreas sie nicht für achtlos und verschwenderisch hielt...

4. KAPITEL

Cristo, was, zum Teufel, war nur in ihn gefahren?

Lion blickte auf Sanchia voll ohnmächtiger Wut nieder. Es war ein Gefühl, das die Lust fast überstieg, die jeden Muskel seines Körpers härtete.

Kerzenlicht huschte über das satte Brünett von Sanchias Haar und streichelte die seidige Glätte ihrer nackten Schultern oberhalb der Decke. Sie lag zusammengerollt auf der Seite, die Wange an das Kissen geschmiegt, die rosigen Lippen leicht geöffnet. Warum weckte er sie nicht und sagte ihr, daß sie ihn in ihren Leib aufnehmen mußte, daß sie zulassen mußte, von ihm benutzt zu werden, damit er dieses verzehrende Verlangen loswurde? Sie war sein Eigentum. Sie hatte ihm das Versprechen gegeben, daß sie ihm in allem gehorchen würde. Sie würde ihm daher auch ohne Klage ihren Körper ausliefern müssen.

Ausliefern. Er wünschte, es wäre ihm nicht ausgerechnet dieses Wort eingefallen, denn es ließ die Erinnerung an viele Städte wachwerden, die sich seinem Schwert ausgeliefert hatten. Vergewaltigung und Raub waren die unweigerliche Folge gewesen, der Lohn, der einer siegreichen Armee zustünde, wie sein Vater ihn gelehrt hatte, und Lion hatte sich im Laufe der Jahre an beides gewöhnt. Es hätte Lorenzos spöttischer Sticheleien nicht bedurft, um zu wissen, daß Ritterlichkeit und Anstand nur für Narren gut war.

Doch er wollte nicht, daß Sanchia sich ihm nur deswegen hingab, weil sie sein Eigentum war und weil sie keine andere Wahl hatte.

Santa Maria, was war nur mit ihm los? Er war nicht fähig gewesen, für Giulia Begehren aufzubringen, nachdem er Sanchia verlassen hatte, und dieses Versagen hatte ihn empört und erbittert. Er war aus dem Gemach gestürmt, mit der Absicht, das Begehren zu befriedigen, das Giulia zu stillen nicht imstande gewesen war. Ein Mann war ein Narr, wenn er sich von Gewissensbissen abhalten ließ, den Körper einer Frau zu benutzen, um sein Feuer zu stillen. Da sein Körper sich allein nach Sanchia verzehrte, war es nur vernünftig, wenn er ihm verschaffte, was er forderte.

Er zog die Decke herunter, damit er Sanchia von ihrer schimmernden Haarflut hinunter bis zu den kleinen Füßen ungehindert betrachten konnte. Wie ein glänzender Schmetterling hob sie sich vom weißen Leinenzeug ab, ganz samtiges goldenes Fleisch und seidiges weinfarbenes Haar. Warum wirkte ihr schlanker Liebreiz weitaus erregender auf ihn als Giulias üppigere Reize? Immer schon hatte seine Vorliebe volleren Frauen gegolten...

Nein, dies hier war besser. Das Blut raste durch seine Adern, die Spannung in seinen Lenden wurde immer unerträglicher. Im nächsten Moment würde es mit seiner Zurückhaltung vorbei sein...

Er beugte sich über sie, den Blick auf das Rosa ihrer Brustspitzen gerichtet. Wahrlich prachtvolle Brüste... Allein der Gedanke, sie zu berühren, ließ sein Herz höher schlagen. Er würde Gewänder für sie anfertigen lassen, in denen die Schönheit ihres Busens zur Geltung käme.

Sanchia rührte sich, seufzte und drehte sich auf den Rücken.

Dio, wie klein sie war! Wie ein Kind sah sie aus, von den erotisierenden Brüsten und dem weichen Haar, das ihr Geschlecht bedeckte, abgesehen.

Und doch ist sie kein Kind, rief er sich hastig ins Gedächtnis. Sie war sechzehn, wie sie gesagt hatte, ein Alter, in dem die meisten seit mindestens zwei Jahren verheiratet waren. Seine Mutter hatte ihn mit fünfzehn geboren. Sanchias Alter also war kein zwingender Grund für Schuldgefühle, auch nicht ihre Wehrlosigkeit, die jeden Widerstand ausschloß.

Sanchia murmelte etwas Unverständliches im Schlaf.

Lions Blick wanderte zu ihrem Gesicht. Die langen Wimpern warfen dunkle Schatten auf die Wölbung ihrer Wangen. Doch auf ihrer rechten Wange, ganz oben, sah er noch einen Schatten. Dann merkte er, daß es kein Schatten war, sondern eine leichte Abschürfung, wo Giovanni sie getroffen hatte. Er sah deutlich vor sich, wie Sanchias Kopf unter der Gewalt des Schlages zurückgefallen war, und er vermeinte den heißen Zorn noch zu spüren, der ihn beherrscht hatte. Am liebsten hätte er diesen Schuft umgebracht! Wie konnte dieser elende Wicht es wagen, sein Eigentum anzufassen? Sah er denn nicht, wie klein und hilflos Sanchia war? Wie leicht sie Verletzungen und Schmerzen davontragen konnte? Wäre der Hieb etwas härter ausgefallen, er hätte sie töten können oder zumindest... Nein, bei Gott, er wollte nicht daran denken, wie verletzlich sie war, nur daran wollte er denken, wie sehr er sie begehrte. Mit Absicht beschwor er wieder die Bilder und Gefühle herauf, die auf ihn eingestürmt waren, als er die Decke heruntergezogen und ihren Körper entblößt hatte.

Ein strahlender Schmetterling. Ganz Farbe und weiche, samtige Beschaffenheit...

Aber Schmetterlinge waren die zartesten aller Geschöpfe.

Schmetterlinge konnten durch eine einzige achtlose Berührung einer Menschenhand verletzt werden oder den Tod finden.

Und er war nicht Giovanni.

Er konnte warten, bis sie sich von dieser abgrundtiefen Erschöpfung erholt hatte und sich bei ihm sicherer fühlte.

Schließlich war sie in ihrer Eigenschaft als Diebin für ihn von größter Wichtigkeit. Sie würde ihm wiederbringen, was ihm genommen worden war, und jedes zusätzliche Vergnügen, das sie ihm verschaffen konnte, war zweitrangig.

Lion richtete sich wieder auf und zog widerstrebend die Decke bis zu Sanchias Kinn. Ja, er konnte warten.

Vielleicht.

Sich umwendend, blies er die Kerzenflamme aus.

Doch er würde sich nicht zurückhalten können, wenn er sich in dieses Bett legte... oder sich in diesem Raum aufhielt. Leise ging er an die Tür, während er die Möglichkeiten überdachte, die ihm blieben. Zu Giulia konnte er nicht zurück. Sie war aufs höchste erzürnt gewesen, als er von ihr gegangen war. Angesichts der späten Stunde blieb ihm nur eine Lösung offen.

Er schnitt eine Grimasse, als ihm aufging, daß Lorenzos Kammer seine einzige Zuflucht war und er sich dessen spottgeladenen Kommentaren stellen mußte.

O ja, Lorenzo würde sich über Lions mißliche Lage gewiß diebisch freuen.

»Aufwachen.« Giulias Hand auf Sanchias Schulter war alles andere als sanft, als sie das Mädchen schüttelte. »Aufstehen. Du wirst unten schon erwartet.«

Als Sanchia verschlafen die Augen aufschlug, sah sie Giulia Marzos gerötetes Gesicht über sich. Giulia ist wieder erzürnt, dachte sie benommen, fast so erzürnt wie am Abend zuvor, als sie Sanchia mit Lion hatte allein lassen müssen. »Ich bin schon wach.« Sie setzte sich auf. Die einfallende Frühmorgensonne brachte sie durch ihre Helligkeit zum Blinzeln. »Wie spät ist es?«

»Kurz vor acht Uhr!«

Acht Uhr! Sanchia konnte sich nicht entsinnen, wann sie je über den Tagesanbruch hinaus geschlafen hatte. Sie kämpfte sich aus dem Bett und griff hastig nach den Sachen, die sie am Abend zuvor über den Stuhl gebreitet hatte. »Ich wollte nicht so lange schlafen. Ist Herr Andreas schon ungehalten?«

»Das mußt du ihn selbst fragen.« Giulia ging an die Tür. »Er ist kein Mensch, der gern wartet.« Sie warf einen Blick zurück. »Auf dem Tisch stehen Wein und Früchte bereit. Iß rasch ein paar Bissen und komm in zehn Minuten hinunter.«

»In fünf.« Sanchia kleidete sich eilig an. »Essen brauche ich nicht. Lorenzo hat mir gestern beim Bäcker Brot und Früchte gekauft. Ich kann...«

»Iß etwas.« Giulias ebenmäßige Züge trugen eine unschöne Härte zur Schau. »Lion legt Wert darauf, daß du vor dem Aufbruch frühstückst. Er wird in fünf Minuten nicht ungehaltener sein, als er es jetzt ist.« Giulia lächelte mit einem Anflug von Bosheit. »Oder vielleicht hast du das Gefühl, du müßtest nach letzter Nacht um seine Gunst buhlen? Ich sagte Lion ja, er würde bei dir kein Vergnügen finden.«

Sanchia starrte Giulia verwirrt an. Diese Frau war wie eine Wespe, die sie mit bösen Worten zu stechen versuchte, aber wie konnten diese Worte treffen, wenn sie keinen Sinn ergaben? Schließlich hatte Lion die Nacht in Giulias Bett verbracht. »Ich sagte es ihm auch. Er schien mir keinen Glauben zu schenken.«

Giulias Hand umklammerte den Türknauf fester. »Unverschämtheit!«

»Nein, ich meinte nicht...«

»Mag sein, daß du für ein paar Wochen Gefallen bei ihm erregst, aber er wird es bald leid sein, ein Kind im Bett zu haben, das nicht mehr Fleisch auf den Knochen hat als ein dürres Vögelchen.« In Giulias blauen Augen blitzte es. »Und dann wird er nach Florenz und zu mir zurückkehren. Du wirst ihn nie halten können!«

»Diese Frage wird sich nie stellen«, sagte Sanchia leise. »Du vergißt wohl, daß ich ihm gehöre. Er ist es, der mich hält.«

Aus einem unerfindlichen Grund schien ihre Antwort Giulias Zorn nur noch mehr zu schüren. Mit einer halblaut gemurmelten Unflätigkeit schlug sie die Tür zu.

Sanchia zuckte zusammen. Dann schlüpfte sie in ihre Schuhe und knöpfte ihr Kleid zu. Ein sehnsüchtiger Blick fiel auf die Apfelspalten und das Glas Wein auf dem Silbertablett. Ein richtiger Apfel! Vor etlichen Jahren hatte sie einen gekostet, aber dieser hier sah reifer und saftiger aus. Vielleicht sollte sie sich doch einen Bissen gönnen...

Seufzend ging sie zur Tür. Lion stellte für sie eine zu große Unbekannte dar, als daß sie seinen Zorn riskieren wollte. Giulias Behauptung, daß längeres Warten ihn nicht erzürnen würde, war nicht zu trauen, da das Frauenzimmer ihr übelwollte.

Sanchia verharrte am oberen Ende der Treppe, als sie Stimmen vernahm. Caprino stand im unteren Flur und verhandelte mit Lion. Sie umklammerte das marmorne Treppengeländer fester. Doch ihre

Verwunderung und Wachsamkeit wich jäh heißer Befriedigung. Sie hatte keinen Grund mehr, Caprino zu fürchten. Er konnte ihr nichts mehr anhaben. Und er konnte auch Elisabeth nichts mehr tun. Gelassen ging sie die Treppe hinunter.

Caprino blickte auf, als sie die drittletzte Stufe erreicht hatte. »Ach, Sanchia, wie zauberhaft du aussiehst!« Sein Blick umfaßte sie bewundernd. »Ich hatte ja keine Ahnung, daß du gesäubert so hübsch aussiehst, sonst hätte ich gezögert, dich dem *magnifico* zu schenken.« Er hielt mit selbstzufriedenem Lächeln eine Börse hoch. »Ich fürchte, ich werde mich mit der jungen Elisabeth zufriedengeben müssen. Ich will Giovanni einen Besuch abstatten, sobald ich euch gute Reise gewünscht habe.«

Sanchia erwiderte sein Lächeln. »Sicher wird Giovanni erfreut sein, dich zu sehen. Ich war immer schon der Meinung, daß ihr vieles gemeinsam habt. Aber Elisabeth ist nicht mehr bei Giovanni.«

Caprino erstarrte. Sein Blick lag unverwandt auf ihr. »Und wo ist sie?«

»Bei Meister Benedetto und seinem guten Weib. Da ich gezwungen bin, Elisabeth zu verlassen, hielt ich es für klüger, ihre Zukunft zu regeln.« Ihr spöttisches Lächeln vertiefte sich. »Sicher wird diese Entscheidung deinen Beifall finden. Ich weiß, daß du selbst sehr daran interessiert warst, für ihre Zukunft zu sorgen. Noch vor Ablauf des Monats wird sie Alessandro ehelichen.«

»Eine Ehe! Aber sie kann nicht...!« Caprino drehte sich wie der Blitz zu Lion um. »Ich wurde betrogen. Das Geld, das Ihr für Sanchia bezahlt habt, reicht nicht.«

»Vor zwei Minuten reichte es noch.« Lions Ton war eiskalt. »Das Geschäft ist besiegelt, Caprino.«

»Aber ich dachte...« Caprino verstummte, als ihn Lions Blick traf. Er mußte seine Wut hinunterschlucken. Schließlich wandte er sich wieder an Sanchia. »Du glaubst wohl, du hättest mich übers Ohr gehauen?«

»Davon kann keine Rede sein. Meine Absicht war es nur, Elisabeth zu schützen.«

»Vor mir«, schnaubte er.

»Vor allem und jedem.« Sie sah ihn offen an. »Und ja, vor allem vor dir.«

»Keine Angst, Elisabeth ist mir nicht mehr wichtig.« Caprinos Stimme war so sanft, daß die ihr unterliegende Bosheit kaum herauszuhören war. »Aber du und deine Zukunft sind noch immer von großem Interesse für mich. Ich habe es nicht gern, wenn man mich um etwas betrügt, das ich gern haben möchte.«

Ein eisiger Finger der Furcht berührte ihr Rückgrat. Er kann mir oder Elisabeth nichts mehr tun, beruhigte sie sich, dennoch ließ sich dieses Gefühl der Bedrohung nicht ganz abschütteln. »Du wirst von meiner Zukunft nichts erfahren. Ich verlasse Florenz.«

»Ich kann warten. Im Warten bin ich sehr gut.«

»Verschwindet, Caprino.« Lion deutete auf die Tür. »Unser Geschäft ist erledigt.«

»Guten Tag, *magnifico*.« Caprinos Ton war pure Förmlichkeit. »Ich wünsche Euch Freude an Eurem Kauf. Möge Sanchia Euch bringen, was Ihr sucht.« Er öffnete die Tür und warf ihnen über die Schulter ein schwaches Lächeln zu. »Aber Ihr tut gut daran, nicht zu lange zu warten und Sanchia ihre Aufgabe rasch vollbringen zu lassen. Junge Mädchen sind wie zarte Blüten, die zuweilen über Nacht welken und vergehen.« Die Möglichkeit einer Erwiderung wurde ihnen verwehrt, indem er die Tür hinter sich schloß.

Die Anspannung wich aus Sanchias gefühllosen Muskeln. Sie zwang sich das Geländer loszulassen. »Vergebt, daß ich verschlafen habe, mein Herr. Ich bin reisefertig.«

Lions Blick wanderte von der Tür zu ihrem Gesicht. »Ist dir klar, daß er eben eine Drohung gegen dein Leben ausstieß?«

Sie nickte und brachte die letzte Stufe hinter sich. »Er ist böse.«

»Und doch schenkst du seiner Drohung nicht mehr Beachtung, als hätte er dir gesagt, er wolle dir ein Geschenk machen.«

»Was sollte ich denn tun? Er wird versuchen, mir zu schaden, und er wird es vielleicht schaffen.« Sie sah Lion ernst an. »Aber er würde mir noch viel mehr Schaden zufügen, wenn ich zuließe, daß er alle meine Stunden und Tage mit Sorgen und Angst vergiftet.«

»Eine interessante Philosophie.« Er sah sie mit merkwürdiger Eindringlichkeit an. »Du empfiehlst also ein Leben in der Gegenwart und nicht in der Zukunft?«

»Ich habe ja nur die Gegenwart. Eine Sklavin hat nur jene Zukunft, die ihr Herr ihr zubilligt.«

Sein eindringlicher Blick bereitete ihr Unbehagen. Sie spürte eine Beklemmung in der Brust, die ihr den Atem raubte. Er war so groß, daß er sie beträchtlich überragte, und seine schlichte Aufmachung – schwarze Lederbeinkleider und ein rostrotes Rauhlederwams – diente nur dazu, die Kraft seines massiven Körpers zu betonen.

»Dann muß ich dir recht geben, daß wir aus jeder einzelnen Minute das Beste machen müssen«, sagte Lion leise, während er seine schweren Lederhandschuhe überstreifte. »Sag, habe ich dir in deinem Bett gefehlt?«

Ihr wurde noch enger ums Herz. »Wie könnt Ihr mir fehlen, da ich doch nie mit Euch im Bett zusammen war? Ich bin sofort eingeschlafen und rührte mich nicht, bis Giulia mich weckte.«

»Denk daran, mich zu erinnern, daß ich dich die Kunst der Schmeichelei lehre. Hin und wieder hat ein Mann das Verlangen nach angenehmen Lügen.« In seinen dunklen Augen blitzte es schalkhaft auf. »Das ist eine Kunst, die ich meinen Sklaven abfordere.«

»Aber Meister Lorenzo sagte, ich sei Euer einziger Sklave.«

Er vollführte eine großartige Geste mit seiner behandschuhten Hand. »Unwichtig. Einer genügt, um eine Regel festzulegen.«

Sanchia stellte voller Erstaunen fest, daß er mit ihr scherzte. Seit dem Nachmittag des vergangenen Tages hatte sie Lion in den unterschiedlichsten Stimmungen erlebt, denen aber eine gewisse Schwere zu eigen gewesen war – Wut, Argwohn, Abschätzung, Lust. Und jetzt erschien er ihr leicht beschwingt, voller Energie und Humor. »Heute seid Ihr glücklich.«

»Ich gestehe, daß ich über unseren Aufbruch erfreut bin. Warten liegt mir nicht.« Er berührte ihre Wange. »Denk daran, Sanchia.«

Das harte Leder des Handschuhs war rauh an ihrer weichen Wange. Sie versuchte, sich die Wärme des Fingers unter dem Leder vorzustellen, und prickelnde Wärme verbreitete sich von der Wange bis zur Kehle. Unwillkürlich wich sie einen Schritt zurück. »Ich will daran denken.« Sie befeuchtete die Lippen. »Was hielt Euch hier in Florenz zurück? Worauf habt Ihr gewartet?«

»Auf dich, Sanchia.« Er wandte sich zum Gehen. »Wir warteten auf dich.«

Verwirrt starrte sie ihn an. »Auf mich? Aber...« Sie hielt inne, als ihr die Bedeutung von Caprinos Besuch aufging. »Caprino sagte, er hat mich an Euch verkauft. Die Piazza…«

»Eine Probe deiner Geschicklichkeit, die sehr eindrucksvoll ausfiel.« Lion öffnete die Tür. »Komm jetzt. Lorenzo wartet draußen mit den Pferden. Ich habe einer der Frauen hier einige Kleidungsstücke für dich abgekauft. Sie sind hinter dem Sattel deines Pferdes festgemacht.« Er runzelte die Stirn. »Ich konnte eine sehr zahme Stute für dich erstehen. Hast du schon mal im Sattel gesessen?«

»Nein.« Sie ging auf ihn zu, den Blick forschend auf ihn gerichtet. »Eine Diebin. Deshalb braucht Ihr mich.« Wenigstens wußte sie jetzt, weshalb er sie gekauft hatte. Sie mußte nun nicht länger im Dunkeln tappen, was seine Ziele anlangte.

»Als ich dich von Giovanni kaufte, tat ich es in dem Glauben, ich kaufte nur eine Diebin.« Er studierte ihr Gesicht. »Du scheinst sehr erfreut. Ich hatte freilich den Eindruck, das Stehlen von Börsen sei nicht ganz nach deinem Geschmack.«

»Ist es auch nicht. Stehlen macht mir angst. Doch das Wissen, welchen Wert ich für Euch habe, ist ein gutes Gefühl.«

»Damit du einen Weg finden kannst, mich nach deinem Willen zu lenken, wie du es bei Giovanni getan hast?«

Ihre Augen wurden groß. Hilflos blickte sie zu ihm auf.

»Um Gottes willen, sieh mich nicht so an. Ich werde dich schon nicht schlagen.« Resigniert zog er die Schultern hoch. »Warum solltest du nicht versuchen, mich zu lenken? Auch ich werde mein Bestes tun, dich zu benutzen, wie ich es für richtig finde.«

»Aber ich versprach, Euch in allem zu gehorchen.«

Sie hat keine Waffe in der Hand, hatte Lorenzo gesagt. Ja, sie sieht völlig wehrlos aus, dachte Lion. Wie mochte es sein, so hilflos wie Sanchia zu sein und in einer Welt voller Unsicherheit um jedes Quentchen Würde und Unabhängigkeit kämpfen zu müssen? Der Gedanke erfüllte ihn mit Staunen. Woher stammte sein Zorn auf ihre mißliche Situation? Woher dieses unerklärliche Bedürfnis, sie zu trösten? »Es geht um einen Diebstahl«, sagte er knapp. »Mehr brauchst du für mich nicht zu tun. Sobald wir in Solinari alles erledigt haben, mußt du nie wieder stehlen. Ich werde etwas anderes…«

»Lion, *caro mio*.« Giulia schwebte mit strahlendem Lächeln die Treppe hinunter. »Kommt Ihr nicht, um mir Lebwohl zu sagen?«

»Ich dachte, wir hätten uns in der Nacht schon Lebwohl gesagt«, gab Lion zurück. »Wenn ich mich recht erinnere, wünschtest du mir eine Fahrt...« Er hielt inne und vollführte eine ironische Verbeugung, »an einen Ort mit extrem heißem und unangenehmem Klima.«

Giulia tat es mit einem Achselzucken ab. »Ich war wütend. Ihr wißt ja, daß meine schlechte Laune rasch wieder verfliegt. Vergebt mir, daß ich Euch anschrie wie ein Apotheker den Bader. *Caro*, meine giftigen Worte tun mir ja so leid. Kommt, wir wollen als Freunde scheiden.« Sie bedachte Sanchia mit einem achtlosen Blick. »Ehe sie kam, gab es keine Probleme. Bringt sie niemals wieder her, und alles wird gut.«

»Giulia, ich liebe es nicht, wenn man mir Bedingungen stellt«, Lions Hand legte sich um Sanchias Handgelenk, als er sie zur Tür zog, »ebenso wenig wie ich zänkische Weiber mag. Ich glaube nicht, daß ich je wieder deine *casa* beehre.«

»Aber Lion, ich wollte nicht...« Giulia brach mitten im Satz ab. Die Tür war ins Schloß gefallen.

Giulia ballte langsam die Hand zur Faust. Ich hätte ihn nicht drängen sollen, dachte sie. Sie hatte gewußt, daß es ein Fehler war, Zorn zu zeigen wie letzte Nacht, aber sie hatte ihre giftgetränkten Worte nicht zurückhalten können. Eifersucht! *Dio*, sie war auf dieses magere Kind eifersüchtig! Gut, daß dieser Wahnsinn mit Lion jetzt ein Ende hatte. Caprino hatte ganz recht – Frauen in ihrer Lage durften nie die Beherrschung verlieren. Das Geld war wichtig, und nicht das Vergnügen... schon gar nicht das Vergnügen, das Lion ihr verschafft hatte.

Sie drehte der Tür den Rücken und lief mit gerafften Röcken die Treppe hinauf. Dennoch... sie schuldete Lion eine Kleinigkeit für die vielen Stunden in der Schlafkammer. Sie würde diese Schuld zurückzahlen, indem sie es Abend werden ließ, bis sie Caprino rief und ihm eröffnete, was sie belauscht hatte, als sie die Treppe hinuntergekommen war. Caprino würde sich vielleicht einen ganzen Tag Zeit lassen, bis er aufgrund der Information, die sie ihm verkaufte, etwas in Gang setzte. Er hatte ihr sieben Dukaten versprochen, wenn sie herausfand, was Lion von Sanchia stehlen lassen wollte. In diesem Punkt hatte sie versagt, doch der Name des Ortes, an dem der Diebstahl stattfinden sollte, mußte ihm mindestens fünf Dukaten wert sein, dachte Giulia listig.

Solinari. Der Name klang ihr irgendwie vertraut in den Ohren. In welchem Zusammenhang hatte sie ihn schon gehört?

»Wo liegt Solinari?« fragte Sanchia, als Lion sie in den Sattel der Fuchsstute hob. Verzweifelt klammerte sie sich an die Zügel, krampfhaft bemüht zu übersehen, wie hoch über dem Boden sie sich befand.

»Es ist ein Palazzo außerhalb von Pisa.«

»Und was soll ich dort stehlen?«

»Einen Schlüssel.«

»Einen Schlüssel, der was aufsperren soll?«

»Eine Tür.« Lion bestieg seinen Rapphengst.

»Oh.« Sanchia schwieg einen Augenblick. »Und was ist hinter der Tür?« Sie vernahm das verhaltene Lachen von Lorenzo, der bereits aufgesessen war.

»Du bist neugierig.« Lion schien verstimmt.

»Einmal muß ich es ja doch erfahren, oder?« Ganz unbefangen fragte sie weiter: »Mißfallen Euch Fragen?«

»*Cristo*, nichts könnte mir gleichgültiger sein! Frage nur nach Belieben.«

Wieder vernahm sie Lorenzos Lachen. »Davon macht sie gewiß Gebrauch.«

Lion warf ihm einen finsteren Blick zu. »Lorenzo, bei dir kann ich sicher sein, daß du immer frisch von der Leber weg alles aussprichst.«

»Das muß dir ein großer Trost sein.«

»Ihr müßt mir sagen, wie ich Euch zu Gefallen sein soll«, warf Sanchia hastig ein. »Das alles ist so neu für mich. Ich hatte als Herrn nur Giovanni, und er...«

»Von diesem Mann möchte ich nichts mehr wissen«, erklärte Lion schroff, als er seinen Hengst Tabron gegen Süden wendete. »Jeder Vergleich mit ihm grenzt an Beleidigung.«

»Ich bin sicher, Lion wird dich wissen lassen, was ihn erfreut«, murmelte Lorenzo, »wenn er erst Mut gefaßt hat.«

Aus Lions Miene sprach eine tödliche Drohung. »Vielleicht gefällt es mir, deinen Kopf mit einem Knüppel in Verbindung zu bringen, und das in allernächster Zukunft.«

Lorenzo ließ ein tadelndes Zungenschnalzen hören. »Wie gewalttätig! Wie kannst du der Jugend als Vorbild dienen, wenn du dich wie ein Barbar aufführst?«

»Lorenzo, ich werde...« Lion sprach nicht weiter. »Sanchia, deine Fragen kannst du stellen, wenn wir heute in der Schenke ›Zu den zwei Schwertern‹ Rast machen. Jetzt habe ich es eilig.« Er gab seinem Tier die Sporen. »Lorenzo, du begleitest sie.« Gleich darauf hatte er eine ansehnliche Strecke zwischen sich und die beiden gelegt.

Sanchia runzelte die Stirn. »Ich habe ihn verstimmt.«

Lorenzo schüttelte den Kopf. »Die Situation erregt seinen Unwillen, doch das gibt sich rasch wieder. Mich wundert, daß er es so lange aushielt.« Er lenkte sein Pferd näher zu ihr heran und nahm Sanchia die Zügel aus der Hand. »Vielleicht hätte ich ihn nicht reizen dürfen. Ich glaube, vor uns liegt ein harter und rascher Ritt. Lion ist im Sattel aufgewachsen und vergißt oft, daß andere lieber auf zwei Beinen reisen als auf vier.« Er verzog das Gesicht, als er sein Pferd wendete und Sanchias Stute in die Richtung führte, die Lion eingeschlagen hatte. »*Dio*, wie ich es hasse, auf diesen übelriechenden Tieren zu sitzen.« Der Ritt sollte so ermüdend werden, wie Lorenzo vorausgesagt hatte, und Sanchia war der völligen Erschöpfung nahe, als sie bei Sonnenuntergang endlich vor dem Wirtshaus ›Zu den zwei Schwertern‹ hielten. Hundertmal hatte sie Lion bitten wollen, er solle anhalten und rasten, und ebensooft hatte sie sich es verkniffen, um stumm weiterzuleiden. Sie hatte kein Recht, sich zu beklagen, zudem bot sich wenig Gelegenheit, das Wort an ihn zu richten. Den größten Teil der Strecke war er mindestens eine Viertelmeile vor ihr und Lorenzo geritten.

Das Innere des kleinen Wirtshauses war sauber, im gemauerten Kamin der Gaststube brannte ein munteres Feuer, und von dem Spieß stieg der köstliche Duft von Hasenbraten auf.

Der Wirt empfing sie mit geschäftiger Eilfertigkeit, ein zähneentblößendes Lächeln im breiten Gesicht. »Willkommen, edler Herr, was für eine Ehre, Euch wieder unter meinem Dach zu beherbergen. Wie lange geruht Ihr bei uns zu bleiben?«

»Morgen bei Tagesanbruch geht es weiter, Antonio.« Lion streifte seine Lederhandschuhe ab und steckte sie in den Gürtel. »Sorge dafür, daß die Pferde versorgt werden und daß für uns Wasser zum Waschen gewärmt wird.«

»Sofort, *magnifico*. Mein Sohn wird Eure Pferde in den Stall führen und füttern.« Der Wirt schnalzte mit den Fingern, worauf die Magd den Spieß verließ und mit unterwürfigem Lächeln näher kam. »Mach Wasser heiß und bring es dem Herrn und seiner Begleitung, Letitia.« Als sein Blick auf Sanchia fiel, krauste er die Stirn. »Ihr wißt ja, daß wir nur zwei Schlafkammern haben. Wird die Dame...«

»Die Dame wird mein Bett benutzen«, unterbrach Lion ihn. »Letitia soll unverzüglich Wein und Essen bringen, nachdem wir uns gesäubert haben.«

Sanchia entging nicht, daß ein Anflug von Enttäuschung über die Züge der Magd glitt, ehe sie hinter dem Wirt hinauslief.

Lorenzo war bereits auf der Treppe. »Ich will mich ausstrecken und meinen schmerzenden Knochen Ruhe gönnen. Ruf mich, wenn die Magd das Essen bringt.« Er schnitt eine Grimasse. »Ich weiß wirklich nicht, wieso ich mich von dir überreden ließ, eines dieser Höllenbiester zu besteigen, Lion.«

»Weil du zu faul bist, um zu Fuß zu laufen«, erwiderte Lion trokken. »Und weil du Angst hast, etwas zu versäumen, wenn du in Mandara bleibst.«

»Alles war viel einfacher und bequemer, ehe du dich entschlossen hast, mich aus meinem Leben voller Laster zu erretten.« Lorenzo öffnete die Tür am oberen Ende der Treppe. »In Neapel ging es mir ganz gut, ohne daß ich in knochenzermürbenden Ritten von Ort zu Ort eilen und Ungemach erleiden mußte.« Er warf einen Blick nach hinten. »Du solltest dich um dein Straßenkind kümmern. Wenn du es nicht krampfhaft vermeiden würdest, sie anzusehen, hättest du bemerkt, daß sie kurz vor einem Zusammenbruch steht.«

Lions Blick flog zu Sanchia.

»Ich bin nicht müde«, versicherte sie eilig. »Nun ja, ein wenig vielleicht.« Sie bemühte sich, auf den Beinen zu bleiben. »Ich bin noch nie auf einem Pferd geritten, und die Sonne...«

»*Cristo!*« Lion umfaßte ihren Ellbogen und schob sie die Treppe hinauf. »Warum hast du nichts gesagt... wir hätten rasten können.«

»Ihr hattet gesagt, Eile täte not.«

»Und deshalb hast du dich von mir treiben lassen, daß du fast vom Pferd gefallen bist? Ja, hast du denn keinen Funken Verstand?« Lion riß die Tür neben jener auf, durch die Lorenzo verschwunden war, und stieß Sanchia in eine kleine Schlafkammer. »Leg dich hin, bis Letitia mit dem Wein kommt.«

»Ich muß mich nicht hinlegen. Ich bin nicht krank.«

Er hob sie hoch und warf sie ohne weitere Umstände aufs Bett. »Und du wirst auch nicht krank werden. Ich habe nicht die Zeit, dich gesund zu pflegen.«

Lionello Andreas im Krankenzimmer – ein Gedanke, der Sanchia ein Lächeln entlockte. Er war so groß, seine Energie und Vitalität so unerschöpflich, daß man sich ihn beim besten Willen nicht in Verbindung mit Krankheit vorstellen konnte. »Ich werde mich bemühen, alle Leiden abzuwehren, nur um Euch keine Unannehmlichkeiten zu bereiten.«

»Willst du dich über mich lustig machen?«

Sie senkte die Wimpern, um das spitzbübische Aufblitzen in ihren Augen zu verbergen. »Das würde ich nie wagen, mein Herr.«

»Und ob du es wagen würdest!« Er blieb stehen und sah einen Moment auf sie hinunter, ehe er sich umdrehte. »Ruh dich aus. Ich gehe ins Zimmer nebenan und lasse mich eine Zeitlang von Lorenzo auslachen. An seine Sticheleien bin ich schon gewöhnt – an deine nicht.«

Sanchia stützte sich auf einen Ellbogen auf. »Sticheleien? Ich habe mir nur einen kleinen Scherz erlaubt. Wenn Ihr nicht wollt, daß ich lache, dann sagt es mir und...«

Er hob die Hand. »Übertreib deine Unterwürfigkeit nicht. So aufgeblasen bin ich nicht, als daß ich nicht über mich lachen könnte.« Ganz plötzlich erhellte ein Lächeln seine harten Züge mit ungewohnter Wärme. »Und ich bekomme stets zurück, was mein ist.«

Ehe sie antworten konnte, hatte sich die Tür hinter ihm geschlossen.

Lange starrte sie die Tür an, ehe sie ihre Wange ins Kissen schmiegte und die Augen schloß. Wie unberechenbar er ist, dachte sie matt. Er besaß so viele scharfe Ecken und Kanten, verfügte über so viele brutale Energie, und doch waren seine Hände voll rauher Güte gewesen, als er sie eben berührt hatte.

Und sein Lächeln war so schön...

5. KAPITEL

»Da mir morgen in aller Herrgottsfrühe wieder das Besteigen dieses widerwärtigen Biests bevorsteht, muß ich euch jetzt gute Nacht wünschen.« Lorenzo schob den Stuhl zurück und erhob sich. Die Andeutung eines spöttischen Lächelns umspielte seine Lippen, als sein Blick an Sanchia hängenblieb, die auf einem Hocker vor dem Kamin kauerte. »Eine gute Nacht zu wünschen... Soll ich Letitia anweisen, die Reste dieses üppigen Essens abzuräumen, um... später nicht zu stören?«

»Ich räume ab.« Sanchia sprang auf, erleichtert, daß es etwas zu tun gab, nur um die Spannung zu lockern, die sich beim Essen aufgebaut hatte. »Macht euch keine Mühe, Meister Lorenzo. Ich bin froh, wenn...«

»Setz dich, Sanchia.« Lions Stimme war so träge wie die Haltung seines Körpers auf dem Stuhl Lorenzo gegenüber. »Sag Letitia, daß sie das Geschirr holen soll, Lorenzo.«

»Aber ich kann...« Sanchia sprach nicht weiter, als sie Lions Blick begegnete. Der Raum war plötzlich beengend und stickig. Rasch ließ sie sich wieder auf dem Hocker nieder und starrte in das hölzerne Trinkgefäß mit dem rubinroten Wein.

Lorenzo ging mit einem Nicken zur Tür. »Wir sehen uns bei Tagesanbruch.«

Nachdem sich die Tür hinter ihm geschlossen hatte, wurde die im Raum herrschende Stille nur vom Knistern und Krachen der Olivenholzscheite im Kamin gestört. Sanchia, die es vermied, ihn anzusehen, spürte Lions Blick auf ihrem Gesicht.

Die Spannung zwischen ihnen steigerte sich, die Enge in ihrer Brust wurde immer beklemmender. Warum sagte er nichts? Als er das Schweigen immer länger ausdehnte, wurde ihr klar, daß sie diejenige war, die sprechen mußte. »Ihr solltet Euch von mir bedienen lassen. Es steht mir zu.«

»Ich habe dich nicht gekauft, damit du mich bei Tisch bedienst. Deine Zeit kommt noch.«

Unwillkürlich huschte ihr Blick zum Bett.

Er lachte kehlig. »Dafür habe ich dich auch nicht gekauft. Es wird für uns beide nur einen zusätzlichen Genuß bedeuten.«

»Nicht für...« Sie sprach nicht weiter. Es wäre unklug gewesen, ausgerechnet jetzt seinen Unwillen zu erregen, da er sanftmütiger gestimmt schien, als sie ihn je erlebt hatte. Sie mußte einige Dinge in Erfahrung bringen, wenn sie ihn verstehen wollte. »Was liegt hinter der Tür? Hinter jener, deren Schlüssel ich stehlen soll?«

»Warum ist es für dich von Bedeutung?«

»Es ist wichtig für mich, über alles Bescheid zu wissen, was Einfluß auf mein Leben hat. Ihr seid ein reicher Mann. Warum etwas stehlen, um es zu besitzen?«

Lion lächelte zynisch. »Meine liebe Sanchia, weißt du denn nicht, daß manche Menschen nie genug Reichtümer anhäufen können?«

»Doch. Zwar kenne ich Euch nicht sehr gut, aber ich kann mir nicht denken, daß Ihr zu diesen Menschen gehört.«

»Nein, aber Francisco Damari gehört dazu.« Der Stuhl ächzte, als Lion sich zurücklehnte und seine Beine ausstreckte, ohne den Blick vom Feuer zu wenden. »Auch wenn alle Stadtstaaten Italiens ihm untertan wären, wäre Damaris Appetit nicht befriedigt. Er möchte die ganze Welt beherrschen.« Lion preßte die Lippen aufeinander. »Aber er wird nicht den ›Tänzer im Wind‹ dazu benutzen, sich noch mehr Macht zu kaufen.«

»Den Tänzer im Wind?«

»Eine Statuette, die meiner Familie gehört.« Der Feuerschein milderte Lions scharfe Züge, so daß sie fast hübsch zu nennen waren. Sein verbitterter Ton stand im scharfen Gegensatz dazu. »Während ich in Frankreich war und eine Schiffswerft erwarb, bestach er einen meiner Bediensteten in Mandara, einen Mann namens Giuseppe. Dieser entwendete die Statuette für ihn. Jetzt bewahrt er die Figur in seinem Palast in Solinari auf.«

»Woher wißt Ihr das?«

»Wir, Lorenzo und ich, haben Giuseppe aufgespürt und ihm einige unangenehme Fragen gestellt. Er war entzückt, sie zu beantworten... nach einiger Zeit.«

Sanchia schauderte. Sie wandte den Blick von Lion ab, aus dessen Miene nackte Brutalität sprach. »Aber wenn die Figur Euch gehört, warum geht Ihr nicht einfach hin und nehmt sie Euch? Lorenzo sagte, Ihr seid Condottiere.«

»Vielleicht kommt es dazu. Aber ich habe meine Truppen vor zwei Jahren aufgelöst, und es würde einige Zeit brauchen, bis ich wieder eine *condotti* beisammen hätte. Ich möchte vor Mandara nicht Damaris oder sogar Borgias Truppen sehen, solange ich nicht die Möglichkeit habe, mich zu wehren. Mandara ist zwar gut gerüstet, aber nicht stark genug, um einen Vorstoß Borgias standzuhalten.«

»Borgia?« Sie sah ihn überrascht an.

»Ach, dir ist der Herzog von Valentino ein Begriff?« Lion verzog den Mund. »Aber wie auch nicht? Ganz Italien kennt den großen Cesare.«

»Tja, ich hörte von ihm.« In Florenz war der Name Borgia in aller Munde. Schon seit Jahren gelüstete es den Herzog nach der Stadt, und nach seiner Eroberung der Romagna gab es jede Woche Gerüchte, der Herzog sei schon auf dem Vormarsch und eine Belagerung stünde unmittelbar bevor. »Ich hörte, daß er sich zum Herrscher über ganz Italien aufschwingen möchte, aber wer ist dieser Damari?«

»Damari ist ein Condottiere, der gegenwärtig unter Borgias Banner dient. Sie haben ähnliche Ziele und auch ähnliche Methoden, um sie durchzusetzen.«

Sanchia schwieg eine Weile. Borgias Söldner waren berüchtigt für ihre Greueltaten, denen vor allem unschuldige Frauen und Kinder zum Opfer fielen. »Warum laßt Ihr ihm nicht die Figur? Ihr könnt Euch eine andere kaufen.«

»Auf der ganzen Welt gibt es keine wie diese. Sie ist Teil unserer Familiengeschichte.« Seine bebende Stimme verriet seine Erregung. »Wir behüten sie.« Er hielt inne. »Und sie behütet uns.«

»Das verstehe ich nicht.«

»Du brauchst es nicht zu verstehen. Du brauchst nur in den Palazzo einzudringen, dem Wachposten den Schlüssel zu stehlen und mir zu bringen.«

»Das klingt ganz einfach.«

Lion umklammerte die Armlehnen seines Stuhles. »Wir werden es einfach gestalten. Ich verspreche dir, daß dir nichts geschehen wird.«

»Euer Versprechen ist sehr tröstlich. Ich fürchte nämlich, eine Begegnung mit diesem Damari wäre alles andere als vergnüglich. Für Menschen wie ihn hat ein Sklavenleben nicht mehr Wert als ein Schluck Wasser.« Sie hob die Schultern und ließ sie bedeutungsschwer fallen. »Weniger noch, wenn er nicht durstig ist.«

»Tu nur, was ich sage, und du wirst Damari gar nicht zu Gesicht bekommen. Wir haben einen goldgepflasterten Pfad ausgelegt, um in den Palazzo zu gelangen und zu erfahren, wo sich der Lagerraum befindet, in dem Damari seine Schätze aufbewahrt.«

»Und Ihr seid sicher, dort befindet sich auch der ›Windtänzer‹?«

Er lächelte schief. »Ja, er wird da sein. Für Damari ist die Statuette die größte aller Kostbarkeiten.«

»Warum?« Sanchia trank den letzten Schluck Wein, ehe sie das hölzerne Trinkgefäß auf den Kaminsims stellte. »Ihr sagtet, das Ding sei für Eure Familie von Bedeutung, wieso aber auch für ihn?«

»Weil sie mir gehört«, antwortete Lion voller Ingrimm. »Und er weiß, daß ich sie wiederhaben möchte. Er weiß, daß ich sie zurückhaben muß.«

»Aber warum würde Borgia sich von Damari verleiten lassen, sich für die Figur einzusetzen?«

»Der Papst läßt sich in seiner Habgier von allem blenden, was alt und klassisch ist. Papst Alexanders Schatzkammer wird mit jedem Tag voller, an dem Cesare von seinen Eroberungszügen Beute nach Rom bringt. Solange Cesare solche Schätze anhäuft, wird Alexander seinen klugen Sohn schützen und ihm für seine Feldzüge Zugriff auf die päpstlichen Finanzen gewähren.«

»Und der Windtänzer ist alt?«

Lion lächelte sonderbar. »O ja, uralt. Damari hofft, ein Herzogtum vom Papst zu gewinnen, wenn er den Windtänzer vor Cesares und Alexanders Nase baumeln läßt.«

Sanchia machte große Augen. »So viel werden sie ihm gewiß nicht geben.«

»Möglich wäre es immerhin. Alexander ist sehr abergläubisch, und um den ›Windtänzer‹ ranken sich zahlreiche Legenden.«

»Was für Legenden?«

Lion zog die Schultern hoch. »Es geht in ihnen immer um Macht. So heißt es, daß der ›Tänzer im Wind‹ demjenigen Macht verleiht, der ihn besitzt.«

»Aber Ihr glaubt das nicht.«

Er überlegte. »Ich weiß es nicht. Das Leben meiner Familie war von altersher zu sehr mit dem ›Tänzer im Wind‹ verknüpft, als daß wir die Statuette objektiv sehen könnten. Falls die Figur eine Macht besitzt, so haben wir nie versucht, sie nutzbar zu machen.«

»Warum nicht?«

»Aus einem Familiengefühl heraus. Der ›Tänzer im Wind‹ ist Teil unserer Familie. Wir alle aus der Familie Andreas schrecken zwar nicht davor zurück, andere nach unserem Willen zu manipulieren, aber untereinander halten wir zusammen. Wir würden einen von uns nie benutzen.«

Sie schüttelte fassungslos den Kopf. »Aber ein Herzogtum für eine Statue...«

»Was gilt heutzutage schon ein Herzogtum in Italien? Allein in diesem Jahr hat Cesare ein ganzes Bündel von Kleinstaaten zusammengerafft.« Er verzog den Mund. »Was ist denn heutzutage schon ganz Italien? Genua und Mailand sind verloren, Neapel ist Spielball der Franzosen und Spanier, Florenz ist ein Speichellecker Frankreichs und darauf aus, Pisa zu erobern. Alle anderen Herrschaftsgebiete kämpfen ums Überleben und darum, nicht von Papst und Rom dem Imperium zugeschlagen zu werden, das Cesare für sich zu schaffen versucht. Während Frankreich, Spanien und England geeint sind und über starke eigene Armeen verfügen, werben wir noch immer Söldner an, die nur dem Meistbietenden verpflichtet sind. Kein Wunder, daß Borgia glaubt, ganz Italien sei reif für die Eroberung.«

Sein Ton verriet verdrossene Gleichgültigkeit, die Sanchia um so erstaunlicher fand, da er zuvor mit leidenschaftlicher Intensität von seiner Familie und dem ›Tänzer im Wind‹ gesprochen hatte. »Es scheint Euch nicht zu kümmern... aber es ist auch Euer Land. Ist es Euch denn unwichtig?«

Er schüttelte den Kopf. »Meine Heimat ist Mandara. Solange man mich und meine Leute aus all den kleinlichen Machtkämpfen ausspart, interessiert es mich nicht, was aus dem übrigen Italien wird.« Er legte den Kopf schräg. In seinem Blick lag Neugierde. »Ist es dir denn wichtig?«

Sie überlegte. »Ein Sklave besitzt kein Vaterland, denke ich.« Sie hielt inne. »Aber ich würde gern irgendwo heimisch sein. Dann würde ich mich... warm fühlen.«

Er sah sie aus zusammengekniffenen Augen an. »Du findest dich mit deinem Sklavenschicksal so leicht ab?«

»Ich kann mich nicht erinnern, jemals etwas anderes gewesen zu sein.«

»Und doch verfügst du über Mut. Ich hätte gedacht...«

Sie sah ihn fragend an.

»Ich könnte es nicht ertragen«, sagte er mit plötzlicher aufflammender Heftigkeit. »Ich würde jemanden töten oder in ein Land flüchten, in dem ich frei sein kann. Hast du dir das nie gewünscht?«

»Darüber habe ich nie nachgedacht. Von frühester Kindheit an prägte mir meine Mutter ein, ich müßte mich mit meiner Stellung im Leben abfinden und das Beste daraus machen.« Sie lächelte unsicher. »Und sehr tapfer bin ich nicht. Zuweilen war es schwer, von einem Tag zum nächsten zu überleben. Ich hatte wenig Zeit, mir zu überlegen, wie es wohl sein würde, wenn ich frei wäre.«

»Aber du hättest es dir überlegen sollen«, sagte er hitzig. »Giovanni hatte kein Recht... *Gran Dio*, was rede ich da? Im nächsten Moment rede ich dir noch ein, du solltest mir davonlaufen.« Er stand auf. »Versuch das ja nicht. Ich muß dich darauf aufmerksam machen, daß ich dich finden und sehr unwillig reagieren würde. Und begehe nicht den Fehler, einen vorübergehenden Irrsinn, von der Wärme des Feuers und großen Augen, die mich anstarren, bewirkt, für bare Münze zu nehmen. Deine Mutter hatte recht. Finde dich damit ab, daß du mir gehörst.«

Ihre Verwirrung hätte nicht größer sein können. »Aber ich habe mich damit abgefunden. Wohin wollt Ihr?«

»Ich sehe nach den Pferden.« Er war schon an der Tür. »Antonios Sohn ist ein Hasenfuß. Bei meinem letzten Aufenthalt hatte er Angst, Tabron den Sattel abzunehmen.«

»Weshalb wollt Ihr selbst nachsehen, ob die Pferde versorgt werden?«

»Ein Pferd kann Leben oder Tod bedeuten. Es zeugt nicht unbedingt von Schwäche, wenn man darauf achtet, daß ein Tier gut versorgt wird.« Er sah sie finster an. »Worüber lächelst du?«

Sie wurde rasch wieder ernst. »Über gar nichts.«

»Nein? Ich habe es satt, als Schwächling angesehen zu werden«, sagte er mit bedrohlicher Sanftheit. »Erst Lorenzo, jetzt du. Ich muß dem ein Ende setzen.« Er hielt inne. »Ich war so dumm, mir nicht gleich zu nehmen, was ich wollte, und werde nicht länger warten. Wenn ich zurückkomme, möchte ich dich auf dem Stuhl sitzend vorfinden, eingehüllt in nicht mehr als den Feuerschein. Verstanden?«

»Ja.« Die Atmosphäre war plötzlich mit derselben heißen Leidenschaft geladen wie vorhin. Sie befeuchtete ihre Lippen. »Ich verstehe, mein Herr.«

»Gut.« Er warf die Tür hinter sich zu.

Sanchia beeilte sich, etwas zu sagen, kaum daß Lion den Raum betreten hatte. »Letitia kam und räumte ab und brachte frischen Wein. War Tabron gut untergebracht?« Sie hielt die Hände im Schoß und verschränkte nervös die Finger, während ihr Blick unverwandt ins Feuer gerichtet war. »Reiten wir direkt nach Solinari, oder müssen wir wieder halt...«

»Steh auf. Ich möchte dich ansehen.«

In Sanchia krampfte sich alles zusammen, als sie langsam aufstand. Sie drehte sich zu Lion um, wich jedoch seinem Blick aus. »Ihr habt mich zuvor schon gesehen. Beim Baden. Mehr gibt es nicht zu sehen.«

»Da muß ich widersprechen.« Sein Blick umfaßte ihren nackten Körper und blieb an dem weichen Haargekräusel hängen, das ihre Weiblichkeit schützte. »Immer gibt es noch etwas zu sehen und... zu würdigen.«

Eine heiße Aufwallung durchströmte Sanchia, ein Gefühl, das nichts mit dem Feuer im Kamin zu tun hatte. Ihre Fingernägel schnitten schmerzhaft in die Haut ihrer Handflächen. Der scharfe Schmerz war ihr willkommen. Er durchschnitt die Erstarrung, die alle ihre Muskeln erfaßt hatte. »Soll ich niederknien?«

»Nein!« Die Schärfe seines Tons ließ sie aufblicken. Der Atem stockte ihr, und sie glaubte ersticken zu müssen, als sie in sein Gesicht sah. Lions dunkle Augen sprühten Flammen, die Haut über seinen ausgeprägten Wangenknochen war so gespannt, daß seine Wangen eingefallen wirkten. »Wann wirst du endlich begreifen, daß ich nicht Giovanni bin?« Er trat einen Schritt vor, und sie roch den sauberen Duft von Seife und Frühling, der ihm anhaftete. »Ich heiße Lion. Sprich es aus.«

Sie spürte die Hitze, die von seinem Körper ausging, obwohl er sie noch nicht angefaßt hatte. Ihre Muskeln waren plötzlich schwer, unfähig, ihr Gewicht zu tragen. »Lion.« Der Name kam bebend und unsicher über die Lippen. »Mein Herr.«

»Nur Lion.« Er streckte eine behandschuhte Hand aus, um ihren schlanken Hals zu liebkosen.

Sie atmete tief ein, von einem Frösteln erfaßt.

Seine Hand hielt inne. Er sah sie prüfend an.

»Das Leder ist kalt«, sagte sie, den ersten Vorwand, der ihr einfallen wollte, ergreifend, um ihre momentane Schwäche zu entschuldigen.

»Ach?« Aus seinem Lächeln sprach unverhüllte Sinnlichkeit. »Dann müssen wir dafür sorgen, daß sich das Leder erwärmt, denn ohne Handschuhe könnte ich dich nicht anfassen.« Er wandte sich zu den Flammen um und streckte seine Hände aus. »Weißt du, was mir einfiel, als ich eintrat und dich nackt auf dem Hocker sitzen sah?«

Ihr Blick hing in hilfloser Faszination an den derben, narbigen Handschuhen, die er der Feuerwärme aussetzte. Sie reichten nahezu bis zu den Ellbogen, die Messingnieten blitzten im Feuerschein, jeder Finger hob sich deutlich von den blau-orangen Flammen ab. »Nein, mein... Lion.«

»Ich dachte eben, was für ein glücklicher Zufall war es doch, der mich in Giovannis Werkstatt führte.«

»Es war kein Glück. Es war Caprino.«

»Und daß ich dich immer so sehen möchte. Ich möchte mich erinnern, wie das Feuer deine Haut leuchten läßt und auf dein Haar fällt, während du wartest, daß ich zu dir komme.« Sein Blick hing an den brennenden Scheiten. »Daß ich in dich komme.«

Ihr Herz tat einen Sprung und fing dann rasend zu pochen an.

Ihre Gedanken überstürzten sich, und sie war sich der Verletzlichkeit ihres nackten Körpers angesichts ihres bekleideten Gegenübers und der Kraft, die sie unter seiner Kleidung spürte, bewußt.

Doch die meiste Wirkung ging von seinen behandschuhten Händen aus, die er den Flammen entgegenstreckte...

»Du bist sehr klein.« Sein Blick war noch immer ins Feuer gerichtet. »Das erste Mal wird es dir weh tun.«

Sie gab keine Antwort. Fast wünschte sie, er würde sie anfassen und der irrsinnigen Spannung, die sich zwischen ihnen aufgebaut hatte, ein Ende bereiten. Sie hatte das Gefühl, als würde ihr der nächste Atemzug die Fassung rauben.

»Ich will versuchen, ganz langsam vorzugehen, aber...« Er hielt inne und schwieg einen Augenblick, ehe er stockend fortfuhr: »Meine Begierden sind groß. Mitunter arten sie in Raserei, in Wahnsinn aus. Du darfst dich nicht zur Wehr setzen, oder ich könnte dich verletzen. Das möchte ich nicht.«

»Ich werde mich nicht wehren.«

Lion ballte die Hände zu Fäusten. »Ich weiß. Du wirst dich hingeben, weil ich dich besitze.« Sein Lächeln war unbekümmert, als er sich zu ihr umwandte. »Und warum auch nicht? Das ist der Lauf der Welt.« Er umfaßte ihre Brüste. »Warum hältst du den Atem an? Das Leder ist nicht mehr kalt, Sanchia.«

Das Leder ist warm, fast heiß, dachte sie benommen. Trotz seiner Härte und der dicken Nähte übte es auf ihre Haut eine eigenartig verführerische Wirkung aus.

Seine Hände drückten sanft zu, während er sie forschend ansah. »Meine Hände sind noch wärmer«, raunte er. »Aber ich wage noch nicht, die Handschuhe auszuziehen. Deine Haut erregt mich, und wenn ich deine Haut berühre, muß ich sofort... muß ich dich sofort haben... und ich werde dich nehmen. Es wird für dich leichter sein, wenn ich es nicht tue.« Seine Linke glitt zu ihren Schamhaaren. »Was für ein hübsches Nest.« Seine Stimme war nun rauher, seine Nasenflügel blähten sich. »Ich möchte in dich dringen und diese Löckchen an mir fühlen. Spreize deine Glieder, Sanchia.«

Sie zitterte so heftig, daß sie schon glaubte, sich nicht rühren zu können. Seine streichelnde Hand löste ein sonderbares Brennen zwischen ihren Schenkeln aus.

»Sanchia.« Lions sanfter Ton konnte nicht verhehlen, daß es ein Befehl war.

Sie gehorchte, den Blick blind auf den Besatz seines Lederwamses gerichtet.

»Weiter.« Ihr Blick wanderte zu seinem starken gebräunten Hals hinauf. Sie sah fasziniert, wie der Puls an der Wölbung schneller schlug. »Ja, so ist es recht. Und jetzt steh ganz still.«

Seine Hand glitt zwischen ihre Schenkel. Sie spürte seine Wärme durch den Handschuh hindurch, als er sie liebkoste und streichelte. Wo er sie berührte, verspürte sie jenes brennende, dem Schmerz verwandte Gefühl. Sie schloß die Augen, hilflos schwankend, als sie von einer Abfolge verwirrender Gefühle hin- und hergerissen wurde. »Es... tut weh.«

»Nein.« Seine Hand umfaßte, drückte... »Das ist kein Schmerz, sondern Begierde.« Seine Stimme schwankte. »Es ist Begierde.«

»Das glaube ich nicht.« Verzweifelt umfaßte sie seine Oberarme.

Er erstarrte. »Faß mich nicht an.«

Sie ließ ihn jäh los. »Verzeiht, mein Herr, ich wollte nicht...«

»Lion«, unterbrach er sie zähneknirschend. »Es ist noch zu früh, daß du mich anrührst. Wenn du es tust, kann ich mich nicht zurückhalten.« Er hob sie hoch und ging mit ihr ans Bett. »Es gibt viele Arten von Hunger.« Er legte sie hin. »Dieses ist der beste.« Er teilte ihre Schenkel, und sein Zeigefinger ging auf die Suche. »Und der schlimmste.«

Er fand das Gesuchte und fing an, sanft zu drücken und zu kreisen.

Ihre Augen waren weit aufgerissen vor Schreck, als sie einen leisen Schrei ausstieß.

Lion war ein großer, dunkler Schatten, der sich über sie beugte, mit ernster Miene, die Lippen geöffnet, als seine breite Brust um Atem rang. Sein Gesicht war einer Teufelsfratze ähnlich, da das Feuer nur die eine Gesichtshälfte beschien und die andere im Dunkeln ließ.

Dunkelheit. Flamme. Gier.

Sie biß sich auf die Unterlippe, um ein Stöhnen zu unterdrücken, als geradezu unglaubliche Gefühlswogen von seinem lederumhüllten Finger in jeden Teil ihres Körpers strömten. Es ist Hunger, dachte sie benommen, ein Hunger, schrecklicher als jeder andere, den sie kannte, ein unerträgliches Gefühl. Instinktiv wollte sie ihre Schenkel wieder zusammenpressen.

»Nicht!« Er hinderte sie daran, indem er ihre Beine noch weiter auseinanderspreizte, bis sie sich völlig verletzlich, völlig ausgesetzt fühlte. Sein Finger hörte nicht auf zu kreisen, ließ in seinem Druck nicht nach, während sein Blick unausgesetzt auf ihr ruhte. »Ich möchte dich anschauen.« Sein Ton war kehlig. »Schön...« Er führte vorsichtig einen Finger der anderen Hand ein. »*Dio*, wie eng du bist.« Der zweite Finger gesellte sich mit einiger Schwierigkeit zum ersten. Er hielt inne. »Sag mir, was du fühlst.«

Die Nähte der Lederhandschuhe drückten, seine Finger drangen in sie ein, die glühende Begierde wurde mit jeder Sekunde drängender. Hilflos schüttelte sie den Kopf. »Ich... kann nicht.« Nach Atem ringend, hob sie sich ihm instinktiv entgegen, als er tiefer eindrang, sich zurückzog und wieder eindrang. »Bitte...«

»Was fühlst du?« wollte er wissen.

Ihr Kopf bewegte sich unruhig auf dem Kissen hin und her. »Hitze.« Ihre Nägel gruben sich in die Decke. »Härte. Das Leder ist...« Ihre Magenmuskeln krampften sich zusammen, als ein dritter Finger in sie eindrang. »Fülle.«

»Und Hunger?« Er bewegte sich langsamer, dann schneller, dann wieder langsamer. »Du möchtest es?«

»Ja.« Ihre Zustimmung kam geflüstert. Sie war verblüfft, daß sie überhaupt ein Wort hervorbrachte.

»Ist es Wonne?«

»Ja, ich glaube schon.«

»Gut.« Seine Finger glitten aus ihr, er richtete sich auf und trat vom Bett zurück. »Hoffen wir, daß du es bald sicher weißt, denn ich kann nicht länger warten.« Er streifte die Handschuhe ab und warf sie beiseite. »*Santa Maria*, wie ich mich danach sehne, dich zu fühlen.« Als er ihre Brüste berührte, bewegten seine langen Finger sich leicht und sanft über ihr Fleisch. Ein Schauer durchlief ihn. »Ich sagte es dir«, flüsterte er. »Ich wußte, daß es so sein würde.« Seine schwielige Handfläche, die ihre Brust umfaßte, war fast so hart wie das Leder, und doch ganz anders. Sein Fleisch war wärmer und voller Leben. »Deine Haut ist mit nichts zu vergleichen, das ich je berührte. Sie macht mich...« Er warf den Kopf zurück und atmete tief ein, als lechze er nach Luft. »Ich will dir zeigen, was es bei mir bewirkt.« Er zog sie zu sitzender Stellung auf und fing an, sich zu entkleiden.

Auf dem Bett kniend, verschränkte sie die Arme vor der Brust, bemüht, ihr Zittern zu unterdrücken. »Ihr zieht Euch auch aus?«

Ohne sie anzusehen, zog er seine Stiefel aus. »So rasch wie möglich.«

»Giovanni zog sich nie aus, wenn er meine Mutter...« Sie sprach nicht weiter, als ein gewittriger Blick sie traf. »Ich kann nicht umhin, immer wieder einen Vergleich zu ziehen. Er war mein Herr. Und jetzt seid Ihr mein Herr. Ich bin mit Euch nicht so vertraut, daß...« Wieder verstummte sie. Ihre Augen wurden groß, als seine Erektion sichtbar wurde. Sie schluckte schwer. Er war so ganz anders als Giovanni. Lion war ganz eiserne Muskeln und sehnige Kraft. Das Dreieck dunkler Haare auf seiner Brust lief nach unten spitz zu, bedeckte seinen flachen Leib und umgab seine Männlichkeit. Wo Giovanni weich und schwammig gewesen war, zeigte Lion sich straff und muskulös. Wo Giovanni klein war, zeigte Lion sich...

»Siehst du?« fragte Lion leise, als er ihrem Blick folgte. »Das ist es, was du mit mir anstellst. Allein wenn ich dich ansehe, dich berühre...«

»Ich verstehe.« Sie konnte den Blick nicht abwenden. »Ihr werdet nicht in mich hineinpassen«, äußerte sie im Brustton der Überzeugung.

Er lachte. »Und ob! Ein Frauenkörper ist wunderbar anpassungsfähig. Nach dem ersten Mal wird es auch nicht mehr schmerzen.«

Sie hatte zwar große Zweifel, ob dies zutreffen würde, da sie aber nichts dagegen tun konnte, war es töricht, sich über mögliche Schmerzen den Kopf zu zerbrechen, ehe es so weit war. Außerdem spürte sie noch immer das prickelnde Drängen zwischen den Schenkeln, das ihre Ängste mit Neugierde und Erregung färbte. »Ihr seht so kraftvoll aus.«

»Mir fällt auf, daß du mich nicht hübsch nennst.« Er warf seine Hose beiseite. »Ich weiß sehr wohl, daß ich ein häßlicher Kerl bin. Aber, wie du richtig sagst, bin ich stark wie ein Stier, und das kann sich bei Spielen wie diesen als Vorteil erweisen.«

»Ihr seid nicht häßlich.«

Er lächelte sarkastisch. »Du hast die Kunst der Schmeichelei rasch erlernt. Aber süße Worte fruchten nichts, wenn man einen Spiegel hat, in den man jeden Morgen blicken kann.«

Er glaubt mir nicht, dachte Sanchia. »Nein, wirklich, ich will nicht...« Sie sprach nicht weiter, als er sich ihr gegenüber aufs Bett kniete, so nahe, daß ihre Brüste sein Brusthaar streiften.

Lion umfaßte ihr Gesicht mit den Händen, während er sie mit einem Ausdruck ansah, der an Zorn grenzte. »Ich will es nicht. Mir gefällt es nicht, Jungfrauen zu nehmen.«

»Dann laßt es bleiben.«

»Leicht gesagt.« Seine Hände glitten über ihre Schultern und drückten sich mit sehnsüchtiger Zärtlichkeit in ihr Fleisch. »Ich muß es tun. Von dem Augenblick an, als ich dich sah, wußte ich, daß ich dich haben muß.«

»Nicht vom ersten Augenblick an. Erst als Ihr mich im Bad gesehen habt und Euch in die Augen fiel, daß ich nicht so häßlich war, wie Ihr zunächst geglaubt habt.«

»O Gott, mußt du mir immer widersprechen?« Seine Hände umfaßten ihre Schultern fester. »Mir gefällst du besser, wenn du nur ein Stöhnen von dir gibst.«

Gehorsam schwieg sie. Worauf wartete er noch? fragte sie sich. Sie spürte die unerträgliche Spannung, die ihn erfüllte, und zugleich ahnte sie ein Zögern in ihm.

»Und sieh mich nicht so an.« Er schüttelte sie. »Ich will dir nicht weh tun, verdammt... Es bereitet mir kein Vergnügen, aber ich muß...« Er stieß sie zurück aufs Bett und legte sich zwischen ihre Schenkel. Seine Männlichkeit stieß gegen sie. »Einmal zustoßen, und es ist vorbei«, kam es gemurmelt von seinen Lippen. Er legte ihr die Hand auf den Mund. »Ein Stoß...«

Mit einem tiefen Atemzug drang er ein.

Schmerz. Weißglühend. Wie ein Blitz. Ihr Aufschrei wurde von seiner Hand erstickt, ihre Augen weiteten sich vor Schock und Schmerz.

»Schließ die Augen«, befahl er heiser, als er tiefer in ihre Enge eindrang. »Sieh mich nicht an.«

Ihre Lider senkten sich, Dunkelheit umgab sie. Der Schmerz verebbte, und wich einer köstlichen Enge, einem Gefühl, als hätte sie etwas Verlorenes wiedergefunden. Sie spürte das sanfte Stechen seines Brusthaares, hörte sein stoßweises Atmen.

Er bewegte sich. »Es ist vorüber.« Seine Hand liebkoste sie, rückte sie zurecht. »*Dio*, du hast mich aufgenommen. Ich war nicht sicher, ob du es schaffen würdest. Du bist so winzig...« Sein Finger widmete sich wieder jener verhexten Stelle, die er zuvor schon liebkost hatte. Ein heißes Beben durchlief sie, und sie spürte, wie sich ihre Bauchmuskeln anspannten. Eben noch hatte sie sich wie aufgespießt gefühlt, an Lions Körper gekettet, zufrieden, nur zu empfangen, und plötzlich empfand sie das Bedürfnis nach mehr. »Darf ich... mich bewegen?«

Er verharrte reglos. »Ich kann nicht innehalten.« Sein Ton verriet ungestüme Leidenschaft. »Ich will versuchen, mich zu beeilen, aber ich kann nichts versprechen.«

»Das meinte ich nicht. Ich wünschte nur...« Sie brach ab, als er sich zurückzog und wieder eindrang. Wollust erfüllte sie. Das war es, was er meinte, dachte sie, während er mit wild stoßendem Rhythmus einsetzte. Das mußte jene Wollust sein, die Männer empfanden, wenn sie sich mit Frauen der Fleischeslust hingaben. Sie wünschte, Lion hätte sie nicht zur Finsternis verdammt. Sie hätte zu gern sein Gesicht gesehen, um festzustellen, ob er dieselbe Wonne empfand wie sie.

Doch ihr Körper mußte ihm viel Genuß bereiten, da sein Atem in harten, an Schluchzen grenzenden Zügen kam. Die Heftigkeit seines Begehrens machte sie benommen und steigerte ihre eigene Begierde, als gäbe er ihrem Verlangen nach Erfüllung immer neue Nahrung.

Wieder liebkoste er sie mit drängenden Händen. »Nimm mich«, murmelte er. »Hilf mir. Ich möchte dich ganz.«

Er hört sich wie ein Mensch in Todesqual an, dachte sie mit einem Anflug mütterlicher Zärtlichkeit. Wie mochte es sein, dieses Verlangen mit so überwältigender Intensität zu spüren? Sie umspannte ihn fester und hörte, wie Lion laut aufstöhnte.

»Süße... ja, richtig so. Halte mich fest. Nur noch etwas länger.«

Sie versuchte, ihn festzuhalten, doch er war zu wild, unbeherrscht und hob sie mit der Gewalt seiner Stöße fast vom Bett. Plötzlich spürte sie, wie sich etwas in ihrem Inneren aufbaute, mit jeder Bewegung stärker wurde, etwas Eigenartiges, der Fieberhitze ähnlich.

Lion bewegte sich, verschob sie, versuchte mehr von ihr zu nehmen. Die Hitze, die sie durchströmte, war ein Strom purer Begierde. Dieser Strom vermengte sich mit jenem Lions, zu einem einzigen, zu einer Wesenheit, die zusammen weiterstrebte... wonach?

Und dann wußte sie es!

Die Erkenntnis überfiel sie zugleich mit der Erlösung von der Leidenschaft, als sie schweratmend und bebend dalag.

Lion stieß einen heiseren Schrei aus, als ersticke er am Übermaß der Wonne.

Dann wurde die Stille im Raum nur vom Knistern der Scheite im Kamin und von Lions schweren Atemzügen unterbrochen.

»Darf ich die Augen öffnen?«

Sie hörte, wie er seinen Atem beherrschte und dann einen leisen Fluch ausstieß. »*Gran Dio!*« Dann rollte er sich von ihr herunter. »Natürlich kannst du die Augen aufmachen. Warum nicht?«

Sie schlug die Augen auf und sah ihn durch den Raum gehen. Die Muskeln seines straffen Gesäßes spielten unter der Haut, als er auf den Waschtisch zuging. Langsam setzte sie sich auf, nachdenklich seufzend. Er war wieder verstimmt. Sie wünschte, sie hätte noch einige Augenblicke Zeit gehabt, dieses eigenartig süße Sehnen zu genießen, ehe sie sich wieder zusammennehmen und versuchen mußte, den Grund seines Unwillens zu erkunden. »Weil Ihr sagtet, ich solle Euch nicht ansehen.«

»Das war nur, weil ich nicht wollte, daß du siehst...« Er sprach nicht weiter und hielt den Blick abgewendet, als er ein Stück Tuch ins Wasser tauchte und es auswrang. »Ich meinte nicht, daß du sie geschlossen halten müßtest. Hast du denn keinen Verstand?«

»Ich kenne Euch nicht gut genug, um immer zu wissen, was Ihr von mir wollt«, lautete ihre schlichte Antwort. »Ich dachte mir, vielleicht wird Eure Lust vermehrt, wenn ich Euch mit meinem Blick nicht ablenke.«

»Nein, das war es nicht.« Er wandte den Blick ab, als er sich umdrehte und mit dem feuchten Tuch auf sie zukam. Er ließ sich aufs Bett nieder und fuhr mit dem kühlen Tuch zwischen ihre Beine. »Tut es noch weh?« fragte er leise.

»Ja, ein bißchen. Aber ich dachte, es würde schmerzhafter sein. Ihr habt recht. Der Körper einer Frau ist sehr anpassungsfähig.«

»Ja.« Seine Hand war wie eine Liebkosung, und sie spürte die Wärme seines Fleisches durch die Kühle des Tuches. »Nie habe ich einen Körper erlebt, der so wundervoll anpassungsfähig war. Du bist so klein, daß man meint, man hätte es mit einem Kind zu tun, und doch bist du eine Frau.« Er warf das Tuch beiseite, schob sie zurück aufs Bett und stand auf. »Schlaf jetzt. Heute nacht werde ich dich nicht mehr wollen.«

Erstaunt sah sie ihn an. »Das nahm ich auch nicht an. Giovanni nahm meine Mutter nie mehr als einmal täglich.«

»Ich fürchte, daß dein Los nicht so leicht sein wird wie das deiner Mutter.« Er ging an den Kamin und starrte wieder in die Flammen. »Ich sagte dir schon, ich bin anders.«

Und ich lerne allmählich die Unterschiede, dachte sie benommen. Er spendete Wonne, so, wie er sie genoß, und da sie sein Liebchen sein würde, war sie froh, daß es so war. Wenn sie dies alles lernte, dann würde sie ihre Pflicht so gut erfüllen wie die Aufgaben, die ihr Giovanni zugeteilt hatte. Stolz auf die eigene Leistung war sehr wichtig.

Der Schlaf rückte immer näher, aber sie brachte noch eine Frage heraus: »Ich habe doch nicht Euer Mißfallen erregt?«

Schweigend starrte er ins Feuer, und als er zu sprechen anfing, klang seine Stimme erstickt. »Nein, du hast mir nicht mißfallen.«

»Ich werde besser werden.« Sie schloß die Augen, drehte sich um und legte sich auf die Seite. »Ich lerne rasch. Zeigt mir wie, und ich werde Wege finden, Euch zu gefallen. Zeigt mir...«

Sie war eingeschlafen. Lion brauchte sich nicht umzudrehen, um zu wissen, daß sie ihm nicht länger Gesellschaft leistete. Seine eigenen Sinne waren noch immer so stark mit ihren physischen Reaktionen verbunden, daß er glaubte, die Sekunde zu bemerken, in der sie vom Wachsein in den Schlaf glitt. Warum, zum Teufel, war das so, da er doch nie bei einer anderen diese Übereinstimmung erlebt hatte? Und doch hatte er auf geheimnisvolle Weise ihren Schmerz gefühlt, als er ihr die Jungfernschaft raubte, er hatte ihre Hingabe gespürt und ihre Erwiderung. Es war, als hätte er etwas von ihr in sich aufgenommen. Heilige Muttergottes, der reinste Irrsinn!

Zeigt mir wie, hatte sie gesagt. Seine Lippen verzogen sich zu einem Lächeln ohne Humor, als er an ihre Bitte dachte. Keine Frage, er würde ihr alle Arten zeigen, wie ein Mann eine Frau nehmen konnte. Jetzt noch war er steinhart, voller Sehnsucht nach ihrer Enge, die ihn aufgenommen hatte, so daß er sie nie mehr zu verlassen wünschte. Verzweifelt sehnte er sich danach, sie aufzuwecken und sich wieder zwischen ihre Schenkel zu legen. Es gibt keinen Grund, es nicht zu tun, sagte er sich. Sie wollte ihm zu Gefallen sein. Sie würde auch nicht klagen, wenn er sie mehrfach in dieser Nacht benutzte.

Sie würde sich nicht beklagen, weil es ihr nicht freistand, Klage zu äußern.

Sie wollte ihm zu Gefallen sein, weil dies für sie gleichbedeutend mit Überleben war.

Er drehte sich blitzschnell um, ging ans Bett und legte sich neben Sanchia, bemüht, sie nicht zu berühren. Dann starrte er vor sich hin, mit verkrampften Muskeln und schmerzenden Lenden. Vielleicht konnte er die Pein, die er spürte, am Morgen lindern.

Er wollte neben ihr liegen und sich ausmalen, wie er sie morgen nehmen würde. Denn er wußte sehr wohl, daß ihm in dieser Nacht der Schlaf versagt sein würde.

»Solinari?« Caprino runzelte nachdenklich die Stirn. »Bist du sicher, er sagte Solinari?«

»Ganz sicher.« Giulia drehte sich um, klappte den Deckel der kostbar verzierten Elfenbeinschatulle auf dem Tisch auf und ließ fünf Dukaten in das samtene Innere fallen. »Ich irre mich selten, wenn Dukaten im Spiel sind.«

»Du hast dir mit dieser Neuigkeit Zeit gelassen. Womöglich kann ich aus meinem Wissen keinen Nutzen mehr ziehen.«

Seinem Blick ausweichend, ließ sie sich neben dem Tisch nieder. »Ich war sehr beschäftigt.«

»Oder warst du zu weich?« fragte er seidenglatt. »Oder könnte es gar sein, daß du die Dukaten wolltest, gleichzeitig aber bedacht warst, Andreas einen Vorsprung zu sichern?«

»Ich war beschäftigt«, wiederholte sie. Ihr Blick erfaßte sein Gesicht. »Du weißt, wer der Herr von Solinari ist?«

»Ja, und du auch. Francesco Damari. Der Name dürfte dir auch nicht unbekannt sein. Vor etwa neun Monaten kamen wir mit ihm ins Geschäft.«

»Ach ja, an Damari erinnere ich mich, doch der Name seines Palazzo war mir entfallen. Du hast damals die Verhandlungen und den Transport erledigt.« Sie verzog das Gesicht. »Hätte ich geahnt, daß es sich um Damari handelt, ich hätte dich nicht rufen lassen. Du hattest versprochen, er würde mir Laurette nach sechs Wochen zurückschicken. Sie zu ersetzen war gar nicht einfach.«

»Unfälle passieren immer wieder.« Caprino tat es mit einem Achselzucken ab. »Du wußtest, daß ein Risiko damit verbunden war, als du sie ihm überlassen hast, aber er hat für sein Vergnügen so viel bezahlt, daß du keine Bedenken mehr hattest.«

»Mir fällt auf, daß du ihm keine deiner Huren geschickt hast.«

»Damari wollte nur etwas vom Feinsten, wie die meisten dieser Condottiere, die aus dem Bauernstand aufsteigen. Es wäre einer Beleidigung gleichgekommen, hätte ich ihm eines meiner Frauenzimmer geschickt. Außerdem hatte ich niemanden, der sich so einzigartig eignet wie deine Laurette. Die meisten Frauen sind bedauerlicherweise sehr zimperlich, wenn es darum geht, daß sie Schmerz aushalten sollen.«

»Er hatte kein Recht, sie zu töten. Wie du ganz richtig sagtest, war sie einzigartig.« Giulias Handbewegung kündete von Ungeduld. »Aber ich nehme an, es gibt keine Möglichkeit, ihn zu einer Wiedergutmachung zu zwingen. Hast du sie nach Solinari geschickt? Ich wußte ja, daß ich den Namen schon einmal gehört habe.«

Caprino nickte. »Solinari heißt der Palazzo, aber er hat auch in Pisa ein Haus. Die Frage ist, wo findet man ihn im Moment?« Er überlegte. »Erst werde ich Santini mit einer Warnung zum Palazzo schicken, und wenn er dort nicht sein sollte, muß er Damari in Pisa suchen.«

Erstaunt sah sie ihn an. »Eine Warnung? Wann hast du jemals eine Warnung ausgesprochen, die nicht bezahlt wurde?«

»Seitdem du mir keine Zeit zu Verhandlungen läßt«, stieß Caprino wütend hervor. »Das werde ich dir nie verzeihen, Giulia.«

»Wenn du nichts zu gewinnen hast, warum schickst du dann einen Boten?«

»Oh, ich habe etwas zu gewinnen. Damari wird in meiner Schuld stehen, und es kann sich als wertvoll erweisen, wenn ein Mann, der im Aufstieg begriffen ist wie Damari, einem etwas schuldet.«

Giulia lachte. »Du glaubst, Damari würde je eine Schuld begleichen?«

»Vielleicht.« Er lächelte. »Aber wenn er es nicht tut, dann ist es für mich noch immer ein Gewinn, wenn er die kleine Sanchia fängt. Und auch du kannst gewinnen, Giulia. Man munkelt, daß du nicht entzückt warst, als dein Geliebter meine kleine Diebin kaufte. Was glaubst du, fängt Damari mit ihr an, wenn sie in seine Hände fällt?«

Giulia wußte sehr wohl, was ein Mann mit Damaris perversen Gelüsten einer Frau antun konnte, die sich seinen Unwillen zugezogen hatte. Einen Augenblick empfand sie für Lions Sklavin ein Gefühl, das an Mitleid grenzte. Die Wut, in die Giulia sich gegen Sanchia hineingesteigert hatte, war verflogen, sobald sie ihre Zuneigung zu Lion verdrängt hatte. Ein Gefühl konnte ohne das andere nicht existieren, und sie würde nicht zulassen, daß eines dieser Gefühle sich je wieder zwischen sie und das, was ihr wichtig war, schob. »Du haßt sie so sehr?«

»Hassen?« Er schien erstaunt. »Sie ist meinen Haß nicht wert, aber man muß an ihr ein Exempel statuieren. Falls es sich herumspricht, daß sie mich übertölpelt hat, wird es auf den Straßen unendlich viel Verdruß für mich geben. Ich bin nicht Damari, der Bestrafungen um ihrer selbst willen liebt. Für mich muß Vergeltung einen Zweck erfüllen, sonst ist sie wertlos.« Er wandte sich ab. »Ich wünsche dir eine Nacht ohne Profit, Giulia. Möge der Mann, dem du deine Gunst schenkst, dieselben Gelüste haben wie Damari. Ich bin über die Verzögerung deiner Mitteilung alles andere als erbaut.«

»Tut mir leid, dich enttäuschen zu müssen, aber der Mann, der heute mein Bett teilt, ist sanft wie ein unerfahrener Jüngling. Ihn überkommt das Zittern, wenn ich nur die Stirn furche.« Sie stand mit bezauberndem Lächeln auf. »Und am Morgen wird er mir ein Geschmeide schenken, bei dessen Anblick dir die Zunge heraushängt wie einem Straßenköter vor dem Metzgerladen.«

»Ganz anders als Andreas.« Caprino öffnete die Tür. »Was für ein Glück für dich.«

Er schloß die Tür hinter sich, und sie stand einen Moment da, ehe sie die Schultern hochzog, als sei sie von einer Bürde befreit worden. Caprino hatte recht – ein Glück, daß sie Lion Andreas los war.

Sie ging zum Glockenzug und zog heftig daran. Es war das Zeichen für ihre Zofe, Gondolfo einzulassen.

6. KAPITEL

»Nein!« Sanchia fuhr wild mit den Armen rudernd im Bett auf. »O Gott! Nein, nicht...«

»*Santa Maria*, was, zum Teufel, ist in dich gefahren?« Lion stützte sich auf einen Ellbogen auf. Seine Miene verfinsterte sich. »Bist du krank?«

Sanchia sah sich mit verschwommenem Blick im Raum um. Dieser Raum hier war vom Feuer erhellt und sauber, nicht dunkel und voller Ungeziefer. Sie hob die Arme. Schwindelerregende Erleichterung durchschoß sie. »Ich habe sie noch.«

»Du hast was?«

»Meine Hände.« Sie streckte die Arme aus und bewegte die Finger. »Ich dachte, sie wären abgehackt. Ich dachte, man hätte mich beim Stehlen erwischt, mich in die Stinche geworfen und mir die Hände abgehackt. Aber es ist nicht der Fall...«

»Ein Traum«, sagte Lion barsch, als er sich wieder zurücklegte. »Schlaf weiter.«

»Ein Traum«, wiederholte sie. Gehorsam legte sie sich nieder, wollte aber die Wärme und Sicherheit des Wachzustandes nicht aufgeben und in einen Schlaf versinken, in dem gräßliche Alpträume lauerten. Sie lag da, von Lions Nähe durchdrungen. Wie eigenartig, mit einem nackten Mann das Bett zu teilen. Gewiß würde sie sich mit der Zeit daran gewöhnen. Wenn sie diese Zeit hatte. Wer konnte wissen, wie lange Lion sich mit ihr den Wonnen des Fleisches hingeben würde? In dieser Welt gab es nichts, was von Bestand war.

»Träumst du oft, daß man dir die Hände abhackt?« fragte Lion leise.

»Ja, ich sagte schon, daß ich nicht sehr mutig bin.«

Er schwieg so lange, daß sie schon glaubte, er sei eingeschlafen. »Für deine Träume kannst du nichts, und es ist nicht Mangel an

Mut, wenn man die Gefahr fürchtet. Es ist vielmehr ein Zeichen von Klugheit.«

Sie lachte schüchtern. »Dann muß ich weise sein wie ein Seher, denn ich leide fast immer tausend Ängste. Seitdem ich sah, wie man einen Dieb aus der Stinche warf, und er mit seinen armseligen blutenden Stümpfen fuchtelte, als bitte er jemanden... er... er...«

»Dir wird so etwas nicht zustoßen.«

»Hoffentlich nicht«, flüsterte sie.

»Es wird nicht geschehen. Ich muß den Schlüssel bekommen, aber dir wird nichts zustoßen.«

Er war so aufgebracht, daß sie versucht war, ihn zu beschwichtigen, aber sie war zu müde. Sie drehte sich auf die Seite. »Verzeiht, daß ich Euch geweckt habe, Herr.«

»Lion.«

»Ich vergaß.« O Gott, wie ungeduldig er war. Vielleicht war es besser, sie ergab sich der ungewissen Bedrohung des Schlafes, als im Wachzustand seinen Unwillen zu erregen. »Ich werde versuchen, daran zu denken. Verzeiht... Lion.«

Als einzige Antwort stieß er eine leise Verwünschung aus.

Sie konnte sehr lange nicht einschlafen, aber als sie endlich vom Schlaf übermannt wurde, spürte sie noch, daß Lion steif und hellwach neben ihr lag.

»Warum lachst du?« fuhr Lion Lorenzo an, als er Sanchia in den Sattel hob.

»Warum sollte ich nicht?« fragte Lorenzo harmlos. »Es ist ein strahlender, klarer Morgen, und ich habe gut geschlafen. Du solltest nicht unwirsch sein, nur weil du dasselbe nicht von dir behaupten kannst. Sicher gab es für dich zum Ausgleich anderes, was mir nicht beschieden war.«

Lion gab keine Antwort, als er sich in den Sattel schwang und seinem Hengst die Sporen gab, daß dieser angaloppierte und sofort eine ansehnliche Distanz zwischen sich und die zwei Zurückbleibenden legte.

Lorenzo seufzte. »Ich befürchte, daß dieser Tag wie der gestrige wird, und ich hatte doch auf etwas Besseres gehofft, nachdem Lion sein Begehren an dir gestillt hat.« Er trieb sein Pferd zu einem Trab an. »Komm, Sanchia, oder er ist auf halbem Weg nach Solinari, ehe wir ihn einholen.«

Sanchia trieb ihre Stute an. »Wie habt Ihr wissen können ...« Sie unterbrach sich. »Ihr müßt ihn sehr gut kennen.«

»Gut genug, um zu erkennen, daß seine Geduld am Ende war, als ich letzte Nacht hinaufging.« Lorenzo sah sie objektiv an. »Lust kann ein starkes Band sein, das einen Mann fesselt, und du wirst dieses Band in Mandara für deine Sicherheit brauchen.«

»Meine Sicherheit? Warum?«

Ein Lächeln zuckte um seine Lippen. »Dort ist die Lage nämlich sehr kompliziert. Die edle Caterina wird über deine Ankunft nicht erbaut sein.«

Sanchia horchte auf. »Caterina?«

»Caterina Andreas, Lions Mutter. Erregt man ihr Mißfallen, kann sie zur Furie werden.«

»Ach«, Sanchia überlegte. »Dann muß ich einen Weg finden, ihr zu gefallen.«

Er lachte. »Das wird eine richtige Herausforderung. Es ist noch nicht vergessen, wie Caterina Mandara verteidigte, als Lion und sein Vater in der Toskana kämpften. Nicolino, ein Condottiere, der Mandara für eine zum Pflücken reife Frucht hielt, belagerte die Stadt. Caterina scharte ihre Truppen um sich, unternahm einen Ausfall ins feindliche Lager, nahm Nicolino gefangen und brachte ihn nach Mandara. Dort stellte sie ihn auf die Stadtmauer und rief seinem Leutnant zu, wenn die Belagerung nicht aufgehoben würde, ließe sie Nicolino hängen. Leider glaubte ihr der Offizier nicht und schloß den Belagerungsring enger.«

»Und was geschah daraufhin?«

»Nicolino wurde gehängt. Dann ließ sie seinen Leichnam an einem Strick von der Wehranlage baumeln, so daß seine *condotti* ihn sehen konnten. Am nächsten Morgen bei Tagesanbruch zogen sich die Belagerer zurück.«

Sanchia spürte, wie in ihrer Magengrube etwas flatterte. Es reichte nicht, daß sie Lion zu Gefallen sein mußte, jetzt mußte sie auch noch die Gunst seiner kampflustigen Mutter erringen. »Sie muß eine Persönlichkeit voller Tatkraft sein.«

»Ja.« Lorenzo warf ihr einen Blick zu. »Aber du verfügst über eigene Kraft. Sie wird dich respektieren, wenn du dich unnachgiebig zeigst und nicht zuläßt, daß sie dich in die Knie zwingt.« Er lächelte. »Denn wenn du dich nachgiebig zeigst, dann verdienst du es, daß du zertrampelt wirst und Lion sich deiner entledigt.«

»Ich lasse nicht auf mir herumtrampeln.« Sie zog die Stirn in Falten, als sie über diesen neuen Umstand, der das Leben schwermachen konnte, nachdachte. »Aus irgendeinem Grund wollt Ihr, daß ich es mit ihr aufnehme, stimmt's? Werdet Ihr mir helfen?«

»Nein. Ich ordne nur die Figuren auf dem Schachbrett an. Ins Spiel selbst greife ich nicht ein.«

»Niemals?«

Er begegnete ihrem Blick. »Niemals.«

Sanchias Hände umklammerten die Zügel fester. Sie fühlte sich sehr allein. »Vielleicht nimmt er mich gar nicht nach Mandara mit. Heute morgen war er sehr ungehalten über mich.«

»Ach, das ist nicht Ärger. Du mußt lernen, ihn besser zu durchschauen.« Lorenzos Blick wanderte zu Lions breitem Rücken in einiger Entfernung vor ihnen. »Er leidet heute an derselben Krankheit, die ihn gestern befallen hat. Es ist nicht ein Pferd, das er jetzt reiten möchte.«

»Ihr meint...«

»Genau, meine teure Sanchia.« Lorenzos Ton war fast fröhlich, als er sein Pferd zu einer flotteren Gangart antrieb. »Das läßt hoffen, daß wir vor der Ankunft in Solinari vielleicht doch Rast machen.«

Sie hielten um die Mittagszeit an einem Bächlein an, das sich über eine Waldlichtung schlängelte.

Lion, der ein ziemliches Stück vorausgeritten war, machte plötzlich kehrt und sprengte zu ihnen zurück. »Wir rasten hier, bis die Hitze nachläßt«, tat er knapp kund.

»Mir fiel gar nicht auf, daß es die Sonne ist, die so brennt«, murmelte Lorenzo. »Aber ich finde mich mit jeder Lüge ab, wenn ich nur von diesem Biest herunterkomme.«

Lion, der absaß und zu Sanchia ging, beachtete ihn nicht weiter. »Steig ab.« Er umfaßte ihre Mitte. »Rasch.«

Sein drängender Ton überraschte sie, bis sie sein Gesicht sah. Da wurden ihre Augen groß, und der Atem drohte ihr zu stocken. Lorenzo hatte recht. Es war nicht Zorn, der in ihm glühte. Lions Gesicht trug den begehrlichen Ausdruck, den sie am Abend zuvor an ihm kennengelernt hatte.

Mit einem Ruck hob er sie aus dem Sattel und stellte sie auf den Boden. Durch den weichen Stoff ihres Kleides spürte sie seine starken Hände. Die Hitze seines Körpers reizte sie. »Ich wollte...«

»Still«, stieß er in heiserem Ton hervor, als er sie an die Stute lehnte. »Sprich nicht. Gib mir nur, was ich brauche.« Mit einem Ruck riß er ihr das Gewand von den Schultern und legte ihre Brüste bloß.

Sanchia rang nach Atem und sank gegen ihr Pferd, als Lions Mund ihre linke Brustwarze umfing. Er saugte mit aller Gewalt, ganz fest, und seine Zähne drückten sich in sie, während seine Hand die andere Brust umfaßte und sie rhythmisch zu kneten begann. Dasselbe brennende Gefühl, das sie schon vom Abend zuvor kannte, prickelte zwischen ihren Beinen. Sie schloß die Augen und stützte den Kopf gegen den Sattel. »Hier? Aber Lorenzo...«

»Wendet zuvorkommend den Blick ab«, raunte Lion, der aufblickte. Röte färbte seine gebräunten Wangen, seine Nüstern bebten mit jedem Atemzug, »und ist hocherfreut.« Er packte Sanchias Handgelenk und zog sie fort vom Pferd, fort vom Pfad, tiefer ins Dickicht.

»Wohin gehen wir?« Sie mußte laufen, um mit ihm Schritt zu halten.

»Nicht weit.«

Er ging noch ein Stück in den Wald, ehe er sie gegen einen Baumstamm drückte.

Rauhe Borke, die sich in den Samt ihres Kleides drückte, der bestechende Geruch von Erde, von Laub und vom Leder seines Wamses...

Seine Finger waren unter seinem Wams am Verschluß seiner Beinkleider eifrig am Werk, bis sein erigierter Schaft vorschnellte. »Setz dich nicht zur Wehr«, befahl er, als er Kleid und Unterröcke anhob. »Tu, was ich dir sage.« Seine Hände umfaßten ihre Gesäßbacken, hoben sie an und schoben ihren Körper auf seine Männlichkeit. »Leg deine Beine um meine Taille.«

Folgsam umschlangen ihre Beine ihn. »Ich werde mich nicht wehren...« Sie sprach nicht weiter, als er mit einem einzigen, wilden

Stoß in sie eindrang. Ihr Kopf fiel gegen die rauhe Borke des Baumes, überwältigt von seiner Leidenschaft.

Er schrie auf und hielt in ihr inne. In seinem Gesicht spiegelten sich Wonne und Erleichterung, die fast unerträglich schienen. »*Dio!* Ja... ja.« Und dann stieß er wieder mit einer Kraft zu, die sie vollends durchdrang. Ihre Schultern wurden gegen den Baumstamm gedrückt, als er sie nahm und immer wieder nahm...

Die Gewalt seines Hungers hätte sie erschrecken können, aber das war nicht der Fall. Irgendwie spürte sie, daß er ihr keinen Schmerz zufügen wollte und nur von seinem starken Trieb beherrscht wurde, vor dem er sie gewarnt hatte.

»Gib...«, murmelte er. »Schnell... gib.«

Er wollte, daß sie ihm nicht nur ihren Körper gab, sondern ihm jene Reaktion bescherte, die sie beim letztenmal gezeigt hatte, wie ihr undeutlich klar wurde.

Er griff zwischen sie beide und drückte zu. Daumen und Zeigefinger bearbeiteten sie. Mit einem Aufschrei wölbte sie sich ihm entgegen.

»Jetzt«, stöhnte er kehlig. »Jetzt.« Er drang tief ein.

Sie gab ihm, was er wollte und was sie ihm nicht verweigern konnte. Sanchia biß sich auf die Unterlippe, um nicht aufzuschreien, während die Wogen der Lust sie erfaßten.

»So ist es recht«, stieß er hervor, seine heiße Wange an ihre Schläfe lehnend. »So habe ich es gewollt.«

Sie hatte ihm Lust gespendet, das wurde ihr undeutlich klar. Was für ein Glück, daß ihre eigene Lust die seine steigerte.

Er streichelte ungeschickt ihr Haar, während er sie mit dem anderen Arm noch immer an sich preßte, noch nicht gewillt, sich von ihr zu lösen.

Erst nach einer Weile trat er langsam zurück und stellte sie auf den Boden. »Ich wollte nicht grob sein. Aber ich habe zu lange gewartet«, sagte er stockend. Als bereue er diese halbe Entschuldigung, setzte er hinzu: »Aber du mußt dich an meine Art gewöhnen – besser jetzt als später.« Hastig brachte er seine Kleidung in Ordnung, ehe er ihr Kleid glattstrich. »Wenn ich dich brauche, mußt du für mich bereit sein. Es wird sehr oft vorkommen, daß ich nicht warten kann, bis wir ein Bett finden.«

»Ich verstehe.«

»Gut.« Er wandte sich ab. »Erfrisch dich am Bach, dann wollen wir weiterreiten. Ich möchte vor Einbruch der Dunkelheit in Solinari sein.«

Lorenzo lagerte träge unter einem Baum am Wegrand. Er verzog das Gesicht, als er sie aus dem Wald kommen sah. »Was... schon? Du warst hitziger, als ich dachte, mein Freund. Ich hatte auf eine längere Pause gehofft.« Er stand auf und schüttelte den Staub aus seinem grauen Samtwams. »Nun, vielleicht machen wir noch einmal Rast.« In seinen hellen Augen blitzte ein Zwinkern. »Der Tag ist sehr heiß.«

»Es gibt keine Rast mehr. Nicht, ehe wir Solinari erreicht haben.« Lion schwang sich auf sein Roß und gab ihm die Sporen.

»Jetzt ist er ungehalten«, sagte Lorenzo, der Sanchia auf ihre Stute hob. Als er ihren beunruhigten Blick sah, schüttelte er den Kopf. »Nicht deinetwegen. Er ist ärgerlich über sich selbst. Er hat sich von dir bei seiner Suche nach dem ›Windtänzer‹ ablenken lassen. Nicht lange zwar, aber er betrachtet es als Charakterschwäche, die er nicht dulden kann. Persönlich sehe ich es als gutes Zeichen für die Zukunft an.«

»Warum?«

Er betrachtete sie, als sei er unschlüssig, ob er antworten sollte. »Weil Lions ausgeprägtes Verantwortungsbewußtsein für ihn zu einer Art Fessel wurde. Er sieht sich selbst nicht nur als Hüter des ›Tänzers im Wind‹, sondern als Hüter von allem in seiner eigenen Welt. Eigentlich nicht erstaunlich. Soviel ich weiß, hat sein Vater ihn von Kindesbeinen in diesem Glauben erzogen. In gewisser Weise ist die Statuette ein Symbol dieser Verpflichtung.«

»Bindung? Fessel? Er ist ein großer Herr. Verantwortung ist keine Fessel.«

»Für manche Menschen schon.« Lorenzo zog die Schulter hoch. »Sorge dafür, daß er immer erregt ist und nicht an seine Verantwortung denken kann, Sanchia. So ist es für euch beide am besten.«

»Ich weiß nicht, wie ich sein Begehren wachhalten soll.« Sanchias Wangen glühten. »Und ich weiß nicht, ob ich es möchte, daß er seine Verantwortung vergißt. Gewiß ist es nur ehrenhaft, wenn...«

Lorenzo bestieg stöhnend sein Roß. »*Santa Maria*, wieder ein

Jünger, der vor dem Tempel der Ehre und des Ruhms Weihrauch verbrennt. Ich hätte dich für vernünftiger gehalten.« Er schüttelte den Kopf. »Aber vielleicht ist es gerade das, was ihn fasziniert. Gleich und gleich gesellt sich gern.«

Sanchia starrte ihn ungläubig an. »Wir sind gar nicht gleich.«

»Doch, das seid ihr. Aber du, Sanchia, bist auch mir ähnlich. Es wird interessant sein mitanzusehen, welcher Aspekt deines Charakters schließlich obsiegt.« Er drehte sich um und blickte sie kühl und abschätzend an. »Macht kann zu Kopf steigen. Vielleicht wirst du auf die Idee kommen, es könnte dir zum Vorteil gereichen, Lions Leidenschaft für dich zum Aufstieg in der Welt zu nutzen. Gegen Ehrgeiz habe ich nichts einzuwenden, aber ich werde nicht zulassen, daß Lion benutzt wird. Sollte ich Anzeichen dafür entdecken, dann werde ich dich entfernen lassen.«

»Ich habe über ihn keine Macht.«

»Hänge dieser Meinung weiter an, und du wirst bei guter Gesundheit bleiben.«

»Ihr seid besorgt um Lion.« Das Wissen, daß sich ein Mensch von Lorenzos eiskalter Nüchternheit um jemanden sorgte, erfüllte sie mit Erstaunen. »Warum?«

»Wer weiß?« Mit seinem Lächeln verspottete er sich selbst. »Soll ich mich jetzt in eine rührselige Tirade stürzen und behaupten, Lion sei der Mensch, der unter anderen Umständen aus mir hätte werden können? Oder er sei der Sohn, den ich in die Welt hätte setzen können?« Er schüttelte wieder den Kopf. »Was ruft die Gefühle eines Menschen hervor? Das Leben birgt viele seltsame, ausgefallene Gefühle voller Geheimnisse. Sie sind es, die das Leben erträglich machen.« Sein Pferd verfiel in einen schnelleren Trab, als er dem Tier seine Sporen in die Flanken stieß.

Es war spät am Nachmittag, als sie zu einem kleinen Bauernhaus am Ufer eines klaren, blauen Sees gelangten.

»Weiter reiten wir nicht«, sagte Lion, der Tabron zügelte. »Von hier ist es nicht mehr weit zum Dorf, und Solinari liegt gleich dahinter. Ich möchte nicht, daß die Kunde von unserer Ankunft bis zum Palazzo dringt, deshalb wollen wir hier auf Marco warten. Ich werde den Bauern überreden, uns hier nächtigen zu lassen.«

»Wer ist Marco?« fragte Sanchia.

»Mein Bruder.« Lion saß ab und ging über den Hof auf das kleine strohgedeckte Bauernhaus zu.

Wieder eine Überraschung. Ich weiß wirklich gar nichts von Lionello Andreas, dachte sie. War dieser Bruder so wild wie Lion und die Mutter, die beide geboren hatte? Sehr wahrscheinlich war es so. Jäh aufflammende Sehnsucht nach Florenz überfiel Sanchia, nach der Stadt, in der jede Gefahr ihr zumindest bekannt war.

»Marco ist ganz anders als Lion«, sagte Lorenzo, als hätte er ihre Gedanken lesen können. Er stieg aus dem Sattel und half ihr vom Pferd zu kommen. »Du wirst ihn liebenswert finden wie die meisten Frauen.«

»Es steht ihr nicht zu, ihn liebenswert zu finden.« Lion war aus dem Haus getreten und stand auf der obersten Stufe. »Ich habe nicht die Absicht, Sanchia mit ihm zu teilen.«

»Wie kleinlich von dir«, sagte Lorenzo. »Und verwunderlich obendrein. Warum bist du so geizig mit Sanchia, wenn du dich willig...«

»Das Haus scheint reinlich zu sein«, unterbrach Lion ihn. »Ich habe dem Bauern Geld für eine Übernachtung gegeben. Er und sein Weib schlafen heute im Haus seines Vaters ein paar Meilen weiter. Der Mann wird ins Dorf laufen und Marco sagen, daß wir hier sind, während die Bäuerin Badewasser heiß macht.«

»Ausgezeichnet«, ließ Lorenzo sich vernehmen. »Und da du diese vierfüßigen Biester gar so liebst, wirst du sicher nichts einzuwenden haben, dich um die Pferde zu kümmern, während ich der Ruhe pflege.« Klugerweise wartete er eine Antwort nicht ab und verschwand im Haus.

Lion blickte ihm mit schiefem Lächeln nach. »Wie enttäuscht wäre er, wenn er wüßte, daß es mir tatsächlich nichts ausmacht.« Er nahm die Zügel des Pferdes und führte sie zu dem kleinen Stall. »Die Hütte hat nur einen Raum, und es wird während unseres Aufenthalts wenig Gelegenheit für Zweisamkeit geben.« Er warf einen Blick über die Schulter. »Warum stehst du herum? Komm mit in den Stall.«

Endlich begriff sie und lief ihm nach. »Ihr wollt wieder bei mir liegen?«

»Wenn wir einen Ballen Heu oder eine Decke ohne Ungeziefer finden.« Er öffnete das Tor des kleinen Stalles und führte die Pferde hinein, deren Zügel er in einer leeren Box festband. »Andernfalls muß uns ein Pfosten zum Anlehnen genügen.« Er hielt inne und drehte sich zu ihr im Halbdunkel um. »Es macht keinen Unterschied. Wichtig ist nur dies.« Er streckte die Hand nach ihr aus, als er von einem Beben erfaßt wurde. Sein Blick wanderte mit drängender Eile durch den Raum, bis er neben einem der Stellplätze einen kleinen Heuhaufen entdeckte. »Ich habe dich von neuem begehrt, kaum zehn Minuten nachdem wir vom Bach aufbrachen. Ich sehnte mich nach dir... so wie jetzt.« Er führte sie zum Heuhaufen und drückte sie auf die Knie nieder. »Mach meiner Begierde ein Ende.« Seine Stimme war leise und bebte vor Sehnsucht und hilflosem Zorn. »*Santa Maria*, mach allem ein Ende.«

Er schob ihren Rock hoch und nahm sie mit noch mehr Leidenschaft als beim letzten Mal. Kaum hatte er den Höhepunkt erreicht, als er sie ein zweites Mal nahm und sie in einen Wirbel heißer Leidenschaft mitriß.

Lion rückte von ihr ab und lag neben ihr auf dem Heu. Seine Brust hob und senkte sich angestrengt, während er sich bemühte, wieder zu Atem zu kommen. Auch Sanchia hatte sich nach dem Gefühlssturm, durch den Lion sie getrieben hatte, noch nicht wieder beruhigt.

»Ich hasse dies.« Einen Arm über die Augen gelegt, stieß er es zähneknirschend hervor. »Es wird nicht von Dauer sein, mußt du wissen.«

»Ich weiß es nicht. Ich weiß darüber gar nichts«, flüsterte Sanchia. »Nur scheint mir, daß Ihr es nicht tun würdet, wenn Ihr es wirklich haßt.« Er gab keine Antwort, daher fuhr sie scheu fort: »Ist es mit mir anders als mit Giulia Marzo?«

Sein Arm gab das Gesicht frei. In seinen dunklen Augen funkelte Ablehnung, aus seinem Lächeln sprach Grausamkeit. »Natürlich, sie ist viel besser. Glaubst du, ich würde mich mit dir abgeben, wenn sie hier wäre?«

Der bohrende Schmerz, den sie empfand, traf sie völlig überraschend. »Es tut mir leid, daß ich Euch nicht genüge. Vielleicht... wenn Ihr mir sagt, was ich falsch mache...«

»Was du falsch machst?« fragte er wild, als er aufsprang und Tabron den Sattel abnahm. »Du umspannst mich zu eng, deine Brustspitzen sind zu rosig und spitz, deine Haut ist zu weich.« Er riß den Sattel vom Rücken des Hengstes und ließ ihn auf den Lehmboden fallen. »Und du starrst mich an, als würde ich dich verschlingen, bis ich mich kaum zurückhalten kann, es zu tun.« Er wandte ihr den Rücken zu. »Zieh dich aus.«

Sie schnappte überrascht nach Luft. Er konnte es doch nicht schon wieder wollen!

»Steh auf und zieh dich aus!«

Sie raffte sich hastig auf und entledigte sich des Kleides, der Schuhe und des Hemdes.

»Komm her.«

Sie ging auf ihn zu, den Blick auf sein abgewandtes Gesicht gerichtet.

Da drehte er sich um und ließ den Blick über ihren Körper wandern, auf der Suche nach jeder Wölbung, jeder Höhlung, jedem verborgenen Ort... »Mein«, stieß er heiser hervor. »Jedes Stück ist mein, so lange ich dich behalte. Verstehst du?«

Sie nickte hastig.

Er umfaßte ihre Brüste mit beiden Händen. »Mein. Niemand soll dich berühren. Du darfst nicht zulassen, daß jemand Hand an dich legt.« Seine Hände wanderten zu den Locken, die ihre Fraulichkeit schützten. »Niemals. Du wirst ohne mein Einverständnis keinem Mann ein Lächeln schenken.«

Sein Ton war so hitzig, daß sie nichts tun konnte, als ihn anzustarren.

»Sag es. Sag, daß du mir gehörst.«

»Ich... gehöre Euch.«

»Kein Mann außer mir wird dich berühren.«

»Kein Mann außer Euch wird mich je berühren.«

Gequält starrte er in ihr Gesicht. Dann ließ er sie los und wandte sich ab. »Jetzt hör auf, mich mit deinen großen verängstigten Augen anzusehen, und verschwinde. Zieh dich an und geh ins Haus.«

Sie taumelte rücklings und fing an, sich anzuziehen. »Ich könnte Euch mit den Pferden helfen.«

»Geh ins Haus.«

Sie lief über den Lehmboden und warf, an der Tür angelangt, einen Blick zurück. Lion hatte sich nicht gerührt. Sein Rücken war starr vor Anspannung. »Jetzt fürchte ich mich nicht mehr vor Euch. Anfangs hatte ich Angst, aber jetzt glaube ich nicht mehr, daß Ihr mir übelwollt.«

Seine Hände verkrampften sich um die Pferdemähne. »Ich muß den Windtänzer haben.«

»Ich weiß«, sagte sie verblüfft über die plötzliche Wendung. »Ich werde den Schlüssel holen. Das habe ich versprochen, und ich halte mein Wort. Wann muß ich in den Palazzo?«

»Heute nacht, wenn Marco die Nachricht bringt, die wir brauchen.«

Panik drohte sie zu erfassen. »So bald schon?«

»Ja.« Er löste den Sattelgurt. »Geh und sag Lorenzo, er möge dafür sorgen, daß du gebadet und umgezogen bist, bevor Marco eintrifft.«

Nicht gekleidet, um Lion zu gefallen, dachte sie benommen, sondern um in den Palazzo zu gelangen. Sanchia drehte sich um und eilte über den Hof zum Haus.

Marco Andreas ritt auf den Hof, als die letzten prächtigen roten Strahlen des Sonnenuntergangs von der glatten Oberfläche des Sees widergespiegelt wurden. Er hielt kurz inne, um die Schönheit, die sich vor ihm ausbreitete, zu betrachten. Ein Lächeln erwärmte die Vollkommenheit seiner Züge, die wie gemeißelt schienen.

»Na, was hältst du von ihm?« murmelte Lorenzo, der mit Sanchia zusah, wie Lion über den Hof kam, um seinen Bruder zu begrüßen.

Sanchia sah zu dem gutaussehenden Mann, der lachend auf Lion hinuntersah. Unwillkürlich legte sich ein Lächeln um ihre Lippen. »Er gehört zu den strahlenden Menschen.«

»Strahlende Menschen?«

»Es sind solche, die die Straßen entlanggehen und immer glücklich und lebensvoll sind. Sie tragen die bunteste Kleidung, spielen Mandoline und singen ihren Damen Serenaden vor. Meist malen sie oder haben eine Neigung zur Bildhauerei oder zur Poesie...«

Lorenzo zog eine Braue hoch. »Und was ist deiner Meinung nach Marcos besondere Leidenschaft?«

Sie versuchte Marco Andreas, der nun in ein Gespräch mit Lion vertieft war, objektiv zu sehen. Aber Objektivität war nicht so einfach, wenn man sich so ausgeprägter Schönheit gegenübersah. Marco, der ein paar Jahre jünger sein mochte, hatte wenig Ähnlichkeit mit seinem Bruder. Seine Züge waren von klassischer Schönheit. Sein schulterlanges Haar war nicht dunkel wie das von Lion, sondern hatte einen rötlichblonden Schimmer, und seine Augen waren nicht kalt und glühend schwarz, sondern von warmem Braun. Schließlich sagte sie: »Er malt.«

»Und wie kommst du zu dieser Schlußfolgerung?«

»Er betrachtete den Sonnenuntergang, und er lächelte, als er ankam. Ein Bildhauer ist meist mit festen Formen befaßt und hätte den Sonnenuntergang vermutlich nicht besonders registriert. Ein Dichter hätte angestrengt nachgedacht, um die Schönheit des Bildes in Worte zu übertragen. Marco aber nahm, was er sah, mit Freuden auf, weil er wußte, er brauchte nur nachzuahmen, was da war.«

Lorenzo brach in schallendes Gelächter aus, so daß Lion und Marco sich fragend umdrehten.

Lorenzo nickte Marco zu. Sein Lachen war noch nicht verebbt. »Guten Abend, Marco.«

Marcos Lächeln kam leicht. »Du scheinst glücklich zu sein, mich zu sehen. Habe ich etwas getan, was deine Heiterkeit verdient?«

»Wie könnte ich es wagen, über einen der strahlenden Menschen zu lachen!« Lorenzo wandte sich an Sanchia. »Er malt tatsächlich und hat einen angenehmen Tenor, wenn er auch nicht Mandoline spielt.« Zu Marco gewendet sagte er: »Sag mir, hast du in letzter Zeit Serenaden gesungen?«

Marco schnitt eine Grimasse. »Lorenzo, ich bin deinen Witzeleien nicht gewachsen. Hast du mich zum Opfer einer deiner Scherze erwählt?«

»Du machst mich schlechter, als ich bin. Ich wollte nur feststellen, ob Sanchia mit der Einschätzung deines Charakters recht hat. Sie findet, daß du eine Augenweide bist.«

»Ach?« sagte Lion leise. Sein Blick ruhte auf dem Mädchen.

»Ich wollte niemanden kränken«, sagte sie rasch. »Signor Lorenzo fragte mich nur... er bat mich darum. Es war ein Spiel, ein Rätsel...«

»Ein Rätsel, das du lösen möchtest?« fragte Lion in seidenweichem Ton. »Möchte nur wissen, wie.«

Marco warf seinem Bruder einen kurzen Blick zu, ehe er vortrat und sich tief verbeugte. »Madonna Sanchia, welche Ehre, daß ich für Euch von Interesse bin. Da ich Lorenzo kenne, bin ich sicher, daß seine Worte kein Gewicht haben. Es amüsiert ihn, uns alle zu verwirren. Ist es nicht so, Lion?«

»Zuweilen schon.«

»Meistens.« Marco fuhr rasch fort: »Lion sagte mir, Ihr würdet uns helfen, den ›Windtänzer‹ wiederzuerlangen. Es ist sehr freundlich, daß Ihr uns Eure Hilfe gewährt. Wenn Ihr erst seht, wie schön die Figur ist, werdet Ihr begreifen, daß sie nicht für immer in Besitz eines Menschen wie Damari bleiben darf.«

»Sie hilft uns nicht aus Freundlichkeit. Sie hat keine andere Wahl, Sanchia tut, was man ihr befiehlt.« Lion ergriff die Zügel von Marcos Pferd, um es wegzuführen. »Geh ins Haus. Ich komme nach, sobald ich dein Pferd in den Stall gebracht und versorgt habe.«

»Das kann ich selbst tun«, protestierte Marco.

Lion gab keine Antwort und führte das Pferd zum Stall.

Marco stieß einen lautlosen Pfiff aus. »Lion scheint nicht eben bester Laune zu sein. Angesichts der Nachtarbeit, die vor uns liegt, kein Wunder. Viel lieber würde er den Schlüssel selbst holen, als zu warten, bis Ihr ihn bringt, Madonna Sanchia.«

»Sanchia«, berichtigte sie. Es war zwar angenehm, so respektvoll angesprochen zu werden, aber es war ihr auch peinlich. »Nennt mich Sanchia.«

Marco lächelte. »Mit dem größten Vergnügen. Ein reizender Name für eine außergewöhnliche Dame. Und Ihr müßt mich Marco nennen.« Er überließ ihr mit einer Handbewegung den Vortritt an der Tür. »Wir müssen dafür sorgen, daß Euch heute nacht nichts zustößt.«

Seine Worte kamen mit so viel Wärme, daß Sanchia das Gefühl hatte, ein Sonnenstrahl hätte sie berührt. Sie erwiderte sein Lächeln und spürte, wie Optimismus in ihr wuchs. »Lion sagte, ich wäre keiner Gefahr ausgesetzt.«

Marcos Stirn furchte sich andeutungsweise. »Das hoffe ich auch. Die Aufgabe ist nicht leicht.«

»Du hast erfahren, was wir wissen wollten?« fragte Lorenzo, der ihnen gefolgt war.

Marco nickte, als er unter seinen Umhang faßte und aus dem Gürtel ein zusammengefaltetes Stück Pergament zog. »Ich konnte den alten Vittorio mit etwas Geld dazu überreden, diese Skizze zu zeichnen. Er war Gärtner im Palazzo, ehe Damari diesen erwarb, und er hegt wenig Sympathie für den neuen Besitzer. Deshalb war er sehr froh, daß seine Ersparnisse ausreichten und er sich ins Haus seines Enkels in Genua zurückziehen konnte. Es war sehr klug von ihm, Solinari heute morgen zu verlassen, als Damari noch in Pisa weilte.«

»Damari ist nicht da?« fragte Lion vom Eingang her.

Marco breitete das Pergament auf den rohen Tisch in der Mitte des Raumes aus. »Er ist seit zwei Tagen in Pisa und wird erst Anfang nächster Woche zurückerwartet.« Sein Blick hob sich vom Pergament. Er sah Lion an. »Vittorio sagte, der Hauptmann der Wache hätte erwähnt, daß er sich dort mit dem Herzog des Valentinois treffen wolle.«

»Mit Borgia?« Lion fuhr auf. »Dann bleibt uns wenig Zeit.«

Marcos Reaktion war ein Achselzucken. »Vielleicht mehr, als wir glauben. Cesare wird wahrscheinlich nicht in der richtigen Verfassung sein, sich Damaris Vorschläge anzuhören. Die Eroberung der Romagna hat ihn viel Zeit und Mühe gekostet, und es ist, wie du weißt, erst einige Monate her, daß er mit dem Kopf seines alten Freundes de Lorqua einen Spieß auf der Piazza in Cesena zierte, weil es dort zu Unruhen kam.«

»Borgia ist immer in der richtigen Verfassung, wenn es um die Befriedigung seines Ehrgeizes geht.« Lion trat einen Schritt vor, um das Pergament anzusehen. »Was ist das?«

»Eine Skizze des Palazzo-Geländes.«

»Hier drinnen ist es so dunkel, daß man nichts sieht. Jemand soll eine Kerze anzünden.«

Sanchia beeilte sich, der Aufforderung nachzukommen und stellte eine dicke Talgkerze auf den Tisch.

Das flackernde Kerzenlicht fiel auf eine unbeholfen angefertigte Skizze, die nur aus einer Anordnung von Strichen zu bestehen schien. »Das sieht aber gar nicht wie ein Plan aus«, sagte sie verwirrt.

Marco verzog das Gesicht. »Vittorio ist kein Kartenzeichner, aber ich hoffe doch, daß seine Skizze genau ist.« Sein schlanker Zeigefinger tippte auf den längsten Strich ganz oben auf dem Bogen. »Das ist der Palazzo.« Er fuhr ein Viereck in der Mitte des Pergaments entlang. »Und das ist der Irrgarten.« Dann deutete er auf ein Viereck genau in der Mitte des Irrgartens. »Das ist das Schatzhaus, in dem Damari seine Kostbarkeiten aufbewahrt. Der Irrgarten hat nur zwei Eingänge, die je von zwei Männern bewacht werden.«

»Sehr klug.« Lorenzo trat näher an den Tisch heran. »Auch wenn es jemand schafft, die Posten an einem Eingang zu überwältigen, wird er sich ohne Plan aller Wahrscheinlichkeit nach im Irrgarten verlaufen, ehe er das Schatzhaus erreicht. Oder aber er wird sich beim Verlassen des Irrgartens mit seiner Beute verirren.«

»Und Damari läßt zweifellos die Posten in regelmäßigen Abständen kontrollieren«, sagte Lion.

»Alle dreißig Minuten«, bestätigte Marco. »Damari hält meist mindestens fünfzig Mann im Wachraum des Palazzo, aber diesmal hat er eine Eskorte von fünfzehn Mann mit nach Pisa genommen.«

»Hm, bleiben fünfunddreißig gegen drei«, bemerkte Lion trokken. »Hoffen wir, daß wir den Irrgarten so rasch hinter uns bringen, daß wir ihnen nicht über den Weg laufen.«

»Muß ich da hinein?« Sanchia tippte auf das Viereck mitten im Irrgarten. »Ins Schatzhaus?«

Marco lächelte beschwichtigend. »Nein, Ihr müßt nur bis zum Südeingang des Irrgartens. Rodrigo Estaban, der Posten, der den Eingang bewacht, hat den Schlüssel zum Schatzhaus an einem Ring an seinem Gürtel.« Er langte unter seinen Mantel und holte einen großen Schlüssel hervor, den er Sanchia reichte. »Er sieht diesem hier sehr ähnlich. Eure Aufgabe ist es, den Schlüssel zur Schatzkammer zu stehlen und diesen an seine Stelle an den Ring zu hängen, und zwar so, daß Estaban den Austausch nicht bemerkt.«

»Hängen noch andere Schlüssel am Gürtel?« fragte Sanchia.

»Zwei. Einer, der zum Verlies führt, und einer für die Tore der hohen Eisenumfriedung, die den Palazzo und das ganze Gelände umschließt. An den Zaun grenzt dichtes Buschwerk, das gute Dekkung bietet, und wegen der Tore braucht Ihr Euch keine Sorgen zu machen. Vittorio gab mir diesen Schlüssel, der sie öffnet, und bestach die Posten, die dort gewöhnlich Wache halten.«

Sanchia starrte blicklos auf den Schlüssel in ihrer Hand. »Was ist?« fragte Lion voller Ungeduld.

»Die anderen Schlüssel. Ich werde nicht nur den Schlüssel stehlen und mit diesem hier vertauschen müssen, ich muß auch darauf achten, daß die anderen Schlüssel nicht aneinanderklirren. Ob ich das schaffe, weiß ich nicht sicher.«

»Du schaffst es«, sagte Lion. »Du mußt es schaffen.«

»Lion, um Himmels willen, wenn sie es nicht zuwege bringt...« Marco runzelte die Stirn. »An den Lärm dachte ich nicht.«

»Dukaten klirren in der Börse, und doch hat sie meine geräuschlos an sich genommen.« Lions Miene blieb unerbittlich. »Sie muß ganz vorsichtig ans Werk gehen. Sanchia, du schaffst es.«

Sie schluckte und nickte, innerlich betend. »Ich schaffe es.«

Eines seiner seltenen Lächeln erhellte Lions Gesicht. »In wenigen Stunden ist alles vorbei, und du wirst mir den Schlüssel geben. Wir haben versucht, alles für dich so einfach wie nur möglich zu machen. Zu diesem Zweck haben wir uns der Hilfe dreier Huren aus dem Dorf versichert, die die Wachen am Eingang des Irrgartens ablenken und ihren Offizier davon abhalten sollen, die Runde pünktlich zu machen.«

»Werden sie sich nicht wundern, wenn die Huren plötzlich kommen?«

»Sollen sie sich wundern... es wird sie nicht abhalten, sich ihrer Dienste zu erfreuen«, meinte Lorenzo ironisch. »Bei den meisten Männern setzt der Verstand aus, wenn eine hübsche Hure ihnen anbietet, für sie die Beine breit zu machen.«

Lion nickte. »Du gehst mit den Frauen hinein und tust, als gehörtest du zu ihnen, bis du es geschafft hast, den Schlüssel an dich zu bringen.«

»Sehr wohl«, sagte sie kleinlaut.

Stirnrunzelnd sah er sie an. »Ich sage dir, es wird gutgehen.«

Sie rang sich ein Lächeln ab. »Benutzt Ihr den Schlüssel heute, um die Statuette zu stehlen?«

»Nein, morgen in der Nacht.«

»Ich verstehe.« Ihre Hand umklammerte den Schlüssel so fest, daß er in ihre Handfläche schnitt. »Könnten wir jetzt gleich zum Palazzo gehen? Ich möchte nicht viel darüber nachdenken.«

Eine Vielzahl von Gefühlen zuckte über Lions Gesicht, als er sie ansah. »Ja.« Abrupt wandte er sich ab. »Wir können sofort aufbrechen. Marco geht ins Dorf, holt die Frauen und trifft sich in einer Stunde mit uns an den Toren des Palazzo.« Er wandte sich an Lorenzo. »Marco sagt, eine Viertelmeile vor den Toren des Palazzo befände sich ein Waldstück. Du mußt mit uns kommen und dort mit den Pferden warten.«

»Ausgezeichnet. Ich ziehe eine passive Rolle stets vor. Obschon ich mir anregendere Gesellschaft für einen Abend denken könnte.«

Lion reichte Sanchia seine Hand. Wieder erhellte jenes Lächeln, das seine energischen, brutalen Züge fast schön erscheinen ließ, sein Gesicht. »Komm, *cara*.«

Cara. Die Liebkosung klang herzerwärmend in ihren Ohren. Noch nie hatte jemand sie mit einem solchen Wort bedacht, und plötzlich war sie von glühendem Eifer erfüllt. Sie trat zwei Schritt auf ihn zu und nahm schüchtern seine ausgestreckte Hand. »Ich komme.«

Seine große Hand umschloß fest ihre kleine. Sie war in Sicherheit. Für diesen Augenblick gab es keine Angst und keine Bedrohung. Lion hatte sie *cara* genannt, hatte gelobt, daß ihre Sicherheit gewährleistet sei, und hatte ihre Hand gehalten, als bestünde Zuneigung zwischen ihnen.

Sie ließ sich von ihm aus dem Haus geleiten.

7. KAPITEL

»Ich wußte gar nicht, daß der ›Tänzer im Wind‹ tatsächlich existiert.« Cesare Borgia führte einen prächtigen Pokal an die Lippen. Sein Blick war auf die gedämpften Farben des neben der Tür zur Loggia hängenden Wandteppichs, der Diana auf der Jagd darstellte, gerichtet. »Ich hörte, der ›Windtänzer‹ soll angeblich nach Italien gelangt sein, hielt dies aber immer für eine erfundene Geschichte. Ihr würdet doch wohl nicht versuchen, mir einen Bären aufzubinden, mein Freund?«

Damari ließ sich durch Borgias gelassenen, fast spielerisch leichten Ton nicht in falsche Sicherheit wiegen. Cesare war für seine jähen Stimmungswechsel berüchtigt. Unbeschwertes Gelächter und finstere Gewalttätigkeit lagen bei ihm nah beisammen. »Er existiert und befindet sich in meinem Besitz.«

Die Andeutung von Interesse huschte über Borgias Züge. »Hier in Pisa?«

Damari schüttelte den Kopf. »An einem sicheren Ort. Ihr werbt doch nicht Dummköpfe an, um Eure Feldzüge zu führen, edler Herr.«

»Gewiß.« Borgia nippte am Wein. Sein Blick ruhte noch immer auf dem Wandbehang. »Woher wollt Ihr wissen, daß die Statuette echt ist?«

»Es gibt keine andere, die ihr gleicht. Wenn Ihr sie seht, wird Euch sofort klar, daß sie unvergleichlich ist.« Damari beugte sich vor und sprach rasch und eindringlich weiter: »Denkt daran, Herr, denkt an die Macht, die sie Euch verleihen würde. Ihr kennt die Legende vom ›Tänzer im Wind‹. Ihr habt die Geschichten gehört...«

»O ja, ich kenne die Legenden... daß der Heilige Gral, um den die Ritter der Tafelrunde kämpften, nicht ein Gral war, sondern eine goldene Statue, daß Alexander der Große auf seinem Feldzug gegen die Perser in seinem Zelt einen Pegasus mit goldenen Schwingen hatte.« Cesares Blick glitt vom Gobelin zu Damaris Gesicht. »Es gibt eine Unzahl von Geschichten, die sich um die Statuette ranken, und ich glaube keine einzige.« Er lächelte. »Und Ihr auch nicht. Wir verlassen uns nicht darauf, daß Talismane uns zu unseren Zielen verhelfen, wenn auf Schwerter mehr Verlaß ist.«

»Aber Euer Vater glaubt an Talismane«, wandte Damari ein. »Und König Ludwig von Frankreich ebenso. Man braucht an ein solches Ding nicht zu glauben, um sich seiner zu bedienen.«

Borgia lachte, und in diesem Augenblick zeigte sein verunstaltetes Gesicht eine Andeutung der Schönheit, die ihn ausgezeichnet hatte, ehe er von den Pocken befallen worden war. »So wie Ihr beabsichtigt, Euch meiner zu bedienen!«

»Niemand bedient sich Eurer, edler Herzog. Euer Verstand ist zu flink, um Betrug nicht zu durchschauen.«

»Schöne Worte vermögen Euch nicht zu erkaufen, was Ihr von mir wollt. Wir sind einander ähnlich.« Borgia stellte seinen Pokal auf den venezianischen Tisch neben seine Handschuhe. »Wenn Andreas den ›Tänzer im Wind‹ besaß, wie kam es dann, daß niemand davon wußte? Der Besitz einer so großen Kostbarkeit hätte seine eigene Bedeutung gesteigert.«

Damari zog die Schulter hoch. »Er ist kein Narr. Seine Familie brachte die Statuette vor über hundert Jahren aus Persien mit. Sie betrachtete sich als Hüter des Tänzers. Der ›Windtänzer‹ wurde in einem Turmzimmer der Burg von Mandara aufbewahrt. Auch Freunden der Familie wurde die goldene Figur nie gezeigt.«

»Woher wißt Ihr dann von ihrer Existenz?«

»Ich bin aus Mandara gebürtig und diente als Offizier unter Lionello und vorher unter seinem Vater. Ich lauschte, ich beobachtete, ich plante die Bildung einer eigenen *condotta*, und ich wußte beim Verlassen von Mandara, daß ich mir eines Tages den ›Tänzer im Wind‹ holen würde.«

»Ich glaube, einen Mangel an Anhänglichkeit zu entdecken.« Cesare lächelte. »Euer Dienst bei den *condotti* des Andreas behagte Euch wohl nicht?«

Damari verbarg die Verbitterung, die in ihm schwelte. Borgias Augen waren zu scharf. Er würde jedes Wissen mit todbringender Tücke nutzen. »Lionello gefielen meine Methoden nicht, als ich nach dem Tod seines Vaters seinem Befehl unterstellt wurde. Er war der Meinung, ich sollte den Rest meines Lebens als gewöhnlicher Soldat dienen. Er irrte sich. Von Kindesbeinen an wußte ich, daß ich zu Großem berufen bin.«

»Ja, gewiß war es ein Irrtum. Ihr seid nicht gewöhnlich, obwohl nicht von hoher Geburt, wie ich weiß.«

Typisch für Borgia, dachte Damari. Erst ein Streicheln, dann ein scharfer Sporenstoß. Er unterdrückte seinen auflodernden Jähzorn, um zu sagen: »Ein Mann ist das, was er aus sich macht, Euer Hochwohlgeboren. Seht, was aus Euch wurde, seitdem Ihr den Kardinalspurpur abgelegt habt. Mit dem ›Tänzer im Wind‹ in Händen wäre für Euch nichts mehr unerreichbar. Wenn seine Heiligkeit Euch Truppen verweigert, dann nehmt die Statuette mit nach Frankreich. Ludwig ist Euch gewogen. Benutzt die Statuette, um seine Gunst in Armeen zu verwandeln, die in Spanien, Florenz oder Rom kämpfen.«

»In Rom?« Borgia sah Damari argwöhnisch an. »Ihr redet wie ein

Verräter. Ihr glaubt doch nicht, ich würde den Kirchenstaat und meinen eigenen Vater angreifen?«

»Doch... wenn es bedeutet, daß Euch ein Reich zufällt, das sich mit jenem Karls des Großen messen kann.«

Cesares Miene umwölkte sich. »Ihr geht zu weit, Damari.«

»Männer unseres Schlages gehen nie zu weit, Herr. Das alles sind nicht nur Spekulationen.«

Borgia sah ihn an, dann brach er in Gelächter aus. »Damari, Ihr habt wahrlich recht! Es gibt keine Grenzen für einen Mann, der alles wagt, um sein Ziel zu erreichen.«

Schon im Aufstehen begriffen, schob er die Kette zurecht, an der die juwelengeschmückten Insignien des Ordens des heiligen Michael tief auf seiner Brust hingen. Die funkelnden Juwelen hoben sich prächtig vom schwarzen Samt seines Wamses ab. »Ich will mir die Bedingungen durch den Kopf gehen lassen.«

Damari erhob sich. »Überlegt nicht zu lange.«

»Bei Gott, wie kühn Ihr seid!« Borgias Lächeln erlosch. »Damari, begeht nicht den Fehler, die Statuette einem anderen Käufer zu überlassen. Das wäre höchst unklug.«

Damari verneigte sich. »Wann darf ich von Euch Antwort erwarten?«

»Bald. Ich muß meinem Vater schreiben, um seine Ansicht über diesen Kauf zu erfahren. Wer weiß? Vielleicht ist er gar nicht so versessen auf den ›Windtänzer‹, wie Ihr glaubt.«

»Vielleicht.« Damari wechselte das Thema. »Wollt Ihr mit mir speisen und anschließend eine kleine Türkin ausprobieren, die ich kürzlich erwarb? Sie ist bildschön und verfügt über mancherlei Talente.«

»Ich glaube nicht.« Borgia wollte die schwarze Samtmaske anlegen, ohne die er sich in jüngster Zeit nur selten in der Öffentlichkeit sehen ließ. Er hielt mit einem Lächeln inne und sah auf die Maske in seinen Händen nieder. »Vielleicht sind wir doch nicht so ähnlich, wie ich dachte, Damari. Ihr seid nicht so eitel wie ich. Unsere Gesichter sind entstellt und alles andere als ansehnlich, dennoch tretet Ihr unbedeckt in die Welt hinaus.«

»Ich konnte mich an die Narben gewöhnen, da mich die Pocken als kleines Kind befielen.«

»Ich habe sie noch immer. Die französischen Pocken.« Borgia legte den Kopf in den Nacken und lachte schallend. »Und ich wette, die kleine Sizilianerin, bei der ich sie mir holte, war viel reizvoller als die Türkin, die Ihr mir so liebenswürdig anbietet. Das Luder war es fast wert.«

»Man könnte sagen, auch an meinen Pocken war ein Luder schuld«, sagte Damari. »Wie Ihr seht, macht unser Leiden uns zu Brüdern im Unglück. Seid Ihr sicher, daß Ihr nicht doch bleiben und Zaria ausprobieren wollt? Sie ist erst vierzehn und reif wie eine frischgepflückte Pflaume.«

»Deine kleinen Schönheiten sind geistlos und tragen oft Spuren, die ihre Schönheit beeinträchtigen. Ich suche mir lieber anderswo eine Frau, die mir mehr entspricht.« Borgia legte die Maske an und ging zur Tür. Seine geschmeidige Gestalt war von männlicher Anmut. »Ihr müßt lernen, Zurückhaltung zu üben.«

»Warum?« Damari lächelte. »Waren wir uns nicht eben einig, daß Männer wie wir uns nicht von Grenzen einengen lassen sollen? Exzesse können höchst amüsant sein.«

»Ihr müßt wohl dieser Meinung sein.« Borgia blieb an der Tür stehen. »Und denkt daran, Ihr werdet nichts unternehmen, bevor Ihr von mir hört. *Buona sera*, Damari.«

Die Höflichkeit gebot, daß Damari Cesare Borgia bis zum Hauseingang begleitete, doch er hatte sich bereits entschieden, diese Geste zu unterlassen. Von Stund an sollte Borgia sich daran gewöhnen, ihn als seinesgleichen anzusehen, und nicht nur als willfährigen Lakaien. »*Buona sera*, mein Herr.«

Borgia zögerte kurz, ehe er die Tür mit scharfem Klicken ins Schloß zog.

Damari lächelte zutiefst befriedigt, als er sich umdrehte und die Loggia querte, um zum nächtlichen Himmel emporzublicken. Alles entwickelte sich prächtig. Borgia wollte die Statuette in seinen Besitz bringen und würde sich noch mehr danach verzehren, wenn Papst Alexander ihn mit seiner Begeisterung beflügelte. Vielleicht würde es ihm glücken, dem Papst mehr abzupressen als ein Herzogtum. Was für ein Triumvirat sie abgeben würden! Keine Armee, kein Land würde sich ihnen widersetzen können. Daß ein Triumvirat nicht ewig dauern konnte, lag auf der Hand, denn bei einer solchen Konstellation entpuppte sich immer einer des Trios als führende Persönlichkeit. Warum sollte nicht er dieser Führende sein? Wie er zu Borgia gesagt hatte, hatte er sein Leben lang geahnt, daß er zu Großem berufen war. Und wie weit war er bereits gekommen! Er besaß einen herrlichen Palazzo sowie dieses kleine, elegante Haus in Pisa, dazu einen Schatz voller Kostbarkeiten, die er vor den habgierigen Händen des Papstes verborgen gehalten hatte.

Und jetzt besaß er den ›Tänzer im Wind‹...

»Mein Herr, ein Bote aus Florenz möchte Euch sprechen.«

Damari drehte sich um. In der Tür zur Loggia stand ein Lakai. »Wie heißt er?« fragte er den Bediensteten.

»Tommaso Santini.«

»Ich kenne keinen Santini.«

»Er sagte, die Botschaft stamme von Guido Caprino.«

»Caprino«, murmelte Damari. Ganz plötzlich tauchte die Erinnerung an weiche, weiße Haut und erschrockene blaue Augen vor ihm auf. Laurette! Der Gedanke an die kleine Dirne durchschoß heiß seine Lenden. Vielleicht hatte Caprino ihm wieder ein leckeres Stück anzubieten.

»Schick Santini herein. Ich will wissen, was er zu melden hat.«

»Die Huren habe ich weiter in den Garten geschickt«, flüsterte Marco, als Lion und Sanchia vor den Toren angelangt waren. »Das hier ist Maria. Sie sagt, Rodrigo sei ins Dorf gekommen und hätte sich ihrer bedient. Ich dachte mir, er würde sich vielleicht leichter von jemandem ablenken lassen, den er schon kennt.«

Die dunkelhaarige Frau, die am Tor lehnte, lächelte zuversichtlich. »Für genügend Gold könnte ich den Leibhaftigen selbst ablenken, und Rodrigo war mit mir immer sehr zufrieden.« Sie hob den Krug Wein in die Höhe, den sie in der Hand hielt. »Und das hier kann auch nicht schaden.«

»Sorge dafür, daß er Venus persönlich in dir sieht. Deine Aufgabe ist es, seine Aufmerksamkeit von Sanchia abzulenken und ihn so zu beschäftigen, daß sie das Gelände verlassen kann, ohne Verdacht zu erregen.« Lion wandte sich an Sanchia. »Du weißt, wohin du dich wenden mußt?«

»Zur Südseite des Irrgartens.« Sanchia spähte zwischen den Stäben der hohen Eisentore hindurch. Von weitem sah man deutlich die hohe Stechpalmenhecke aufragen. Sie hatte nicht erwartet, daß der Irrgarten so groß sein würde... mindestens dreihundert Fuß lang und neunzig Fuß breit. Die Hecken selbst erreichten eine Höhe von über neun Fuß. »Ich glaube, ich muß jetzt gehen.« Sie warf Lion einen Blick zu. Seine Miene schien im Mondlicht ausdruckslos. Sie öffnete das Tor. »Ihr werdet hier sein? Ihr verlaßt mich nicht?«

»Wir werden da sein.« Lions Hand umklammerte einen der Eisenstäbe des Tores.

Tief Atem holend, drehte sie sich um und folgte der auf den Irrgarten zustrebenden Maria.

Lion blieb stehen und sah ihr nach, bis sie um eine Ecke der Heckenwand bog.

»Sie hat Mut«, sagte Marco, dessen Blick jenem von Lion folgte.

»Ja, allerdings.«

Marco ließ Unruhe erkennen. »Mir gefällt es nicht, Lion. Eine Frau in die Gefahr zu schicken, während wir einfach tatenlos dastehen.«

»Glaubst du, mir ist das angenehm?« Lions Ton verriet sein Unbehagen. »Aber sie ist der einzige Mensch, der mir den Schlüssel verschaffen kann, der mich zum ›Windtänzer‹ führt.«

Marco schwieg, und die Minuten vergingen. »Sie erweist uns einen großen Dienst. Wie gedenkst du sie zu belohnen, wenn sie uns den Schlüssel bringt?«

»Wie meinst du das?«

»Du sagtest, sie wäre Sklavin. Wirst du ihr die Freiheit schenken? Das erschiene mir nur gerecht.«

»Nein!«

Erstaunt ob der Heftigkeit, die aus Lions Antwort sprach, fragte Marco: »Warum nicht? Du lehnst Sklaverei ab und hältst in Mandara keine Sklaven. Gewiß ist...« Er hielt inne, als ihm ein Licht aufging. »Du brauchst sie im Bett?«

»Ist das so erstaunlich?«

»Nein.« Marco sah, von wachsender Besorgnis erfüllt, seinen Bruder prüfend an. Ihm war bewußt, daß Lion fern von Mandara alles andere als enthaltsam lebte, und er kannte viele der Frauen, die Lions Bett teilten. Ohne Ausnahme waren sie bewandert in der Liebeskunst und so abgebrüht und zynisch wie Lion selbst – Kurtisanen, gelangweilte, nach Ablenkung lechzende Ehefrauen, Witwen, reif und nur zu gewillt, sich das Vergnügen zu verschaffen, um das sie vom Schicksal betrogen worden waren. Nie hatte es unter ihnen eine Frau gegeben, die so verletzlich und jung wie Sanchia gewesen war, und nie hatte Lion so heftig auf die Vorstellung einer Trennung von der Geliebten reagiert. »Du bist doch nicht…« Er sprach nicht weiter. *Dio*, er hatte kein Recht auf diese Frage, und doch drängte es ihn dazu. Er setzte von neuem an: »Du wirst sie doch nicht nach Mandara bringen?«

»Nein.«

Erleichterung erfaßte Marco. Erleichterung, der Gewissensbisse auf dem Fuß folgten. »Natürlich wünsche ich dir, daß du alles haben kannst, was du willst. Es ist nur…«

»Ich weiß.« Lions Blick wanderte ermattet vom Irrgarten zum Gesicht seines Bruders. »Keine Angst, es hat sich nichts geändert.«

Marco aber wurde das unbehagliche Gefühl nicht los, daß sich sehr viel geändert hatte, seitdem Lion nach Florenz gegangen war, um einen Dieb zu finden, doch er zog es vor, Lions Worte als Wahrheit hinzunehmen. »Vielleicht solltest du für Sanchia ein schönes Haus in Pisa einrichten. Da du diese Leidenschaft für Schiffsbau entwickelt hast, verbringst du ohnehin mehr Zeit in Pisa als in Mandara. Es wäre eine Lösung für…«

»Über die Lösung dieser Probleme wollen wir uns den Kopf zerbrechen, wenn wir den ›Tänzer im Wind‹ wieder bei uns haben«, unterbrach ihn Lion, der wieder zum Irrgarten starrte. »Im Moment ist der ›Windtänzer‹ das einzig Wichtige.«

Der falsche Schlüssel war mit dem Schlüssel zum Schatzhaus vertauscht worden. Jetzt mußte Sanchia nur den Schlüsselring wieder an Rodrigos Gürtel anbringen.

Nur? Der Gedanke, die relative Sicherheit des Gebüsches gegenüber dem Irrgarten aufgeben zu müssen und sich ins Freie zu wagen, um ihre Aufgabe hinter sich zu bringen, erfüllte sie mit Panik. Sie hatte großes Glück gehabt, weil sie den Schlüsselring rasch und unauffällig hatte an sich bringen und im Gebüsch die Schlüssel austauschen können. Allein die leidenschaftliche Erregung Rodrigos, der die aufreizende Maria in den Irrgarten zu zerren bemüht war, hatte es ermöglicht, ihm den Schlüsselring abzunehmen, doch es war Torheit, anzunehmen, es würde ebenso einfach sein, den Schlüsselring wieder an seinem Gürtel anzubringen.

Lautes, von Gekreische gefolgtes Gelächter riß sie aus ihren Überlegungen. Sie wandte sich dem Labyrinth zu und sah, daß sich der zweite Posten wieder über die Hure mit dem gefärbten roten Haar hermachte.

Es war sinnlos, im Gebüsch zu hocken und sich zu ängstigen. Rodrigo befand sich noch im Irrgarten. Es blieb ihr nichts übrig, als ihm zu folgen. Sie steckte den Schlüsselring in ihren Gürtel und zog den Mantel enger um die Schultern, als sie kühn aus dem Schutz des Gebüsches ins Mondlicht trat.

»He, da bist du ja!« Rodrigo Estaban schlenderte aus dem Irrgarten, in der Hand den Weinkrug, den Maria ihm gegeben hatte.

Sie blieb wie angewurzelt stehen. Hatte er das Fehlen der Schlüssel bemerkt?

Er führte den Krug an die Lippen und nahm einen tiefen Schluck. »Du hättest nicht davonlaufen sollen. Bei mir reicht es für euch beide. Ich komme aus Spanien, wo die Männer stark sind wie Stiere.« Er deutete zum Irrgarten. »Als ich deine Freundin verließ, war sie so ermattet, daß sie kaum mehr ihre Hüften schwingen konnte.«

Sanchia senkte den Blick, damit er ihre Erleichterung nicht bemerkte. »Ich habe gewartet.« Sie ging auf ihn zu. »Ich wollte Euch nicht im Weg sein.«

»Ich möchte dich im Weg haben. Für Rotschöpfe hatte ich immer eine Schwäche.« Er trat einen Schritt vor. »Zeig mir deine Brüste. Ich möchte wissen, ob du dich mit Maria messen kannst...« Ohne ihre Reaktion abzuwarten, griff er nach dem Halsausschnitt ihres Kleides, riß ihn mit einem Ruck herunter und entblößte ihre Brüste. »Hübsch. Nicht so groß zwar, aber hübsch...« Er senkte den dunklen Kopf. Sein feuchter Mund nahm ihre linke Brust in Besitz.

Gewalt. Er roch nach Knoblauch und Wein, seine Zähne fügten ihr Schmerz zu. Sie fühlte sich... schmutzig... Brechreiz überwältigte Sanchia, während sie die Hände zu Fäusten ballte, nur um ihn nicht von sich zu stoßen.

Sie verdrängte alle Gedanken und Gefühle. Der Schlüsselring! Sie mußte den Schlüsselring wieder an den Gürtel hängen. Ihre Hände bewegten sich mit gewohnter Geschicklichkeit... er bemerkte nichts. Rodrigo gab knurrende, tierische Laute von sich und raunte ihr leidenschaftliche Verheißungen ins Ohr. Ich kann von Glück reden, daß er so abgelenkt ist, versuchte sie sich zu beruhigen.

Es nutzte nichts. Sie war voller Haß.

Nun hing der Schlüsselring wieder an Rodrigos Gürtel, und sie mußte eine Möglichkeit finden, sich ihm zu entwinden und mit dem Schlüssel zurück zu Lion zu gelangen. Du lieber Gott, wo mochte Maria nur stecken?

Der Mann hob den Kopf, sein Mund gab ihre Brust frei. »Komm.« Er packte ihr Handgelenk und zog sie zum Irrgarten. »Du sollst dich neben die andere Hure legen, damit ich abwechselnd...«

»Rodrigo, wo steckst du?« Maria tauchte aus dem Irrgarten auf, mit offenem Mieder, die großen Brüste schimmerten bleich im Mondschein. Ihre Lippen waren schmollend verzogen. »Ich schließe nur einen Moment die Augen, und du verschwindest, um eine andere zu besteigen. Schick sie weg.«

Rodrigo grinste. »Zwei sind besser als eine.«

Maria schwebte auf ihn zu, mit wippenden Brüsten. Dicht vor ihm blieb sie stehen. »Du irrst dich. Ich bin für dich mehr als genug Frau.« Lächelnd griff sie zwischen seine Beine und drückte zu.

Nach Luft schnappend, ließ er Sanchias Hand los.

»Ständig prahlst du damit, was für ein Bulle du doch bist. Los, zeig mir deine *coglios*.« Maria wich tändelnd zurück.

»Warte hier!« rief Rodrigo Sanchia über die Schulter zu, während er rasch auf Maria zutrat. »Später werde ich...« Der Rest des Satzes blieb ungesagt, als er Maria in den Irrgarten folgte.

Sanchia rannte los! Der kühle Wind schlug ihr ins Gesicht, als sie über den Rasen hetzte, auf den Lippen stumme Dankgebete. Nur noch ein kurzes Stück.

Lion öffnete das Tor. Sein Blick erfaßte ihr Gesicht. Und dann war sie außerhalb der Tore und drückte Lion den Schlüssel in die Hand. »Hier«, stieß sie atemlos hervor. »Hier habt Ihr, was Ihr wolltet.«

»Ging alles glatt?« fragte Marco.

Sanchia zog den Umhang enger um sich, damit das zerfetzte Kleid unbemerkt blieb. »Alles ging glatt.«

Lions Blick erforschte ihre Züge, bis sie das Gefühl hatte, er müßte den Stempel der üblen Zudringlichkeit sehen, die sie noch immer auf ihrem Körper zu spüren meinte. Da drehte er sich zu ihrer großen Erleichterung um und schritt auf das Waldstück zu, in dem Lorenzo die Pferde bewachte. »Wir wollen zurück ins Bauernhaus.«

Unterwegs zum Bauernhof war Marco guter Dinge, und Lorenzo gab sich spöttisch und überlegen wie immer.

Nur Lion übte grimmige Zurückhaltung.

Er weiß es, dachte Sanchia ganz elend. Irgendwie wußte er, daß sie ihr Versprechen gebrochen und sich von einem anderen Mann hatte anfassen lassen. Sie merkte es an der Art, wie er sie ansah, an der gespannten Art, wie er die Zügel hielt, an dem Zug um seinen Mund.

Auf dem Hof saß Lion ab, kam zu ihr und hob Sanchia aus dem Sattel. Sein Blick hielt ihren mit bezwingender Kraft fest. »Wer?« fragte er leise.

Sie spürte aufsteigende Panik. »Rodrigo. Ich konnte nicht anders...«

Lion drehte sich um und packte mit schmerzhafter Festigkeit ihr Handgelenk, um sie mit sich zur Scheune zu ziehen. »Laßt die Pferde im Hof!« rief er in barschem Ton Lorenzo und Marco zu. »Ich werde mich später um sie kümmern.«

Im Inneren der Scheune herrschte Dunkelheit, die durch merkwürdige huschende Geräusche erschreckend lebendig schien. Sanchias Herz klopfte so heftig, daß sie überzeugt war, er müßte es hören.

Seine eindrucksvolle Gestalt zeichnete sich kurz vor der helleren Dunkelheit des nächtlichen Himmels ab, ehe er die Torflügel schloß. Dann herrschte totale Finsternis.

»Rodrigo?« Die Härte seiner Stimme durchdrang schneidend die Stille. »Keine anderen?«

»Nein, sonst niemand.« Sie sprach hastig weiter. »Ich konnte nicht anders. Ich mußte die Schlüssel zurückgeben. Maria war nicht zur Stelle, und es ergab sich keine andere Möglichkeit, um...«

»Also hast du die Beine breitgemacht und ihn aufgenommen.« Seine Hand senkte sich schwer auf ihre Schulter und schüttelte sie heftig. »Du hast zugelassen, daß er dich besteigt und...«

»Nein, nein, er hat mich nur mit Mund und Händen berührt. Als Maria kam, ließ er mich los.«

Lion verharrte völlig reglos. »Du sagst die Wahrheit?«

Sanchia nickte, dann fiel ihr ein, daß er sie in der Finsternis nicht sehen konnte. »Ich schwöre es«, beeilte sie sich zu sagen.

»*Cristo!* Warum dann diese schuldbewußte Miene?«

»Ich fühlte mich schuldig. Ihr habt gesagt, kein anderer sollte mich berühren. Und er berührte mich.« Ein Schaudern überlief sie. »Ich fühlte mich wie befleckt. Unrein.«

Er schwieg. Noch immer lagen seine Hände auf ihren Schultern. Abrupt ließ er sie los, und sie hörte, wie er sich entfernte.

»Mein Herr?«

»Ich zünde die Laterne an.«

Die Kerze flammte plötzlich auf und beleuchtete die grimmige Härte seiner Züge. Er stellte die Laterne auf den Lehmboden. »Wo hat er dich angefaßt?«

Sie deutete auf ihre Brüste.

Er trat auf sie zu und schob ihren Umhang zurück. Nun sah er ihr zerfetztes Mieder. Seine Miene blieb undurchdringlich. »Hat er dir weh getan?«

»Nur ein wenig. Es tut mir leid.«

»Meine Güte, warum entschuldigst du dich? Es war mein Wille, der dich dorthin schickte, wo dieser elende Hurensohn dich anfassen konnte.« Er blickte mit schiefem Lächeln auf. »Warum bist du so erstaunt? Bei mir gibt es, wenn auch selten genug, Anwandlungen von Gerechtigkeit. Seit ich dich kenne, wird mein Gerechtigkeitsgefühl freilich von meinen Begierden beeinträchtigt.« Seine Hände legten sich um ihre Brüste. »Arme Sanchia, du hast es wahrlich nicht leicht, seit du Giovanni verlassen hast.«

Fast hörte es sich zärtlich an. Mit angehaltenem Atem wartete sie auf mehr.

Mehr kam nicht. Er ließ sie los und trat zurück. »Du bist nicht unrein«, sagte er verhalten. »Du bist ein klarer, schöner Fluß, der zwischen verunreinigten Ufern dahinfließt. Aber jetzt hast du das Meer erreicht, und der Schmutz wird dich nie wieder berühren.« Er sah ihr ernst in die Augen. »So wie dich nie wieder Gefahr berühren wird. Du hast deinen Teil geleistet, um uns zu helfen, und du hast deine Sache gut gemacht. Mehr werde ich dir nicht abverlangen.«

»Ihr grollt mir nicht?«

»Nein.« Er sah sie an, ohne die Miene zu verziehen, ehe er sich umwandte. »Ich grolle dir nicht.« Er öffnete die Scheunentür. »Ich muß zurück ins Haus. Nun haben wir den Schlüssel und müssen uns einen Plan für morgen zurechtlegen.« Er runzelte die Stirn. »Ich muß die Skizze gründlich studieren. Vittorios hingeworfene Striche vermitteln keinen Eindruck von der Größe des Irrgartens. Es könnte Probleme geben.« Er trat auf den Hof. »Komm ins Haus, nachdem du dich zurechtgemacht hast. Ich möchte nicht, daß Marco und Lorenzo deine Brüste mit den Augen verschlingen.«

»Lorenzo hat mich schon unbekleidet gesehen.«

»Kein Grund, es ihm noch einmal zu gestatten. Mich zu quälen bereitet ihm schon genug Vergnügen, ohne daß er deinerseits noch belohnt werden müßte. Es wird ohnehin Veränderungen geben.«

»Veränderungen?«

Er war schon fort und eilte aufs Haus zu.

Sanchia unternahm den vergeblichen Versuch, das zerrissene Gewand wieder einigermaßen in Ordnung zu bringen, ehe sie entmutigt aufgab und einfach den Umhang geschickt darüber drapierte. Da sie weder Nadel noch Faden zur Hand hatte, konnte sie den Riß nicht nähen. Vielleicht würde sie es drüben im Bauernhaus irgendwie schaffen... Ihr Blick blieb verträumt an den erleuchteten Fenstern des kleinen Hauses hängen. Veränderungen. Was hatte er nur gemeint, als er von Veränderungen sprach? Nichts konnte sich von ihrem früheren Leben mehr unterscheiden als die Tage und Stunden, seit Lion sie gekauft hatte. Und doch mußte er noch andere Veränderungen im Sinn haben.

Noch nie zuvor hatte sie Veränderungen gefürchtet, nun aber spürte sie ein sonderbares Gefühl, das vielleicht Angst war... oder aber sie spürte die ersten zaghaften Hoffnungskeime.

»Nun, ist alles wieder gut?«

Sanchia, die sich umdrehte, sah Marco vor der Scheunentür stehen. »Hat Euer Bruder Euch geschickt, um mich zu holen? Das war nicht nötig. Ich wollte eben kommen.«

Marco schüttelte den Kopf. »Lion vertieft sich in die Skizze des Irrgartens. Ich wollte die Gelegenheit nutzen, um...« Er hielt inne und sagte dann: »Ich spürte, daß er dir zürnte.«

»Jetzt nicht mehr.«

Er schien erleichtert. »Ich war nicht sicher. Lion ist nicht immer zu durchschauen.«

Marco war also gekommen, um sich zu überzeugen, daß ihr kein Leid geschehen war. Sanchia empfand ein Gefühl warmer Dankbarkeit. »Und doch ist starke Zuneigung zwischen Euch beiden spürbar.«

»Wir sind Brüder.« Er schüttelte lächelnd den Kopf. »Nein, es ist mehr. Unser Denken unterscheidet sich ebenso wie unsere Handlungen, aber die Bindung zwischen uns ist sehr fest.«

»Kein Wunder, daß Ihr aus ihm mitunter nicht klug werden könnt. Mir ist Lion nämlich unbegreiflich«, sagte Sanchia. »Er besitzt so viel. Warum setzt er wohl sein Leben für eine Figur aufs Spiel? Der Windtänzer sei Teil seiner Familie, sagt er, doch ich begreife nicht, wie jemand ein Stück Metall mit einem Menschen aus Fleisch und Blut vergleichen kann.« Sie hob den Blick zu ihm. »Als wäre die Figur mit Leben erfüllt.«

»Du hast den ›Tänzer im Wind‹ nie zu Gesicht bekommen«, sagte Marco leise. »Als ich ihn als Kind zum erstenmal sah, glaubte ich, er wäre lebendig. Er raubte mir den Atem, erfüllte mich mit tiefem Staunen.« Er bückte sich und hob die Laterne vom Boden auf. »Komm, wir wollen ins Haus gehen. Lion könnte mich brauchen.«

»Wie sieht er aus?«

»Der ›Windtänzer‹?« Marco nahm Sanchias Ellbogen und schob sie durch die Scheunentür. »Die Figur läßt sich nur schwer beschreiben. Also... es ist eine edelsteinbesetzte Statuette von Pegasus, dem geflügelten Roß der Götter. Achtzehn Zoll hoch und nicht breiter als vierzehn Zoll. Und die Schwingen...« Seine schmale Hand vollführte eine anmutige Bewegung, als liebkose er die Figur... »die Wolken, über die Pegasus läuft...«

»Er läuft? Fliegt er denn nicht?«

Marco nickte. »Das Pferd läuft, seine Flügel sind dicht an den Körper angelegt, der Wind läßt die Mähne wehen. Seine Lippen sind leicht geöffnet, die Augen sind große mandelförmige Smaragde. Nur der linke hintere Huf berührt die Wolke an der Basis der Figur, so daß es aussieht, als schwebe der ›Tänzer im Wind‹ tatsächlich durch die Lüfte... wenn man nicht ganz genau hinsieht.«

»Das klingt sehr schön.«

»Zu schön. Es ist ein fast schmerzlicher Anblick.«

Sonderbar, so etwas zu sagen, aber noch sonderbarer war die Wehmut in seiner Miene. »Lion sagte, die Figur sei uralt und legendenumwoben. Wie alt ist der ›Windtänzer‹?«

»Wer kann das wissen?«

»Wie lange befindet er sich im Besitz Eurer Familie?«

Die Wehmut war wie weggeblasen, in Marcos braunen Augen blitzte es schalkhaft auf. »Du würdest es mir nicht glauben, wenn ich es dir sagte, denn wir sind eine uralte Familie.«

Sanchia lachte auf. »Eine Familie, die ihren Stammbaum bis zu Adam und Eva im Garten Eden zurückführt?«

»Trifft das nicht auf alle Menschen zu?«

»Erzählt mir mehr davon. Ihr müßt doch wissen, wann...«

»Unsere Geschichte geht bis auf die alten Griechen zurück, ja fast bis an den Anbeginn aller Zeit. Ist dir Troja ein Begriff?«

Sie überlegte. »O ja, von einem Geschichtenerzähler auf der Piazza... und... und aus einem Manuskript, das man Giov...« Sie sprach nicht weiter. Ihr vorheriges Leben konnte ihn unmöglich interessieren. »Troja?«

Marco sah lächelnd auf sie nieder. »Will man den in unserer Familie von Generation zu Generation überlieferten Geschichten glauben, dann hat Andros in Troja den ›Tänzer im Wind‹ erhalten.«

»Andros«, wiederholte Sanchia gedankenvoll. »Andreas.«

»Namen verändern sich im Laufe der Jahrhunderte. Wir sind nicht sicher, ob Andros tatsächlich der Name unseres Ahnherrn war. Es heißt, daß er ein Abkömmling der Schardana war und daher von sich nur wenig preisgab.«

»Von einem Volk mit Namen Schardana habe ich noch nie gehört.« Sie sah ihn zweifelnd an. »Ihr erlaubt Euch einen Scherz mit mir. Ist das eine Geschichte, die Ihr Euch zur Strafe für meine Neugierde ausgedacht habt?«

Er schüttelte den Kopf. »Ich erzähle nur weiter, was man mir erzählte.«

»Troja hat es nie gegeben. Ich weiß von der Ilias, hielt sie aber für einen Mythos, für Dichtung.«

»Alexander der Große glaubte an die Existenz von Troja, Julius Cäsar ebenso. Viele Gelehrte sind der Meinung, Homer hätte nur wiederholt, was Geschichtenerzähler vor ihm jahrhundertelang weitergaben.«

»Ihr meint also, die Ilias sei Wahrheit?«

»Ich weiß es nicht. So wie Namen ändern sich auch Geschichten im Laufe der Zeit. Die Geschichte, die man mir erzählte, stimmte mit jener Homers nicht überein.«

»Was für eine Geschichte?«

»Du wirst mir wieder nicht glauben.« Er wandte sich um und blickte auf die spiegelglatte Fläche des Sees. »Aber wenn du willst, erzähle ich sie dir. Andros entstammte dem Volk der Schardana, einem Volk von Seefahrern und Kriegern, das seine Herkunft geheimhielt. Und sie hatten auch guten Grund zur Verschwiegenheit. Jahrhundertelang hatten sie Raubzüge gegen griechische, persische und ägyptische Städte geführt. Man erzählte sich Wunderdinge von der herrlichen Stadt, die sie aus der reichen Beute ihrer Raubzüge erbauten. Zu jener Zeit waren Raubzüge und Plünderungen keine Seltenheit, aber die Schardana taten sich damit besonders hervor.«

»Korsaren also.«

Marco nickte. »Vor der Küste Trojas lief Andros' Schiff auf Grund, er und seine Besatzung gerieten in Gefangenschaft. Seine Besatzung wurde dem Meeresgott Poseidon geopfert, doch Andros wurde von den Trojanern verschont. Er sollte gefoltert werden und verraten, wo seine Heimat läge.« Marco schnitt eine Grimasse. »Getrieben von der Gier nach Schätzen und Sklaven, unternahm Troja selbst viele Raubzüge. Andros gab die Lage seiner Vaterstadt nicht preis und wäre den Folterungen erlegen, wenn nicht Agamemnon just zu diesem Zeitpunkt Troja angegriffen hätte. Die Trojaner, von der Verteidigung in Anspruch genommen, ließen von ihren Gefangenen ab.«

Sanchia furchte die Stirn. »Aber der Trojanische Krieg zog sich doch über viele Jahre hin?«

»Das ist Homers Geschichte. Unserer Version nach verging bis zum Fall Trojas nur ein knappes Jahr. Andros wurde Paradignes, dem Bruder des Königs, übergeben, damit er wieder zu Kräften kam, bis man ihm wieder mehr Zeit widmen und versuchen konnte, ihm den Namen und die Lage seiner Heimatstadt zu entreißen. Während der monatelangen Belagerung wurden die beiden Männer Freunde, und nachdem Traynor die Stadttore geöffnet hatte...«

»Wartet!« Sanchia hob die Hand. »Wer ist Traynor, und warum öffnete er die Tore?«

»Traynor, ein trojanischer Krieger, öffnete die Tore aus dem ältesten Grund der Welt. Er wurde bestochen. Bei einem Ausfall wurde er vor den Toren gefangengenommen und verbrachte eine Woche in griechischer Gefangenschaft, ehe man ihn mit Absicht entkommen ließ und er nach Troja zurückkehrte.

Kurz nach seiner Rückkehr öffnete er eines Nachts das Westtor, und die Griechen stürmten in die Stadt. Sie wurden zurückgeschlagen, doch die Trojaner verloren viele Kämpfer, und die Griechen setzten das Tor in Brand. Traynor war beim Öffnen der Tore beobachtet worden, und der König gab Befehl, ihn in Stücke zu schlagen und seine Überreste auf dem Platz der Stadt zu verbrennen.« Er machte eine Pause. »In Traynors Quartier stießen die Wachen auf den ›Tänzer im Wind‹.«

»Die Bestechung?«

Marco nickte. »Der König übergab die Figur Paradignes und befahl ihm, er solle sie verbrennen, bis sie zerschmolzen sei.«

»Doch er führte den Befehl nicht aus.«

»Er war ein Bewunderer aller schönen Dinge und brachte es nicht über sich. Andererseits wollte er auch nicht, daß sie den Griechen in die Hände fiel. Er wußte, daß es nur eine Frage der Zeit war, bis sie die Stadt erobern würden.« Er lächelte Sanchia zu. »Nun, kannst du dir nicht denken, was er tat?«

»Er gab Andros die Statuette?«

»Und wies ihm den Weg aus der belagerten Stadt. Troja muß wohl mehrfach zerstört und von neuem aufgebaut worden sein, deshalb gab es einen unterirdischen Gang, der zu einem Hügel weit vor der Stadt führte. Paradignes zeigte Andros den Tunneleingang und wünschte ihm und Jacinthe viel Glück, ehe…«

»Jacinthe?«

»Zu den Bedingungen von Andros' Freilassung gehörte es, daß er neben dem Windtänzer noch eine Trojanerin mitnahm, eine Frau, von der Paradignes nicht wollte, daß sie den Griechen in die Hände fiel.«

»War sie Paradignes' Frau?«

»Er hatte keine Frau.«

Sanchia machte große Augen. »Helena…«, flüsterte sie.

»Von einer Frau namens Helena war keine Rede, nur von Jacinthe.« Marco ließ ein Lächeln sehen. »Aber ich finde es bezeichnend, daß Jacinthe ›die Schöne‹ bedeutet.«

»Und beide verließen mit dem ›Windtänzer‹ Troja? Wohin wandten sie sich?«

»Südwärts, nach Ägypten. Der Legende nach hielten sie in einiger Entfernung von der Stadt auf einem Hügel inne und sahen zu, wie Troja in Flammen aufging.«

»In der Nacht, als die Trojaner das hölzerne Pferd der Griechen in die Stadt schafften?«

Marco schüttelte lachend den Kopf. »Das ist wieder Homers Geschichte. Es gab kein großes hölzernes Pferd. Es gab nur den ›Windtänzer‹.«

Nur der ›Windtänzer‹. Eine Figur von so überwältigender Schönheit, daß ein Mann Heimat und Volk verriet, um in ihren Besitz zu gelangen. Ein Kunstwerk von solcher Erlesenheit, daß sich Geschichten darum rankten, die tausend Jahre überdauern sollten. »Glaubt Ihr, daß es wahr ist, was man Euch erzählte?«

»Manchmal schon. Ist es nicht glaubhafter, daß die Tore Trojas durch Bestechung und Verrat fielen statt durch eine so plumpe List wie das hölzerne Pferd?«

»Ja, vermutlich«, sagte Sanchia langsam. »Und woher hatten die Griechen den ›Windtänzer‹ bekommen?«

»Vor seinem Tod verriet Traynor, er hätte von den Griechen erfahren, daß zwei Hirten die Figur in den Hügeln oberhalb Mykenes in einem Gewitter gefunden und sie zu Agamemnon gebracht hätten. Sie sagten, ein Blitz hätte ihnen die Statuette gezeigt.«

»Unsinn.«

»Eine Legende und nicht annähernd so unglaubwürdig wie manch andere Legende, die sich im Laufe der Jahrhunderte um den ›Tänzer im Wind‹ bildete.«

Sanchia war versucht, ihn zu bitten, ihr jene anderen Legenden zu erzählen, aber plötzlich wußte sie auch, daß sie gar nicht mehr erfahren wollte. Der ›Windtänzer‹ war in ihren Augen nun mit einer sonderbaren Bedeutung behaftet und hatte eine eigene Dimension und ein eigenes Leben angenommen. Fast konnte sie die goldene Figur im Dunkel des Schatzhauses schimmern sehen, in Erwartung Lions, der kommen würde, ungeachtet der Gefahren, die er auf sich nehmen mußte, um den ›Windtänzer‹ aus seinem Gefängnis zu befreien.

Törichte Überlegungen! Sie hatte die Figur ja kein einziges Mal gesehen. Ihre Nerven spielten ihr einen Streich nach all der Aufregung, die sie am heutigen Abend erlebt hatte.

Sie rang sich ein Lächeln ab, als sie sich von Marco abwandte. »Eine phantastische Geschichte und mit Sicherheit sehr unterhaltsam. Ihr seid ein viel besserer Erzähler als Pico Fallone, der seine Zuhörer auf der Piazza in Florenz ergötzt.« Sie warf einen Blick über ihre Schulter. »Aber natürlich glaube ich nichts davon.«

Ein weiches Lächeln ließ Marcos klassische Züge noch edler erscheinen. »Verstehe... du bist sehr vernunftbetont. Warum solltest du eine so lächerliche Legende glauben? Ich habe sie ja nur erzählt, weil du es wolltest.«

»Ich war neugierig.« Sanchia öffnete die Tür und betrat das Haus. »Zu schade, daß dies alles sich nicht wirklich zugetragen hat.«

»Wir werden länger als dreißig Minuten benötigen, um durch den Irrgarten zum Schatzhaus zu gelangen, den ›Windtänzer‹ zu finden und wieder zum Irrgartenausgang zu gelangen.« Lion hielt den Blick finster auf den Plan gerichtet. »Keine Frage, daß der Wachposten unser Eindringen entdecken wird und Verstärkung an beiden Ausgängen aufmarschieren läßt.«

Marco beugte sich über die Skizze. »*Jesú*, du hast recht. Wir müssen an jeder Wendung innehalten und den Plan studieren.« Er verzog das Gesicht. »Was für ein Rätsel! Das Labyrinth ist ja die reinste Höllenfahrt.«

»Nun, dann muß Damari sich hier ganz zu Hause fühlen«, bemerkte Lion dazu.

»Ich könnte mitkommen und im Gebüsch vor dem Irrgarten warten und den Wachposten ausschalten«, bot Lorenzo an.

Lion überlegte. »Mir ist es nicht geheuer, daß die Pferde unbewacht bleiben. Wir würden wahrscheinlich nur fünf Minuten gewinnen, ehe man jemanden ausschickt, um festzustellen, warum der Posten nicht zurückkehrt. Ich bezweifle, ob das ausreicht.«

»Gibt es eine andere Möglichkeit?« fragte Lorenzo achselzukkend.

Ich werde nichts sagen, dachte Sanchia, die dasaß und ihre Hände im Schoß anstarrte. Man richtete nicht das Wort an sie. Auf ihrem Hocker vor dem Feuer konnte sie still und stumm verharren. Lion hatte ihr versichert, sie brauche nichts mehr zur Rettung des ›Windtänzers‹ beizutragen. Es wäre eine große Dummheit, zurück zum Palazzo zu gehen, wenn doch Lion ihrer Hilfe nicht bedurfte.

»Nein, nur die eine«, hörte sie Lion sagen.

Sie würde den Mund halten. Lion hatte versprochen, daß sie sich nicht wieder in Gefahr begeben mußte.

Doch sie hatte ihm Treue und Gehorsam gelobt. Stand es mit ihrem Gelöbnis in Einklang, wenn sie jetzt schwieg?

»Du dringst mit Marco in den Irrgarten ein, während ich draußen bleibe und den Posten erledige«, sagte Lorenzo. »Marco kann die Laterne halten, während du die Skizze zu Rate ziehst.«

»Na, wir können nur hoffen, daß wir uns nicht inmitten dieses komplizierten Systems von Irrwegen verlaufen«, meinte Marco nachdenklich. »Schlimmstenfalls müssen wir uns den Weg mit den Schwertern durch die Hecken bahnen.«

»Diese Hecken sind an die vier Fuß breit. Von der äußersten Hecke abgerechnet, würden wir mindestens einen halben Tag brauchen, um uns durchzuschlagen.« Lions Miene wurde nachdenklich. »Angenommen, wir wüßten, in welche Richtung wir uns durchschlagen müßten... dann wäre...«

»Ich kann Euch sicher durch den Irrgarten führen.«

Alle drei wandten sich gleichzeitig um und sahen Sanchia an.

Du lieber Gott. Warum hatte sie nicht den Mund gehalten? Sie löste ihre gefalteten Hände und stand auf. »Ich kann Euch zum

Schatzhaus und zurück an den Eingang führen – in weniger als dreißig Minuten.«

Marco schüttelte den Kopf. »Ich weiß, daß du uns helfen möchtest, aber dieser Irrgarten ist teuflisch. Niemand könnte…«

»Ich kann es.« Sie trat vor und blickte auf den Plan nieder. »Ich brauche nicht innezuhalten, und alle Augenblicke den Plan zu studieren, und ich werde mich auch nicht verlaufen. Ich werde jederzeit wissen, wohin ich mich wenden muß.«

»Erstaunlich«, äußerte Lorenzo. »Und unglaublich.«

»Nein, es ist die Wahrheit.« Mit geschlossenen Augen versuchte sie, sich den Plan vorzustellen. »Nach dem Eintreten wendet man sich nach rechts, läßt zwei Gänge unbeachtet, dann biegt man nach links ab, an drei Gängen vorüber, dann wieder links, dann…«

»Das reicht«, sagte Lion.

Sie machte die Augen auf. Er sah sie mit unmerklichem Lächeln an. »Sieht aus, als hätte Giovanni dich unter deinem Wert verkauft.«

Sie schüttelte den Kopf. »Ich habe ein gutes Gedächtnis. Schon als Kind konnte ich alles behalten, wenn ich es nur einmal gesehen hatte.«

»Gewiß ein Talent mit Vor- und Nachteilen, in unserem Fall aber ein wahres Glück.« Er machte eine Pause. »Falls du mit uns kommen würdest…«

»Falls? Ihr befehlt es mir nicht?«

»Ich sagte schon, daß du nichts mehr tun müßtest. Ich werde mein Wort nicht brechen.«

Lorenzo hielt eine Hand ans Ohr. »Hörte ich nicht eben einen lauten Trompetenstoß? Deine Anwandlungen von Edelmut werden allmählich unerträglich, Lion.«

»Still, Lorenzo.« Lions Blick hielt Sanchia fest. »Ich werde dich nicht zwingen, mit uns zu gehen.«

»Aber Ihr braucht mich.«

»Das stimmt, wir brauchen dich tatsächlich, Sanchia.« Er ließ jenes seltene strahlende Lächeln sehen, das ein eigenartiges, ihr unbekanntes Gefühl in ihr auslöste. Ein Lächeln ist doch nicht mehr als ein Gesichtsausdruck, dachte sie verwundert. Es kann doch nicht imstande sein, diesen warmen Strom der Hoffnung auszulösen und sie zu veranlassen, unsinnig zu handeln und sich wieder in die Nähe des Palazzo zu begeben. Am besten, sie ließ Lions Lächeln unbeachtet und sagte nichts mehr.

»Ich komme mit«, hauchte sie. »Ich will Euch durch den Irrgarten führen.«

8. KAPITEL

Sanchia schauderte es, als sie zwischen den Stäben des Tores hindurch in den Irrgarten spähte. Beim Anblick der hohen Hecken hatte sich ihr am vergangenen Abend unwillkürlich der Vergleich mit Festungsmauern aufgedrängt, doch sie hätte es sich nicht träumen lassen, sie tatsächlich überwinden zu müssen.

»Ich bin noch immer der Ansicht, daß wir nicht durch den Südeingang eindringen sollten«, flüsterte Marco. »Warum versuchen wir es nicht am Nordeingang, wo kein Posten steht?«

»Nein.« Lion sah seinen Bruder nicht an, als er leise das Tor öffnete. »Wir nehmen den Südeingang.«

»Aber wir sollten ...«

»Ich möchte Rodrigo fassen«, entgegnete Lion hitzig. »Gib mir fünf Minuten, ehe du mit Sanchia nachkommst.« Gleich darauf war er im Gebüsch, das den Eingang säumte, verschwunden.

Sanchia, zu deren Angst sich schlimme Vorahnungen gesellten, fröstelte. Sie raffte ihren Umhang fester um sich, ohne den Blick vom Irrgarten zu wenden. Tod. Rodrigo Estaban würde in wenigen Minuten den Tod von Lions Hand finden.

»Die Zeit ist um. Wir gehen.« Marco faßte nach ihrem Ellbogen und drängte sie zum Tor. »Rasch, Sanchia.«

Am Südeingang war keine Spur von Rodrigo oder einem anderen Posten zu entdecken. Lion trat aus dem Gebüsch des Irrgartens und kniete nieder, um sein Schwert am Gras abzuwischen, ehe er es wieder in die Scheide steckte. Die Klinge war blutig. Sanchia konnte den Blick nicht von dem feuchten dunklen Fleck abwenden, der im Gras zurückgeblieben war.

»Beide liegen gleich dort hinten«, sagte Lion knapp. »Gebt acht, daß ihr nicht über sie stolpert.« Er wandte sich wieder dem Labyrinth zu.

Marco entzündete die Laterne, als er innerhalb der schützenden Begrenzung der Hecken zu Lion stieß.

Rodrigo Estaban und sein Kamerad sahen, auf dem Rücken liegend, mit starren Augen zum dunklen Firmament empor.

Sanchia schluckte krampfhaft. Ein flaues Gefühl im Magen machte ihr zu schaffen. Sie wandte sich abrupt ab. »Hier entlang«, flüsterte sie. Ihr Blick ging geradeaus, als sie sich geschwind den ersten Gang entlangbewegte und dann nach rechts abbog.

Nach einigen Minuten kompliziertester Wendungen fragte Marco zweifelnd: »Bist du sicher, daß du nicht in die Irre gehst? Mir scheint, wir gehen dauernd im Kreis.«

Sanchia schüttelte den Kopf. »Noch zweimal um die Ecke, und wir müßten das Schatzhaus erreicht haben.« Plötzlich kam ihr ein schrecklicher Gedanke. »Falls die Skizze stimmt.« Was, wenn Vittorio den Plan ungenau gezeichnet hatte? Als sie um die letzte Ecke bog, wurde sie vor Erleichterung ganz schwach. Vor ihnen lag ein kleiner fensterloser Bau. »Da ist es!«

»Viel Zeit haben wir nicht.« Lion trat rasch vor und führte den Schlüssel ins Schloß. »Der Weg muß uns mindestens zehn Minuten gekostet haben.« Die Tür ging auf. »Marco, die Laterne.«

Sanchia wartete vor dem Haus, während Marco und Lion im Inneren verschwanden. Mutterseelenallein im Dunkeln wurde sie von so würgender Angst überfallen, daß sie fast erstickte. Die Luft schien geladen mit Bedrohung, die überall zu lauern schien.

Marco trat nach wenigen Minuten aus dem Lagerhaus. »Wir haben ihn gefunden!« Seine braunen Augen funkelten im Licht der Laterne. »Er war da, Sanchia!«

Lion folgte ihm mit einer mittelgroßen Holzkassette. »Angesichts der Mühen, die wir auf uns genommen haben, wäre ich nicht wenig verärgert gewesen, wenn wir ihn nicht gefunden hätten«, stellte er trocken fest. »Bring uns wieder hinaus, Sanchia.«

Sie nickte beflissen, ohne den Blick von der Mahagonikassette zu wenden. In diesem schlichten Behälter aus Holz befand sich der ›Windtänzer‹. Wie merkwürdig, daß ein kleiner Gegenstand für Lion und seine Familie so große Bedeutung besaß und Ursache so vieler Mühen und Gefahren war. Aber bald würde die Angst vorüber sein, bald würden sie sich alle in Sicherheit befinden.

Sie drehte sich um und begann den komplizierten Rückweg zum Südeingang. Wie dumm, dachte sie, sich von der eigenen Furcht so weit beeinflussen zu lassen, daß man überall Unheil zu ahnen meinte. Sie bog rechts ab, dann links, wobei sie immer schneller lief. Alles war geglückt. Lion hatte seinen ›Windtänzer‹ wieder. Ehe der Posten kam, würden sie den Eingang erreicht haben.

Sie bog nach rechts ab, nach links, dann wieder rechts. Die hohen Heckenwände umgaben sie als undeutlich verschwimmende und erstickende Schatten. Sie lief dahin, mit hämmernden Pulsen. »Der Eingang ist dort vorn!« rief sie den beiden zu. »Noch eine Wendung und wir...«

Vor ihr... im Mondschein blitzende Schwertklingen...

Sie hielt mit schreckgeweiteten Augen inne. »Nein!« Der schmale Gang vor ihr war unpassierbar. Männer in Rüstungen verstellten ihr den Weg. Sie trugen die Farben Gelb-Weiß wie Rodrigo und seine Gefährten.

Sanchia hörte Lion hinter sich fluchen. »Damari!«

»Gott zum Gruß, Lion.« Ein Mann in der ersten Reihe der Bewaffneten trat vor. »Was für ein Vergnügen, Euch in meinem Palazzo unter so außergewöhnlichen Umständen anzutreffen. Ich nehme nicht an, daß Ihr gewillt seid, mir den ›Windtänzer‹ zu überlassen und Euch geschlagen zu geben?«

»Nein.«

»Das dachte ich mir.« Damari trat einen weiteren Schritt vor, so daß das Licht der Laterne in Marcos Hand voll auf ihn fiel.

Sanchia verspürte bei Damaris Anblick Widerwillen. Kaum mittelgroß, mit ausladender Brust und überentwickeltem Rumpf, stand er auf muskelbepackten, runden und viel zu kurzen Beinen. Es waren Proportionen, die Sanchia geradezu grotesk anmuteten. Und als ihr Blick zu den gelblichen, im Laternenschein glitzernden Augen wanderte, wußte sie, daß seine Seele so mißgestaltet wie sein Körper war. Sie glaubte, die Inkarnation des Bösen vor sich zu sehen.

»Ich hoffte, Ihr würdet nicht zu rasch aufgeben«, sagte Damari beiläufig. »Es ist auch der Grund, weshalb ich Euch gestattete, in den Irrgarten einzudringen und Euer Eigentum zurückzuholen, statt Euch gleich beim Betreten des Geländes niederzumetzeln. Ich wußte, daß Ihr Euch heftiger zur Wehr setzen würdet, wenn Ihr die

Figur in Händen haltet. Nachzugeben fällt um so schwerer, je greifbarer der Sieg scheint.«

Lions Miene blieb ausdruckslos. »Eine Falle. Ihr habt gewußt, daß wir kommen.«

Damari nickte. »Was für eine wundervolle Überraschung, als ich von Eurem Besuch erfuhr. Ich hatte von Eurer Rückkehr aus Frankreich keine Ahnung. Erst gestern erreichte mich in Pisa die Nachricht von Eurer Absicht, die Statuette zurückzugewinnen.«

»Dann geschah es nicht auf Eure Weisung, daß sich Estaban den Schlüssel stehlen ließ?«

»Nein. Entweder ist Eure Diebin besonders geschickt, oder Rodrigo war besonders beschränkt. Ich war mit ihm ohnehin nicht mehr zufrieden.« Ein Achselzucken folgte. »Deshalb habe ich ihn heute zur Wache eingeteilt.«

»Damit ich ihn töte?«

»Die gerechte Strafe für seine Dummheit, meint Ihr nicht?« Damaris Blick wanderte zu Sanchia. »Und dies muß Eure flinke, kleine Diebin sein. Macht mich mit ihr bekannt, Lion.«

»Wer hat Euch die Botschaft übermittelt?«

»Guido Caprino.« Das Lächeln verweilte auf Damaris Lippen. »Als Gegenleistung hat er nur eines verlangt – ich sollte Eure kleine Sklavin so benutzen, wie es mir das größte Vergnügen bereitet.«

Marco stieß halblaut einen saftigen Fluch aus.

»Betrübt Euch dies, Marco?« fragte Damari. »Nun, Ihr wart immer sehr weichherzig, was Damen angeht. Lion und ich sind da aus anderem Holz geschnitzt. Wir scheuen nicht vor der Anwendung sämtlicher zur Verfügung stehender Mittel zurück, um unsere Ziele zu erreichen.« Sein Blick hing noch immer an Sanchia. »Ist es nicht so, Lion?«

»Immerhin ist es mein Besitz, den ich verteidige.« Lion umklammerte die hölzerne Kassette fester. »Ihr hättet wissen müssen, daß ich Euch den ›Windtänzer‹ nie überlassen würde.«

»Dennoch habe ich ihn mir geholt, Lion, wie ich mir mit der Zeit alles von Euch holen werde. Wenn ich mein Spiel mit Euch getrieben habe, werde ich Euch vielleicht sogar am Leben lassen, damit Ihr den Verlust bewußt spürt.«

»Und jetzt treibt Ihr Euer Spiel mit mir?«

»Natürlich.« Damaris Lächeln wurde breiter, als der Blick seiner gelblichen Augen Lion traf. »Ist das nicht klar? Wann werdet Ihr Euch an meinem Haken drehen und winden, damit ich meine Freude an Euch habe? Vielleicht sollte ich Euch besser verdeutlichen, in welch mißlicher Lage Ihr steckt. Zehn Mann blockieren diesen Gang, weitere zehn warten vor dem Eingang. Wiederum zehn haben vor dem Nordeingang des Irrgartens Aufstellung genommen.« Er hob seine behandschuhte Hand, um die Finger langsam zur Faust zu ballen. »Die Falle ist zugeschnappt. Folglich müßt Ihr Euch ergeben oder um Euer Leben laufen.«

»Wohin laufen?« fragte Lion wachsam. »Wollt Ihr uns durch diesen verdammten Irrgarten jagen?«

»Wie klug! Natürlich steht der Ausgang dieser Jagd fest. Ich kenne diesen Irrgarten, während Ihr trotz der Skizze, die Ihr vermutlich einem meiner Leute mittels Bestechung abgepreßt habt, hoffnungslos verloren seid. Man kann unmöglich eine Skizze zu Rate ziehen, wenn man verfolgt wird. Wie lange, glaubt Ihr, könnt Ihr Euch der Festnahme entziehen, Lion? Fünfzehn Minuten? Eine Stunde? Und immer in dem Bewußtsein, daß wir Euch knapp auf den Fersen sind oder hinter der nächsten Ecke lauern?«

Lion studierte Damaris Ausdruck. »Ihr habt dieses Spiel schon oft getrieben?«

»Nur bei ein paar besonderen Anlässen. Spielt man es zu oft, dann verliert es seinen Reiz. Obwohl ich gestehen muß, daß mich der Irrgarten verleitet hat, diesen Palazzo zu erwerben, da ich sofort erkannte, welche Möglichkeiten er bietet.« Er zog sein Schwert. »Nun, was soll es sein? Ergebt Ihr Euch, oder wählt Ihr den Irrgarten? Ich hoffe stark, Ihr wählt letzteres. Als Ansporn sind Euch einige Minuten Vorsprung gewährt.«

»Ich möchte Euch nicht enttäuschen.« Lion schob die Kassette unter den rechten Arm, seine Linke umschloß Sanchias Ellbogen. »Ich wähle den Irrgarten.«

Damit drehte er sich um und lief den Gang entlang, den sie gekommen waren, während er Sanchia hinter sich herzerrte.

Marco war ihnen knapp auf den Fersen, als sie um die erste Ecke bogen. »Herr im Himmel, welchen Sinn hat es, ihm das Vergnügen zu gönnen, wenn wir...«

Lions Antwort unterbrach ihn. »Damari hat recht. Eine Skizze ist bei einer Jagd durch den Irrgarten tatsächlich nutzlos, aber er kennt Sanchias besondere Fähigkeit nicht.« Er drehte den Kopf und blickte sie an. »Führ uns zur Westseite, rasch!«

Sanchia verlor keine Zeit mit Fragen. Sie drehte sich um und rannte los.

»Der Vorsprung ist aufgebraucht!« Damaris Stimme tönte durchs Strauchwerk. »Hört Ihr mich, Lion? Die Verfolgung beginnt!«

Sanchias Herz sank klaftertief. Insgeheim stieß sie inbrünstige Stoßgebete aus. Was, wenn ihre Angst ihr Erinnerungsvermögen blockierte? Nein, gottlob, die lange Begrenzungshecke lag direkt vor ihnen.

»Das ist die westliche Begrenzung.« Sie keuchte schwer. »Aber da ist kein Durchlaß. Warum...«

»Nord- und Südeingang sind blockiert.« Lion setzte die Kiste ab, zog sein Schwert und schlug auf die Hecke ein. »Aber Damari sagte nichts davon, daß der Garten als Ganzes umstellt sei. Glückt es uns, in diese Hecke eine Bresche zu schlagen und durchzukommen, dann haben wir die Chance, das Dickicht an den Toren zu erreichen.«

Auch Marco zog seine Klinge und hieb auf das Geäst ein. »Das Tor muß bewacht sein.«

»Darüber zerbrechen wir uns den Kopf, wenn wir den Irrgarten hinter uns haben. *Dio*, das ist ja, als müßte man Stein durchschlagen.«

Sanchia stand da und sah den beiden zu, die versuchten, sich ihren Weg durch die lebende Wand zu bahnen. Es schien eine Ewigkeit zu dauern. Sie vernahm Damaris spottende Stimme – viel näher diesmal. »Sanchia, nimm die Laterne und geh ans Ende des Durchganges«, ordnete Lion an, ohne sie anzusehen, während er von neuem mit einem mächtigen Schlag auf die Hecke einhieb. »Wenn du von Damari etwas siehst oder hörst, dann komm zu uns zurück, und wir lassen von dieser Mauer hier ab und versuchen uns an der Ostbegrenzung.«

»Ja, Herr.« Sie nahm die Laterne und lief das kurze Stück ans Ende des Ganges, erleichtert, daß sie endlich etwas Nützliches tun konnte.

Die Schwertschläge gegen die Hecke klangen ihr unheilvoll laut in den Ohren. Gewiß würde auch Damari sie hören, wenn er näher kam.

Und er war schon in unmittelbarer Nähe! Damaris Stimme drang aus einer Entfernung an ihr Ohr, die nicht mehr als zwei Gänge entfernt sein konnte. »Lion, habt Ihr Euch verirrt? Erstickt Ihr schon an Eurer Angst?«

Seine Spottworte schnürten Sanchia die Kehle zu. Sie war die einzige, der vor Angst fast die Luft wegblieb. Verzweifelt warf sie nach hinten einen Blick zu Lion und Marco. Sie war zu weit entfernt, um erkennen zu können, ob der Fluchtweg durch die Hecke schon gebahnt worden war.

»Wir sind fast durch«, rief Lion leise, wie als Antwort auf ihre unausgesprochene Frage. »Damari?«

Er mußte Damaris Stimme neben seinen eigenen Schwerthieben überhört haben. »Er kommt näher«, gab sie halblaut zurück.

Lion stieß eine Verwünschung aus und warf sich mit noch mehr Energie auf die Hecke.

»Euer kostbarer ›Windtänzer‹ muß Euch beim Laufen eine große Last sein!« rief Damari voller Spott. »Bald werdet Ihr ihn mit Freuden fallen lassen, nur um Kräfte für die Flucht zu gewinnen.«

Er kann nur mehr eine Hecke weit entfernt sein, entschied Sanchia. Sie mußte Lion und Marco warnen.

Doch die beiden hatten es beinahe geschafft. Falls sie jetzt von ihrem Versuch abließen und davonliefen, würde Damari daraus folgern, daß sie an der entgegengesetzten Begrenzung des Irrgartens einen neuen Versuch wagten. Es mußte einen anderen Weg geben.

Wenn es ihr gelang, Damari und seine Männer abzulenken und wenn sie daraufhin versuchte zurückzukommen... mit geschlossenen Augen versuchte sie, sich die Gänge vorzustellen, die von der westlichen Begrenzung wegführten. Zweimal nach rechts abbiegen, und sie würde sich auf dem Pfad befinden, der sie zum Schatzhaus gebracht hatte. Anschließend mußte sie den kleinen Bau umgehen und den Gang an der westlichen Begrenzung entlanglaufen, um wieder Lion und Marco zu erreichen. Sie brauchte Damari nur einen flüchtigen Blick auf ihren um die Ecke huschenden Rock zu gewähren oder ihn den Lichtschein der Laterne sehen lassen, und er würde annehmen, alle drei seien noch beisammen.

Aus dem Gang schräg gegenüber hörte man das Klirren von Rüstungen. Wenn sie ihr Vorhaben ausführen wollte, dann jetzt. Sie umfaßte den Griff der Laterne fester und atmete tief ein. Gleich darauf flog sie den Weg entlang, der jenen kreuzte, auf dem Damaris Leute sich näherten.

Sie vernahm einen Ruf, als einer der Wachen sie erblickte, und dann Damaris leises, erfreutes Auflachen.

Die unregelmäßig gehauene Öffnung in der Hecke war kaum drei Fuß lang und zwei Fuß breit, doch diese Lücke mußte genügen. Lion steckte das Schwert in die Scheide, hob die Kassette mit der Figur auf und schob sie durch die Öffnung, ehe er leise über die Schulter nach hinten rief: »Sanchia!« Er stand im Begriff, durch die Hecke zu kriechen, als er zu Marco sagte: »Gib acht auf Sanchia. Ich krieche als erster durch und sehe nach, ob der Weg frei ist und ob Wachen am Tor aus dem Weg zu schaffen sind.« Er war schon halb durch, als er hinzusetzte: »Beeilt euch!«

Er hörte Marcos Zustimmung, als er sich ganz hindurchzwängte, wobei abgebrochene scharfe Zweige und stachelbewehrtes Laub an Wams und Fleisch rissen. Endlich hatte er die Hecke überwunden und stand wieder aufrecht da. Innehaltend blickte er sich um. Das Glück war ihnen hold. Wie erhofft, hatte Damari seine Kräfte auf die zwei Eingänge konzentriert. Diese Seite des Labyrinths war verlassen, obschon man die Stimmen von der anderen Seite bis hierher hörte. Er nahm die Kassette wieder an sich und bewegte sich verstohlen im Schutz der Sträucher, die am Zaun wuchsen, weiter auf das Tor zu. Am Ende der Strauchreihe wurde er langsamer und tastete sich behutsam vorwärts. Hatte man die Wache am Tor verstärkt, dann mußte sie jeden Moment zu sehen sein.

»Erinnere mich bei Gelegenheit, daß ich dir wenigstens in Ansätzen beibringe, wie man durch einen Wald schleicht, ohne Lärm zu machen wie eine trächtige Eselin.« Lorenzo trat aus dem Gebüsch neben Lion.

»Die Posten?« flüsterte Lion.

»Tot. Hinter mir in den Sträuchern. Ich dachte mir schon, daß etwas schiefgegangen sein muß, als drei von Damaris Leuten auftauchten und hier herumstöberten. Nachdem ich sie aus dem Weg geschafft hatte, entschied ich mich, zu kommen und nachzusehen, ob ich helfen kann. Wo sind die anderen?«

»Hinter mir. Ich glaube, ich kann sie hören.« Lion warf einen Blick zurück.

Lorenzo schnitt eine Grimasse. »Wie auch nicht? Die sind ja noch lauter als du. Aber wir wollen uns lieber vergewissern, ob es nicht Damaris Schergen sind.« Er zog sich ins Buschwerk zurück.

Sekunden später schob Marco den Vorhang von Zweigen zurück und trat ins Blickfeld. Beim Anblick Lions hielt er inne. »Lion, sie war nicht da.« Schweratmend hielt er inne. »Sie war verschwunden. Ich habe versucht...«

»Was heißt das? Sanchia war doch in unmittelbarer Nähe!« Er umfaßte Marcos Arm mit zermalmender Kraft. »Was heißt das?«

»Sie wurde gefangen.«

»Das kannst du nicht sagen...« Lion machte kehrt und wollte zurück zum Irrgarten. »Du hast sie zurückgelassen. Gottverdammter...«

Lorenzo trat vor Lion. »Hör auf ihn, Lion.«

»Er ist allein aus dem Irrgarten entkommen«, stieß Lion wutschnaubend hervor. »Du feiger Hurensohn, warum hast du sie nicht gesucht?«

»Sie hat geschrien«, sagte Marco. »Ich wollte sie suchen, als ich sie schreien hörte. Damari hat sie in seiner Gewalt. Hätte ich bleiben und mich auch von Damari fangen lassen sollen? Ich hätte ihr im selben Käfig sitzend nicht helfen können.«

»Und du wirst Sanchia auch nicht helfen, wenn du zuläßt, daß du Damari in die Hände fällst«, sagte Lorenzo zu Lion. »Im Moment kannst du zu ihrer Befreiung nichts unternehmen.«

Lions Augen, die übergroß im bleichen Gesicht wirkten, funkelten ihn an. »Ich habe ihr versprochen, daß ihr nichts geschehen würde. Und jetzt verlangst du, daß ich sie einfach im Stich lassen soll?«

»Ich sage nur, daß du warten mußt, ehe du ihr zu Hilfe kommst«, sagte Lorenzo beschwichtigend. »Überlege doch, Lion. Du mußt jetzt ganz klar denken.«

Er dachte nicht, er fühlte nur. Sie hatte geschrien! »Ich habe ihr ein Versprechen gegeben.«

»Dann halte es«, sagte Lorenzo. »Aber du wirst es nicht halten können, wenn du dich von Damari in sein Verlies werfen läßt.«

Lion wußte, daß er recht hatte. Er konnte Sanchia nicht helfen und er brachte Marco und Lorenzo in Gefahr, wenn er noch länger hier verweilte. Aber Sanchia brauchte ihn, Herrgott im Himmel, und er konnte ihr nicht helfen. Es war seine Schuld und nicht die von Marco!

»Damari wird sie nicht auf der Stelle töten. Wir beide wissen, daß das nicht seine Art ist«, sagte Lorenzo. »Wir haben Zeit. Du kannst nach Mandara reiten und Verstärkung holen.«

Nein, dachte Lion wutentbrannt, Damari würde sich seines Vergnügens nicht berauben, indem er sie sofort umbrachte. Er würde es ganz langsam tun und sich jegliches lasterhafte Vergnügen gönnen, das er aus der Folterung ziehen konnte. Wut und Enttäuschung – brennend heiß und bitter wie Galle – drohten Lion zu zerreißen. Er drehte sich um und steuerte auf das Tor zu. »Mandara ist zu weit. Wir reiten nach Pisa. Los!«

Sanchia hatte geschrien...

Damaris Hand traf schallend und mit so großer Kraft auf Sanchias Wange, daß sie zu Boden sank.

»Du darfst nicht wieder schreien. Wolltest du deinen Herrn warnen?« Damari lächelte im Mondschein. »So wird das Spiel nicht gespielt. Also, sag mir, wo er ist.«

»Ich weiß es nicht.« Sanchia bemühte sich, den Kopf zu heben. »Wir wurden getrennt.«

»Das glaube ich nicht«, sagte Damari überdeutlich. »Wenn ich es recht bedenke, dann warst du eine Spur zu langsam, als du versuchtest, uns zu entwischen. Wir haben dich viel zu oft ganz kurz erspäht, ehe ich dir den Weg versperren konnte. Du hast uns von ihm abgelenkt, so ist es doch?« Seine eingefallenen Wangen furchten sich, als sein Lächeln breiter wurde. »So viel rührende Anhänglichkeit! Hat er verlangt, daß du uns ablenkst? Wie hart von ihm – er mußte doch wissen, daß wir dich fangen würden.«

Sanchia schüttelte den Kopf, um ihre Angst und den Schmerz von Damaris Schlag zu dämpfen. »Nein, wir wurden getrennt«, wiederholte sie heiser.

Er bückte sich und hob sie mühelos auf. »Du darfst mich nicht belügen.« Seine Stimme war von verführerischer Weichheit. »Ich werde sie ohnehin finden. Ein Wunder, daß ich die beiden nicht schon gefunden habe. So lange habe ich noch nie gebraucht.« Sein Lächeln verblaßte. »Aber das Glück war immer auf der Seite dieses Schuftes. Sag mir, wo du ihn verlassen hast.«

»Ich weiß es nicht. Wir wurden getrennt, und ich habe mich verirrt...«

Heißer Schmerz erfaßte sie, als Damari sie erneut auf die Wange schlug, diesmal auf die andere.

»Sag es mir.« Seine Stimme war noch sanfter, ja fast zärtlich geworden. »Hielt er auf den Nordeingang zu?«

Der Irrgarten verschwamm um Sanchia. »Ich weiß es nicht.«

Wieder ein Schlag.

Sie schwankte. »Wir wurden getrennt, ich habe mich verirrt. Ich weiß nicht, wo...«

Wieder zerbarst Schmerz in ihr, und sie fiel in gnädige Finsternis.

»Komm, wach auf. Ich werde schon ungeduldig. Du warst den größten Teil der Nacht bewußtlos.«

Langsam schlug Sanchia die Augen auf. Vor ihr stand Damari.

»Sehr gut. Ich habe schon befürchtet, ich hätte dir ernstlich Schaden zugefügt.« Er winkte mit der Hand. »Einerlei. Ich mußte erst nach Lui schicken und hätte ohnehin nicht anfangen können.«

»Anfangen?« flüsterte Sanchia. Sie versuchte, sich aufzusetzen, nur um in einer Aufwallung von Panik festzustellen, daß sie sich nicht bewegen konnte. Sie befand sich nicht mehr im Irrgarten, sondern lag an Knien, um die Mitte und an den Schultern an eine harte Oberfläche gefesselt da. Verzweifelt versuchte sie, um sich zu blikken, konnte aber nur den Holztisch, auf dem sie festgebunden war, sehen. Der Lichtschein, der von einer Fackel in Damaris ausgestreckter Hand ausging, fiel fahl auf sein Gesicht. »Wo...«

»Im Verlies.« Damari entfernte sich ein paar Schritte und steckte die Fackel in eine Eisenhalterung an der Wand. »Wie es sich für eine Diebin geziemt.«

Eisige Kälte erfaßte sie, als ihr die Dunkelheit und der modrige Geruch zu Bewußtsein kamen.

»Ich zürne dir sehr.« Damari trat wieder näher. »Mir ist nicht nur Andreas entkommen, ich habe auch den ›Windtänzer‹ verloren. Meine Leute suchen in allen Richtungen nach ihm, aber er scheint wie vom Erdboden verschluckt zu sein. Geblieben ist mir nur eine Sklavin, die mir nicht nutzen wird, beides wiederzuerlangen. Lion liegt offenbar nicht viel an dir, sonst hätte er dich nicht als Köder ausgeschickt, um mich von seiner Flucht abzulenken.« Er zog die Brauen zusammen. »Und meine schöne Hecke ist beschädigt. Es wird Jahre dauern, bis sie nachgewachsen ist.«

Der Schaden an der Hecke scheint ihn mehr zu bekümmern als Marcos und Lions geglückte Flucht, dachte sie benommen. »Ihr lügt. Sie hätten mich nie zurückgelassen.«

»Ach, noch immer treu und ergeben? Sie haben dich sehr wohl zurückgelassen. Aber was hast du auch erwartet? Du bist ein Stück Eigentum – sehr viel weniger kostbar als der ›Tänzer im Wind‹. Wie du siehst, hat Lion die Figur nicht zurückgelassen. Du wirst doch nicht glauben, er würde kommen und dich holen?«

Lion hatte versprochen, daß ihr nichts zustoßen würde. Er hatte ihr geschworen, daß ihr kein Leid mehr zugefügt würde. Sie mußte sich jetzt an den Glauben, daß er kam und sie rettete, klammern, wenn sie sich nicht von Angst und Verzweiflung überwältigen lassen wollte.

Damari strich ihr sorgsam das Haar an den Schläfen glatt. »Arme kleine Sklavin. Du leidest große Angst, so ist es doch?«

Er wollte, daß sie Angst litt, das sah sie seiner Miene an. Sie gab keine Antwort.

»Und du sollst Angst ausstehen.« Seine Fingerspitzen glitten leicht über ihre Wange und hinterließen Schmerz. Das Fleisch ihrer verletzten Wange war sehr empfindlich. »Ich werde den ›Windtänzer‹ zurückholen und Andreas seiner Strafe zuführen. Es ist nur eine Frage der Zeit.« Seine Finger hatten den Haaransatz erreicht, änderten die Richtung, und strichen den Weg der schmerzlichen Liebkosung zurück. »Aber ich brauche eine gewisse Befriedigung, damit meine Geduld anhält.«

Ihr Blick hing in hilflosem Entsetzen an seinem Gesicht. Lion hatte versprochen, ihr würde nichts geschehen. Lion hatte ihr versprochen...

»Ich habe stets die Meinung vertreten, Strafe müßte dem Verbrechen angemessen sein. Als ich eine von Giulia Marzos Huren hier im Palazzo einige Monate festhielt, genoß sie anfangs den Schmerz, aber leider hielt dieses Stadium nicht lange an. Sie war eine hübsche kleine Dirne, wenn auch unfähig, mehr als nur winzige Nadelstiche der Bestrafung zu ertragen. Sicher kannst du verstehen, daß mich ihre Empfindlichkeit erzürnt hat, da sie mich ein hübsches Sümmchen gekostet hatte.« Sein Zeigefinger folgte den Umrissen ihrer Unterlippe. »Ich war der Meinung, mir stünde Vergeltung zu. Weißt du, was ich mit ihr gemacht habe?«

Sanchia brachte kein Wort heraus. Ihre Kehle war vor Entsetzen wie zugeschnürt, als sie in seine bleichen Augen aufblickte.

»Ich schickte sie splitternackt in den Irrgarten. Dann ließ ich zwölf meiner Leute nach ihr suchen. Natürlich erwartete sie eine Belohnung, als sie die Kleine stellten – eine Hure.« Er ließ ein Achselzucken folgen. »Sie starb.«

Was für ein Ungeheuer! Sanchia konnte sich das Entsetzen der Ärmsten vorstellen, die von einer Meute gehetzt um ihr Leben lief.

»Der passende Tod für eine Hure, meinst du nicht? Aber du bist keine Hure, du bist eine Diebin.« Er hob ihre linke Hand und spielte mit den Fingern. »Sag mir, was ist die Strafe für Diebstahl, Sanchia?«

»*Santa Maria*...« Sie merkte gar nicht, daß sie etwas gesagt hatte, bis sie Damari wieder lächeln sah.

»Man schneidet dem Dieb die Hände ab, ist es nicht so?« fragte er leise. »Ich glaube, wir fangen mit deinen Fingern an, einen nach dem anderen.« Er ließ ihre Hand fallen. »Ich habe einen sehr geschickten Helfer, der weiß, wie es gemacht wird. Ich traf Fra Lui auf einem meiner Feldzüge in Spanien und überredete ihn, mit mir nach Italien zu kommen. Königin Isabella schätzte ihn als Folterknecht ungemein, doch er erkannte, daß er es in meinen Diensten weiterbringen würde.«

Ihre Hände...! Ihr schlimmster Alptraum – nein! Dies war die grausige Wirklichkeit.

Sie hörte außerhalb ihres Blickfeldes eine Tür ächzen, und Damari hob den Blick. »Ach, hier seid Ihr, Fra Lui. Sie ist jetzt wach. Wir können anfangen.«

Sanchia begann instinktiv an den Fesseln zu zerren, als Fra Lui neben Damari trat. Seine schlammfarbene Mönchskutte betonte die ungesunde Blässe seiner Haut. Seine Züge waren schwammig, seine Lippen von schmollender Fülle, seine Augen ausdruckslos.

»Ich grüße dich, mein Kind.« Fra Luis tiefe Stimme hallte hohl in dem Verlies wider. »Mein Herr Damari sagt, du hättest gesündigt und müßtest bestraft werden.«

Schaudernd schloß Sanchia die Augen.

Es würde geschehen. Sie war allein und konnte nicht verhindern, daß man sie quälte... und ihre Hände abhackte.

Lion hatte sie verlassen.

9. KAPITEL

Ihre linke Hand, in der der Schmerz wühlte, weckte sie. Verlor sie wieder Blut? Sie mußte etwas tun, um das Blut zu stillen. Sanchia drehte sich um und richtete sich Stück für Stück langsam und benommen auf, bis sie aufrecht dasaß.

Schweratmend brach sie zusammen und glitt die feuchte, schleimige Zellenwand herunter. Einerlei... Sie würden wiederkommen und alles würde von neuem beginnen... Alles war einerlei...

Dennoch...

Es war nicht gerecht, daß sie so leiden mußte. Zorn überlagerte die Verzweiflung, die ihre Gefühle dämpfte. Was hatte sie getan? Sie hatte gehorcht, wie es einer Sklavin geziemte. Sie war benutzt worden, wie man eine Sklavin benutzte.

Sie war benutzt worden.

Ein Kakerlake kroch über ihren Hals in ihr Haar. Mit einem Kopfschütteln versuchte sie sich von dem Ungeziefer zu befreien.

Schmutz, Schmerzen und Ungeziefer... und Verrat.

Versprechungen, die Sklaven gemacht wurden, brauchten nicht eingehalten zu werden. Sie waren nichts, weniger als nichts.

Sie erstarrte, jeder einzelne Muskel verkrampfte sich, denn sie hörte Fra Luis Sandalen über die Steine des Korridors schlurfen. Er würde sie in jenen Raum führen, sie auf dem Tisch festbinden, ihre Hände auf den Block legen. Er würde sie mit seinen kalten, gefühllosen Augen ansehen, und dann würde die Todesqual einsetzen.

Und Damari würde dastehen, sich an ihrer Qual weiden, ihr Gesicht beobachten, ihr Haar streicheln und ihr zuflüstern, wann der Schmerz kommen würde. Darin liegt keine Gerechtigkeit, dachte sie verzweifelt. Sie verdiente keine Folter. Es war nicht richtig, daß sie sich dem Willen anderer unterwarf und diese Qualen erdulden mußte.

Die Tür schwang auf, Fra Luis fleischige Konturen hoben sich vom flackernden Bernsteinschimmer der Fackel im Korridor ab.

Sanchia wappnete sich gegen den Befehl aufzustehen und ihm zu folgen. Sie hätte Angst empfinden sollen, doch die Angst war von jener Wut ausgebrannt worden, die nun jeden Teil ihres Herzens und Bewußtseins ausfüllte.

»Bist du bereit, Kind?«

Unbeholfen kam sie auf die Beine, da sie nur die rechte Hand benutzte, um sich von der Wand abzustoßen, von dem Wunsch beseelt, sich auf ihn zu stürzen und sein fahles, teigiges Gesicht mit der Faust zu bearbeiten. Am letzten Abend, als man sie geholt hatte, hatte sie es getan. Man hatte dafür gesorgt, daß sie dafür büßte.

Aber eines Tages würde sie einen Weg finden, ihnen zu entkommen. Eines Tages würde sie allen Menschen entkommen, die sie in diese verzweifelte Lage gebracht hatten.

Bis dahin hieß es dulden.

Fra Lui streckte die Hand aus. »Komm, Signor Damari wartet. Er meinte, wir sollten heute den Daumen nehmen.«

»Mein Gott!!

Es war Lions Stimme und doch nicht seine Stimme – heiser, sonderbar stockend...

Aber wie konnte es Lions Stimme sein, da er doch verschwunden war und sie Damari ausgeliefert hatte? Sanchia versuchte, sich aus der Dunkelheit emporzukämpfen, in die sie sich zurückgezogen hatte, um die beiden Folterknechte auszuschließen, doch diese Barriere war zu fest, zu stark. Sie durfte ihre Lider nicht heben, ihren Körper nicht bewegen, da sonst der Schmerz wieder einsetzen würde. Schmerz lauerte überall, er lebte auch in der Dunkelheit mit Schaben und Ratten. Doch sie brauchte die Augen gar nicht zu öffnen. Es war ja nur ein Traum.

»*Jesú!*« mahnte Lorenzo. »Du sollst nicht nur vor ihr knien und sie anstarren. Beweg dich, Lion. Wir müssen hier weg, bevor Damari mit Verstärkung anrückt.«

»Sieh sie dir an«, flüsterte Lion.

»Sie ist nicht tot, und du hast schon Schlimmeres gesehen«, äußerte Lorenzo voller Ungeduld. »Sie muß schnell aus dieser feuchten Finsternis heraus, dann werden wir sehen, was man ihr angetan hat.«

Schreckliches, hätte sie ihnen am liebsten entgegengeschleudert. Grausame und sinnlose Dinge, die alles hinweggefegt hatten, was sie gewesen war, und einen anderen Menschen an ihrer Stelle zurückgelassen hatten. Aber es war sinnlos, zu einem Traum zu sprechen...

Behutsam wurde sie hochgehoben. Sonderbar. Keiner ihrer anderen Träume hatte so real gewirkt. Auch der Geruch. Leder und Seife und jener eindeutig männliche Duft, den sie mit Lion in Zusammenhang brachte. Vielleicht war es doch kein Traum.

Sie bewegte sich und versuchte den Kopf anzuheben.

»Rühr dich nicht. Du bist in Sicherheit.« Lions Stimme klang belegt, seine Worte waren gedämpft. »Wir schaffen dich von hier fort.«

Sie wollte die Dunkelheit verdrängen und sehen, ob es wirklich Lion war. In jüngster Zeit hatte sie entdeckt, daß der Wille obsiegen konnte, wenn einen der Körper im Stich ließ. Sie mußte nur ihre gesamte Energie zusammennehmen und sie auf ihr Bemühen lenken. Langsam öffnete sie die Lider, und ihr Blick traf auf das Gesicht über ihr.

Dunkle Augen, in denen es feucht schimmerte, sahen sie an. Lions Augen. »Ihr... Ihr habt Euer Versprechen gebrochen.«

In seiner Wange zuckte ein Muskel. »Ich weiß.« Lions Arm umfing sie fester. »Aber jetzt bin ich da und kümmere mich um dich, Sanchia. Ich werde mich von nun an immer um dich kümmern.«

Sie schüttelte den Kopf. »Zu spät.«

Sie hörte, wie er erstickt Atem holte, dann fielen ihr die Augen wieder zu.

Die Zelle bewegte sich, bebte, fiel zusammen.

Wieder ein Alptraum. Sanchia stöhnte verhalten auf und versuchte, sich näher an die Wand zu drängen, um nicht zusammen mit der schwankenden Zelle ins Bodenlos zu stürzen.

»Hab keine Angst«, sagte Lorenzo. »Nur eine kleine Bö, nichts Bedrohliches.«

Eine Bö war ein Windstoß, oder nicht? Wie konnte es in der Zelle Wind geben?

Sanchia schlug die Augen auf. Sie sah Lorenzo in einem Sessel, ein Bein über die Armlehne gelegt. Sein Fuß schwang hin und her.

»Ach, du bist wach. Ausgezeichnet. Ich sehne mich nach Konversation. In letzter Zeit warst du ziemlich wortkarg, aber Lion bestand darauf, daß ich bei dir bleibe, bis du wieder zu dir kommst. Wie fühlst du dich?«

Es war keine Zelle, und es war auch kein Traum. Der Raum drohte tatsächlich zu kippen! Sie wollte sich aufsetzen. »Was ist...«

»Bleib liegen.« Lorenzos Ton war Gradmesser seiner Gereiztheit. »Ich habe keine Lust, aufzuspringen und dich zu hindern, aus dem Bett zu fallen. Bei rauher See bleibe ich an einem Fleck und rühre mich nicht, und wenn ich Wurzeln schlage. Es erspart einem viele entwürdigende und demütigende Situationen.«

»Rauhe See?« Sanchias Augen wurden groß.

»Wir befinden uns auf Lions Schiff ›Tänzer‹ mit Kurs auf Genua.«

»Genua...« Vielleicht hatte sie sich getäuscht, und es war doch ein Traum. »Aber wie...« Verwirrt schüttelte sie den Kopf und bereute es sofort, als sich der Raum um sie zu drehen begann und sie in die Kissen zurücksank. »Ich war im Verlies.«

Lorenzo nickte. »Drei Tage.« Er schnitt eine Grimasse. »Und so lange hat Lion gebrüllt wie sein Namensvetter, der Löwe.«

Sie mußte länger als drei Tage im Verlies gelegen haben. Schaben, schleimige Nässe, der Block... »Nein, es war länger.«

»Hör auf zu zittern.« Lorenzo runzelte die Stirn. »Es ist vorbei. Lion hat dich Damaris Gewalt entrissen.«

Es war nicht vorbei. Das konnte nicht sein. »Wie?« flüsterte sie.

»Er ritt nach Pisa und warb dem Conte Brelono Truppen ab. Dann ging es zurück, und der Palazzo wurde angegriffen. Damari merkte bald, daß er sich nicht halten konnte, und floh mit Fra Lui.« Er seufzte. »Schade. Als Lion sah, was die beiden dir angetan haben, wollte er darauf bestehen, Damari einem seiner Schurkerei entsprechenden Tod zuzuführen. Aber der Bastard war geflohen. Ich hatte mich darauf gefreut...«

Sanchia schloß die Augen. Sie versuchte zu begreifen, was sie durch den hämmernden Schmerz in ihren Schläfen hindurch hörte. »Ihr müßt ihn überrumpelt haben. Er hatte nicht erwartet, daß Ihr versuchen würdet, mich zu holen. Er sagte mir, ich würde für immer im Verlies bleiben und sei ihm völlig ausgeliefert.«

»Ein wahrer Teufel in Menschengestalt. Hast du ihm nicht entgegengehalten, daß er lügt?«

»Nein.« Sie öffnete die Augen. »Weil er die Wahrheit sprach. Ich war ewig dort.«

Lorenzo studierte ihr Gesicht. »Es muß dir so erschienen sein. In Wahrheit waren es nur drei Tage.«

Sie sah auf die Decke. »Warum sind wir auf diesem Schiff?«

»Damaris Söldner befanden sich nur zwanzig Meilen vom Palazzo entfernt, und Lion sah voraus, daß Damari direkt zu ihnen stoßen und mit einer stattlichen Truppe zurückkehren würde, mit einer viel größeren Streitmacht als jener, die er in aller Eile dem Brelono hatte abwerben können. Daher war ein längeres Verweilen in Solinari nicht ratsam. Wir ritten nach Pisa, um dich zu einem Arzt zu schaffen. Dieser erklärte dann, du seiest zu geschwächt, um über Land zu reisen. So kam es, daß Lion Marco mit dem ›Windtänzer‹ nach Mandara schickte, für den Fall, daß Damari gegen Mandara marschieren würde. Dann gingen wir mit Kurs auf Genua in See. Er will dich in Genua sicher unterbringen, außerhalb von Damaris Reichweite, ehe er selbst nach Mandara zurückkehrt.«

»Glaubt er, daß Mandara in Gefahr ist?«

Lorenzo zog die Schultern hoch. »Nicht ernsthaft. Damari ist zu gerissen, als daß er mit seinen *condotti* eine so stark befestigte Stadt angreifen würde. Er würde Verstärkung von Borgia benötigen, aber der Herzog kämpft an zu vielen Fronten, um auch nur einen Mann entbehren zu können. Damari wird daher mit einem Angriff auf Mandara warten, bis er mit einem sicheren Sieg rechnen kann.«

Condotti, Angriffe, Borgia. Sie war zu verletzt und erschöpft, um sich über diese Dinge den Kopf zu zerbrechen. Sie mußte schlafen und brauchte Ruhe, bis sie wiederhergestellt war und es mit der Welt aufnehmen konnte. Sie schloß wieder die Augen.

»Möchtest du nicht wissen, wie es Lion geht?«

»Nein.«

»Oder wie es um deine Hand steht?«

Sie öffnete die Augen und sah ihre linke Hand an, die verbunden war. Während der letzten Stunden der Folter hatte sie versucht, so zu tun, als gehöre sie ihr nicht, als gingen Schmerz und Hand sie nichts an. Sie entdeckte nun, daß ein gewisses Gefühl des Fremdseins geblieben war. »Sie schmerzt nicht mehr.«

»Wenn du sie bewegst, wirst du wieder Schmerz spüren. Der Arzt hat die gebrochenen Finger geschient und die anderen eingerenkt.« Er hielt inne. »Würdest du mir sagen, was Damari dir angetan hat?«

»Ihr habt es gesehen.«

»Der Daumen und drei Finger werden heilen. Der kleine Finger wurde in drei Stücke geschlagen, die Knochensplitter haben das Fleisch durchbohrt. Der Arzt meinte, es sei zweifelhaft, ob du ihn je wieder abbiegen oder gebrauchen kannst.«

»Der Hammer«, sagte sie dumpf. »Es blutete...« Sie schloß die Augen. »Jetzt will ich schlafen.«

»Dann werde ich versuchen, mich bis zur Brücke durchzukämpfen und Lion zu sagen, daß du in einer hellen, neuen Welt erwacht bist. Nach deinem Nickerchen werde ich dir beim Baden und Ankleiden helfen. Lion hat von der Frau seines Schiffsbauers in Genua ein paar Sachen für dich gekauft. Leider sind sie nicht so elegant wie jene, die von Giulia stammten.«

Sie hörte das Scharren seines Sessels, als er aufstand, dann seine Schritte, als er sich mühsam zur Tür schleppte. »Es ist eine schöne, neue Welt«, sagte er leise. »Denk daran und sei dankbar, Sanchia.«

Sie gab darauf keine Antwort, und im nächsten Moment hörte sie, wie sich hinter ihm die Tür schloß.

»Sie ist wach.«

Lion drehte sich rasch um und sah Lorenzo, der sich verzweifelt an die Reling klammerte und über das regennasse Deck kämpfte.

»Hoffentlich weißt du zu würdigen, daß ich große Unbill auf mich nehme, um dich von diesem Umstand in Kenntnis zu setzen.«

Lions Hand umfaßte das Ruder fester. »Sie ist... wohlauf?«

»Wenn du damit meinst, ob es Damari gelungen ist, sie durch die

Folter in den Wahnsinn zu treiben – nein, er hatte keinen Erfolg.« Lorenzo hüllte sich enger in seinen kurzen Umhang, um seinen Nacken vor dem kalten, windgepeitschten Regen zu schützen. »Ich glaube nicht, daß es ihm gelungen ist, sie zu brechen.«

Lions Gesicht glich einer wilden Maske. »*Cristo*, versucht hat er es mit allen Mitteln. Hat sie darüber gesprochen?«

»Nein.« Doch als Lion den Blick nicht von ihm wandte, setzte er mit einem Achselzucken hinzu: »Sie sprach von einem Hammer.«

Lion hatte das Gefühl, von eben diesem Hammer in den Leib getroffen worden zu sein. »Übernimm das Ruder«, wies er den hinter ihm stehenden Seemann an. Er trat neben Lorenzo an die Reling und starrte blind auf die sturmgepeitschte See. »Ich hätte früher zur Stelle sein müssen.«

»Drei Tage, um nach Pisa zu reiten, Brelono zu überreden, er solle dir seine Truppen überlassen und dann einen Angriff gegen den Palazzo zu wagen – ein schieres Wunder.«

Lion hielt sich an der Reling fest. »Ich hätte nicht so viel Zeit verlieren dürfen. Ich hätte mir einen anderen Weg ausdenken müssen.«

»Deine Wiederholungen öden mich an. Es gab keinen anderen Weg.«

Zu jenem Zeitpunkt war Lion nicht dieser Meinung gewesen, doch das half ihm jetzt nicht, den Augenblick zu vergessen, als er Sanchia bewußtlos auf dem Boden der Zelle aufgefunden hatte. Zerbrochen... so hatte sie ausgesehen.

Und dann hatte er ihre Hand gesehen..

»Ich werde Damari töten.«

»Das dachte ich mir. Ich nehme nicht an, daß du mir dieses Geschäft überlassen würdest?«

»Nein.« Lion ließ die Reling los und wandte sich um. »Ich gehe in die Kabine, ich möchte Sanchia sehen.«

»Vermutlich schläft sie wieder.«

»Dann warte ich, bis sie aufwacht.« Er sehnte sich danach, sie zu sehen, sich zu vergewissern, daß sie nicht mehr das bleiche, geschundene Kind war, das er zwei Tage zuvor an Bord des ›Tänzers‹ geschafft hatte.

»Lion.«

Er blickte über seine Schulter.

»Sie hat nicht den Verstand verloren.« Lorenzo zögerte, ehe er schloß: »Aber sie ist anders geworden.«

»Wie anders?«

»Da bin ich mir nicht sicher.«

»Bei allen Heiligen, was meinst du?«

»Ich glaube, sie ist...« Lorenzo hielt wieder inne und überlegte. »Ich glaube, sie ist jetzt mehr, als sie war. Sie verfügt über Kräfte...« Er zuckte mit den Achseln. »Ich kann mich auch irren. Urteile selbst.«

»Du läßt mir keine andere Wahl.« Lion ging die Stufen des Achterkastells hinunter und überquerte das Deck zur Kabine hin.

Im nächsten Moment stand er an ihrem Lager und sah auf Sanchias bleiches, verhärmtes Gesicht nieder. Kräfte? Lorenzo war es, der den Verstand verloren hatte! Sanchia sah blütenzart und durchsichtig aus. Heißer Zorn durchzuckte ihn, als sein Blick auf ihre bandagierte Hand fiel. Damari! O Gott, wenn ihm dieser Schuft in die Hände fiel...

Sanchias Lider zuckten, als spüre sie, daß jemand sie ansah. Abrupt schlug sie die Augen auf. Ihr Blick war hellwach und furchtlos.

Lions Muskeln verspannten sich nervös, als sich ihr durchdringender Blick auf sein Gesicht heftete. Wortlos starrte sie ihn an, und Lions Unbehagen wuchs. Verlegen streckte er die Hand aus und berührte ihre Wange. »Lorenzo sagte mir, du fühltest dich besser.«

»Ja.«

»Bald wirst du wieder völlig hergestellt sein.«

Sie gab keine Antwort.

Seine Hand ließ von ihrem Gesicht ab. »Kann ich dir etwas bringen? Hast du Durst?«

»Nein.« Ihr Blick glitt gleichmütig über ihn hinweg. »Ihr seid ganz naß.«

»Es regnet.«

»Wie dumm von Euch, im Freien zu verweilen.«

»Es ist unumgänglich. Das Unwetter ist zwar nicht arg, dennoch sind Gefahren nicht auszuschließen. Ich habe zwei Jahre zum Bau dieses Schiffes gebraucht. Mir ist die Vorstellung widerwärtig, daß es auf den Meeresgrund sinken könnte, nur weil ich nicht am Ruder stand.«

»Ich verstehe.« Sie schwieg einen Moment. »Warum seid Ihr hier?«

Die Direktheit der Frage war für ihn ähnlich erschreckend wie der erste prüfende Blick auf Sanchia, den er gewagt hatte. »Weil ich selbst sehen wollte, ob du auf dem Weg der Besserung bist.«

»Ich will Eure Gegenwart nicht. Würdet Ihr gehen?«

Verwunderung ließ ihn momentan wortlos verharren, dann lächelte er. »Und was ist, wenn ich nicht will?«

Sein Lächeln fand keine Erwiderung. »Nichts.« Sie schloß die Augen. »Ich bin zu matt, um mit Euch zu kämpfen... jetzt.«

Das letzte Wort hörte sich sonderbar drohend an, wie Lion zu spüren glaubte. Eine Drohung von Sanchia, die immer so verängstigt gewesen war? So bestrebt, gefällig zu sein? »Und später?«

»Später werde ich mich mit Euch befassen, Lion.« Ihre Augen blieben geschlossen.

Sie hatte ihn nicht mit ›Herr‹ angesprochen, wie es ihre Gewohnheit war, sondern mit ›Lion‹. Es war die Anrede, die er von ihr gefordert hatte, doch nun kam dieser Name ohne Zögern oder Ermahnung seinerseits über ihre Lippen. Ein Zeichen von Selbstvertrauen und Autorität, wie es nicht größer hätte sein können, wenn man sie zur Fürstin erzogen hätte.

Mit Absicht drehte er sich um und ließ sich auf dem Stuhl an der Wand nieder. »Ich bleibe. Du könntest mich brauchen.«

»Ich brauche Euch nicht. Ich werde Euch nie brauchen.« Sie drehte sich mit Absicht auf die Seite. »Aber bleibt nur, wenn Ihr wollt. Eure Gegenwart oder Abwesenheit bedeutet mir nichts.«

Sie hatte ihn ausgeschlossen. Sie hatte sich an einen Ort zurückgezogen, an den er ihr nicht zu folgen vermochte, ging es Lion auf, der von Enttäuschung überwältigt wurde. Ihre kristallene Kälte ließ keinen Zweifel zu. Aber war es denn verwunderlich, daß sie die Schuld an allem, was ihr zugestoßen war, ihm zuschob? Er wußte, daß er sich schuldig gemacht hatte und Sanchias Zorn gerechtfertigt war. Sie hatte gelitten und hatte ein Anrecht auf Verständnis. »Aber mir bedeutet sie etwas«, sagte er sanft. »Ich will bei dir bleiben, Sanchia.«

Sie gab keine Antwort, und er merkte, daß sie noch weiter von ihm abgerückt war – ins Reich des Schlafes.

»Ich habe Sanchia an Deck an die frische Luft gebracht. Also wirklich, Lion, ich bin nicht ihre Wärterin«, stellte Lorenzo im Klageton fest. »Obschon man zu dieser Meinung gelangen könnte, so wie ich sie gebadet, angekleidet und mich ihrer angenommen habe. Wenn du willst, daß sie gehegt und gepflegt wird, hättest du eine Dienstmagd mit an Bord nehmen müssen.« Er hielte inne. »Oder es selbst tun müssen. Seit sie wach ist, hast du nicht mehr den Fuß in ihre Kabine gesetzt.«

»Du weißt, es war keine Zeit, ihr eine Zofe zu suchen – Damari war uns auf den Fersen.«

»Mir fällt auf, daß dir mein zweiter Vorschlag nicht der Erwähnung wert ist.«

»Sanchia hat kein Verlangen nach meiner Anwesenheit.« Lion umklammerte das Ruder fester. »Das hat sie klar gezeigt.«

»Und deswegen ergreifst du die Flucht und versteckst dich, damit deine aufreizende Gegenwart sie nicht bekümmert?«

»Verdammt... sie ist doch krank.«

»Nicht mehr.« Lorenzos Blick glitt zu Sanchia, die ein Stück entfernt an der Reling stand. Die strahlende Nachmittagssonne streichelte ihr kastanienrotes, im Wind wehendes Haar mit Flammen. Sie hielt ihr Gesicht so, als müßte sie die Wärme der Sonne und die Kraft des Windes einsaugen. »Sie ist wieder zu Kräften gekommen und zum Leben erwacht. Damari hat ihr keinen ernsthaften Schaden zugefügt, wenn man von der Hand absieht, und die verheilt gut. Sanchias Zustand ist keineswegs besorgniserregend. Geh hin und überzeug dich selbst.«

Lion sah rasch zu ihr, dann wieder weg. »Um Himmels willen, dräng mich nicht. Kannst du es nicht erwarten, sie in meinem Bett zu sehen, obwohl sie noch nicht ganz wiederhergestellt ist?«

»Wer spricht vom Bett?« fragte Lorenzo in aller Unschuld. »Wäre es möglich, daß deine eigenen Gedanken nicht so rein sind, wie du mich glauben machen möchtest? Sanchia ist verändert, wie wir beide bemerkt haben. Sag an, Lion, bist du noch nicht auf die Idee gekommen, wie es wohl wäre, jetzt mit einer ganz anderen ins Bett zu gehen? Derselbe köstliche Körper, jedoch mit etlichen Unterschieden. Deine Neugierde war immer schon sehr ausgeprägt. Drängt es dich nicht, diese Unterschiede zu erkunden?«

Lion wandte den Blick ab. »Nein, dieser Gedanke ist mir nicht gekommen.«

»Lügen!« Lorenzo lachte. »In Mandara mußt du zur Beichte gehen und dir für diese Sünde die Absolution erteilen lassen. Glaubst du, Sanchia wird es in Mandara gefallen?«

»Sie wird keine Gelegenheit haben, es festzustellen. Wie du sehr wohl weißt, bleibt sie in Genua.«

»Und wir laufen übermorgen in Genua ein?«

Lions Lippen kräuselten sich. »Wird dir die Zeit zu kurz?«

»Mehr Zeit wäre mir lieber, aber es müßte reichen. Nun, da du ungewöhnlich viel Widerstand zeigst, will ich es rundheraus sagen.«

»Was denn?«

Lorenzo ging auf Lions Sarkasmus nicht ein. »Solange wir an Bord sind, möchte ich mit Sanchia nichts mehr zu tun haben. Sie ist dein Eigentum, also sorg für sie, wie du es für richtig hältst.« Nachdenklich zog er die Stirn in Falten. »Bis auf das Wechseln des Verbandes. Deine Anwandlungen von Schuldbewußtsein machen mir das Leben schon schwer genug, deshalb möchte ich vermeiden, daß sich Ekel vor der Verletzung dazugesellt.« Er wandte sich um. »Der Wind frischt auf, und Sanchia hat ihr Umschlagtuch nicht dabei. Sie könnte sich erkälten.«

»Aber du sagst doch, sie sei gar nicht so empfindlich«, meinte Lion ironisch.

Lorenzo trat achselzuckend an die Reling und stützte sich mit dem Ellbogen darauf. »Vielleicht ist sie empfindlicher, als ich dachte. Wer bin ich denn, daß ich darüber urteilen könnte? Ich bin kein Arzt.«

Er blieb stehen, blickte ruhig auf die See und schenkte weder Lion noch Sanchia Beachtung.

Lion hielt sich noch eine Viertelstunde am Ruderstand auf, ehe er zu dem hinter ihm stehenden Seemann sagte: »Übernimm das Ruder.« Dann ging er am schmunzelnden Lorenzo vorüber und die Stufen hinunter zu Sanchia.

»Der Wind wird schärfer. Geh in deine Kabine«, ermahnte er sie.

»Ja, bald.« Sie sah ihn nicht an. »Hier gefällt es mir, weil ich das Gefühl habe, als könnte ich unendlich weit sehen. Was liegt hinter dem Horizont?«

Sein Blick folgte dem ihren zu dem Punkt, wo Meer und Himmel sich berührten. »Das kommt darauf an, wie weit man fährt. Es ist noch nicht lange her, da glaubte man, von Ungeheuern verschlungen zu werden, wenn man vom Rand der Erde in die Tiefe stürzte.«

»Das sind Märchen, die Kinder das Fürchten lehren sollen«, gab sie voller Ungeduld zurück. »Ich habe von kühnen Seefahrern gehört, die sich in die Ferne wagten und große Schätze entdeckten.«

»Länder, reich an Gold und Silber, mit unendlichen Wäldern, voller gefährlicher Wilder.« Er hielt kurz inne. »Und voller Ungeheuer.«

»Christoph Columbus fand keine Ungeheuer.« Sie sah ihn kritisch an. »Ihr glaubt doch nicht an diese Märchen?«

»Ich glaube, daß auf den Unachtsamen beim Vorstoß ins Unbekannte Gefahren lauern. Außerdem glaube ich, man tut gut daran, auf diese Gefahren vorbereitet zu sein.« Er lächelte matt. »Und ich glaube daran, daß es viele Arten von Ungeheuern gibt.«

»Doch die Möglichkeit, auf Ungeheuer zu stoßen, würde Euch nicht abhalten, zu erkunden, was jenseits des Horizonts liegt?«

»Nein.«

»Mich auch nicht. Dort draußen gibt es so viel...« Die leidenschaftliche Intensität, die in Sanchias Stimme mitschwang, spiegelte sich in ihrem strahlenden Ausdruck und ihren leuchtenden Augen wider. Sinnend blickte Lion sie an. Sanchia war dem Leben wieder geschenkt worden, wie Lorenzo richtig bemerkt hatte. Es war, als hätte sie geschlafen und sei nun wieder hellwach.

»Seht Ihr es nicht? Dieser Horizont birgt so viel Verheißung in sich.«

In Lion klang ein vertrauter Ton an. Ein ähnliches Gefühl des Erkundens hatte er an einem Tag vor mehr als zwei Jahren erlebt, als ihm im Hafen von Venedig aufgegangen war, daß seinem Leben die Erfüllung fehlte.

»Ja, ich sehe es sehr wohl... eine grenzenlose Verheißung.«

»Ich möchte alle Länder sehen, die Columbus sah, und noch viel mehr.«

Er lächelte nachsichtig. »Vielleicht nehme ich dich eines schönen Tages auf eine Entdeckungsreise mit, und wir finden...« Als ihre Miene einen verschlossenen Ausdruck annahm, flammte Zorn in ihm auf. »Ach, was rede ich da? Entdeckungsreisen sind nichts für Frauen.« Er hielt inne, ehe er absichtlich provozierend fortfuhr: »Aber wenn du schön brav und folgsam bist, bringe ich dir vielleicht ein Geschenk als Trost für alles Entgangene mit.«

Sie blieb ihm eine Antwort schuldig. Ihr Blick hing noch immer am Horizont.

»Warum sagst du nichts?« Sein Ton war aufreizend. »Du weißt, daß ich recht habe. Frauen haben auf großen Fahrten keinen Platz. Sie sollen zu Hause bleiben, Wandteppiche weben und...«

»Und wo haben sie ihren Platz?« Sanchia drehte sich zu ihm um. »Im Bett eines Mannes – in Erwartung seines Samens? Im Verlies – in Erwartung seiner Strafe?«

Er hatte das Gefühl, einen Schlag bekommen zu haben. Sein Zorn von vorhin war wie weggeblasen. »Sanchia, hätte ich geahnt, daß du in Gefahr schwebst, ich wäre im Irrgarten geblieben. Ich hatte keine Ahnung, daß Damari schon so nahe war.«

»Weil ich es Euch nicht gesagt habe. Weil ich so dumm war und glaubte, ich könnte sie ablenken und damit unseren Vorsprung vergrößern.«

Lion sah sie ungläubig an. »Du wolltest ihn ablenken?« Er umfaßte ihre Schultern. »Ja, hattest du völlig den Verstand verloren? Warum hast du mich nicht gewarnt? Ich hätte...«

»Ihr hättet nichts tun können.« Sanchia machte sich los und trat zurück. »Und das wußte ich. Deshalb habe ich Damari abgelenkt. Ich plante, einen Haken zu schlagen und zu Euch zurückzukommen, aber Damari fing mich ab.« Sie sah ihm unverwandt in die Augen. »Und Ihr habt mich im Stich gelassen.«

»Sanchia...« Lion fehlten die Worte. Was hätte er zu seiner Rechtfertigung vorbringen können, da ihre Anschuldigung ein Körnchen Wahrheit barg? »Ich habe keinen anderen Ausweg gesehen. Hätte man uns ebenfalls gefangen, dann wäre das der sichere Tod für uns alle gewesen.«

»Haltet Ihr mich für eine Törin ohne Verstand? Eine Zeitlang war ich so dumm, mich an den blinden Glauben zu klammern, Ihr würdet mich sofort holen, nur weil Ihr mir das Versprechen gegeben hattet.« Sie atmete tief durch. »Dann aber zwang ich mich abzuwägen, was die Wahrheit ist und was nicht. Ich mußte es tun, andernfalls hätte mich meine Verzweiflung vernichtet. Es gab Momente, da glaubte ich, ohnmächtige Wut würde mich ersticken.«

Lion wurde von Mitgefühl überwältigt, als er auf ihre verbundene Hand hinunterblickte. »Ich hätte ähnlich empfunden.«

»Ja, Ihr hättet getobt vor Wut, aber Ihr habt ja keine Ahnung, wie ich mich im Verlies gefühlt habe.« Sie wandte sich wieder um und blickte aufs Meer. Ihre aufrechte Haltung war ein Zeichen ihrer Unbeugsamkeit. »Weil Ihr nie so hilflos wart wie ich in dieser Zelle, so hilflos, wie ich mein Leben lang gewesen war. Ihr habt mich im Stich gelassen, aber ich wußte auch, daß ich meine Lage selbst verschuldet hatte, weil ich Damari täuschen wollte, ohne es Euch vorher zu sagen. Ihr seid kein Mensch, der leichtfertig Versprechen gibt. Vermutlich hättet Ihr versucht, es zu halten.« Ihr Lächeln war bittersüß. »Auch wenn es ein Versprechen war, das einer Sklavin gegeben wurde.«

»Ich hatte die feste Absicht, es zu halten.«

»In gewisser Weise war es meine Entscheidung. Es war auch nicht das gebrochene Versprechen, das mich zur Raserei brachte.«

»Was dann?« Er blickte sie forschend an.

»Der Umstand, daß ich überhaupt mit Euch zusammen in den Irrgarten ging.«

Er erstarrte. »Es war deine freie Entscheidung. Du hast sie ohne Zwang getroffen.«

»Wißt Ihr, warum ich mit Euch ging?« Sie stieß ein ungläubiges Lachen aus. »Weil Ihr mir ein Lächeln geschenkt habt. Weil ich so dankbar war für die Güte und Freundlichkeit, die mir zuteil wurde, daß ich Euch überallhin gefolgt wäre und alles getan hätte, nur damit Ihr mich weiterhin so behandelt.« Ihr Blick glitt zu seinem Gesicht. »Und ich glaube, Ihr wußtet genau, daß ich aus diesen Gründen freiwillig mit Euch gehen würde, so daß Ihr Euch aller Verantwortung ledig hättet fühlen können.«

Er kniff die Lippen zusammen. »Du hältst mich für so grausam?«

»Ja.« Sie hielt seinem Blick stand. »Ich glaube, Ihr hättet alles getan, um Damari den Windtänzer abzujagen. Im Vergleich dazu bin ich für Euch wertlos. Ich bin nur eine Sklavin, die man benutzt.« Sie zog die Schultern hoch. »Vielleicht ist Euch gar nicht bewußt, daß es so ist.«

War es möglich, daß es stimmte? Er hatte verzweifelt danach gestrebt, den ›Tänzer im Wind‹ zurückzugewinnen, und er hatte dazu ihre Hilfe gebraucht. Hatte er versucht, sie durch Güte umzustimmen, da sein Versprechen ihm verwehrte, sie durch einen Befehl zum Mitkommen zu zwingen? Wenn es zutraf, dann war seine Schuld noch viel größer, als er geglaubt hatte. »Du besitzt sehr wohl Wert für mich.«

»Ach? Nun, da Ihr den ›Windtänzer‹ wieder habt, braucht Ihr keine Diebin mehr. Wollt Ihr Euch jetzt meines Körpers bedienen, mich zu Eurer Hure machen und an mir Eure Gelüste befriedigen?«

Ihre Worte trafen ihn tief. »Eine Hure wird bezahlt, und ich habe nicht die Absicht, für deine Dienste zu bezahlen. Du und Giovanni, ihr habt bereits genug von mir bekommen.« Er lächelte spöttisch. »Und warum sollte ich dich nicht benutzen? Du scheinst nicht abgeneigt, dir von mir alles zeigen zu lassen, und ich konnte feststellen, daß du sehr darauf bedacht warst, mir zu gefallen. Meine Wonne war auch die deine.«

Röte stieg ihr in die Wangen. »Ihr habt mir Lust bereitet, aber ...« Sie suchte nach Worten. »Es war eine falsche Lust, eine erzwungene Lust, weil ich es nicht freiwillig tat. Ihr nahmt meinen Körper, weil Ihr ihn zu besitzen glaubtet.« In ihren Augen funkelte kalter Zorn. »Ihr besitzt ihn nicht. Ihr besitzt mich nicht.«

Er erschrak. Was immer er erwartet hatte – diese totale Zurückweisung jedenfalls nichts. »Ich besitze einen Vertrag, der es beweist.«

»Mir egal, was Euer Kaufvertrag sagt. Es ist nicht recht, daß jemand einen anderen Menschen besitzen kann. Es sollte nicht sein. Mein Leben lang habe ich mich mit dem Sklavendasein abgefunden, weil meine Mutter behauptete, ich müßte es. Sie sagte, ich würde immer nur Sklavin sein, und Giovanni könnte mit uns machen, was er wollte, weil er uns gekauft hatte. Nun, sie irrte sich ebenso wie Giovanni und Ihr auch. In Damaris modrigem Verlies wurde mir klar, daß niemand das Recht hat, mich nur wegen eines Stückes Papier gegen meinen Willen zu etwas zu zwingen.« Sie holte tief Luft und fuhr hastig fort: »Ich bin nicht mehr Eure Sklavin und werde Euch nicht gehorchen.«

Er stand reglos da. »Zur Hölle damit«, sagte Lion leise. »Du kannst mich für den Teufel persönlich halten, aber du gehörst diesem Teufel, und ich dulde keinen Widerstand.«

»Ich muß Euch Widerstand leisten.«

»Dann hast du ein sehr kurzes Gedächtnis. Du hast mir Treue und Gehorsam gelobt.«

»Nicht weil Ihr mich gekauft habt, sondern weil Ihr Elisabeth und den anderen geholfen habt.« Sie hob ihre verbundene Hand. »Ihr habt den ›Windtänzer‹ wiederbekommen, aber ich war diejenige, die den Preis dafür bezahlt hat. Wir sind quitt, Lion.«

Er wandte den Blick von ihrer Hand ab und sah aufs Meer. »Vielleicht in deinen Augen, nicht aber in den Augen des Gesetzes.«

»Und in den Euren«, ergänzte sie hitzig. »Ihr wißt, daß ich meine Schuld abgetragen habe. Warum gesteht Ihr es nicht ein?«

»Ich gestehe es ein. Die Schuld ist abgetragen«, sagte er halblaut. »Aber der Kaufvertrag existiert.«

»Dann zerreißt ihn. Gebt mich frei.«

Er schüttelte den Kopf. »Warum sollte ich dich freigeben?«

»Weil es gerecht wäre. Lieber Gott, es muß doch Gerechtigkeit auf der Welt geben, sonst wäre doch alles sinnlos.«

»Du möchtest frei sein ... im Moment. Aber überleg doch weiter ... als meine Sklavin stehst du unter meinem Schutz. Das Leben ist für eine Frau, die allein auf der Welt ist, nicht leicht.«

»Ich weiß. Ich glaubte immer, eine Sklavin sei besser dran als eine Freie. Aber das war ein Irrtum.« Sie trat einen Schritt auf ihn zu. »Eine Freie kann sich frei entscheiden. Das konnte ich nie. Was ich in Damaris Kerker erlitt, wurde mir nur angetan, weil ich Eure Sklavin war – und Euren Willen ausgeführt hatte. Sollte ich jemals wieder so viel erdulden müssen, dann nur, weil ich den Schmerz freiwillig auf mich nehme.« Sie schüttelte den Kopf. »Ihr würdet mir keine freie Entscheidung gestatten. Ich möchte nicht mehr unter Eurem Schutz stehen.«

»Sehr bedauerlich, da du unter meinem Schutz und in meiner Nähe bleiben wirst.«

»Ihr schenkt mir nicht die Freiheit, obwohl Ihr wißt, daß es recht und billig wäre?«

Er lächelte voller Spott. »Woher soll ich wissen, was recht ist? Und was schlecht ist? Ist es recht, mich meines Eigentums zu berauben? Wäre es nicht schlecht, wenn ich dir meinen Schutz entzöge, obschon Damari nichts lieber wäre, als dich wieder in seine Gewalt zu bekommen?« Sein Spott wich kaltem Ingrimm. »Sanchia, belehre mich nicht über Recht oder Unrecht. Was Recht ist, bestimmt derjenige, der die Macht hat.«

»Dann muß ich einen Weg finden, Macht zu erlangen, denn ich werde nicht zulassen, daß Ihr mich weiterhin besitzt.« Ihr Blick ruhte unverwandt auf ihm. »Und ich werde nicht zulassen, daß Ihr Euch meines Körpers oder Verstandes bedient. Ebensogut könntet Ihr mich freilassen, denn ich werde Euch weder Lust gewähren noch Dienste leisten.«

»Du brauchst mir nichts zu geben. Als dein Herr habe ich das Recht zu nehmen.« Er hielt inne. »Wenn es mir beliebt. Aber das alles hat keine Eile. Ich gebe dir Gelegenheit, dich von neuem an mich zu gewöhnen, ehe ich dich in mein Bett rufe.«

Fassungslos starrte sie ihn an. »Habt Ihr mich nicht verstanden? Ich will Euch nicht länger dienen!«

»Doch, ich habe verstanden.« Er wandte sich ab und ging auf das Achterdeck zu. »Aber ich bin entschlossen, mich von dir nicht erzürnen zu lassen. Du hast um meinetwillen viel leiden müssen und darfst dir ein paar harte Worte erlauben.«

»Ich habe ein Recht auf Freiheit!«

»Dann wirst du eine Enttäuschung erleben, da du sie nicht bekommen wirst. Geh in deine Kabine. Ich möchte nicht, daß du dich erkältest und krank wirst.«

»Ihr werdet nicht…«

»Nein, ich werde dich nicht freigeben«, wiederholte er über die Schulter hinweg, während er den achteren Niedergang hinaufstieg. »Obwohl du zu glauben scheinst, daß ich ein ähnliches Ungeheuer wie Damari bin, muß ich dir sagen, daß es mich tief traf, als Damari dich gefangennahm. Und du besitzt Wert für mich.«

»Als Eigentum?« stieß sie verächtlich hervor.

»Als… Sanchia.«

Ihre Augen weiteten sich. Es war eine Eröffnung, die sie überraschte. Als er dem Seemann bedeutete beiseite zu treten und wieder selbst das Ruder übernahm, wandte sie ihm den Rücken zu und blickte aufs Wasser.

»Nun, sie scheint nicht viel Freude an dir zu haben«, bemerkte Lorenzo, als er an die Reling gelehnt zu Lion blickte. »Was sagte sie?«

»Sie will ihre Freiheit. Sie sagt, sie sei keine Sklavin mehr und möchte, daß ich den Vertrag zerreiße.«

»Hm, wundert mich nicht.« Lorenzo runzelte die Stirn. »Obwohl ich enttäuscht bin, daß sie ausgerechnet diesen Zeitpunkt gewählt hat. Mir hätte es besser gepaßt, wenn sie sich weiterhin willig gezeigt hätte, deine Forderungen zu erfüllen. Ich nehme an, du hast ihr den Wunsch abgeschlagen?«

»Ich habe sie nicht freigegeben.« Lion umklammerte das Ruder fester.

»Dann gibt es für dich noch Hoffnung. Du bist noch nicht ganz den dunklen Freuden der Verderbnis verfallen.«

»Sie gehört mir«, äußerte Lion schroff. »Sie hat kein Recht, mich zu verlassen. Sie...« Sanchias Worte kamen ihm immer wieder in den Sinn. Sie hatte gesagt, er hätte kein Recht, sie zu behalten, doch sie irrte sich. Auch wenn es keinen Vertrag gab, hatte ein Mann das Recht, sich jedes erreichbare Gut zu verschaffen und festzuhalten. So war es immer schon gewesen, und so würde es immer sein. Außerdem war sie mit ihm besser dran als ohne ihn. Eine Frau war zu vielen Gefahren ausgesetzt in einer Welt, in der es Männer gab wie Caprino, Damari und Borgia.

Und wie Lionello Andreas.

Nein, es konnte keine Rede davon sein, daß er für Sanchia eine Bedrohung darstellte. Ein lächerlicher Gedanke, den er rasch von sich wies. Er würde sich ihrer annehmen. Er würde Sanchia schöne Dinge schenken und Freude in ihr Leben bringen.

Und ihren Körper in Besitz nehmen, sich an ihr befriedigen, bis seine Besessenheit von ihm gewichen war.

Und was war falsch daran? Er hatte sie in der Lust unterwiesen, und sie hatte unmißverständlich reagiert.

Falsche Lust hatte sie es genannt.

»Dann holst du sie heute in dein Bett?« fragte Lorenzo. »Sie ist genesen. Sieh sie dir an. Sie scheint aufgeblüht zu sein.«

Er brauchte Sanchia nicht anzusehen. Ihre klare, strahlende Schönheit und ihre vor Kampfgeist glühenden Wangen standen ihm deutlich vor Augen. Seine Lenden schmerzten, als er sich vorstellte, wie sie nackt in der Scheune gestanden und ihn mit bangem Staunen angeblickt hatte. So sah er sie wieder vor sich und stellte sich vor, wieder in sie einzudringen, hörte ihren Aufschrei…

Aber in Zukunft würde sie sich zur Wehr setzen. Sie würde nicht zögern, sich sogar sehr heftig zur Wehr zu setzen, wenn er versuchte, ihr Gewalt anzutun. Sie würde ihm nicht geben, was er von ihr wollte, koste es, was es wolle.

Und wenn er Zwang gebrauchte, lief er Gefahr, sie zu verletzen.

»Nun, sie hat dir Wonne bereitet, oder nicht? Vor der Episode mit Damari warst du besessen von ihr.«

Er war noch immer besessen von ihr. Dabei hätte er Reue und Mitleid verspüren sollen und nicht Lust. Irgendwo in seinem Inneren waren beide Gefühle vorhanden, doch die Lust überwog. Er konnte sie nicht gehen lassen und mußte einen Weg finden, sie davon zu überzeugen, daß das Dasein als seine Sklavin für sie am besten war. »Ja, sie hat mir Wonne gegeben.«

Erzwungene Lust.

Die Erinnerung an Sanchias herbe Worte durchschnitt ihn schmerzhaft.

Gewalt bedeutete Schmerz, und er konnte ihr nicht noch mehr Schmerz zufügen, da sie doch seinetwegen schon so viel gelitten hatte.

»Heute nehme ich sie nicht in mein Bett. Ich weiß, du wirst enttäuscht sein, aber es kann nicht schaden, wenn ich warte.«

Lorenzo wollte etwas sagen, besann sich aber anders und bemerkte nur: »Natürlich hast du recht. Es kann nicht schaden, aber viel nutzen. Also laß dir so viel Zeit, wie du möchtest. Ich bin sicher, die Praxis der Zurückhaltung wird deiner Charakterentwicklung sehr zugute kommen – und wir beide wissen, wie sich Enthaltsamkeit auf dich auswirkt, nicht wahr?«

Ohne eine Antwort abzuwarten, schlenderte er die Stufen des Achterdecks hinunter. Um seine Lippen lag wieder ein befriedigtes Lächeln.

10. KAPITEL

In jener Nacht kam der Traum wieder.

Sanchia lag in der Dunkelheit und zwang ihr Herz, seinen wilden Rhythmus zu verlangsamen. Es ist nur ein Traum, sagte sie sich immer wieder. Sie lag nicht mehr im Verlies, sie befand sich auf Lions Schiff, viele Meilen von Solinari entfernt. Es war nur ein Traum.

Es nützte nichts. Die Wände der Kabine drohten sie zu erdrücken und rückten mit jedem Atemzug, den sie tat, näher. Sie mußte hinaus.

Schließlich stand sie auf und zog sich eilig an. Sie wollte an Deck gehen, aufs Wasser blicken, die scharfe, reine Luft einatmen und an das denken, was jenseits des Horizonts lag. Freiheit und Abenteuer...

Und vielleicht das ersehnte Freisein von Alpträumen.

Wenig später stand sie an der Reling und blickte auf die in Mondlicht getauchte, funkelnde See. Ja, das war es, was sie nötig hatte. Sie spürte förmlich, wie der Frieden in ihr Einzug hielt, den Aufruhr besiegte und die Erinnerung dämpfte, die sie nicht verdrängen konnte.

»Was treibst du hier draußen? Es ist tiefe Nacht... du legst es wohl darauf an, krank zu werden.«

Mit ihrer Ruhe war es vorbei, als sie Lions Stimme erkannte. *Dio*, sie wollte ihn nicht um sich haben. Sie sehnte sich nach Ruhe, und er brachte nur Unruhe mit sich. »Mein Umschlagtuch wärmt mich.« Sie zog es enger um sich. »Ich gehe ohnehin bald wieder hinein.«

Lion trat neben sie an die Reling. »Jetzt.«

»Nein!« Sie versuchte sich zu zügeln. Ein Wortwechsel mußte vermieden werden. Frieden, Ruhe. »Ich kann nicht schlafen. Laßt mich allein, und ich verspreche Euch, daß ich bald wieder unter Deck gehe.«

»Ach, du willst schachern?« Eine Andeutung von Staunen färbte seinen Ton. »Du mußt jetzt schon krank sein. Am Nachmittag warst du viel eigensinniger. Warum kannst du nicht schlafen? Schmerzt deine Hand? Lorenzo sagte, die Heilung ginge gut vonstatten.«

»Meine Hand schmerzt nicht. Sie wird mit jedem Tag besser. Ich bin nur unruhig.«

Sie spürte seinen Blick auf ihrem Gesicht. »Träume?«

»Das ist doch einerlei. Geht fort. Ihr bringt mir Unruhe.«

»Du mir auch.« Er wurde nachdenklich. »Der alte Traum?«

»Nein, nicht dieser.«

»Was...«

»Warum laßt Ihr mich nicht in Frieden?« Sie drehte sich unvermittelt um. »Ich träume in letzter Zeit von Damaris Verlies und nicht vom Stinche-Kerker. Ich träume, der Hammer wäre ein Schwert und Fra Lui schnitte mir die Finger der Reihe nach ab. Das hatte er nämlich vor, müßt Ihr wissen. Aber zuerst wollten sie, daß ich Todesängste leide, deshalb spielten sie mit mir. Sie holten den Holzblock, legten meine Hand darauf und...«

»Pst.« Plötzlich war sie in Lions Armen. Ihre Wange lag am Leder seines Wamses, seine Stimme klang dicht an ihrem Ohr. »Sprich nicht davon. Denk nicht daran.«

»Und wenn sie für das eine Mal mit mir fertig waren, brachten sie mich für ein paar Stunden in die Zelle, damit ich mich erhole und an das nächste Mal denke...«

»Nein!« Er hielt ihr den Mund zu. »Ich will nichts mehr hören. Du sollst es vergessen.«

Sie schüttelte den Kopf, um sich von seiner Hand zu befreien. »Ich kann nicht vergessen. Das ist eine Fähigkeit, die mir fehlt. Ich habe alles im Gedächtnis behalten, und wenn ich mich weigere, tagsüber daran zu denken, dann träume ich in der Nacht davon.« Sie lächelte verbittert. »Aber ich werde nicht mehr davon sprechen, wenn es Euch bekümmert.«

»Ja, es macht mir Kummer. Ich... ich spüre es.« Lion blickte auf sie nieder. Sie sah seine dunklen Augen im Mondschein blitzen. »Erzähl es mir«, forderte er sie überraschend auf. »Alles. Von dem Augenblick an, als man dich ergriff, bis zu jenem, als ich dich herausholte. Alles, was man dir angetan hat. Alles, was du gefühlt hast.«

»Warum? Ihr sagtet, daß Ihr es nicht hören wollt.«

»*Gran Dio*, natürlich nicht, aber ich möchte irgendwie daran teilhaben. Es war meine Schuld, daß du hineingeraten bist, und ich werde dich damit nicht allein lassen.«

»Es hat keinen Sinn, wenn…«

»Erzähl es mir.

Und sie berichtete, stockend zunächst, dann immer gelöster, bis sie alles preisgegeben hatte.

Schließlich wurden ihre Worte wieder spärlicher, und schließlich verstummte sie.

»Ist es vorüber?« Sein Ton klang gequält. Sanchia nickte steif. »Das ist alles.« Sie wandte ihr Gesicht ab, voller Verwunderung, weil sie erleichtert war, so als hätte Lion es auf rätselhafte Weise geschafft, einen Teil dieser grausigen Bilder aus ihrem Bewußtsein zu bannen und in seines zu übernehmen.

»Gottlob!« Er riß sie in seine Arme und hielt sie fest an sich gedrückt. Seine Brust bewegte sich so heftig wie nach einem schnellen Lauf, dennoch war seine Umarmung ohne Leidenschaft. »Eine grausige Geschichte, die mich tief getroffen hat.«

Sie ertappte sich bei einem zittrigen Lachen. »Mich auch.« Das Lachen schuf Erleichterung und minderte Damaris Bedeutung in der Erinnerung, wie sonst nichts es vermocht hätte.

»Ich weiß«, sagte er mit belegter Stimme, ehe er sie von sich fortschob. »Siehst du nicht ein, daß es nie wieder passieren darf? Du gehörst mir, und ich muß dich beschützen…«

»Ich gehöre Euch nicht.« Die Worte waren noch nicht ausgesprochen, als ihr aufging, daß sie sich in diesem Moment enger verbunden fühlte, als wenn sie ihn in sich gespürt hätte. Sie trat unsicher einen Schritt zurück. »Ich gehöre nur mir selbst. Ich werde…«

Seine Hand bedeckte ihren Mund. »Jetzt wollen wir nicht darüber sprechen. Kannst du nicht still sein?«

Sie wich noch einen Schritt zurück und drehte den Kopf, um seiner Hand zu entkommen. »Mir bleibt ja nichts anderes übrig, wenn Ihr mir den Mund mit Eurer Pranke zuhaltet«, sagte sie spitz. »Wenn Ihr mich nicht sprechen hören wollt, dann laßt mich allein.«

Er sah sie finster an. »Ich möchte dich nicht allein lassen.«

Sanchia verspürte eine irrationale Anwandlung von Erleichterung. Sie spürte, daß sie gar nicht mehr allein sein wollte und daß Lions Nähe trotz seiner rauhen Art tröstlich wirkte. »Dann müßt Ihr mich sprechen lassen, wann ich will.«

Lions finstere Miene wich befreiendem Humor. »Seit ich an Deck kam, habe ich wenig mehr getan, als dir zuzuhören.« Er faßte nach ihrem Ellbogen und drängte sie übers Deck. »Komm.«

Sie versuchte sich loszumachen. »Wohin bringt Ihr mich?«

»Hier.« Er war vor dem Niedergang zum Achterdeck stehengeblieben und schob sie eine Stufe hoch. »Setz dich.« In seinem Lächeln lag etwas Spitzbübisches. »Hast du geglaubt, ich würde dich in mein Bett zerren? Ich versuche zu beweisen, daß ich geduldig bin. Im Moment bist du vor mir sicher.« Er deutete mit dem Kopf auf den Mann am Ruder. »Und da ich nicht die Absicht habe, dich mit ihm zu teilen, wäre es grausam, wenn ich dich hier vor seinen Augen nähme.«

Neugierig sah sie ihn an. »Habt Ihr je eine Frau mit anderen geteilt?«

»Sehr oft sogar. Es gibt nie genug Dirnen, die der Truppe folgen.«

Er las Widerwillen in ihrem Blick, als er sich neben sie auf der Stufe niederließ. »Ja, ich habe gehurt und getötet, auch Frauen gegen ihren Willen genommen.« Er merkte, daß sie erstarrte. »Was hast du denn erwartet? Ich bin kein sanftmütiger Höfling wie Marco, ich bin ein rauher Krieger. Wird eine Stadt eingenommen, sind die Frauen ein Teil der Beute.«

»Das macht die Sache nicht besser«, sagte sie deutlich. »Wie habt Ihr Euch gefühlt, als Ihr es getan habt?«

»Man gewöhnt sich daran. An das meiste.« Er gab sich kurz seinen Erinnerungen hin, ehe er gestand: »Ich habe tatsächlich nur ein einziges Mal eine Frau gegen ihren Willen genommen. Ich war vierzehn und trunken vor Macht und Sieg. Und ich gierte nach einer Frau. Sie war das Weib eines Kaufmannes, das sich im Laden versteckt hatte. Warum nicht? dachte ich mir. Die anderen zögerten auch nicht, sich zu nehmen, was von Rechts wegen ihnen gehörte. Sogar meinen Vater hatte ich beobachtet, wie er sich mit Frauen vergnügte, ob sie nun willig waren oder nicht.« Er zögerte erst, dann brach es aus ihm hervor: »Aber ich habe es nicht genossen. Ihre Augen waren leer, sie weinte... Ich vermochte sie nicht zu befriedigen. Ich behielt sie bei mir, bis die *condotti* aus der Stadt abzogen, und gab ihr beim Abschied Geld. Ich ließ auch nicht zu, daß ein anderer sie anrührte, aber... Ich habe es nicht genossen.«

Sanchia sagte nichts darauf.

Da drehte er sich so heftig zu ihr um, als hätte sie ihn angegriffen. »Ich greife nicht zu Ausflüchten. Ich bin, was ich bin, und tue, was ich zu tun habe. In mir ist wenig Weichheit, aber ich bin aufrechten Sinnes und gebe zurück, was man mir gibt, sei es gut oder böse. Du mußt mich nehmen, wie ich bin.«

Seine Heftigkeit erschreckte sie. »Warum sagt Ihr das alles?«

Widerstreitende Gefühle verdunkelten sein Gesicht. »Ich weiß es nicht.« Sein Lächeln fiel schief aus. »Du übst eine seltsame Wirkung auf mich aus. Lorenzo sagte, ich müßte dringend zur Beichte. Vielleicht möchte ich Vergebung für das, was nicht vergeben werden kann.«

Ihr Blick ließ sein Gesicht los. Schweigen senkte sich zwischen sie.

»Das Soldatenleben hat Euch nicht mehr gefallen?« fragte sie schließlich.

Er zog die Schultern hoch. »Von meiner Knabenzeit an kannte ich nichts anderes. Ich machte meine Sache gut. Mein Vater hatte seine helle Freude an mir.«

»Aber es hat Euch nicht gefallen?« beharrte sie. »Habt Ihr deswegen Eure *condotti* aufgegeben und mit dem Schiffsbau begonnen?«

»Die See hat uns allen immer schon im Blut gelegen. Erst als meine Familie vor mehr als hundert Jahren aus Persien nach Italien kam, zogen wir ins Landesinnere – fort von der Küste.« Er verzog das Gesicht. »Wir sind von Natur aus keine Bauern und sind auch nicht zu Wohlstand gekommen. Deshalb hat mein Urgroßvater zum Schwert gegriffen. Der Kampf lag uns mehr als das Bestellen von Feldern, und wir wurden reich im Krieg!«

»Aber Ihr habt das Kriegshandwerk aufgegeben?« Sanchia sah ihn eindringlich an.

»Wir hatten genug Reichtum gewonnen, und ich hatte es satt, für hohe Herren ins Feld zu ziehen, die mich an einem Tag dafür bezahlten, für sie zu kämpfen, und sich am nächsten Tag einen anderen nahmen, der mir das Geld wieder stahl.« An die Stufe gelehnt, sah er zu den Segeln hoch, die sich im Wind blähten. »Eines Tages sah ich in Venedig ein Schiff aus Madagaskar einlaufen. Den ganzen Morgen hatte ich damit zugebracht, die zweite Hälfte meines Soldes aus den Schatztruhen der *Signoria* einzutreiben. Ich war der *Serenissima* gründlich überdrüssig.« Die Erinnerung ließ ihn lächeln. »Der Wind blähte die Segel, ich konnte die See riechen, die Ladung Zimt, die gelöscht wurde, und plötzlich wußte ich...« Er drehte sich um und sah sie an: »Glaubst du, daß du jetzt schlafen könntest?«

»Das ist unwahrscheinlich.« Sie sah ihn unverwandt an. »Und was habt Ihr in jenem Moment gewußt?«

Er stand auf und zog sie mit sich. »Ich wußte, daß es Zeit war, zur See zurückzukehren – dorthin, wo wir hingehörten.«

»Und warum ausgerechnet Schiffsbau? Warum nicht Entdekkungsfahrten oder Handel?«

Er schüttelte den Kopf. »Wir haben jetzt genug geredet. Geh zu Bett.«

Sanchia spürte die Enttäuschung wie einen Stich. Zum erstenmal hatte Lion sich als Mensch gezeigt und nicht als übermächtiges Rätsel. Diesen flüchtigen Blick auf sein Wesen, den er ihr gewährt hatte, wollte sie nicht aus den Augen verlieren, aus Angst, er würde wieder verblassen. »Ich bin nicht schläfrig.«

»Ich auch nicht«, antwortete er und fügte offen hinzu: »Aber mein Körper fordert heftig sein Recht, und wenn du nicht gewillt bist, mich aufzunehmen, dann geh augenblicklich.« Er lächelte unmerklich, als er sah, wie ihre Augen groß wurden. »Glaubst du denn, ich begehre dich nicht mehr? Mein Begehren meldet sich unweigerlich, wenn du in meiner Nähe bist. Auch das mußt du hinnehmen.«

»Ich muß nur das hinnehmen, was ich hinnehmen will.«

»Wenn du dich entschieden hast zu wollen«, berichtigte er sie mit sanftem Nachdruck. »Ich kann bewirken, daß du mich hinnehmen möchtest.«

Als sie zu ihm aufblickte, spürte sie ein wohlvertrautes Gefühl zwischen den Schenkeln. Nein, sie wollte es nicht fühlen. Sie war nicht mehr seine Bettgespielin, sie durfte keine Erwiderung zeigen, sonst würde es kein Halten mehr geben. »Dann entscheide ich mich, Euch nicht zu wollen. Ich möchte nicht...« Sie unterbrach sich, als sie seinem wissenden Blick begegnete. »Lion, laßt mich frei.«

»Komm in mein Bett, Sanchia.«

»Ich kann nicht.«

Verzweiflung überkam sie, als sie ihn ansah. Seine Miene war gnadenlos, unerbittlich. Sie wünschte jetzt, sie wäre wie befohlen in ihre Kabine gegangen, als er an Deck erschienen war. Eben jetzt hatte er ihr Trost gespendet, hatte sie einen Blick auf die rohe Brutalität des Lebens tun lassen, das ihm seine Ecken und Kanten eingebracht und ihn zu dem gemacht hatte, was er war. Jetzt verstand sie ihn wenigstens, wenn sie auch nicht mit ihm übereinstimmte, und durch dieses Verständnis fühlte sie sich zu ihm hingezogen.

»Ich werde nicht in Genua bleiben, ich werde davonlaufen.«

Er erstarrte. »Sei nicht töricht. In Genua wirst du in Sicherheit sein. Damari würde nie diese große Entfernung in Kauf nehmen, um dich in seine Gewalt zu bekommen, und ich werde dafür sorgen, daß du in Genua gut untergebracht wirst, ehe ich abreise.«

»Und wenn Ihr wiederkommt?« Sanchia schüttelte den Kopf. »Wenn Ihr ein Bettliebchen wollt, dann geht zurück zu Giulia Marzo und laßt mich frei.«

»Freilassen werde ich dich nicht!«

»Dann müßt Ihr jemanden ausschicken, der Jagd auf mich macht. Wenn Ihr wiederkehrt, werde ich nicht mehr dasein.« Sie sah ihn flehentlich an. »Warum wollt Ihr mir nicht die Freiheit schenken? Ihr sagtet ja selbst, für Euch wäre Sklaverei schier unerträglich, und Ihr würdet davonlaufen.«

Er zeigte sich unbeugsam. »Du kennst die Strafe, die ich für ein solches Verbrechen verhängen könnte?«

»Glaubt Ihr, ich fürchte die Strafe?« Sie lächelte voller Bitterkeit. »Ich habe gelernt, mit dem Schmerz zu leben. Damari war ein guter Lehrer. Und Ihr würdet mir nicht weh tun.«

»Du bist deiner Sache sehr sicher.«

»Ja, deshalb sollt Ihr nicht mit dem drohen, was Ihr nie ausführen würdet, Lion. Ich fürchte Euch nicht mehr.«

Lions Miene spiegelte Wut und Enttäuschung wider. »Vielleicht muß ich mein Verhalten ändern. Mein Vorgehen ist offensichtlich zu durchschaubar geworden.« Er wandte sich um und ging übers Deck. »Du bist ein schwieriges Frauenzimmer.« Er rief dem Rudergänger zu: »Geh auf Gegenkurs... wir steuern Pisa an!«

Pisa! Sanchia sah ihn ebenso erstaunt an wie der Rudergänger, der Lions Befehl befolgte. »Wir sind nur eine Tagesfahrt von Genua entfernt.«

»Und du hast mir eben angekündigt, du würdest aus Genua flüchten, sobald ich wieder auslaufe.« Er preßte die Lippen aufeinander. »Deshalb behalte ich dich in meiner Nähe.«

»In Pisa?«

»In Pisa macht das Schiff fest. Ich kann dort nicht bleiben, da ich mich vergewissern möchte, daß Damari Mandara nicht angegriffen hat.«

»Aber Lorenzo sagte, das sei äußerst unwahrscheinlich.«

»Mandara gehört mir. Ich muß meiner Sache ganz sicher sein.«

»Dann nehmt Ihr mich mit nach Mandara?«

»Du läßt mir keine andere Wahl.«

Der Mondschein fiel hell und voll auf sein Gesicht. Nie hatte Sanchia ihn grimmiger gesehen.

»Ja, ich nehme dich mit nach Mandara.«

»Dort liegt Mandara, Sanchia.« Lorenzo zügelte sein Pferd, im Sattel vornübergebeugt, den Blick auf die mauerbewehrte Stadt gerichtet, die in einiger Entfernung zu sehen war. Seine sonst so gelassene Miene zeigte ungewohnte Bewegung. »Es ist nicht mehr so weit, wie es aussieht. Eine halbe Stunde, und wir müßten am Ziel sein.«

Lion warf ihm einen alles andere als erfreuten Blick über die Schulter zu. »Ein Umstand, der dich überglücklich machen sollte.«

»Ja, ehrlich gesagt, beschert er mir große Genugtuung.« Zur Abwechslung war sein Ton bar aller Ironie. »Obschon ich gar nicht sicher bin, ob es ein Gefühl wie Glück gibt.« Er zog die Schultern hoch. »Aber schließlich gibt es viele Worte, die für mich bedeutungslos sind.«

»Wie schön es ist!« Von einem vorgelagerten Hügel aus konnte Sanchia die von Mauern umschlossene Stadt Mandara sehen und ein Stück weiter im Norden ausgedehnte Weingärten im Tal. Ihr Blick wanderte zurück zur Festung, die über der Stadt thronte. Unwillkürlich umfaßte sie die Zügel fester, so daß ihre Stute unwillig schnaubend den Kopf zurückwarf. Sanchia zwang sich zur Ruhe. Der Gedanke an die bevorstehende Begegnung mit Lions Mutter durfte sie nicht einschüchtern. Diese Frau stellte für sie keine Bedrohung dar. Lion hatte gesagt, daß sie die Burg gar nicht betreten würde, sondern ein kleines Haus in der Stadt bewohnen sollte. Seine

Mutter würde sofort wissen, daß Sanchia in Lions Leben zu unbedeutend war, um überhaupt zur Kenntnis genommen zu werden.

Sie mußte einen Weg finden, Mandara zu verlassen. Es war ein Gedanke, den eine Woge der Enttäuschung begleitete, als ihr Blick wieder auf die hohen Mauern der Stadt fiel. Seit sie in Pisa an Land gegangen waren, hatte sich keine Fluchtmöglichkeit ergeben. In Mandara, auf Lions Herrschaftsgebiet, würde eine Flucht so gut wie unmöglich zu bewerkstelligen sein.

»Sanchia, gib es auf.«

Sie drehte sich um und sah, daß Lion sie fixierte. »Du wirst Mandara nicht verlassen.«

»Irrt Euch nicht. Ich werde einen Weg finden.« Wieder sah sie zur Burg. »Ihr vergeßt, daß ich eine geübte Diebin bin. Es wird schwierig sein, mich hinter Schloß und Riegel zu halten.«

»Das ist nicht nötig, denn hier braucht man keine Schlüssel. Du wirst sehen, daß Graben, Zugbrücke und Stadttore von meinen eigenen Leuten bewacht werden.« Sein Lächeln war liebenswürdig. »Und ich werde den Wachen deutlich vor Augen führen, daß ich sie entmannen lassen werde, falls sie zulassen, daß du dich auch nur einen Schritt außerhalb der Stadttore bewegst.«

»Ich denke, das wird sehr überzeugend wirken«, ließ Lorenzo sich sanft vernehmen. »Lion hat recht. Gib jeden Gedanken an Flucht auf, Sanchia.«

Sie gab keine Antwort, als sie ihr Pferd antrieb und den kleinen Abhang hinuntersprengte.

Die Tore von Mandara sprangen auf, als die Reiter noch ein ganzes Stück entfernt waren. Zwei Reiter kamen ihnen aus der Stadt entgegen. Der Reiter des großen Grauschimmels übernahm sofort die Führung und jagte ihnen im gestreckten Galopp entgegen.

»Uns wird die Ehre einer persönlichen Eskorte zuteil«, murmelte Lorenzo. »Die edle Caterina.«

Sanchia erstarrte. Ihr Blick konzentrierte sich auf die Gestalt, die direkt auf sie zuhielt. Aus der Entfernung konnte sie die Züge der Frau nicht erkennen, doch es konnte kein Zweifel daran bestehen, daß es sich um eine *illustrissima*, um eine Dame von Stand und Ansehen, handelte. Aufrecht im Sattel sitzend, bot sie mit ihrer unbezwingbaren Haltung, mit ihrer Kraft und Anmut einen ähnlichen

Anblick wie ihr Sohn Lion. Ihre Größe war nicht abzuschätzen, doch sie schien groß und schlank zu sein, mit breiten Schultern unter einem scharlachroten Samtcape.

»Nur Mut, Sanchia.« Lorenzos Blick hing unverwandt an der näher kommenden Reiterin. »Ihre Keule hat sie zu Hause gelassen.«

»Sanchia braucht keinen Mut«, sagte Lion, ehe er sein Pferd zu größerer Schnelligkeit antrieb. »Meine Mutter wird ihr nichts antun.«

Lorenzo beschränkte sich auf ein verächtliches Schnauben.

Caterina Andreas zügelte ihren grauen Hengst knapp vor Lion, und Sanchia wappnete sich unwillkürlich für die bevorstehende Begegnung. Lions Mutter bedurfte keiner Waffen, um respektgebietend, ja furchteinflößend zu wirken.

Caterinas Züge waren zu ausgeprägt, um schön genannt zu werden, ihre untere Gesichtshälfte zu lang, ihr Kinn zu fest, ihre Brauen die weibliche Version von Lions schwarzen dicken Balken. Sie verfügte über das kühne, befehlsgewohnte Gehaben eines Mannes, obschon nichts Männliches an ihren hohen, wie gemeißelten Wangenknochen war und auch nicht an dem Feuer, das in den edlen dunklen Augen blitzte. Durch das schimmernde schwarze Haar zogen sich Silberfäden, ihr Gesicht aber war straff und fast faltenlos.

Caterinas aufmerksamer Blick tastete Lions Gesicht ab. »Du bist gesund und unversehrt?«

Lion nickte. »Was ist mit Damari?«

»Er ist nicht gegen Mandara ins Feld gezogen.« Sie tat den Gedanken mit einem Achselzucken ab. »Dieser Schuft würde es nie wagen. Er zieht es vor, andere zu kaufen, die dann seine Schurkereien ausführen. Marco hat in Pisa Nachforschungen anstellen lassen. Damari hat die Stadt verlassen und sich zu Borgia begeben, nachdem er erfahren hatte, daß du nach Genua unterwegs bist.« In ihren Augen funkelte es belustigt. »Gewiß braucht er plausible Ausflüchte, um zu entschuldigen, daß er das Versprochene nicht liefern konnte. Wie gern hätte ich belauscht, wie er seinem Herrn zu erklären versucht, aus welchem Grund er es nicht schafft, den ›Windtänzer‹ gegen nur drei Mann zu verteidigen.«

»Und gegen eine Frau«, setzte Lorenzo leise hinzu.

Caterinas Blick fiel auf Lorenzo. Sie nickte förmlich. »Lorenzo.«

Er neigte den Kopf in einer spöttischen Verbeugung. »Donna Caterina.«

Dann wandte sich Caterina an Sanchia. »Du bist die Sklavin Sanchia?«

Sanchia richtete sich gerade auf. »Ich bin Sanchia. Aber ich bin keine Sklavin mehr.«

Caterina sah Lion an. »Du hast ihr die Freiheit geschenkt? Marco sagte mir, du hättest nicht die Absicht.«

»Ich habe nichts dergleichen getan. Sie scheint zu glauben, es würde sich bewahrheiten, wenn sie die Worte oft genug ausspricht.«

»Die Schuld ist beglichen«, sagte Sanchia. »Ich bin frei.«

»Was tut sie hier?« fragte Caterina. »Du wolltest sie in Genua lassen. Marco sagte...«

»Sie ist da und wird bleiben«, warf Lion schroff ein.

Caterina kniff die Augen zusammen. »Du bringst sie nicht auf die Burg?«

Lion schüttelte den Kopf. »Sie wird in der Stadt bleiben.«

»Es sei denn, Ihr wollt sie mit einer Einladung beehren«, warf Lorenzo ein. »Sicher würde Lion Eurem Drängen nachgeben, edle Frau. Er ist ein so pflichtbewußter Sohn.«

»Nein!« sagte Lion. »Lorenzo, du halte dich heraus. Es geht dich nichts an.«

»Unseren lieben Lorenzo hält dieser Umstand nur selten von etwas ab. Ist dies Euer Werk, Lorenzo?« fragte sie mit gefährlicher Sanftheit.

Lorenzo beschränkte sich auf ein Lächeln.

»Warum das alles?« Caterina wandte sich wieder ihrem Sohn zu. »Wenn du Sanchia für ihre Dienste dankbar bist, dann schenke ihr die Freiheit, gibt ihr Geld und laß sie ihres Weges ziehen. In Mandara ist für sie kein Platz.«

»Für sie ist Platz, wo immer ich es für richtig befinde. Mutter, gib es auf.«

»Ich werde nicht...« Sie sprach nicht weiter, als sie nahendes Hufgetrappel vernahm. »Ich will mich später damit befassen. Die Sache ist keinesfalls entschieden.«

»Das hat niemand angenommen«, sagte Lorenzo.

Caterina warf ihm einen vernichtenden Blick zu, ehe sie ihr Pferd wendete, um eine junge Frau anzusprechen, die auf sie zugeritten kam. »Bianca, du bist zu langsam. Wenn du nicht mehr Eifer an den Tag legst, wird Lion noch annehmen, du empfändest keine Freude über das Wiedersehen.«

»Lion weiß sehr gut, daß ich mich immer freue, ihn zu sehen«, antwortete die als Bianca Angesprochene gelassen. »Du vergißt, daß ich im Sattel nicht sicher genug bin, um mit so halsbrecherischer Geschwindigkeit zu reiten wie du.« Ihre tiefblauen Augen waren voller Liebe auf Lion gerichtet, in ihrem Lächeln lag Wärme. »Willkommen in Mandara, mein Herr. Du hast uns gefehlt.«

Bianca war die schönste Frau, die Sanchia je gesehen hatte. Die Sonne zauberte goldene Strähnen in das brünette Haar, das in Zöpfen um den zierlichen Kopf gelegt war und die Vollkommenheit ihrer Züge betonte, die einer Statue der Aphrodite zur Ehre gereicht hätten. Nein, nicht Aphrodite, berichtigte Sanchia das Bild, das sich ihr aufdrängte. Das Antlitz dieser Frau war zu unschuldig, um mit der weltlichen Liebesgöttin verglichen zu werden. In ihrer kindhaften Reinheit erinnerte sie eher an Psyche.

»Du hast mir auch gefehlt, Bianca.« Lions Lächeln war sanft und gütig. »Du scheinst von neuem erblüht und lebhafter zu sein, als bei unserem letzten Beisammensein.«

»Ja, es geht mir sehr gut. Marco läßt mich stundenlang im Garten für seine Bilder Modell stehen. Letzte Woche wurde ich in der Sonne ganz rot.«

»Marco sollte besser auf dich achten.«

»Nun, jetzt bist du zu Hause, Lion, und es ist nicht an Marco, sich um sie zu kümmern«, sagte Caterina spitz. »Du kannst...«

»Möchtest du Sanchia nicht Bianca vorstellen, Lion?« unterbrach Lorenzo sie. »Wo bleiben deine Manieren?«

»Das ist Sanchia?« Ein Lächeln erhellte Biancas Züge. »Marco hat mir berichtet, wie tapfer du warst, als es darum ging, den ›Windtänzer‹ zurückzugewinnen. Ich bin stolz, deine Bekanntschaft zu machen. Sicher werden wir bald Freundinnen werden.«

Biancas offenes Wesen wärmte Sanchias Herz. Das Lächeln der jungen Frau erinnerte sie in seiner Sanftheit an jenes, das Sanchia immer auf Elisabeths Gesicht gesehen hatte. »Ich schätze mich glücklich, Euch zu begegnen, edle Frau.«

»Aber Ihr seid noch nicht bekanntgemacht worden«, sagte Lorenzo. »Ich glaube, ich muß mich dieser angenehmen Pflicht unterziehen. Sanchia, darf ich dir Bianca, Lions Gemahlin, vorstellen?«

Warum fühle ich mich wie vor den Kopf geschlagen? fragte Sanchia sich verzweifelt. Nur weil niemand Lions Ehe erwähnt hatte, bedeutete das noch lange nicht, daß er nicht verheiratet war. Mit einem rasch aufblitzenden Lächeln versuchte sie die Fassungslosigkeit zu übertünchen, die sich, wie sie wohl wußte, auf ihrer Miene zeigen mußte. »Edle Frau...«

»Bianca«, drängte Lions Frau lächelnd. »Du mußt mich Bianca nennen.«

»Bianca...«, wiederholte Sanchia tonlos. Sie vermied es, Lion anzusehen. Sie wollte nicht, daß er ihr den Schmerz ansah, der sie erfaßte, nachdem sich der erste Schock gelegt hatte. Sie fühlte sich hintergangen... mehr als im Kerker, als sie geglaubt hatte, Lion hätte sie im Stich gelassen. Wie dumm und unvernünftig es war, solche Gefühle zuzulassen! Daß Lion eine Frau hatte, durfte sie nicht berühren.

»Und ich werde dich Sanchia nennen.« Bianca wandte sich an Caterina. »Könnten wir ihr die Kammer neben der meinen geben? Ich hätte so gern...«

»Sie ist eine Sklavin, Bianca«, unterbrach die Ältere sie schroff.

»Noch immer?« Auf Biancas glatter Stirn zeigte sich eine Furche. »Ich bin sicher, Lion hat diese Formalität übersehen. Er ist gegen Sklaverei.« Sie wandte sich an Lion. »Das ist doch so?«

Lions Miene blieb ausdruckslos. »Wie du sagst... es gibt gewisse Formalitäten. Doch die Frage ihres Standes ist im Moment unwichtig. Sanchia wird nicht auf der Burg bleiben.«

Als Bianca widersprechen wollte, gebot Lion ihr mit einer Handbewegung Schweigen. »Später einmal vielleicht. Sanchia hat viel gelitten und braucht Ruhe. Ich habe veranlaßt, daß ein Haus unweit der Piazza für sie vorbereitet wurde. Dort kann sie sich erholen und Kräfte sammeln.«

Biancas Stirnrunzeln verging, als ihr Blick Sanchias verbundene Hand erfaßte. »Das kann ich verstehen«, sagte sie leise. »Du hast ganz recht. Sie braucht Ruhe, damit sie Gott suchen und zu ihm beten kann, er möge ihr wieder Gesundheit verleihen.« Sie nickte.

»Auch ich werde darum beten, Sanchia, daß wir dich bald auf der Burg willkommen heißen dürfen.«

»Danke«, brachte Sanchia matt über die Lippen.

»Und ich werde Kissen und Decken von uns bringen«, fuhr Bianca fort. »Vielleicht auch eine Magd. Was meinst du, Lion?«

»Die Magd werde ich selbst suchen«, sagte er. »Du brauchst dir keine Sorgen zu machen, Bianca. Für Sanchia trage ich die Verantwortung, und ich sorge auch für ihr Wohlergehen.«

»Sicher ist es für Bianca ein Bedürfnis, Gutes zu tun«, meinte Lorenzo. »Barmherzigkeit ist Gottes Wille, nicht wahr, Bianca?«

»Lion hat recht, Bianca«, sagte Caterina mit einem ärgerlichen Blick auf Lorenzo. »Es steht dir nicht zu, dich seinen Wünschen zu widersetzen.«

»Widersetzen?« Biancas Augen weiteten sich erschrocken. »Das würde ich niemals tun. Lion, du verstehst mich doch?«

»Schon gut, schon gut.« Lion war mit seiner Geduld am Ende. »Meine Mutter war zu hart in der Wahl ihrer Worte. Füge dich in dieser Sache meinem Willen.«

»Aber gewiß, wie du es wünschst«, sagte Bianca erleichtert. »Darf ich ihr kräftigende Kost aus unserer Küche schicken lassen?«

»Schick ihr, was du willst«, brachte Lion zähneknirschend hervor, ehe er Tabron die Sporen gab. »Und jetzt beenden wir unser Geplauder und bringen das letzte Stück hinter uns. Ich muß Marco wegen Damari befragen und mit den Wachen am Tor sprechen.«

Das weißgetünchte Haus, zu dem Lion sie führte, war nur klein, jedoch von ganz eigenem Reiz. Von seinem Balkon, dessen Blumenkästen vor roten Geranien überquollen, konnte man direkt auf die Piazza sehen.

»Dieses Haus ist mir bekannt«, sagte Caterina betont langsam. Sie hob den Blick zur gardinenverhängten Balkontür. Dann wandte sie sich an Lion.

Lions Miene wurde weich, als er ihrem Blick begegnete. »Ich hatte keine Zeit, ein anderes Haus zu suchen. Entweder dieses Haus oder die Burg.«

»Ich bin nicht gegen deine Entscheidung. Ich finde sie sogar sehr passend.«

»Mutter, es ist nicht meine Entscheidung. Ich hätte...«

»Ich habe keine Zeit, hier zu verweilen. Ich nehme an, du hast den Schlüssel?«

»Seit das Haus leer steht, bewahrt der Ladenbesitzer nebenan den Schlüssel auf.«

»Nun, dann ist ja alles bestens geregelt. Komm, Bianca, wir müssen uns beeilen und für das Abendessen sorgen.« Caterina wendete ihr Pferd und trabte, gefolgt von Bianca, davon.

Lion stieß eine halblaute Verwünschung aus, ehe er sich an Lorenzo wandte. »Würdest du den Schlüssel holen und Sanchia ins Haus führen, ehe du auf die Burg kommst? Ich muß mit meiner Mutter reden.«

Lorenzo nickte. Sein Blick verfolgte noch immer die kerzengerade im Sattel sitzende Caterina. »Ich nehme an, das Haus gehörte deinem Vater und diente dem üblichen Zweck?«

Lion nickte. »Herrgott, warum mußte sie mir auch entgegenkommen? Sie hätte gar nicht erfahren müssen, daß Sanchia das Haus bewohnt.«

»Ihr gedachtet, mich zu verstecken?« fragte Sanchia glasklar. »Falls ich Euch ungelegen bin, gäbe es eine Lösung.«

Lion warf ihr einen flammenden Blick zu. »Sanchia, errege nicht meinen Unwillen. Ich habe ohne deine Widerworte schon genug Verdruß.«

Lorenzos Blick hing noch immer an Caterina. »Ja, reite ihr nach, verwöhne sie mit lieben Worten. Sie hat sie bitter nötig, könnte ich mir denken.« Dann lächelte er Sanchia zu. »Wir werden auch ohne dich gut zurechtkommen.«

»Sehr gut«, wiederholte Sanchia mit Nachdruck.

Lion bedachte sie mit einem finsteren Blick, wendete sein Pferd und ritt seiner Mutter und Bianca nach.

Lorenzo stieg ab und trat zu Sanchias Pferd, um sie aus dem Sattel zu heben und die zwei Pferde am Torpfosten des Eisenzaunes festzubinden, der das Haus umgab. »Warte hier, während ich den Schlüssel hole.«

Wenige Minuten später war er wieder zur Stelle, mit dem Schlüssel und einer hausbackenen, molligen jungen Frau, deren sonniges Lächeln durch Lorenzos kühles Gebaren ein wenig gedämpft wurde. »Das ist Rosa Lanzio, die jüngste Tochter des Seidenhändlers von nebenan. Sie wird dich bedienen.«

Rosa knickste und ließ unverständliches Gemurmel hören.

Sanchia sah die Person verblüfft an. Unvorstellbar, daß sie, die ihr ganzes Leben Sklavin gewesen war, nun jemanden bekommen sollte, der sie bediente. »Ich brauche keine Magd.«

»Lion denkt darüber anders.« Lorenzo schloß die Haustür auf. Er rümpfte angewidert die Nase, als die Tür aufschwang. »Komm, Rosa, das ganze Haus muß durchgelüftet und in Ordnung gebracht werden.«

Rosa, die ihn verängstigt ansah, verschwand wortlos im Haus.

»Wenigstens schnattert sie nicht ununterbrochen«, sagte Lorenzo unverblümt. »Mir sind schwatzhafte Frauenzimmer ein Greuel.« Er sah Sanchia an. »Obwohl ich mich über dich auch nicht beklagen kann. Seit ich dich Bianca vorgestellt habe, hast du kaum ein Wort geäußert.«

»Ich war… erstaunt.«

»Das dachte ich mir. Ein reizendes Kind, diese Bianca, und so gut wie schön.«

»Ja.«

»Ist dir aufgefallen, wie lieb und geduldig Lion mit ihr ist?«

Sanchia verspürte einen schmerzlichen Stich. »Nun, es ist nicht weiter ungewöhnlich, daß ein Mann seiner Frau freundlich begegnet. Er muß sie sehr lieben.«

»O ja, jedermann liebt Bianca.«

Sanchia sah ihn direkt an. »Ihr wolltet nicht, daß ich vor meiner Ankunft von ihr erfahre.«

»Ich hielt es für besser, daß du so lange wie möglich nichts weißt.«

»Besser für wen?«

»Für alle Beteiligten. Du wirst es verstehen, sobald du die Situation genauer kennst.« Er sah sie eindringlich an. »Aber ich glaube, daß du im Moment genug zu verarbeiten hast.«

»Ich werde nicht so lange hier sein, bis ich mehr über Lionello Andreas und seine Familie erfahren habe.«

»Doch, das wirst du. Lion wird sämtliche Vorsichtsmaßnahmen ergreifen, um sicherzustellen, daß du bleibst. Nach all den Aufregungen wird er doch nicht tatenlos zusehen, wie du ihm entkommst.« Er lächelte. »Warum genießt du es nicht? Ein hüsches Haus, Bedienung, keine Arbeit, nur Müßiggang. Morgen wollen wir uns Stoffe ansehen, und ich werde dir Kleider bestellen, daß Giulia Marzo vor Neid zerspringen würde. Na, stellt das keine Versuchung dar?«

»Nein.«

Lorenzos Miene verfinsterte sich und hellte sich gleich wieder auf. »Ich vergaß, daß du nicht dazu erzogen wurdest, die üblichen weiblichen Freuden zu genießen. Bücher! Ich verschaffe dir Bücher aus der Burg, mit denen du dir die Zeit vertreiben kannst, bis ich dir eigene bestellen kann. Hier in Mandara gibt es einen geschickten jungen Schreiber, der rasche und gute Arbeit leistet. Du kannst dir aussuchen, welche Werke er für dich anfertigen soll.«

»Bücher?« Sanchias Ton verriet ihr Interesse. Ein eigenes Buch! Was für eine Freude würde es sein, den Zauber der Worte zu besitzen, nicht nur im Kopf, sondern auf feinem Pergament, um es liebevoll anzufassen und für immer zu behalten.

»In feines rotes Leder gebunden«, fuhr er schmeichelnd fort. »Mit vergoldeten Rändern.«

Sanchia konnte sich ein Lächeln nicht verkneifen. »Lorenzo, Ihr seid mit Sicherheit ein Sendbote des Teufels.«

Er nickte. »Das sage ich auch ständig zu Lion, doch er zieht es vor, mir keinen Glauben zu schenken. Du wirst also die Bücher nehmen und...«

»Die Bücher werden mich nicht von einer Flucht abhalten«, beeilte sie sich zu sagen. »Ich will aufrichtig sein.«

»Nun, dann bin ich ja ausreichend gewarnt.« Lorenzo ließ ein Achselzucken folgen. »Und jetzt komm mit in die *trattoria* auf der anderen Seite der Piazza. Wir wollen uns an Wein und Käse laben, während wir warten, daß Rosa dein Haus saubermacht. Dieser Geruch ist unerträglich.«

»Es ist nicht mein Haus«, sagte Sanchia, die mit ihm Schritt hielt.

»Das könnte es aber sein, wenn du dir nicht den Kopf über die Freilassung zerbrichst, sondern darüber nachdenkst, wie du Lion zu Gefallen sein könntest.«

Sanchia preßte die Lippen zusammen. »Er hat eine Gemahlin, die ihm zu Gefallen ist.«

»Gewiß. Die liebreizende, sanfte Bianca.«

Sanchia schritt schweigend neben ihm einher, ehe sie unvermittelt fragte: »Sind sie schon lange verheiratet?«

Lorenzo nickte. »Sie waren es schon, bevor ich Lion traf. Ich glaube, er war sechzehn und Bianca vierzehn. Sie ist Bianca Garlondo, eine Verwandte der Baglioni. Die Verbindung der Familie galt für Mandara als sehr vorteilhaft. Die Ehe wurde von Lions Vater arrangiert, wie es der Brauch ist. Sie bekamen einander erst zu Gesicht, als der Ehevertrag unterschrieben war.«

»Haben sie Kinder?«

»Nein.« Lorenzo ließ ein Lächeln sehen. »Ein Jammer. Kein Erbe für Mandara. Aber Bianca ist fast zu schön, um durch die Mutterschaft entweiht zu werden.« Er sah Sanchia aus schmalen Augen an. »Sag mir, was war dein erster Eindruck, als du sie sahst?«

»Psyche«, sagte sie ohne Überlegung.

Er sah sie überrascht an, dann lachte er. »Du setzt mich immer wieder in Erstaunen. Was für ein interessanter Vergleich.«

Vor der *trattoria* angelangt, schob er ihr einen Stuhl zurecht und rief mit einem Fingerschnalzen Bedienung herbei. »Der *vino* ist hier ganz ausgezeichnet. Mandara wird wegen seines guten Weins zunehmend bekannter.« Er ließ sich ihr gegenüber auf einen Stuhl fallen. »Jetzt wollen wir uns über ein Thema unterhalten, das uns beide ergötzt. Welche Bücher würdest du gern haben?«

11. KAPITEL

Die Flammen der rußenden Fackeln, die beidseits der hohen Stadttore von Mandara an den Mauern angebracht waren, warfen einen gespenstischen orange-roten Schein auf Lions dunkles Haar. Er verließ den Lichtkreis und lief über den Burghof auf Lorenzo zu.

»*Cristo*, du hast aber lange gebraucht!« Lion bedeutete einem Diener, die Zügel von Lorenzos Pferd zu übernehmen, als dieser absaß. »Ist sie gut untergebracht?«

»So weit sie es zuläßt. Hast du mit Marco gesprochen?«

»Ja. Damari ist bei Cesare Borgia, das steht fest. Von Pisa aus ist er direkt nach Cesena geritten.«

»Das bedeutet, daß du an ihn nicht herankommst, ohne Cesare unweigerlich zu einem Angriff auf Mandara zu veranlassen. Du mußt also Geduld zeigen.«

»Mir ist nicht nach Geduld. An Damari komme ich zwar nicht heran, aber Caprino ist für mich greifbar. Morgen bei Tagesanbruch will ich nach Florenz.«

»Dann gehst du heute nicht zu Sanchia?«

»Nein.« Lion drehte sich jäh um und ging die Stufen hinauf. »Heute nicht.«

»Ach, ich verstehe. Du willst den Abend in den Armen deiner reizenden Frau verbringen.«

»Lorenzo, eines schönen Tages werde ich...« Lion hielt sich zurück. »Du hast erreicht, was du wolltest, aber ich gebe mich noch nicht völlig geschlagen.«

Lorenzo folgte ihm in den großen Saal. »Doch der Sieg wird dein sein. Das ist das Schöne an dieser Sache.« Er machte sich daran, die breite Eichentreppe hinaufzusteigen. »Aber ich gestehe, daß ich des Schicksalspielens müde bin. Sogar Gottvater ruhte am siebenten Tag. Heute nacht tue, was dir beliebt. Ich will die Stunden vor dem Zubettgehen mit Dantes *Inferno* verbringen. Dante begreift zwar die Natur der Hölle nicht wirklich, aber es ist für mich tröstlich zu wissen, daß jemand an einen Hades glaubt, an eine Hölle neben jener, die wir uns selbst bereiten. Damit ist innerhalb des Universums ein gewisses Gleichgewicht gesichert.«

»Schlaf wohl, Lorenzo.«

Lorenzo warf vom Treppenabsatz aus einen Blick auf ihn hinunter. Ein Lächeln erhellte sein Gesicht. »Danke, mein Freund, möge dein Schlaf dir Rat schaffen. Alles ist ja so einfach, wenn du es bloß sehen würdest.« Er ging die Stufen weiter hinauf, auf sein Gemach zu, das er seit dreizehn Jahren bewohnte.

Es waren mehr als zwei Stunden vergangen, als die Tür zu Lorenzos Schlafgemach aufgerissen wurde und Caterina Andreas hereinrauschte, in einem prächtigen Samtgewand, dessen runder Halsausschnitt mit filigraner Silberstickerei gesäumt war. Saphirgezierte Kämme hielten den dunklen Nackenknoten fest. Sie war ganz Burgherrin – was wahrscheinlich ihre Absicht ist, dachte Lorenzo amüsiert, als er sein Buch zuklappte und sich zurücklehnte.

»Das war dein Werk, nicht wahr?« Sie schlug die Tür hinter sich zu. »Lion hat noch nie zuvor eine Frau nach Mandara gebracht. Ich will es nicht. Hörst du? Ich will es nicht, Lorenzo.«

»Guten Abend, edle Frau. Du hast gewiß einen angenehmen Abend hinter dir. Ich bedaure, die frohe Wiedersehensfeier versäumt zu haben.« Lorenzo schob den Stuhl vom Schreibtisch zurück. »Sanchia und ich mußten mit Brot und Käse in der *trattoria* vorliebnehmen. Sanchia war zufrieden, aber sie ist es nicht anders gewöhnt.« Er sah sie vorwurfsvoll an. »Fühlst du dich nicht schuldig, weil du dem armen Kind ein besseres Leben hier auf der Burg verwehrst?«

»Nein. Das bessere Leben soll sie getrost fern von Mandara führen. Lion verbringt hier ohnehin sehr wenig Zeit. Ich will nicht, daß er von seiner Pflicht abgelenkt wird.«

»Pflicht? Ach ja, das Schwängern der reizenden Bianca. Angesichts von Lions Vorliebe für dieses Vergnügen möchte man meinen, er müßte inzwischen ein Dutzend Sprößlinge in die Welt gesetzt haben.«

»Lorenzo, laß ab von diesem Spiel. Ich werde einen Enkelsohn bekommen, und Mandara wird einen Erben haben. Diese Torheit währt nun schon zu lange.«

»Das sagte ich wörtlich zu Lion. Es geht schon zu lange so.« Er schüttelte den Kopf. »Und du weißt, daß er Bianca nicht anfassen würde. Mittlerweile ist sie für ihn zur kleinen Schwester geworden.«

»Das könnte sich ändern.« Caterina trat zwei Schritte auf ihn zu. »Sie ist sehr schön.«

»Sie ist langweilig.«

»Sie ist sanft und gefügig.«

»Sie ist ein Kind.«

»Sie ist fast so alt wie Lion, viel älter als das Straßenkind, das Lion dank deiner Überredungskünste für sich eingenommen hat.«

»An Jahren vielleicht, aber Sanchias Leben hat ihr eine Reife verliehen, die Bianca nie haben wird. Das weißt du so gut wie ich.« Er hielt ihrem Blick stand. »Und nicht ich war es, der Lion überredete, Sanchia mitzubringen. Du solltest deinen Sohn gut genug kennen, um zu wissen, daß Worte ihn nicht umstimmen können. Die Umstände haben Sanchia nach Mandara gebracht.«

»Mit deiner Hilfe?«

»Ich habe nach besten Kräften Ermutigung ausgesprochen. Sanchia könnte die Antwort auf Lions Dilemma sein. Sie verfügt über Mut und Verstand, und ich glaube, daß sie sehr gut zusammenpassen.«

»Heilige Muttergottes, du wirst mir doch nicht weismachen wollen, daß er sie lieben könnte?« Caterina hätte nicht überraschter sein können. »Hast du den Verstand verloren? Leidenschaft, ja, vielleicht, aber er ist doch nicht so dumm, Lust mit jenen rührseligen Gefühlen, wie sie die Troubadoure besingen, zu verwechseln.«

»Nein, dumm ist er nicht.« Lorenzo schmunzelte. »Und wir beide wissen, daß Liebe ein Wort für Toren und Kinder ist. Dennoch könnte es sein Schaden nicht sein, wenn er eine Frau hätte, deren Verstand ihn ebenso ergötzt wie ihr Körper.«

»Dann soll er sie meinetwegen haben«, sagte Caterina. »Aber nicht hier. Ich brauche einen Erben für Mandara.«

»Du könntest wieder heiraten. Du bist jung genug, um noch ein Kind zu gebären.«

Sie wandte ihr Gesicht ab. »Mir behagt mein Leben, wie es ist, ohne einen Mann, den ich meinen Herrn nennen müßte und der sich vielleicht aneignen möchte, was Lion gehört.«

»Lion möchte Mandara nicht. Er wacht darüber, weil Pflichterfüllung seine Natur ist, in Wahrheit aber liegt ihm nur an seiner Werft in Pisa.«

»Das ist nur eine Laune. Er wird der Werft überdrüssig werden.«

»Nein, da irrst du dich. Dort hat er etwas gefunden, das ihm fehlte. Von nun an wird er nur nach Mandara kommen, wenn er muß. Mandara ist das, was du möchtest, aber nicht Lion. Ihm liegt nichts an einer Fortführung der Dynastie.«

»Ich möchte keine Dynastie. Ich möchte nur erhalten, was ich hier geschaffen habe.« In ihren dunklen Augen blitzte es. »Was glaubst du, wer Mandara geschützt und genährt hat, während mein Gemahl und Lion anderswo ihre Schlachten schlugen? Carlo entriß mir Lion, als dieser kaum den Kinderschuhen entwachsen war, und Marco war immer schon in seine Malerei und Musik vertieft. Ich habe nicht...« Sie hielt inne, um mit stählerner Entschlossenheit fortzufahren: »Mandara ist mein Kind. Es muß fortdauern.«

»Dann mußt du dich nach anderen Mitteln und Wegen umsehen.«

»Du wirst mir nicht helfen?«

»Du bittest um Hilfe?«

Sie reckte stolz das Kinn. »Nein.«

»Das ist gut. Ich würde einer so großen und vornehmen Dame nur ungern etwas abschlagen. Dein Gewand ist übrigens herrlich. Sollte es mir deine Bedeutung verdeutlichen?«

»Ja.«

»Das hast du erreicht. Ich fühle mich ganz klein und demütig.«

»Du lügst.« Sie sah ihn schweigend an. »Nun, wirst du mich nicht bitten, es auszuziehen und ins Bett zu kommen?«

»Nein.«

»Möchtest du mich in deinem Bett?«

»Ja.« Ein Lächeln wärmte seine kalten Züge, als sein Blick sie liebevoll erfaßte. »Ja, es ist mein sehnlichstes Begehren.«

»Warum kommst du nie zu mir?« Caterina rieb ihre Wange zufrieden wie eine Katze an Lorenzos nackter Schulter. »Warum muß ich stets zu dir kommen und bitten, in dein Bett aufgenommen zu werden?«

Lorenzo strich ihr über das seidenweiche Haar. »Du bist eine große Dame. Ich möchte nicht, daß deine Dienerschaft über dich klatscht.« Sein Zeigefinger fuhr träge die gerade Linie ihrer Brauen entlang. »Dazu kommt, daß meine Eigenliebe sehr empfindlich ist. Was, wenn ich bitte und du ablehnst? Ich wäre vernichtet.«

»Ich hätte wissen müssen, daß deine verdrehte Zunge mir keine Befriedigung verschaffen würde.« Sie richtete sich auf, um lächelnd auf ihn niederzusehen. »Nur gut, daß du mir mit einem anderen Teil deiner Anatomie so viel Befriedigung zuteil werden läßt, weil ich ansonsten nicht meinen Stolz vergessen und zu dir kommen würde.«

»Welche Verworfenheit.« Er küßte sie auf die Lippen. »Sollte sich eine Burgherrin so benehmen?«

Sie erstarrte und löste sich von ihm. »Ich bin nicht zügellos. Nur weil ich auf diese Weise zu dir komme, heißt das noch lange nicht, daß ich mit allen der Liebeslust fröne, die mich darum bitten.«

»Ich sagte ja nicht, daß es das heißt«, murmelte Lorenzo. »Es war ein Scherz. Du bist heute überempfindlich.«

»Ja.« Sie blickte in die Dunkelheit. »Das Haus war es.«

»Das dachte ich mir.«

»Es war das Haus, das Carlo für seine Geliebten unterhielt. Ich hätte davon nichts wissen sollen.« Ihr Ton wurde härter. »Aber wie hätte ich diesem Wissen ausweichen können? Immer gab es Schadenfrohe, die mich mit dem Wissen um Carlos neueste Geliebte reizen wollten.« Sie hielt inne, ehe sie mit innerer Erregung fortfuhr: »Zuneigung war nie zwischen uns, aber ich war seine Frau, und er hätte meinen Stolz nicht verletzen dürfen.«

Und ihr Stolz ist so groß, dachte Lorenzo, so groß wie ihr Verstand, der sich mit ihrem ebenso wohlgeratenen Körper messen konnte. »Du hast ihn nicht geliebt?«

Sie schüttelte den Kopf. »Zuerst gab es Lust zwischen uns. Aber nach der Geburt der Kinder, als er seine Erben hatte, suchte er mein Bett nicht mehr auf. Er wurde einer Frau leicht überdrüssig und suchte Abwechslung.«

»Ein sehr törichter Mann.«

»Es kümmerte mich nicht. Ich war nie so dumm zu glauben, er würde mir treu sein. Männer sind von Natur aus wenig beständig.«

»Wie klug von dir, unsere Fehler zu erkennen und dich mit ihnen abzufinden.« Er spürte ihre angespannten Muskeln und ahnte den schmerzlichen Aufruhr, den die Erinnerungen in ihr geweckt hatten. »Würdest du dich wohl umdrehen? Zwischen deinen Schulterblättern liegt eine reizvolle Senke, die meine Neugierde weckt.«

Mit einem leisen Lachen drehte sie sich auf die Seite. »Meine Schulterblätter?«

»Du hast prachtvolle Schultern.« Er drückte seine Lippen auf die rechte Schulter. »Ich könnte eine Ode auf deine Schulterblätter schreiben.« Er strich mit den Lippen über ihre linke Schulter. »Und ein Sonett über die reizvolle Senke dazwischen.« Seine Lippen liebkosten liebevoll die Senke. Er spürte, wie die Steifheit aus ihren Muskeln wich und fuhr absichtlich in beiläufigem Ton fort: »Du wolltest mir von diesem Idioten Carlo weitererzählen. Obwohl ich nicht wüßte, warum wir uns über diesen langweiligen Patron, den ich gar nicht kenne, unterhalten müssen. Fast tut es mir leid, daß ich Lion behilflich war, seinen Mörder zu beseitigen. Er hat das Messer zwischen die Rippen offenbar verdient.« Seine Lippen glitten die

Wölbung ihres Rückgrates entlang. »Ich nehme an, du warst ähnlich töricht und bist ihm treu geblieben?«

Sie runzelte die Stirn. »Warum sagst du das? Warum hätte ich ihm die Treue halten sollen, wenn er es nicht tat?«

»Du hättest es nicht tun sollen, hast es aber wahrscheinlich getan. Du gehörst zu den seltenen Geschöpfen, für die der Bruch eines Gelöbnisses eine Unmöglichkeit darstellt.«

Sie schwieg einen Augenblick, ehe sie unwirsch sagte: »Wenn es mir genehm gewesen wäre, hätte ich mir einen Geliebten genommen. Nur fand ich niemanden, der meine Begierde geweckt hätte.«

»Bis nach dem Ableben deines Mannes, als kein Gelöbnis mehr im Weg stand?«

Sie lachte hilflos und wandte sich ihm zu. »Ja, du Schuft, aber bilde dir ja nicht ein, du seist der erste, der seit dem Tod meines Mannes das Bett mit mir geteilt hat.«

Seine Miene wurde ernst. »Du warst so großzügig, mich vor drei Jahren in dein Bett zu nehmen, und dein Mann ist schon viele Jahre tot. Es freut mich, wenn du Liebhaber hattest, die dich in der Zeit davor ergötzt haben. Hoffentlich haben sie dir Lust bereitet.« Seine langen Finger strichen liebevoll ihr Kinn entlang. »Du verdienst Wonnen, Caterina.«

Sie sah ihn unsicher an. »Lorenzo?«

Einen Augenblick hielt sich der Ernst in seinem Gesicht, ehe er wieder ein Lächeln sehen ließ. »Und ich verdiene sie ebenso.« Seine Hand glitt von ihrem Gesicht zur Kehle, die seine Finger geschickt reizten. »Und mir ist ein Weg eingefallen, wie wir beide das genießen können, was wir verdienen.«

Ein Schauer der Vorahnung überlief sie. »Ach?«

Seine zärtlichen Finger glitten die Schultern entlang. »Ich dachte eben an deine Klage, daß meine verdrehte Zunge dir keine Befriedigung verschaffte.« Seine Fingerspitzen berührten ihre Brustspitzen. »Caterina, das müssen wir ändern.«

»Es wird Zeit, daß du gehst«, sagte Lorenzo leise. »Es ist kurz vor Tagesanbruch, die Dienerschaft wird sich bald regen.«

»Na und?« Caterina sah verschlafen zu ihm auf. »Mich kümmert nicht, was über mich gesprochen wird.«

»Aber mich. Geh jetzt.«

Sie schnitt eine Grimasse, als sie sich langsam aufsetzte, aufstand und sich ankleidete. »Du weißt, daß ich noch immer verärgert über deine Einmischung bin?«

»Ich weiß.«

»Und daß ich meinen Willen durchsetzen werde?«

»Versuchen wirst du es.«

Caterina strich hastig ihr Haar zurück und steckte es mit den Saphirkämmen fest. »Warum kannst du nicht zugeben, daß ich recht habe? Bianca und Lion werden sehr gut miteinander auskommen. Sie werden gemeinsame Interessen, Kinder und ein gemeinsames Leben haben. Nichts anderes zählt in einer Ehe. Es ist weit mehr, als die meisten Ehen bieten.« Sie strich den Samt ihres Kleides glatt. »Wie beide wissen, daß du dich nur so hartnäckig zeigst, um mich zu ärgern.«

»Ach?«

Caterina ging an die Tür. »Lorenzo, komm mir nicht in die Quere.« Sie warf einen Blick zurück. »Warum dein Lächeln?«

»Weil der Anblick einer so schönen Dame für mich ein Vergnügen ist. Wirst du mich am Abend wieder mit einem Besuch beglükken?«

Sie umfaßte sein Gesicht mit ihrem Blick. »Bittest du mich zu kommen?«

»Nein.«

»Dann werde ich nicht kommen.« Sie sah ihn kampflustig an. »Nun?«

Er schwieg.

»Ich werde vielleicht kommen«, sagte sie, »wenn es mir beliebt.«

Damit schlug sie die Tür hinter sich zu.

Lorenzo schloß sofort die Augen, in dem Bemühen, das letzte Bild von ihr zu bewahren. Die starke, hitzköpfige Caterina. Weniger wild und viel verletzlicher, als sie je zugeben würde.

Aber er durfte nicht an Caterina denken.

Er war immer sorgfältig darauf bedacht, nicht an sie zu denken, wenn sie nicht bei ihm war, weil die Einsamkeit für ihn sonst unerträglich würde. Er öffnete die Augen und starrte nachdenklich in die Flamme der Kerze im Kupferständer auf dem Tisch. Schlafen konnte er jetzt nicht, aber er hatte nicht mehr das Verlangen, sich von neuem in Dantes Höllenfahrt zu vertiefen.

Abrupt setzte er sich auf, schob die Decke zurück und stand auf. Er wollte sich anziehen und einen Spaziergang auf den Befestigungsanlagen unternehmen, um auf Caterinas Königreich Mandara zu blicken. Er wollte gehen, bis ihn seine Müdigkeit in sein Schlafgemach zurückführen würde.

Doch er würde nicht an Caterina denken.

»Sanchia!«

Sanchia fuhr mit einem leisen Aufschrei im Bett auf. Ihr Blick flog suchend durch den Raum.

»*Dio*, nur ich bin es. Ich wollte dich nicht erschrecken.«

Lions Stimme. Seine massive Gestalt hob sich gegen den perlgrauen Schein ab, der durch die Balkontür zu sehen war. Ihrer Erleichterung folgte Anspannung. »Was macht Ihr hier?«

»Ich reite nach Florenz. Ich wollte nur sehen, ob es dir an nichts fehlt.« Seine Zurückhaltung in Sprechweise und Auftreten stellten sie vor ein Rätsel. »Noch vor Ablauf der Woche komme ich zurück. Lorenzo wird sich um deine Bedürfnisse kümmern.«

»Ich brauche niemanden, der nach mir sieht, und Ihr könnt sicher sein, daß ich jeden Versuch unternehmen werde, bei Eurer Rückkehr nicht mehr hier zu sein.« Sie zog die Decke ans Kinn. »Und warum sollte es mir an etwas fehlen?« Ihr Ton war abweisend. »Ihr habt mich in diesem feinen Haus einquartiert, mit seinen kostbaren Wandbehängen und dem erlesenen Silberzierat. Ihr habt mir eine Dienerin gegeben, die sich um meine Bedürfnisse kümmert. Als Gegenleistung soll ich mich nur hinknien und zulassen, daß Ihr in mich eindringt wie Giovanni in meine Mutter? Ich kann mich wahrlich glücklich preisen.«

»Im Moment bereitet mir die Vorstellung, dich auf den Knien zu sehen, ein gerüttelt Maß an Wonne«, sagte Lion barsch.

»Ich werde nicht vor Euch knien. Geht nach Hause zu dem armen Geschöpf, das Ihr Eure Gemahlin nennt. Sie scheint nur zu gewillt, Euch diesen Wunsch zu erfüllen.«

Er erstarrte. »Bianca hat nichts mit dem zu tun, was zwischen uns ist. Es ist töricht, von ihr zu sprechen.«

Sanchia spürte, wie scharfer Schmerz sie durchschnitt. »Warum nicht? Sie ist eine reizende, gütige Dame. Schämt Ihr Euch nicht, mich hierherzubringen und sie zu demütigen?«

»Ich hatte keine andere Wahl.«

»Doch. Ihr habt sie jetzt noch.« Die Worte entströmten ihren Lippen in einem wilden heißen Ausbruch. »Laßt mich gehen. Meint Ihr, ich wüßte nicht, zu welchem Zweck die Männer Eurer Familie dieses Haus benutzten? Ich bin kein unwissendes Kind wie Eure Bianca. Mir war sofort klar, was Lorenzo meinte. Euer Vater benutzte dieses Haus, um seine Huren unterzubringen, und jetzt tut Ihr es ihm gleich. Aber ich bin keine Hure, und ich werde nicht…«

»Pst.« Urplötzlich kniete er neben ihrem Bett. »Hör auf, ich erzähle dir alles.« Seine Hände umfaßten ihre nackten Schultern, und die plötzliche Berührung ließ sie erbeben. »Du bist nicht meine Hure«, sagte er heiser und gequält. »Du bist meine…« Er hielt inne.

»Was denn? Eure Sklavin?«

»O Gott, ich weiß es nicht«, raunte er. »Ich weiß es nicht mehr. Aber ich muß dich bei mir haben. Ich weiß nicht, ob ich dich in Genua zurückgelassen hätte, auch wenn du mir nicht mit Flucht gedroht hättest.« Seine Hände kneteten ihre Schultern. »Laß mich dich ansehen. Herrgott, wie lange es her ist, daß ich dich ansah.«

Sie nahm wahr, wie eine heiße Woge sie durchflutete. »Nein.«

»Ja.« Mit einer Hand zog er die Decke weg, um Sanchia dann festzuhalten, während sein Blick sich an ihr weidete. »Weißt du noch, wie ich dich in der Scheune nahm und…«

»Ich werde mich wehren.« Sie spürte, wie ihre Brüste unter seinem Blick anschwollen, reifer wurden, wie die Brustspitzen sich verhärteten. Nein, das durfte sie nicht empfinden. Dieser Weg führte in Knechtschaft – noch viel gewisser als der Kaufvertrag, den er besaß. »Gebt mich frei, Lion.«

»Gleich.« Sein Kopf beugte sich über ihre Brüste. »Sieh, wie hart und süß diese Knospen sind. Sie verlangen nach Aufmerksamkeit.« Seine Lippen umschlossen ihre linke Brust und sogen zuerst sanft, dann fester daran. Sie stieß einen leisen Schrei aus, schwankte und wurde nur von den Händen auf ihren Schultern aufrecht gehalten. Seine Lippen glitten zu ihrer rechten Brust und widmeten dieser dieselbe Aufmerksamkeit. Dann hob er den Kopf. »Mein.«

»Nein!«

Er rieb seine breite Wange mit sehnsüchtigen Bewegungen an ihren Brüsten hin und her. »Ja.« Seine Linke glitt zwischen ihre Schenkel. »Immer.«

Sie schloß, von einem Wirbel der Gefühle erfaßt, die Augen. Er fing sanft und erregend zu reiben an. »Nicht... ich will es nicht. Ihr erniedrigt mich.«

Er hielt inne. Sie hörte, wie sein schwerer Atem die Stille durchbrach. Er ließ sie los.

Sie schlug die Augen auf und sah, wie er sich erhob, ein massiver Schatten im Halbdunkel des Morgengrauens. Er ging rasch durch den Raum zur Tür und stieß über die Schulter gewendet hervor: »Deck dich zu.«

Sie zog die Decke hoch, den Blick auf seinen Rücken geheftet. Er hatte sie begehrt. Sie war sicher gewesen, daß er ihre Worte ignorieren und sie nehmen würde. Warum hatte er es nicht getan?

»Es könnte sein, daß meine Mutter kommt und versucht, dich von hier zu vertreiben.« Er öffnete die Tür. »Sie will dich hier nicht haben... dafür hat sie ihre eigenen Gründe. Nimm dir ihre Worte nicht zu Herzen. Ich werde nach meiner Rückkehr mit ihr reden.«

»Es ist ganz natürlich, daß sie Bianca schützen möchte.«

Er verzog zynisch die Lippen. »Sie möchte Mandara beschützen.« Er wandte sich um. »Ich kann es ihr nicht verübeln, daß sie für ihre Ziele kämpft. Das Leben war für sie nicht leicht. Wir alle müssen...« Er brach ab. »Willst du mir nicht gute Reise wünschen?«

»Ihr braucht meine guten Wünsche nicht.«

Er zuckte zusammen, dann hob er nachlässig die Schultern. »Richtig. Ich bin bis jetzt ohne sie ganz gut zurechtgekommen.« Er wandte sich zum Gehen. »Leb wohl, Sanchia.«

Die Achtlosigkeit seiner Worte konnte eine Andeutung von Schmerz nicht übertünchen, und in Sanchias Herz hallte dieser Schmerz wider. Sie umfaßte die Decke fester, als ob sie die Worte zurückhalten müßte, die er von ihr hören wollte. Sie ließen sich nicht zurückhalten. »Gute Reise, Lion.«

Er hielt inne und blieb einen Augenblick in der Tür stehen. Dann schloß er die Tür hinter sich.

Sanchia ließ sich in ihr Kissen sinken, auf der Seite liegend, den

Blick auf die Balkontür geheftet. Ihre Brüste waren noch immer angeschwollen und spannten. Heilige Muttergottes, sie wollte diese Lust nicht empfinden! Sie war ihr so unwillkommen wie die Zärtlichkeit, die sie für ihn empfand. So unwillkommen wie das Verlangen, ihn zurückzurufen.

O Gott, wie sie sich wünschte, ihn bei sich zu haben!

Der Morgenwind blies Lion frisch und kalt ins Gesicht, als er aus dem Stadttor sprengte.

Diese Kälte kommt mir gelegen, dachte Lion voller Ingrimm, als er Tabron zum Galopp antrieb. Sein Blick war blind zum Himmel gerichtet, dessen Perlgrau schon in helles Rosa überging. Warum hatte er innegehalten? Unwillig oder nicht, ihre Reaktion war so heftig ausgefallen wie die seine. Er hätte ihren Widerstand rasch überwinden können.

Warum hatte er es unterlassen?

Dieser innere Konflikt mußte ein Ende finden. Die Gefühle, die Sanchia in ihm weckte, waren anders als alles, was er je empfunden hatte. Sie schwankten zwischen Begierde und einer sonderbaren widerwilligen Zärtlichkeit. Es war reiner Wahnsinn.

Er mußte nachdenken. Er mußte einen Ausweg aus diesem Dilemma finden und diesem Irrsinn mit Sanchia ein Ende bereiten.

»Der ›Windtänzer‹ ist nicht mehr in Eurem Besitz?« fragte Borgia verhalten. »Damari, ich habe Euch davor gewarnt, die Figur einem anderen anzubieten. Mein Vater hat mir schriftlich sein Interesse bekundet... ein so großes Interesse, daß er gewillt ist, sich nach Cesena zu begeben und die Statuette in Augenschein zu nehmen. Ich habe nicht die Absicht, ihn zu enttäuschen.«

»Ihr werdet ihn nicht enttäuschen, Hoheit«, versicherte Damari hastig. »Wenn Ihr ihn nur veranlassen könnt, seine Fahrt um ein paar kurze Wochen zu verschieben, werden wir den ›Windtänzer‹ herbeischaffen.«

»Wir?« Borgia lächelte hintergründig. »Ihr erwartet meine Hilfe? Falls ich Hilfe leiste, dann erübrigt sich eine zusätzliche Entlohnung. Wollt ihr das?«

Damari, den Wut und Enttäuschung zu überwältigen drohten,

kämpfte verzweifelt um Fassung. »Andreas hat die Figur wieder an sich gebracht... ohne ein Verschulden meinerseits. Soweit mir gemeldet wurde, hat er sie nach Mandara geschafft. Meine *condotti* ist klein, die Stadt gut gerüstet. Wenn Ihr mir die Truppen überlassen würdet, die Ihr in Cesena habt, dann...«

»Allmächtiger, habt Ihr den Verstand verloren? Ich bin von Rebellion und Unruhen hier und in der Romagna umgeben. Da soll ich Euch eine Armee leihen, obwohl hier ein Aufstand droht, den ich niederschlagen muß? Ich kann nicht warten, bis Ihr geruht, mir meine Truppen zurückzugeben.« Borgia schüttelte den Kopf. »Ihr habt mir ein Geschäft vorgeschlagen, an dessen Bedingungen ich Euch jetzt erinnere. Ihr verschafft uns den ›Windtänzer‹, und mein Vater belohnt Euch mit einem Herzogtum.«

Damari riß die Augen auf. »Der Heilige Vater hat meinem Preis zugestimmt?«

»Ich sagte schon, er zeigte ausdrückliches Interesse.« Borgia lächelte. »Aber wenn Ihr mir den ›Windtänzer‹ nicht verschaffen könnt, hole ich ihn mir vielleicht selbst. Wenn ich in der Romagna Ruhe geschaffen habe, könnte ich zu einem Angriff gegen Mandara schreiten.«

»Nein!« stieß Damari nicht ohne Schärfe hervor. »Die Figur ist mein!«

»Dann bringt sie mir!«

»Ich brauche Zeit für Planungen.«

»Ich will meinem Vater schreiben, daß es eine kleine Verzögerung gibt«, sagte Borgia. »Nur eine ganz kleine. In fünf Wochen ziehe ich nach Rom – entweder mit dem ›Windtänzer‹ oder mit Euch an meiner Seite, damit Ihr ihm erklärt, warum ich die Figur nicht in meinem Besitz habe. Sagt mir, Damari, wart Ihr je in Rom?«

»Dieses Vergnügen war mir noch nicht beschieden.«

»Eine herrliche Stadt, mit einem lieblichen Fluß, der sich hindurchwindet. Vielleicht habt Ihr gehört, daß mein eigener Bruder mit zahlreichen Stichwunden im Körper aus dem Tiber gefischt wurde. Kein Mensch hat je erkundet, wie er hineingelangte, da solchen Vorfällen in Rom wenig Bedeutung beigemessen wird. Sie geschehen zu häufig. Habe ich mich klar ausgedrückt?«

»Ihr drückt Euch immer klar aus, Herr.«

Borgia wandte sich verächtlich ab. »Geht, Damari.«

Man schickte ihn fort wie den geringsten Lakaien. Damari schluckte das Gift, das in ihm hochstieg, hinunter und zwang sich zu einer förmlichen Verbeugung. »Seid versichert, ich werde einen Weg finden, den ›Windtänzer‹ zurückzuerhalten, ohne daß Euch Verdruß oder Unkosten entstehen. Verzeiht meine Bitte um Eure Unterstützung, edler Herzog. Mich trieb allein das Bestreben, Seine Heiligkeit nicht zu enttäuschen.«

»Meine Verzeihung ist Euch gewiß, wenn ich die Figur in Händen halte. Ich erwarte Euch in fünf Wochen.«

»Ich werde zur Stelle sein.« Damari, der sich noch einmal unterwürfig verneigte, verließ den Raum.

Kaum hatte er die Tür geschlossen, richtete er sich abrupt auf und blieb reglos stehen, um die Verbitterung, die in ihm glühte, niederzukämpfen. Noch vor kurzem war er es gewesen, der sowohl Borgia als auch den Papst in der Hand hatte. Und jetzt war er dem Herzog nicht mehr ebenbürtig, sondern nur noch sein Handlanger.

Und er war so nahe daran gewesen!

Einerlei! Er würde Macht und Rang wiedererlangen, sobald er den ›Windtänzer‹ wieder an sich gebracht hätte. Hielt er wieder in Händen, was Borgia begehrte, dann hatten die Verbeugungen und Kratzfüße ein Ende.

Aber wie sollte er die Statuette an sich bringen?

Bestechung hatte einmal gewirkt, aber es war sehr zweifelhaft, ob Andreas jemals wieder jemanden in die Nähe der Figur lassen würde. Es wäre Dummheit gewesen, sein kleines Söldnerheer in der vagen Hoffnung, das Glück würde auf seiner Seite sein, gegen Mandara zu führen. Andreas war ein fähiger Befehlshaber und Mandara eine zu starke Festung, die sich nur einer überwältigenden Übermacht ergeben würde. Keine Bestechung. Keine Gewalt. Da beide Möglichkeiten ausschieden, hieß es warten und einen Weg finden, die Widrigkeiten zu überwinden, die sich ihm entgegenstellten. Inzwischen konnte man einen Spion, wenn schon nicht in die Burg, dann in die Stadt schleusen. Er war überzeugt, daß ihm vor Ablauf der fünf Wochen, die Borgia ihm eingeräumt hatte, eine Finte einfallen würde. Seine gegenwärtige Position hätte er nie erreicht, wenn es ihm an Phantasie gemangelt hätte.

Damari ging die Steinstufen zum Hof hinunter, wo ein Lakai die Zügel seines Pferdes hielt. Als er sich in den Sattel schwang, sah er, daß sich der Himmel mit düsterem, bleiernem Grau bedeckt hatte. Der Wind trieb die Wolken, Vorboten eines Ungewitters, wild vor sich her. Er würde naß werden, ehe er sich irgendwo unterstellen konnte, aber es war nicht daran zu denken, zu Cesare Borgia zurückzugehen und um Herberge zu bitten.

Er hob den Kopf. Der feuchte Windstoß, der ihm ins Gesicht schlug, entlockte ihm ein Lächeln. Er scheute den Ritt durch den Regen nicht. Die Tatsache, daß das Gewitter in nördlicher Richtung weiterzog, war ein gutes Omen. Mandara lag direkt im Norden – sicher, voller Behagen und Anmaßung in seiner kleinen Welt.

Und ein Unwetter würde Mandara hinwegfegen, sobald er einen Weg ersonnen hatte, es mit Donner und Blitz über Lion und dessen Mutter, dieser Bestie, niedergehen zu lassen.

Und über der kleinen Sklavin Sanchia.

Daß Andreas gegen Solinari gezogen war, um die Kleine zu befreien, war für ihn eine überraschende Wendung gewesen. Seither wußte er, daß das Mädchen seinem Widersacher viel bedeuten mußte. Ja, er wollte dafür sorgen, daß dem Sklavenmädchen in seinen Zukunftsplänen ein besonderer Platz eingeräumt würde.

12. KAPITEL

»Ich möchte mir nichts mehr ansehen«, sagte Sanchia mit Bestimmtheit, als sie dem Laden mit den kunstvollen Lederwaren den Rücken kehrte.

Lorenzo stutzte ob der wilden Entschlossenheit in Sanchias Miene. »Wie du willst. Wir haben viele Ellen feinster Stoffe gekauft, die Schneiderin hat deine Maße und kann jetzt Tag um Tag nähen. Aber so ganz verstehe ich dich nicht. Du zeigst nicht die Begeisterung, die ich angesichts deiner armseligen Vergangenheit erwartet hätte.«

»Ich muß darauf achten, nicht zuviel zu nehmen«, gab sie nüchtern zur Antwort. »Würde ich mich an Reichtümer gewöhnen, die nie wirklich mein sein können, dann wäre das sehr dumm.«

»Wie entsetzlich vernünftig! Sie könnten sehr wohl dein werden, wenn du dich fügen würdest.«

Sie schüttelte den Kopf, schon im Begriff über die Piazza zu ihrem Haus zu gehen. »Ich bleibe hier nicht länger, als ich muß.«

»Und warum nicht? In Mandara läßt es sich sehr gut leben. Frag, wen du willst. Lion hatte schöne Bauten errichten lassen, seine Steuern sind mäßig, die Gesetze streng, aber gerecht, und die edle Caterina sorgt dafür, daß die Armen Nahrung erhalten und die Kranken gepflegt werden.« Er lächelte. »Warum strebst du zurück nach Florenz, wenn Mandara dir so viel bietet?«

»Ach, nach Florenz zieht es mich nicht. Ich weiß nicht, wohin ich gehen werde, aber bleiben will ich bestimmt nicht.« Sie sah ihn an. »Und Ihr kennt den Grund, Lorenzo.«

»Sanchia, niemand ist wirklich frei.«

»Ich möchte sehen, ob ich Euch das Gegenteil beweisen kann. Ich selbst kenne nichts außer Knechtschaft und muß das Freisein erst lernen. Als ich auf dem Schiff erwachte, erschien mir alles so klar, und ich fühlte mich stark genug, um die Welt aus den Angeln zu heben.« Sanchia schüttelte wehmütig den Kopf. »Nun aber habe ich das Gefühl, ich müßte wie ein Neugeborenes alles von Grund auf lernen.«

»Ich würde warten, bis Lion mir die Freiheit schenkt, ehe ich mich in diese Bereiche neuen Wissens vorwagte.«

»Ihr wißt, daß er es nicht tun wird. Ich muß mich selbst befreien... wenn sich die Gelegenheit ergibt.« Sie schwieg kurz. »Weshalb ist Lion nach Florenz geritten?«

»Kannst du dir das nicht denken?«

»Caprinos wegen?«

Lorenzo nickte. »Im Moment kann er Damari nicht fassen, deshalb begnügt er sich mit Caprino.«

Sanchia schauderte. »Caprino ist ein gefährlicher Mensch.«

»Lion nicht minder«, erwiderte Lorenzo gelassen. »Caprino stellt für ihn kein Problem dar. Keine Angst... wäre ich nicht dieser Meinung, hätte nichts mich abhalten können, mit ihm zu reiten.«

Sanchia wendete den Blick ab. »Warum sollte ich um ihn bangen?«

»Diese Frage könntest du dir selbst stellen. Die Antwort

könnte...« Er sprach nicht weiter. »Ich glaube, du bekommst Besuch«, sagte er lächelnd.

Sanchias Blick folgte dem von Lorenzo zu den zwei Pferden, die am eisernen Gartentor angebunden waren. »Caterina?«

»Sicher ist ihr Besuch in Kürze zu erwarten, aber keines der Pferde gehört ihr. Wenn mich nicht alles täuscht, sind deine Besucher Marco und Bianca.«

Sanchia schreckte zusammen. Heilige Maria, sie wollte Lions Gemahlin nicht wiedersehen. Allein der Gedanke an Bianca weckte in ihr unbegreifliche Schuldgefühle, denen sich ein anderes Gefühl zugesellte, eines, das noch unbegreiflicher und viel gemeinerer Natur war. »Was will sie hier?«

»Zweifellos will sie ihrer barmherzigen Pflicht nachkommen.« Lorenzo faßte nach ihrem Arm und durchschritt mit ihr den schmalen Vorgarten. »Ich bin froh, daß sie kommen, denn ich glaube, daß ihr Besuch für dich sehr erhellend sein dürfte.«

»Erhellend?« Sanchia stand vor einem Rätsel.

Lorenzo, der die Haustür öffnete, ließ ihr den Vortritt. »Du hast scharfe Augen, also bediene dich ihrer.«

»Sanchia!« Bianca lief ihr mit lächelndem Gesicht entgegen. »Hoffentlich kommen wir mit unserem verfrühten Besuch nicht ungelegen. Ich wollte heute morgen zur Kirche gehen und nutze die Gelegenheit, dir eine kräftigende Kräuterarznei zu bringen.«

»Nein, von ungelegen kann nicht die Rede sein.« Sanchia lächelte schüchtern. »Aber es war wirklich nicht nötig. Von meiner Hand abgesehen bin ich gesund.«

»Sanchia, das solltest du nicht sagen.« Marco kam in die kleine Eingangshalle. »Sie braut zu gern abscheulich schmeckende Arzneien für alle zusammen, die sich geneigt zeigen, sie zu schlucken.«

»Die Arznei schmeckt nicht abscheulich«, protestierte Bianca. »Ich habe sie mit Honig gesüßt. Marco, das ist gar nicht nett von dir.«

Marco lächelte ihr zu. »Dafür reicht deine Nettigkeit und Güte für zwei.« Zu Sanchia gewandt, fuhr er fort: »Du siehst gut aus. Bald wirst du Arzneien nicht mehr nötig haben.«

Als der junge Mann vortrat und sich verbeugte, war sie von neuem betroffen von seiner Schönheit. In seinem leuchtendblauen

Samtwams und der blauweißen kurzen Pluderhose stellte er eine Erscheinung von so großer Eleganz und Anmut dar, daß die kleine Halle heller schien. »Zweifellos ist dir unsere letzte Begegnung, die in der Kerkerzelle in Solinari stattfand, nicht mehr in Erinnerung«, sagte er ernst. »Mir hingegen wird sie unvergeßlich bleiben. Du warst sehr tapfer, Sanchia. Es tut mir unendlich leid, daß du unseretwegen so viel leiden mußtest.«

Sie schüttelte den Kopf. »Ich war nicht tapfer. Es ist nicht Tapferkeit, wenn man erduldet, was man erdulden muß.« Mit Mühe rang sie sich ein Lächeln ab. »Aber ich denke nicht gern an jene Tage zurück. Kann Rosa Euch Wein servieren? Ich verstehe nichts von edlen Weinen, aber Lorenzo brachte mir gestern einen Krug und sagte, er wäre vom allerbesten.«

Marco schüttelte den Kopf. »Wir können nicht bleiben. Bianca hat Stunden im Beichtstuhl verbracht.« Er warf Bianca einen spitzbübischen Blick zu. »Ihre Sündenlast drohte sie zu erdrücken, und die Absolution war entsprechend zeitraubend.«

Bianca schnitt eine Grimasse. »Du tätest gut daran, selbst zur Beichte zu gehen. Du platzt fast vor der Sünde des Stolzes. Irre ich mich, oder hast du dich nicht erst gestern mit der Schönheit deiner Bilder gebrüstet?«

»Es war nicht der Stolz auf meine Kunst, sondern der Stolz auf das Thema«, sagte er leise. »Bianca die Schöne.«

Bianca schenkte ihm ein strahlendes Lächeln. »Du willst mich nur necken. Das Bild ist es, das schön ist.« Sie riß ihren Blick von ihm los und wandte sich Sanchia zu. »Du mußt dir Marcos Werke ansehen. Er ist ein begnadeter Künstler.«

»Darauf freue ich mich schon«, sagte Sanchia in Gedanken, während sie von Bianca zu Marco blickte. Sie waren wie zwei glückliche Kinder voller Lebenslust und voller Freude aneinander. »Wollt Ihr nicht doch auf ein Glas Wein bleiben?«

Bianca schüttelte den Kopf. »Ich muß zurück auf die Burg. Heute ist der Tag der Krankenbesuche.« Ihr Lächeln war voller Sanftheit. »Guten Tag, Sanchia. Nimm fleißig meine Arznei, dann wirst du uns bald besuchen und Marcos Gemälde ansehen können.«

Marco schien zu zögern. »Lorenzo, würdest du Bianca in den Sattel helfen? Ich möchte Sanchia unter vier Augen sprechen.«

»Mit Vergnügen.« Lorenzo öffnete mit einer Verbeugung die Tür. »Wenn ich ihr behilflich bin, wird ihre Dankbarkeit sie vielleicht verleiten, für die Vergebung meiner Sünden zu beten.«

»Gott vergibt allen Sündern«, sagte Bianca darauf. »Geht zum Priester, damit er Fürbitte für Euch leistet.«

»Nun, ich könnte mir denken, daß Gott sich den Gebeten der schönen Bianca zugänglicher zeigt. Schließlich ist er der Schöpfer des guten Geschmacks.« Lorenzos Finger umschlossen ihren Ellbogen. »Ich komme gleich wieder, Sanchia.« Damit geleitete er Bianca aus dem Haus.

Kaum hatte sich die Tür hinter den beiden geschlossen, wandte sich Marco besorgt an Sanchia. »Du hast doch nicht etwa vor, in Mandara zu bleiben?«

»Nein, ich gehe so bald wie möglich.«

Marco nickte erleichtert. »Ja, das wäre am besten. Falls ich irgendwie behilflich sein kann, dann laß es mich wissen.«

»Sollte es sich als nötig erweisen, dann könnte es sein, daß ich Eure Hilfe in Anspruch nehme.«

»Versteh bitte... ich möchte dich keineswegs der Sicherheit und des Wohllebens berauben, aber Bianca ist sehr unschuldig.«

»Ich verstehe.« In ihrem Lächeln lag Wärme. »Und ich möchte sie nicht kränken, glaubt mir, Marco.«

»Ich glaube dir.« Nach einer Verbeugung ging er zur Tür. »Danke, Sanchia.«

Wenig später trat Lorenzo ein, schloß die Tür und lehnte sich dagegen. »Er bat dich zu gehen?«

»Nein, er hat mir nur für den Fall, daß ich es beabsichtige, seine Hilfe angeboten.« Sie blickte ihn an. »Er möchte sie vor Schmerz und Schande bewahren.« Sie hielt kurz inne. »Liebt er sie?«

»Ja.«

»Ein schönes Paar.«

»So schön wie zwei tanzende Sonnenstrahlen.« Seine Worte waren von einem Lächeln begleitet. »Und ihre Beziehung hat so viel Substanz wie zwei Sonnenstrahlen.«

Sanchia wandte den Blick ab. »Liebt sie ihn auch?«

»Ja, soweit sie einen Mann lieben kann. Natürlich würde sie es sich nie eingestehen, denn das wäre Sünde. Sie liebt Marco, seit man sie nach Mandara brachte, um sie mit Lion zu verheiraten. Sie fühlten sich sofort zueinander hingezogen und waren ständig aufeinander angewiesen, da Lion immer mit seinem Vater und den *condotti* in den Kampf zog.«

»Weiß Lion davon?«

»Seit damals, als er aus dem Krieg zurückkam und sie zusammen sah. Damals waren sie so wie heute.«

»War er sehr aufgebracht?«

»Nein. Betrübt. Er liebt Marco.«

Sie hatte die Zuneigung zwischen den Brüdern gespürt, konnte aber nicht glauben, daß Lion mit Gelassenheit reagieren würde, wenn ihm jemand sein Eigentum streitig machte. »Aber Bianca ist seine Frau. Er würde nie...«

»Sie ist Psyche«, unterbrach Lorenzo sie. »Du hast es auf den ersten Blick erkannt. Sie ist von kindhafter Reinheit. Wie würde wohl Psyche auf Lion reagieren? Bianca könnte gar nicht schlechter zu Lion passen. Wäre sie nicht die Tochter einer großen Familie, sie wäre in ein Kloster eingetreten. Marcos Anbetung ist ihr sehr angenehm. Er ist ihr Cupido, denn seine Liebe ist von göttlicher Reinheit.«

»Ich möchte davon nichts mehr hören.« Sie befeuchtete ihre Lippen. »Das alles geht mich nichts an.«

»Du wirst noch mehr zu hören bekommen, weil Lion nicht nur einer von Biancas Heiligen ist. Er ist mein Freund, und ich bin es überdrüssig mitanzusehen, wie er alles gibt und nichts zurückbekommt.« Unverblümt fuhr er fort: »Bianca ist nicht nur Psyche, sie ist ein Kind, das nie erwachsen wird. Etwas stimmt nicht mit ihr... bei ihrer Verheiratung war sie erst vierzehn, und ihre Kindlichkeit erschien Lion zunächst ganz natürlich, doch sie hat sich nie geändert. Sie ist ein Kind, das in einer Traumwelt lebt und spielt, eine erwachsene Frau zu sein. In jenen ersten Jahren gab Lion Marco immer wieder Gelegenheit, ihm Hörner aufzusetzen, und er hätte das Kind seines Bruders mit Freuden als seinen eigenen Erben akzeptiert.« Er ließ eine kurze Pause eintreten. »Dann aber wurde ihm klar, daß Bianca Marco nie zu ihrem Geliebten nehmen würde. Leidenschaft ist ihr so fremd wie einem kleinen Kind, und Marco ist von den höfischen Liebesromanzen so ausgefüllt, daß er nie versuchen würde, ihr Leidenschaft nahezubringen.« Er schüttelte den Kopf.

»Unglaublich. So kommt es, daß sich Lion meist in Pisa aufhält und zuläßt, daß die beiden hier in Mandara wie Kinder spielen.«

»Nun, vielleicht sind sie alle mit dem gegenwärtigen Stand der Dinge glücklich.«

»Ich bin nicht glücklich darüber, aber ich hätte nicht daran gerührt, wenn Caterina sich nicht entschlossen hätte, das Gleichgewicht zu verändern. Bei jeder Gelegenheit ruft sie Lion unter einem Vorwand nach Mandara zurück. Sie wünscht sich einen Erben für Mandara und ist klug genug, um zu wissen, daß Marco Lion nie Hörner aufsetzen würde, um ihr einen Erben zu verschaffen. Andererseits würde er auch keine andere heiraten. Bleibt also nur die Möglichkeit, Lion in Biancas Bett zu lotsen, damit er seine Pflicht Mandara gegenüber erfüllt.« Er richtete sich auf. »Ich gebe Caterina in einem recht – es ist höchste Zeit, daß sich die Situation ändert, aber nicht so, wie sie es sich in den Kopf gesetzt hat. Lion verdient es, von seinem Joch befreit zu werden.«

»Auf welche Weise?«

»Durch dich. Eine dauernde Beziehung würde Caterinas Hoffnung zunichte machen und Lion von der Verantwortung für Mandara befreien. Aus diesem Grund mußtest du hierherkommen, Sanchia. Lion hat bislang keine seiner Frauen nach Mandara gebracht, um Bianca eine Demütigung zu ersparen. Caterina muß zu der Einsicht gebracht werden, daß deine Anwesenheit das Gleichgewicht der Situation stört.«

»Mein Hiersein bedeutet gar nichts.« Sanchia sah ihn wie betäubt an. »Ihr benutzt mich als Unterpfand.«

»Ja«, lautete seine gleichmütige Antwort. »Aber du wirst ein sehr umhegtes Unterpfand sein, und falls du Lion ein Kind schenkst, wird es dir nie mehr an etwas fehlen.«

»Ein Kind?«

»Ist dir nie der Gedanke gekommen? Es wäre doch möglich, daß du in anderen Umständen bist?«

»Nein, nie...« Ihre Periode war noch nicht gekommen. Es war so viel vorgefallen, daß sie ihr Zeitgefühl verloren hatte.

»Wenn du nicht schon schwanger bist, dann wird es sicher bald so weit sein«, fügte Lorenzo hinzu. »Und das Kind wäre wie du Lions Besitz.«

»Nein, das Kind einer Sklavin ist frei!«

»Das mag in Florenz zutreffen, in fast allen anderen Stadtstaaten aber würde das Kind dem Besitzer der Mutter gehören… es sei denn, du bringst ihn dazu, das Kind freizulassen. Ich kann mir nicht denken, daß du dein Kleines zurücklassen und deinem Traum von der Freiheit nachlaufen könntest. Wenn man bedenkt, daß du deine kleinen Freunde in Florenz auf der Straße aufgegabelt hast… es ist vorstellbar, daß du von sehr liebevollem und mütterlichem Wesen bist.«

Nein, sie würde nie imstande sein, ihr Kind im Stich zu lassen. Wie könnte sie auch als entlaufene Sklavin für ein Kind sorgen? Was, wenn sie erkrankte oder verletzt wurde? Sie hatte mitansehen müssen, was aus verlassenen Kindern wurde. Sanchia spürte, wie Panik sie zu überwältigen drohte. »Es gibt kein Kind. Es wird nie eines geben.« Sie verdrängte mit einem Blinzeln ihre Tränen. »Ich werde fortgehen und…«

»Ich würde abwarten und meine Entscheidung treffen, wenn ich sicher wäre. Vielleicht ist es jetzt schon zu spät.«

»Ihr seid sehr grausam«, flüsterte sie heiser.

»Nein.« Für einen Augenblick ließen seine Augen eine Andeutung von Mitgefühl erkennen. »Man kann nicht alles haben, was man sich wünscht. Man muß seine Wahl treffen. Ich habe mich für Lion entschieden.«

Sie atmete tief durch. »Ich nicht.«

Wieder lächelte er. »Man wird sehen.« Er wandte sich zum Gehen. »Jetzt verlasse ich dich. Sicher brauchst du Zeit, um deine Abneigung gegen mich zu überwinden und dir durch den Kopf gehen zu lassen, was ich gesagt habe. Morgen komme ich wieder, um mich zu vergewissern, daß es dir gutgeht.« Er öffnete die Tür. »Leb wohl, Sanchia.«

Sanchia starrte die Tür an, die sich eben geschlossen hatte, um sich dann umzudrehen und langsam und schwerfällig in den Salon zu gehen. Ein Kind? Warum hatte sie nie an diese Möglichkeit gedacht? Wenn sie mit seinem Kind schwanger ging, dann würde Lion die Suche nach ihr nie aufgeben und es für sich fordern.

Gewiß konnte Gott nicht so grausam sein, ihr ein Kind zu schenken. Sie mußte nur geduldig warten, bis Lorenzos Worte sich als falsch erwiesen. Ja, sie brauchte nur zu warten und Geduld zu zeigen.

Wie Lorenzo vorausgesagt hatte, machte Caterina Sanchia am späten Nachmittag einen Besuch und wurde von der aufgeregten und ehrerbietigen Rosa in den Salon geführt.

Sanchia stand auf, bereit, sich der Begegnung zu stellen, und klappte das Buch zu. In ihrem Lächeln lag Entschlossenheit. »Was für eine Ehre Ihr mir erweist, edle Frau.«

»Ja, das tue ich.« Caterina Andreas sah sich kritisch im Raum um, bedachte die mit bestickten Kissen belegte Bank und den dazu passenden Fußschemel mit einem abschätzenden Blick, sah die tief in die Mauer eingelassenen Bleiglasfenster, den blankpolierten Eichenschrank. Der Amethyst, der den Deckel des Henkelkruges auf dem reichgeschnitzten venezianischen Tisch zierte, hielt ihren Blick am längsten fest. »Hübsch ist es hier. Du mußt sehr zufrieden sein.« Sie drehte sich zu Sanchia um. »Trotzdem mußt du fort. Ich will dich nicht in Mandara haben.«

Sanchia, die darauf gefaßt war, fortgeschickt zu werden, war von der Direktheit dieser Aufforderung doch überrascht. »Ich habe nicht die Absicht zu bleiben«, sagte sie ebenso freimütig. »Sobald man es mir gestattet, werde ich gehen. Ihr vergeßt, daß ich in meinen Entscheidungen nicht frei bin.«

Caterina sah sie aus schmalen Augen an. »Und doch sagtest du, du betrachtest dich als frei, obschon mein Sohn es nicht tut.«

»Das ist richtig.« Sie schluckte, um die plötzliche Enge ihrer Kehle zu vertreiben. »Aber gewisse Umstände könnten sich meinem Bemühen, sofort zu gehen, entgegenstellen.«

»Was für Umstände?« fragte Caterina unwillig. »Dir gefällt es wohl, in diesem schönen Haus zu wohnen und dich von Lion mit Kleidern und Schmuck verwöhnen zu lassen? Nun, das geht nicht an. Ich werde nicht zulassen...«

»Nein«, unterbrach Sanchia die Tirade. »Ich möchte nichts haben.« Wieder holte sie tief Luft. »Das stimmt nicht. Ich wäre töricht, mir nichts von diesen Dingen zu wünschen. Natürlich will ich diese Dinge... aber nicht, um...« Sie ließ den Satz unvollendet und sagte sodann: »Sorgt Euch nicht um mein Hierbleiben, Signora Caterina.

Laßt mir ein wenig Zeit, und ich verspreche Euch, daß ich Mandara verlassen werde.«

»Und wenn ich dir die Zeit nicht gebe?«

»Dann nehme ich sie mir.«

Der Überraschung, die über das Gesicht von Lions Mutter huschte, folgte grollend gezollter Respekt. »Du bist sehr keck für eine Sklavin.«

»Nicht keck, aber entschlossen.« Sanchia ließ ein betrübtes Lächeln sehen. »Einer Sklavin ist ersteres nicht gestattet, und sie würde ohne letzteres nicht überleben.«

»Wie wahr.« Caterina musterte Sanchia genau. »Dasselbe trifft auf Ehefrauen zu.«

»Mir fehlt in diesem Punkt die Erfahrung, um beurteilen zu können, ob Ihr die Wahrheit sprecht.«

»Ich habe diese Erfahrung.« Caterina vollführte eine jähe Wendung, die ihre violetten Seidenröcke wirbeln ließ. »Ich bin nicht zufrieden, da ich dir aber kein Zugeständnis abringen kann, ist jedes weitere Wort vergeudet. Ich werde mich eine Zeitlang still verhalten, bis du die Umstände überwunden hast.« An der Tür wandte sie sich um. »Bist du aber nach zwei Wochen noch immer da, dann rechne damit, daß ich etwas unternehme. Das ist eine Warnung.«

Ohne eine Antwort oder einen Gruß abzuwarten, schwebte sie in majestätischer Haltung hinaus.

Sanchia atmete erleichtert auf. Sie hatte das Gefühl, einen kräftigen Schlag bekommen zu haben. Lions Mutter selbstbewußt entgegenzutreten war nicht leicht gewesen. Das neue Leben, in das sie unversehens hineingeraten war, barg zahllose Bedrohungen und Herausforderungen, denen zu begegnen sie erst lernen mußte, und am heutigen Tag war sie mit zu vielen konfrontiert worden.

Sie wollte nicht in die gespannten Beziehungen der Familie Andreas hineingezogen werden. Sie wollte es nicht mit so imponierenden Frauen wie Caterina zu tun haben, solange sie ihrer selbst noch nicht sicher war. Sie wollte weder Lorenzos Unterpfand noch Signora Caterinas Nemesis sein.

Und am allerwenigsten wollte sie von einem Kind in ihrem Leib an Lion Andreas gefesselt werden.

»Sie gefällt mir.« Caterina verhüllte ihre Nacktheit mit einer Decke und stand auf. Barfüßig tappte sie an den Tisch und goß mit einer Hand Wein in einen Pokal, während sie mit der anderen die Decke festhielt. »Sie ist nicht dumm.«

»Sie besitzt Kraft.« Lorenzo setzte sich auf und lehnte sich an den mit Schnitzwerk verzierten Kopfteil aus Mahagoni. »Ich dachte mir, daß Sanchia dein Wohlgefallen erregen würde.«

»Das will natürlich nichts heißen. Es ändert nichts daran, daß sie Mandara verlassen muß.« Caterina führte den Pokal an die Lippen und lächelte ihm über den Rand hinweg zu. »Sie sagte mir, sie würde möglichst bald gehen.«

»Dann bin ich sicher, sie wird es versuchen. Sanchia sagt immer die Wahrheit.«

Caterinas Lächeln verflüchtigte sich. »Sie sagte außerdem, es gäbe noch gewisse Umstände, die es zu bedenken gälte. Das sieht ganz nach einer Einmischung deinerseits aus.«

»Ach?«

Nach einem zweiten Schluck Wein ging sie wieder zu ihm. »Lorenzo, du bist ein Spitzbube.« Sie reichte ihm den Pokal und setzte sich auf den Bettrand. »Wenn ich klug wäre, hätte ich anstatt des guten Weins von Mandara Schierlingsgift in den Pokal getan.«

»Du bist klug.« Lorenzo nippte am Wein. »Schierling ist für mich ein zu leicht erkennbares Gift. Falls du mich aus dem Weg schaffen willst, mußt du raffinierter vorgehen. Schließlich bin ich selbst ein Meister dieser Kunst.«

Caterina bemühte sich, ihre Überraschung nicht zu zeigen. In all den Jahren, die sie ihn kannte, hatte Lorenzo kein einziges Mal seinen früheren Beruf erwähnt. Sie nahm ihm den Pokal aus der Hand, trank ein wenig und reichte ihn zurück. »Gift?«

Er zog die Schultern hoch. »Gelegentlich. Es ist sauberer als die meisten anderen Methoden und relativ sicher. Heutzutage gibt es freilich in Italien so viele unwissende und ungeschickte Giftmischer, daß es nicht verwundert, wenn die Vornehmen und Reichen sich meist Vorkoster halten.«

»Du aber bist nicht ungeschickt.«

Seine Augen waren klar und kalt. »Ich bin der Todesengel persönlich, meine liebe Caterina. Ich bin unübertroffen.«

Sie hüllte sich enger in die Decke, um das plötzlich auftretende Frösteln zu vertreiben. »Du bist kein Meuchelmörder mehr.«

»Du irrst dich. Wir bleiben immer, was wir sind, mögen sich auch unsere Lebensumstände ändern. Würdest du alles verlieren, du würdest dennoch eine große Dame bleiben. Würde ich es bis zum Papst bringen, ich wäre dennoch ein Meuchelmörder.«

»Unsinn.«

Seine langen schlanken Finger strichen über die erhabenen Ornamente des Silberpokals. »Es ist die Wahrheit. Warum widersprichst du so heftig? Bedrückt es dich, daß du einen Mörder in dein Bett genommen hast? Ein Meuchelmörder, der sich gebessert hat, ist annehmbar, aber ein...«

»Warum müssen wir darüber sprechen?« unterbrach sie ihn unvermittelt. »Was du warst, ehe du nach Mandara kamst, kümmert mich nicht. Wichtig ist nur, was du in diesem Bett vollbringst.«

»Was ich bin, würde viele Frauen sehr wohl kümmern. Manche würde es mit Entsetzen erfüllen.« Er lächelte. »Andere mit Lust. Nicht jede Frau kann von sich sagen, sie hätte mit dem Todesengel persönlich geschlafen und überlebt. Anfangs, als du zu mir kamst, dachte ich, du wärest vielleicht eine dieser Frauen. Ich gebe zu, daß ich enttäuscht war, denn ich hegte große Bewunderung für deine Kraft und deinen Mut.«

»Warum hast du dich dann mit mir eingelassen?«

»Ich bin nur ein Mann, und du bist sehr schön.«

»Schön? Mein Gesicht ist so lang wie das eines Pferdes, und ich bin groß wie ein Mann.«

»Wenn Kraft und Mut Schönheit besitzen, dann kann es auf dieser Welt keine mit dir aufnehmen, Caterina.«

Sein plötzlicher Ernst bereitete ihr Unbehagen. »Mich trieb keine schändliche Faszination in deine Arme. Ich kam zu dir, weil du klug bist und dazu amüsant und weil ich dich begehrte. Andere Gründe gab es nicht.«

»Einen einzigen anderen Grund.«

»Und der wäre?« Sie schien erstaunt.

»Ich stellte für dich und Mandara keine Bedrohung dar, weder durch eine Ehe noch durch eine lose Zunge. Du warst und bist bei mir sicher.«

»Ja.« Sie beugte sich über ihn, um ihre Lippen auf seine Stirn zu drücken. »Fürwahr, ich fühle mich sicher bei dir, Lorenzo. Sicherer, als ich mich je bei einem Mann fühlte. Ich möchte wissen, warum das so ist.«

»Ich auch. Die Gewißheit, daß du mir vertraust, erfüllt mich mit großem Staunen. Bei mir hat sich niemand mehr sicher gefühlt, seit ich ein kleiner Junge war.«

»Rück ein Stück weiter. Mir ist kalt.« Sie nahm ihm den Pokal ab und stellte ihn auf den Boden. »Ich will wieder ins Bett.«

Sie schmiegte sich mit dem Rücken an ihn, den Blick in die Glut des Kamins am anderen Ende des Raumes gerichtet. »Wie alt warst du damals?«

»Als ich zum Todesengel wurde? Elf. Obzwar ich diesen erhabenen Rang nicht ohne jahrelange Übung erreichte. Anfangs war ich in meinem Handwerk recht ungeschickt.«

»Dein Aufstieg in dem, was du dein Handwerk nennst, interessiert mich nicht«, sagte sie voller Ungeduld. »Ich möchte vielmehr die Gründe erfahren, die dich dazu trieben.«

»Habgier.«

»Das glaube ich nicht.«

»Es ist die Wahrheit. Ach, vielleicht nicht beim ersten.«

»Wer war der erste?«

»Vito Martinado. Aber frag mich nicht nach dem Namen meines letzten Opfers. Den habe ich vergessen.«

»Wer war dieser Vito Martinado?«

»Der Kapitän eines Handelsschiffes, ein höchst unangenehmer Bursche. Er hatte eine Vorliebe für Knaben. Er schnappte mich im Hafen, brachte mich in seine Kammer in der Herberge und benutzte mich ungefähr eine Woche lang.«

»Er benutzte dich?«

»Es war nicht das erste Mal, daß man sich meiner auf diese Weise bediente. Wenn man allein auf sich gestellt in den Straßen Neapels lebt, muß man damit rechnen, zum Opfer zu werden. Wenn man Glück hat, bekommt man Essen und Kleidung, ehe man nach einer gewissen Zeit einem anderen Kind Platz machen muß, das als Spielzeug gebraucht wird.«

Sein nüchterner Ton erschütterte Caterina mehr, als es jeder Gefühlsausbruch vermocht hätte. Sie spürte ein würgendes Gefühl in der Kehle.

»Der gute Kapitän aber hatte dieselben Gelüste wie Damari. Er genoß es, mich zu peinigen.«

»Konntest du ihm nicht entwischen?«

»Wenn er fortging, sperrte er mich ein. Er muß gewußt haben, was für einen einzigartigen Schatz ich darstellte.« Seine Hand glitt sachte über ihre Kehle. »Du hast einen herrlichen Hals. Lang und anmutig...«

»Um ihm zu entkommen, mußtest du ihn töten?«

»Er sollte mit einer Galeone nach Bombay segeln und wollte mich auf die Seereise mitnehmen, ein Entschluß, dem ich mich aus einleuchtenden Gründen widersetzte. Ich erhob Einwände. Wir kämpften miteinander. Ich bekam sein Messer zu fassen und stieß es ihm ins Herz.« Er drückte Caterina einen Kuß hinters Ohr. »Dein Haar duftet nach Blumen.«

»Ich habe es heute gewaschen. Und du wurdest dafür nicht bestraft?«

»In Neapel? In den Straßen dieser hochgerühmten Stadt ist Mord alltäglich.« Er schnüffelte. »Lavendel?«

»Ja.« Sie schluckte krampfhaft. »Was hast du dann gemacht?«

»Lange Zeit behielt ich eine unglückliche Abneigung gegen Intimität... aber ich mußte ja essen. Da ich eine Todsünde begangen hatte und ohnehin verdammt war, entschloß ich mich, mir die Vorteile des Handwerks zunutze zu machen. Mord war so profitabel wie häufig, und ich besaß schon damals großes Selbstvertrauen. Ich wußte, daß sich niemand mit meiner Intelligenz und meinem Einfallsreichtum würde messen können, sobald ich mein Handwerk gründlich gelernt hätte.« Er strich ihr Kinn entlang. »Lavendel ist köstlich, aber ich glaube, daß einer der Düfte Arabiens noch besser zu dir passen würde. Sie haben etwas Exotisches an sich, eine Reife, die...« Er brach ab. »Tränen?«

»Der Abzug im Kamin... der Rauch...«

Seine Fingerspitzen strichen mit einer Bewegung über ihre Wange, die fast einer Liebkosung gleichkam. »Ja, das wird es wohl sein. Rauch. Denn du besitzt zuviel Verstand, um für einen Schurken wie mich Tränen zu vergießen.«

»Viel zu viel Verstand.«

»Und du bist zu abgebrüht, um Mitleid mit dem Knaben zu empfinden, der vor mehr als dreißig Jahren in jener Herberge starb.«

»Viel zu abgebrüht.« Sie ließ eine Pause eintreten, ehe sie fragte: »Ist er gestorben, Lorenzo?«

»Ja. Es gibt Erlebnisse, die zerstören, was wir sind. Frag Sanchia. Sie ging in Solinari durch dieses Feuer, doch sie wurde wiedergeboren. Ich nicht. Ich war zu erdenschwer, als daß ich wie Phönix aus der Asche auferstanden wäre. Das Feuer erfaßte mich, verschlang mich und ließ mich als leere Hülse zurück. Und mit jedem Jahr, das verging, wurde ich leerer, so daß ich mich jetzt manchmal frage, wieso nicht jeder, der mich ansieht, durch mich hindurchsehen kann wie durch klares Wasser.«

Zwei Finger berührten sanft ihre feuchten Wimpern. »Und du hast zu viel gelitten, um nicht zu wissen, daß wir diese Leere niemals füllen können, auch wenn wir uns jede Wonne gönnen, um sie zu mildern.«

War es eine Warnung oder ein Flehen um Verständnis? Sie bezweifelte, ob er es – sei es das eine oder das andere – zugeben würde, und sie wußte auch nicht, ob sie eine Antwort wagen würde, falls er es zugäbe. »Ja, das weiß ich.« Wieder wurden ihre Augen feucht, und eine Träne löste sich und lief ihr über die Wange. »Ich sagte schon, es ist nur der Rauch...«

13. KAPITEL

Sieben Tage darauf kehrte Lion nach Mandara zurück.

Sanchia, die auf dem Balkon die Nachmittagssonne genoß, sah Tabron die gewundene Straße entlang auf ihr Haus zukommen. Ihr Blick wanderte vom Roß zum Reiter... der Gefühlsüberschwang, der sie erfaßte, war so stark, daß ihr schwindelte. Freude konnte es nicht sein. Bitte, lieber Gott, es durfte nicht Freude sein! Es mußte Erleichterung darüber sein, daß Lion von Caprinos Hand kein Leid widerfahren war.

Lion hob den Kopf und erblickte sie. Er zügelte Tabron, während sein undeutbarer Blick lange an ihr haftete. »Ich bringe dir ein Geschenk.« Eine Kopfbewegung wies auf jemanden hinter ihm. »Der Himmel mag wissen, was du an ihm findest. Er ist ebenso störrisch wie das Maultier, das er reitet. Sein Verlangen, zu dir zu kommen, brachte mich um Rast und Mahl.«

Ihr Blick flog zu der kleinen Gestalt auf dem Rücken des Maultieres, das Lion hinter sich führte. »Piero?« hauchte sie fassungslos vor Freude. »Piero!« Sie sprang auf, lief zur Balkontür, die Treppe hinunter und aus dem Haus. Als sie die Gartenpforte erreichte, drehte und wendete Piero sich auf dem Rücken des kleinen Maultieres, offensichtlich bemüht herauszufinden, wie man von einem Reittier absaß.

»Halt still«, sagte Lion, der sich zu Boden gleiten ließ. »Ich habe dich nicht den ganzen weiten Weg hierhergebracht, damit du dir den eigensinnigen Schädel auf den Pflastersteinen aufschlägst.« Er hob Piero aus dem Sattel und stellte ihn hin. »Was taugt ein Geschenk, wenn es zerbrochen ist?«

Piero warf sich in Sanchias Arme und hielt sie mit aller Kraft fest. »Sanchia, ich möchte bei dir bleiben.« Mit wilder Entschlossenheit setzte er hinzu: »Und ich werde bleiben.«

»Sagte ich's nicht, daß er eigensinnig ist? Er wird sich an dich klammern wie eine Klette.« Der Anblick der beiden entlockte Lion ein Lächeln. »So, wie er sich auf dem langen Weg von Florenz hierher an das Maultier geklammert hat.«

»Piero...« Tränen strömten über Sanchias Wangen, als sie über das Blondhaar des Kleinen strich. Sie zog Pieros kleinen festen Körper enger an sich und sah zu Lion auf. »Warum?«

»Du hast ihn lieb. Ist das nicht Grund genug?«

Sie wollte etwas sagen, er aber fuhr rasch fort: »Elisabeth scheint in ihrer Ehe glücklich und zufrieden zu sein. Dein Bartolomeo brennt danach, der beste Drucker von ganz Florenz zu werden, und der Signor ist offenbar mit ihm sehr zufrieden.«

»Ihr habt sie besucht?« Verwunderung färbte ihren Ton.

Er zog die Brauen zusammen. »Ich wußte ja, daß du dich nach ihnen verzehrst und wissen möchtest, wie es ihnen geht. Nachdem ich mein Geschäft erledigt hatte, blieb mir Zeit, um nachzufragen.«

»Caprino... was ist mit ihm?«

»Hat Lorenzo es dir nicht gesagt?« Lion zuckte mit den Achseln.

»Er wird dich nie wieder behelligen. Wie gesagt, mein Geschäft ist erledigt.«

Damit meinte er, daß Caprino tot war. Nach Jahren der Angst hatte die Bedrohung durch Caprino nun ein Ende. Sanchia fand es sonderbar, daß diese Nachricht bei ihr statt Erleichterung nur tiefe Mattigkeit hervorrief.

»Er hat uns betrogen.« Lions Blick ließ ihr Gesicht nicht los. »Er hat den Tod verdient. Seine Schuld ist ebenso groß wie die von Damari.«

»Was sich in Solinari zutrug, ist vorbei. Anfangs war ich so aufgebracht und zornig, daß ich Rache schwor, nun aber möchte ich nur vergessen.«

»So sanftmütig bin ich nicht. Ich sagte dir schon, daß ich Gutes mit Gutem und Böses mit Bösem vergelte. Solinari wird für mich erst abgeschlossen sein, wenn alle, die schuldig sind an dem, was dir angetan wurde, bestraft sind.« Er schwang sich in den Sattel. »Ich will dich am Abend besuchen. Es gibt einiges zu besprechen.« Er warf einen Blick hinter sich, als er sein Pferd wendete und das Leitseil des Maultieres fester faßte. »Gib dem Kleinen ordentlich zu essen. Er hat seit unserem Aufbruch kaum einen Bissen zu sich genommen.«

»Das werde ich.« In ihren Worten schwangen noch Tränen mit. »Lion?«

Er zügelte Tabron und drehte sich zu ihr um.

»Warum?«

Sein Blick begegnete ihrem. Seine Miene blieb ausdruckslos. »Solinari.«

Er drehte sich wieder um und ritt zur Burg.

»Sanchia.« Piero trat zurück und entwand sich ihrer Umarmung. »Ich bleibe hier, Sanchia. Er hat gesagt, ich könnte bleiben, aber ich wäre auch geblieben, wenn er es nicht gesagt hätte. Ich gehe nicht zurück zu Elisabeth.«

»Pst, ist ja gut.« Sie umfaßte seine Wange. Wie weich und warm die Wange eines Kindes war... sie hatte es schon vergessen. »Du mußt nicht zurück. Aber warst du denn dort nicht glücklich? Du siehst sehr gut aus.« Sie lächelte schalkhaft. »Man sieht dir an, daß du im Haus eines Bäckers gelebt hast. Du bist fett geworden.«

Piero hob die Schultern hoch. Sein Blick ruhte unverwandt auf ihr. »Ich habe dort nicht hingehört. Ich gehöre zu dir. Als er mich danach fragte, habe ich es ihm gesagt.«

»Lion?«

»Signor Andreas fragte mich, ob ich zu dir wollte. Er sagte, man hätte dir weh getan, und du hättest Sehnsucht nach mir. Hattest du Sehnsucht, Sanchia?«

»Ja.« Wie sehr, das war ihr erst aufgegangen, als sie ihn auf dem Maultierrücken gesehen hatte. »Du hast mir sehr gefehlt.«

»Weil du zu mir gehörst und wir immer zusammen sein sollten. Und das sagte ich auch zu Signor Andreas«, erklärte er ganz ernst.

»Und was sagte er darauf?« Liebevoll strich sie ihm den Haarschopf aus dem Gesicht.

»Er hat gemeint, er könne mich verstehen und ich solle mit ihm nach Mandara kommen.«

Ja, Lion hatte für Zugehörigkeit und Besitz Verständnis, dachte sie ohne eine Spur von Bitterkeit. Pieros überraschende Ankunft erfüllte sie mit so großer Dankbarkeit, daß für anderes kein Platz mehr war. Hatte Lion ihr viel genommen, so hatte er ihr auch etwas zurückgegeben. »Und du bist gekommen.« Sie drückte ihn rasch an sich. »Und hast Signor Andreas nicht rasten noch ruhen lassen, bis du hier warst.«

Piero schob entschlossen das Kinn vor. »Ich wollte dich sehen.«

»Und ich bin froh, daß du dich beeilt hast.« Sie erhob sich und nahm seine Hand. »Jetzt kommt mit. Ich bringe dir etwas zu essen, und dann wirst du baden und dich vom Reisestaub befreien.«

Er blieb ein wenig zurück, um dem langsam entschwindenden Lion einen Blick nachzuschicken.

»Piero!«

»Sanchia, er hat mich verstanden. Ich hätte es nicht gedacht, und doch war es so.«

Sie nickte, während ihr Blick jenem von Piero mit Freude, Verwirrung und Bangigkeit folgte. Seit dem Tag, als er Mandara verlassen hatte, war sie bemüht gewesen, zu einer abwehrenden Haltung gegen ihn zu gelangen, nun aber mußte sie feststellen, daß sie ihm machtlos und voller Unsicherheit gegenüberstand. »Ich weiß, Piero.« Sie drehte sich um und zog ihn liebevoll mit sich. »Ich denke, es wird dir hier gefallen. Es ist sogar noch schöner als im Haus des Bäckers.«

»Signor Andreas«, kündigte Rosa an, um eilig aus dem Salon zu flüchten.

Lion sah ihr sichtlich verärgert nach. »Was hat das Frauenzimmer nur? Sieht mich an, als wären mir Hörner gewachsen.«

»Sie ist nur schüchtern.« Sanchia stand auf. »Ihr solltet sehen, wie sie Lorenzo anstarrt.«

»Zweifellos hat er sie deswegen als deine Dienerin ins Haus genommen. Er weidet sich an der Angst, die er verbreitet.«

»Nun, er hat ein besonderes Geschick im Verbreiten von Ängsten«, erwiderte Sanchia. Wie raffiniert Lorenzo sie vor mehr als einer Woche mit ein paar hingeworfenen Worten von der Flucht abgehalten hatte... »Ein Mann von Format.«

Lion sah sie prüfend an. »Schwingt da ein Hauch von Bitterkeit mit? Was hat Lorenzo in meiner Abwesenheit mit dir angestellt?«

»Gar nichts. Meist war er sehr gütig zu mir. Er besucht mich täglich und bringt mir Bücher aus Eurer Bibliothek, um mich die Dinge zu lehren, die ich seiner Meinung nach wissen sollte.«

»Was für Dinge?«

»Ach, Tischmanieren... wie man die *pavane* und die *moresca* tanzt, den Unterschied zwischen gutem und schlechtem Wein.« Sie verzog ihr Gesicht. »Giovanni wäre von dieser Lektion entzückt gewesen.« Sie begegnete seinem Blick mit kühner Direktheit. »Lorenzo lehrte mich alles, was mich auf das Leben als Eure Geliebte in Eurem Haus vorbereitet.«

»Und du hast diese Belehrungen hingenommen?«

»Wissen ist nie vergeudet.« Sie hielt inne. »Auch wenn es nie wie geplant genutzt wird.«

Er preßte die Lippen aufeinander, ließ aber die Herausforderung unbeachtet. »Meine Mutter sagte mir, sie hätte dich besucht.«

»Ja, um mir zu sagen, daß sie mich hier nicht haben will.« Sie lächelte. »Und ich sagte ihr, daß ich nicht hier bleiben möchte. Folglich kamen wir überein, daß ich so bald wie möglich die Stadt verlassen sollte.«

»Willst du mich mit deiner Widerspenstigkeit reizen? Ich will dich hier auch nicht haben. Nächste Woche reisen wir nach Pisa zurück.« Er machte eine Pause, ehe er fortfuhr: »Falls du dich mit meinen Bedingungen einverstanden zeigst.«

Sie erstarrte zur Reglosigkeit. »Bedingungen?«

»Die ganze letzte Woche habe ich mir Gedanken gemacht... ich empfinde für dich etwas, was für mich sehr ungewöhnlich ist. Es ist nicht allein Lust, sondern...« wieder ließ er eine Pause eintreten und suchte nach Worten, »...ein anderes Gefühl. Ich kann mir nicht denken, daß ich mich zufriedengeben würde mit...« Wieder hielt er inne, ehe es mit überraschender Heftigkeit aus ihm herausbrach: »Hör mich an... Ich benehme mich wie ein dummer, linkischer Tölpel.« Er kam zwei Schritte auf sie zu. »Genug davon. Ich möchte, daß du in meinem Haus lebst, in meinem Bett schläfst, nicht nur jetzt, sondern auch in aller Zukunft. Ich möchte, daß du meine Kinder bekommst. Dafür bin ich gewillt, dir Freiheit, Ehre und Achtung zu geben. Was hast du dazu zu sagen?«

Sie starrte ihn wie betäubt an. »Ich weiß nicht, was ich sagen soll.«

Jäh leuchtete sein Lächeln auf. »Dann sag einfach ja. Es ist ein gutes Geschäft. Ein besseres wirst du nie machen. Mein Reichtum ist so groß, daß ich dir alles geben kann, was du dir wünschst, und ich werde nie mehr als das fordern, was ich eben nannte.«

»Und was wird aus Bianca?« fragte sie gedankenvoll.

Seine Miene wurde verschlossen. »Bianca wird nicht darunter leiden. Sie ist hier in Mandara glücklich und zufrieden, und wir werden ebenso glücklich und zufrieden in Pisa leben.«

»Wird Eure Mutter ebenso zufrieden sein? Lorenzo sagt mir, sie sei entschlossen...«

»Mit der Zeit wird sie ihre Absichten aufgeben.«

»Oder Ihr werdet Euch ihren Absichten unterwerfen... mit der Zeit.«

»Heilige Maria, ich habe keinerlei Bestreben, Bianca in mein Bett zu zwingen.« Er lächelte zynisch. »Ich war sogar erleichtert, als ich Marcos Verliebtheit entdeckte. Es war für mich ein Vorwand, sie ihrer Wege gehen zu lassen... damit ich meiner Wege gehen konnte.«

»Es sei denn, Ihr ändert Eure Meinung und gelangt zu der Einsicht, daß Eure Mutter recht hat.«

»Ich werde meine Meinung nicht ändern.«

»Woher wollt Ihr das wissen? Alles ändert sich. Vor einem Monat noch war ich eine Sklavin in Giovannis Laden. Heute lebe ich in einem schönen Haus, und Lionello Andreas möchte mich zu seiner Geliebten machen.« Ihre Stimme bebte vor innerer Erregung. »Im nächsten Monat oder nächsten Jahr werdet Ihr Euch vielleicht einen legitimen Erben für Mandara wünschen und zurückkehren, um ihn zu zeugen. Wo bliebe dann ich? Oder Ihr werdet meiner überdrüssig, und Euer ›Gefühl‹ hätte sich verflüchtigt. Würdet Ihr mir meine Kinder nehmen und mich zu einem anderen Mann gehen lassen?« Sie schauderte. »Ein Leben als Eure Geliebte würde mir ebenso wenig zusagen wie das als Eure Sklavin.«

»Ich würde deiner nie überdrüssig werden.«

»Wie könnt Ihr dessen so sicher sein? Ihr kennt nur meinen Körper, aber nicht mein Wesen, und Ihr seid mir auch ein Fremder. Ich weiß von Euch nicht viel mehr als damals, als Ihr Giovannis Haus betreten habt.«

»Soll das heißen, daß du mich abweist? Schwebt dir eine Ehe mit einem anderen vor? Mit einem Mann, der dir die Ehrbarkeit geben kann, die dir offenbar so viel bedeutet?«

»Ich verschwende keinen Gedanken an eine Ehe. Wer würde mich denn heiraten wollen? Ich bin keine Jungfrau mehr, und es gibt viele, die ansehnlicher sind als ich.« Sie befeuchtete ihre Lippen. »Aber Euer Angebot birgt zu viel Unsicherheit. Ich soll Euch alles geben, während Ihr mich womöglich schon morgen verlaßt. Zwar habe ich mein ganzes Leben in Unsicherheit verbracht, aber das wäre dennoch anders. Auch meine Kinder wären dieser Unsicherheit ausgesetzt.« Sie wandte den Blick ab. »Und ich habe Bianca gern. Ich möchte sie nicht kränken.«

»*Cristo*, doch nicht auch du? Alle wollen Bianca vor Kummer bewahren – Marco, meine Mutter, du.«

»Und du. Warum würdest du sonst wollen, daß ich Mandara verlasse?«

Er hob die Schultern zu einem matten Achselzucken. »Na schön. Ich möchte sie nicht kränken. Ich war in den vergangenen dreizehn Jahren weiß Gott bedacht, keine Frau hierherzubringen, um sie nicht zu demütigen. Ich mußte mitansehen, wie meine Mutter unter der Untreue meines Vaters litt.« In seinem Ton schwangen Erregung und Gereiztheit, als er fortfuhr: »Aber bei Gott, ich begehre dich, und ich werde dich bekommen, Sanchia.«

Sanchia schüttelte wie betäubt den Kopf.

In Lions Augen blitzte es auf. »Es wird so sein. Du sagst, du wüßtest nichts von mir. Also will ich von mir sprechen. Ich bin nicht unbeständig. Ich werde der Menschen oder Dinge, die ich schätze, nicht überdrüssig. Du aber glaubst mir nicht, also muß ich dir meine Glut und Beständigkeit beweisen. Welch ein Glück, daß ich dich hier in meinem eigenen Haus habe, daß ich Zeit habe, dich von meiner Aufrichtigkeit zu überzeugen.«

»Zu überzeugen?«

»Werden freie Frauen nicht auf diese Weise von den Männern gewonnen?« Er trat einen Schritt auf sie zu. »Ich habe dir vorher nicht mißfallen. Ich glaube, man kann davon ausgehen, daß ich in Zukunft wieder dein Interesse erregen werde.« Er umfaßte zärtlich ihre Brust.

Sie sog hörbar die Luft ein und spürte, wie ihr die Röte in die Wangen stieg.

Er lächelte. »Ich werde Lorenzo sagen, daß er morgen auf der Burg bleiben soll. Ich werde zu dir kommen. Ich möchte dir selbst einige Lektionen erteilen.«

»Ihr könnt mich nicht umstimmen.« Sie versuchte Lions Liebkosungen zu ignorieren und hoffte inständig, er würde die Wirkung nicht bemerken, die sie hervorriefen. »Ich wollte mit Piero einen Rundgang durch die Stadt machen.«

»Am Morgen. Nachmittags schicke ich einen Stallburschen, der mit ihm ausreitet. Wir haben ein Pony im Stall, das sich besser für ihn eignet als das Maultier.« Er sah sie aus zusammengekniffenen Augen an. »Rosa mußt du ebenfalls fortschicken. Wenn ich komme, darf niemand außer dir im Haus sein.«

»Nein, ich werde nicht...«

»Falls sie noch da sein sollte, schicke ich sie selbst fort.« Er hielt ihren Blick mit bezwingender Kraft fest. »Sanchia, widersprich mir nicht. Es fällt mir nicht leicht, dich heute zu verlassen. Morgen möchte ich nicht gestört werden. Nicht durch Rosa.« Er umfaßte ihre Brust fester, ehe er sie losließ. »Nicht durch Piero.« Seine Hand sank herab, er trat zurück. »Von niemandem.«

Dann drehte er sich um und ging zur Tür. Ehe er hinausging, blieb er abrupt stehen und warf ihr noch einen Blick zu. »Du hast gesagt, du würdest bei meiner Rückkehr nicht mehr da sein, aber der Oberst der Wache am Stadttor sagte mir, du hättest nicht versucht zu fliehen. Warum?«

»Vielleicht wollte ich nur eine günstige Gelegenheit abwarten«, gab sie ausweichend zur Antwort.

Er schüttelte den Kopf. »Das wäre viel zu zahm für dich. Du magst der Meinung sein, daß ich dich nicht gut kenne, aber eines ist mir klar – du bist nicht der Mensch, der auf Gelegenheiten wartet. Du schaffst sie.«

»Ich wartete auf...« Sie sprach nicht weiter. »Ach, was soll's... ich habe meine Absicht nicht geändert. Ich will Mandara verlassen.«

»Und worauf wartest du?«

»Lorenzo meinte, es bestünde die Möglichkeit, daß ich guter Hoffnung sei. Ich wollte sehen, ob er recht hat.«

Seine Miene erstarrte. »Ein Kind...« Der Blick, mit dem er ihren Leib streifte, war eine Liebkosung. »Und bist du guter Hoffnung, Sanchia?«

»Ich weiß es noch immer nicht.«

»Das würde doch alles ändern, nicht?« fragte er nachdenklich. »Eine Frau, die mit einem Kind belastet ist, hätte es mutterseelenallein auf der Welt nicht leicht.« Plötzlich leuchtete sein Lächeln auf. »Lorenzo hat recht gehandelt.«

»Ich glaube nicht, daß ich guter Hoffnung bin. Und auch wenn ich es wäre, würde es nur bedeuten, daß ich meine Abreise dem Kind zuliebe sehr sorgfältig planen muß.«

Er schüttelte den Kopf. »Du irrst dich, Sanchia. Es würde mehr bedeuten als nur die Tatsache, daß du mein Kind trägst.« Sein Lächeln wurde breiter. »Sehr viel mehr.« Er öffnete die Tür. »Bis morgen.«

Als Sanchia am Nachmittag des darauffolgenden Tages die Tür öffnete, sah sie Lion in demselben weinroten Samtwams vor sich, das er bei ihrer ersten Begegnung auf der Piazza in Florenz getragen hatte. Sogleich überfielen sie Erinnerungen an jenen Tag: Lions kraftvolles und beherrschendes Auftreten, ihre eigene Unterwürfigkeit und

Angst. Ärgerlich fragte sie sich, ob es seine Absicht war, sie durch seine Kleidung daran zu erinnern.

»Hast du deine Magd fortgeschickt?« fragte er knapp, als er an ihr vorbeiging und den Salon betrat.

»Ja, aber nur, weil ich wußte, daß Ihr es sonst tun würdet – was habt Ihr da?« Nun erst bemerkte sie, daß er zwei Pergamentrollen unter seinem Arm trug.

Eine der Rollen warf er auf den Tisch, dann machte er sich daran, die zweite auszubreiten. »Setz dich auf den Boden.«

»Wie bitte?«

»Setz dich auf den Boden.« Er ließ sich auf den Teppich fallen und strich das Pergament mit großer Vorsicht glatt. »Wie kann ich dich belehren, wenn du gar nicht weißt, wovon ich spreche?«

Sanchia rückte näher heran, um einen Blick auf das Pergament werfen zu können.

Lion faßte nach ihrer Hand und zog sie neben sich auf den Boden. »Das ist die zweite ›Tänzer‹. Ich nenne das Schiff ›Caterinas Tänzer‹. Du bist auf der ersten ›Tänzer‹, die ich gebaut habe, nach Genua gesegelt. Dieses zweite Schiff wird viel größer.«

Verwirrt starrte sie die schwungvollen Linien und mathematischen Gleichungen an, die sie auf dem Plan sah. »Das soll ein Schiff sein?«

»Der Entwurf eines Schiffes. Das Schiff selbst liegt auf der Werft in Pisa. Mit dem Bau wurde gerade erst begonnen.« Er deutete auf eine der zahlreichen Öffnungen seitlich am Schiffsrumpf. »Hier werden die Riemen angebracht. Du siehst, daß es sich um eine Trireme handelt. Jede Ruderbank ist mit drei Ruderknechten bemannt, von denen jeder einen eigenen Riemen bedient.«

»Auf dem Schiff, mit dem ich fuhr, gab es keine Riemen.«

»Weil es ein Schiff mit Segeln war, und keine Galeere. Das Segelschiff ist ein Typ, dem ich den Vorzug geben, aber viele Kaufleute verschiffen ihre Waren nur mit Galeeren, weil diese auf längeren Fahrten größere Sicherheit bieten. Zwar ist auch die Galeere bei ihrer Fahrt von Hafen zu Hafen vom Wind abhängig, und die Riemen bleiben meist ungenutzt. Wenn sie aber eingesetzt werden, dann sind sie geradezu lebenswichtig. Galeeren müssen nicht wie andere Segelschiffe vor gefährlichen Küsten weit draußen vor Anker gehen, sie laufen auch nicht Gefahr, auf Riffe aufzulaufen oder wieder auf die See hinausgetrieben zu werden. Sie können Häfen ansteuern, die anderen Schiffen verwehrt sind und...« Er hielt inne, als er aufblickte und ihren Gesichtsausdruck bemerkte. »Was ist denn? Kannst du mir nicht folgen?«

»Ich verstehe, was Ihr sagt, aber ich verstehe nicht, warum Ihr mir dies alles erklärt.«

»Du sagtest, daß du mich nicht kennst.« Er begegnete ihrem Blick. »Das ist mein gegenwärtiges Leben. Ich hielt es für das Beste, wenn du diesen Teil von mir vor allen anderen kennenlernst. Du mußt mich bremsen, wenn ich zu schnell vorgehe. Ich fürchte, ich gebe einen sehr ungeduldigen Lehrer ab.«

»Lektionen... ich dachte, Ihr wollt...«

»Ja, das wollte ich.« Um seine Lippen zuckte es amüsiert. »Aber ich bin zu der Einsicht gelangt, daß dies die bessere Vorgehensweise ist. Nicht die erfreulichste, aber gewiß diejenige, welche die geringste Bedrohung für dich darstellt. Hoffentlich wirfst du bald alle deine Zweifel über Bord, da ich nicht versprechen kann, daß meine Geduld ewig währt.« Er warf einen Blick auf das Pergament. »Beim Bau eines jeden Schiffes werden drei Holzarten verwendet. Eiche für Rumpf, Spanten, Vorder- und Achtersteven, Decksbalken und Planken; Lärchenstämme für Mastscheiben und innere Stützen, Fichte für Masten und Spieren. Das Eichenholz versuche ich aus Trevisana zu bekommen, aber dort werden die Wälder immer stärker abgeholzt, so daß ich bald anderswo Umschau halten muß. Vielleicht wird es in der Po-Ebene...«

»Ich brauche nichts über Schiffsbau zu wissen, um etwas über Eure Gedankenwelt zu erfahren«, unterbrach sie ihn. »In meinem Kopf schwirrt es von Spieren, Masten und Triremen.«

Er blickte auf. »Was müßtest du dann wissen? Sag es mir, und ich werde versuchen, es dir zu vermitteln.«

Es war das erste Mal, daß er sich ihr gegenüber ganz offen zeigte, und sie entdeckte, daß sie der Versuchung, seine Ideen und Gefühle zu erkunden, nicht widerstehen konnte. »Warum ausgerechnet Schiffsbau? Warum geht Ihr nicht auf große Fahrt wie Columbus?«

»Jemand muß die Schiffe für solche Unternehmungen bauen. Sichere Schiffe, starke Schiffe, Schiffe, die eine Reise um die Welt aushalten.« Und er setzte ganz einfach hinzu: »Ich möchte, daß ich es bin, der sie baut.« Er rollte das Pergament zusammen. »Etwas zu bauen... das ist ein wunderbares Gefühl. Von Kindesbeinen an lernte ich nur Zerstörung kennen. Vielleicht wollte ich... ach was, das Gefühl sagt mir zu.«

Sanchia erkannte noch mehr. Seine Miene zeigte eine Intensität, wie sie sie an ihm noch nie gesehen hatte. »Aber Ihr sprecht von Frachten und Kaufleuten und nicht von Entdeckungsreisen.«

»Der Handel nährt die Entdeckungen. Hätte Königin Isabella Columbus die Schiffe gegeben, wenn sie nicht gehofft hätte, am Ende seiner Entdeckungsfahrt würde es Reichtümer für sie regnen? Das Klirren von Münzen ist wie ein Sirenengesang, und ich bin nicht so dumm, daß ich mich an den Bettelstab bringe. Wenn die Rechnung aufgeht, dann erreiche ich beides.« Er grinste. »Wie du siehst, bin ich ein ungewöhnlich habgieriger Mensch.«

Er griff nach der zweiten Pergamentrolle und breitete sie aus. »Das ist der Plan des Segelschiffes, das ich auf der Werft in Marseille bauen lasse.«

Sie konnte sich undeutlich erinnern, daß er gesagt hatte, er sei in Frankreich gewesen, als ihm der ›Windtänzer‹ geraubt worden war. »Warum habt Ihr eine Werft erworben, die so weit entfernt ist?«

»Dort mischt sich die Obrigkeit weniger ein als hierzulande. Die Zünfte kümmern sich mehr darum, ob ihre Mitglieder gute Arbeit leisten, und weniger darum, ob sie besonders wohltätig sind. In Frankreich konnte ich einen ausgezeichneten Schiffsbauer gewinnen, der den Bau meiner Schiffe überwachen wird. Ich erwarte, daß dort noch vor Ablauf des Jahres mehr produziert wird als in Pisa.«

Sie lächelte insgeheim, als er sich in die Probleme vertiefte, denen er im Umgang mit Zünften, Seilmachern und Kalfaterern begegnete. Die Beschreibung seiner Schiffe und Schilderung ihres Baues nahm ihn dermaßen in Anspruch, daß ihm völlig entging, wie wenig sie davon verstand.

»Außerdem muß man das Problem einer eventuellen feindlichen Begegnung berücksichtigen. Die Galeere ist besser geeignet, einem Angriff standzuhalten, während das Segelschiff im Kampf wendiger ist. Man muß die Vor- und Nachteile abwägen, wenn man sich für einen Schiffstyp entscheidet.«

»Daran werde ich mich halten«, erklärte sie feierlich. »Sobald ich die Dukaten beisammen habe, um mir ein Schiff bauen zu lassen.«

Er sah sie mit verlegenem Lächeln an. »Du lachst mich aus, aber das bin ich gewöhnt. Lorenzo findet meine Begeisterung höchst amüsant.«

Begeisterung war es nicht, es war eine Leidenschaft, und plötzlich fand sie es nicht erheiternd, sondern rührend, daß er sie mit ihr teilen wollte. »Ich finde alles sehr interessant, wenn auch ziemlich verwirrend. Ihr versucht mir an einem Nachmittag beizubringen, was Ihr selbst in zwei Jahren gelernt habt.«

Er nickte. »Ich sagte schon, daß ich ungeduldig bin.«

»Diese Eigenschaft ist mir an Euch bereits aufgefallen.«

Er zog die Brauen zusammen, dann lächelte er. »Jetzt machst du dich wieder über mich lustig. Seit der Zeit vor Solinari habe ich dich nicht mehr so heiter gesehen.«

Er hat recht, bemerkte sie verwundert.

»Du hast gesagt, du ließest dir wegen der Bedrohung durch Caprino nicht die Lebensfreude rauben«, sagte Lion leise. »Laß sie dir nicht von dem rauben, was Damari dir angetan hat. Diesen Sieg darfst du ihm nicht gönnen.«

Sie sah ihn einen Moment an, dann lächelte sie strahlend. »Nein, das werde ich nicht tun. Ich werde nicht zulassen, daß dieser Hurensohn mir noch mehr nimmt, als er mir schon genommen hat.« Sie warf einen Blick auf den Plan für das Segelschiff. »Und jetzt sagt mir, warum sich dieses Schiff so stark von einer Galeere unterscheidet.«

Einen gedankenvollen Augenblick sah Lion sie an, dann widmete er sich dem Plan und machte sich an die Beantwortung ihrer Frage.

Lion blieb den ganzen Nachmittag, aber nicht ein einziges Mal berührte er sie oder ließ in Sprache oder Benehmen auch nur eine Andeutung von Intimität einfließen. Als Piero nach Hause kam, plauderte er ein wenig mit dem Jungen, ehe er sich erhob, um zu gehen.

»Eure Pläne«, erinnerte Sanchia ihn, als sie sich aufrichtete.

»Leg sie in den Schrank.« Lion deutete mit einer Kopfbewegung auf den blankpolierten Eichenschrank am anderen Ende des Raumes. »Morgen komme ich wieder.«

Sie lächelte. »Wollt Ihr mich weiter im Schiffbau unterrichten?«

»Nein, morgen bringe ich dir etwas anderes mit.«

Nachdenklich blieb sie zurück, nachdem er gegangen war. Was für ein außergewöhnlicher Nachmittag lag hinter ihr, und wieviel Einblicke in sein Wesen hatte er ihr gestattet... Sie fühlte sich in seiner Gesellschaft nun wohler als zuvor und hatte bei seinem Abschied ein gewisses Bedauern verspürt.

»Soll ich sie für dich wegschließen, Sanchia?« fragte Piero mit einem Blick auf die Pergamentrollen in ihrer Hand.

»Was?« Sie richtete sich ganz auf und lächelte. »Nein, das mache ich selbst.« Sie durchquerte den Raum, öffnete den Schrank und legte die Rollen sorgfältig auf das Querbrett. Die Rollen bestanden nicht nur aus Pergament und Tinte, sondern auch aus Lions Träumen. Und Träume mußte man hüten in einer Welt, in der so wenig Träume verwirklicht wurden. Sie schloß den Schrank und wandte sich mit einem Lächeln an Piero. »Na, hat dir der Ausritt Spaß gemacht? Wo wart ihr?«

Sie erkannte die Mahagonikassette, die Lion bei sich hatte, auf den ersten Blick. Wie hätte sie das Kästchen auch vergessen können?

»Der ›Tänzer im Wind‹?« flüsterte sie.

Er nickte, als er die Tür mit dem Fuß zuschob und die Kassette in den Salon brachte. Er stellte sie auf den Tisch und öffnete sie. »Du hast seinetwegen viel erdulden müssen. Ich dachte, du würdest ihn vielleicht gern sehen.« Er hob die goldene Statuette aus dem Behältnis und stellte sie vorsichtig auf den Tisch. »Der ›Tänzer im Wind‹.«

Nun war ihr klar, wieso Marco die Figur für lebendig angesehen hatte, als er sie zum erstenmal sah. Die Muskeln des geflügelten Rosses schienen unter der Glätte des Goldes vor Leben zu vibrieren. Man verspürte den unwiderstehlichen Drang, die Figur zu berühren. Marco hatte vergessen, ihr zu schildern, wie die facettierten Smaragdaugen schimmerten und ständig den Ausdruck zu wechseln schienen.

Minutenlang starrte sie den ›Windtänzer‹ völlig versunken an, ehe sie langsam näher ging und vor dem Tisch stehenblieb. Sie berührte vorsichtig den Sockel der Statuette. »Wie wunderschön... was bedeuten diese Zeichen?«

Er zuckte mit den Achseln. »Irgendeine alte Inschrift. Es heißt, daß dem ›Windtänzer‹ einst eine Tontafel beigegeben war. Einer meiner Vorfahren soll die Inschrift der Tontafel auf den Sockel übertragen haben, nachdem die Tafel zerbrach.«

»Was bedeutet die Inschrift?«

»Das weiß niemand. Wir werden es vermutlich nie erfahren.« Lion berührte liebevoll einen der filigranen Flügel. »Vielleicht möchte er nicht, daß wir es erfahren.«

Lion sprach von der Statuette wie von einem Lebewesen, und seine Berührung war wie eine Liebkosung. Sanchia betrachtete voller banger Faszination die atemberaubend schöne Figur, deren Smaragdaugen sie direkt anzublicken schienen.

Lion schaute Sanchia an. »Was ist denn?«

»Die Figur muß mich wohl an Solinari erinnern. Aus irgendeinem Grund empfinde ich Angst, wenn ich sie ansehe.« Ihr Unbehagen bereitete ihr Verlegenheit. »Würdet Ihr den ›Windtänzer‹ zurück in die Kassette legen?«

Lion nickte. »Aber gewiß.« Er griff nach der Figur. »Ich wollte nicht...«

»Was ist denn das?« Piero stand im Eingang und starrte neugierig das geflügelte Roß an. »Darf ich es ansehen?«

Lion stellte die Statuette zurück auf den Tisch. »Das ist die Figur eines Rosses, das ›Tänzer im Wind‹ heißt.«

»Und warum heißt es so?«

»Weil es ein Zauberroß ist, das im Wind und auf den Wolken tanzt. Sanchia findet, daß dieses Pferd ein wenig furchteinflößender ist als dein Pony.«

»Heißt das, daß man davor Angst haben muß?« Piero ging näher. Sein Blick ruhte ernst auf der Statuette. Der ›Windtänzer‹ und der kleine Junge standen einander Auge in Auge gegenüber, und Sanchia hatte das unheimliche Gefühl, sie würden einander abschätzend mustern. »Mir macht er keine Angst. Seht, er lächelt.«

Sanchia hatte den Eindruck gehabt, daß Pegasus die Zähne bleckte. Sie sah nun, daß die geöffneten Lippen auch als Lächeln gedeutet werden konnten. »Wirst du heute nicht ausreiten?«

Piero, der die Figur nicht aus den Augen ließ, nickte. »Ich bin gekommen, um dir Lebwohl zu sagen. Donato wartet draußen.« Er tippte mit dem Zeigefinger spielerisch auf das Maul des ›Windtänzers‹. »Er gefällt mir. Werden wir ihn behalten?«

»Nein«, entfuhr es ihr. »Er gehört Signor Andreas.«

Piero sah sie mit verwunderten Augen an. »Du hast ja wirklich Angst vor ihm. Warum? Er ist wunderschön, und er lächelt...«

Sanchia nickte. »Ja, er ist sehr schön. Und jetzt lauf... Donato wartet schon, es ist ein herrlicher Tag.«

Piero ging widerstrebend zur Tür. »Heute reiten wir zum Weinberg. Lebt wohl, Signor Andreas.« Von der offenen Tür aus warf er einen letzten Blick auf den ›Windtänzer‹, ehe er sich umdrehte und ging.

»Kinder lieben den ›Windtänzer‹. Ich war keine Ausnahme.« Lion faßte nach der Statuette und stellte sie vorsichtig in die mit Samt ausgeschlagene Kassette. »Sanchia, die Zeit wird die Erinnerung an Solinari verblassen lassen.«

Sie vermied es, die Kassette anzusehen, um ein Lächeln bemüht. »Sie ist schon viel blasser.« Sie wandte sich ab. »Wollt Ihr ein Glas Malvasier? Rosa hat eine Karaffe auf...« Sie sprach nicht weiter, als sie seine großen Hände auf ihren Schultern spürte.

»Ich will keinen Malvasier.« Seine Stimme war belegt. »Und ich bedaure, daß ich den ›Windtänzer‹ mitgebracht habe, denn er scheint dir Angst einzujagen. Er ist Teil meines Lebens, und da dachte ich, es wäre nur recht und billig, wenn ich ihn mit dir teile.« Er hielt inne. »So wie du mein Leben teilen sollst.« Mit einer Hand schob er ihre Haarflut beiseite, um die empfindliche Haut an ihrem Nacken mit der Zunge zu liebkosen. »Deine Haut erinnert mich an den ›Windtänzer‹. Golden, glatt und sehr kostbar. Als ich dich nackt bei Giulia sah, fiel mir unwillkürlich der ›Windtänzer‹ ein.«

»Sprechen wir nicht von damals.« Sie entzog sich seinem Griff. »Eure Baupläne bewahre ich im Schrank auf. Soll ich sie holen?«

»Nein. Warum läufst du vor mir weg?«

»Ich laufe nicht weg. Ich fragte mich nur...« Ein Schauer überlief sie, als sie wieder seine Hände auf ihren Schultern spürte. »Bitte, faßt mich nicht an.«

»Warum nicht? Ich liebe das Gefühl...«

Ihr Lachen ließ einen Anflug von Verzweiflung erkennen. »Ähnlich habt Ihr Euch ausgedrückt, als es um den Schiffsbau ging.«

»Es ist nicht dasselbe.« Seine Hände glitten über ihren Hals, und seine Daumen streichelten in einer trägen sinnlichen Bewegung ihren Nacken. »Dreh dich um, Sanchia. Ich möchte dein Gesicht sehen, damit ich deine Gedanken ausloten kann.«

»Ich denke, daß es ein Fehler ist.« Ihre Stimme bebte. »Ich sagte schon, daß ich mich nicht umstimmen lasse. Ich kann nicht nach Pisa gehen...« Sie sprach nicht weiter, als sie seine Lippen seitlich an ihrem Hals spürte. Die Liebkosung wirkte viel erregender, als es beabsichtigt war. Sein harter muskulöser Körper preßte sich an ihren Rücken, seine Wärme hüllte sie ein. Sie schwankte und lehnte sich an ihn. »Es wäre falsch.«

»Nein.« Er drehte sie um. Sein Blick erfaßte ihre geröteten Wangen und bebenden Lippen. »Ich bin nahe daran, dich von meinen Ansichten zu überzeugen – näher, als du glaubst.« Widerstrebend ließ er sie los und trat einen Schritt zurück. »Und ich werde in meinen Bemühungen nicht nachlassen. Spielst du Schach?«

Überrascht von diesem Themawechsel, gab sie zunächst keine Antwort. »Nein. Ihr vergeßt, daß ich keine Gelegenheit hatte, derlei Spiele zu erlernen.«

»Ich auch nicht, ehe Lorenzo in mein Leben trat. Mich am Schachbrett zu quälen bereitet ihm großes Vergnügen. Ich halte es durchaus für gerechtfertigt, wenn ich nun diese Art der Bestrafung an dir vollziehe. Morgen werde ich dir die Grundbegriffe des Schachspiels beibringen.« Er drehte sich um und nahm den ›Windtänzer‹ an sich. »Schach lehrt einen interessante Angriffs- und Verteidigungstaktiken. Ich glaube, es wird für dich ein lohnendes Vergnügen.«

»Schach!« sagte Lion leise, als er den schwarzen Springer vorschob. Er hob den Blick und schaute Sanchia an.

Sie überlegte angestrengt den nächsten Zug. »Dieses Spiel gefällt mir nicht. Immer scheine ich in die Defensive zu geraten.«

»Weil es dir an Konzentration mangelt.« Lion lehnte sich lächelnd zurück. »Warum wohl, frage ich mich?«

Dieser grinsende Teufel weiß sehr gut, warum ich mich nicht konzentrieren kann, dachte sie ärgerlich. Lion sorgte mit Absicht dafür, daß ihr Denkvermögen durch seine verwirrende Nähe in Mitleidenschaft gezogen wurde. Bei jedem seiner Besuche während der letzten Woche war es so gewesen. Er berührte sie kaum, und dennoch war die Atmosphäre zwischen ihnen mit Gefühl und mit Erinnerungen an Vergangenes so aufgeladen, daß ihre Anspannung mit jedem Tag wuchs. Als sie jetzt aufschaute und seinen bedeutsamen Blick auf sich spürte, wußte sie, daß sie nachgeben oder der Sache ein Ende bereiten mußte.

»Dann sollte ich wohl nicht spielen.« Sie schob ihren Stuhl zurück und stand auf. »Und ich werde nicht mehr spielen. Wenn Ihr noch eine Partie wollt, müßt Ihr zu Lorenzo gehen.«

»Lorenzo schlägt mich haushoch. Dort bin ich derjenige, der ständig in die Defensive gerät.« Er lächelte betörend. »Tue ich dir nicht leid? Einem Mann sollte wenigstens in einer Kampfarena ein Triumph gegönnt sein.«

In ihr schmolz etwas dahin. Rasch wandte sie den Blick von seinen Zügen ab, die in ihrer markanten Schroffheit eine besondere Faszination ausstrahlten. Wann war ihr Lions Gesicht hart und unbewegt erschienen? In jüngster Zeit hatte sie es sich zur Angewohnheit gemacht, ihn zu beobachten, das Aufblitzen von Humor in seinem Blick, die jäh erwachte Aufmerksamkeit, wenn etwas sein Interesse oder seine Neugierde weckte, die Eindringlichkeit, mit der seine Augen vor sich hinblickten, wenn er nachdachte. Sie sah dies alles als ein weiteres gefährliches Anzeichen der wachsenden Unruhe an, die er in ihr zu erregen vermochte. Ein Anzeichen, vor dem sie sich schon längst hätte hüten sollen.

»Nicht in dieser Arena.« Sie drehte sich um und legte einige Schritte Distanz zwischen sich und ihn. Obwohl er sich nicht aus seinem Stuhl gerührt hatte, spürte sie, daß er sie unerbittlich verfolgte. »Ich habe beschlossen, daß Ihr mich nicht mehr besuchen dürft.«

»Ach? Nun, damit bin ich nicht einverstanden.« Er griff nach ihrer Jade-Dame auf dem Schachbrett. Seine kraftvollen Finger schlossen sich sanft um die Figur. »Warum trägst du nie Grün? Es müßte dir ausgezeichnet stehen.« Sein Daumen strich langsam über die Schachfigur, ertastete die Erhebungen und Vertiefungen, erfaßte die glatte Oberfläche. »Ein Kleid in Jadegrün.«

Sie konnte den Blick nicht von seinen Fingern abwenden. Der

Griff, mit dem er die Dame hielt, war leicht, geübt und sehr sinnlich. Erstaunt und zugleich enttäuscht nahm sie wahr, daß ihre Brüste reagierten und anschwollen und sich die Brustspitzen gegen den Stoff ihres Hemdes drückten. Rasch wendete sie ihren Blick ab und verschränkte die Arme über der Brust. »Lorenzo hat grünen Samt für mich ausgesucht und ein Kleid bestellt, das jedoch für den Alltag viel zu schön ist. Ich sagte ihm, daß ich dafür keine Verwendung hätte, aber er wollte nicht auf mich hören.«

»Das ist einer von Lorenzos Fehlern.« Lion sah die Schachfigur in seiner Hand an. »Weißt du, daß manche Edelleute Schach mit menschlichen Figuren spielen? Sie legen in ihren Gärten riesige Schachbretter an und wählen unter ihren Bediensteten oder Familienmitgliedern die ansehnlichsten aus, die dann die einzelnen Figuren darstellen.«

»Ja, ich habe davon gehört.«

»Du würdest eine erlesene Dame abgeben.«

Sie spürte, wie ihre Wangen sich röteten. »Ihr irrt Euch. An mir ist nichts Damenhaftes, nichts Königliches. Eure Mutter, die edle Caterina, wäre für diese Rolle eher geeignet.«

Er fuhr mit dem Zeigefinger die Krone der Schachfigur entlang. »Es stimmt, der Künstler, der diese Figuren schuf, benutzte meine Mutter als Modell, doch es gibt mehrere Arten von Majestät.« Er stellte die Jade-Dame aufs Brett.

Sanchias erleichtertes Aufatmen war deutlich zu hören. Sofort kam sie sich unendlich töricht vor.

»Das Spiel mit lebensgroßen Figuren könnte mir zusagen.« Lion lächelte ihr zu. »Ich glaube, wir werden es bald spielen.«

»Ich werde nicht mehr hier sein, um mich für Eure sonderbaren Launen herzugeben.«

»Nein?«

»Ich sagte schon, daß ich nicht bleibe. Ich wartete nur, bis ich sicher sein konnte, daß ich kein Kind bekomme.«

Er verharrte reglos. »Und bist du jetzt sicher?«

»Ja, seit drei Tagen.«

»Ich gestehe, daß ich enttäuscht bin. Ich hatte auf ein Kind gehofft.« Er sah sie nachdenklich an. »Warum hast du es mir nicht schon eher gesagt?«

»Ich wollte nicht, daß... ach, was macht das schon aus?«

»Könnte es sein, daß du unsere gemeinsame Zeit genossen hast und sie durch nichts beeinträchtigen wolltest?«

»Nein.« Sie fuhr sich nervös durchs Haar. »Vielmehr... ja. Es war sehr angenehm, aber...«

»Und du mußtest entdecken, daß du Sympathie für mich empfindest?«

Wortlos sah sie ihn an, als er aufstand und um den Tisch herum auf sie zukam.

»Wir haben in den vergangenen Tagen viel geteilt... Lachen, Gedanken...« Lion blieb vor ihr stehen. Sein Blick lag forschend auf ihr. »Ich hatte gehofft, du würdest an mir etwas entdecken, was du lieben kannst... damit du mich nicht nur fürchtest.«

»Ich fürchte Euch nicht.«

»Warum stehst du dann da und sperrst dich gegen mich?« Er faßte nach ihren verschränkten Armen und löste sie. »Es hat mich noch nie gekümmert, ob eine Frau für mich Zuneigung verspürt, aber bei dir ist es mir sehr wichtig.« Er machte eine Pause. »Ist wenigstens dein Widerwille geschwunden?«

»Wir haben viele schöne Stunden zusammen verbracht. Ich habe festgestellt, daß Ihr sehr... liebenswert sein könnt.«

Seine Hände glitten zu ihren Schultern. »Sag die Wahrheit.«

Sie fühlte sich völlig hilflos. Wenn sie die Wahrheit aussprach, gab sie sich damit eine Blöße, die er nutzen konnte, um sie zu verletzen, aber andererseits hatte er sich ihr gegenüber rückhaltlos geöffnet. »Ich konnte viele Eigenschaften an Euch entdecken, die mir gefallen.«

Ein strahlendes Lächeln war ihr Lohn. Er beugte sich vor und gab ihr einen raschen, festen, honigsüßen Kuß. Dann gab er ihre Schultern frei und trat zurück.

»Mehr nicht. Siehst du jetzt, wie gründlich du mich gezähmt hast? Bald werde ich auf jedes Stirnrunzeln deinerseits reagieren und Sonnette verfassen wie ein richtiger Höfling.«

Gezähmt? Fast hätte sie laut gelacht, als sie daran dachte, mit wieviel unverschämter Sinnlichkeit er die Schachfigur berührt hatte. Er war hart, leicht entflammbar und leidenschaftlich – und würde es immer sein, mochte er sich auch noch so bemühen, es zu verbergen.

»Mir ist nicht aufgefallen, daß Ihr auf Stirnrunzeln meinerseits reagiert hättet.«

»Aber nur, weil du die Stirn nie gerunzelt hast. Siehst du denn nicht, wie wundervoll wir miteinander auskommen? Wir würden die gemeinsamen Stunden außerhalb des Bettes ebenso genießen wie die im Bett.« In seinen Augen tanzten Spottfunken. »Nun, das ist übertrieben. Vielleicht nicht ganz so sehr.«

Sie schüttelte den Kopf.

»Herrje, was für ein störrisches Frauenzimmer du bist! Ich hätte Piero nicht mitbringen sollen. Du nimmst dir an seinem Eigensinn offenbar ein Beispiel.«

Es waren beiläufig geäußerte Worte, doch gerade die Beiläufigkeit rief Sanchias Wachsamkeit auf den Plan. »Ihr werdet ihn doch nicht fortschaffen?«

Er schüttelte den Kopf. Sein Lächeln war verschwunden. »Du kennst mich nicht so gut, wie ich gehofft habe. Ich verlange Geschenke nicht zurück, nur weil ich keine Gegengabe bekomme.«

Sie hatte ihn gekränkt. Ihr erster Impuls war es, die Hand tröstend nach ihm auszustrecken, doch sie hatte bereits zuviel gegeben. »Ich habe ihn lieb.«

»Der Glückliche! Ich muß mir das Eingeständnis deiner Sympathie erbetteln, während ihm deine Liebe großzügig zuteil wird.« Es folgte ein Achselzucken... »Aber um Liebe habe ich ja nicht gebeten, oder? Ich glaube, ich sollte dankbar sein, daß du mich die sanfte Kunst der Geduld lehrst.« Er drehte sich um und ging zur Tür. »Ich verlasse dich jetzt, denn ich spüre, daß ich dich nervös mache.« Er hob begütigend die Hand, als sie widersprechen wollte. »Warum würdest du sonst von Fortlaufen reden? Mir scheint, ich muß wieder auf meine Angriffsstrategie zurückgreifen.«

»Angriff?«

»Besser gesagt Angriff und Verteidigung. Das älteste Spiel der Welt. Das Spiel, das wir die ganze Woche gespielt haben.« Er sah sie eindringlich an. »Nun ist das Spiel fast aus, Sanchia. Warum gibst du nicht auf und sparst uns Zeit und Mühe? Tust du es nicht heute, dann wirst du es morgen tun oder nächste Woche oder nächsten Monat.« Sein Ton wurde leiser und drängender. »Ich gefalle dir. Du begehrst mich. Warum willst du nicht mit mir leben? Es wäre nichts

Schändliches daran. Ich würde jeden töten, der dich beleidigt. Du bist eine liebevolle Frau, und wenn du mich schon nicht lieben kannst, möchtest du nicht ein Kind zum Liebhaben?« Sein Blick glitt zu ihrem Leib hinunter. »Meine Mutter nennt es unnatürlich, daß ich mir keinen Erben wünsche.« Er schwieg kurz. »Aber jetzt würde ich gern ein Kind von dir haben.«

Sie schluckte, um der Enge ihrer Kehle beizukommen. »Nein.«

»Ja«, erwiderte er leise. »Ich kann dir ein Kind geben, das du lieben und umhegen kannst. Sanchia, du möchtest ein Kind. Ich will dir geben, was du möchtest.«

Seine Worte woben samtene Bänder aus Gefühlen, die sie umhüllten und lockten. Verzweifelt schüttelte sie den Kopf. »Meine Gefühle sind zu vielen Gefahren ausgesetzt.«

»Doch dir erscheint das Risiko doch jetzt viel geringer, oder? Und mit der Zeit wird es dir immer gefahrloser erscheinen, wenn du dich zu mir begibst. Ich habe nicht die Absicht, so knapp vor dem Ziel aufzugeben.« Er lächelte. »Eines Nachts wirst du mich in dein Bett lassen, und danach werde ich es nie mehr verlassen.« Er verbeugte sich. *»Buona sera, cara.«*

Cara. Dieser süße, liebevolle Kosename... er hatte ihn zuvor nur einmal verwendet und sie dann in ihrer Hilflosigkeit in ein wahres Ungewitter an Gefahren gelockt. Nun stand er abermals im Begriff, sie in Gefahr zu bringen, und sie würde vielleicht nicht imstande sein, ihn daran zu hindern, weil Lion die Gefahr wie einen rettenden Leuchtturm aussehen ließ, der sie sicher aus dem Ungewitter herausgeleiten könnte. Und plötzlich wußte sie, daß Lion recht hatte: Eines Nachts würde sie sich von seiner Entschlossenheit und ihren eigenen stürmischen Gefühlen hinreißen lassen und ihn in ihrem Bett willkommen heißen.

Ihr Herz klopfte zum Zerspringen, als sie der Tür den Rücken kehrte und auf das Schachbrett hinunterblickte. Sie würde gefangen sein und so fest gehalten werden wie die Jade-Dame in Lions Hand.

Dazu durfte es nicht kommen. Aber wie wollte sie es verhindern? Sie war sein Eigentum, eine Gefangene in seinem Haus. Er brauchte nur die Hand nach ihr auszustrecken, und sie mußte ihm zu Gefallen sein. Und solange diese Möglichkeit existierte, bestand auch die Gefahr, daß sie sich ihm hingab.

Hingabe. Allein der Gedanke daran verursachte ihr Ekel. Sie war keine schwache dumme Gans, die entweder der eigenen Versuchung oder Lions Willen erlag. Sie trat näher an das Brett heran und griff nach dem Springer, mit dem Lion die Partie eröffnet hatte. Es wurde Zeit, daß sie sich von ihrer defensiven Spielweise löste und überlegte, was sie zu ihrer Rettung unternehmen könnte.

Sie stellte den Springer zurück aufs Brett. Ihre Brauen waren zusammengezogen.

Angriff?

14. KAPITEL

»Warum dieser Besuch?« Caterina Andreas lehnte sich in ihrem thronartigen Sessel vor dem Feuer zurück. »Du weißt, daß hier auf der Burg für dich kein Platz ist. Ich will dich hier nicht sehen.«

»Ich möchte auch nicht hier sein. Das alles wurde schon besprochen.« Sanchias Blick ruhte kühl auf Lions Mutter. »Aber ich muß Euch heute aus einem ganz besonderen Grund sprechen. Ich möchte Mandara sofort verlassen. Wollt Ihr mir helfen?«

Caterina sah sie schweigend an. »Warum brauchst du meine Hilfe?« fragte sie schließlich.

Sanchia lachte. »Warum wohl? Ich bin die Sklavin Eures Sohnes, der mir nicht erlaubt zu gehen. Meint Ihr nicht, ich könnte Hilfe gebrauchen?«

Caterinas Lippen verzogen sich. »Kannst du ihm nicht die Bitte um Freiheit ins Ohr flüstern, wenn er neben dir liegt? Ein Mann soll in Augenblicken wie diesen in den Händen seiner Geliebten schwach und gefügig sein.«

»Ich liege nicht mit ihm im Bett. Noch nicht.« Ein Hauch von Interesse zuckte über Caterinas Miene. »Er besucht dich täglich nachmittags, kommt erst nach Einbruch der Dunkelheit nach Hause, und du willst behaupten, daß er nicht bei dir liegt?«

»Noch nicht«, wiederholte Sanchia. »Er... erregt mich, und ich möchte Euch nichts vormachen. Wenn ich jetzt nicht gehe, weiß ich nicht, ob ich später dazu noch imstande sein werde.«

»Ich verstehe.« Caterina betrachtete Sanchias Gesicht sehr eingehend. »Dann müssen wir eben dafür sorgen, daß Lion nicht mehr die Gelegenheit hat, dich zu erregen.«

»Ihr werdet mir helfen?«

Caterina nickte gemessen. »Ich will, daß du gehst.«

»Lion hat an alle Wachposten Order gegeben, mich durch keines der Tore hinauszulassen. Könnt Ihr seine Befehle widerrufen?«

»So weit ist er gegangen?« Caterina schien erstaunt. »Nun, du mußt von unbeugsamer Entschlossenheit sein.«

»Könnt Ihr es?«

»Nein. Lion herrscht über Mandara. Wäre er nicht in der Stadt, dann würde der Oberst der Garde vielleicht auf mich hören, nicht aber, wenn Lion hier weilt.«

»Könnt Ihr einen Weg finden, wie ich aus der Stadt gelangen könnte, ohne daß er es erfährt?«

»Möglich wäre es gewiß.« Caterina überlegte angestrengt. »Doch es braucht Zeit, um einen Plan zu ersinnen und Vorkehrungen zu treffen. Eine Woche vielleicht.«

»Es muß jetzt gleich sein. Spätestens morgen.«

»Ich sagte, daß es nicht geht. Du mußt...« Caterina sprach nicht weiter, als sie die Verzweiflung in Sanchias Miene las. »So also erregt er dich? Könntest du ihm noch einige Tage widerstehen?«

»Ich weiß es nicht«, flüsterte Sanchia.

»Laß mich überlegen.« Caterina stützte den Kopf an die hohe Stuhllehne. »Setz dich. Gemeinsam müßten wir eine Lösung für dieses Problem finden.«

Sanchia ließ sich auf dem Hocker nieder, auf dem Lions Mutter ihr Platz angeboten hatte, und faltete die Hände im Schoß. Es war eine unterwürfige Haltung, aber sie fühlte sich in diesem Augenblick nicht wie eine Sklavin.

»Ach, ich hab's.« Caterina beugte sich vor. In ihren dunklen Augen spiegelte sich das Kaminfeuer. »Es ist eine Lösung, die uns beiden sehr gut paßt und die Worte des guten Lorenzo gegen ihn selbst wendet.«

Sanchia registrierte die Erwähnung von Lorenzo mit Verwunderung und beugte sich dann vor, um aufmerksam zu lauschen, als Caterina zu sprechen anfing.

»Lion!«

Lion, der im Begriff stand zu gehen, drehte sich um, als er die Stimme seiner Mutter vernahm. Sie lief eilig die Treppe hinunter.

»Du darfst jetzt nicht fort. Heute bestehe ich auf deiner Anwesenheit beim Abendessen.« Caterina war auf der letzten Stufe angelangt und hielt inne. Ihre mit Ringen geschmückten Finger ruhten auf dem Geländer. »Wir haben Gäste, und es wäre äußerst unhöflich, wenn du dich ihnen nicht widmen würdest.«

»Gäste?«

»Nur ein Dutzend etwa. Guido Ralzo und Fra di Bresgano, Lucretia Montagno und ihre Tochter Mona sowie della Rosa und seinen Sohn, der kürzlich erst von der Universität in Ferrara heimgekehrt ist.«

Lions Augen verengten sich argwöhnisch. »Mutter, was hast du vor? Unterhaltung dieser Art macht dir nur wenig Freude. Ich kann mich gar nicht erinnern, wann du zum letzten Mal jemanden zur Abendtafel eingeladen hast.»

»Dann wird es höchste Zeit, meinst du nicht auch?« äußerte Caterina mit nichtssagendem Lächeln. »Es ist meine Pflicht den Bürgern von Mandara gegenüber. Und auch die deine, Lion.«

»Ich muß fort.«

»Ja, ich weiß. Seit deiner Rückkehr haben wir wenig von dir zu sehen bekommen.« Ihr Ton war merklich schärfer geworden. »Meinst du, es würde dir schaden, einmal mit deiner Mutter bei Tisch zu sitzen?«

Lion zögerte. »Hättest du mir gesagt, daß halb Mandara zu Gast ist, dann hätte ich…«

»Ein Dutzend Gäste – keine Rede von der halben Stadt.« Sie lächelte andeutungsweise. »Für die nächste Woche plane ich eine größere Festlichkeit, zu der ich fünfmal so viele Gäste einzuladen gedenke. Da ich es dir jetzt schon ankündige, wirst du natürlich überglücklich sein, daran teilzunehmen.«

»Man wird sehen.«

»Ja, man wird sehen.« Caterina trat auf ihn zu und legte liebevoll eine Hand auf seinen Arm. »Ich glaube, du wirst dich überreden lassen, den Gastgeber zu spielen. Das ist wirklich nicht zuviel verlangt.«

Seine Miene wurde weich, als er auf sie hinunterblickte. »Nein, es ist nicht zuviel verlangt. Du regierst Mandara viel besser als ich.«

»Unsinn, ich wende Zeit und Mühe nur dort auf, wo es angebracht ist. Wenn du deine Spielerei mit dem Schiffsbau aufgeben und an den Platz, an den du gehörst, zurückkehren würdest, wer weiß, was wir dann aus Mandara machen könnten.«

»Aber warum wollt Ihr Vollkommenheit noch verbessern?« fragte Lorenzo, der die Stufen hinunterschritt. »Außerdem – was könnte man hier noch zusätzlich schaffen? Es ist schon alles vorhanden. Wäre Mandara größer und mächtiger, dann gäbe es auch mehr Armut und Korruption.« Er lächelte und blieb vor Caterina und Lion stehen. »Nein, Lion hat recht, edle Frau. Unter Eurer wohlmeinenden Herrschaft erlebt Mandara eine echte Blüte.«

»Zuweilen fühle ich mich alles andere als wohlmeinend«, sagte sie zu Lorenzo gewendet. »Und jetzt ist einer dieser Momente.«

»Ich bin sicher, Ihr werdet diese Anwandlung bald überwinden und wieder zu Eurer gewohnten gütigen Haltung zurückfinden.« Lorenzo verbeugte sich spöttisch. »Lion, geh nur deiner Wege. In Gegenwart einer Gastgeberin, die so anmutig der Tafel vorsitzt, bist du überflüssig.«

»Nein«, äußerte Caterina zähneknirschend. »Lion, bleib zumindest bei Tisch. Wenn du anschließend gehen möchtest, werde ich keinen Einwand erheben.«

Erstaunt sah Lorenzo sie an. »Ein Kompromiß? Da drängt sich einem die Frage auf...«

»Ich bleibe«, unterbrach Lion ihn ungeduldig. »Aber gleich nach dem Essen gehe ich.«

»Wenn du unbedingt mußt.« Caterina drückte seinen Arm. »Wie schön, dich bei uns zu haben, auch wenn es nur kurz ist. Danke, Lion.»

»Wie Lorenzo ganz richtig sagte, wird niemandem meine Anwesenheit bei Tisch auffallen, aber wenn es dir Freude macht, werde ich...«

Biancas aufgeregtes, einem Triller gleichendes Lachen war von oben zu hören. Lion blickte hinauf und sah sie auf dem Treppenabsatz. »Ach, Lion, ist das nicht wundervoll?« Und über ihre Schulter rief sie: »Wir amüsieren uns so köstlich, nicht wahr?«

»Ja, großartig.«

Lion erstarrte, als er sah, wer hinter Bianca die Treppe hinunterkam.

Sanchia hielt inne, um Lions verdutztem Blick zu begegnen. »Mein Herr.« Sie nickte und wandte sich wieder Bianca zu, die sich nun freundschaftlich bei Sanchia einhängte.

Lorenzo stieß eine halblaute Verwünschung hervor, dann lachte er verhalten.

»Ist das nicht eine reizende Überraschung?« Bianca zog Sanchia über die Treppe mit sich. »Deine Mutter hat Sanchia in meinem Ankleidezimmer einquartiert, so daß ich sie unter meiner Aufsicht habe, bis ihre Verletzung ausgeheilt ist, und der niedliche kleine Piero bewohnt die Kammer daneben. Den ganzen Nachmittag haben Sanchia und ich geplaudert und Pläne geschmiedet.«

»Reizend.« Er starrte Sanchia an. »Und obendrein eine totale Überraschung.«

Sanchia erwiderte seinen starren Blick ohne Scheu. »Wie hätte ich die liebenswürdige Einladung Eurer Mutter ausschlagen können?«

»Ja, nicht wahr?« ließ sich Lorenzo vernehmen. »Eben war die Rede davon, wie charmant und wohlmeinend die Herrin dieses Hauses sein kann.«

»Es wird Zeit, daß Sanchia unter Menschen lebt, die sich ihrer annehmen, wie es sich gehört.« Caterina trat vor, um Sanchias verletzte Hand in die ihre zu nehmen. »Alleinsein mag ja seine Vorteile haben, aber hier bei uns ist sie viel besser aufgehoben. Da Sanchia leider keinen Familiennamen hat, habe ich mich entschlossen, ihr einen zu geben. Ich habe meine Gäste davon in Kenntnis gesetzt, daß ich eine junge Anverwandte mit Namen Sanchia Salmona bei mir habe. Das wirst du dir gewiß merken, Lion. Und jetzt komm, meine Liebe, ich werde dich unseren Gästen vorstellen. Ich habe sie in den Garten geschickt, damit sie sich an seiner Schönheit erfreuen, so lange das Tageslicht es zuläßt. Ich bin auf meinen Rosengarten sehr stolz.«

»Mutter, ich begleite Sanchia.« Lions Miene blieb ausdruckslos, als er vortrat. »Wie es einem aufmerksamen Gastgeber zukommt.«

»Ich komme mit.« Biancas Lächeln war voller Eifer. »Ich werde dir den Laubengang zeigen, in dem Marco mein Porträt gemalt hat.«

»Ja, natürlich«, sagte Caterina, »du mußt Sanchia alles zeigen, liebe Bianca. Sie soll sich hier ganz wie zu Hause fühlen und spüren, wie willkommen sie uns ist.«

Lion bedachte seine Mutter mit einem frostigen Blick. »Komm, Bianca«, forderte er seine Gemahlin auf.

Ein Lächeln erhellte Caterinas Gesicht, als sie den dreien nachsah, die den Weg zum Garten einschlugen.

»Ein kühner Zug.«

Sie sah Lorenzo an. »Es war dein Vorschlag… du wolltest, daß ich sie in mein Haus einlade.«

»Weil ich glaubte, es würde deinen Unwillen erregen. Und weil ich nicht alle Folgen bedacht hatte.«

»Ich auch nicht, ehe sie mich aufsuchte.«

»Ach, Sanchia kam zu dir? Interessant. Darf ich annehmen, daß es sich um ein Komplott handelt?«

»Ja.«

»Du weißt natürlich, daß dieser Schachzug ein riskantes Element in sich birgt? Du hast Sanchia in Lions Reichweite gerückt.«

»Sie wird ständig von Bianca, Marco und mir überwacht… nicht zu vergessen von einem Dutzend Gästen.«

»Du hast gar nicht erwähnt, daß deine Gäste länger bleiben.«

»Mag sein, daß ich es vergaß.« Sie sah ihn voller Unschuld an. »Warum sollte ich Lions Heimkehr nicht mit ein paar Freunden feiern?«

»Ich wüßte nichts, was dagegen spräche.«

Sie verzog ihr Gesicht und machte sich daran, den anderen in den Garten zu folgen. »Zumindest solltest du so vernünftig sein, so zu tun, als wärest du meinetwegen enttäuscht und verärgert.«

»Ich bin es nicht. Ich bewundere deine Klugheit und deinen Einfallsreichtum.« Er fiel in Gleichschritt mit ihr. »Ich fragte mich bereits, wann du etwas unternehmen würdest, um die Situation in den Griff zu bekommen. In letzter Zeit hast du dich viel zu nachgiebig und zurückhaltend gegeben.«

»Du findest mich zurückhaltend? Das wollen wir doch zu einem passenderen Zeitpunkt erörtern.«

»Von einer Frau deines Formats, Caterina, lasse ich mich gern eines Besseren belehren.«

An der zum Garten führenden Tür blieb sie stehen. »Du zürnst mir wirklich nicht?« fragte sie mit gefurchter Stirn.

»Ich enttäusche dich nur ungern, aber ich könnte gar nicht erfreuter sein«, sagte er. »Auf lange Sicht ändert diese kleine Verzögerung nichts am Ausgang der Geschichte.«

»Die Frage ist nur, welcher Ausgang vorausbestimmt ist.«

Lorenzo schüttelte den Kopf. »Zwischen ihnen herrscht leidenschaftliches Begehren, und das überwindet schließlich alle Hindernisse. Du hast ihnen die Erfüllung erschwert und tausendmal erstrebenswerter gemacht. Eine der Schwächen der menschlichen Natur.«

»Ich habe die Erfüllung unmöglich gemacht.«

Er lachte. »Nun, das ist eine große Herausforderung, die ich mit Freuden annehme, obwohl Lion über deine Einmischung alles andere als erbaut sein dürfte.«

»Nun, mein Eingreifen ist ganz in Sanchias Sinn.«

»Das mag sie sich einbilden. Aber ein Teil ihrer selbst wird Lion bei der Verwirklichung seiner Absichten entgegenkommen, da es der weiblichen Natur entspricht, den Fortbestand des Menschengeschlechtes zu sichern.«

»Was weißt du schon von der weiblichen Natur? Wir Frauen haben Bedürfnisse, die über das Gebären hinausgehen. Wir wollen nicht nur Gefäß sein für...«

»Erspar mir diese Belehrung. Ich meinte das weibliche Geschlecht im allgemeinen und nicht dich persönlich. Es ist uns allen bewußt, was für eine außergewöhnliche Frau du bist.« Er ließ eine höfliche Verbeugung folgen. »Jetzt muß ich mich unter die Gäste mischen und dich große Dame spielen lassen. Ich halte mich schon zu lange an deiner Seite auf.«

Caterina sah ihm nach, von einem Gefühl der Lustlosigkeit erfüllt. Plötzlich erschien ihr der Garten all seiner herrlichen Farben beraubt. Sie selbst fühlte sich leer und farblos. In Lorenzos Gesellschaft kam sie sich klug und immer geistreich und wundervoll begehrenswert vor.

Wie töricht... sie war geistreich, klug und begehrenswert. Ganz gewiß brauchte sie keinen Mann, der ihr dieses Selbstbewußtsein vermittelte. Sie brauchte überhaupt keinen Mann.

Sie riß ihren Blick von Lorenzo los und schlenderte den Pfad zu dem Laubengang entlang, in dem sie Lion und Sanchia entdeckt hatte. Die beiden standen da und sahen zu, wie Marco die mit Blumengirlanden geschmückte, an einer Eiche befestigte Schaukel anstieß, auf der Bianca saß.

»Was bildest du dir ein... was willst du hier?« fragte Lion mit verärgertem Unterton, während er den Blick geistesabwesend auf Marco und Bianca richtete.

»Ich genieße die Sonne«, gab Sanchia zurück, ohne ihn eines Blikkes zu würdigen.

»Genieße sie auf dem Balkon deines Hauses an der Piazza.«

»Hier hat sie eine andere Tönung.«

»Sanchia, ich werde nicht...« Mit einem tiefen Atemzug versuchte er seines Zorns Herr zu werden. »Ich möchte dich hier nicht haben.«

»Aber ich möchte hier sein, deine Mutter möchte mich hier haben, sogar Bianca möchte es.«

Zunächst schwieg er. Doch als er wieder etwas sagte, war sein Ton eiskalt. »Du willst mir aus dem Weg gehen?«

»Es erscheint mir am besten. Ich sagte Euch...«

»Was du sagst, habe ich satt«, unterbrach er sie. »Du hättest vor mir nicht davonlaufen müssen. Ich hätte dir Zeit gelassen.« Er sah sie an. »Jetzt lasse ich dir keine mehr. Du hast deine Wahl getroffen. So sei es.« Er drehte sich jäh um und ging den Pfad entlang. Er begegnete seiner Mutter, die auf den Laubengang zuhielt. Er wäre mit einem kurzen Nicken an ihr vorbeigegangen, hätte sie ihn nicht aufgehalten, indem sie eine Hand auf seinen Arm legte.

»Es ist so am besten, Lion«, sagte sie leise.

»Sanchia benutzte die gleichen Worte.« Lion trat beiseite, so daß ihre Hand von seinem Ärmel glitt. »Ihr beide werdet mich noch überzeugen, daß ihr recht habt. Du hast entschieden, daß sie hierherkommen soll. Wer bin ich, daß ich widersprechen könnte?«

»Lion, du möchtest doch nicht...«

»Du weißt nicht, was ich möchte. Deine ehrgeizigen Ziele machen dich blind. Jawohl, blind ist das richtige Wort, denn du siehst nicht, was du heute angerichtet hast!« Er machte eine Pause. »Dreizehn Jahre lang habe ich es vermieden, dich und Bianca zu kränken, aber das hat jetzt ein Ende. Ich werde mich von dir und Sanchia nicht zu etwas zwingen lassen, Mutter.«

Sie warf einem Paar, das bewundernd vor einem Rosenstrauch stehengeblieben war, einen hastigen Blick zu. »Pst, jemand könnte dich hören.«

»Sollen sie es doch hören, es kümmert mich nicht mehr.«

»Bianca.«

»Du selbst hast für Bianca die Bedrohung geschaffen, als du Sanchia Unterkunft in unmittelbarer Nähe meiner reizenden Gemahlin angeboten hast. Jetzt ist es an dir, die Bedrohung abzuwehren.« Er holte tief Atem. »Aber bei Gott, du wirst es nicht schaffen.«

»Bianca ist sehr glücklich, daß du hier bist.«

Sanchia riß ihren Blick von dem davoneilenden Lion los und sah Marco entgegen, der auf sie zukam. Bianca saß noch immer auf der Schaukel, den Blick verträumt ins Geäst des Baumes über sich gerichtet. Marco warf einen Blick über die Schulter und lächelte. Dann wandte er sich an Sanchia. »Es wäre sehr freundlich von dir, wenn du sie nicht enttäuschen würdest.«

»Marco, ich wollte mit Euch sprechen. Ich weiß, daß ich versprochen habe, Mandara zu verlassen. Es ist noch immer meine Absicht, aber ich möchte Euch erklären, wie...«

»Einer Erklärung bedarf es nicht. Die Situation ist eindeutig – du bist gekommen, um Lion zu entfliehen, und nicht, um auf ihn Jagd zu machen.« Er schnitt eine kleine Grimasse. »Ich bin kein Narr, auch wenn meine Mutter und Lion mich für einen Träumer halten. Was mich betrifft, so bist du hier willkommen, solange du nichts tust, was Bianca verletzen könnte.«

»Ich halte Euch nicht für einen Narren.« Unwillkürlich glitt ihr Blick zu Bianca.

Er schüttelte den Kopf. »Nein, an meinem Gefühlen für Bianca ist nichts Närrisches oder Törichtes.« Er lächelte wehmütig, als auch er die Kindfrau auf der Schaukel betrachtete. »Sie ist der beste Teil meines Ich. Sieht sie mich an, dann sieht sie mich so, wie ich sein will. Ich bin in Wahrheit kein großer Künstler. Selbst wenn man mich mit den Lehrlingen eines da Vinci oder Botticelli vergleicht, fehlt es mir an Talent. Aber ich arbeite sehr eifrig und lerne dazu und werde eines Tages vielleicht...« Er zog die Schultern hoch. »Doch selbst wenn ich nie besser werde, selbst wenn mich nie die große Inspiration überkommt, würde ich Bianca genügen. So wie sie mir immer genügen wird.«

Als Sanchia darauf nichts sagte, sah er sie an und nickte bedächtig. »Du findest das verwunderlich? Ja, ich weiß sehr wohl, daß sie nie mehr als ein Kind sein wird – wenngleich ich anfangs noch Hoffnung hatte, sie würde erwachsen werden.« Er suchte nach Worten. »Damals, als sie nach Mandara kam, war sie für mich das holdeste, liebreizendste Mädchen von ganz Italien. Sie rührte mein Herz an und ließ mich glauben, es sei ewiger Frühling, wenn sie in meiner Nähe war.«

»Sie ist reizend.«

»Ja.« Sein Blick wanderte zu Bianca. »Als mir aufging, daß sie sich nie ändern würde, daß sie nie zu einer Frau werden würde, die meine...« Er seufzte. »Sicher kannst du dir denken, daß ich meinem Bruder nie eine Kränkung zugefügt hätte, aber dennoch... es bestand ein winziger Hoffnungsschimmer. Und dann, ganz plötzlich, war diese Hoffnung dahin. Für mich war es keine leichte Zeit.«

Sanchia empfand Rührung. »Marco, das braucht Ihr mir nicht zu sagen.«

»Doch, ich muß. Ich schätze und bewundere dich, und ich möchte, daß du begreifst, warum ich deinen Bedürfnissen gegenüber so gefühllos scheine.« Er zog wieder die Schultern hoch. »Aber lassen wir das. Sie wird unruhig. Ich muß zu ihr«, sagte er nach einem Blick zu Bianca.

»Marco...« Sanchia zögerte mit ihrer Frage. »Ihr habt gesagt, es sei für Euch nicht leicht gewesen. Warum habt Ihr Euch entschieden, bei ihr zu bleiben?«

»Du begreifst noch immer nicht... es war für mich zu spät.« Aus seinem Lächeln sprachen Wehmut und Liebe. »Auch wenn ich weiß, daß der Sommer nie kommen wird, so tröste ich mich damit, daß es kaum jemandem vergönnt ist, in einem ewigen Frühling zu leben.«

Sanchia blickte ihm nach. Sie hörte das Lachen, mit dem Bianca ihn empfing. Ein Sonnenstrahl fiel schräg durch die Baumkrone und umgab das Paar mit strahlender Helligkeit, als Marco nach der Schaukel mit den Rosengirlanden faßte. Mit sanfter Kraft stieß er

Bianca an, so daß sie die Erde zu verlassen und zum Himmel emporzuschwingen schien.

»Eine Botschaft?« fragte Cesare Borgia, als er sich vom Fenster abwandte, um Damari anzusehen. »Warum ist es nötig, daß ich meinem Vater schreibe?«

»Eine reine Vorsichtsmaßnahme.« Damari lächelte gewinnend. »Ich glaube, ich habe eine Möglichkeit gefunden, den ›Tänzer im Wind‹ wiederzuerlangen, ohne daß Euch oder Seiner Heiligkeit Unkosten entstehen. Leider besteht das Risiko, daß wir uns alle den Zorn des Volkes zuziehen, sollte etwas über die Methode bekannt werden. Es versteht sich, daß Soldaten wie wir nicht auf die Liebe des Volkes angewiesen sind, doch ein Papst muß Vorsicht walten lassen.«

»Ich bin sicher, Eure Besorgnis um die Position meines Vaters wird auf seine Wertschätzung stoßen.« Cesare Borgia ließ sich auf einen Stuhl fallen. Sein Blick ruhte voller Spott auf Damari. »Aber bestimmt läßt er sich überreden, ein gewisses Risiko zu wagen, wenn entsprechende Ausbeute winkt. Also, was soll ich ihm mit meiner Botschaft übermitteln?«

»Mir ist zu Ohren gekommen, daß gewisse Zustände, die in dem Dörfchen Fontana herrschen, unseren Plänen förderlich sein könnten.« Damari umriß nun seinen Plan in aller Deutlichkeit und in knappen Sätzen, die er rasch und sehr überzeugend vorbrachte. Nachdem er geendet hatte, wartete er gespannt auf die Antwort Cesare Borgias.

Borgia schwieg und überlegte. Schließlich nickte er. »Ja, so könnten wir unser Ziel erreichen. Doch für Euch ist damit eine gewisse Gefahr verbunden.«

»Ich bin gewillt, das Risiko auf mich zu nehmen. Wie ich Euch schon sagte, glaube ich an meine Bestimmung.«

»Nun, dann muß Euer Glaube aber sehr stark sein, wenn Ihr Euch auf ein so gewagtes Spiel einlaßt. Dennoch – es könnte gehen.«

»Für mich keine Frage.« Damari versuchte, gleichmütig zu erscheinen. »Wenn Ihr die angewendeten Mittel jedoch für zu gefährlich für Euch und Seine Heiligkeit haltet, dann beuge ich mich Eurem Urteil. Aber ich kann es schaffen, Herr.«

»Die Kühnheit des Planes besticht«, meinte Borgia mit einem Nicken. »Ich will meinem Vater schreiben und ihm den Plan darlegen.«

»Unverzüglich? Die Zeit ist von überragender Bedeutung, wie Ihr sicher versteht.«

»Sofort.« Borgia erhob sich und ging an den Klingelzug. »Ich werde einen Boten mit der Anweisung schicken, auf sofortige Antwort zu warten. Ihr bleibt hier in Cesena, bis das Einverständnis meines Vaters eintrifft.«

»Meint Ihr, er wird zustimmen?«

Borgia lächelte. »Wenn ich es darauf anlege, kann auch ich sehr überzeugend sein.«

Damari war beruhigt. Cesare Borgia begehrte die Statuette so heftig, daß er das Risiko eingehen wollte, und alle Welt wußte, daß sein Einfluß auf den päpstlichen Vater mit jedem Tag größer wurde.

»Vielleicht könnt Ihr auf die sagenhaften Kräfte des ›Windtänzers‹ hinweisen?«

»Das wird nicht nötig sein. Er ist besessen von der Aussicht, die Figur in seinen Besitz zu bekommen. In seiner letzten Nachricht an mich stand etwas von einem Reiterstandbild auf dem Ponte Vecchio in Florenz. Dort soll Buondelmonti ermordet worden sein und der Ursprung der Fehde zwischen Guelfen und Ghibellinen liegen. Er ist überzeugt, unser Schicksal ist mit dem ›Windtänzer‹ verknüpft.« Borgia ließ sich am Schreibtisch nieder und zog einen Bogen Pergament aus dem mittleren Schubfach. »Nein, er giert zwar nach dem Besitz der Statuette, aber er ist ein betagter Mann und mit den Jahren vorsichtig geworden. Ich muß hervorheben, daß Euer Plan verwirklicht werden kann, ohne daß seine Beteiligung ruchbar wird.« Er warf einen Blick über die Schulter. »Euer Plan ist nicht ganz vollständig, Damari. Ich könnte ihn mit einigen Verfeinerungen ergänzen, die meinem Vater und mir sehr zusagen werden.« Er griff nach dem Gänsekiel und tauchte ihn in das Onyx-Tintenfaß. »Ihr habt ganz recht. Würde bekannt, daß mein Vater Anteil an dem Plan hat, die Bewohner von Mandara zu vernichten, man würde ihn aus dem Vatikan jagen.« Er fing zu schreiben an. »Daher darf davon niemand etwas wissen.«

Ein Lakai trat ein, und Cesare Borgia sagte, ohne aufzublicken:

»Ein Bote soll dies unverzüglich zu Seiner Heiligkeit bringen und auf eine Antwort warten.«

Damari lehnte sich wieder an die Wand und verschränkte mit befriedigtem Lächeln die Arme. Sein Plan war geradezu genial und würde ihm sehr viel Genuß und Befriedigung verschaffen. Ein wahrer Jammer, daß er die Antwort des zittrigen, greisen Schurken in Rom abwarten mußte. Die Versuchung war groß gewesen, den Plan ohne Wissen Cesare Borgias auszuführen, aber er hatte sich eines Besseren besonnen. Es war von größter Wichtigkeit, daß beide Borgias beteiligt, ja, tief in die Sache verstrickt waren.

»Ihr seid mit Euch sehr zufrieden.« Cesare Borgia blickte auf und sah ihn mit der Andeutung eines Lächelns an. »Und wahrlich zu Recht. Ich selbst hätte keine wirksamere Methode ersinnen können.«

»Ein großes Lob, *magnifico*.«

»Es ist die Wahrheit.« Cesare Borgia fing wieder zu schreiben an. »Vergangenen Winter weilte ein junger Florentiner bei mir zu Gast, der Euren Einfallsreichtum aufs höchste bewundert hätte. Ich darf nicht vergessen, Euch bei nächster Gelegenheit mit Signor Machiavelli bekanntzumachen.«

Lion ließ Sanchia nicht aus den Augen.

Nach einem ersten flüchtigen Blick wandte sich Sanchia ab und bedachte den jüngeren della Rosa mit einem Lächeln. »Noch nie habe ich ein großartigeres Bild gesehen.« Ihre Handbewegung umfaßte die große Halle mit den hundertflammigen Lüstern, den vornehm gekleideten Gästen, den livrierten Dienern, die hin und her eilten und Wein in Silberpokale nachschenkten. »So viele Farben. Und die Musik...«

»Ihr sprecht ja, als hättet Ihr noch nie ein Fest wie dieses erlebt«, sagte Bernardo della Rosa. »Gewiß, die Herrin des Hauses führt den Vorsitz an der Tafel vortrefflich, doch habe ich in Ferrara üppiger gespeist, und diese Musik... fast unerträglich.«

»In meinen Ohren klingt sie wundervoll«, lautete Sanchias Antwort. »Und es ist wahr, daß ich noch nie ein solches Fest erlebt habe. Die ganze vergangene Woche war für mich wie ein schöner Traum.« Sie warf den Kopf zurück und lachte fröhlich, bevor sie ihren Pokal an die Lippen führte und einen tiefen Schluck nahm. »Ich glaube, Ihr lügt, wenn Ihr sagt, die Musik sei unerträglich. Gewiß gibt es keine Musikanten auf dieser Welt, die süßere Weisen hervorzubringen vermögen, Bernardo.«

Er blickte nachdenklich in ihr strahlendes Gesicht, ehe er eingestand: »Nun, mag sein, daß ich zu kritisch war. In Ferrara sind die Musikanten...«

»Ich will nichts von Ferrara wissen. Ich will nur an Mandara denken, an die Musik und...« Sie stellte eilig den leeren Pokal auf das Tablett eines vorübereilenden Dieners. »Die *pavane*. Begleitet mich auf die Tanzfläche, Bernardo. Ich möchte tanzen.«

»Immer wollt Ihr tanzen.« Dessenungeachtet stellte er sein Trinkgefäß auf den Tisch neben sich und ergriff ihre Hand. »Ich nehme an, Ihr werdet mir jetzt erzählen, Ihr hättet noch nie getanzt, ehe Ihr nach Mandara gekommen seid? In Florenz müßt Ihr ein sehr behütetes Leben geführt haben. Seid Ihr in einem Kloster erzogen worden?«

»Nein, nicht ganz.« Was er wohl sagen würde, wenn sie ihm die Wahrheit gestehen könnte? Sie konnte sich seine angewiderte Miene vorstellen, seinen sofortigen Rückzug. Sanchia Salmano, Tochter aus guter Familie, Anverwandte der edlen Caterina, war für Flirt und leichte Tändelei akzeptabel, doch über Sanchia, der Sklavin und Diebin, würde man unbarmherzig den Stab brechen. Nein, sie wollte sich diesen Gedanken nicht hingeben. Mit dem Verlassen von Mandara würden die Tage des Reichtums und der Pracht für sie vorüber sein, deshalb wollte sie jeden Augenblick genießen.

Sie gesellten sich zu den Damen und Herren auf der Tanzfläche und fingen an, in der würdevoll-anmutigen Schrittfolge der *pavane* die Halle abzuschreiten. Es war zwar nicht Sanchias Lieblingstanz, doch die Musikanten entlockten ihren Instrumenten schmelzende Töne, die Bewegungen waren weich und rhythmisch, und Bernardo della Rosa starrte sie an, als fände er sie schön.

Ganz plötzlich befand sich Lorenzo vor ihr in der Reihe. »Du siehst heute bezaubernd aus. Eine richtige Circe. Du solltest immer Grün tragen.«

»Lorenzo, ich habe Euch noch nie tanzen sehen.« Sie ließ den Blick nach unten über ihr jadegrünes Samtkleid wandern, dessen

Untergewand mit schimmernder Goldstickerei geziert war. »Und das Kleid solltet Ihr erkennen. Ihr selbst habt der Schneiderin genau angesagt, wie sie es nähen soll. Erinnert Ihr Euch nicht an die ersten Tage in Mandara?«

»Mir sind nur die Schwierigkeiten vor der Fertigstellung in Erinnerung geblieben. Du glühst ja wie eine Fackel.« Er ließ eine kleine Pause eintreten. »Aber ich würde an deiner Stelle meine Flamme dämpfen, wenn ich den jungen della Rosa ansähe. Lions Miene gefällt mir gar nicht.«

»Bernardo gefällt mir. In seiner Gesellschaft fühle ich mich jung. Ich hatte noch nie Gelegenheit für Tänze und Spiele.« Sie schnitt eine Grimasse. »Lorenzo, nörgelt nicht an mir herum, und heute bin ich glücklich.«

»Ich weiß gar nicht, weshalb ich mir die Mühe mache, dich zu retten. Es würde mir sehr gut ins Konzept passen, wenn Lion seine Geduld mit dem Spiel verlöre, das ihr die ganze Woche gespielt habt.« Er streckte die Fußspitze und führte Sanchia mit vollendeter Grazie weiter. »Dennoch zögere ich, dich unnötiger Gewalttätigkeit auszusetzen. Ist das nicht eigenartig?«

»Sehr eigenartig.« Sie warf rasch einen Blick zu der Ecke, in der Lion stand. Jemand hatte sich ihm genähert, so daß er nun nicht mehr in ihre Richtung starrte. Erleichterung durchströmte sie, und gleich darauf wurde sie wütend auf sich selbst. Lion konnte ihr mit seinen Blicken nichts antun, und er hatte seit jenem ersten Abend im Garten nichts anderes getan, als sie anzusehen. Caterina hatte dafür gesorgt, daß sie während der gesamten Woche nicht allein und unbeschäftigt war und daß sie allabendlich in Biancas Gemach geführt wurde. »Aber seid unbesorgt. Lion hat nicht…« Ihr Atem stockte, als Lion aufsah und ihrem Blick über die ganze Länge der Halle hinweg begegnete.

Mit flammenden Wangen wandte sie sich ab.

»Siehst du?« fragte Lorenzo leise. »Erzürne ihn nicht mehr, oder er wird die Beherrschung verlieren.« Er lächelte. »Aber vielleicht willst du genau das mit deiner Tändelei mit della Rosa erreichen. Vielleicht bist du es leid, die Spiele entbehren zu müssen, in die Lion dich eingeführt hat.«

»Nein!« Aus ihrem Lächeln sprach Entschlossenheit. »Ich entbehre nichts. Ich will auch nicht... ach, laßt mich in Frieden, Lorenzo. Heute will ich nur glücklich sein und so tun, als hätte ich keine anderen Sorgen als die Mädchen drüben am Kamin, die bei jedem Wort, das zwischen ihnen fällt, kichern.«

»Wie du befiehlst.« Er zuckte mit den Achseln. »Aber du bist nicht wie diese Mädchen. Vierzehn Tage, und diese Maskerade würde dich anöden. Du warst zu lange der Wirklichkeit ausgesetzt, um diese Scheinwelt zu ertragen.« Im nächsten Moment zeigte die Musik einen Partnerwechsel an, und Lorenzo war verschwunden. Bernardo ergriff wieder ihre Hand.

Sie wollte nicht an Lorenzos Worte denken. Er irrte sich. Sie wünschte sich nicht, daß Lion sich ihr näherte, und sie empfand keine Leidenschaft für ihn. Jeden Gedanken an die Gemeinsamkeit mit ihm unterdrückte sie, und mit jedem Tag würde sie sich weiter von ihm entfernen. Bald würde ihr gar nicht mehr auffallen, ob er sie anstarrte oder nicht. Die Musik verklang mit einem Trompetenstoß, und sie wandte sich Bernardo mit einem Lächeln zu. »Das war herrlich! Würdet Ihr jetzt wohl zu den Musikanten gehen und sie bitten, die *moresca* zu spielen? Es ist ein viel schnellerer Tanz.«

Bernardo nickte und wollte durch die Halle auf die Galerie zugehen, auf der die Musikanten saßen.

»Haltet ein!« Plötzlich stand Lion neben ihnen. »Tanzen könnt Ihr später. Jetzt wird es Zeit, sich zum Essen niederzulassen.« Er lächelte voller Spott. »Wir dürfen die Planungen meiner Mutter nicht durchkreuzen. Sicher hat sie sich etwas Besonderes ausgedacht.«

Bernardo runzelte die Stirn. »Es hat keine Ankündigung gegeben.«

»Die kommt gleich.« Lion gab einem Diener ein Zeichen, und sogleich ertönte der Gong. Er wandte sich an Sanchia. »Gestatte, daß ich dich an deinen Platz führe.«

»Diese Ehre wurde mir versprochen«, warf Bernardo rasch ein.

Lion schenkte ihm keine Beachtung, als er Sanchias Hand nahm und sie zur Tafel führte.

»Aber, Signor Andreas, mir wurde...« Bernardo brach ab, als Lion sich umdrehte und ihn kalt anstarrte. Der junge Mann fuhr ein wenig lahm fort: »Ich wollte nur Eure liebenswürdige Gemahlin nicht Eurer Gesellschaft berauben.«

»Meine Gemahlin hat Gesellschaft, und Madonna Sanchia hat, wie Ihr seht, eine verletzte Hand. Als ihr Gastgeber halte ich es für meine Pflicht, die Tafelfreuden mit ihr zu teilen und ihr behilflich zu sein.«

»Ich brauche keine Hilfe.« Sanchia versuchte, ihm die Hand zu entziehen. »Ich habe gelernt, mich mit meiner Unbeholfenheit abzufinden.«

»Seht Ihr, wie sie protestiert?« Lion ließ ein Achselzucken folgen. »Was für eine wahrhaft edle Dame, die sich in aller Stille mit ihrem Gebrechen plagt. Aber ich kann nicht zulassen, daß sie sich dermaßen opfert.«

Er rückte für Sanchia einen Stuhl an der langgestreckten erhöhten Tafel zurecht, ehe er sich neben sie setzte und mit einer Handbewegung Bernardo bedeutete, dieser möge sich entfernen. »Ich wünsche Euch guten Appetit, della Rosa.«

Nach kurzem Zögern drehte sich Bernardo um und stolzierte steif zu einem Stuhl am anderen Ende der Tafel.

»Ihr geht zu weit«, stieß Sanchia zähneknirschend hervor. »Wollt Ihr einen Skandal heraufbeschwören? Was werden die Gäste denken?«

»Nun, daß ich ein zuvorkommender Gastgeber bin, der seinem Gast behilflich ist. Was sollten sie sonst denken? Bianca entbehrt meine Aufmerksamkeit gewiß nicht.«

Sanchia spähte über die Länge der Tafel hinweg zu Bianca und Marco, die sich angeregt unterhielten.

»Und Eure Mutter?«

Lion sah zu Caterina hin, deren finsterem Blick er mit harmlosem Lächeln begegnete.

»Sie wird uns höflich ignorieren, sobald sie sich an den Gedanken gewöhnt, und die Gäste werden ihrem Beispiel folgen. Schließlich hat sie dergleichen seit einer Woche erwartet.« Er wandte sich ab, um seine Hände in ein Becken mit Rosenwasser zu tauchen, das ihm ein Diener hinhielt. Dann trocknete er sich die Hände an einem weißen Leinentuch, das ihm ein zweiter Diener anbot. »Ebenso wie du und Bianca.«

»Ich habe nicht erwartet...« Sie sprach nicht weiter, als sie seinem Blick begegnete. Lügen wollte sie nicht. Sie hatte die ganze Zeit über mit einer Annäherung seinerseits gerechnet, und als diese ausblieb, waren ihre Anspannung und Erwartung unerträglich geworden. »Ich hatte wenig Zeit, einen Gedanken an Euch zu verschwenden.«

»Weil du mit diesem Narren della Rosa tändeln mußtest.« Er senkte den Blick, als ein Bedienter eine silberne Suppenterrine vor ihn hinstellte und dann weiterging, um Sanchia zu bedienen. »Ist er in deinen Augen stattlich?«

»Er ist stattlich genug.« Trotzig fügte sie hinzu: »Und er hat eine angenehme Stimme. Später wird er uns mit einem Lied erfreuen.«

»Verstand, Schönheit, Talent.« Er griff zu seinem Löffel. »Und er scheint von dir bezaubert zu sein. Sag mir, bist du auf der Suche nach einem Ehemann?«

»Ihr wißt, daß er mich niemals zur Frau nehmen würde.«

»Da wäre ich nicht so sicher. Meine Mutter wäre froh, wenn sie dich unter die Haube bringen könnte. Sicher würde sie sogar eine anständige Mitgift für dich zusammenkratzen, und wenn sie ihren Schmuck veräußern müßte.«

Sanchia lachte unsicher. »Ihr beliebt zu scherzen.«

»Nein, aber es freut mich, daß die Vorstellung dich amüsiert.« Er führte lächelnd den Löffel an die Lippen. »Weil ich bezweifle, ob dein Bräutigam den Weg zum Traualtar lebendig überstehen würde.«

Sie hielt inne und umklammerte den Griff ihres Löffels fester.

»Und wenn er überlebte, dann würde er noch vor Einbruch der Nacht Hörner aufgesetzt bekommen. Deshalb würde ich den Gedanken an eine Heirat an deiner Stelle nicht ernsthaft in Erwägung ziehen.« Nach einer kleinen Pause bemerkte er: »Du ißt ja gar nichts. Versuch wenigstens die Suppe... einfach köstlich.«

Automatisch führte sie den Löffel an die Lippen, ohne etwas vom Geschmack zu merken.

»Du sagst ja kein Wort. Was soll das? Mit diesem aufgeblasenen Gecken hast du dich höchst angeregt unterhalten.«

»Warum tut Ihr das?« flüsterte sie heiser. »Warum versucht Ihr, mir weh zu tun?«

»Bist du noch nicht auf den Gedanken gekommen, daß auch ich Kränkung empfinden könnte?« fragte er in gedämpftem Ton, aber hitzig und wild. »Du sagtest, du empfändest Zuneigung zu mir. Ich dachte schon, du...« Er brach mitten im Satz ab. »Also sprich mir nicht von Weh und Schmerz.«

»Ihr habt mich gezwungen, zu Eurer Mutter zu gehen.«

»Ich habe keinen Zwang ausgeübt.« Seine Linke, die auf dem Tisch lag, ballte sich zur Faust. »Es ist mir nicht leichtgefallen, Zurückhaltung und Sanftheit zu zeigen. Mein Leben lang kannte ich nur Gewalt und den Preis, den Gewalt bringt. Mit dir wollte ich etwas anderes. Ich wollte dein Vertrauen gewinnen.«

Sie wußte nicht, was sie darauf sagen sollte. Mitgefühl, Schuldbewußtsein und Angst überfielen sie wie eine Woge, überfluteten ihre Gedanken, ertränkten ihre Stimme. Nur mit Mühe brachte sie die Antwort heraus. »Denen zu trauen, die Macht über einen haben, ist gefährlich.«

»Viel gefährlicher ist es, die Träger dieser Macht zu verhöhnen oder ihnen mit Ungehorsam zu begegnen.« Langsam öffnete er die Faust und blickte auf Sanchias Hand nieder, die auf ihrem Schoß ruhte. »Was für eine hübsch verzierte Schiene. Das sieht ganz so aus, als hätte Bianca dafür gesorgt.«

»So ist es. Sie benutzte die Elfenbeinrippen eines alten Fächers und schickte Marco zur Schneiderin, um grüne Samtstreifen zu holen. Aus diesen Streifen formte sie die kleinen Schleifen. Das war sehr lieb von den beiden.«

»Ja, sie sind außerordentlich liebenswert. Beeil dich mit deiner Suppe. Der zweite Gang wird gleich aufgetragen.«

»Ich bin fertig.« Sie sah unbewegt zu, wie die Diener die Suppentassen abservierten, und registrierte mit ähnlicher Gleichgültigkeit, wie eine Reihe von Lakaien mit einer Auswahl von erlesenen Fleischspeisen aufmarschierte. Unter anderen Umständen wäre sie wie die anderen Gäste vom Anblick des mit Äpfeln und Rosen garnierten Wildschweinbratens und von dem Fasan, der einem das Wasser im Mund zusammenlaufen ließ, begeistert gewesen. Den Höhepunkt dieser Parade der Leckerbissen bildete eine der Burg von Mandara nachgebildete Torte mit sämtlichen Verteidigungsanlagen und einem Miniaturgarten. Die Schau wurde mit viel Beifallsrufen und Applaus belohnt, und nachdem die Lakaien durch die Halle marschiert waren, zogen sie sich an den langen Tranchiertisch am anderen Ende zurück, um die Speisen ihrer kulinarischen Pracht zu entkleiden und mundgerecht aufzuschneiden. In der Zwischenzeit wurde an der großen Tafel frisches Rosenwasser gereicht und Wein nachgeschenkt, bis das geschnittene Fleisch und die Soßen serviert wurden. Es war Sitte, daß sich je zwei Gäste ein Gedeck teilten, und Sanchia starrte verzagt auf das Schneidbrett, das zwischen sie und Lion plaziert wurde. Obwohl sie das Gegenteil behauptet hatte, würde es ihr sehr schwerfallen, Messer, Löffel und Brot mit nur einer gesunden Hand zu handhaben. Als sie nach dem Messer greifen wollte, hinderte Lion sie daran.

»Wenn ich dich füttere, geht es rascher«, sagte er und hielt ein Stück Brot in die Höhe. »Mach den Mund auf.«

Ehe sie es sich versah, machte sie tatsächlich den Mund auf, nahm das Brot, dann einen Bissen Fleisch und wieder Brot. Sie empfand diesen Vorgang des Gefüttertwerdens als Intimität und wünschte verzweifelt, die Tafel würde bald aufgehoben.

»Noch einmal.«

Sein Daumen liebkoste ihre Unterlippe, als er ihr ein Fleischhäppchen in den Mund schob. Ihre Lippe brannte, instinktiv zuckte sie vor seiner Hand zurück. »Genug! Ich mag nicht mehr.«

»Ich glaube doch.« Er lächelte. »Und ich möchte ganz gewiß mehr.« Er faßte nach einer Weintraube, riß eine Beere ab und drückte sie ihr an die Lippen. »Etwas Süßes und Volles.« Sein Blick streifte ihr tiefausgeschnittenes Mieder. »Und Festes.«

Sie nahm die Traube und schmeckte die Süße auf der Zunge. Sie wußte, daß sie den Blick hätte abwenden sollen. Die zwischen ihnen prickelnde Hitze verdichtete sich. Sie spürte, daß der weiche Batist ihres Hemdes von ihren plötzlich empfindlich gewordenen Brustspitzen als rauh empfunden wurde.

Sanchia hielt ihren Blick auf die Tafel gerichtet. Auch das war ein Fehler. Noch immer hatte er die Traube in seiner großen Hand, und plötzlich wurde sie von Erinnerungen überfallen – von Erinnerungen an seine breiten, kraftvollen Finger, die mit der Jade-Figur spielten, Finger, in dicken Lederhandschuhen, Finger, die den Ausschnitt ihres Kleides in fiebriger Hast zerfetzten, um ihre Brüste zu entblößen...

»Deine Wangen sind gerötet«, sagte Lion leise. »Ist dir warm, *cara*?«

Nicht nur warm. Heiß, zum Dahinschmelzen heiß. Sanchia hatte das Gefühl, als fließe ihr Blut wie geschmolzenes Metall direkt unter der Haut. Hastig griff sie nach ihrem Pokal und nahm einen tiefen Schluck.

»Der Abend ist warm und wird noch wärmer werden. Noch eine Traube?«

»Nein, nichts.« Sie setzte ihren Pokal ab, und sofort schenkte ein Diener nach. »Sollte jetzt nicht wieder getanzt werden? Mir scheint, wir sitzen schon sehr lange zu Tisch.«

»Mir kommt es auch lange vor.« Er gab die Trauben frei, dann legte er die Hand lässig auf sein Knie. »Wenn wir nicht bald die Tafel verlassen, muß ich mir etwas Amüsantes ausdenken. Weißt du, was mir vorschwebt, Sanchia?« Seine Hand verschwand unter dem schweren Damasttischtuch und drückte ihren Oberschenkel.

Sie erstarrte und sah ihn erschrocken an. Er blickte mit Unschuldsmiene geradeaus, nur der hämmernde Puls an seiner Schläfe verriet seine Erregung.

Die Wärme seiner Handfläche brannte durch die Schichten von Samt und Satin hindurch, so daß Sanchia zu zittern anfing. Sie beeilte sich, wieder nach dem Pokal zu greifen. »Nehmt Eure Hand von meinem Kleid!« zischte sie ihm zu.

»Warum? Es verschafft dir Wonne. Du bebst ja wie ein Vögelchen. Soll ich den Saum des Kleides hochschieben und dein Fleisch berühren, die weichen, dichten Löckchen streicheln? Niemand würde es sehen. Tisch und Tischtuch verbergen meine Hand. Ich könnte dich liebkosen und dir noch mehr Wonne verschaffen.« Seine Handfläche bewegte sich behutsam. »Würde dir das gefallen?«

»Nein.« Ihre Kehle war wie zugeschnürt, so daß sie das Wort kaum herausbrachte.

»Ich glaube doch. Natürlich müßtest du am Höhepunkt deinen Wonneschrei unterdrücken.« Seine Nasenflügel bebten, Röte färbte seine Wangen. »Warum sollen wir nicht ausprobieren, ob du es genießt? Spreize deine Schenke, *cara*, und ich werde...«

»Die *moresca*!« Caterina hatte sich erhoben und gab Spielleuten und Gästen ein Zeichen. »Wir wollen sehen, ob wir uns noch bewegen können, nachdem wir so herzhaft zugelangt haben.«

Diese Ankündigung wurde von den Gästen mit Gelächter und

Stöhnen quittiert, während die Musikanten auf der Galerie die ersten Takte der wilden, ungezügelten *moresca* erklingen ließen.

Plötzlich erschien Bernardo wieder an Sanchias Seite. »Darf ich Euch zur Tanzfläche führen, Madonna Sanchia?«

Lions Griff um ihren Schenkel wurde fester... eine warme, kraftvolle Forderung.

Eine Forderung, der sie nicht nachgeben mußte. »Ja.« Ihre Hand zitterte noch immer, als sie ihren Pokal absetzte. Ob Lion seine Hand wegnehmen und sie freigeben würde? »Ich liebe die *moresca*. Habe ich Euch das nicht gesagt?«

Lions Hand glitt von ihrem Schenkel, und er lehnte sich zurück.

Sanchia stand eilig auf, lief die lange Tafel entlang zu den Stufen, die von der Empore zur Tanzfläche führten. Sie war ihm entkommen. Oder hatte er ihr Entkommen gewollt? Ein hastiger Blick über die Schulter zeigte ihr den noch immer an der Tafel sitzenden Lion, der in seinem schwarzen Samtwams mit den farbig unterlegten Schlitzen dunkel, sinnlich und ein wenig bedrohlich wirkte. Seine Miene drückte träge Arroganz aus, als stünde er im Begriff, jeden Moment eine Vorstellung allein zu seinem Vergnügen zu befehlen.

Bernardo nahm vier Glöckchenarmreifen vom übervollen Tablett, das ein Diener ihnen entgegenhielt, und schob ihr je eines über jedes Handgelenk, ehe er sich selbst mit ihnen schmückte. Der Saal hallte vom fröhlichen Klang der Glöckchen und Tamburine, vor Musik und Gelächter wider.

Bernardo ging auf die andere Seite zu den Herren, und Sanchia nahm ihren Platz bei den Damen ein. Bianca ließ ein helles Lachen hören, und sogar aus Caterinas dunklen Augen funkelte gute Laune, als sie die Armreifen über ihre Gelenke schob, ihre roten Samtröcke glattstrich und den Musikanten ein Zeichen gab.

Sanchia hob die Arme über den Kopf, eine Bewegung die vom Geklingel der Armreifglöckchen begleitet war. Sie ertappte sich dabei, daß sie ebenso fröhlich und aufgeregt lachte wie Bianca. Nein, ein wenig anders war es in ihrem Fall schon. Ihre Erregung rührte nicht allein vom Tanz her, sondern von Lions Blicken, vom Pulsieren ihres Blutes, während sie sich drehte und wand und sprang und wieder eine Drehung vollführte. Die Fackeln an den Wänden verschwammen vor ihren Augen zu blau-orangen Flammen, und die

Glöckchen und Tamburins klangen nicht nur in ihren Ohren wider, sondern in ihrem Herzen und ihrem ganzen Körper.

Ihre Erregung steigerte sich, als sie alle sich an den Händen faßten und immer schneller im Kreis sprangen, um sich sodann wieder zu trennen und allein weiterzutanzen. Lachen wollte in ihrer Kehle aufsprudeln, aber sie war fast zu atemlos, um es lautwerden zu lassen. Die Schar der Tanzenden in der Halle war für sie ein Durcheinander farbiger Striche in Violett, Rot, Blau und Gold.

Eine Hand erfaßte ihr Handgelenk und zog sie aus der durcheinanderwirbelnden Menge hinter eine steinerne Säule.

»Was...« Ganz schwindlig vor Erregung blickte sie auf und sah Lions Gesicht über sich. »Nein, ich möchte...«

Seine Lippen preßten sich auf ihren Mund und teilten ihre Lippen. Ein Stöhnen, und er drang mit der Zunge ein. Sein mächtiger Körper drückte sie an die Säule. Sie spürte die Anspannung seiner Muskeln und seine männliche Erregung. Lion hob den Kopf. »Das ist es, was du möchtest.« Er rieb sich sehnsüchtig an ihr. »Ist es nicht so, Sanchia?«

Als eine heiße Woge sie durchflutete, umklammerte sie verzweifelt seine Schultern. Ihr Verstand drohte auszusetzen. Die Glöckchen, die Tamburine, die Musik, das Blut, das in ihren Adern toste... all das war viel zu laut. »Nein, jemand wird sehen...«

»Alle sind beim Tanz...« Seine Lippen drückten rasche, harte Küsse auf ihre Schläfen und Wangen. »Hier sieht uns niemand. Mach den Mund auf.« Sie wurde erst gewahr, daß sie seiner Aufforderung nachgekommen war, als seine Zunge ihren Mund ausfüllte und mit der ihren spielte. »Das hätte ich zu gern an der Tafel getan«, murmelte er. »So hätte ich dich liebend gern gefüttert.«

Sie versuchte ein Stöhnen zu unterdrücken, das sich ihr entringen wollte, er aber hörte es und blickte auf. »Komm mit mir. Du brauchst mich. Ich gebe dir, was wir beide brauchen.« Schon zog er sie mit sich zur Tür.

Sie hätte nicht mitgehen sollen, doch sie stolperte hinter ihm her, nur einen einzigen Einwand auf den Lippen. »Man wird uns vermissen.«

»Du weißt, daß die *moresca* ewig dauert.« Schon waren sie draußen auf dem Gang, und er drängte sie die Treppe hinauf. »Und was wäre schon dabei, wenn man uns vermißt? Seit Jahren wird geargwöhnt, daß Marco Biancas Liebster ist. Man würde es nur für ganz natürlich halten, wenn ich mir auch mein Vergnügen gönne.« Er nahm sie in die Arme und hob sie hoch, als er die Stufen hinaufging. »Und es ist natürlich, Sanchia. Natürlich und schön und richtig. Weißt du das nicht?«

Sie wußte gar nichts mehr. In ihrem Kopf drehte sich alles, als befände sie sich noch unter den Tanzenden, und ihr Herz schlug zum Zerspringen. Sie hätte Lion und der Lust, die sie durchströmte, Widerstand entgegensetzen müssen. Es war schierer Wahnsinn, willig und hilflos in seinen Armen zu liegen.

Doch sie war nicht hilflos. Wenn sie wollte, konnte sie sich gegen ihn sehr gut zur Wehr setzen.

Plötzlich wurde ihr verzweifelt klar, daß sie ihm keinen Widerstand entgegensetzen würde. Nicht heute.

Sie murmelte seinen Namen und schloß die Augen, als sie ihr Gesicht an den schwarzen Samt seines Wamses schmiegte.

15. KAPITEL

»Du scheinst jemanden zu suchen, meine Liebe. Kann ich dir behilflich sein?«

Caterina fuhr blitzschnell herum und sah sich Lorenzo gegenüber. »Du weißt sehr gut, wen ich suche, du Höllendämon. Wo sind sie?«

»Lion und Sanchia? Keine Ahnung. Wie viele hundert Gemächer gibt es in dieser Burg? Aber wo immer sie sein mögen, sie sind vor der Gefahr, gestört zu werden, sicher. Lion ist dein Sohn und wird gewiß gegen diese Möglichkeit Vorkehrungen getroffen haben.«

Caterina ballte die Hände zu Fäusten. »Du hast gesehen, wie sie die Halle verließen?«

»Ich hatte ein, zwei Blicke für sie übrig, als ich dich kurz aus den Augen ließ. Ach, übrigens tanzt du die *moresca* ausgezeichnet. Deine Energie verleiht den Schritten eine ganz bestimmte wundervolle...«

»Ich hätte nicht tanzen dürfen. Ich hätte viel mehr auf der Hut sein sollen, nachdem ich mit ansehen mußte, was sich am frühen Abend zwischen ihnen abspielte.«

»Glaubst du wirklich, du hättest Lion aufhalten können? Du kannst von Glück reden, daß er nicht früher gehandelt hat. Wir beide wußten ja, daß es nur eine Frage der Zeit sein würde, bis er sich von den Fesseln, die du um ihn gewunden hast, befreit.« Er lächelte. »Nein, du hättest genau das tun sollen, was du getan hast: lachen, tanzen und uns durch deine Freude beglücken.«

Erstaunt sah sie ihn an. »Beglücken?«

Er schien selbst überrascht zu sein. »Sagte ich das? Wie gewöhnlich von mir.« Er überlegte. »Aber vielleicht kommt es dem Gefühl am nächsten, das ich empfand, als ich dir zusah.«

Sie runzelte mißtrauisch die Stirn. »Willst du mich ablenken?«

»Habe ich dich je belogen?«

»Nein«, sagte sie langsam. »Niemals.«

»Ich werde es auch nie tun.« Er wandte sich um. »Und jetzt möchte ich in deinem schönen Garten lustwandeln. Möchtest du mir nachkommen, oder ziehst du es vor, durch die Burg zu laufen und in allen Kammern und Gemächern nach deinem verschwundenen Sprößling zu suchen? Es würde nichts nutzen, außer daß du ziemlich würdelos erscheinen würdest.«

Caterina ließ zögernd den Blick durch den überfüllten Raum schweifen.

»Man wird dich nicht vermissen, solange die Musik spielt und der Wein in Strömen fließt. Aber mir wirst du fehlen, wenn du nicht nachkommst, Caterina«, schloß er leise.

Er drehte sich um und war bald in der Menge untergetaucht.

Caterina verharrte reglos. In der Halle war es plötzlich zu heiß, die Musik war zu laut, die Gesellschaft so fade, daß es kaum auszuhalten war.

Sie würde ihm fehlen, wenn sie nicht nachkäme... Lorenzo hatte sie noch nie spüren lassen, daß ihm ihre Gesellschaft so viel bedeutete.

Sie bahnte sich langsam den Weg durch die Halle, nickte und lächelte und wich immer wieder den Tänzern aus, während sie dem Garten zustrebte, wo Lorenzo wartete.

Lion stellte Sanchia hin, ehe er sich umdrehte und die Tür schloß. Schweratmend lehnte er sich dagegen. »*Dio*, ich habe das Gefühl, mein Herz müßte zerspringen. Du bist schwerer, als du aussiehst.«

Zunächst sah sie ihn erstaunt an, um dann in Gelächter auszubrechen. Diese unverblümten und offenen Worte waren typisch für Lion. »Ihr hättet mich über diese unzähligen Stufen nicht zu tragen brauchen. Wir müssen uns ganz oben unterm Dach befinden.«

»Richtig.« Er drehte sich um und schob den Riegel vor. »Wir befinden uns im Turm, in dem wir den ›Windtänzer‹ aufbewahren.« Er drehte sich zu ihr um und sah sie an. »Ich hatte Angst, du würdest dich eines anderen besinnen, wenn du diese vielen Stufen selbst überwinden müßtest.« Er ging zum Kamin und kniete nieder, um die bereitliegenden Scheite anzuzünden. »Bereust du es schon?«

Das Holz fing Feuer, flammte auf, so daß Lions breite, ausgeprägte Wangenknochen und seine schimmernden dunklen Augen in ein warmes Licht getaucht wurden. Sie holte tief Luft. »Bereuen? Ich hatte kaum Zeit zum Überlegen.«

»Das war meine Absicht.« Er stand auf und ging auf sie zu. »Und ich werde dafür sorgen, daß es so bleibt.«

Sie wich erschrocken einen Schritt zurück. »Lion, das ist nicht...«

Seine Hände umfaßten ihre Wangen, er hob ihr Gesicht an, um ihr in die Augen sehen zu können. »Vertraue mir, *cara*.«

In seinen Augen sah sie Flammen, die Reflexion des Feuers. Sanchia spürte, wie die von ihm ausgehende Faszination sie völlig hilflos machte.

»Ist es denn so schwer, mir zu vertrauen?«

»Ja. Ich... ich glaube, ich habe zuviel getrunken.«

»Nein, du bist nicht betrunken.« Seine Lippen glitten federleicht über ihre Schläfe. »*In vino veritas.*«

Aber war das die Wahrheit? Ihre Gefühle waren ein einziges Chaos. Ihr war heiß, sie war erregt, und ihr wurde schwindlig wie bei der *moresca*.

»Dein Kleid gefällt mir. Ich wußte ja, du würdest in dieser Farbe wundervoll aussehen.« Er schob sie ein wenig von sich und trat einen Schritt zurück. »Jade-Dame, sollen wir unsere Partie eröffnen?«

»Aber Ihr gewinnt ja immer.«

»Diesmal nicht.« Er entledigte sich seines schwarzen Samtwamses und warf es beiseite. »Diesmal gibt es zwei Sieger. Weißt du noch, wie ich dich in der Scheune aufforderte, dich auszuziehen?«

Sie spürte eine Enge in der Brust. »Ja.«

»Du hattest Angst.« Lion zog sein feines weißes Leinenhemd aus und warf es auf das Wams. Er stand in seiner stahlgrauen enganliegenden Hose und schwarzen Stiefeln vor ihr. »Ich wollte, daß du Angst hast. Du solltest so große Angst haben, daß du nie vergessen würdest, wem du gehörst.«

Das dunkle Haar auf seiner Brust sah so weich aus... sie spürte ein Prickeln in den Händen. Sie wollte ihn berühren, mit den Fingern durch die Löckchen fahren, die Muskeln fühlen, die sich auf Brust und Schultern abzeichneten.

Er streifte die Stiefel ab und öffnete die Hose. »Jetzt siehst du aber gar nicht verängstigt aus.«

Und doch hatte sie Angst. Mehr als damals im Stall, als sie auf seine Anordnung hin gehandelt hatte. Weil sie wußte, daß er ihr jetzt nichts befehlen würde. Was sie machte, geschah aus freiem Willen.

Plötzlich stand er nackt da. »Komm zu mir, *cara*.«

Sie konnte sich nicht rühren. Ihr Blick glitt von seiner Brust abwärts zu seinem flachen Leib. Und dann noch weiter...

»Du wirst doch nicht etwa schüchtern sein?« Lion stand breitbeinig da, voll erregt, das Urbild kühner Männlichkeit. »Sanchia, geh zum Angriff über. Ich bin wehrlos.«

»Aber nicht ungerüstet«, murmelte sie. Ihr Blick hing in völliger Fassungslosigkeit an ihm.

»Dann laß mich meine Waffe in die Scheide stecken.« In seinen Augen blitzte unvermutet Humor auf. »Wie es sich gehört. Soll ich zu dir kommen?« Er streckte die Hand aus. *»Cara?«*

Sanchia machte einen Schritt, dann noch einen und stand plötzlich dicht vor ihm.

Er nahm ihre Rechte und führte sie langsam an die Lippen. Dann küßte er genußvoll ihre Handfläche, ohne den Blick von ihr zu wenden. »Feld eins, Jade-Dame. Gar nicht so schwer, oder?« Er legte ihre Hand auf seine Brust, und Sanchia spürte seinen Herzschlag.

»Ich gehöre dir«, sagte er ganz leise. »Sag es.«

Sie machte große Augen. »Was?«

»Es stimmt. Ich gehöre dir, wie du mir gehörst. Sag es: »Du gehörst mir.«

»Du… gehörst mir.«

»Für immer.«

Verblüfft und sprachlos starrte sie ihn an.

Er preßte ihre Hand fester gegen seine Brust. Auf geheimnisvolle Weise schien sein Herzschlag in ihrem Inneren zu pochen. »Für immer, Sanchia.«

»Das kann nicht sein.«

»Wir wollen später davon sprechen.« Er führte ihre Hand langsam an seinem Körper hinunter und ließ sie seine Männlichkeit umfassen. Ein Beben durchlief ihn. »Du lieber Gott, ich kann nicht mehr warten. Nimmst du mich in dich?«

Sein Gesicht war wie unter Schmerzen verzerrt, und Sanchia wurde von einer zärtlichen Aufwallung erfaßt, die ihre letzten Vorbehalte hinwegfegte. Warum zögerte sie jetzt, wenn sie doch schon beim Verlassen der Halle gewußt hatte, daß ihre Hingabe unvermeidlich war? »Ich glaube, ich… muß.«

»Den Heiligen sei Dank.« Er löste ihre Hand von sich und trat vor, um nach ihrem Gewand zu fassen. »Zieh dich rasch aus, oder ich muß deine Röcke hochschieben und dich so nehmen wie auf dem Heuhaufen in der Scheune. *Cristo*, was gäbe ich jetzt für ein Bett!«

Das Turmgemach war bar jeder Einrichtung, wie ein Blick ihr zeigte. Ein Teppich vor dem Kamin war das einzige, was sich darin befand.

»Schnell, ich kann nicht mehr lange warten, und meine Hände zittern so heftig, daß ich nichts anfassen kann.«

Auch ihre Hände zitterten, dennoch brachte sie es zuwege, ihr Kleid und Unterkleid auszuziehen. Sie bückte sich, um die Schuhe auszuziehen, als sie seine Hände auf ihren Hüften spürte. Sie wurde hochgehoben. »Umschling mich«, murmelte er. »Deine Beine…«

Ihre Beine schlangen sich um seine Hüften, und er drückte sich mit verzweifeltem Drängen in sie. Er war am Ziel.

Sie wölbte den Hals zurück, als sie einen leisen Schrei ausstieß. Fülle. Tief. So tief…

Er umfaßte ihr Gesäß und drückte sie an sich. Sie hörte, wie er halblaut etwas hervorstieß. Einen Fluch, ein Gebet... sie konnte es nicht unterscheiden.

»Halt mich fest.« Er knetete ihr weiches Fleisch, während er mit geschlossenen Augen stillstand und seine Nasenflügel sich mit jedem Atemzug blähten. »Fester.«

»Ich kann nicht...« Dennoch versuchte sie es, und hörte ein Stöhnen tief aus seiner Kehle, als läge er im Todeskampf.

Dann sank er in die Knie und verlagerte Sanchia so, daß ihr nackter Rücken auf dem Teppich auflag, während er immer wieder in einem kraftvollen Rhythmus in sie eindrang.

Erfüllung. Vereinigung. Um nicht aufzuschreien, biß Sanchia sich auf die Unterlippe, als ein Gefühlssturm nach dem anderen sie erschütterte. Seine Hände liebkosten sie, seine Finger drückten und kreisten. »Sanchia, ich muß...« Seine Hüften bewegten sich in einer Folge kurzer harter Stöße vor und zurück. »Darf ich es dir geben? Bitte, laß...«

Er flehte sie an, eine Tatsache, die sie mit Verwunderung erfüllte. Er bewegte sich mit rasender, blinder Sinnlichkeit, nahm und gab, und doch flehte er sie an, sie möge ihm Erfüllung schenken.

»Gib... mir.« Ihre Worte kamen im Flüsterton, als ihre Beine sich fester um seine Hüften schlangen. »Gib!« Sie wölbte sich ihm entgegen, während die Lust in ihr zerbarst – krampfhaft und gewaltig.

Wieder zog er sie an sich und gab sich seinem Höhepunkt hin.

Er wiegte sie vor und zurück, atmete in kurzen Stößen und flüsterte ihr Liebesworte ins Ohr. Seine Lippen bewegten sich sehnsüchtig über ihre Wange bis zu ihrem Mundwinkel. »Sanchia, habe ich es dir nicht gesagt? Wir müssen dies haben. Wie könnten wir ohne diese Wonne leben?«

Im Moment konnte sie sich wirklich nicht vorstellen, ohne sie zu leben. Sie war ein Teil von Lion. Er war ein Teil von ihr. Wonne... Besitz... Leidenschaft... Nichts war ihr jemals natürlicher erschienen, als Lion in sich zu spüren, seine Hände zu fühlen, die ihren nackten Rücken streichelten, seine Lippen auf den ihren zu schmekken.

Er hob den Kopf. »Danke, *cara*.« Es hörte sich ernst an.

Sie drückte ihre Wange an die Haare auf seiner Brust, während seine Finger in ihrem Haar wühlten. »Warum sagst du nichts?«

»Ich wüßte nicht, was. Ich bin zu voll von...« Sie unterbrach sich, als sie das Beben seines Lachens unter ihrem Ohr spürte und ihr die Zweideutigkeit ihres unbeabsichtigten Wortspiels aufging. »Nun, das auch.«

Er bewegte sich träge unter ihr. »Du irrst dich, wenn du glaubst, daß ich dich schon verlasse. Ich habe zu lange gewartet, um in diesen Hafen einzulaufen. Ich verlasse ihn erst wieder, wenn ich uns beide gesättigt habe.« Er schob sie ein wenig von sich, um ihr liebevoll zuzulächeln. »Ich glaube, dieses Spiel wird dir viel mehr zusagen als Schach. Sollen wir auf ein anderes Feld vorrücken? Es gibt noch viele Strategien, die es zu erproben gilt.«

»Noch nicht. Ich weiß gar nicht, wie ich bis zu diesem Punkt gelangt bin.«

»Aber ich weiß es.« Seine Hände umfaßten ihre Brüste. »Und es war nicht der *vino*. Ich habe dich verführt. Ich glaube, ich habe es gut gemacht, wenn man bedenkt, daß ich noch nie zuvor versucht habe, eine Frau in mein Bett zu locken. Mein Wesen ist meist zu direkt für Verführung. Ich hätte es auch nicht geschafft, wenn du mich nicht ebenso begehrt hättest wie ich dich.« Seine Hand strich über ihren Bauch. »Meinst du, es wäre möglich, daß ich ein Kind erzeugt habe?« Er lachte verhalten. »Fühlst du, wie es sich bei mir wieder regt? Allein der Gedanke, mein Kind könnte in dir...« Er sprach nicht weiter, als er spürte, wie sie erstarrte. »Sanchia?«

»An ein Kind dachte ich nicht. Ich habe nicht...« Panik kam in ihr hoch. »Wie konnte ich nur so dumm sein?« Sie wollte sich von ihm lösen, aber er hielt sie fest. »Laß mich gehen, Lion.«

»Nein«, wehrte er ungestüm ab. »Du willst hier sein.« Er strich über ihren Leib. »Und du willst mein Kind in dir. Ich habe keine Gewalt benutzt, und du hast meinen Samen willig aufgenommen.«

»Das Kind würde ein Bastard und ich eine Hure sein. Seit meiner Geburt führe ich ein Schattendasein, und jetzt verlangst du von mir, daß ich den Rest meines Lebens in diesem Schatten verbringe.« Sie stieß seine Schultern von sich. »Ich hätte das nicht tun dürfen. Ich hätte nicht zulassen dürfen, daß du...«

»Glaubst du, ich würde dich nicht heiraten, wenn ich könnte?« Er umfaßte ihre Schultern mit schmerzhafter Kraft. »Soll ich etwa Bianca umbringen, damit ich dich zur Frau nehmen kann?«

Sie riß entsetzt die Augen auf. »Nein, ich meinte damit...«

»Ich kann meine Ehe nicht rückgängig machen. Ich wünschte, ich könnte es, Gott ist mein Zeuge.« Seine Augen sprühten Blitze. »Ich kann dich nicht zu meiner Frau machen. Ich kann dich nur zu meiner Liebe machen.«

»Liebe?«

»Es muß Liebe sein. Ich sagte dir ja, daß ich für dich ein Gefühl empfinde. Was sollte es sonst sein?«

»Du hast nichts von Liebe gesagt.«

»Das Wort geht mir nur schwer über die Lippen.« Seine Hände öffneten und schlossen sich auf ihren Schultern. »Ich habe es noch nie ausgesprochen.« Und dann brach es aus ihm hervor: »Ich habe es noch nie gefühlt. Und ich kann nicht sagen, daß es mir gefällt. Es bewirkt, daß sich in mir etwas zusammenzieht, und daß ich am liebsten etwas zerbrechen möchte.«

»Das klingt nicht nach Liebe.«

Der Ausdruck des Ungestüms schwand aus seiner Miene, als er auf sie hinunterblickte. »Es erweckt in mir aber auch den Wunsch... dich zu umsorgen, dich zu beschützen und zu verteidigen.« Langsam schob er sie von sich. »Und den Wunsch, du mögest neben Lust noch etwas anderes für mich empfinden. Ich weiß, ich kann dich erregen, so daß du bei mir liegen willst, aber... warum sagst du nichts?«

»Ich bin verwirrt. Nie hätte ich erwartet, daß du diese Worte aussprichst.«

»Ich hätte selbst nie erwartet, daß ich sie je sage.« Er sah sie direkt an. »Du empfindest für mich keine Liebe?«

»Ich weiß es nicht.« Sie fröstelte. »*Dio*, ich will es nicht hoffen.«

Schmerz überschattete seine Miene. »Du bist wenigstens aufrichtig.« Er zog die Schultern hoch. »Dann muß ich darauf bauen, daß Lust dich wieder zu mir führt. Mehr hatte ich nicht erhofft, Lust und vielleicht mein Kind in deinem Leib.« Er drehte sich zum Feuer um.

Sie tastete fieberhaft nach ihren Kleidern.

Er blickte über die Schulter. »Du scheinst es sehr eilig zu haben... Glaubst du denn, ich hätte die Absicht, dich hier in meinem Turmgemach einzuschließen und zu meinem Vergnügen zu benutzen?«

»Natürlich nicht.« Ihre zitternden Finger versuchten vergebens ihr Haar in Ordnung zu bringen. »Ich war deinetwegen schon einmal in einem Kerker. Du würdest mich in kein Verlies werfen lassen.« Sie ging zur Tür.

»Es sei denn, ich würde mich in denselben Kerker mit einschließen.«

Sie schob den Riegel zurück und riß die Tür auf. »Etwas so Törichtes würdest du nie tun. Dazu liebst du deine Freiheit zu sehr.«

»Sanchia!«

Sie hielt inne, ohne ihn anzusehen.

»Glaubst du mir, wenn ich dir sage, daß ich dich liebe?«

»Ich weiß es nicht.« Sie drehte sich um und sah ihn an. »Ich stelle dir jetzt eine Frage: Hast du mich nur deswegen hergelockt, um mich zu schwängern?«

»Was meinst du?«

»Ich traue es dir zu.«

»Du hast ganz recht.« Sein Lächeln war bittersüß. »Ich bin vieler Dinge fähig, auch einer Gewalttat, aber ich dachte, du wüßtest, daß Arglist und Täuschung mir nicht liegen.«

Wieder ahnte sie Schmerz unter der Härte, die er wie einen Panzer trug, und wieder erwachte ein ähnlicher Schmerz in ihr, so heftig, daß sie instinktiv einen halben Schritt auf ihn zuging. »Ich weiß, daß du ein ehrenwerter Mann bist. Ich wollte nicht...« Sie ließ ein mattes Kopfschütteln folgen. »Ich habe es gesagt, ohne zu überlegen. Nie hätte ich geglaubt, daß ich so schwach sein und zulassen würde, daß du mich wieder nimmst. Das Wissen, daß ich nicht so stark bin, wie ich dachte, erschreckt mich.« Sie reckte sich und sah ihn an. »Doch es wird nie wieder geschehen. Jetzt bin ich auf der Hut.«

»Es wird wieder geschehen. Immer wieder. Ich werde dir im Garten auflauern, ich werde dich in einen leeren Raum zerren. Es wird immer wieder geschehen, bis du dir eingestehst, daß du es mehr willst als Essen und Trinken und Schlafen. Bis du zuläßt, daß ich dich von hier fortführe, damit du mit mir lebst.«

Er meinte es, wie er es sagte. Wieder spürte Sanchia aufsteigende Panik. Mit einem leisen Ausruf, der halb verzweifelt, halb protestierend klang, drehte sie sich um und floh hinaus und die Wendeltreppe hinunter.

Unten angekommen, blieb sie stehen und drückte die Wange an

die kalte Steinmauer. Sie konnte jetzt nicht zurück in die Halle und Caterina und Bianca gegenübertreten. Sie hatte beide hintergangen. Sie hatte sich selbst hintergangen. Sie spürte heiß die Tränen in den Augen, als sie den Korridor entlang zu Biancas Gemach lief. Sie wollte sich ins Bett flüchten. Sie wollte schlafen und nicht an Lion denken, auch nicht daran, wie er ausgesehen hatte, als er ihr seine Liebe gestanden hatte, oder wie sie auf seine Worte reagiert hatte. Zwischen ihnen konnte keine Liebe sein. Brachte Liebe denn nicht Freude mit sich? Marco und Bianca liebten einander, und Freude leuchtete aus ihren Gesichtern. Wenn sie Lion liebte, mußte es doch gewiß ähnlich sein?

Tränen liefen Sanchia über die Wangen, als sie vor Biancas Gemach innehielt. Sie hatte ganz vergessen, daß Anna, Biancas Zofe, auf ihre Herrin warten würde. Sanchia durfte mit ihren dummen Tränen nicht Annas Neugierde wecken; das Mädchen würde zweifellos Bianca davon erzählen.

Sie machte kehrt und lief den Korridor entlang zu Pieros Kammer. Leise öffnete sie die Tür und schlüpfte in den Raum. Das Feuer im Kamin war heruntergebrannt, orangerote Glutreste ließen Funken sprühen. Der schwache Schein fiel auf Pieros helles Haar auf dem Kissen. Sanchia ging zu dem großen Bett an der Wand und hatte sofort das Gefühl, eine kühle, besänftigende Hand hätte sich auf ihr Herz gelegt. Hier war Liebe ohne Schmerz, Liebe, die ihr Ehre und Unabhängigkeit ließ. Sie trat näher heran und blickte auf Piero nieder. Seine langen Wimpern lagen als weiche Bögen auf den runden Wangen. Jetzt, da man seine aufgeweckten blauen Augen nicht sah, wirkte er jünger als sechs Jahre.

Sie hatte diesen Gedanken kaum zu Ende gedacht, als er die Augen aufschlug und sie ansah. Sofort war er hellwach. »Sanchia!«

»Pst, alles ist gut. Ich wollte nur nachsehen, ob du schon schläfst.» Sie zog seine Decke höher und steckte sie um ihn herum fest. »Es war ein prächtiges Fest. Morgen erzähle ich dir alles ganz genau.«

Er richtete sich auf einen Ellbogen auf. »Warum weinst du?«

Sie fuhr sich mit dem Handrücken hastig über die Augen. »Ich habe keinen Grund. Ich bin nur müde.«

»Du weinst doch sonst nicht, wenn du müde bist. Schmerzt deine Hand?«

»Nein. Nächste Woche kann ich die Schienen abnehmen, und alles ist wieder gut.« Sie strich ihm übers Haar. »Und jetzt schlaf wieder. Ich bleibe eine Weile bei dir sitzen.«

Sein Blick erforschte ihr Gesicht. Er schüttelte den Kopf. »Leg dich zu mir. Ich möchte, daß du mich festhältst, bis ich einschlafe. Sanchia, tust du das?«

Nach kurzem Zögern legte sie sich neben ihn. »Warum soll ich dich festhalten? Fürchtest du dich im Dunkeln?«

»Aber nein, ich fürchte mich vor gar nichts.« Seine Verneinung klang sehr entschieden. »Ich dachte nur, es wäre... nett.« Er legte die Arme um sie und hielt sie ganz fest. »Gute Nacht, Sanchia.«

»Gute Nacht, Piero«, flüsterte sie. Ihre Kehle war so eng, daß sie kaum sprechen konnte. Ihr war klar, daß sie hier nicht lag, um zu trösten, sondern um getröstet zu werden. Piero hatte mit seiner in früher Jugend instinktiv erworbenen Weisheit ihren Schmerz und ihre Herzensnöte gespürt und versuchte, sie auf die einzige ihm bekannte Art zu trösten. Ihr Herz ging über vor Zärtlichkeit, als sie sich an Pieros kleinen warmen Körper schmiegte.

Ja, dies war die einzige Liebe, die sie in ihrem Leben wollte. Es war die beste Art der Liebe.

»Du hast diesen Garten zu einem wahren Paradies gemacht.« Lorenzos Blick umfaßte bewundernd die unzähligen Reihen herrlicher Blumen, während sie gemächlich zum Laubengang schlenderten. »Es war mir immer schon eine Freude, unter deinen Rosen zu lustwandeln.«

»Du hast es vortrefflich formuliert. Mehr als dreißig Jahre habe ich mir aus dieser Erde Frieden und Vergessen abgeschunden.« Caterinas stolzer Blick folgte dem von Lorenzo. »Als ich als junge Braut hier ankam, war das Gelände verwildert, ein wahres Dornengestrüpp.« Sie hielt inne, um die Blütenblätter einer vollerblühten Rose zu berühren, ehe sie weiterging. »Die Burg war in wenig besserem Zustand als der Garten. Carlos Vater hatte über zehn Jahre ohne Frau gelebt, und die Dienerschaft war ohne die strenge Aufsicht der Herrin faul geworden. Hier sah es aus wie in einem Schweinestall. Aber ich machte mich an die Arbeit und hatte bald alles so, wie ich es wollte.«

»Davon bin ich überzeugt.« Lorenzo lächelte. »Ich sehe dich vor mir, wie du mit einem Besen in der einen und einer Peitsche in der anderen Hand durch die Burg gehetzt bist.«

Sie schüttelte den Kopf. »Damals war ich anders. Ich war knapp dreizehn, als man mich mit Carlo vermählte, und mein Elternhaus war so ganz anders gewesen als Mandara.«

»Wie anders?«

»Wohlgeordnet, gesittet. Meine Mutter hätte nie Zustände einreißen lassen, wie ich sie hier vorfand, und sie wäre beim Anblick der Küche sicher in Ohnmacht gefallen.«

Lorenzo schmunzelte. »Willst du, daß ich die dreizehnjährige Braut bemitleide? Du bist nicht wie deine Mutter. Hätte sich dir nicht eine Herausforderung in den Weg gestellt, du wärest losgeritten und hättest dir eine gesucht.«

»Was für ein hartherziger Schuft du bist.« Sie lachte. »Aber du hast recht. Damals wäre ich verrückt geworden, wenn es für mich nicht so viel zu tun gegeben hätte. Ich weiß noch, wie ich auf der Erde kniete und meinen Spaten in den Boden rammte und schaufelte und grub. So wurde ich meine Wut los, und ich nährte und tränkte diesen Garten mit meinem Kummer und meiner Einsamkeit. Ein wahres Wunder, daß hier überhaupt etwas wuchs.«

»Und doch hast du so viel Schönheit hervorgebracht.«

»Ja, sonderbar, wie gleichgültig die Natur ist. Es kümmert sie nicht, aus welchem Grund wir sie nähren. Sie blüht und gibt, als hätten wir sie mit Liebe statt mit Haß oder Verzweiflung überschüttet.« Sie war nachdenklich geworden. »Und eines Tages blicken wir um uns und sehen diese Schönheit, die wir zu schaffen mithalfen, und plötzlich ist die Liebe da. Ist das nicht sonderbar, Lorenzo?«

»Auf diese Weise verlockt uns die Natur, sich ihrem Willen zu unterwerfen. Mit Kindern ist es ganz ähnlich. Die Natur macht die Kleinen entzückend und liebenswert, so daß ihnen nicht einfach der Hals umgedreht wird, wenn sie den unglücklichen Eltern Kummer bereiten.«

»Lion war ein schreckliches Kind, aber Marco war so ausgeglichen wie ein Engelchen.«

»Dennoch hast du Lion vorgezogen.«

»Das habe ich nicht gesagt.« Sie schritten eine Weile schweigend dahin. »Lion war mir so ähnlich. Ungestüm, wild, voller Neugierde. Da ist es nur natürlich, daß ich mich ihm sehr nahe fühlte.«

»Ganz natürlich. Ihr seid euch noch immer sehr ähnlich.«

Sie schüttelte den Kopf. »Wir wurden uns fremd, als Carlo ihn mir entzog.« Sie ließ sich auf der Marmorbank unter dem Bogen des Laubenganges nieder. »Lion war erst sieben, als Carlo ihn ins Feld mitnahm. Kaum mehr als ein Baby. Carlos sagte, der Junge müßte das Kriegshandwerk so früh lernen, wie er selbst es von seinem Vater erlernt hätte. Ich schrie und tobte, aber es nutzte nichts.«

»Und was hast du unternommen?«

»Ich rodete noch ein Stück Land und vergrößerte meinen Garten.« Sie deutete auf eine Stelle links vom Rosenbogen, wo tiefrote Rosen prangten. »Zwei Monate grub ich täglich von Tagesanbruch bis Sonnenuntergang in der Erde, und jedesmal, wenn ich den Spaten in die Erde stach, sagte ich mir, es sei Carlos Herz. Als er dann im Frühling zurückkam, eröffnete er mir, wie glücklich es ihn mache, daß ich eine so sanfte, weibliche Beschäftigung gefunden hätte, die mich abhielte, mich in die Angelegenheiten der Männer einzumischen.«

Lorenzo, der laut lachte, ließ sich neben ihr auf der Bank nieder. »Was für ein Tölpel dieser Mann doch war!«

Sie deutete auf den anmutigen Marmorspringbrunnen in der Mitte des Gartens. »Marco entwarf den Brunnen, als er fünfzehn war. Er war...« Sie hielt inne und ließ die Hand in den Schoß fallen. »Wie kommt es, daß ich hier draußen bin und von Blumen und Brunnen schwatze? Ich sollte etwas tun. Lion ist irgendwo dort drinnen und...«

»Meine liebe Caterina, Lion war dermaßen entflammt, als er Sanchia mit sich zerrte, daß man sicher sein kann, er hat den Akt bereits vollzogen. Er ist ebenso leidenschaftlich wie seine Mutter. Woher kommt das hübsche Geklingel, das ich eben hörte?«

Sie sah auf ihre linke Hand hinunter. »Ach, ich vergaß, eines meiner Glockenarmbänder abzunehmen.« Als sie es von ihrem Handgelenk zog, klingelte es wieder silberhell. Sie hielt den Reif in ihren schlanken, nervösen Fingern und drehte ihn zerstreut. »Habe ich zu rasch aufgegeben?«

»Du hast überhaupt nicht aufgegeben. Morgen wirst du planen

und Ränke schmieden, wie man die beiden wieder auseinanderbringt.«

»Ja, aber vielleicht hätte ich früher etwas unternehmen sollen. Ich weiß gar nicht, warum es mir so an Entschlossenheit mangelte. Werde ich alt, Lorenzo?«

»Nein, Caterina, niemand ist jünger als du.«

»Mein Haar zeigt viel Grau.«

»Dafür hast du Stahl in deiner Seele.«

»Ich glaubte heute morgen im Spiegel eine Falte neben dem Mund zu sehen.«

»Unmöglich. Das muß ein Sprung im Spiegel gewesen sein.«

Zunächst schwieg sie, dann lachte sie laut. »Was für zauberhafte Lügen du mir erzählst, obwohl du behauptest, du würdest immer die Wahrheit sagen.«

»Ich sage die Wahrheit. Ist dein Garten etwa weniger schön, nur weil seine erste Blüte dreißig Jahre zurückliegt?« Er schüttelte den Kopf. »Er hat sich nur verändert, ist gewachsen und gereift. Er wurde von harten Wintern und von deiner Hand gezüchtigt und verjüngt sich doch alljährlich im Frühling. Du bist wie dein Garten, Caterina.« Er blickte über die ausgedehnte, mit Blumen bepflanzte Fläche. »Vielleicht bist du dieser Garten.«

Erstaunt blickte sie zu ihm auf, ehe sie wieder die Glöckchen in ihrer Hand betrachtete. »Das nenne ich ein ausgefallenes Kompliment. Du vergleichst mich nicht nur mit einer einzigen Rose, sondern mit einem ganzen Garten.«

»Und mit der üppigen Erde, die ihn nährt, und mit den scharfen Dornen, die ihn schützen.«

»Lorenzo, ich...« Sie schüttelte den Kopf. »Ich weiß unsere Freundschaft sehr zu schätzen.«

»Freundschaft ist eine schöne Sache.«

»Es ist so angenehm, mit dir im Garten zu sitzen.«

»Mit mir brauchst du nicht höfliche Konversation zu treiben. Ich bin ja nur Lorenzo. Du kannst einfach dasitzen und dich entspannen.«

Sie nickte und blickte sodann zum nächtlichen Himmel empor. So viele Sterne, fern, ungerührt, die eine Welt im Aufruhr beschienen. Doch in diesem Garten herrschte kein Aufruhr. Es gab nur Lorenzo, Mondschein, Rosenduft und die Silberklänge des Glöckchenreifs, den sie langsam drehte.

»Ihr müßt mich fortschicken«, sagte Sanchia, kaum daß sie am nächsten Morgen Caterinas Gemach betreten hatte. »Jetzt. Heute.«

Caterina bedachte sie mit einem kühlen Blick, als sie ihren Federkiel in das Tintenfaß aus Elfenbein tauchte. »Ich war nicht sicher, ob du deine Absicht nicht geändert hast. Gestern sah es aus, als hättest du es gar nicht eilig, Lion zu verlassen.«

Sanchias Wangen färbten sich tiefrot. »Ich habe einen Fehler begangen. Ich sagte Euch ja, daß er mich... nun, deshalb muß ich fort, ehe es wieder passiert. Ihr habt gesagt, Ihr könntet einen Weg finden, mich aus der Stadt hinauszuschmuggeln. Ich bin nun schon über eine Woche hier. Gewiß habt Ihr eine Möglichkeit entdeckt, wie ich mit Piero hinausgelangen könnte.«

Caterina nickte bedächtig. »Übermorgen bricht Signor Kalandos Handelskarawane nach Venedig auf. Er wird Wein aus unseren Weingärten transportieren. Ich werde den Mann kommen lassen und feststellen, ob ich dich mit seinem Troß aus der Stadt schaffen kann. Es ist jedoch abzusehen, daß sich die Karawane so langsam fortbewegt, daß Lion sie mit Leichtigkeit einholt. Aus diesem Grund mußt du mit Piero irgendwo den Zug verlassen und dich verstecken, bis Lion die unmittelbare Umgebung durchgekämmt hat. Du kannst dann wieder zu den Kaufleuten stoßen, ehe sie Venedig erreichen.« Sie hielt inne. »Du könntest Piero bei mir lassen. Ich habe ihn sehr liebgewonnen.«

»Er würde nicht bleiben. Er sagt, daß wir zusammengehören«, sagte Sanchia. »Aber wenn es sich erweisen sollte, daß ich ihm kein anständiges Leben bieten kann, werde ich ihn trotz seiner Proteste zurückschicken. Ihr seid sehr gütig, daß Ihr ihm ein Dach über dem Kopf bieten wollt.«

»Ich bin nicht gütig.« Caterina stand auf und klappte das Buch zu, in dem sie Ausgaben und Einnahmen notierte. »Piero ist mir willkommen, weil ich den Kleinen gern um mich habe.« Sie begegnete Sanchias Blick. »So wie du unter anderen Umständen willkommen gewesen wärest.«

Sanchias Augen wurden groß. Zu einer Antwort blieb ihr keine

Zeit, da Caterina in ein Schubfach griff und einen weichen Lederbeutel hervorholte. »Hier hast du hundert Dukaten und einen Rubinanhänger, der das Zehnfache wert ist. Das sollte dich über Wasser halten, bis du eine Beschäftigung gefunden hast, die dich ernährt.« Sie reichte ihr die Börse. »Hier, nimm das Geld. Hast du denn geglaubt, ich würde dich in die Welt schicken, damit du bettelst oder stiehlst?«

Sanchia streckte die Hand mechanisch danach aus. »Danke. Ich werde das Geld zurückzahlen, sobald ich…«

»Es ist ein Geschenk, kein Darlehen.« Caterina runzelte die Stirn. »Nimm es bitte als solches in Empfang und verliere kein Wort mehr darüber.« Sie kam hinter ihrem Schreibtisch hervor und ging zur Tür. »Pack deine Sachen. Ich werde versuchen, dein Gepäck noch heute zu Kalando zu schicken.« Sie öffnete die Tür und wartete, daß Sanchia ging. »Es ist das Klügste, was du tun kannst, Sanchia.«

»Ich weiß.« Sanchia durchquerte den Raum und wäre hinausgegangen, hätte Caterina sie nicht aufgehalten, indem sie eine Hand auf ihren Arm legte.

»Falls du etwas brauchen solltest, dann laß es mich wissen. Ich möchte mir keine Vorwürfe machen müssen, weil ich dich fortschickte.«

Sanchias Lächeln war voll aufrichtiger Wärme. »Es ist meine Entscheidung. Ihr braucht Euch keine Vorwürfe zu machen.«

Caterina sah sie mit einer Eindringlichkeit an, die Sanchia an Pieros herausfordernden Blick erinnerte. Benutzte Lions Mutter einen ähnlichen Schutzpanzer? »Ich danke Euch für Eure Hilfe und bedaure es, falls ich Euch Kummer und Schmerz bereitet habe. Lebt wohl, Madonna Caterina.«

»Es ist noch kein Abschied. Du kannst erst am morgigen Abend aufbrechen.« Caterina zögerte kurz. »Heute mache ich Krankenbesuche. Vielleicht könntest du das Packen verschieben und mich begleiten.« Hastig setzte sie hinzu: »Auf diese Weise kannst du Lion aus dem Weg gehen.«

»Ich komme gern mit.« Wieder spürte Sanchia deutlich, daß sich zwischen ihnen ein freundschaftliches Gefühl entwickelt hatte, das der Zuneigung nahekam. »Falls ich nicht im Weg bin.«

»Wenn ich dieser Meinung wäre, hätte ich dich nicht zum Mitkommen aufgefordert«, entgegnete Caterina unwirsch. »Wenn die Glocke der Kapelle zur halben Stunde schlägt, treffen wir uns im Hof.« Sie ließ Sanchias Arm los, und fast war es, als stieße sie das Mädchen aus dem Raum. »Laß mich nicht warten.«

Die Tür wurde zugeschlagen, und Sanchia drehte sich um und eilte den Korridor entlang. Lions Mutter war für sie noch undurchschaubarer als Lion selbst, dennoch faszinierten diese beiden Menschen sie. Es konnte nicht schaden, wenn sie an diesem letzten Tag, ehe sie Mandara verließ, Caterina ein bißchen näher kennenlernte. Es war wenig wahrscheinlich, daß sie einen der beiden jemals wiedersehen würde.

Lion nie wiedersehen? Heißer Schmerz durchzuckte sie, und sie holte tief Luft, um ihre verräterische Reaktion zu unterdrücken. Aber Lion würde niemals aufgeben, und sie würde die Kraft zum Widerstand nicht aufbringen, wenn sie hier in Mandara blieb.

Ja, sie mußte mit Piero schleunigst die Stadt und Lion verlassen.

16. KAPITEL

Am Nachmittag verschwand Piero.

Sanchia, Caterina und Bianca kehrten erst zurück, als es schon dämmerte. Als sie auf dem Burghof einritten, wurden sie von Rosa schon erwartet.

»Es ist nicht meine Schuld«, stieß Rosa hervor, kaum daß sie Sanchia sah. »Dieser dumme Stallbursche hätte auf den Jungen achtgeben sollen. Ich kann doch nicht hinter ihm in die Stadt laufen und ihn behüten, oder?«

Sanchia spürte, wie ihr Herz auszusetzen drohte und dann um so heftiger schlug. »Piero?« Sie glitt aus dem Sattel und lief zu Rosa, die auf der Treppe stand. »Wovon redest du? Was ist Piero zugestoßen?«

»Es war nicht meine Schuld. Ich habe ihn immer im Auge wie ein Falke. Das wißt Ihr, Madonna Sanchia.« Tränen liefen ihr übers Gesicht. »Es war dieser dumme Donato, der...«

Sanchia packte die Magd an den Schultern und schüttelte sie. »Hör auf, dummes Zeug zu reden, was ist Piero zugestoßen?«

»Ich weiß es nicht.« Rosa schluckte, ihr Gesicht verzerrte sich zu einer Grimasse, als sie versuchte, ihr Schluchzen zu unterdrücken. »Er unternahm mit Donato einen Ausritt, und dieser Einfaltspinsel verliert das Kind aus den Augen. Er hätte besser aufpassen sollen. Wäre ich zur Stelle gewesen, ich hätte...«

»Wie konnte er ihn aus den Augen verlieren?« Sanchia schüttelte Rosa heftig. »Piero ist ja nicht auf den Kopf gefallen. Der läuft nicht einfach davon. Seit wann ist er verschwunden?«

»Schon den ganzen Nachmittag. Donato sagte, sie seien auf dem *mercato* gewesen, und er hätte ihm nur einen Augenblick den Rükken gekehrt, und schon war Piero fort.«

»Den ganzen Nachmittag? Warum hat mich niemand geholt?«

»Eine gute Frage«, ließ sich nun Caterina drohend vernehmen. »Wurde mein Sohn verständigt?«

Rosa schüttelte jämmerlich den Kopf. »Donato kam nur fünf Minuten vor Euch hier an. Er hat die ganze Stadt nach dem Jungen abgesucht. Er hoffte, ihn vor Einbruch der Dunkelheit zu finden, und mußte dann doch ohne ihn zurückkommen. Ich habe ihn zu Signor Andreas geschickt, damit er ihm alles beichtet.«

»Piero ist gewiß nichts zugestoßen«, warf Bianca, die zu ihnen gekommen war, beschwichtigend ein. »Schließlich ist er ja noch ein Kind. Vielleicht hat er sich verlaufen. Wie oft bin ich weiter gewandert, als ich beabsichtigte, weil ich so gern den verschiedenen Handwerkern und Händlern bei ihrer Arbeit zusehe und mich von den Schaufenstern nicht losreißen kann.«

»Piero hätte das nie getan.« Sanchia ließ Rosas Schultern los. »Er würde nie...«

»Wir werden ihn finden, Sanchia.« Lion kam die Stufen hinunter, im Begriff, seine Lederhandschuhe anzuziehen. Er rief einen scharfen Befehl nach hinten, und Donato flitzte über den Hof. Lion wandte sich an Bianca: »Geh und suche Marco. Er soll in den Stall kommen. Zuletzt habe ich ihn im Garten beim Malen gesehen.«

Bianca nickte und lief zur Gartenpforte.

»Piero ist ein vernünftiges Kind«, ließ Caterina sich scharf vernehmen. »Sanchia hat recht. Warum konnte dieser Dummkopf von Stallbursche ihn nicht finden?«

»Wir werden es bald erfahren«, sagte Lorenzo, der sich zu Lion gesellte. »Die Leute in der Stadt wissen, daß Piero unter dem Schutz dieser Familie steht. Es wird ihm also kein Leid geschehen.«

»Woher wollt Ihr dies wissen? Einem Kind, das allein die Straßen durchstreift, kann so viel geschehen«, sagte Sanchia mit leidenschaftlichem Nachdruck. »Das wißt Ihr genau, Lorenzo.«

»Ja«, antwortete Lorenzo leise. »Überall können sich schlimme Dinge zutragen, doch die Straßen von Mandara sind sicherer als die von Neapel oder Florenz. Glaub mir, Sanchia. Es stimmt.«

Sanchia wandte sich an Lion. »Ich komme mit. Vielleicht hat Piero etwas erschreckt, und er wagt nicht zu antworten, wenn man ihn ruft. Aber wenn er meine Stimme hört, wird er kommen.«

Lion nickte. »Dann komm mit.« Er trat einen Schritt auf sie zu, hob sie aufs Pferd und reichte ihr die Zügel. »Wir werden ihn finden, das verspreche ich dir, Sanchia. Wir werden so lange suchen, bis wir ihn finden.« Sein Blick ruhte ernst auf ihr.

»Er ist doch so klein.« Sanchia kämpfte gegen ihre Tränen an. »Wir müssen ihn finden, Lion. Ich habe ihn so lieb.«

»Das weiß ich.« Seine Hand berührte die ihre ganz kurz, dann war er fort und ging über den Burghof auf die Stallungen zu.

An jenem Abend fand man von Piero keine Spur, obwohl die Suche auf Lions Geheiß bis tief in die Nacht fortgesetzt wurde. Am nächsten Morgen fing man in der Stadt von neuem an und durchsuchte Häuser und Läden vom Keller bis zum Dachgeschoß.

Piero blieb unauffindbar.

Am späten Nachmittag ritt Lion mit einem Suchtrupp vor die Tore der Stadt, um den Knaben in der Umgebung von Mandara zu suchen. Es war vergeblich.

Piero blieb unauffindbar.

Es vergingen vier Tage, in denen Lion die Dörfer in der Nachbarschaft durchkämmte und es dann in seiner Verzweiflung in einer acht Stunden entfernten Franziskanerabtei versuchte.

»Du mußt Schlaf nachholen«, sagte Caterina knapp, als sie auf der Krone der Wehrmauer auf Sanchia zuging. »Seit das Kind verschwunden ist, hast du kaum Ruhe gefunden. Wenn du krank wirst, wird es dir Piero auch nicht zurückbringen.«

Sanchias Blick war unverwandt nach Norden gerichtet, zu den

Weingärten, die der Stadt gehörten. Sie strich sich über die Stirn. »Ich kann mich nicht erinnern, daß schon jemand draußen auf den Rebhängen gesucht hat.«

»Am zweiten Tag.« Caterina schwieg kurz. »Sogar in den Fässern wurde Nachschau gehalten.«

Sanchia schauderte. »Er ist wohl tot... er muß tot sein, sonst hätte man ihn gefunden.«

»Unsinn. Wir hätten ihn auch gefunden, wenn er tot wäre. Daß er unauffindbar bleibt, beweist gar nichts.«

Caterinas Barschheit war irgendwie tröstlich. »Das ist richtig. Man hätte seinen Leich...« Sanchia brachte das Wort nicht über die Lippen. Sie umklammerte den Steinsims, bemüht, die Übelkeit zu überwinden, die dieser Gedanke mit sich brachte. »Bianca sagt, daß sie für ihn betet. Ich habe auch zu beten versucht, aber ich bin nicht sicher, ob Gott mir noch sein Ohr leiht. Ich habe so viele seiner Gebote übertreten. Ich habe gestohlen und gelogen...« Ihre Stimme sank zu einem Flüstern herab. »Ich habe Ehebruch begangen.«

»Auch ich war nie sicher, ob ich bei Gott Gehör finde, und habe mir folgende Ansicht zurechtgelegt: Er kümmert sich nicht um Menschen, die imstande sind, ihre Probleme selbst zu lösen, und konzentriert sich auf die anderen. Das mag uns ungerecht erscheinen, aber wir sollten mit ihm nicht rechnen.« Caterina hüllte sich tiefer in ihren roten Umhang. »Es ist kühl geworden, seit die Sonne untergegangen ist. Komm und leiste mir beim Abendessen Gesellschaft. Hier draußen kannst du nichts ausrichten. Lion kommt, wenn er kommt, und nicht eher.«

»Ich folge Euch sogleich.« Sanchia ließ noch einmal den Blick über das Land schweifen. Plötzlich wurde sie ganz aufgeregt. »Kommt dort nicht jemand?«

Caterina spähte zu der Staubwolke in der Ferne, die sich nur mit Mühe als Roß und Reiter deuten ließ. »Möglich. Ja, ich glaube, es sind Reiter.«

»Lion!« Sanchia drehte sich um und lief an die zur Treppe führende Tür.

»Er ist noch weit entfernt!« rief Caterina ihr nach. »Sei vorsichtig. Wenn du auf der Treppe stolperst und dir den Schädel einschlägst, wirst du nichts erfahren.«

»Ich bin vorsichtig, aber ich muß...« Sanchias Satz blieb unvollendet, als sie der Wehrmauer den Rücken kehrte und die Wendeltreppe hinunterlief.

Es verging fast eine Stunde, ehe Lion auf dem Burghof sein Roß zügelte. Sanchia lief ihm mit fragendem Blick entgegen. »Piero?«

Lion lächelte. »Wir haben ihn gefunden, er ist unversehrt.«

Sanchia mußte sich am Sattel festhalten, da ihr schwindelte. »Wo?«

»Er wird gleich da sein. Ich bin vorausgeritten, um dir die Kunde zu bringen.« Er schwang sich aus dem Sattel und legte den Arm um Sanchias Taille, um sie festzuhalten. »Marco bringt ihn. Piero wollte nicht in dem Wagen fahren, in dem wir ihn fanden, deshalb setzte Marco ihn hinter sich aufs Pferd.«

»Wurde er im Kloster gefunden?«

Lion schüttelte den Kopf. »Keine drei Meilen von hier. Wir befanden uns auf dem Rückweg vom Kloster, als wir einen Wagen am Straßenrand entdeckten. Piero lag auf einem Stapel Decken auf der Ladefläche. Er war an Händen und Füßen gefesselt und hatte die Augen verbunden.«

»Gefesselt...« Sie war fassungslos. »Warum sollte jemand Piero so etwas antun?«

»Ja, das weiß der Himmel«, sagte Lion mit einem Kopfschütteln, »aber ich werde es herausfinden.« Seine zusammengepreßten Lippen verrieten Entschlossenheit.

Nun erst bemerkte Sanchia die tiefen, von seiner Erschöpfung herrührenden Furchen zu beiden Seiten von Lions Mund und die dunklen Ringe um die Augen. Er hatte fünf Tage ununterbrochen nach Piero gesucht und noch weniger geschlafen als sie. »Ihr müßt Euch ausruhen«, sagte sie und berührte zögernd seine Wange. »Ihr seht erschöpft aus.«

»Jetzt kann ich ausruhen. Der Junge...«

»Sanchia!«

Sanchias Blick flog zu den Reitern, die eben auf den Hof galoppierten. Lorenzo und Marco, und hinter Marco eine kleine Gestalt, die sich fest an ihn klammerte.

»Piero!« Sie lief über den Hof.

Piero ließ Marco los und glitt in ihre Arme. »Ich bin wieder da!«

Er umarmte sie so fest, daß er ihr die Luft abdrückte. »Sie haben mich mitgenommen, aber ich bin wieder da.«

»Wo warst du?« Sie betastete ihn besorgt. »Bist du heil und unversehrt?« Zwischen Lachen und Weinen rümpfte sie die Nase. »Du riechst ja fürchterlich... und wo hast du diese Lumpen her?«

»Ich weiß es nicht.« Piero streichelte ihr Haar. »Ich weiß gar nichts. Ich bin über den Markt gegangen... dann schmerzte mein Kopf...« Er trat einen Schritt zurück und sah sie ernst an. »Als ich erwachte, konnte ich nichts sehen. Ich dachte, ich wäre blind. Da hörte ich sie von der Augenbinde reden und wußte...«

»*Gran Dio*, das Kind ist verwahrlost!« Caterina eilte die Treppe hinunter. »Ausfragen könnt ihr ihn, nachdem er ein Bad genommen und gegessen hat.«

»Gute Idee«, sagte Marco mit einer Grimasse. »Ich muß ebenfalls ein Bad nehmen. Nachdem ich den Ritt mit ihm zurückgelegt habe, muß ich mindestens ebenso stinken wie er.« Er blickte sich im Burghof um. »Wo ist Bianca?«

»Zum Gebet in der Kapelle.« Sanchia nahm Pieros Hand und hielt sie fest. »Geht zu ihr und sagt ihr, daß Piero wohlbehalten zurückgekehrt ist.«

»Ja, vielleicht sollte ich kurz vorbeisehen.« Er saß ab und warf die Zügel seines Pferdes einem im Hintergrund bereitstehenden Stallburschen zu. »Sie wird wissen wollen, ob ihre Gebete erhört wurden.«

Lorenzo schnüffelte. »Sie haben überreife Früchte getragen. Achte darauf, daß du ihr nicht zu nahe kommst, sonst wird sie von deiner Ausstrahlung überwältigt.«

Marco machte sich schmunzelnd auf den Weg zur Kapelle.

Ein kleiner, von einem struppigen Pferd gezogener Wagen fuhr in den Hof. Ihm folgten die acht Reiter, die Lion am Morgen mitgenommen hatte. Sanchias Blick war unverwandt auf den Wagen gerichtet, während sie Pieros Hand fester umklammerte. Warum hatte man ihn gefesselt in diesem Wagen liegengelassen? Warum hatte man ihn überhaupt entführt?

»Das Bad«, sagte nun Caterina voller Entschlossenheit. Sie kniete nieder, um Piero fest an sich zu drücken, dann stand sie auf und nahm seine andere Hand. »Rosa wird sich über das Wiedersehen sehr freuen. Seit deinem Verschwinden hat sie sich die Augen nach dir ausgeweint, junger Mann. Also, komm jetzt.«

Sanchia zögerte, als sie an Lion vorüberging und in sein von Erschöpfung und Mattigkeit gezeichnetes Gesicht sah. »Danke«, flüsterte sie. »Ich werde immer daran denken.« Ihre Stimme versagte ihr den Dienst. Sie wandte sich um und lief mit Piero und Caterina die Stufen hinauf.

Später war auch noch Zeit, Lion zu sagen, wieviel Pieros Rückkehr ihr bedeutete.

»Ich muß dich sprechen.«

Lion stand in der Tür zu Pieros Kammer. Er war völlig angekleidet und trug Mantel und Handschuhe. Sanchia stand eilig von dem Stuhl neben dem Bett des Jungen auf und ging auf Lion zu. »Was ist geschehen?« fragte sie halblaut.

»Ich reite mit ein paar Männern nach Pisa.« Er zog sie auf den Gang und schloß leise die Tür. »Vor wenigen Minuten traf ein Bote von Basala, meinem Schiffsbauer, ein.«

»Mit welcher Nachricht?«

»Damari hat sämtliche Schiffe auf der Werft in Brand gesetzt.«

»O nein!« Sie faßte erschrocken nach seinem Arm. In ihren Augen standen Tränen. Kein Wunder, daß die Furchen in Lions Gesicht sich vertieft hatten. Damari hätte statt der Schiffe ebensogut Lions Familie angreifen können. »Alle?«

»Alle vier«, gab er heiser von sich.

»Ist Basala sicher, daß Damari dahintersteckt?«

»Damari hat dafür gesorgt, daß darüber kein Zweifel bestehen kann. Er brüstet sich damit, daß er wiederkommen und die ganze Werft in Schutt und Asche legen würde.« Lions Miene sprach Bände. »Vielleicht hat er es schon getan.«

»Und wenn es so ist?«

»Dann verfolge ich ihn und setze diesen Schurken eigenhändig in Brand.« Er ließ eine Pause eintreten. »Wirst du dasein, wenn ich zurückkomme?«

Sanchia zögerte. Er erwartete keine Antwort auf eine Frage, sondern ein Versprechen. Sie war bis ins Innerste betroffen. Er hatte fünf lange Tage nach Piero gesucht, hatte alle Mühsal und Strapazen auf sich genommen und sah sich jetzt einer neuen Katastrophe gegenüber. Es war ein Augenblick, in dem sie jedes Versprechen gegeben hätte. »Ich werde dasein.«

»Gut.« Er wollte sich zum Gehen wenden, als er abrupt innehielt und fragte: »Wie geht es dem Jungen?«

»Er ist übermüdet. Aber Kinder erholen sich rasch wieder. Sicher wird er ganz munter sein, wenn er sich tüchtig ausgeschlafen hat.« Sie runzelte die Stirn. »Ich begreife das alles nicht, Lion. Wer hat Piero entführt? Das alles ist doch sinnlos.«

»Was hat er dir gesagt?«

»Nur daß er die ganze Zeit über mit verbundenen Augen dagelegen hat. Er hat nichts gehört, was ihm einen Hinweis darauf gegeben hätte, wo er sich befand oder wer ihn verschleppt hat. Die meiste Zeit verbrachte er allein in einem Raum. Nur ein- oder zweimal wurde er unter Menschen gebracht.«

»Mehr weiß er nicht?«

»Er sagte, er hätte schwere Atemzüge und Stöhnen vernommen...« Sie stieß einen enttäuschten Seufzer aus. »Vielleicht wird er sich morgen an mehr erinnern können.«

»Mag sein. Geh jetzt zu Bett. Du bewirkst gar nichts damit, wenn du bei ihm sitzt und ihn beim Schlafen beobachtest.«

»Ich möchte ihn noch nicht allein lassen. Ich habe ihn doch eben erst zurückbekommen und möchte ihn nicht aus den Augen lassen.«

»Marco und eine ganze Kompanie bleiben hier in Madara mit dem Auftrag, euch zu bewachen. Piero wird schon nichts zustoßen.« Er berührte sanft ihre Wange. »Auch wenn ich Damari bis nach Solinari verfolgen müßte, werde ich in zwei Wochen wieder da sein.«

»Zuerst der ›Windtänzer‹ und jetzt die Werft. Warum haßt Damari Euch mit solcher Inbrunst?«

Um seine Lippen zuckte es. »Weil ich bin, der ich bin... der Sohn meines Vaters und daher der Herr über Mandara. Und weil er ist, was er ist. Seine Mutter bewohnte einst das hübsche Haus an der Piazza...«

Ihre Augen weiteten sich vor Staunen. »Er ist Euer Bruder?«

»*Dio*, nein! Seine Mutter war die Witwe eines einfachen Mannes, und er war zwei Jahre alt, als sie die Geliebte meines Vaters wurde. Sie war eine derbe, sinnliche Frau, doch sie fesselte meinen Vater länger als jede andere.« Seine Miene verfinsterte sich. »Sie brüstete sich mit dieser Beziehung und machte damit meiner Mutter das Leben schwer. Damari war sieben, als mein Vater dem Flehen meiner Mutter nachgab und ihn samt seiner Mutter wegschickte, aber mit zwölf tauchte er hier wieder auf und bat, in die Dienste meines Vaters aufgenommen zu werden.«

»Und er begehrt alles, was dein ist.«

»Er wird es nicht bekommen.« Er drehte sich um. »Leb wohl, Sanchia.«

»Lion...« Sie wollte nicht, daß er ging. Plötzlich glaubte sie Damaris Gesicht vor sich zu sehen, als er im Kerker vor ihr gestanden und auf sie hinuntergeblickt hatte. Bosheit. Sünde. Tod.

Lion sah sie fragend an. Ihr war klar, daß er Jagd auf Damari machen würde, was immer sie dagegen vorbringen mochte. »Geh mit Gott«, flüsterte sie.

Ein strahlendes Lächeln erhellte seine Züge, dann drehte er sich um und ging den Korridor entlang, fort von ihr.

»Wie geht es Piero?« fragte Caterina, als Sanchia am nächsten Morgen in die Halle kam.

»Er schläft noch. Ich will ihn verwöhnen und ihm das Frühstück ans Bett bringen.«

»Nun, das kann nicht schaden.« Caterina hielt inne. »Du weißt, daß Lion letzte Nacht nach Pisa aufgebrochen ist?«

Sanchia nickte. »Damari.«

»Das habe ich mir nicht gewünscht«, sagte Caterina gedankenvoll. »Die Werft war mir zwar ein Dorn im Auge, aber ich hätte nie gewollt, daß Lion sie durch die Hand dieses elenden Bastards verliert.«

»Das kann ich mir denken. Und Lion weiß es ebenso. Er ist viel zu sehr Euer Sohn, um nicht zu wissen, wie Ihr in Wahrheit über diese Sache denkt.«

Caterina schien erleichtert. »Du hast recht, Lion ist nicht so töricht anzunehmen, ich wünschte ihm nicht Erfolg und Wohlergehen.« Sie nahm einen Apfel aus der Schüssel und legte ihn mit einer Melonenspalte auf einen Teller. »Geh und bring dem Kleinen etwas zu essen. Ich komme später nach, um zu sehen, wie es ihm geht und um ihm ein paar Fragen zu stellen. Wir müssen endlich Licht in diese undurchsichtige Sache bringen.«

Eine Viertelstunde später erschien Caterina in Pieros Kammer. »Noch im Bett?« Sie betrat lächelnd den Raum und wollte ans Bett treten.

»Nicht!« Sanchia hielt sie zurück. »Haltet Euch lieber fern.« Ihr Blick hing unverwandt an Pieros Gesicht.

Caterina hielt jäh inne. »Was ist los?« Nun erst fielen ihr Pieros gerötetes Gesicht und seine glänzenden Augen auf. »Er ist krank!«

Sanchia nickte. »Die Decken im Wagen, in dem er gefunden wurde. Was ist mit ihnen geschehen?«

Caterina furchte die Stirn. »Nun, ich habe gestern einen Diener in die Stadt geschickt, der die Decken unter den Armen verteilen sollte – warum fragst du?«

»Piero sagte, sein linker Arm sei wund«, flüsterte Sanchia so leise, daß ihre Worte kaum zu hören waren. Sie nahm den Arm des Kindes und hob ihn vorsichtig hoch.

»Heilige Muttergottes!«

In Pieros Armbeuge war eine gerötete, eitrige Beule von der Größe eines Hühnereis zu sehen.

»Durstig.« Piero entriß ihr den Arm und drehte sich auf die Seite.

»Sofort, *carino*.« Sanchia ging zur Tür. »Ich bin gleich wieder da.«

Caterina folgte ihr auf den Korridor und schloß die Tür.

Sanchia fuhr herum und sah sie an. »Ist es das, was ich glaube?«

»Ich kann es nicht mit Sicherheit sagen«, gab Caterina langsam zur Antwort. »Ich selbst habe niemanden gesehen, der davon befallen wurde. Als die Seuche 1470 in Florenz ausbrach, war ich noch ein Kind, und bis nach Mandara verbreitete sie sich gottlob nicht.«

»Aber ich habe viel darüber gehört.« Sanchia drückte ihre Handflächen an die Tür. »Und dies sind die ersten Symptome.«

»Manchmal. Es soll auch Fälle ohne Beulen geben.« Caterina drehte sich um. Ihre Bewegungen waren für eine Frau von ihrer Agilität und Beweglichkeit sonderbar schwerfällig. »Ich muß... etwas unternehmen.«

»Was denn? Was könnt Ihr tun?«

»Ich muß jemanden ausschicken, der die Decken einsammelt. Nein, das mache ich selbst... vielleicht ist es noch nicht zu spät.«

»Ich habe gehört, daß die Seuche praktisch durch alles übertragen wird... durch den Wind... durch das Berühren verseuchter Kleidung...« Sanchia riß entsetzt die Augen auf. »Die Lumpen, die Piero am Leibe hatte... ich habe Rosa angewiesen, sie zu verbrennen. Auch sie ist gefährdet.«

»Rosa, Marco, Bianca, du und ich«, zählte Caterina auf. »Wir alle hatten direkt mit Piero zu tun. Vielleicht sogar Lion... Wer kann sagen, wer sicher ist und wer gefährdet?«

Sanchia ließ sich mit geschlossenen Augen gegen die Tür fallen. »Gebe Gott, daß wir uns irren.«

»Wir werden es bald wissen. Die Pest scheut sich nicht, ihre Anwesenheit kundzutun.«

Rosa erkrankte am Abend und starb im Morgengrauen des nächsten Tages. Auf der Burg schien niemand von der Seuche befallen zu sein, und in der Stadt hatte sie sich ebenfalls nicht ausgebreitet.

Caterina kam in Pieros Kammer, um Sanchia zu sagen, daß außer Rosa niemand erkrankt war. Sie blieb stehen und blickte auf Piero nieder. »Wie geht es ihm?«

»Ich weiß es nicht.« Sanchia schüttelte matt den Kopf. »Er hat große Schmerzen. Er schläft viel, wacht aber immer wieder auf.«

»Er führt einen erbitterten Kampf. Es heißt, die Pest hätte zwei Häupter, und dasjenige, das die Beulen hervorbringt, sei nicht so tödlich wie das andere.«

Zwei Häupter. Sanchia sah unwillkürlich das Bild der Medusa vor sich, des Ungeheuers mit den zwei Köpfen, das auf der Lauer liegt und den Ahnungslosen vernichtet.

»Ich will einen neuen Umschlag für die Beule zurechtmachen.« Caterina wandte sich zum Gehen. »Dann komme ich wieder und setze mich zu ihm, während du ruhst.«

»Nein.« Sanchia ließ sich auf dem Stuhl neben dem Bett nieder. »Er merkt es, wenn ich nicht an seiner Seite bin, und wird unruhig.«

»Du solltest...« Caterina ließ ein Achselzucken folgen. »Laß es mich wissen, wenn du deine Absicht änderst.«

Als sie gegangen war, lehnte Sanchia den Kopf an die hohe Stuhllehne. Wen sollte sie ausschicken, um Caterina zu verständigen? Kein einziger der Bediensteten würde sich dieser Kammer nähern.

»Sanchia.«

Mit einem Ruck sah sie zu Piero. Seine Lider öffneten sich, und er sah sie aus fieberglänzenden blauen Augen an.

»Noch ein wenig Wasser, mein Liebes?«

Er schüttelte den Kopf. »Ich bin krank, nicht wahr?« fragte er mit belegter Stimme. »Sehr krank.«

Sie nickte.

Da schob er eigensinnig das Kinn vor. »Ich werde nicht sterben. Du wirst schon sehen, ich werde nicht sterben.«

»Nein, natürlich nicht.« Ihr Lächeln fiel unsicher aus. »Du bist viel zu störrisch, als daß du dich von einer Krankheit unterkriegen ließest.«

»Aber es würde mir sehr helfen, wenn du dich zu mir legst und mich in die Arme nimmst. Würdest du das tun?«

»Aber sicher, *carino*.« Sie stand auf und legte sich neben ihn aufs Bett. Die Kehle wurde ihr eng, als er seine Arme so liebevoll beschützend um sie schlang wie in der Nacht vor seiner Entführung.

»Ich verlasse dich nicht«, murmelte er mit geschlossenen Augen.

»Ja, bleib bei mir, Liebes.« Ihre Stimme drohte zu versagen. »Ich brauche dich so sehr.«

»Ich werde nicht sterben...«

Piero starb sechs Stunden später, nachdem er so große Schmerzen gelitten hatte, daß Sanchia erleichtert war, als er von seinen Leiden erlöst wurde.

Als es mit ihm zu Ende ging, war Caterina zur Stelle. Sie war es, die seine trotzigen blauen Augen für immer schloß und die wie betäubte Sanchia hinausführte. »Kannst du weinen? Manchmal ist es besser, wenn man es kann.«

Sanchia schüttelte den Kopf.

»Dann betätige dich. Wasch ihn und mach ihn zurecht, damit man ihn in die Kapelle schaffen kann. Ich gab Anweisung, man solle Särge zimmern, es könnte sein, daß wir sie brauchen. »Sie hielt inne. »Und wenn du fertig bist, komm zu Marco. Deswegen kam ich eigentlich zu dir.«

»Marco«, wiederholte Sanchia wie vor den Kopf geschlagen.

Caterina nickte zutiefst bekümmert. »Marco liegt darnieder. Er braucht dich. Er braucht uns beide.«

»Ist es die Pest?«

»Ja. Wir haben nicht so viel Glück, wie ich gehofft hatte. Und es gibt keine Regel, wie lange es dauert, bis jemand der Seuche erliegt.« Sie drehte sich um. »Ich muß zu meinem Sohn«, sagte sie mit unsteter Stimme. »Komm, wenn du kannst. Du wirst an seinem Krankenlager gebraucht... und du wirst später noch viel dringender gebraucht werden.«

Bianca befand sich bei Marco, als Sanchia kam, nachdem sie Pieros Leichnam in die Kapelle geschafft hatte. In ihrem Gewand aus gelber Seide sah Bianca so lieblich aus wie eine Butterblume und schien im Krankenzimmer völlig fehl am Platz. Doch sie bestand ungeachtet der Proteste aller Anwesenden darauf, bei Marco zu bleiben.

Es kam der Augenblick, da Marco Caterina bat, Bianca hinauszuschicken. »Sie ist zu unschuldig«, flüsterte er. »Sie sollte nicht...« Wieder schwanden ihm die Sinne.

»Bianca, geh und setz dich in den Garten«, schlug Caterina liebevoll vor. »Sanchia und ich werden uns um Marcos Bedürfnisse kümmern.«

Bianca, die Marcos Hand fester umklammerte, schüttelte den Kopf.

»Wir werden ihm jeden Wunsch von den Augen ablesen, das verspreche ich Euch, *cara*«, sagte Sanchia, die Biancas Schultern umfaßte.

»Aber warum sollte ich in den Garten gehen?« Bianca blickte erstaunt zu Sanchia auf. »Marco geht ja nicht mit. Ohne Marco kann ich nicht hingehen.«

Sanchia sah plötzlich Bianca und Marco deutlich vor sich, wie sie an der Schaukel gelacht und getändelt hatten.

»Marco ist krank«, erklärte Bianca mit Würde und Bestimmtheit. »Ich bleibe bei ihm, bis es ihm besser geht.«

»Aber er wird vielleicht nicht mehr...« Sanchia verschluckte den Rest. Bianca weiß es, dachte sie erschrocken. Sie las das Wissen, daß Marco dem Tod geweiht war, in Biancas ernstem Gesicht. Marco hatte sich in Bianca geirrt. Sie war nicht so weltfremd, wie er geglaubt hatte. Sie hatte nicht nur begriffen, sie hatte sich sogar schon damit abgefunden.

In diesem Moment schlug Marco die Augen auf, und Bianca wandte sich ihm zu. »Ich soll in den Garten gehen... ist das nicht zu dumm?« Sie lächelte. »Wenn du wieder gesund bist, können wir in den Garten, sooft wir wollen, und du kannst mich malen. Du wolltest mich auf der Schaukel malen, weißt du noch?«

»Ja.« Sein Blick liebkoste ihr Gesicht. »Schön. So schön...«

»Aber jetzt wollen wir an die vielen schönen Blumen denken und an deinen herrlichen Springbrunnen...« Sie strich ihm über die fieberheiße Stirn. »Heute ist es so heiß. Versuch an fließendes Wasser zu denken, an den Duft der Rosen...«

»Ich werde es versuchen.«

»Wir werden auf der Bank am Springbrunnen sitzen, und du wirst mich necken.«

»Zusammen...«

»Ja, wir werden immer zusammen sein. Gott ist gütig. Er wird eine Trennung nicht zulassen.«

Er schloß die Augen. »Zusammen.«

Und sie waren zusammen, als Marco vier Stunden darauf starb.

Caterina trat leise vor und löste Marcos Hand sanft aus Biancas Umklammerung. »Sanchia, führ sie in ihr Zimmer.« Sie schloß kurz die Augen, ehe sie diese wieder aufschlug und mit rauher Stimme sagte: »Ich muß bleiben und meinen Sohn aufbahren.«

Bianca nickte gehorsam. »Ja, ich gehe.« Sie stand auf und sah auf Marcos Antlitz hinunter. »*Arrivederci*, Marco.«

Kein Lebwohl, sondern auf Wiedersehen. Sanchias Augen waren tränenumflort, als sie Biancas Arm nahm und sie zur Tür führte. Biancas Schritt war so unsicher, daß Sanchia unwillkürlich aufblickte, um der jungen Frau ins Gesicht zu sehen. Statt der erwarteten, von tiefer Trauer gezeichneten Miene zeigte Bianca Ruhe und Gelassenheit. »Sanchia, ich möchte den Priester sehen«, sagte sie.

»Wir haben schon vor einigen Stunden nach ihm geschickt, aber er ist nicht erschienen.« Sanchia fügte leise hinzu: »Marco war ein guter Mensch, Bianca. Gott wird ihn auch ohne Sterbesakramente zu sich nehmen.«

»Gott hat ihn bereits zu sich genommen«, sagte Bianca. »Den Priester brauche ich. Ich möchte die Beichte ablegen, ehe ich sterbe.«

Sanchia sah sie entsetzt an. »Bianca, was...«

»Ich fühle mich nicht wohl. Ich habe Marco die Wahrheit gesagt. Gott ist gütig.« Sie schenkte Sanchia ein strahlendes Lächeln. »Zusammen.«

Sanchia umklammerte Biancas Arm mit festem Griff. »Sobald ich Euch zu Bett gebracht habe, hole ich den Priester.«

Bianca brach auf der Schwelle zu ihrem Gemach zusammen und hatte noch zwei Tage zu leben, ehe sie von dem Ungeheuer, das Mandara verwüstete, verschlungen wurde.

Es erwies sich, daß es sich um ein ansteckendes, unersättliches, unerbittliches Ungeheuer handelte, das Diener, Soldaten, Frauen und Kinder dahinraffte. Am dritten Tag hatte es die Hälfte der Burgbewohner erfaßt, und Caterina eröffnete Sanchia, daß die Menschen in der Stadt ähnlich hart getroffen waren. Sanchia pflegte Bianca, während Caterina versuchte, die Leiden jener zu lindern, die außerhalb der Burgmauern lebten.

In Biancas Todesstunde mußte Sanchia nach Caterina schicken.

»O Gott«, stieß Caterina leise hervor, als ihr beim Öffnen der Tür der üble Geruch entgegenschlug. »Herrgott im Himmel!«

»Ich brauche mehr Wasser. Die Diener brachten mir alle paar Stunden einen Krug Wasser, den sie vor die Tür stellten, seit gestern abend aber kommen sie nicht mehr.« Sanchia tupfte die schwarzen Eiterbeulen an Biancas Körper mit einem Tuch ab. »Ich muß sie wieder schön machen. Aber wie soll ich das schaffen, wenn ich kein Wasser habe, um sie zu waschen?«

»Ihre Beulen brechen auf.« Caterina schluckte schwer. »Die meisten sterben, ehe das geschieht.«

»Ich brauche Wasser.«

»Es gibt kein Wasser. Der Stadtbrunnen ist verseucht. Ich gewähre jetzt allen Zutritt zur Zisterne auf dem Burghof. Aber die Zisterne ist auch schon fast ausgetrocknet.« Caterina schloß sachte Biancas Lippen, die in einem stillen Aufschrei geöffnet waren. »Wir müssen einen Wagen in den Weingarten schicken und von der dortigen Quelle Wasser holen.«

»Ich muß sie säubern. Sie war so schön...«

»Pst, ich helfe dir.« Caterina nahm Sanchia das Tuch aus der Hand. »Dieser kleine Lappen reicht nicht. Ich will ein Laken suchen und nachsehen, ob in einem Eimer in einer der Schlafkammer noch Wasser zu finden ist.« Sie verließ den Raum und kehrte wenig später zurück.

»Sie verlangt ständig nach dem Priester«, sagte Sanchia tonlos, als sie Biancas beulenübersäten Körper wuschen. »Da ich ihr nicht sagen konnte, daß der Priester entweder geflüchtet ist oder sich versteckt hält, habe ich sie angelogen. Als der Schmerz sie so erfaßte, daß ihr Unterscheidungsvermögen aussetzte, tat ich, als sei ich der Priester und nahm ihr die Beichte ab. Habe ich falsch gehandelt, Madonna Caterina?«

»Nenne mich Caterina.« Lions Mutter schüttelte den Kopf. »Ich hätte dasselbe getan. Gott ist zu beschäftigt, uns niederzuwerfen, als daß er sich um eine Beichte kümmern könnte.« Sie sah Sanchia an. »Du mußt mir helfen, für sie einen Sarg herzustellen. Die Männer, die unten im Hof Särge gezimmert haben, sind auf und davon. Ich habe niemanden mehr, den ich mit dieser Aufgabe betrauen könnte. Verstehst du etwas von Schreinerarbeit?«

Sanchia verneinte mit einem Kopfschütteln.

»Ich auch nicht, aber so schwierig kann es nicht sein, wenn diese feigen Halunken es vermochten.« Caterina richtete sich auf. »Auch im Tod muß eine gewisse Würde gewahrt werden. Wir sind keine Wilden, die ihre Toten vor der Tür stapeln oder sie in der Gosse liegen lassen, wie diese geplagten Seelen unten in der Stadt es tun.«

»Solche Dinge gehen in der Stadt vor?«

Caterina nickte. »Der Verstand hat abgedankt. Jetzt herrschen Heulen und Wehklagen, Trunkenheit und Gewalt.« Sie wandte sich zum Gehen. »Ich will Nadel und Faden holen. Wir können aus diesem Laken ein Bahrtuch nähen. Dann werden wir versuchen, einen Sarg zu zimmern. Wo ist Anna? Sie könnte uns beim Nähen helfen.«

Sanchia versuchte ihre Gedanken von Biancas Todeskampf loszureißen. Sie hatte Anna, Biancas Zofe, nicht mehr gesehen, seit Bianca zusammengebrochen war. »Vielleicht hat auch sie die Flucht ergriffen. Sie hatte große Angst.«

»Die haben wir alle.« Caterina war an der Tür. »Vermutlich werden wir Bianca allein in die Kapelle schaffen müssen. Am besten, wir zimmern den Sarg in der Kapelle.« Damit verließ sie den Raum.

Sanchia setzte sich auf den Stuhl neben dem Bett. Bitte, lieber

Gott, du hast die Unschuldigen genommen, die Strahlenden, die Schönen. Bitte, laß es dabei bewenden, betete sie mit geschlossenen Augen.

»Bist du krank?« hörte sie Caterinas scharfe Stimme hinter sich.

»Nein.« Sanchia öffnete die Augen. Caterina stand mit ihrem Nähkorb im Eingang. Sie richtete sich auf. »Ich habe mich nur ein wenig ausgeruht.«

»Ausruhen kannst du dich später.« Caterina trat ein und stellte den Nähkorb aufs Bett. »Hilf mir, sie in das Laken zu hüllen.«

Es dunkelte schon, als Bianca in ihrem behelfsmäßig zusammengezimmerten Sarg in der Kapelle lag.

»Komm, bleib nicht länger hier. Sie ist nicht mehr bei uns. Spürst du es nicht?« Caterina zog Sanchia aus der Kapelle ins Freie und die Stufen in den Hof hinunter.

Keine Fackeln erhellten die Finsternis.

Keine Schritte von Wachen oder Dienern hallten auf dem Pflaster wider.

Sanchia fuhr sich ermattet durchs Haar. »Vielleicht bin ich schon zu erschöpft, um irgend etwas zu spüren.«

Caterina nickte. »Wir müssen uns ausruhen.« Ihre Hand glitt von Sanchias Arm. »Zuerst aber komm mit.«

Sanchia folgte Caterina ins Innere der Burg und weiter die Treppe hinauf, doch statt zu den Schlafgemächern zu gehen, strebte Caterina der Tür am Ende des zum Turm führenden Ganges zu.

»Caterina?«

»Komm mit.«

Caterina führte Sanchia an der Kammer vorbei, in die Lion sie an dem Abend getragen hatte, der so lange zurückzuliegen schien. Sie hielten vor der Tür ganz oben im Turm inne.

Caterina öffnete sie und ging vor.

Es war das Gemach des ›Windtänzers‹.

Die Statuette befand sich nicht in ihrer Kassette, sondern stand auf einem Sockel. In Pegasus' Augen, die sie im mondscheinerhellten Raum anstarrten, schien etwas aufzuleuchten, so daß sie lebendig wirkten.

Sanchia wich instinktiv einen Schritt zurück. »Hier möchte ich nicht bleiben.«

»Bitte... tu mir den Gefallen. Ich brauche hier jemanden bei mir. Ich will versuchen, es kurz zu machen.« Caterinas Worte klangen unsicher. »Ich muß meinem Sohn Lebewohl sagen. Dazu war bis jetzt keine Zeit. Marco liebte diesen Raum.«

Sanchia verspürte überströmendes Mitleid. Sie und Caterina hatten ihren Kummer um die Toten um der Lebenden willen, die ihrer Hilfe bedurften, unterdrücken müssen. Auch sie spürte das Bedürfnis Lebewohl zu sagen.

»Ja, natürlich.« Sie schloß die Tür. »Wir bleiben, so lange es Euch beliebt.«

»Setz dich und ruh dich aus.« Caterina deutete auf einen Stuhl. Sie selbst ließ sich auf dem Teppich nieder und lehnte den Kopf an die Steinmauer. »Ich sitze lieber hier. Ist dir aufgefallen, daß Kinder sich nie auf einen Stuhl setzen, wenn sie auf dem Boden sitzen können? Als Marco noch klein war, brachte ich ihn oft hier herauf, damit er den ›Tänzer im Wind‹ ansehen konnte. Wir saßen dann stundenlang auf dem Boden, spielten Spiele und plauderten.«

Sanchia ließ sich neben Caterina nieder. »Ich weiß. Piero hockte immer neben dem Kopiertisch auf dem Boden, wenn ich Abschriften machte, und ich griff immer nach unten und strich ihm übers Haar.« Sie mußte innehalten, sich sammeln, bis sie ihre Stimme wieder beherrschte. »Sein Haar fühlte sich weich an wie ein Frühlingslüftchen.«

»Marcos Haut war zart wie das Blütenblatt einer Rose.«

»Pieros Stimme klang heiser wie Froschquaken, wenn er am Morgen erwachte.«

»Marcos Finger waren immer mit Farben verschmiert, wenn er zu Tisch kam.«

»Piero konnte so eigensinnig sein.«

»Marco war immer so sanftmütig.«

Schweigen senkte sich über den Raum.

Dann sagte Caterina: »Ich weiß noch, wie Marco die Figur immer anstarrte und verlangte, ich solle ihm die Geschichten vom Windtänzer erzählen, die Carlos Vater mir erzählt hatte. Es gab so viele... da ich fürchtete, ich würde sie mit der Zeit vergessen, ließ ich sie von einem Schreiber auf Pergament festhalten und daraus ein Buch binden.«

»Und das Buch bekam Marco?«

Caterina schüttelte den Kopf. »Lion hat es auf der Werft irgendwo zwischen seinen Papieren. Marco kam nicht mehr in den Turm. Er hatte zu malen angefangen, und der ›Windtänzer‹ bereitete ihm kein Vergnügen mehr, sondern Schmerz.«

»Wie das?«

»Einmal stellte ich ihm diese Frage, und er sagte, er wüßte, er würde nie imstande sein, etwas zu schaffen, das auch nur annähernd so schön wäre, und das Wissen um seine eigene Unzulänglichkeit erfüllte ihn mit Betrübnis.« Caterina richtete den Blick auf die Figur. »Auch mich bekümmerte es, denn ich wußte, daß die gemeinsamen Stunden mit ihm für immer dahin waren. Er war mir entwachsen, wie Lion mir entwachsen war. Marco sollte niemals wieder so sehr mein sein wie während der Stunden in diesem Raum.«

Sanchia sah Tränen in Caterinas Augen schimmern. Sie war um Worte verlegen. »Marco hat Euch geliebt. Er hat alle geliebt.«

»Ja, aber am meisten liebte er Bianca. Ich hätte nicht versuchen sollen, ihm Bianca wegzunehmen. Aber ich hielt es für das beste.« Caterina schloß die Augen. »Jetzt weiß ich nicht, was das beste ist. Nichts ist mehr klar.«

»Nein, nichts ist klar.« Sanchia faßte nach Caterinas Hand.

Caterina zuckte zusammen, und Sanchia glaubte schon, sie würde ihr die Hand entziehen. Dann aber ließ Caterina sich gegen die Wand sinken und umklammerte fest Sanchias Finger. »Ist es Selbstsucht, wenn ich meinen Sohn beweinen möchte, während so viele andere im Sterben liegen? Gewiß verdient der Tod eines Sohnes die Tränen der Mutter.« Tiefer Schmerz schwang in ihrer Stimme mit, als sie ausrief: »Marco!«

Sanchia fühlte heiß die Tränen aufsteigen, als der Kummer über den Verlust, den sie selbst erlitten hatte, sie wie eine Woge zu erfassen drohte. Ihre Schultern zuckten, als sie haltlos zu schluchzen anfing und alle beweinte. Piero und Bianca und Marco... auch alle jene, deren Namen sie nicht kannte.

Die Smaragdaugen des Tänzers im Wind blickten unbewegt auf Caterina und Sanchia, die aneinandergekauert dasaßen und ihren Schmerz teilten, bis keine mehr Tränen hatte.

Als sie am nächsten Morgen nach einem Schlaf der Erschöpfung erwachten, verließen Caterina und Sanchia das Turmzimmer und den ›Windtänzer‹, um sich wieder der Medusa zu stellen.

Das erste Gebot des Tages war es, Wasser von der Quelle in den Weingärten zu holen. Sie spannten ein Pferd vor einen Wagen und fuhren in die Stadt, wobei Caterina die Zügel hielt.

In Mandara herrschte Totenstille. Die Pferdehufe klapperten gespenstisch auf dem Pflaster, als der Wagen sich durch die verwinkelten Gäßchen auf die Stadttore zubewegte.

Ratten und Vögel belebten die Straßen. Da und dort sah man einen Toten in der Gosse oder vor einer Haustür liegen. Sanchia wandte hastig den Blick ab, besonders wenn sie raschelnde Bewegung neben dem Leichnam bemerkte.

Die Stadttore standen weit offen. Sie fuhren hindurch und wandten sich unverzüglich nordwärts, um die wenigen Meilen zu den Weinbergen auf schnellstem Weg hinter sich zu bringen.

»Hier sieht alles verlassen aus«, sagte Sanchia, als sie vor der großen, aus Feldsteinen erbauten Weinkellerei anlangten. »Wie viele Männer arbeiten in den Weinbergen?«

»Um diese Jahreszeit nur einer oder zwei. Zur Lese sind es natürlich viel mehr.« Caterina zügelte das Pferd vor dem Brunnen. »He, ist niemand da? Leonardo!« rief sie laut.

Keine Antwort.

»Sieht aus, als ob wir es ohne Hilfe schaffen müßten«, meinte Caterina resigniert. Sie sprang vom Wagen. »Ich hatte gehofft, wir würden mehr Glück haben. Ohne Hilfe werden wir nur die kleinen Fässer bewältigen können.« Sie ging auf die Kellerei zu. »Fang schon an, Wasser heraufzuholen. Ich werde die Fässer herausrollen, und du füllst sie.«

Nachdem Sanchia sich bei der Arbeit einen gewissen Rhythmus angeeignet hatte, war es gar nicht so schwer, das Wasser aus dem Brunnen zu holen und die Fässer zu füllen. Schwierig wurde es erst, als es galt, die gefüllten Fässer auf den Wagen zu heben. Auch die kleineren wogen, wenn sie mit Wasser gefüllt waren, gut über hundert Pfund. Es war eine Anstrengung, die die Muskeln der beiden bald erlahmen ließ. Als schließlich das letzte Faß aufgeladen war, lief ihnen der Schweiß übers Gesicht.

Caterina lehnte sich völlig außer Atem an den Wagen. »*Cristo*, wie bin ich froh, daß es geschafft ist! Nie hätte ich gedacht, daß Wasser so... Sieh an... was ist mit deiner Hand? Sie blutet ja...«

Sanchia warf einen Blick auf die rechte Handfläche, auf der ein kleiner blutender Riß zu sehen war. »Ich weiß nicht... ich muß mich an einem Faß geschnitten haben. Vielleicht ein Splitter... ach, nicht wichtig.«

Caterina zog die Brauen zusammen. »Nicht wichtig? Es könnte eitern.« Sie hob ihren Rock, um aus ihrem Unterkleid einen Streifen zu reißen. »Ich habe mitangesehen, wie Splitter starke Männer hinstreckten. Möchtest du deswegen dein Totenbett...« Sie starrte Sanchia verdutzt an.

Denn Sanchia lachte. Sie lachte so sehr, daß sie sich am Wagen festhalten mußte, um nicht umzufallen. »Caterina, Ihr könnt doch nicht...« Sie fuhr fort, unbeherrscht zu lachen.

»Ich kann nirgends etwas Erheiterndes entdecken.«

»Caterina, falls ich in Mandara aufs Totenbett geworfen werden sollte, dann wegen der Pest, und nicht wegen eines Splitters. *Madre di dio*, die Pest geht um!«

Caterina riß die Augen auf und brach dann selbst in Gelächter aus. »Ja, mir sind Gerüchte zu Ohren gekommen, die das behaupten.« Im nächsten Moment lachte sie Tränen. »Verzeih, ich habe es nicht bedacht.« Sie schüttelte den Kopf. »Ein Splitter. Heilige Maria, ein winziger Splitter...«

»Wir sollten nicht lachen«, brachte Sanchia mühsam heraus. »Es ist wirklich nichts Komisches dran.« Sofort wurde sie wieder von Gelächter überwältigt. »Warum kann ich nicht innehalten?«

»Lorenzo hat mir einmal etwas von natürlicher Abwehr erzählt.« Caterina wischte sich mit dem Handrücken über die Wangen. »Vielleicht hält uns die Natur mit Lachen bei Verstand, wenn wir unerträglichen Kummer leiden.« Sie schüttelte den Kopf. »Jedenfalls fühle ich mich viel besser. Und jetzt reich mir deine Hand, damit ich sie verbinden kann. Falls die Pest dich nicht umbringt, möchte ich verhindern, daß es dieser dumme Splitter tut.«

Sanchia streckte die Hand aus und wartete geduldig, während Caterina den winzigen Schnitt reinigte und verband.

»Du könntest eigentlich hier draußen bleiben«, sagte Caterina leise, während sie einen Knoten in den provisorischen Verband knüpfte. »Hier bist du vielleicht in Sicherheit.«

»Vielleicht auch nicht.«

»Mandara ist nicht deine Heimat. Es hält dich keine Pflicht dort fest.«

»Ihr braucht mich.«

»Ja, ich brauche dich«, gab Caterina matt zurück. »Und Gott weiß, wie ungern ich dich ziehen ließe. Du... du bist mir ein großer Trost.«

Sanchia nickte, von Zuneigung für Caterina erfüllt. Die Frau, die ihr nun gegenüberstand, war nicht mehr die würdevolle, geradezu königliche Herrin von Mandara. Caterinas Gewand war mit Flekken übersät, ihr Gesicht von Linien durchzogen, die von Müdigkeit und Leid kündeten. Dennoch war Caterina dem Idealbild einer *illustrissima* nie näher gekommen als in diesem Augenblick. »Und Ihr seid mir ein Trost. Daher ist es sehr sinnvoll, wenn wir zusammenbleiben.« Sie faßte sanft nach Caterinas Arm. »Wir müssen fahren. Das Wasser wird in der Stadt gebraucht. Wo sollen wir es abladen?«

»Auf den Stufen der Kathedrale. Zwei Fässer behalten wir für uns, die anderen überlassen wir der Stadt.«

»Sollte das Wasser nicht rationiert werden?«

»Wer sollte das überwachen? Der Priester ist verschwunden, und wir sind mit der Krankenpflege beschäftigt.« Caterina ging zum Wagen. »Wir wollen täglich diese Fahrt unternehmen und Wasser holen.« Sie stieg auf den Kutschbock. »Falls dieser Brunnen nicht auch austrocknet oder verseucht wird. Es würde mich nicht wundern. Das Glück scheint Mandara verlassen zu haben.«

In den nun folgenden Tagen bestand Sanchias erschöpfendes Tagewerk darin, Wasser zu holen, Kranke zu pflegen, die Toten zurechtzumachen und ihre Särge zu zimmern. Nur eine blutjunge Küchenmagd überstand die Seuche, und Sanchia war nicht überzeugt, daß sie für immer von der Krankheit verschont bleiben würde. Überall lauerte der Tod. Warum sollte auch nur ein einziger überleben? Sie wußte, daß es nur eine Frage der Zeit war, bis Medusa auch sie niederstreckte. Wenn Unschuldige wie Piero und Bianca hatten sterben müssen, dann würde auch eine Sünderin wie sie sterben.

Und der arme, strahlende Marco…

»Ich ging auf die Piazza, um den Arzt für den jungen Donato zu holen. Vergebens, wie ich sehe«, sagte Caterina und kniete sich neben Sanchia auf das Pflaster des Burghofes. »Ich will dir helfen.« Sie machte sich daran, den Körper des Stallburschen, der wenige Minuten zuvor gestorben war, zu reinigen. »Merkwürdig, wie man sich an den Geruch gewöhnt«, meinte sie geistesabwesend. »Der Arzt ist aus der Stadt geflüchtet.« Sie blickte auf.

»Er konnte ohnehin nichts ausrichten.« Sanchia tat es mit einem Achselzucken ab. »Aber die Flucht wird ihm nicht viel nutzen.« Sie begegnete Caterinas Blick. »Wir alle werden sterben, nicht wahr?«

»Vermutlich. Aber mich erbittert, daß dieser Feigling den Kampf aufgab, ehe er verloren war. Ich habe es nicht getan, und du auch nicht.« Sie ließ den Lappen in das Waschbecken gleiten. »Die Stadt ist so gut wie verlassen. Wer nicht schon tot ist oder sich in seinen vier Wänden verkriecht, hat die Flucht ergriffen wie der Arzt.«

Sanchia deckte Donato mit einem sauberen Laken zu. Sie wußte, daß sie ein Gebet für ihn sprechen sollte, aber es wollte ihr keines einfallen.

»Einige Kranke haben sich zu den Stufen der Kathedrale geschleppt und flehen Gott und alle Heiligen um Hilfe an. Ich bezweifle, ob Gott ihnen antwortet. Lauf hinunter und sieh zu, ob du an seiner Stelle etwas für sie tun kannst.«

»Ich? Allein?«

Caterina nickte. »Bald werde ich dir keine Hilfe mehr sein.«

Sanchia erstarrte. Ihr hastiger Blick flog zu Caterina hin. Sie hatte geglaubt, gegen Schmerz jeder Art abgehärtet zu sein, und mußte entdecken, daß es nicht der Fall war. »Wann?« fragte sie angespannt.

»Wann ich diese Beule unter meiner Achsel entdeckt habe? Gestern abend.«

Und doch hatte Caterina den ganzen Tag gearbeitet und wahrscheinlich durch bloße Willenskraft ihre Energien aufrechterhalten. Bei genauerem Hinsehen entdeckte Sanchia in Caterinas Gesicht eine ungesunde Röte und einen schmerzlich-verkniffenen Zug um den Mund. »Ich werde Euch nicht verlassen.«

»Das dachte ich mir.« Caterinas Lächeln ließ ihr von Schmerz und Leid gezeichnetes Gesicht aufstrahlen. »Ich sollte dich eigentlich überreden, zu denen zu gehen, die deiner Hilfe mehr bedürfen, aber ich glaube, ich gönne mir beim Sterben die Nähe einer Freundin. Ich will nicht einsam sterben, von vier Wänden erdrückt.« Ihr Lächeln verblaßte, sie streckte Sanchia die Hand entgegen. »Kommst du mit in meinen Garten – Freundin?«

Langsam erhob sich Sanchia und ergriff Caterinas Hand. Sie hielt sie ganz fest, während sie dorthin gingen, wo im Sonnenschein inmitten von Rosen Medusa auf Caterina wartete.

»Warum ist er nicht zurückgekommen?« murmelte Lion, dessen Blick an dem verkohlten Skelett des ›Tänzers‹ hing. »Er hat gesagt, er würde wiederkehren und die ganze Werft in Brand stecken. Warum hat er es nicht getan?«

»Vielleicht hat Borgia mit den Fingern geschnippt, und er mußte zu ihm eilen«, meinte Lorenzo. »Damari ist klug genug, um seine persönlichen Rachegelüste hintanzustellen, wenn seine ehrgeizigen Ziele auf dem Spiel stehen.«

»Oder er wollte mich nach Solinari in eine Falle locken.«

»Basala sagte, er hätte nur einen kleinen Trupp bei sich gehabt, als er die Werft überfiel. Glaubst du, er hat eine größere Streitmacht in…«

»Es gefällt mir nicht«, unterbrach ihn Lion mit jäh aufflammender Heftigkeit. »Es gefällt mir ganz und gar nicht. Da ist etwas faul.«

Lorenzos Blick wanderte vom Schiffswrack zu den anderen geschwärzten Rümpfen auf der Werft. »Es hat dich bis ins Innerste getroffen. Vielleicht ist dein Denkvermögen beeinträchtigt.«

Lion nahm die Zügel fester in die Hand. »Damaris Absicht war es, mich tief zu treffen«, stieß er rauh hervor. »Und er verläßt sich darauf, daß ich ihn wie der Teufel bis nach Solinari verfolge. Warum?«

Lorenzo sah ihn wortlos an.

»Und warum hat er die Schiffe und die Werft nicht angezündet, als er herkam und entdeckte, daß wir mit der ›Tänzer‹ nach Genua ausgelaufen waren? Damals wäre die Gelegenheit viel günstiger gewesen. Warum hat er sich zurückgehalten und schlägt jetzt zu?«

»Vielleicht wollte er warten, bis er alle ›Tänzer‹ vernichten konnte.«

Lion schüttelte den Kopf. »Das glaube ich nicht.«

»Warum reiten wir nicht nach Solinari und verschaffen uns einen Überblick über die Lage?«

Lion schwieg. Sein Blick hing noch immer an der ›Tänzer‹. »Und wenn Damari uns nicht nach Solinari, sondern fort von Mandara locken wollte?«

Lorenzo fuhr auf. »Du glaubst, er hätte von Borgia Truppenverstärkung bekommen, um die Stadt angreifen zu können?«

»Was er getan hat, weiß ich nicht, aber ich werde ein ungutes Gefühl nicht los.« Ganz plötzlich rief Lion den Männern, die sich, über die ganze Werft verteilt, irgendwie zu schaffen machten, zu: »Aufsitzen! Wir reiten zurück nach Mandara!«

17. KAPITEL

Sanchia saß auf den Stufen zur Kapelle, den Kopf an die Mauer gelehnt, als Damari hoch zu Roß auf den Hof ritt.

In seinem Rücken ging die Sonne unter, so daß er sich zunächst nur als gedrungene dunkle Gestalt vor der blutroten Scheibe abhob. Erst als er näher kam, erkannte sie ihn. Sein Kommen verwunderte sie nicht. Daß er an diesem Ort des Todes und der Qualen auftauchte, erschien ihr als durchaus passend.

»Ach, Sanchia, was für eine Freude, dich zu sehen.« Er schwang sich aus dem Sattel. »Du verzeihst sicher, daß ich Distanz wahre. Gewisse Vorsichtsmaßnahmen sind unumgänglich. Sag mir, hat dich die Seuche schon im Griff?«

»Kann sein.« Sanchia schüttelte apathisch den Kopf.« Ich weiß es nicht.«

»Und die edle Caterina?«

»Gestorben. Gestern.« Sie hielt inne. »Zumindest glaube ich, daß es gestern war. Alle sind sie tot. Marco, Bianca, Piero.«

Er nickte. »Ausgezeichnet. Ich hatte gehofft, daß die Herrin des Hauses hinweggerafft würde. Nun wirst du mich gewiß entschuldigen, ich habe in der Burg etwas zu erledigen. Ich komme gleich wieder.«

Er ging über den Hof zur Treppe und verschwand im Inneren der Burg.

Sanchia lehnte den Kopf wieder an die Mauer und schloß die Augen. Eigentlich hätte sie auf die Piazza gehen und nachsehen sollen, ob man weitere Opfer zur Kathedrale geschafft hatte. Sie wollte bald hingehen, aber im Moment war es für sie tröstlich, nahe der Kapelle einfach dazusitzen. Wenn sie sich Caterina und Piero nahe wußte, fühlte sie sich nicht so einsam.

»Wach auf und sag mir Lebewohl, Sanchia.«

Sie schlug die Augen auf und sah, wie Damari eine ihr allzu vertraute Mahagonikassette hinter dem Sattel befestigte. ›Der Tänzer im Wind‹.

»Wie du siehst, habe ich ihn wieder an mich gebracht. Ich sagte ja, ich würde ihn mir holen.«

Seine Freude ist geradezu absurd, dachte sie erstaunt. Glaubte er denn, daß der Verlust der Statuette jetzt noch irgendeine Bedeutung hätte?

»Du hast mir nicht geglaubt.« Er blickte auf, als er das Seil fester zog. »Ich bin sehr froh, daß du zur Stelle bist und meinen Triumph miterleben kannst. Ich fürchtete schon, es würde niemand übrig sein, der meine Schlauheit zu würdigen wüßte.«

»Niemand ist am Leben geblieben.«

»Nun, immerhin bist du erst halbtot. Aber das genügt.« Er lächelte. »Sag mir, ist der Junge sofort gestorben? Ich hatte den Eindruck, er wäre krank gewesen, als meine Leute ihn in den Wagen legten.«

Piero. Er sprach von Piero. »Nicht sofort.« Sie versuchte sich auf das zu konzentrieren, was er gesagt hatte. »Ihr habt Piero entführt?«

»Einer meiner Leute. Es war ein brillanter Plan. Mir war zu Ohren gekommen, daß in einem kleinen Dorf an der Küste unweit von Solinari die Pest ausgebrochen sei. Wir brauchten die Seuche nur nach Mandara zu bringen. Und wer eignete sich als Sendbote besser als der Junge, den du so in dein Herz geschlossen hattest? Mein Informant hatte mir gemeldet, daß du mit dem Kind auf der Burg Einlaß gefunden hast. Wir brauchten nur den Jungen zu entführen, ihn aus der Stadt zu schmuggeln und nach Fontana zu schaffen. Dort hielten wir ihn zwei Tage im Leichenhaus fest, um sicherzugehen, daß er der Seuche ausgesetzt wurde.«

Damari also war das todbringende Ungeheuer! Das Entsetzen,

das seine Worte bewirkten, durchdrang ihre Apathie und Erschöpfung. »Wie kann ein Mensch etwas so Schreckliches tun?« stieß sie hervor.

»Es galt natürlich, den Plan mit äußerster Präzision und genauer zeitlicher Abstimmung durchzuführen«, fuhr Damari gelassen fort. »Ich kehrte nach Pisa zurück, um die Werft zu überfallen und Lion und einen guten Teil seiner bewaffneten Truppe von Mandara wegzulocken. Dann schickte ich zwei meiner Leute mit dem Befehl aus, sie sollten den Wagen einige Meilen vor der Stadt stehenlassen. Nach dem Überfall mußte ich meine Männer wieder hierherbeordern, damit sie die aus der Stadt Flüchtenden aufhielten.«

»Die Flüchtenden...«

»Ja, natürlich. Man kann doch nicht zulassen, daß sich die Seuche noch weiter verbreitet. Cesare Borgia und Seine Heiligkeit befürchteten Aufruhr, falls die Pest in einer anderen Stadt gewütet hätte.« Er lächelte. »Ich versicherte ihnen, daß es nicht dazu kommen würde. Als die Flüchtlinge wie verängstigte Kaninchen aus der Stadt strömten, lagen wir in den Hügeln auf der Lauer und empfingen sie mit einem Pfeilhagel: Dabei mußte ich darauf achten, daß meine Truppe nicht zu nahe herankam. Diejenigen, die ich mit der Pest in Berührung bringen mußte, muß ich aus der Welt schaffen.«

»Aber Ihr seid jetzt hier...«

»Ach was, ich fürchte die Seuche nicht.« Er fuhr sich über seine narbige Wange. »Wenn es mir bestimmt gewesen wäre, an einer Seuche zu sterben, dann hätten mich die Pocken als Kind zur Strecke gebracht, damals als Caterina, dieses elende Weibsstück, ihren Mann überredete, meine Mutter und mich fortzuschicken, in ein Dorf, in dem die Pocken herrschten. Aber nein, ich wurde verschont, um Großes zu vollbringen, um Armeen zu führen und Königreiche zu schaffen.«

Sanchia schüttelte den Kopf. »Ihr werdet hier sterben wie alle anderen. Alle sterben hier.«

Ein Ausdruck des Unbehagens huschte über Damaris Gesicht. Die Überzeugung, die aus Sanchias Worten klang, war die Ursache. »Ich nicht. Mich erwartet ein anderes Schicksal.« Nachdem er das Seil endgültig festgezurrt hatte, schwang er sich auf sein Pferd. »Riechst du schon den Rauch?«

»Nein.«

»Ich aber.« Er hob den Kopf und schnüffelte. »Ich habe Burg und Garten in Brand gesteckt. Jetzt ziehen meine Leute mit Brandfakkeln durch die Stadt. Eine zusätzliche Vorsichtsmaßnahme, auf der Seine Heiligkeit bestanden hat. Es versteht sich, daß wir auch das Dörfchen Fontana angezündet haben, nachdem wir den Jungen aus dem Totenhaus geholt hatten.«

»Lion?«

»Du fragst dich, weshalb ich zuließ, daß Andreas die Stadt verlassen konnte, obwohl die Gefahr bestand, daß auch er die Krankheit in sich trug? Nun, dieses Risiko mußte ich eingehen. Ich mußte seine Streitmacht durch eine List ablenken, damit ich ungehindert in die Burg eindringen konnte. Sollte er die Pest verschleppt haben, streuen wir das Gerücht aus, er wäre vor der Seuche geflüchtet, und es sei seine Schuld, daß weitere Unschuldige dem Schwarzen Tod zum Opfer fielen.« Er lächelte. »Jetzt beeile ich mich, nach Solinari zu kommen, damit ich ihn endgültig unschädlich machen kann.«

Als er auf sie hinunterblickte, las sie Bedauern in seiner Miene. »Ich würde dich zu gern mitnehmen, da ich unsere gemeinsame Zeit im Verlies ungemein genossen habe. Eine Frau mit deinem Mut und deiner Ausdauer trifft man nicht oft. Nachdem dich Andreas mir entrissen hatte, gelobte ich mir, alles nachzuholen.« Er schüttelte den Kopf. »Zu schade. Aber Cesare Borgia würde rasen, wenn er erführe, daß ich jemanden am Leben gelassen habe, der von seiner und der Beteiligung seines Vaters an diesem Komplott wußte.«

»Ihr werdet mich töten?«

»Das habe ich schon getan. Ich erwog nur, dich für ein paar Tage des Vergnügens wieder auferstehen zu lassen. Leb wohl, Sanchia. Wenn du Glück hast, wird das Feuer deinem Leben ein Ende bereiten, ehe die Seuche es tut. Wie ich hörte, bringt die Pest einen äußerst qualvollen Tod mit sich.«

»Ja.« Wieder schloß sie die Augen in dem Bestreben, die Bilder nicht sehen zu müssen, die seine Worte ihr in Erinnerung riefen.

Sie vernahm das Hufgetrappel von Damaris Pferd, als er vom Hof ritt. Gleich darauf wurde ihr die erste Andeutung von beißendem Qualm zugeweht.

Sieben Meilen vor Mandara stießen sie auf die ersten Toten.

Lion blickte auf den Leichnam einer Achtjährigen, die neben einem Karren auf der Straße lag. Ein Pfeil hatte ihre schmale Brust durchbohrt und sie an das Holz des Rades genagelt.

Lorenzo verhielt sein Pferd neben ihm. »Ein Mann, eine Frau, und noch zwei Kinder liegen ein Stück weiter.«

»Pfeile?«

Lorenzo nickte. »Der Wagen ist mit Möbeln und Hausrat beladen. Es sieht aus, als wäre alles in größer Eile auf den Wagen geworfen worden. Der Aufbruch muß in großer Hast vor sich gegangen sein, an eine Rückkehr war wohl nicht gedacht.«

»Und dann wurde ihnen aufgelauert, und sie fanden den Tod.« Lion wandte den Blick von dem toten Mädchen am Wagenrad ab. »Auch Frauen und Kinder. Beute wurde nicht gemacht. Warum also wurden sie ermordet?«

»Soll ich Anweisung geben, daß man sie begräbt?«

»Nein.« Lion wendete sein Roß. »Später. Wir müssen herausfinden, warum die Menschen aus Mandara geflohen sind. Rasch.«

Nach einer weiteren Meile stießen sie abermals auf zwei Tote, eine Stück weiter auf eine ganze Familie, die niedergemetzelt worden war. Danach gab Lion es auf, die Toten zu zählen, und ritt weiter, so schnell sein Pferd ihn tragen konnte, auf Mandara zu.

Als sie die vorgelagerten Hügel hinunterritten, sahen sie den Feuerschein am nächtlichen Himmel.

Lion, der Lorenzos wüsten Fluch hörte, konnte den Blick von dem makaberschönen Schauspiel nicht abwenden.

»Mandara.« Lorenzo sah starren Blickes zu der in der Ferne brennenden Stadt.

Lion hörte das erschrockene Murmeln seiner Leute. Ihre Frauen, Freunde, Familien waren diesem Inferno ausgesetzt wie seine eigene Familie. Sanchia, seine Mutter, Marco, Bianca...

»Caterina«, hörte man Lorenzo sagen. »Es muß Gefangene geben.«

Lion spürte einen Funken Hoffnung. Lorenzo hatte recht. Es war nicht sicher, ob sich seine Lieben in der brennenden Stadt befanden. Er gab seinem Pferd die Sporen und trieb es zu äußerster Eile an.

»Lion«, rief Lorenzo ihm zu, »wenn es Damari war... wo sind die *condotti*?«

Diese Frage machte auch Lion zu schaffen. Man hätte längst die Fackeln und die Bewegung einer angreifenden Streitmacht sehen müssen. Doch da war nichts. Keine Truppen. Keine Pferde. Keine Katapulte oder anderen Kriegsmaschinen. Nichts. Nichts außer Mandara, das von den Flammen verschlungen wurde.

Drei Meilen vor der Stadt sah Lion Sanchia, die sich langsam und wie geblendet die Straße entlangschleppte. Hätte der Brand nicht die gesamte Umgebung erhellt, die kleine Truppe hätte sie in Grund und Boden geritten.

»Sanchia!« Lion gab seinen Männern mit erhobener Hand den Befehl zum Anhalten. »*Dio*, was ist passiert?«

Sie schien ihn nicht zu hören, denn sie ging weiter, den Blick unverwandt auf etwas gerichtet, das er nicht sehen konnte. Ihr braunes Samtkleid war zerrissen und beschmutzt, ihr Haar ein rußiges und strähniges Gewirr.

»Sanchia.« Er saß ab und ging auf sie zu. »Bist du verletzt?«

Sie schleppte sich weiter.

Lion blieb vor ihr stehen und faßte sie an den Schultern. »So antworte mir doch! Bist du verletzt?«

Ihr leerer Blick erfaßte schließlich sein Gesicht. »Lion?« flüsterte sie. »Ich hielt dich für tot. Ich dachte, alle außer Damari seien tot. Es ist nicht recht, daß ausgerechnet er am Leben bleiben soll. Er sollte nicht leben dürfen, wenn alle auf der Welt tot sind.«

»Nicht alle sind tot. Du lebst, Sanchia.«

Sie sah ihn erstaunt an. »Nein, ich lebe nicht mehr. Damari hat mich getötet wie alle anderen. Caterina, Marco, Piero, Bianca.«

Blindwütiger Schmerz durchzuckte ihn, als er über ihren Kopf hinweg zur Stadt blickte. »Alle tot?«

»Ja, natürlich«, sagte sie erstaunt über diese Frage. »Alle sind tot.«

Tränen brannten ihm in den Augen, als er Sanchia fest schüttelte. »Du bist nicht tot. Wir beide sind am Leben.«

»Richtig, du lebst. Das hast du mir gesagt.« Plötzlich erstarrte sie und riß entsetzt die Augen auf. »Nein!« Sie riß sich los und wich zurück. »Faß mich nicht an! Bist du von Sinnen? Die Pest...«

Lion wurde von Eiseskälte erfaßt. »Die Pest? Du sagtest, Damari...«

Sie aber hatte sich umgedreht und lief so schnell zurück nach Mandara, daß die Röcke ihres zerfetzten Gewandes hinter ihr herflogen.

Lion rannte ihr nach. »Sanchia, bleib stehen! Niemand will dir etwas tun.« Er hatte sie eingeholt und riß sie an sich. »Sanchia, *cara*!«

»Du verstehst nicht.« Verzweifelt versuchte sie, sich zu befreien. »Ich werde dich töten, und das möchte ich nicht. Ich möchte nur Damari töten. Laß mich los!«

Lions Gesicht war tränennaß. »*Cara*, nein...« Er zog sie wieder an sich und strich ihr über das rußige Haar. »Pst... ruhig...«

Sie gab unvermittelt ihren Widerstand auf und ließ sich gegen ihn fallen. »Es ist ohnehin zu spät. Du hast mich angefaßt. Sogar Damari hatte Angst, mich zu berühren. Medusa...«

Er fing sie auf, als sie schwankte und ohnmächtig wurde.

Der beißende Geruch nach Rauch hatte sich verzogen. Jetzt lag Holzgeruch in der Luft, und ein fruchtiger, schwerer Duft.

Sanchia schlug die Augen auf. Lion beugte sich über sie und benetzte ihre Stirn. Dämmerung hüllte sie ein. Die Sonne, die durch zwei Fensterchen hoch oben einfiel, durchdrang die Düsternis. Staubkörnchen tanzten in den Sonnenstrahlen. Sie starrte verträumt und fasziniert auf dieses Spiel von Licht und Schatten.

Zwei tanzende Sonnenstrahlen...

Lorenzo hatte doch Bianca und Marco so genannt, oder nicht? Aber jene zwei Sonnenstrahlen tanzten nicht mehr. Sie lagen still und starr in der Kapelle.

Aber gab es denn noch eine Kapelle? Hatte der Stein der Gluthitze widerstanden, die Mandara einhüllte?

»Feuer...« Ihre Kehle war so rauh, daß das Sprechen schmerzte. Hatte sie geschrien? Sie hatte gespürt, wie die Schreie in ihr hochkamen, doch zugleich hatte sie geglaubt, sie hätte sie zu unterdrücken vermocht.

»Nein, da ist kein Feuer«, sagte Lion beruhigend. »Du bist nicht mehr in Mandara.«

»Wo denn?«

»In der Weinkellerei.« Er glättete das feuchte Tuch auf ihren Schläfen. »Du kannst dich doch an die Kellerei erinnern?«

»Ja.« Sie blickte angestrengt ins Halbdunkel und erkannte die undeutlichen Umrisse eines großen und einiger kleiner Fässer.

»Deck dich zu. Es ist kühl hier drinnen.« Er zog ihre Decke höher. Nun erst merkte sie, daß sie nackt darunter war.

Auch Lion war unbekleidet, wie sie verwirrt erkannte. Sonderbar.

»Weißt du, wer ich bin?« fragte Lion.

»Lion.«

Er war erleichtert. »Und was ist in Mandara geschehen?«

Wie hätte sie es vergessen können? Was hinter ihr lag, konnte man nicht vergessen. »Die Pest.« Plötzlich war sie hellwach. »Halte dich von mir fern!« Sie fuhr auf, bemüht, sich von ihm zu entfernen. »Die Pest!«

»Beruhige dich. Ich bin schon über eine Woche hier mit dir zusammen«, gab Lion zurück. »Falls es mir bestimmt ist, der Seuche zu erliegen, bin ich bereits damit angesteckt.«

Sie sah ihn benommen an. »Eine Woche?« Sie schloß die Augen. »Lieber Gott, warum?«

»Warum hast du in Mandara ausgeharrt, um meine Familie zu pflegen?«

»Ich war dort.«

»Und ich bin hier. Mach die Augen auf und sieh mich an. Sehe ich krank aus?«

Sie schlug die Augen auf. Trotz der von Erschöpfung und Kummer kündenden Linien in seinem Gesicht sah er stark und kraftvoll aus. »Manchmal erkrankt man erst viel später.«

»Und manchmal gar nicht. Sind in Mandara alle krank geworden?«

»So sah es jedenfalls aus.« Sie schüttelte verwirrt den Kopf. »Es gab einige, die gesund blieben, aber manchmal dauert es eben länger. Ich weiß nicht, ob es Überlebende gibt.«

»Ich halte es für möglich, daß einige davonkamen, falls sie nicht Opfer des Brandes wurden.«

Das Feuer. »Damari und seine Söldner legten den Brand. Ich sah es mit an, konnte mich aber nicht rühren. Dann fiel mir ein, daß Damari, falls er mit dem Leben davonkommen würde, seine Untat wiederholen könnte. Ich konnte nicht zulassen, daß er diese furchterregende Ungeheuerlichkeit wiederholte. So viele sind umgekommen... habe ich dir von Piero erzählt?«

»Ja, du hast alles erzählt.« Lions Augen glitzerten in der Dunkelheit des Raumes. »Du hast gerast und getobt, bis ich glaubte, ich könnte nichts mehr davon hören. Ich fürchtete schon, du würdest den Verstand verlieren.«

»Vielleicht bin ich nicht mehr bei Verstand. Ich sehe zwar noch...«

»Nein«, stieß er ungestüm hervor. »Du wirst an Körper und Geist genesen. Ich will dich nicht auch noch verlieren. Hörst du mich? Du wirst gesund!«

Seine mit inbrünstiger Eindringlichkeit vorgebrachten Worte überzeugten Sanchia beinahe, daß er imstande sein würde, Tod und Wahnsinn abzuwehren. Armer Lion. Er hatte so viel verloren. Seine Familie. Seine Schiffe. Seine Heimat.

Sie hatte schon geglaubt, nie wieder etwas empfinden zu können, und spürte jetzt zu ihrer Verwunderung, wie sich etwas in ihr regte. Sie blickte von ihm weg. »Warum sind wir nackt?«

»Ich habe deine Kleider und die Sachen verbrannt, die ich anhatte, als ich dich fand.«

Auf ihren fragenden Blick hin fuhr er fort: »Es erschien mir als das Vernünftigste, wenngleich ich keine Ahnung habe, wie man sich gegen Pest schützt. Ich habe uns täglich in heißem Wasser gebadet, und jegliche Bekleidung wäre nur hinderlich gewesen. Es erschien mir als die beste Vorsichtsmaßnahme. Als du die Besinnung verloren hast, bat ich Lorenzo und die anderen, sich fernzuhalten, und brachte dich hier in den Weinkeller. Die anderen lagern draußen vor dem Weingarten. Lorenzo kommt täglich, um Essen und frisches Wasser vor die Tür zu stellen.« Er deutete mit einer Kopfbewegung auf einen Haufen Decken an der Wand. »Diese Decken habe ich ausgekocht und in der Sonne getrocknet. Wenn du willst, könnte ich dir aus einer Decke etwas zum Anziehen zurechtmachen.«

»Ja, bald.« Sanchia empfand weder ihre noch Lions Blöße als peinlich. Die letzten Wochen hatten ihr viel mehr genommen als nur die Kleidung. »Wie lange bleiben wir noch hier?«

»Noch eine Woche. Wenn bis dahin keiner von uns krank wird, kann man davon ausgehen, daß du die Pest nicht in dir getragen hast – das sagt einem die Vernunft.«

»Die Vernunft...« Sie fing zu zittern an, wobei sie ihn unverwandt ansah. »Das Ungeheuer Pest kennt keine Vernunft oder Gerechtigkeit. Es streckt die Guten nieder, die Unschuldigen, die Starken. Caterina...« Sie unterdrückte ein Schluchzen. »Verzeih... es muß für dich sehr schmerzlich sein, wenn ich von ihr spreche. Sie war deine Mutter, und sie...«

»Still.« Plötzlich hielt er sie in den Armen. Seine Finger waren in ihrem Haar vergraben, während er sie von Mitgefühl überwältigt hin- und herwiegte. »Ich weiß, daß sie dir nicht mit Freundlichkeit entgegenkam. Aber sie meinte es gut...«

»Nein, du verstehst nicht. Ich habe sie liebgewonnen. In den letzten Tagen standen wir einander so nahe, daß ich bei ihrem Tod fast das Gefühl hatte, ich hätte Piero noch einmal verloren. Ich hatte sie lieb.«

»Ich wünschte, ich hätte allen Lebewohl gesagt«, flüsterte Lion. »Ich hätte mir die Zeit nehmen und mich von ihnen verabschieden sollen. Wenn ich geahnt hätte...«

Sanchia fühlte an ihrer Schläfe etwas Feuchtes und Warmes. Wenn. Das ewige Wort des Bedauerns. Sanchias Arme legten sich um seine Schultern, Trost spendend sowie Trost empfangend. Caterina hatte von Reue und Bedauern gesprochen, Dinge, die Sanchia sich ins Gedächtnis rufen wollte, damit sie sie an Lorenzo und Lion weitergeben konnte. Aber nicht jetzt. Der Schmerz war noch zu frisch und neu. Später war noch Zeit genug dafür.

Nanu, ich denke ja an die Zukunft, stellte sie mit Verwunderung fest. Vielleicht regte sich in ihr die Hoffnung, Lion könne auf wundersame Weise Medusa daran hindern, sie beide zu holen.

Doch sie durfte sich nicht zu viele Hoffnungen machen, denn dies gehörte zu Medusas Ränken und Schlichen... sie gab einem ein kleines bißchen, um einem dann alles zu nehmen. Sanchia wollte sich keinerlei Hoffnung gönnen, ehe sie nicht sicher sein konnte, daß das Ungeheuer an ihnen vorübergegangen war und sich nicht umwendete, um sie doch noch niederzustrecken.

Später saßen sie vor dem kleinen Feuer, das Lion in der Mitte der Kellerei angefacht hatte. Er hatte sie in eine wärmende Decke gehüllt und hielt sie in den Armen, um sie zusätzlich zu wärmen.

Sie sah ins Feuer, als sie sagte: »Ich liebe dich, mußt du wissen.«

Er erstarrte spürbar. Sein Arm hielt sie fester. »Nein, das wußte ich nicht.«

»Ich weiß es seit jenem Augenblick, als ich glaubte, du hättest auch die Pest. Vorher war es mir nicht klar, da die Liebe so ganz anders war, als ich sie mir vorgestellt habe.« Sie hielt noch immer den Blick nachdenklich auf die Flammen gerichtet. »Sie ist nicht süß und sanft wie die Liebe, die Dante für seine Beatrice empfand.«

»Nein.«

»Sie vollführt Drehungen und Wendungen, läßt einen vor Lust stöhnen, dann vor Zärtlichkeit, aber dennoch bleibt die Liebe. Irgendwie dachte ich, sie würde…« Sie überlegte. »…sie würde etwas Erhabenes sein.«

»Vielleicht zeigt sie sich so bei Menschen, die einen leichteren Weg zu gehen haben als wir.«

»Vielleicht.«

Es kehrte Stille ein.

»Ich hielt es für wichtig, daß du von meiner Liebe weißt, bevor wir sterben müssen«, sagte sie schließlich. »Ich glaube, wir sollten…«

»Wir werden nicht sterben.«

»Oh…, wenn aber doch?« Sie lehnte sich an seine Brust und schloß die Augen. »Nein, es ist anders, als es bei Dante steht. Ich dachte gar nicht mehr so oft an dich, als Caterina und ich die Sterbenden in Mandara pflegten. Nur hin und wieder, wenn es die Zeit erlaubte.« Sie hielt inne. »Aber wenn ich an dich dachte, dann war es mit viel Liebe. Das sollst du wissen.«

»Ich weiß es.« Lions Stimme klang belegt. Er drückte sie an sich. »Ich weiß es, Sanchia.«

»Gut.« Sie öffnete die Augen und richtete den Blick wieder direkt ins Feuer. »Dennoch wäre es herrlich gewesen, wenn ein wenig Erhabenheit mit im Spiel gewesen wäre.«

Eine Woche darauf traten Sanchia und Lion aus dem Halbdunkel der Weinkellerei ins helle Sonnenlicht.

Lorenzo wartete, die Zügel zweier Pferde in einer Hand, ein Kleiderbündel für Lion in der anderen, auf den Lippen ein Lächeln, das Sanchia galt. »Ach, wie... wie interessant du aussiehst...« Sein Blick registrierte Sanchias Haar, ehe er zu der derben Wolldecke glitt, aus der Lion eine Art Gewand gezaubert hatte, indem er in die Mitte eine Öffnung geschnitten und diese Sanchia über den Kopf gezogen hatte. »Dieses Kleidungsstück entbehrt nicht eines gewissen barbarischen Reizes, schon gar in Verbindung mit ihrem wilden roten Haar, meinst du nicht auch, Lion? Ja, sie wäre die passende Gefährtin für Attila den Hunnenkönig.«

Sanchia sah Lorenzo verwundert an. Sein Benehmen war unverändert geblieben. Alles auf der Welt hatte sich geändert... nur Lorenzo nicht.

»Warum siehst du mich so an?« fragte er spöttisch. »Ist dein Geist so benebelt, daß du nicht mehr fähig bist, mich richtig zurechtzuweisen? Ich glaube, ich muß dir zugute halten, was du in letzter Zeit durchgemacht hast, hoffe aber, daß du bald alles überwunden hast... andernfalls bin ich gezwungen, dich meiner Gesellschaft zu berauben. Du weißt, wie sehr ich Langeweile hasse.«

Er drehte sich zu Lion um, der seine Decke abgelegt hatte und eilig die mitgebrachten Sachen anzog. »Ich habe mir die Freiheit genommen, deine Truppen nach Pisa zu schicken und deinem Verwalter Anweisung zu geben, die Leute auszubezahlen, damit sie irgendwo ein neues Leben beginnen können.« Sein Blick schweifte zu den geschwärzten Steinen der Mauern von Mandara. »Hier haben sie keine Zukunft, und du hast keine Verwendung mehr für sie.«

Lion nickte. »Du hast vernünftig gehandelt.« Er zog seine Stiefel an. »Hast du Überlebende des Brandes entdecken können?«

»Nur eine Handvoll. Wir brachten sie auf einem Feld notdürftig unter. Bislang haben sich keine Symptome der Pest bei ihnen gezeigt.« Er schnitt eine Grimasse. »Wir brachten die Woche nahezu ausschließlich damit zu, die Toten zu begraben, die wir bei unserer Ankunft in den Hügeln fanden. Es waren siebenundachtzig.«

»Die Bevölkerung von Mandara zählte weit über tausend Menschen«, sagte Lion. »Damaris Zoll war sehr hoch.«

»Und was tun wir jetzt?« fragte Lorenzo. »Ich gestehe, daß ich es überdrüssig bin, herumzuhocken und zu warten, daß ihr beide aus dem Grab auferstehet. Geht es jetzt gegen Damari?«

»Noch nicht. Wir reiten nach Pisa. Aber als erstes muß ich die Überlebenden besuchen und mich um sie kümmern.« Lion schwang sich in Tabrons Sattel.

Lions Gefühl für Pflicht und Verantwortung regt sich wieder, dachte Sanchia. Ein Mandara gab es nicht mehr, aber solange seine Leute ihn brauchten, war er bereit, für sie dazusein. »Soll ich mitkommen?«

Lion schüttelte den Kopf. »Genieße die Sonne und ruh dich aus. Lorenzo und ich werden bald wieder zurück sein.«

»In den vergangenen zwei Wochen habe ich wenig mehr getan als geschlafen.«

»Bleib hier. Es kann dir nicht schaden und erspart mir Sorgen. Lorenzo sagt, daß diese Leute allem Anschein nach nicht von der Seuche befallen sind. Ich werde dennoch Distanz halten, aber dich möchte ich meilenweit entfernt wissen.«

Sanchia nickte. Lion würde gehen, einerlei, was sie einwenden mochte, und sie hatte kein Verlangen, die Flüchtlinge aus Mandara zu sehen. Ihr Anblick hätte zu viele Erinnerungen an die Tage des Grauens geweckt. »Ich werde hier warten.«

»Santa Maria, was für eine Fügsamkeit.« Lorenzo stieg in den Sattel. »Wo ist dein Widerspruchsgeist, deine Keckheit geblieben? Sanchia, du enttäuschst mich. Und du ebenso, Lion. Ihr beide benehmt euch wie ein verheiratetes Paar nach mindestens zehn Ehejahren.«

Als Sanchia Lions Blick begegnete, lag ein fast unsichtbares Lächeln um ihre Lippen. In gewisser Weise hatte sie das Gefühl, daß Lorenzo recht hatte. Während ihrer Woche in der Isolation hatten sie nur Kummer, Angst und das Bedürfnis, einander Trost zu spenden, gekannt. Die Bindung zwischen ihnen hatte sich gefestigt und war dennoch geschmeidiger, nachgiebiger geworden – wie feines Leder nach jahrelangem Gebrauch.

Als könne er ihre Gedanken lesen, nickte Lion unmerklich. »Wir sind bald wieder zurück«, sagte er und machte sich mit Lorenzo auf den Weg.

Sanchia ließ sich auf der Bank neben der Tür zur Kellerei nieder und hielt ihr Gesicht mit geschlossenen Augen der Sonne entgegen. Die Luft war rein und würzig. Allmählich senkte sich ein Gefühl des Friedens über sie. Damit verbunden war die Gewißheit, daß die Pest keine Macht mehr hatte.

Medusa war weitergezogen.

Lion kehrte nach ein paar Stunden allein zurück. Als sie fragte, wo Lorenzo geblieben sei, zog er die Schultern hoch und zügelte sein Pferd. »Er ist nach Mandara, Gott weiß, warum. Dort ist außer Schutt und Asche nichts mehr. Er sagte, er wolle es noch einmal sehen, ehe wir die Gegend verließen.«

»Eine Laune?« Sanchia heftete ihren Blick gedankenvoll auf das in der Ferne sichtbare Mandara. Unvorstellbar, daß jemand das Verlangen verspürte, diese verbrannte Wüstenei zu sehen. Und dann fiel ihr ein, weshalb Lorenzo zurückgeritten war. »Ich muß auch zurück. Kommst du mit mir?«

»Nein!« Lion sah sie aufs höchste verwundert an. »Warum, bei allen Heiligen, verlangst du diesen Wahnsinn von mir?«

»Es ist kein Wahnsinn. Und keine Laune«, sagte sie nüchtern. »Ich muß zurück. Die Gefahr ist gebannt. Nicht einmal die Pest hat dieses Inferno überlebt.«

»Eine Gewißheit darüber gibt es nicht.«

»Nein, aber ich fühle es.« Sie lächelte. »Die Seuche hat uns verschont, Lion.«

»Wenn du unbedingt gehen mußt, dann komme ich mit.«

»Nein.« Sie streckte die Arme aus, und er hob sie mit einer Verwünschung vor sich in den Sattel. »Du kannst mich bis zu den ehemaligen Stadttoren bringen.« Sie lehnte sich an ihn. »Dort wartest du auf mich, wie ich hier auf dich gewartet habe.«

Vom Sattel seines Pferdes aus ließ Lorenzo den Blick über die geschwärzten Ruinen des Rosengartens gleiten, als Sanchia Tabron vorsichtig durch Schutt und Ruinentrümmer lenkte und neben Lorenzo anhielt.

Sie erschrak, als sie um sich blickte. Schon die Verwüstung der Stadt hatte Entsetzen und Trauer in ihr ausgelöst, als sie durch die ruinenbestandenen Gassen geritten war, aber diese Verwüstung hier nahm in ihren Gefühlen viel größere Bedeutung ein. Wo einst üppige Blumenpracht das Auge erfreut hatte, sah man nur versengte Sträucher, geschwärzte Springbrunnen, in der Feuersbrunst zersprungene Bänke. Der hölzerne Bogen des Laubenganges hatte die Marmorbank unter sich begraben, und die wunderhübsche girlandengeschmückte Schaukel, auf der sie Bianca an jenem ersten Nachmittag mit Marco gesehen hatte, war verschwunden.

Lorenzo würdigte sie keines Blickes. »Ich möchte dich hier nicht haben«, sagte er.

»Aber sie hätte es gewollt«, sagte Sanchia leise. »Sie nannte mich ihre Freundin und reichte mir die Hand. ›Komm mit in meinen Garten, denn ich will nicht allein sterben‹, sagte sie. Ich nahm ihre Hand, und wir blieben hier zusammen und sprachen von vielen Dingen, bis sie nicht mehr klar sprechen konnte. Aber auch dann hielt sie noch meine Hand fest und ließ sie nicht los, bis sie verschied. Ich hüllte sie in ein Laken und brachte sie in die Kapelle zu den anderen. Ihren Sarg mußte ich mit eigenen Händen zimmern. Sie...«

»Sei still. Ich möchte das alles nicht hören«, stieß Lorenzo rauh hervor. »Laß mich allein.«

»Das kann ich nicht. Was sie in diesem Garten sagte, hat Wert und Bedeutung für uns alle. Sie sagte, sie bereue nichts, was sie getan hatte. Sie wünschte nur, sie hätte sich mehr Zeit genommen, die Menschen um sie herum zu umsorgen und sich mit ihnen zu beschäftigen, so wie sie es mit diesem Garten getan hat.«

»War das alles, was sie sagte?«

»Nein, aber es war alles sehr ähnlich. Man solle im Rosengarten des Lebens leben, voll und ganz, und nicht auf die Dornen achten.« Sie schwieg kurz, um dann zu sagen: »Eines hat sie noch gesagt, aber das war viel später, als der Schmerz ihr fast den Verstand raubte. Sie sagte: ›Ich liebe dich, Lorenzo.‹«

Er zuckte zusammen wie unter einem Schlag. »Sie war... eine außergewöhnliche Frau und meine gute Freundin.« Seine Stimme war brüchig. »Du wirst diese Worte natürlich vor niemandem wiederholen, da sie mißverstanden werden könnten.«

»Ihr braucht sie nicht mehr zu beschützen, Lorenzo. Und schon gar nicht vor mir. Ich hätte es nicht einmal Lion gesagt, aber Ihr habt ein Recht, es zu erfahren, finde ich. Weil ich glaube, daß Ihr einer der Gärten seid, die Caterina nicht hegen und zur Blüte bringen konnte.«

Schweigend hielt er den Blick auf den verbrannten Garten gerichtet. »Ein leichter Tod war es wohl nicht?«

»Nein, keiner ist leicht gestorben.«

Lorenzos Hände verkrampften sich um die Zügel. »Sie war...« Als er weitersprach, tat er es so leise, daß sie es nur mit Mühe hören konnte. »Ich dachte, ich wäre... in meinem Inneren leer, doch sie war immer in mir.«

»Sie wird immer dasein, solange wir sie im Gedächtnis tragen.«

»Ja.« Lorenzo wendete sein Pferd. Sanchia wurde von Mitleid erfaßt, als sie die Verzweiflung in seinem sonst so ausdruckslosen Antlitz sah. »In diesem Garten ist sie nicht mehr. Ich dachte, sie wäre vielleicht noch da.«

Sanchia wollte Lorenzo folgen, doch er zügelte plötzlich sein Tier und warf einen letzten Blick über die Schulter auf die schwarzen Reste der Marmorbank im Laubengang. Dabei hielt er den Kopf schräg, als lausche er.

»Was ist denn?« fragte Sanchia erstaunt.

»Nichts.« Sein Blick war unverwandt auf dieselbe Stelle gerichtet. »Ich dachte, ich hätte etwas gehört.«

»Was denn?«

»Glöckchen.« Er wandte sich um und ritt langsam aus dem Garten. »Es muß wohl der Wind gewesen sein, der durch die verbrannten Büsche streicht, aber ich hätte geschworen, daß ich ein Glöckchen gehört habe...«

18. KAPITEL

»Lion, es tut mir leid«, sagte Sanchia in gedämpftem Ton, als ihr Blick erst die brandgeschwärzten Überreste der ›Tänzer‹ am Kai erfaßte und dann zu den drei Schiffswracks auf der Werft wanderte. Der Anblick dieser sinnlosen Verwüstung erfüllte sie mit derselben Traurigkeit, die sie auf dem Ritt durch die Straßen von Mandara empfunden hatte. »Gibt es denn nichts, was noch zu retten wäre?«

»Wie du siehst, ist die Werft noch intakt. Aber was ist eine Werft ohne Schiffe? Um nur ein einziges Schiff zu bauen, braucht man gut zwei Jahre, und ehe es nicht verkauft ist, sieht man kein Geld.« Er stieg ab und hob Sanchia aus dem Sattel. »Ich bin nicht mehr sicher, ob ich dafür noch das Herz aufbringe.«

»Du hast das Herz dafür«, sagte Lorenzo im Absitzen. »Wunden mögen Narben hinterlassen, aber sie können das nicht ändern, was wir sind.« Er schnitt eine Grimasse. »Und ich bin steif, schlechtgelaunt und übelriechend, und wenn meine Bedürfnisse nicht schleunigst erfüllt werden, wird alles noch viel schlimmer. Wo ist dein Schiffsbauer? Kein Wunder, daß Damari hier so viel Unheil anrichten konnte, wenn man am hellichten Tag ungehindert auf der Werft herumspazieren kann.«

»Lorenzo, ich habe Basala eingestellt, weil er ein ausgezeichneter Schiffsbauer ist und kein Soldat. Es ist kurz nach Tagesanbruch, sicher schläft er noch.« Lion wies auf das Backsteinhäuschen in der Nähe. »Geh hin und versuch ihn zu wecken.«

»Das werde ich.« Lorenzo machte sich auf den Weg zum Haus. »Dieser Dienst sichert mir das Recht auf das erste Bad!« rief er noch.

Lion sah wieder das Wrack der ›Tänzer‹ an und sagte stockend: »Im Moment habe ich dir nicht viel zu bieten. Was ich in Mandara besaß, wurde vernichtet. Mein einziger Besitz ist nun die Werft in Marseille, die mir vielleicht über Jahre hinweg nichts einbringen wird. Ich kann dir nur ein Dach über dem Kopf bieten und auf dem Tisch das Einfachste vom Einfachen.«

Sanchia sah ihn ungläubig an. »Aber Lion, ich habe in meinem Leben noch nie etwas besessen. Mehr als ein Dach über dem Kopf erwarte ich nicht. Ich wußte, daß das Leben, von dem ich in Mandara naschen durfte, nie das meine sein würde.«

»Es wird deines sein«, sagte Lion, drehte sich um und sah sie an. »Eines Tages werde ich ein Schloß für dich bauen, schöner als Mandara, und du wirst darin herrschen wie eine Königin.«

»Wie Caterina?« Sanchia schüttelte den Kopf. »Das ist nicht das Leben, das ich mir wünsche, es war auch nicht das Leben, das sie sich wünschte. Nicht am Ende jedenfalls.«

Ein schmerzlicher Ausdruck huschte über sein Gesicht, wie immer, wenn er an den Tod seiner Mutter erinnert wurde. »Was wünschst du dir dann?«

»Arbeit, Frieden... Kinder«, sagte Sanchia mit tränenumflortem Blick. »Ja, Kinder. Ich wünsche mir ein Söhnchen wie Piero.«

Lion berührte ihr Gesicht mit sanften Fingern. »Lorenzo hat recht. Wunden heilen mit der Zeit, *cara*.«

»Der Heilprozeß hat bei mir schon eingesetzt.« Sie versuchte mit bebenden Lippen ein Lächeln. »Es wird eine gewisse Zeit brauchen, und es werden Narben zurückbleiben, aber alles wird heilen. Ich danke dir, daß du so lieb zu mir bist.«

»Lieb?« Er furchte die Stirn. »Dachtest du, ich würde dich nach allem, was du durchmachen mußtest, schlecht behandeln?«

»Nein, ich wollte nur...«

Er ließ sie nicht ausreden. »Während unserer ersten Jahre wirst du Arbeit in Hülle und Fülle haben, und so Gott will, bekommst du unsere Kinder, aber Frieden kann ich dir nicht versprechen. Ich bin kein friedlicher Mensch.« Als sie etwas sagen wollte, verschloß er ihr die Lippen mit seinem Finger. »Und ich sehe keinen Grund, warum du nicht auch das Schloß bekommen solltest. Wenn dir nicht der Sinn danach steht, selbst darüber zu gebieten, dann erziehe eines unserer Kinder so, daß es diese Aufgabe übernimmt.«

Sie betrachtete prüfend seine Miene. Auch bei ihm hatte die Heilung eingesetzt, aber es war für ihn wahrscheinlich noch schwerer als für sie. Er hatte nicht nur den Tod seiner Lieben zu beklagen, er hatte alles verloren, was er sich in den letzten Jahren aufgebaut hatte. Sie wußte noch, wie er ihr vor Eifer glühend von seinem Interesse am Schiffsbau erzählt hatte, von der Freude, die ihm diese Aufgabe nach einem Leben voll Krieg und Zerstörung bereitete. Damit seine Wunden heilten, mußte er jetzt wieder bauen, und zwar in großzügigem Stil. »Das scheint mir ein vernünftiger Plan zu sein. Ich nehme dein Schloß an.« Sie tat, als würde sie nachdenken. »Und Stallungen voller edler Pferde, dazu einen Palazzo auf dem Land und...«

»Genug.« Er lächelte. »Du wirst mir viele Söhne schenken müssen, die auf meiner Werft arbeiten müssen, damit sie genug abwirft und ich dir alle diese Reichtümer verschaffen kann.«

Sie erwiderte sein Lächeln. »Genau das war meine Absicht. Ein Sohn, der über das Schloß gebietet, einer der ferne Länder erforscht, einer für das Familienunternehmen. Ich bin der Meinung, wir müßten mindestens fünf Kinder haben, falls es dir nichts ausmacht. Sollen wir...«

»Ach, Signor Andreas, welche Ehre...« Basala, dessen schmales, intelligentes Gesicht von einem herzlichen Lächeln erhellt wurde, kam auf sie zu, angestrengt bemüht, in sein Lederwams zu schlüpfen. »Darf ich Euch mein Bedauern über Euren schweren Verlust ausdrücken? Gott war Euch in jüngster Zeit nicht gewogen. Als Euer Bote mit der Nachricht vom Brand Mandaras ankam«, er schüttelte den Kopf, »was für ein Schlag für Euch, mein Herr.«

Lion nickte. »Ihr habt die von Lorenzo geforderte Summe ausbezahlen können?«

Nun nickte Basala. »Freilich ist jetzt nicht mehr viel übrig.« Er zögerte. »Habt Ihr schon entschieden, was Ihr hier noch unternehmen wollt? Ich will Euch nicht drängen, doch die Zünfte bestehen darauf, daß ich ihre Leute aus meinen Diensten entlasse oder ihnen neue Arbeit gebe.«

»Darüber wollen wir später beraten.« Lion deutete auf Sanchia. »Ihr erinnert Euch gewiß an Madonna Sanchia. Wie Ihr seht, benötigt sie dringend Kleidung. Ob Eure gute Frau wohl etwas für sie hätte?«

»Falls sie selbst nichts hat, kann sie gewiß die Frau des Schreiners überreden, der Dame auszuhelfen.«

»Das wäre sehr großmütig von ihr«, sagte Sanchia. »Soviel ich weiß, hat Eure Frau mich mit zwei Kleidern ausgestattet, als wir nach Genua segelten. Es tut mir leid, daß ich damals zu krank war, um ihr zu danken.«

»Es war ihr eine Freude, helfen zu können, und Signor Andreas hat sie reich belohnt. Er gab ihr das Dreifache des Wertes der Kleider.« Basala sah Sanchia prüfend an. »Darf ich mir die Bemerkung erlauben, daß Ihr viel kräftiger ausseht als damals? Ihr wart so bleich und entkräftet, daß ich schon glaubte, Ihr würdet Genua nicht lebend erreichen. Ist Eure Hand verheilt?«

»Ja, sie ist völlig geheilt. Nur ein Finger wird steif bleiben.«

»Und doch muß es eine langwierige und schwere Krankheit gewesen sein, die Euer schönes Haar weiß werden ließ. Ähnliches widerfuhr meiner Base zweiten Grades, die sich...«

»Weiß?«

»Die Dame braucht ein Bad und etwas Ruhe, und dann wird sie ihr Frühstück zu sich nehmen«, warf Lion hastig ein. Schon hatte er Sanchias Arm genommen und drängte sie weiter. »Wenn Ihr gestattet, Meister Basala.«

»Aber natürlich, mein Haus steht Euch offen. Ich glaube, meine Frau wärmt schon Wasser für Signor Vasaros Bad.« Der Schiffsbauer führte sie schnell zu seinem Haus.

»Weiß?« fragte Sanchia völlig verwirrt. »Was meinte er damit?«

»Es macht nichts aus, *cara*. Es macht dich nur noch schöner.«

Dann betraten sie das Haus, und Sanchia lernte Lisa, die fröhliche, energische Frau des Schiffsbauers, kennen. Erst als Lisa Basala Sanchia in einen kleinen Vorraum zu ihrem Bad führte und selbst wieder in der Küche verschwand, um noch Wasser zu holen, wurde Sanchias Frage ganz beantwortet.

Vor einem spiegelblank polierten Messingoval stehend, betrachtete sie ihr Spiegelbild mit verwundertem Blick. Das Gesicht, das ihr entgegensah, war dasselbe, das sie immer gesehen hatte, glatt, faltenlos, das Gesicht einer jungen Frau, die ihr sechzehntes Jahr noch nicht vollendet hatte. Es war ihr Haar, das sich verändert hatte. Eine einzelne auffallend weiße Locke hob sich vom dunklen Kastanienrot der glatt zurückgestrichenen Schläfenpartie ab.

Medusa hatte sie also doch nicht ganz unberührt gelassen.

»Ich sagte dir ja, es macht dich nur schöner.« Lion stand in der Tür.

»Warum hast du mir nichts gesagt?«

»Ach, Frauen sind in diesen Dingen mitunter sonderbar. Ich wollte dich nicht beunruhigen. Zudem ist es unwichtig.«

Sie strich über die schimmernde weiße Strähne. »Noch eine Narbe.«

»Nein.« Er trat hinter sie und drückte seine Lippen auf ihre linke Schläfe. Er tat es mit jener unendlichen Zärtlichkeit, mit der er sie behandelte, seit sie in der Weinkellerei aus ihrer Bewußtlosigkeit erwacht war. »Ein Orden, für Tapferkeit verliehen.« Damit ging er und überließ es ihr, die vertraute Fremde im Spiegel weiter anzustarren.

Als sie zwei Stunden darauf den Salon betrat, waren Lion und Lorenzo in ein Gespräch vertieft, das sie sofort unterbrachen, als sie Sanchia sahen.

»Dieses Blau sieht an dir hinreißend aus, doch muß ich gestehen, daß mir dein barbarisches Decken-Gewand irgendwie fehlt«, bemerkte Lorenzo, der sich erhob. »Kleider sind doch ziemlich gewöhnlich, oder nicht?«

»Basala und seine Frau kommen in Kürze, und dann wird gegessen«, sagte Lion. »Ich schickte ihn aus, damit er für mich einige Arrangements trifft, und seine Frau ist auf den Markt gegangen und läßt dort Schuhe für dich machen.«

Sanchia ging auf die beiden zu und blieb vor ihnen stehen. »Diese ›Arrangements‹ betreffen nicht zufällig eine Passage für mich auf dem ersten nach Marseille auslaufenden Schiff?«

»Und wenn es so wäre?«

»Ich würde nicht fahren.« Sie hob die Hand, um seinen Protesten Einhalt zu gebieten. »Hältst du mich wirklich für so dumm, daß ich deine Absichten nicht durchschaue? Du willst mich an einen Ort verfrachten, den du für sicher hältst, während ihr beide Damari nachstellt. Ich hätte blind und taub sein müssen, um euer geflüstertes Pläneschmieden auf dem Weg von Mandara hierher nicht zu bemerken.«

»Wir wollten dich nicht beunruhigen«, sagte Lion. »Du hast ja selbst gesagt, du wolltest endlich Ruhe und Frieden.«

»Aber nicht, bevor ich es mir nicht verdient habe.«

»Santa Maria, wer hätte den Frieden mehr verdient als du? Nach allem, was du in Mandara durchmachen mußtest, hast du dir ein ganzes Leben in Frieden verdient.«

»Nicht, solange Damari am Leben ist.«

»Lorenzo und ich werden dafür sorgen, daß...«

»Nein.« Sanchia hielt seinem Blick unbeirrt stand. »Nach Solinari wollte ich einfach vergessen, was Damari mir angetan hat, aber nach allem, was in Mandara geschehen ist, kann es kein Vergeben und Vergessen geben.«

»Sanchia, ich will dich nicht wieder hineinziehen, wenn es gegen diesen schurkischen Bösewicht geht.«

»Dann werde ich auf eigene Faust etwas unternehmen«, sagte sie mit wilder Entschlossenheit. »Du vergißt, daß ich alles miterlebt habe. Meine Erinnerungen werden mich mein ganzes Leben lang verfolgen. Es muß Gerechtigkeit geben. Ich werde meine Erinnerungen nicht ertragen können, wenn sich nicht auch die Erinnerung an seine gerechte Bestrafung dazugesellt. Ist dir klar, was er Piero angetan hat? Der Ärmste war erst sechs und...«

»Still, *cara*, wir wissen es. Wir wissen alles.«

»Und Caterina. Sie hat diesen Tod nicht verdient. Keines der Opfer hat ihn verdient.«

»Sie hat recht«, gab Lorenzo plötzlich von sich. »Sie hat ein Recht auf ihren Anteil an der Rache.«

»Hat sie auch ein Recht auf die Gefahren? Du weißt, was in Solinari mit ihr geschah, und damals hatten wir noch Dukaten in Hülle und Fülle, um uns den Weg hinein zu bahnen. Jetzt haben wir gegen Damari und seine *condotti* nur unseren Verstand einzusetzen.«

»Nun, dann müssen wir ihn entsprechend schärfen.« Lorenzo trat ans Fenster, um auf die Reste der verbrannten Schiffe auf der Werft hinauszublicken. »Und wir brauchen jede Hilfe, die sich uns bietet. Wenn du Sanchia nicht mitnimmst, dann nehme ich sie mit.«

Lion hob die Hand in einer drohenden Gebärde. »Verdammt, Lorenzo, wenn ich sie...« Er hielt inne, als scheue er sich, den Gedanken laut auszusprechen.

»Wenn du auch sie verlierst? Keine Angst. Du bist von Sanchia so betört, daß du, nur um sie zu verteidigen, vermutlich einen glorreichen Tod erleiden wirst und für Reue keine Zeit mehr hast.«

Sanchia, die Lorenzo zunächst verdutzt anstarrte, brach in Gelächter aus. Erst kam es zögernd, aber es war Lachen, und sie spürte, wie ihre geballte Wut und ihr Kummer sich auf wundersame Weise lösten. »Lorenzo, diese makabre Logik sieht Euch ähnlich.«

»Logisch bin ich immer.«

»Mir behagt die Sache nicht.« Lion schüttelte resigniert den Kopf. »Aber ich kann offensichtlich keinen von euch umstimmen.«

»Sehr klug von dir nachzugeben, denn du wirst Sanchias Hilfe vielleicht gut gebrauchen können.« Lorenzo drehte dem Fenster den Rücken. »Da ich dir bei Damari nicht helfen kann.«

Lion sah ihn aus zusammengekniffenen Augen an. »Das ist natürlich deine eigene Entscheidung.«

»Glaubst du, ich scheue vor der Aufgabe zurück?« Lorenzo schüttelte den Kopf. »Aber du redest immer nur von Damari und vergißt dabei ganz, daß er ohne Zustimmung und Unterstützung Cesare Borgias und des Papstes seine Untat nicht hätte begehen können. Damari war das Schwert, doch die Borgias waren diejenigen, die es führten. In meinen Augen tragen Cesare und Alexander die Hauptlast der Schuld.«

»Ihr Anteil ist gewiß beträchtlich.«

»Bedenke, daß Cesare im Laufe seiner gesamten Karriere jede sich bietende Methode nutzte, um die Städte zu erobern, die er in seine Gewalt bekommen wollte. Die von Damari angewandte Methode bietet zwei Vorteile: Sie kostet wenig und garantiert völlige Vernichtung. Wer weiß, ob Cesare sich nicht wieder der Pest als Mittel bedient, sollte es sich als nötig erweisen?«

»Guter Gott«, flüsterte Sanchia.

»Genau. Wenn Gerechtigkeit geübt werden soll, muß sie alle drei treffen.« Lorenzo lächelte. »Da ich für diese Aufgabe am geeignetsten bin, stelle ich mich als Vollzieher der Gerechtigkeit am Hause Borgia zur Verfügung.«

Sanchia und Lion sahen ihn verblüfft an.

»Ihr würdet den Papst töten?« fragte Sanchia.

»Glaubst du nicht, daß er es verdient? Er ist durch und durch korrupt, ein Mensch, der sein Leben lang nach Macht gierte. Hat er sich die Papstwürde nicht mit Blut und Dukaten erkauft? Klebt nicht das Blut unzähliger Menschen an seinen Händen?«

»Kein Mensch kann leugnen, daß die Welt ohne ihn besser wäre.« Lion überlegte. »Aber es ist äußerst riskant, wenn nicht unmöglich. Beide Borgias sind ständig von Wachen umgeben. Wie willst du es schaffen?«

»Keine Ahnung. Mir wird schon etwas einfallen. Angesichts einer Herausforderung dieser Größenordnung kann ich mich auf meine Erfindungsgabe verlassen.« Lorenzo hielt inne. »Aber es wird sicher nicht leicht sein, sie zu töten.«

Er hat gefragt, ob Caterina einen leichten Tod gehabt hätte, fiel Sanchia in diesem Zusammenhang ein, und sie hatte geantwortet, daß in Mandara niemand einen leichten Tod gestorben sei.

»Damari fällt also mir zu«, sagte Lion.

»Und Sanchia. Sei nicht selbstsüchtig, Lion.« Lorenzo begab sich zur Tür. »Ich will in Cesena Erkundigungen einziehen, wo sich Cesare aufhält. In einigen Tagen komme ich zurück. Werdet ihr noch hier sein?«

Lion nickte. »Ich bin entschlossen, die Werft an Basala zu verkaufen und nur die Anlage in Marseille zu behalten. Diese Transaktion wird sicher einige Zeit dauern.«

Sanchia sah ihn erstaunt an. »Du willst Italien verlassen?«

»Wir verlassen Italien. Für uns gibt es hier keine Zukunft. Ich sagte einmal zu dir, Mandara sei meine Heimat. Und jetzt gibt es Mandara nicht mehr.«

Lorenzo nickte. »Am besten, du läßt Mandara ganz hinter dir zurück.« Er öffnete die Tür. »Wir sprechen darüber, wenn ich zurückkomme.«

Lorenzo kehrte wie versprochen am Abend des dritten Tages zurück.

»Cesare Borgia ist nach Rom gezogen«, verkündete er. »Er brach unmittelbar nach einem Besuch bei Damari auf. Er soll in Hochstimmung gewesen sein, deshalb können wir mit Sicherheit annehmen, daß er mit dem ›Windtänzer‹ die Reise zu seinem Vater angetreten hat.«

»Und Damari?« fragte Lion.

»Er wollte nach Solinari zurück, ›um Andreas endgültig unschädlich zu machen, und zwar so, wie es mir beliebt‹«, zitierte Sanchia voller Bitterkeit.

»Aber er wird dort nicht lange bleiben. Es gibt ihm sicher zu denken, daß ich Solinari nicht angreife, und er wird sich vergewissern wollen, ob ich die Seuche verbreitet habe und er Schritte zum Schutz der Borgias unternehmen muß. Wahrscheinlich wird er zuerst hier in Pisa auftauchen.« Lion zog die Brauen zusammen. »Und er wird mit einer Truppenstärke anrücken, die einen Widerstand unsererseits aussichtslos macht.«

»Ich glaube, es wird Zeit, unsere Planungen zu einem Ende zu bringen«, meinte Lorenzo mit undeutbarem Lächeln.

Lion nickte. »Und sie in die Tat umzusetzen.«

Am nächsten Morgen brach Lorenzo nach Rom auf.

Und am Tag darauf machten sich Lion und Sanchia auf den Weg nach Florenz.

Für Sanchia war es ein höchst sonderbares Gefühl, durch dasselbe Tor, die Porto San Friano, zu reiten, durch das sie vor so vielen Monaten die Stadt verlassen hatte. Aber gar so lange ist es nicht her, sagte sie sich betroffen, nachdem sie nachgerechnet hatte. Anfang März hatte sie Florenz durch dieses Tor verlassen, und jetzt war es erst Ende Juli. Und doch schien ein ganzes Menschenleben vergangen zu sein, seit Lion Giovannis Druckerei betreten hatte, um das verängstigte und verstörte Kind, das sie damals gewesen war, mit sich zu nehmen.

An diese andere Sanchia dachte sie nun wie an einen anderen Menschen, wie sie ein wenig betrübt feststellte. Aber so war das nun einmal.

»Du bist so still«, sagte Lion. »Bist du müde?«

Die Besorgnis, die aus seiner Frage sprach, erweckte in Sanchia eine nur mit Mühe zu unterdrückende Ungeduld. Anfangs hatte ihr seine übergroße Fürsorge Sicherheit und Wohlbehagen verschafft, mittlerweile aber war sie wieder bei Kräften und fand sie unerträglich. »Ich dachte nur daran, wieviel sich zugetragen hat, seit ich Florenz verlassen habe. Ich bin nun ein ganz anderer Mensch.«

Er zuckte zusammen. »Wer hätte sich nach den schweren Prüfungen, die durch mein Verschulden über dich kamen, nicht verändert?«

»Was geschehen ist, lag nicht in deiner Absicht.«

»An den Tatsachen ändert das nichts. Die Schuld liegt bei mir.«

Sanchias Unwillen ließ sie tief durchatmen. Daß Lion sie über alle Maßen verwöhnte, daß er es vermied, sie anzufassen, als sei sie eine Heilige und nicht die Frau, die er begehrte, dies alles hatte seinen Ursprung in seinem Schuldbewußtsein. »Wer weiß, was mir zugestoßen wäre, wenn ich Florenz nicht verlassen hätte?« sagte sie verhalten. »Es hätte ebenso schlimm kommen können. Es gibt keinen Ort, der absolute Sicherheit bietet.«

»Hätte ich dich nicht mitgenommen, wärst du Damari nie begegnet.«

»Es gab aber schon Caprino in meinem Leben.«

»Das ist nicht dasselbe.«

Dio, was für ein eigensinniger Mensch! Es bedurfte offenbar mehr als bloßer Worte, um ihn von seiner Meinung abzubringen. »Glaubst du, daß Giulia uns helfen wird?«

»Das wird sich bald zeigen. Ihre *casa* ist...« Er holte so tief Luft wie einer, der einen unerwarteten Schlag empfängt.

Sanchia sah ihn erschrocken an. »Was ist denn?«

»Ach, gar nichts. Ich hatte nur die Türen vergessen.« Lion zügelte sein Pferd und betrachtete mit feuchten Augen die prachtvollen bronzenen Türflügel des Baptisteriums der Kathedrale von Florenz. »Die Tore zum Paradies, von Chiberti geschaffen. Wenn mein Vater Lorenzo di Medici besuchte, nahm er mich und Marco immer nach Florenz mit. Ich mußte mit ihm in den Palast, damit ich den Umgang mit Fürstlichkeiten lernte, aber Marco konnte machen, was er wollte, und war deshalb vor Freude schier außer sich. Die Werke eines Michelozzi, der Kunstverstand eines Alberti, die herrlichen Statuen und Gemälde machten ihn trunken.« Er konnte momentan nicht weitersprechen. »Diese Bronzetüren aber liebte er über alles. Es konnte geschehen, daß er noch vor Tagesanbruch aufstand, um beobachten zu können, wie das erste Licht der Morgendämmerung sie traf, und es war nicht ungewöhnlich, daß er große Umwege machte, nur um einen kurzen Blick darauf erhaschen zu können. Einmal sagte er zu mir: ›Lion, wenn es mir gelänge, etwas so Schönes wie diese Türen zu schaffen, ich würde auf den Himmel verzichten. Ich würde den ganzen Tag davorstehen und alle Vorübergehenden fragen: Habt ihr sie gesehen? Habt ihr sie wirklich betrachtet?‹«

Sanchia, deren Kehle wie zugeschnürt war, schluckte schwer. »Für mich waren sie alltäglich, da ich sooft an der Kathedrale vorüberging.«

»Schöne Dinge waren für Marco immer wieder neu.« Er schüttelte den Kopf. »Die meisten von uns übersehen, was für sie alltäglich ist. Erst wenn es verloren ist, erkennen wir seinen Wert.«

»Wie wahr...« Sanchia verspürte das Verlangen, ihn zu trösten, sie wußte aber, daß nichts, was sie sagen oder tun konnte, den tiefen Kummer, den er in diesem Moment verspürte, zu lindern vermochte. »Wenn wir uns dies aber vor Augen hielten, dann könnten wir daraus lernen...«

»Das genügt nicht. Und außerdem ist es zu spät.« Er umklammerte die Zügel fester. »Ich will ihn zurückhaben! Ich will alle zurückhaben, Sanchia!«

Sie schwieg still und beschränkte sich darauf, ihn mit schmerzlicher Zärtlichkeit anzusehen.

Da straffte Lion seine Schultern und lockerte bewußt den Griff, mit dem er die Zügel hielt. »Ich führe mich närrisch auf«, sagte er unwillig. »Ich bin kein Kind mehr, das um Unerreichbares weint.« Er schaute sie an. »Ich habe dir Kummer bereitet.«

»Mir?« Sie war fassungslos. Trotz der großen Anspannung und der tiefen Wehmut, die sie in ihm ahnte, hatte er ihr nur einen kurzen Blick in sein Inneres gewährt, ehe er seine Gefühle wieder vor ihr abschirmte. »Du empfindest unendliche Trauer.«

»Unsinn. Mir fehlt nichts.« Er trieb Tabron an. »Komm mit. Giulias *casa* liegt nur eine Straße weiter.«

Giulia Marzo blickte argwöhnisch von ihrem Kontobuch auf, als ihre Zofe Lion und Sanchia einließ. »Was für eine Überraschung, Euch zu sehen, Lion! Wenn ich nicht irre, habt Ihr die Absicht geäußert, mich nie wieder zu besuchen.« Ihr Blick wanderte zu Sanchia. »Wie ich sehe, habt Ihr die kleine Sklavin noch immer. Nun, hat sie Euch Freuden bereitet?«

»Mehr als ich ihr.« Er drückte Sanchia sanft auf einen Stuhl neben der Tür. »Setz dich, *cara*. Da Giulia es an Höflichkeit mangeln läßt, müssen wir uns selbst Bequemlichkeit verschaffen.«

»Habt Ihr es denn nicht immer so gehalten?« fragte Giulia trokken. »Wenn mich meine Erinnerung nicht trügt, habt Ihr immer getan, was Euch beliebte.« Sie ließ eine Pause eintreten. »So wie es Euch beliebte, Caprino zu töten.«

»Hat sein Tod dich bekümmert?«

Sie schüttelte den Kopf. »Ehrlich gesagt, Ihr habt mir einen Gefallen getan. Ich nutzte die Chance und übernahm eine Anzahl von Caprinos Unternehmungen. Als Frau war es mir nicht möglich, Caprinos Platz ganz einzunehmen, dennoch kann ich sagen, daß ich heute über beträchtlich mehr Macht verfüge als bei Eurem letzten Besuch.«

»Ich freue mich über deinen Erfolg und meinen kleinen Anteil daran«, sagte Lion mit spöttischem Unterton. »Obwohl ich gestehen muß, daß ich versucht war, deine hübsche Kehle ebenso durchschneiden zu lassen wie die von Caprino.«

Sie erschrak sichtlich und warf einen raschen Blick zum Glockenzug, ehe sie sich faßte und sich ein Lächeln abrang. »Und warum?«

»Es gab nur eine einzige Quelle, von der Caprino erfahren haben konnte, daß Solinari unser Ziel war. Es versteht sich, daß ich ihm diesbezüglich einige Fragen stellte.« Lion lächelte. »Nur der Umstand, daß ich selbst es war, der den Namen unseres Ziels nannte, als du in Hörweite warst, hat mich aufgehalten, mit dir zu verfahren wie mit Carpino. Außerdem sagte Caprino, er argwöhne, du hättest ihm diese Information vorenthalten, bis er keinen Nutzen mehr daraus ziehen konnte. Seine Wut war so gewaltig, daß ich ihm Glauben schenkte.«

Giulia atmete erleichtert auf. »Ich wollte Euch nicht schaden. Es war rein geschäftlich.«

»Und eine gute Geschäftsfrau warst du schon immer, so ist es doch?« Lion trat einen Schritt näher. »Deswegen bin ich gekommen. Ich möchte dir einen Vorschlag machen.«

In Giulias Augen blitzte Interesse auf, als sie sich auf ihrem Stuhl zurücklehnte. »Ich bin stets bereit, mir Vorschläge anzuhören, wenn dabei für mich Profit abfällt.«

»Dein Profit ist gesichert. Ich möchte, daß du Damari nach Florenz lockst. Sanchia sagte, du hättest schon einmal mit dem Mann Geschäfte gemacht.«

»Ein einziges Mal.« Giulia verzog ihr Gesicht. »Caprino war mein Mittelsmann.«

»Aber Damari kennt deinen Namen?«

»Aber natürlich, meine *casa* kennt alle Welt. Er forderte Caprino ausdrücklich auf, ihm eine meiner Frauen zu verschaffen.«

»Und wißt Ihr, was er mit ihr gemacht hat?« fragte Sanchia aufgebracht.

»Das ging mich nichts an«, beeilte sich Giulia zu sagen. »Das Mädchen hatte keine Einwände, zu ihm zu gehen, im Gegenteil, sie freute sich.«

»Sie kann nicht geahnt haben…« Sanchia schüttelte den Kopf. »Damari ist ein Ungeheuer.«

»Das ging mich nichts an«, wiederholte Giulia, um leiser hinzuzufügen: »Er hätte sie nicht töten dürfen. Er hat mich betrogen.«

Sanchia, die Giulia ungläubig anstarrte, wollte etwas sagen, Lion aber kam ihr zuvor und sagte in drängendem Ton: »Du sollst Damari die Nachricht schicken, daß sich Lionello Andreas und Sanchia unter deinem Dach befänden. Richte ihm aus, wir hätten in Florenz Zuflucht gesucht und dich gebeten, uns aufzunehmen. Laß ihn wissen, du hättest gehört, er würde jeden Preis bezahlen, um uns in seine Gewalt zu bekommen.«

»Warum solltet Ihr bei mir und nicht in Mandara Zuflucht suchen?«

»Mandara gibt es nicht mehr.«

»Ach, wirklich?« Giulia war ehrlich überrascht. »Es sieht aus, als hättet Ihr schwerwiegendere Gründe für Eure Rache an Damari, als ich zunächst glaubte. Was wollt Ihr erreichen, indem Ihr ihn hierherlockt?«

»Nun, was glaubst du wohl?«

Giulia nickte. »Und er ist so begierig darauf, Euch zu fassen, daß er persönlich herkommen würde?«

»Ja.«

»Und wieviel wollt Ihr mir für meine Hilfe bezahlen?«

»Fünfhundert Dukaten.«

»Das ist nicht genug. Das Risiko ist sehr groß.«

»Es muß reichen. Mehr besitze ich nicht.«

»Ich will es mir überlegen.« Giulia stand auf. »Kommt morgen wieder.«

»Ich möchte deine Antwort jetzt«, sagte Lion freimütig. »Und ich werde sie jetzt erhalten.«

Giulia ließ ein Lächeln sehen. »So ungeduldig wart Ihr nicht immer.« Sie zögerte und dachte so angestrengt nach, daß eine steile Falte zwischen ihren Brauen sichtbar wurde. »Also gut, ich bin einverstanden.«

»Gut. Später wollen wir die Sache genauer besprechen.« Lion half Sanchia aufzustehen. »Wir haben bis zu Damaris Ankunft keine Bleibe. Würdest du uns zwei Räume überlassen?«

»Zwei?« Giulias Lächeln bekam einen boshaften Zug. »Wenn Ihr zwei Räume verlangt, kann sie Euch nicht so viel Wonne bereiten, wie du behauptest. Ich habe Euch gewarnt, daß es so kommen würde.«

»Sanchia war krank.« Lion wandte sich zum Gehen. »Sie ist noch immer nicht ganz genesen. Gewährst du uns Unterkunft oder nicht?«

»Aber sicher. Es wird mir ein Vergnügen sein.« Giulia bewegte sich voller Anmut zur Tür. »Wahrscheinlich ist es ohnehin besser, wenn ich Euch im Auge behalte. Es erschiene mir höchst unklug, Damari mit einer ersehnten Beute zu locken, ohne sie ihm präsentieren zu können.«

»Du brauchst nur zu locken, nicht zu präsentieren.« Aus Lions Worten war Schärfe herauszuhören.

Giulia warf ihm über die Schulter ein Lächeln zu. »Es ist mir nur so entschlüpft, *caro*. Kommt mit. Ihr erhaltet natürlich das Gemach, das Ihr in der Vergangenheit so geschätzt habt, und für das Mädchen wird sich auch etwas Geeignetes finden.«

»Ich bin nicht krank«, zischte Sanchia Lion zu, als sie Giulia den Gang entlang folgten. »Es geht mir wunderbar. Warum hast du ihr gesagt...«

Giulia hatte vor einer Tür angehalten und sich zu ihnen umgedreht. »Für dich, Sanchia, wird das reichen.« Sie öffnete die Tür. »Ich lasse einen Zuber und heißes Wasser bringen.« Sie rümpfte angewidert die Nase. »Der Pferdegeruch läßt mich an jenes erste Mal denken, als du in mein Haus kamst. Hoffentlich hast du inzwischen deine Abneigung gegen Seife und Wasser überwunden.«

Sanchia biß sich auf die Lippen, um die Antwort zurückzuhalten, die ihr auf der Zunge lag. Sie durfte sich von dieser Frau nicht reizen lassen. Lion hatte gesagt, sie brauchten Giulias Hilfe. »Vielen Dank, ich freue mich sehr auf ein Bad.«

»Wirst du mich brauchen?« fragte Lion sie mit dem ihr mittlerweile allzu vertrauten besorgten Stirnrunzeln.

»Nein, ich brauche dich nicht. Ich bin wieder völlig bei Kräften.« Sanchia betrat den Raum. Obwohl sie die Tür laut zuknallte, hörte sie Giulias leises Lachen, das ihr unangenehm in den Ohren klang.

Aber warum war sie so außer sich? Sie hätte Giulia ignorieren und sich von ihren Sticheleien nicht reizen lassen sollen. Daß sie sich von der Überheblichkeit dieser Person so aus der Ruhe hatte bringen lassen, war sehr dumm gewesen, zumal sie ja früher nie so heftig auf Giulias Anspielungen reagiert hatte.

Aber damals hatte sie nicht gewußt, daß sie Lion liebte.

Und sie hatte auch nicht gewußt, wie es war, wenn sie ihn in sich fühlte, hatte das heiße, schwindelerregende Gefühl nicht gekannt, das sich bei jedem Zustoßen einstellte.

Santa Maria, ihr Körper erwachte von neuem! Sie spürte beim Gedanken an das nächste Zusammensein mit Lion prickelnde Vorfreude.

Nicht allein ihr Körper, auch ihre Gefühle erlebten eine Wiedergeburt. Sie empfand Lust, Zorn, Eifersucht. Ja, sie war eifersüchtig auf die Stunden, die Lion in Giulias Bett verbracht hatte. Sie war eifersüchtig auf Giulias Schönheit und auf ihr Wissen um Lions Vorleben. Es lag auf der Hand, daß dieses Weibsstück ihn noch immer für sich haben wollte. Zwar hatte sie ihm keine Avancen gemacht, aber Giulias unausgesprochene Aufforderung war nicht mißzuverstehen gewesen. Würde die Aufforderung angenommen werden?

Lion hatte keine Frau mehr bei sich gehabt, seit er Sanchia nach dem Festmahl im Turmzimmer geliebt hatte, und niemand wußte besser als Sanchia, daß er ein Mann mit heftigen Leidenschaften war. Die Trauer hatte sie aller Gefühle beraubt und nur Zärtlichkeit und das Verlangen zu trösten und getröstet zu werden zurückgelassen, aber wenn sich jetzt bei ihr die Lebensgeister wieder regten... wer konnte wissen, ob Lions Triebe nicht auch wieder ihr Recht forderten?

Cristo, es war der denkbar ungünstigste Zeitpunkt, da Giulia Marzo nicht nur zur Stelle war, um seine Lust zu reizen, sondern auch, um sie zu befriedigen.

Sanchia schalt sich dieser Gedanken wegen – sie hatte so viel durchgemacht, daß sie sich über so niedere Regungen erhaben geglaubt hatte.

Sie wußte plötzlich, daß sie sich nichts sehnlicher wünschte, als das Leben voll auszukosten... und die Rosengärten mit viel Gefühl zu pflegen, wie Caterina es ihr geraten hatte. Sie wollte Kinder bekommen und die Liebe erleben.

Medusa hatte sie am Leben gelassen, und sie würde dieses Leben ausleben, bei allem, was heilig war.

19. KAPITEL

»Verzeiht mir, Herr, aber ich hörte, Ihr hättet eine Kammer zu vermieten!«

»Dann habt ihr falsch gehört.« Luigi Sarponi hatte ein faltiges Hängebackengesicht, und der Ausdruck, der es nun verdüsterte, sollte unmißverständlich entmutigen. »Ich habe keinen Raum zu vermieten, und wenn ich einen hätte, würde er kaum Euer Gefallen finden. Mein Haus ist nichts für Euresgleichen. Sucht Euch eine andere Bleibe. Viele Herbergen stehen leer, da der Sommer gekommen ist. Rom ist im Sommer nicht der zuträglichste Ort.«

»Seid Ihr nicht Luigi Sarponi?«

»Der bin ich.«

»Und wart Ihr nicht bis zum April vor drei Jahren in der Küche Seiner Heiligkeit beschäftigt?«

Luigi nickte mit wachsamem Blick. »Das war ich.«

»Dann seid Ihr der Mann, mit dem ich sprechen muß. Gestattet, daß ich mich vorstelle... ich bin Lorenzo Vasaro.« Lorenzo trat einen Schritt vor, so daß das Licht der auf dem Tisch brennenden Kerze voll sein Gesicht beschien. Luigi wich instinktiv einen Schritt zurück.

»Wir haben einiges zu besprechen.« Lorenzo ließ ein Lächeln sehen. »Und nachdem wir alles besprochen haben, werdet Ihr entdekken, daß Ihr eine Kammer zu vermieten habt.«

»Ihr sprecht in Rätseln.« Luigi Sarponi schenkte in Lorenzos hölzernen Humpen Wein nach, um sich dann an dem zerschrammten Tisch ihm gegenüber niederzulassen. »Was wollt Ihr von mir?«

»Nur das, was Ihr selbst wollt.« Lorenzo beugte sich über den Tisch. Das Licht der Talgkerze ließ Schatten unter seinen hohen Wangenknochen entstehen und betonte die kristallene Kälte seiner Augen. »Was Ihr seit über drei Jahren herbeisehnt.«

»Und das wäre?«

»Der Tod der Borgias.«

Sarponi erstarrte zur Reglosigkeit. Sein Blick versuchte Lorenzos gleichmütige Miene zu durchdringen. »Ihr seid falsch informiert.«

»Weil Ihr Euren Haß nicht laut in alle Windrichtungen hinausgebrüllt habt? Hättet Ihr es getan, so wärt Ihr für mich unbrauchbar.« Lorenzo lächelte. »Aber sollte ich mich irren und Ihr kein Interesse an dem Thema haben, dann möchte ich Euch nicht weiter langweilen. Soll ich Euer Haus verlassen?«

Sarponi senkte den Blick auf sein Trinkgefäß. »Warum habt Ihr ausgerechnet mich aufgesucht?«

»Ich habe Fragen gestellt, sehr diskret, und ich habe einige Antworten erhalten.«

»Das kann ich mir denken«, sagte Sarponi verdrießlich. »Kaum kehrt Ihr den Befragten den Rücken, bekreuzigen sie sich und beten zu allen Heiligen, daß Ihr nie wiederkommen möget.«

»So ist es.« Lorenzo ließ ein Kichern hören. »Aber Ihr fürchtet mich doch nicht etwa, Luigi? Ich müßte mich sehr in Euch irren... wie ich hörte, seid Ihr ein grober Klotz mit aufbrausendem Gemüt, der weder Gott noch den Teufel fürchtet.«

Sarponi führte den Humpen an die Lippen. »Weder Gott noch der Teufel können mir mehr antun, als man mir schon angetan hat.«

»Wer hat Euren Sohn auf dem Gewissen?« fragte Lorenzo leise.

Sarponi nahm einen tiefen Schluck. Dann stellte er den leeren Humpen auf den Tisch. »Der Teufel.« Er sah Lorenzo an. »Was wißt Ihr von meinem Mario?«

»Ich weiß, daß er eines Nachts von einer Bande Maskierter ermordet wurde, die die Straßen Roms durchstreifte. Die Maskierten töteten und verstümmelten wahllos und nur zu ihrem Vergnügen. Ich weiß, daß Ihr kurz nach Marios Tod Eure Stellung als zweiter Koch in der Küche seiner Heiligkeit aufgegeben habt, um eine weitaus weniger lukrative Position in der Küche des Signor Obano anzutreten. Ihr habt dem Vatikan ohne Angabe von Gründen den Rücken gekehrt, so daß allgemein angenommen wurde, Obano hätte Euch mit einem stattlichen Sümmchen zu sich gelockt.«

»Doch Ihr glaubt das nicht?«

Lorenzo schüttelte den Kopf. »Gerüchte wollen wissen, daß Cesare Borgia die Bande anführte, die Euren Sohn ermordete. Man munkelt, daß er und seine Leibwächter sich auch jetzt noch auf diese Weise vergnügen, allerdings ziehen sie jetzt andere Schauplätze vor.«

»Es sind nicht nur Gerüchte«, sagte Sarponi heiser. »Es ist die Wahrheit. Aber was bedeutet die Blendung eines Malers oder die Ermordung eines Jungen für Cesare Borgia, für den Herzog Valentinois? Er und sein Vater sind enge Verbündete. Alexander hat den Papstthron inne, und wir küssen ihm die Füße, während er zuläßt, daß sein geliebter Sohn jede nur erdenkliche Grausamkeit begeht und...« Er hielt in seiner erregten Rede inne und atmete tief durch. »Mario war anders als ich. Er war von liebenswerter Natur und hatte für alle ein Lächeln übrig. Er ging bei einem Schuhmacher in die Lehre, obwohl ich wollte, daß er Koch würde wie ich, aber er sagte immer, solange die Menschen laufen müßten, würde er nie Hunger leiden.«

»Seid Ihr sicher, daß es Borgia war, der ihn tötete?«

»Er wurde unweit von hier überfallen, und als man ihn mir brachte, war noch Leben in ihm. Acht Schwertstöße hatten seinen Körper durchbohrt, dennoch war er nicht tot.« Luigi starrte blicklos in die flackernde Kerzenflamme. »Sie trieben mit ihm ihr grausames Spiel und fühlten sich hinter ihren Masken sicher.«

»Dennoch erkannte er Borgia?«

»Nein, er erkannte seinen Orden. Der Umhang Cesares glitt vorne auseinander, und Mario sah den Orden, den der König von Frankreich dem Herzog verliehen hatte. Borgia war sehr stolz auf dieses Geschenk und legte es immer an.«

»Und Ihr habt zu keinem ein Wort gesagt?«

Luigi verzog den Mund. »Wem hätte ich es sagen sollen? Seiner Heiligkeit etwa oder vielleicht dem Michelotto Corella, der als des Herzogs bevorzugter Meuchelmörder gilt? Nein, mir wäre ein Tod im Tiber sicher gewesen. Aber ich wollte weder dieser Schlange im Vatikan dienen noch seinem lasterhaften Sprößling.« Sein Blick ließ die Kerze los und erfaßte Lorenzo. »Werdet Ihr mich jetzt töten?«

»Warum sollte ich?«

»Könnte ja sein, daß Ihr einer von Cesares gedungenen Meuchelmördern seid...«

»Dennoch habt Ihr mit mir gesprochen.«

»Mir liegt nicht mehr viel an meinem Leben. Ich habe keine Frau, und mein Sohn ist tot.« Er strich sich mit der Hand über den Nacken. »Ich arbeite, komme nach Hause, schlafe. Weiter nichts.«

»Ich beabsichtige keineswegs, Euch zu töten.«

Lorenzos leichte Betonung des Wörtchens ›Euch‹ ließ einen Funken Interesse in Luigis dunklen Augen aufblitzen. »Wen dann? Borgia?«

»Beide Borgias.« Lorenzo sah ihn lächelnd an. »Mit Eurer Hilfe. Seid Ihr nicht auch der Meinung, daß es ein Plan ist, der bei Euch auf Interesse stoßen könnte?«

»Möglich«, sagte Luigi wachsam. »Aber wie kommt man an sie heran? Beide sind stets von Leibwachen umgeben.«

»Ich dachte nicht unbedingt an ein Messer zwischen die Rippen.«

»Dann also Gift? Im Vatikan gibt es keinen Vorkoster, aber nur deswegen, weil keiner gebraucht wird. Bei der Zubereitung der Mahlzeiten hält sich ständig einer der Leibwächter in der Küche auf und begleitet auch die Diener in den Speisesaal.«

»Hm, das wußte ich nicht. Dieser Umstand erschwert die Sache.«

»Er erschwert sie?« Luigi lachte. »Der Leibwächter behält alle immer im Auge. Nein, es ist ganz ausgeschlossen.«

»Beide Borgias werden vor Ablauf eines Monats tot sein.«

Luigi wollte widersprechen, hielt dann inne und sah Lorenzo forschend an. »Ich... ich glaube Euch.«

»Werdet Ihr mir helfen?«

Luigi zögerte. »Ihr wollt, daß ich wieder in der Küche des Vatikan arbeite?«

Lorenzo nickte. »Ihr müßt mich dort als Handlanger des Kochs unterbringen. Mir ist bekannt, daß der Herzog seit seiner Rückkehr aus der Romagna fast jede Mahlzeit mit Seiner Heiligkeit einnimmt.«

»Es heißt, daß seine Pocken wieder aufgeflammt sind und er sich außer Haus nicht mehr sehen läßt.« Luigi schüttelte zweifelnd den Kopf. »Ihr seht nicht aus wie ein Küchenjunge.«

»Dann müßt Ihr mir helfen, meine Erscheinung entsprechend zu verändern.«

Luigi unterzog ihn einer kritischen Betrachtung. »Vielleicht, wenn Ihr Euren Blick nicht direkt auf jemanden richtet... Eure Augen...«

»Mein Blick wird so unstet sein, wie Ihr es wünscht.«

»Und Ihr seid zu sauber. Die Hände müssen zwar rein sein, aber etwas Fett und Schmutz an Gesicht und Haar kann nicht schaden.« Er lächelte boshaft. »Und aufs Baden müßt Ihr verzichten. Ihr duftet zu gut.«

Lorenzo zuckte innerlich zusammen, als er einen Blick auf Luigis wirres graues Haar warf. »Gewiß seid Ihr, was Schmutz betrifft, eine Autorität. Ihr könnt in dieser Hinsicht über mich verfügen.« Lorenzo schwieg einen Moment. »Also, abgemacht?«

Luigi nickte bedächtig. »Abgemacht.«

»*Bellissima!*« rief Lion aus, als Sanchia auf sein Klopfen hin öffnete.

»Wenigstens rieche ich nicht mehr nach Pferd«, lautete Sanchias Antwort, die von einer kleinen Grimasse begleitet war.

»Ich dachte, du würdest heute vielleicht gern einen Besuch bei Elisabeth und Bartolomeo unternehmen. Und in der Taverne an der Piazza könnten wir zu Abend essen. Das wäre sicher erfreulicher, als hier zu speisen.«

Sanchias Laune hob sich. »Ach, wirklich? Ich wollte die beiden morgen besuchen, aber natürlich möchte ich sie lieber gleich sehen.«

»Und sie werden dich sehen wollen.«

Ihr Lächeln verblaßte. »Ich werde ihnen von Piero erzählen müssen.«

»Ich war bereits bei ihnen, um sie auf deinen Besuch vorzubereiten. Ich habe ihnen gesagt, daß Piero tot ist.«

Ihr wurde warm ums Herz ob seiner taktvollen Rücksichtnahme. Lion umfaßte ihren Arm und führte sie durch den Korridor. »Du hast genug zu leiden gehabt. Jetzt wird es Zeit, daß du dich auf mich stützt und mir die Bürde überläßt.«

Er tut es wieder, dachte sie besorgt. Er behandelte sie, als wäre sie kindlich-hilflos wie Bianca. Sie mußte etwas unternehmen, um diesem Verhalten ein Ende zu bereiten.

Nach ihrem Besuch bei Elisabeth und Bartolomeo freilich war sie unendlich dankbar, daß sie sich auf seine Kraft stützen konnte.

»Was ist mit dir?« Lions Blick war besorgt auf ihr Gesicht geheftet, als er sie zur Piazza führte. »In Gesellschaft der Jungvermählten machtest du einen so glücklichen Eindruck, und jetzt...« Er suchte nach den passenden Worten, »...jetzt siehst du melancholisch aus.«

»Ach, es ist nichts.« Sie kämpfte tapfer gegen ihre Tränen an. »Es ist dumm von mir, aber plötzlich fühle ich mich... allein. Elisabeth und Bartolomeo sind mit ihrem neuen Leben sehr beschäftigt und scheinen glücklich zu sein. Sie brauchen mich wohl nicht mehr, oder?«

»War das nicht deine Absicht?«

»Ja, gewiß. Ich sagte ja, daß ich dumm bin.« Sie beschleunigte ihre Schritte, den Blick geradeaus gerichtet. »Ich glaube, es kommt daher, weil ich nun das Gefühl habe, sie seien für mich ebenso verloren wie Piero.«

»Sanchia...« Lion umfaßte ihren Arm fester. »Du bist nicht allein, du hast ja mich.«

Sie schluckte. Wieder legte er jene übertriebene Sanftheit und Güte an den Tag, als hielte er sie für eine geschwächte Kranke, die man mit größer Behutsamheit behandeln mußte, damit sie wieder zu Kräften kam. Vielleicht sieht er mich wirklich so, dachte sie verzweifelt. Was, wenn seine Leidenschaft sich verflüchtigt hätte, wenn Schuldgefühle und Verantwortungsbewußtsein ihre Stelle eingenommen hätten?

Und plötzlich wußte sie, daß sie die Führung übernehmen mußte, und sie wußte auch, welche Richtung sie einschlagen würde.

»Ganz recht. Ich bin nicht allein. Ich habe dich und Lorenzo.« Sie ging noch schneller. »Nein, Lorenzo nicht wirklich. Im Moment kann niemand behaupten, er hätte Lorenzo. Ausgenommen du. Glaubst du, daß er in Rom Fortschritte erzielt? Mir gefiel nicht, wie...«

»Es handelt sich nicht allein um Elisabeth und Bartolomeo, du benimmst dich schon so merkwürdig, seit wir Giulias *casa* betreten haben. Wenn du bei unserem Plan nicht mehr mitmachen möchtest, dann sag es mir, und ich werde einen anderen Weg beschreiten.«

»Ich will mitmachen. Warum denkst du immer, ich hätte Angst? Ich fürchte Damari nicht.«

»Was fürchtest du denn?«

»Nichts.« Sie riß sich los und fing zu laufen an. »Und ich bin nicht hungrig. Ich glaube, ich kehre in die *casa* zurück und gehe zu Bett. Du mußt ohne mich in die Taverne.«

»Du mußt etwas essen. Du hast nichts mehr zu dir genommen, seit...«

»Ich bin nicht hungrig.« Jetzt lief sie noch schneller, geschickt den Passanten ausweichend wie damals, als sie als Diebin diese Straßen durchstreift hatte.

»Sanchia!«

Sie beachtete Lions Ruf nicht und lief weiter. Seine Schritte hallten hinter ihr übers Pflaster, doch es gelang ihm erst, sie einzuholen, als sie die Treppe zum Obergeschoß von Giulias *casa* hinauflief.

Er packte sie grob an, als er sie zu sich umdrehte. »Was, in Gottes Namen, ist nur los mit dir? Bist du krank?«

»Nein, ich bin nicht krank.« Sie riß sich los und ging nach oben. »Ich bin auch nicht schwach und ängstlich.« Sie lief den Korridor zu ihrer Kammer entlang. »Und ich werde schon nicht in Stücke brechen, wenn du ein barsches Wort zu mir sagst.«

Wieder hatte er sie eingeholt und hielt sie fest. »Was für ein Glück, denn an barschen Worten wird es jetzt nicht mangeln.« In seinen Augen flammte es auf, als er sie zu seiner Zimmertür zerrte und Sanchia hineinzwang. »Das habe ich nicht verdient, Sanchia.« Er knallte die Tür zu. »Ich weiß, daß dein Zustand heikel ist, aber...«

»Mein Zustand ist nicht heikel«, gab sie zähneknirschend von sich. »Wie oft muß ich dir das noch sagen? Aber vielleicht möchtest du es glauben, damit du dies zum Vorwand nehmen kannst, mich nicht anzurühren. Damit du dich bedenkenlos mit Giulia vergnügen kannst...«

»Ich möchte Giulia nicht in meinem Bett!« rief er aus.

»Und warum nicht? Du hast gesagt, daß du mich nicht anfassen würdest, wenn sie greifbar wäre.«

»Das war eine Lüge. Ich war erbost, weil du in mir so viel angerührt hast.«

»Und jetzt rühre ich in dir wohl nichts mehr an außer dein Mitgefühl? Warum also solltest du Giulia nicht in deinem Bett haben wollen?«

Seine Hände vollführten eine Gebärde, als wolle er sie erwürgen, »*Cristo*, ist dies der Lohn für meine Geduld? Du sollst mich ungerührt lassen? *Madre di Dio*, sogar in der Weinkellerei habe ich dich begehrt, als du hilflos warst, völlig deinem Kummer hingegeben und am Rande des Wahnsinns. Auch ich litt und trauerte, doch mein

Körper hielt sich nicht daran und mißachtete meine Trauer.« Er riß Sanchia an sich. Ihre Hände glitten zu seinem straffen, muskulösen Gesäß. »Ich bin dir so böse, daß ich dir am liebsten eine Tracht Prügel verpassen würde, aber dennoch begehre ich dich.« Er zog sie noch enger an sich, so daß sie seine Härte an sich spürte. »Nun, bin ich von dir angerührt, Sanchia?« Ohne ihre Antwort abzuwarten, hob er sie hoch und trug sie zum Bett. »Ich will keine Giulia. Ich will dich!«

Nachdem er sie aufs Bett geworfen hatte, schob er ihr Kleid hinauf. Er löste die Schnürbänder an seiner Hose, und seine Männlichkeit wurde unverhüllt sichtbar. Er drängte sich rasch zwischen ihre Schenkel. »Fühlst du jetzt, daß ich angerührt bin?«

Er drang tief ein und bewegte ungestüm seine Hüften, um ihr Innerstes zu erreichen.

Mit einem Aufschrei umklammerte sie seine Schultern.

Er hielt inne. »Hab' ich dir weh getan?« Seine Finger faßten zwischen sie, liebkosten und erregten sie. »Es ist deine Schuld. Was ist, habe ich dir weh getan?«

»Nein«, flüsterte sie. »Es ist nur...«

»Dann nimm mich auf.«

Es war ein wilder harter, in seiner verzehrenden Leidenschaft fast brutaler Rhythmus. Ihr Kopf bewegte sich auf dem Kissen hin und her, während sie darum kämpfte, nicht aufzuschreien, obwohl die Lust jeden Muskel und Nerv ihres Körpers erschauern ließ. Sie versuchte ihm zu helfen, zitterte aber zu stark. Daß auch er zitterte, daß sein Atem keuchend kam und seine Brust sich wie bei einem schnellen Lauf hob und senkte, nahm sie nur undeutlich wahr.

Den Kopf in den Nacken gelegt, schrie er auf, den Hals gewölbt, ganz starr, als hätte ihn ein Pfeil getroffen. »Sanchia, ich kann mich nicht mehr zurückhalten...«

»Dann tu es nicht!«

Ihre eigene Wollust zerbarst glühend und Erlösung bringend, so daß sie danach benommen und entkräftet dalag.

Minuten später spürte sie, wie er sie verließ und sorgsam ihre Röcke herunterzog, aber noch immer war sie zu betäubt, um die Augen zu öffnen. Etwas Kaltes, Metallisches wurde an ihre Lippen gehalten. »Hier, trink. Das wird dir guttun.«

Sie schlug die Augen auf und sah über sich sein Gesicht. Trotz ihrer Benommenheit erkannte sie sofort, daß er ihr noch böse war. Sie richtete sich auf einen Ellbogen auf und nahm den Silberpokal.

»Diese Erfrischung brauche ich dringend.«

Er zuckte zusammen. »Deine Worte haben mich erbittert.«

»Das glaube ich. Du warst nicht gerade sanft.«

»Das war deine Schuld«, entgegnete er hitzig. »Wofür hältst du mich? Von einem Mann, wie ich einer bin, kann man nichts anderes erwarten.«

Sie nahm noch einen Schluck Wein. »Ich weiß noch, daß du einmal zu mir sagtest, ich müßte dich nehmen, wann immer du das Bedürfnis hättest. Diesmal hast du mich wenigstens nicht gegen einen Baumstamm gedrückt.«

Seine Miene verfinsterte sich. »Vermutlich wirst du wieder versuchen, mich zu verlassen. Nun, ich werde es nicht zulassen. Wenn du möchtest, daß ich die Kaufurkunde zerreiße, dann mußt du mich heiraten.« Er wich ihrem Blick aus. »Ein schlechtes Leben wäre es nicht. Wenn du mich nicht erzürnst, werde ich sanft mit dir umgehen.«

»Dich heiraten?«

»Warum so erstaunt? Ich sagte dir schon, ich würde dich zur Frau nehmen, wenn ich es könnte. *Dio*, sogar von Kindern war die Rede.«

Sie schüttelte den Kopf. »Ich dachte nie an Heirat. Es erscheint mir sonderbar...«

»Dann denk jetzt daran. Ich werde dich nie gehen lassen.«

Sie nickte ernst. Dichte Wimpern senkten sich auf ihre Wangen und verhüllten ihren Blick. »Ich will daran denken.«

Er runzelte die Stirn. »Du hast lange genug darüber nachgedacht. Also, was sagst du? Ich bin jetzt nicht mehr so wohlhabend wie...«

»Ja.«

»Du bist einverstanden?« In seinem Blick lag Unsicherheit. »Du zürnst mir nicht?«

Sie war bemüht, ihr Lächeln zu unterdrücken. »Was würde es mir nutzen? Du änderst dich ja doch nicht... dem Himmel sei Dank.«

Er sah sie aus mißtrauisch zusammengekniffenen Augen an. »Meine grobe Art stört dich nicht?«

Sie schüttelte den Kopf. »Sie gehört zu dir. Ich kann die Grobheit nicht von der Sanftheit trennen. Ich kann nicht sagen: ›Ja, diese Seite von Lion Andreas will ich lieben, und nein, die andere Seite kann ich nicht lieben.‹ Ich liebe den ganzen Menschen.«

Seine Miene erhellte sich mit seinem Lächeln. »Wirklich?«

»Wirklich«, sagte sie leise. »Ich liebe die Lust, die Sanftheit, den Eigensinn und... was machst du da?«

»Ich ziehe dich aus.« Sein Lachen war voll fröhlichem Überschwang. »Ich werde dir noch mehr Lust geben, die du lieben kannst. Mit allem übrigen befassen wir uns später.« Er begegnete ihrem Blick und setzte leise hinzu: »Diesmal lassen wir uns Zeit, und ich werde es an Sanftheit nicht mangeln lassen.« Er schnitt eine Grimasse. »Falls ich es schaffe.«

Sanchias stimmte in Lions Lachen ein, als sie sich aufs Bett zurückfallen ließ und ihn in ihren Armen willkommen hieß.

»Warum hast du es getan?« Lion strich liebevoll über die schimmernde weiße Locke an ihrer Schläfe. »Ich bin ja nicht auf den Kopf gefallen... ich weiß genau, daß du mich mit Absicht wütend gemacht hast, als ich dir zeigen wollte, daß ich dir voll Ehrerbietung und mit sanften Worten zu begegnen vermag.«

»Ich wollte dich für mich zurückgewinnen, und es war der einzige Weg, der mir einfallen wollte. Ich merkte, wie sich allmählich in mir die Lebensfreude wieder regte, und da wollte ich, daß du den Weg mit mir gehst.« Sie hielt inne. »Vielleicht hatte ich auch ein wenig Angst. Du warst so anders geworden...«

»Die meisten Frauen hätten diese Veränderung mit Beifall registriert. Warum hattest du Angst?«

Mit einem leisen Lachen ließ sie ihre Lippen über seine bloße Schulter gleiten. »Ich bin eine Sklavin. Sklavinnen läßt man nicht Sanftheit und zärtliche Worte zuteil werden. Mir war das alles nicht geheuer.« Sie hielt kurz inne. »Eine Zeitlang fragte ich mich sogar, ob du dich womöglich aus Pflichtgefühl so liebevoll um mich kümmerst... weil ich in Mandara die Kranken gepflegt habe.«

»Nicht aus Pflichtgefühl... aus Liebe. Ich achte und ehre dich für das, was du in Mandara getan hast, aber geliebt habe ich dich schon zuvor.« Er schwieg einen Moment. »Wirst du mich heiraten?«

Sie hob den Kopf, um ihn erstaunt anzusehen. »Aber natürlich. Ich sagte doch schon…«

»Jetzt gleich. Bevor Damari kommt, haben wir noch Zeit. Morgen gehen wir zum Priester und regeln alles.«

Sie sah ihn fragend an. Sein angespannter Gesichtsausdruck bewog sie zu der Frage: »Warum hast du es so eilig?«

»Ich möchte, daß du mein bist. Ist das nicht Grund genug?«

Und er will, daß ich durch seinen Namen geschützt bin, falls es uns nicht gelingen sollte, Damari zu töten, dachte sie, und diese Erkenntnis jagte ihr Schauer über den Rücken. Er wollte, daß sie gesichert war, falls der Tod ihn ihr entriß. Sie schmiegte die Wange in die Senke seiner Schulter. »Das ist Grund genug«, flüsterte sie. »Ich möchte auch, daß du mein bist. Ja, wir wollen morgen den Priester aufsuchen.«

»Was sollen wir hier?« wollte Luigi verärgert wissen. »Die Sonne brennt zu heiß, als daß man im Wald lustwandeln könnte. Und mir behagen dieses viele Grün und die frische Luft gar nicht.«

»Euch behagt nichts, was Ihr nicht in einem Topf oder Kessel schmoren könnt.« Lorenzos Antwort war geistesabwesend, da er angestrengt die Bäume und Büsche auf beiden Seiten des Pfades absuchte. »Ich möchte wissen, wie Ihr überhaupt zu einem Sohn gekommen seid. Ihr habt für niemanden viel übrig, sei es Mann, Frau oder Tier.«

»Nun, das passierte so: Eines Abends bereitete ich einen köstlichen Gewürzwein zu und trank davon so viel, daß mir die Küchenmagd so appetitlich erschien wie ein glasiertes Spanferkel mit einem Apfel im Maul. Neun Monate später gebar sie Mario und ließ ihn in einem Korb in der Küche zurück, als sie mit einem Matrosen durchbrannte. Ich und Vater – in meinem Alter!« Luigi schüttelte bekümmert den Kopf. »Als ich den Kleinen sah, war ich so wütend, daß mir die Gans im Backrohr verbrannte.«

»Was für eine reizende Liebesgeschichte. Sie weckt nicht nur Mitleid, sondern Appetit. Sicher habt Ihr einen wundervollen Vater abgegeben.«

»Ach, mit der Zeit gewöhnte ich mich daran«, gab Luigi grollend zurück. »Und allmählich… hat es mir sogar gefallen.«

Lorenzo warf ihm einen raschen Blick zu. »Wie alt war der Junge, als er getötet wurde?«

»Siebzehn.« Luigi ging eine Zeitlang schweigend weiter. »Gestern habe ich mit Simonedo über Euch gesprochen«, sagte er schließlich.

»Ah, mit dem hochgerühmten Küchenmeister. Und was hält er von meiner Arbeit?«

»Er glaubt, Ihr hättet nicht alle fünf Sinne beisammen. Ihr schießt in der Küche hin und her wie eine aufgeschreckte Natter und sprecht kein Wort, sagt er.«

»Nun, Ihr habt mir geraten, niemanden anzublicken. Da dachte ich, es wäre am besten, wenn ich auch noch stumm aufträte.«

Luigi ließ ein Brummen hören.

»Ihr gebt mir nicht recht?«

»Nun, mag sein, denn Eure Zunge ist giftig wie der Stachel eines Skorpions. Simonedo sagt, Ihr seid sehr fleißig. Er hat sich sogar bedankt für meine Empfehlung. Und was haltet Ihr von dem Leibwächter, der die Zubereitung der Speisen überwacht?«

»Ein überaus scharfäugiges Individuum.«

Luigi nickte. »Laraba hat Falkenaugen. Die Borgias haben oft genug selbst Gift angewendet, sie haben also guten Grund, einen scharfsichtigen Mann für ihre Sicherheit auszuwählen. Um vor Larabas Augen Gift ins Essen zu schmuggeln, müßten wir Zauberkünstler sein.«

»Richtig.« Lorenzo war stehengeblieben. Sein Blick hing an einem hohen, üppigen Busch, der mit zartrosa Blüten übersät war. »Ist das nicht ein herrlicher Anblick, Luigi? Ich war nicht sicher, ob ich diese Pracht hier vor den Toren Roms finden würde. In meiner Heimatstadt Neapel sieht man diese Sträucher sehr häufig, ich selbst habe einige in meinem Garten. Ach, wie schön war es, die ersten Blüten im Frühling zu sehen... Reicht mir das Beil.«

Luigis Miene verdüsterte sich, als er Lorenzo das Beil gab. »Möchte wissen, warum ausgerechnet ich das Ding schleppen mußte.«

»Die vernünftigste Lösung. Ihr seid gebaut wie ein Bulle und verfügt über vergleichbare Körperkraft. Warum sollte ich das Lasttier spielen, wenn Ihr doch viel geeigneter seid?«

»Und jetzt wollt Ihr Zweige von diesen Büschen mitnehmen? Ich warne Euch... ich werde nicht zulassen, daß Ihr in meinem Fleckchen Garten Triebe auspflanzt. Der Garten ist nur für meine Kräuter da.«

»Luigi, es kränkt mich, daß Ihr Euer Fleckchen Erde nicht mit mir teilen wollt.« Lorenzo hieb geschickt ein paar kräftige Äste vom Strauch ab. »Was ist denn besser? Blühende Pracht für die Augen oder Kräuter und Grünzeug für den Magen?«

»Kräuter für den Magen. Eure dummen Blütenzweige kommen mir nicht in den Garten.«

Als Lorenzo Luigi das Beil zurückgab, tat er es mit einem Seufzer. »Nun, meinetwegen.« Er bückte sich nach den abgeschnittenen Zweigen. »Ich werde für die Zweige eine andere Verwendung finden müssen.«

»Ich habe die Nachricht an Damari geschickt«, sagte Giulia, als Lion auf ihr Klopfen hin die Tür geöffnet hatte. »Santini wird mein Schreiben überbringen. Caprino hat ihm schon einmal diese Aufgabe übertragen. Damari wird ihn erkennen und sich in Sicherheit wiegen.« Sie lächelte. »Santini gehört zu den Aktivposten, die ich nach Caprinos Untergang an mich brachte. Er ist verläßlich und vertrauenswürdig, solange die Bestechungssumme eines Widersachers nicht zu groß ist.«

»Und mehr kann man nicht verlangen, nicht?« fragte Lion. »Bestechung oder Drohung sind zur Festigung wankender Loyalität gleichermaßen geeignet.«

Giulias Lächeln verblaßte. »Was soll das heißen? Wollt Ihr mir drohen?«

»Nur wenn es sich als nötig erweisen sollte.«

Giulias Blick glitt an seiner Schulter vorbei zu Sanchia, die noch immer im großen Bett lag. Giulia kniff die Lippen zusammen. »Ich sehe, daß Ihr den zweiten Raum nicht mehr braucht.«

»Nein. Wir wollen heute zum Priester, da wir vor den Traualtar treten wollen, noch ehe die Woche um ist.«

»Eine Heirat?« Sie riß die Augen auf. »Ihr wollt sie heiraten? Aber warum...« Rasch bezwang sie ihren fassungslosen Gesichtsausdruck. »Ihr müßt tun, was Ihr für richtig haltet.« Damit wandte sie sich um. »Wenn ich von Damari Antwort erhalte, lasse ich es Euch wissen.«

»Vor lauter Ästen und Zweigen sieht man ja den Boden nicht«, jammerte Luigi. »Ich werde sie nicht aufsammeln, das laßt Euch gesagt sein.«

»Mein lieber Luigi, ich weiß wohl, daß Ihr in dieser elenden Hütte nur die Töpfe und Küchengeräte sauberhaltet.« Lorenzo schnitt lanzettenförmige Blätter von dem zwischen seinen Knien steckenden Ast. »Die Unordnung, die ich der bereits vorhandenen hinzufüge, kann Euch sicher nicht sonderlich stören.«

»Ich habe Euch nicht gebeten, hier Wohnung zu nehmen«, setzte Luigi verdrießlich hinzu. »Mario hat das Haus saubergehalten. Wenn ich ihm klarzumachen versuchte, daß dies ungesund sei, lachte er nur und sagte: ›Papa, deine köstlichen Speisen werden verdorben schmecken, wenn Staub sie würzt. Komm, wir wollen den Abend mit Fegen und Putzen verbringen.‹«

»Und seit Marios Tod habt Ihr beides nicht mehr getan.« Lorenzo riß eine zarte rosa Blüte ab und zielte damit auf Luigi, den er an der Wange traf. »Warum gebt Ihr nicht zu, daß Ihr in Wahrheit erfreut über meine Gesellschaft seid? An wem könntet Ihr sonst Eure schlechte Laune auslassen?«

»Ich will Euch nicht um mich haben. Warum auch?« Luigi hob die Blüte auf und roch daran. »Marios Gesellschaft war mir um vieles lieber. Ihr vergeudet ja nur mein schwerverdientes Geld, indem Ihr meine Kerzen herunterbrennen laßt, wenn Ihr Eure feinen Bücher lest, und wenn Ihr sprecht, dann nur, um mich zu verspotten.«

»Aber ich verspeise Eure köstlichen Machwerke mit einer Wertschätzung, wie sie Euch nicht alle Tage entgegengebracht wird.«

»Das ist richtig«, mußte Luigi grollend eingestehen. »Wenn es um die wichtigen Dinge des Lebens geht, zeigt Ihr Vernunft. Vielleicht ertrage ich Euch deswegen.«

»Vielleicht.« Lorenzo legte den entlaubten Zweig aus der Hand. »Reicht mir diesen Zweig dort, wenn ich bitten darf.«

Luigi schob ihm den Zweig über den Tisch zu. »Mit den Waldspaziergängen ist jetzt Schluß für mich. Ich hätte den Morgen viel nutzbringender verwerten können.«

»Ich weiß, daß es ein großes Opfer für Euch war.«

»Und wofür das alles?« Luigi stand auf und fing an, Zweige und Äste vom Boden aufzusammeln. »Damit es für Euch etwas zu schnitzen gibt.« Er trug das Bündel Zweige zum Herd und ließ es auf die Steine fallen.

»Was habt Ihr vor?« fragte Lorenzo ihn.

»Ganz gewiß räume ich nicht hinter Euch auf«, gab Luigi rasch zur Antwort. »Das könnt Ihr allein besorgen. Ich dachte nur, ich könnte es mir heute ersparen, frisches Brennholz fürs Abendfeuer hereinzuholen.«

»Ein praktischer Gedanke.« Lorenzos Blick hing an dem Ast zwischen seinen Knien, als er wieder ein Zweiglein abschnitt. »Aber an Eurer Stelle würde ich das lieber nicht tun.«

»Warum nicht?«

»Wenn Ihr diese Zweige anzündet, werden wir beide in kürzester Zeit mausetot sein.« Lorenzo schnitt wieder einen mit Blüten behafteten Zweig ab.

»Du zitterst ja.« Lion hielt Sanchias Hand fester, als sie die Stufen zur Kathedrale hinaufgingen. »Du hast keinen Grund, dich zu ängstigen.« Er lächelte. »Nachdem du der Pest die Stirn geboten hast, kann dir die Ehe doch nicht so arg erscheinen.«

»Es ist keine Angst.« Sanchia benetzte die Lippen mit der Zunge. »Ich weiß gar nicht, warum ich ein so ungutes Gefühl habe.«

»Bist du mit dieser Ehe nicht zufrieden?«

Sie nickte. »Mehr als zufrieden. Ich bin glücklich. Ich liebe dich und werde dich immer lieben, *caro*.«

Er beugte sich vor und streifte ihre Schläfen mit seinen Lippen. »Und ich werde dich immer lieben.« Als sie ins Halbdunkel der Kathedrale eintraten, hielt er inne. »Warte hier. Ich spreche mit dem Priester.« Er beugte das Knie und ging rasch den Mittelgang entlang.

Sie sah ihm nach, wie er auf den Geistlichen zuging, der sich vor dem Altar umgedreht hatte und ihnen neugierig entgegensah. Lion war ganz Kraft, Macht und Liebe. Nie hätte sie zu träumen gewagt, einer Liebe teilhaftig zu werden, die so groß und leidenschaftlich war wie seine. Warum empfand sie diese plötzliche Bangigkeit bei dem Gedanken, ihr Leben mit dem Lions zu verbinden?

Vielleicht hatte sie zu viele Geschichten von edler höfischer Liebe gelesen und empfand nun ihre eigene Liebe als zu irdisch und banal.

Ein Bündel von Sonnenstrahlen fiel durch die farbigen Glasfenster und wurde in einen Regenbogen verwandelt, der Lion und den Priester im Meßgewand einhüllte. Der Duft von Blumen, Weihrauch und Kerzen stieg Sanchia in die Nase und zu Kopf.

Lion drehte sich zu ihr um und streckte ihr die Hand entgegen.

Sie beugte das Knie und ging nun, den Blick unverwandt auf Lion gerichtet, eilig nach vorn.

Er lächelte ihr zu, und plötzlich spürte Sanchia, wie ein Gefühl wundersamer Freude sie erfaßte, so strahlend wie das Licht, das durch die Fenster ins Innere der Kirche fiel. Dieses Strahlen durchdrang sie und hob sie empor, bis sie glaubte, an der Helligkeit, die Lion und den Priester einhüllte, teilzuhaben.

Lieber Gott, es war ja so einfach! Warum hatte sie zuvor nicht begriffen, was ihr jetzt so klar vor Augen stand?

Die Liebe bestand wie das Leben aus Höhen und Tiefen, aus tiefer Stille ebenso wie aus hellen Trompetenstößen. Schmerz und Aufruhr mußten sein … wie sonst würde man Augenblicke wie diese zu würdigen wissen?

Erhabenheit.

20. KAPITEL

»Warum habt Ihr diesen Ort gewählt?« Damari sah Giulia voller Argwohn an. »Warum nicht Euer Haus?«

»Wir befinden uns in sicherer Entfernung von Florenz, und diese Schenke ist ein angenehmer Aufenthalt.« Giulia kehrte dem Fenster den Rücken, von dem aus man den Hof überblickte. »Wie ich sehe, habt Ihr eine stattliche Abteilung Bewaffneter mitgebracht. Nun, damit habe ich gerechnet.«

»Ich will die beiden nicht wieder verfehlen, weder Andreas noch dieses Frauenzimmer.«

»Aber Ihr könnt doch nicht verlieren, was Ihr nicht habt.« Giulia zögerte. »Noch nicht habt.«

»Ich werde sie haben.«

»Wenn der Preis stimmt.« Sie deutete auf die Männer unten im Hof. »Und mit dieser jämmerlichen Truppe werdet Ihr mir die beiden nicht abnehmen. Meine Mittel erlauben mir, mein Eigentum mit der dreifachen Kopfstärke zu bewachen.«

»Ihr? Eine Hure?«

»Habt Ihr Santini nicht erkannt? Er steht für alles, was ich Caprino abgenommen habe. Bald werde ich die mächtigste Frau von Florenz sein. Caprino war ein kluger Mann, von dem ich im Lauf der Jahre allein durch Beobachtung viel gelernt habe.«

»Mit Frauen mache ich keine Geschäfte.«

»Ich weiß. Ihr zieht es vor, sie zu mißbrauchen.« Sie zog die Schultern hoch. »Die Sache mit Laurette habe ich Euch nie verziehen. Damit erhöht sich mein Preis.«

Damari zögerte noch. »Ihr habt sie? Wirklich?«

»Ich habe sie in der Hand. Sie kamen zu mir und baten mich, ihnen zu helfen, Euch in die Falle zu locken. Fünfhundert Dukaten boten sie mir. Ich sagte, das sei viel zu wenig und könne mich nicht zufriedenstellen, aber Lion war dumm genug, mir zu glauben, als ich schließlich zustimmte.«

»Und mit wieviel würdet Ihr Euch zufriedengeben?«

»Mit fünfzehnhundert Dukaten.«

»Lächerlich. Ihr würdet viel weniger nehmen.«

Sie schüttelte den Kopf. »Wenn Ihr Andreas und seine Hure haben wollt, dann werdet Ihr meinen Preis bezahlen.«

Damari kochte vor Wut. Diese habgierige Schlampe... »Wo sind sie?«

»Vor Euch sicher.« Sie lächelte. »Aber nicht vor mir.«

Damari ballte die Hände zu Fäusten. »Ich zahle tausend Dukaten, du dreckiges Luder.«

»Ich möchte nicht beleidigt werden. Mein Preis hat sich auf sechzehnhundert erhöht.«

»Du Dreckstück, du kannst nicht...« Damari versuchte seinen Zorn zu zügeln, als er ihre Miene sah. »Ich bezahle den Preis.«

»Vortrefflich.«

»Natürlich führe ich diese Summe nicht mit mir. Auf die Bezahlung werdet Ihr warten müssen. Ich werde Euch das Geld schicken, sobald ich wieder in Solinari bin.«

Sie lachte aufrichtig erheitert. »Ich soll Euch trauen?« Es folgte ein Kopfschütteln. »Geht zurück nach Solinari, aber ohne das, was Euch hierherlockte.«

»Ich sagte schon, ich habe die Dukaten nicht bei mir.«

»Dann müssen wir uns eine andere Lösung ausdenken.« Sie schwieg und dachte nach. »Ich bringe Euch die beiden nach Solinari. Wir werden Ware gegen Geld an Ort und Stelle austauschen.«

»Und wie wollt Ihr sie dorthin bekommen? Andreas ist kein Dummkopf.«

»Er vertraut mir... so ziemlich. Ein Mann kann sich nur schwer vorstellen, daß eine Frau, die ihm sinnliche Wonnen bereitet hat, ihn hintergehen könnte.«

»Ich muß auch dieses Frauenzimmer bekommen. Für diesen Preis lasse ich mich nicht um sie betrügen.«

»Auch die Frau«, bestätigte Giulia. »Ich kann sie weiß Gott nicht ausstehen.«

»Und wie soll das alles vor sich gehen?«

»Wie Ihr so liebenswürdig hervorgehoben habt, ich bin eine Hure und daher mit vielen Mittelchen und Tränklein vertraut, die dazu dienen, die Frauen in meinem Haus williger zu machen. Die Dosis etwas großzügiger bemessen, und Lion und seine kleine Sklavin werden die ganze Fahrt nach Solinari verschlafen.« Sie zog eine Braue hoch. »Es sei denn, Ihr wollt, daß ich sie töte? Mir ist es einerlei.«

»Nein, ich möchte sie lebend.«

»Das dachte ich mir. Nun, Ihr werdet sie bald in Solinari haben und mit ihnen nach Wunsch verfahren können.«

Die Woge lustvoller Vorfreude, die Damari nun erfaßte, war so gewaltig, daß Wut und Erbitterung über die Arroganz dieses Luders fast untergingen. Nun, wer weiß, vielleicht würde auf die Hure hinter den Toren Solinaris eine Überraschung warten. Er ahnte in ihr einen eisernen Willen, den zu brechen einiges Vergnügen versprach. »Wann?«

»Laßt mir einen oder zwei Tage Zeit, ihren Argwohn einzuschläfern. Dann will ich ihnen das Pulver in den Wein schütten.« Sie ging zur Tür. »Länger darf es nicht dauern, da sie ja jeden Tag erwarten, daß ich Nachricht von Euch erhalte.«

»Dann also in ein paar Tagen?«

Sie nickte und öffnete die Tür. »Wenn alles glatt geht, könnt Ihr mit ihnen nächste Woche rechnen.«

»Warum schmuggeln wir die Zweige nicht unter das für ihre Schlafgemächer bestimmte Brennholz?« fragte Luigi. »Ihr habt gesagt, der Rauch könne töten.«

»Die Methode ist nicht sicher genug«, gab Lorenzo zur Antwort. »Wir haben August, da wird nur selten Feuer gemacht. Wir müssen womöglich wochenlang warten, bis die Kamine in den Schlafräumen geheizt werden, und selbst wenn es so wäre, besteht die Möglichkeit, daß der Rauch sie nur leicht erkranken läßt, wenn der Kamin gekehrt ist und gut zieht, oder aber wenn sie nicht nahe genug ans Feuer herangehen. Nein, am besten ist es, man verwendet den Ast als Spieß, auf dem das Fleisch gebraten wird. Das Holz wird den Spießbraten vergiften.«

Luigi bückte sich und hob einen der langen Äste auf, um ihn fasziniert zu betrachten. »Was für ein Strauch ist das, der den Tod neben hübschen Blüten in sich trägt?«

»Eine Oleanderart.« Lorenzo sah ihn lächelnd an. »Eine überaus nützliche Pflanze. Nicht ein einziger Teil ist daran, der nicht todbringend wäre. Ein einziges Blättchen kann einen Menschen töten. Sogar der Nektar dieser ›hübschen‹ Blüten kann jemanden ins Grab bringen.«

»Und Ihr seid sicher, daß ausreichend Gift ins Fleisch gelangt, um sie zu töten?«

»Nein, aber es ist die beste unter allen Möglichkeiten.« Lorenzo führte den Weinpokal an die Lippen und sah Luigi über den Rand des Bechers an. »Wißt Ihr noch, was ich Euch sagte?«

»Ich bin doch nicht dumm. Ihr habt es mir oft genug erzählt«, entgegnete Luigi mürrisch. »Morgen in aller Herrgottsfrühe werde ich die Äste unter das Küchenbrennholz tun.«

»Und heute müßt Ihr dafür sorgen, daß der Kamin in der Küche gut zieht, und wenn Ihr ihn eigenhändig fegen müßtet. Tut Ihr es nicht, dann könnte ich ebenso enden wie Seine Heiligkeit, da ich den Spieß drehen werde.«

»Ihr wißt ja, daß meist die Küchenmagd den Spieß dreht.«

»Morgen werde ich es tun. Erfindet eine neue Soße, mit der man den Braten ständig begießen muß, und sagt zu Simonedo, daß man die Küchenmagd nicht mit dieser Aufgabe betrauen kann. Damit habt Ihr einen Grund, alle anderen von der Feuerstelle fernzuhalten. Wir wollen verhindern, daß jemand den Rauch einatmet und von Übelkeit befallen wird, ehe der Braten gar ist. Sobald der Braten aufgespießt ist, verlaßt Ihr unter dem Vorwand, Euch sei nicht wohl, die Küche. Ich mache mich davon, sobald das Fleisch die Küche verläßt, und komme hierher. Haltet Euch bereit, Rom sofort zu verlassen.«

»Eine neue Soße wird nicht einfach über Nacht erfunden«, erklärte Luigi, den sämtliche anderen Einzelheiten kaltließen. »Es bedarf geraumer Zeit und vieler Versuche, bis sich die richtige Mischung mit der richtigen Dosierung trifft. Wer etwas von feiner Küche versteht, weiß, daß man eine Soße nicht...«

»Das mag für gewöhnliche Köche zutreffen, aber Ihr behauptet ja immer, Ihr wäret außergewöhnlich.«

»Ihr wißt, daß ich außergewöhnlich bin.«

»Dann beweist es. Erfindet eine neue Soße bis morgen früh.«

Luigi sah ihn finster an. »Ihr haltet Euch wohl für sehr schlau. Nun, ich weigere mich, die Sünde der Entweihung einer meiner Speisen zu begehen. Wir werden die Borgias nächste Woche töten.«

Lorenzo schüttelte den Kopf. »Es ist bekannt, daß Cesare seinem Vater Geld für einen neuen Feldzug entlocken möchte. Nächste Woche wird er vielleicht nicht mehr in Rom sein.«

»Aber ich kann doch nicht einfach etwas zusammenbrauen...« Luigi dachte angestrengt nach. »Honig... ich könnte Honig mit einem Hauch Zimt verwenden...«

Lorenzo lächelte befriedigt, als er sich lässig zurücklehnte und die Beine ausstreckte.

»Warum ist Giulia so liebenswürdig zu mir?« fragte Sanchia, als sie sich vor Lion drehte. »Sieh dir dieses Kleid an. Es gehört gewiß zu ihren schönsten, aber sie hat es mir geschenkt und sogar eine Dienerin geschickt, die es für mich ändern sollte. Ist das nicht eigenartig?«

»Ein hübsches Kleid... die blauen Bänder am Mieder haben es mir besonders angetan. Vielleicht steht Giulia Weiß nicht.«

»Ach, sie sieht in allem hinreißend aus. Und behaupte ja nicht, es wäre dir nicht aufgefallen.«

»Mir fällt nur die Schönheit meiner eigenen Frau auf, wie es sich für einen ehrbaren Ehemann gehört.« In seinen dunklen Augen blitzte es spitzbübisch. »Obwohl ich gestehen muß, daß du mir ohne Kleid lieber bist. Könnte ja sein, daß Giulia nicht freundlich zu dir, sondern grausam zu mir ist.« Er legte den Kopf schräg und sah sie kritisch an. »Ja, du hast zuviel an. Schick das Kleid zurück, und wir...«

Ein Klopfen an der Tür unterbrach ihn. Beide drehten sich um, als Giulia mit einem Silbertablett, auf dem drei Silberpokale standen, eintrat. Sie ging lächelnd auf die beiden zu. » Madonna Sanchia, das Kleid sieht an Euch zauberhaft aus. Mir hat es nie gestanden.« Sie setzte das Tablett ab und reichte Sanchia und Lion je einen Pokal. »Ich habe den Wein aus Mandara, den Ihr mir bei Eurem letzten Besuch gebracht habt, im Keller entdeckt. Euch mundete er immer besser als die Weine, deren Florenz sich rühmt.« Sie griff nach ihrem eigenen Pokal. »Wir wollen trinken«, sagte sie leise und mit einem Lächeln, das ihr schönes Antlitz strahlen ließ. »Dann will ich Euch sagen, welch gute Nachricht mir bezüglich Damari zu Ohren kam.«

Dieser gottverfluchte Kamin zog nicht gut

Dio, vor wenigen Minuten noch hatten die Flammen munter geprasselt, und jetzt zogen Rauchschwaden durch die Küche!

Lorenzo wendete sein Gesicht von dem Spieß ab, auf dem das mit Honig bepinselte Lamm briet, und holte tief Luft. Mit angehaltenem Atem wendete er sich wieder um und spähte den Kamin hinauf, um festzustellen, was den Abzug versperrte.

»Was macht das Lamm?«

Lorenzo drehte sich um. Simonedo, der Küchenmeister, stand mit ungeduldig gerunzelter Stirn hinter ihm.

Eilig blickte Lorenzo wieder fort und murmelte: »Es ist fast gar, nur ein paar Minuten noch, aber der Kamin...«

»Was ist? Sprich lauter, du Tropf!«

»Der Kamin zieht schlecht.«

»Ach, wahrscheinlich wieder eine Taube.« Simonedo wandte sich zum Gehen. »Im Kamin ist ein Knie, in dem sich ab und zu Vögel verfangen. Morgen soll ein Kaminkehrer dort oben Ordnung machen. Wenn das Lamm durch ist, kannst du das Feuer ersticken.«

Eine Taube, heilige Muttergottes!

Mit grimmigem Lächeln ließ Lorenzo sich vor dem Feuer nieder. Mit seinem Körper versperrte er dem Qualm den Weg in die Küche, wobei er sein Gesicht abgewendet hielt und ganz flach atmete.

Herr im Himmel, wenn der Rauch weiterhin in Schwaden durch die Küche zog, würde abends nicht nur das Lamm fertig sein…

Das Klopfen an der Tür kam in unregelmäßigen Abständen.

Als Luigi die Tür aufriß, sah er Lorenzo auf der Schwelle stehen.

»*Santa Maria*, warum klopft Ihr an? Seit jenem ersten Abend, als Ihr dreist in mein Leben tratet, habt Ihr mir nicht mehr so viel Höflichkeit erwiesen. Wo habt Ihr gesteckt? Ihr hättet schon vor Stunden zurück sein sollen. Ist alles gutgegangen?« Luigi grinste. »Meine Soße war superb! Zu schade, daß der Herzog und Seine Heiligkeit keine Zeit mehr haben werden, sie richtig zu würdigen. Ich war versucht zu bleiben, um mir ihre entzückten Ausrufe nicht entgehen zu lassen.« Er unterbrach seinen Redeschwall ganz kurz. »Warum steht Ihr nur da? Tretet ein, damit Ihr mir bei einem Glas Gewürzwein schildern könnt, wie Cesare an seiner eigenen Bösartigkeit erstickte. Mir habt Ihr geraten zu verschwinden, aber Ihr selbst konntet der Versuchung nicht widerstehen und seid geblieben. Sieht Euch ähnlich, mir ein Vergnügen zu verwehren und es Euch selbst zu gönnen.«

»Ich bin nicht geblieben.«

»Wo wart Ihr dann?«

»Ich… ich bin verloren.«

»Verloren? Wie kann das…« Luigi streckte plötzlich die Hand aus, um Lorenzo ins Innere und in den Lichtschein der Kerze zu ziehen. Was er sah, ließ ihn entsetzt nach Luft schnappen. Lorenzos Stirn glänzte vor Schweiß, riesige, erweiterte Pupillen drängten das Grau seiner Augen zurück. »Was ist passiert?«

»Eine Taube. Ist das nicht köstlich? Ein Täubchen… im Kamin. An alles habe ich gedacht, aber…«

»Warum seid Ihr nicht einfach auf und davon oder habt das Feuer erstickt?«

»Wir waren so nahe am Ziel.«

»Stupido. Idiotto.« Luigis dunkle Augen funkelten im Kerzenschein. »Mir bleut Ihr ein, ich solle verschwinden, falls etwas passiert, und dann tut Ihr so etwas. Ihr habt das Gehirn eines Ochsen und den Verstand eines kopflosen Hühnchens.«

»Hört auf, mich mit Schimpfnamen zu belegen.« Lorenzo schwankte, seine Augen wurden glasig. »Das ist kein Benehmen...« Seine Knie gaben nach, »...das man einem Sterbenden gegenüber an den Tag legt.«

»Madonna Giulia Marzo wartet mit einem Wagen vor dem Tor, mein Herr.«

Damari wurde von Erregung erfaßt. »Ich erwarte sie schon.« Er erhob sich und bedeutete dem Diener, sich zu entfernen. »Laßt sie ein.«

»Sie ist in Begleitung einiger Bewaffneter gekommen.«

»Was?«

»Sie sagt, sie dächte nicht daran, schutzlos Eure Tore zu passieren.«

»Wie viele sind es?«

»Fünfzehn.«

Dieses Biest war gerissener, als er geglaubt hatte. Fünfzehn Mann stellten für den Palazzo keine Bedrohung dar, aber er würde sie wahrscheinlich ungehindert nach Florenz zurückkehren lassen müssen.

Damari fluchte halblaut vor sich hin, als er den Palazzo verließ und dem Tor zustrebte. Sein Blick hing an den brennenden Fackeln, die Giulias Begleittrupp in Händen hielt.

Innerhalb der Tore blieb er stehen und rief: »Habt Ihr das Versprochene mitgebracht?«

Giulia Marzo, die neben dem Wagen geritten war, trieb ihr Pferd einige Schritt vor. Der Schein der Fackeln fiel auf ihr Gesicht. Er sah, daß sie lächelte. »Hinten im Wagen. Überzeugt Euch selbst.«

»Das werde ich tun. Zieht Eure Männer vom Wagen ab.« Er wandte sich an seine Wachen. »Öffnet das Tor. Vier von Euch umgeben mich, solange ich mich außerhalb des Tores aufhalte.«

Gleich darauf kniete er im Heu und betrachtete Lionello Andreas und Sanchia. Beide schienen in tiefem Schlaf zu liegen, dennoch... er mußte sich überzeugen.

Damari holte aus und versetzte Sanchias linker Wange eine schallende Ohrfeige.

Sie rührte sich nicht.

»Na, genügt das?« Giulia drängte ihr Pferd näher an den Wagen heran. »Meine Pülverchen lasen mich nie im Stich. So, und jetzt das Geld.«

»Kommt mit und holt es.« Er lächelte. »Euren Söldnern kann ich natürlich nicht gestatten, Euch zu begleiten.«

»Dann kann ich nicht gestatten, daß Ihr die Ware an Euch nehmt.« Um ihre Lippen legte sich ein entschlossener Zug. »Es hat mich viel Mühe gekostet, sie herzuschaffen, und Ihr legt es darauf an, mich zu erzürnen. Vielleicht sollte ich unsere Abmachung vergessen und die beiden nach Florenz zurückbringen. Sicher giert Lion so sehr nach Vergeltung, daß er sein Angebot über fünfhundert Dukaten wiederholen wird.«

»Nein!« Damari sprang vom Wagen hinunter. »Öffnet das Tor!« rief er, als er zwischen den Söldnern hindurch auf das Tor zuschritt.

»Eines Tages, Madonna Giulia, werde ich Euch mit größtem Vergnügen mit meinem Freund Fra Luis bekanntmachen. Im Moment erwartet er im Palazzo die Ankunft von Andreas und Sanchia. Schade, daß Ihr nicht bleiben und Euch zu uns gesellen könnt.«

Er trat beiseite und beobachtete, wie Wagen und Reiter das Tor passierten.

Dann trat er wieder an den Wagen heran und warf einen Blick auf Lions Gesicht. »Sie rühren sich nicht. Ihr habt sie doch nicht etwa getötet? Ich möchte sie leb...«

Plötzlich war eine Schwertspitze auf seine Kehle gerichtet!

Lions dunkle Augen funkelten ihn finster an, während die Spitze der Klinge sich Damari näherte. Wie hatte dieser Hurensohn Andreas es geschafft, unter dem Heu ein Schwert hervorzuholen und es so geschwind zu handhaben? Instinktiv wollte Damari nach seiner eigenen Waffe fassen.

»Nicht!« äußerte Andreas kühl. »Ich täte nichts lieber, als Euch die Gurgel durchzuschneiden.«

»Zu mir!« brüllte Damari. »Ihr Tölpel, schnell, zu mir!«

»Im Moment sind sie beschäftigt«, sagte Lion, der wieder Damaris Kehle mit der Schwertspitze berührte. »Es war mein erster Befehl an Giulias Söldner, »nach dem Passieren des Tores eine Klingenspitze an den Rücken eines jeden Wachpostens zu drücken.«

Aus dem Augenwinkel nahm Damari wahr, daß Andreas die Wahrheit sprach. »Im Palazzo befinden sich weitere Wachen. Ihr könnt sie nicht alle bezwingen. Wir sind Euch zahlenmäßig überlegen.«

»Nicht mehr lange.« Andreas gab einem der Söldner ein Zeichen. Dieser ritt an das offene Tor und schwenkte dreimal seine Fackel in großem Bogen. »Im Wald stehen über siebzig Mann bereit, die in wenigen Augenblicken zur Stelle sein können. Ihre Zahl müßte reichen, zumal Eure Krieger ebenso Söldner sind wie die von Giulia. Sie schulden Euch keine Treue, so daß ich mir denken könnte, daß sie gleich als erstes nach Eurem Tod um ihren Anteil an den Schätzen des Palazzo feilschen werden. Sie werden sich nicht damit abgeben, die Feinde eines Toten zu bekämpfen.«

Sanchia kletterte nun vom Wagen und trat neben Lion. Ein roter Fleck entstellte ihre linke Wange, doch ihre Miene war eiskalt. »*Buona sera*, Damari. Ihr habt gesagt, Ihr wolltet mehr Zeit mit mir verbringen, und ich wüßte mir keinen besseren Ort als Solinari.«

»Du scheinst mit dir sehr zufrieden zu sein«, schnaubte Damari. »Ich muß dich für deine Härte loben. Du hast nicht mit der Wimper gezuckt, als ich dich schlug.«

»Ich hatte es erwartet.« Sanchia sah ihn gelassen an. »Der Dank gebührt Euch. Ihr wart es, der mich Härte lehrte, Damari.«

»Und dich noch mehr lehren wird. Fra Luis erwartet dich im Verlies. Du kannst dich doch an Fra Luis erinnern?«

»Und ob.« Sanchia schüttelte erstaunt den Kopf. »Ist Euch nicht klar, daß alles vorbei ist? Ihr werdet sterben, Damari.«

Er schüttelte den Kopf. »Mir ist es nicht bestimmt, von Händen wie den euren zu sterben. Vor mir liegt eine Bestimmung zur Größe. Ich werde im Gefolge der Borgias zu ungeahnter Machtfülle gelangen. Meine Söldner werden mich gleich retten.«

»Sehr eilig scheinen sie es nicht zu haben.«

»Bringen wir es hinter uns.« Giulia ritt heran und hielt neben ihnen an. »Gewalt ist mir zuwider.«

»Du hast mich betrogen, du Hure.« Damaris Antlitz war vor Wut verzerrt. »Wir hatten uns auf einen Handel geeinigt, und du hast mich betrogen.«

»So wie Ihr mich betrogen hättet«, sagte Giulia. »Ehrlich gesagt, war ich nahe daran, mit Euch gemeinsame Sache zu machen, doch dann fragte ich mich, warum ich mich mit schäbigen sechzehnhundert Dukaten zufriedengeben sollte, wenn Euer Palazzo weit mehr an Schätzen birgt.« Auf ein Zeichen Giulias hin saß ein halbes Dutzend Söldner ab. »Zum Irrgarten. Seid auf der Hut, er ist bewacht.«

Sie sah zu, wie die Männer mit gezückten Schwertern auf den Südeingang des Labyrinths zuliefen. »Sanchia zeichnete einen Plan, dem sie folgen können, und Lion besaß noch die Schlüssel zum Schatzhaus. Wir haben sogar einen Wagen, mit dem wir unsere Schätze fortschaffen können. Als einziges blieb die Frage, ob ich mir die Dienste dieser Söldner rechtzeitig vor unserem Aufbruch sichern konnte. Zum Glück für mich löste sich dieses Problem vor vier Tagen von selbst, als sie unerwartet aus den Diensten des Conte Gondolfo entlassen wurden.« Ihr Lächeln war spottgeladen. »Bestimmung, Signor Damari.«

»Ihr hättet meine Dukaten nehmen sollen. So aber werdet Ihr nicht mehr erlangen als einen kurzen Aufenthalt in meinem Verlies.«

»Ich bekomme die Hälfte der Schätze.« Giulia machte eine Pause. »Aber auch wenn der Preis nicht so hoch ausfiele, hätte ich mich vielleicht mit den anderen gegen Euch verbündet.«

»Dann bist du nicht nur eine Hure, sondern eine Törin obendrein.«

Sie schüttelte den Kopf. »Es geht um Laurette. Caprino lehrte mich, daß man im Geschäftsleben eine Schlappe nie hinnehmen darf, ohne zurückzuschlagen.« Sie hob stolz den Kopf und ließ wieder ein Lächeln sehen, als der Rest ihrer Truppe die Straße entlang auf das offene Tor zusprengte. »Ihr habt mich betrogen, doch wenn bekannt wird, was sich hier zutrug, wird niemals wieder jemand wagen, mich zu hintergehen.«

»Genug geredet«, ließ Lion sich voller Ungeduld vernehmen. Dem Anführer der Söldner rief er zu: »Bindet die Wachen und sichert den Palazzo.« Dann wandte er sich an Damari. »Und Ihr begleitet uns zum Schatzhaus und werdet mitansehen, wie die Kostbarkeiten hinausgeschafft werden.«

Eine Stunde später, nachdem der Palazzo gesichert worden war, häuften sich auf dem Wagen Gemälde, Geldtruhen, Schmuckkassetten und Tafelgeschirr aus Gold.

Damari sah wie versteinert zu, als ein Stück nach dem anderen an ihm vorübergeschleppt wurde. »Es wird euch nichts nutzen. Ich hole mir alles zurück. So wie ich mir den ›Windtänzer‹ wiedergeholt habe.« Sein Lächeln war von Bosheit gefärbt. »Euer ›Tänzer im Wind‹ ist auf ewig dahin, Andreas. Er befindet sich in der privaten Schatzkammer des Papstes und wird dort bleiben.«

»Da wäre ich nicht so sicher. Ewig ist eine lange Zeit, und es heißt, der ›Windtänzer‹ würde immer wieder zu meiner Familie zurückkehren… mit der Zeit.«

»Pah! Er ist für immer verloren. Ihr werdet sehen.«

»Ja, mag sein, aber Ihr werdet es nicht sehen«, sagte Sanchia. »Zieht Euch aus.«

Damari fuhr zu ihr herum. »Was?«

Sie vollführte eine Bewegung mit der Fackel in der Hand. »Eure Kleider. Zieht sie aus. Alles.«

»Das tue ich nicht!«

Sie trat einen Schritt auf ihn zu. »Dann wollen wir sehen, ob Eure Bestimmung Eure Haut vor dem Versengtwerden schützt.« Sie schob die Flamme gefährlich nahe an sein Gesicht heran.

Als er eilig einen Schritt zurückwich, spürte er Lions Schwertspitze im Rücken.

»Luder!« Lions Schwert durchdrang Damaris Wams und Hemd. Schmerz durchschoß ihn. Nun fing er an, sich auszuziehen… Stück für Stück entledigte er sich seiner Kleidung, im Rhythmus mit seinen gemurmelten Verwünschungen. Schließlich stand er nackt zwischen den beiden.

»Bringt eine Fackel an den Nordeingang des Irrgartens!« rief Lion über seine Schulter nach hinten.

Damari sah, daß einer der mit dem Verladen der Schätze befaßten Söldner einem Gefährten die Fackel abnahm und an den Rand des Labyrinths lief.

»So«, sagte Lion leise. »In den Irrgarten, Damari. Gegen einen

Tod im Labyrinth könnt Ihr keine Einwände erheben. Wenn ich mich recht erinnere, ist es ein Ort, für den Ihr eine große Vorliebe entwickelt habt.«

»Ihr wollt mich durch den Irrgarten jagen?«

»Nein.« Lion schüttelte den Kopf. »Das überlassen wir den Flammen. Im vergangenen Monat hat es nur wenig Regen gegeben. Die Hecken müßten wie Zunder brennen... und das Feuer müßte sich sehr rasch verbreiten. In wenigen Minuten wird der Nordeingang von Flammen versperrt sein.« Er deutete auf die Öffnung vor ihnen. »Kaum habt Ihr diesen Eingang passiert, werden wir dieses Ende in Brand setzen.«

»Falls ich hindurchgehe.«

»Das liegt bei Euch. Das Schwert oder der Irrgarten. Klingt Euch das nicht vertraut in den Ohren? Ich gestehe, daß ich es vorzöge, wenn Ihr euch für den Irrgarten entscheiden würdet. Es läge eine gewisse Gerechtigkeit darin.« Lions Miene verhärtete sich. »Ich werde Euch mit Wonne brennen sehen, so wie Mandara brannte.«

»Vielleicht werden Euch die Flammen verschonen«, sagte Sanchia verhalten. »Wie Ihr die Menschen von Mandara verschont habt, wie Ihr die arme Laurette verschont habt.«

»Die Flammen werden mich verschonen. Ihr glaubt wohl, Ihr hättet mich bezwungen?« Damari schüttelte den Kopf. Schon drehte er sich um und hielt auf den Eingang zu. »Ich überlebe euch alle, um euch tot zu sehen.«

Kaum hatte er den Irrgarten betreten, als er Rauch roch und das Knistern der Flammen im Gebüsch hinter sich hörte. Dieses Luder und Andreas verloren keine Sekunde. Er sah, wie sich in einiger Entfernung vor ihm der Himmel rot färbte. Der Nordeingang brannte. Instinktiv fing er zu laufen an. Dornen rissen sein nacktes Fleisch auf, wenn er an Hecken vorbeistreifte. Er würde entkommen. Er mußte entkommen. Seine Bestimmung mußte sich erfüllen. Diese Tölpel hatten vergessen, daß es außer den Eingängen, die sie in Brand gesetzt hatten, noch einen anderen Ausweg gab. Die Hecke an der Westbegrenzung, durch die Andreas und sein Bruder eine Bresche geschlagen hatten, war noch nicht wieder bepflanzt worden. Er konnte sich durch die Hecke zwängen und sich dann draußen im Gebüsch verstecken, bis sie abgezogen waren.

Sein Atem kam mit dem Laufen immer mühsamer. Der verdammte Qualm wurde dichter, so daß seine Augen tränten und brannten.

Gottlob, dort vorn befand sich die Lücke in der Hecke!

Er lief schneller und zwängte sich verzweifelt durch die Öffnung. Ein Aufschrei entrang sich ihm, als Dornen ihn an Beinen, Hinterbacken und Geschlechtsteilen stachen. Dafür würde er sie alle umbringen! Alle würden für diese Schmach büßen müssen!

»Halt, Damari!«

Er blickte auf und erstarrte mitten in der Bewegung. Die Stiche der Dornen und die Kratzer der Zweige... alles war vergessen.

Sanchia stand mit einer Fackel in der Hand vor der Öffnung in der Hecke. Sie schüttelte ernst den Kopf. »Es muß Gerechtigkeit geben.« Sie setzte die Zweige oberhalb der Öffnung in Brand. »Für Piero.« Sie entzündete die linke Seite. »Für Bianca.« Es folgt die rechte Seite. »Für Marco.« Schließlich entzündete sie die Zweige ganz unten. »Für Caterina.«

»Nein!« hörte Damari sich aufschreien, als er, von den Flammen bedroht, rückwärts aus der Öffnung taumelte.

Dieses Biest stand außerhalb des Flammenkreises, in ihrem weißen Kleid zart und zerbrechlich wie eine Kamee.

»Eines fehlt noch«, sagte sie leise. Sie warf die Fackel mitten in die Öffnung. »Mandara.«

Hoch flammte die Hecke auf. Vor Damari stand eine undurchdringliche Flammenwand.

Ich bin des Todes, dachte Damari benommen. Nein, das durfte nicht wahr sein. Er flüchtete vor der brennenden Hecke und rettete sich auf den Pfad. Dann lief er den Pfad entlang, was sich immer schwieriger gestaltete, da der Qualm ihm die Sicht raubte.

»Es muß einen Ausweg geben.« Er merkte, daß er die Worte laut hinausgeschrien hatte.

Nun war er völlig von brennenden Hecken umgeben, und das Feuer rückte immer näher. Er bog um die Ecke.

Wieder eine Flammenwand!

Mochte er auch noch so schnell laufen, er entkam ihnen nicht. Die Flammen züngelten über seinen nackten Rücken. Die Todesangst ließ ihn aufheulen... seine Haut fing so rasch Feuer wie die Hecken.

Nein, es konnte nicht sein. Er hatte eine Bestimmung...

Lorenzo schlug die Augen auf. Als er Luigis finstere Miene über sich erblickte, schluckte er und benetzte seine trockenen Lippen. »Ich nehme an, daß mir der Abschied von dieser Erde erst noch bevorsteht, da Ihr nicht die geringste Ähnlichkeit mit einem Engel aufweist.«

»Und warum glaubt Ihr, der Himmel sei Euch sicher?«

»Weil ich zwei Erzdämonen getötet habe.«

Luigi schüttelte den Kopf.

Lorenzo verzog sein Gesicht. »Sie sind nicht tot?«

»Nun ja, Ihr habt nicht ganz versagt. Der Papst kann jeden Moment das Zeitliche segnen. Er soll gestern die Letzte Ölung empfangen haben.« Luigi führte einen Becher mit Wein an Lorenzos Lippen. »Und Cesare wird vielleicht noch dranglauben müssen. Die Dienerschaft erzählt, er hätte vom Lamm nicht so viel gegessen wie sein Vater, läge aber ernsthaft erkrankt in einer Krankenstube oberhalb der Borgia-Räumlichkeiten.«

»Wie lange hat es gedauert?«

»Fünf Tage wart Ihr krank.«

»Und wir befinden uns noch immer in Eurem Haus?« Lorenzos Blick suchte Luigis Gesicht. »Ich sagte, Ihr solltet Rom auf schnellstem Weg verlassen.«

»Und warum sollte ich dem Rat eines Mannes folgen, der dumm genug ist, sich selbst zu vergiften?«

»Ihr seid geblieben, um mich zu pflegen?«

»Ich bin geblieben, weil keine Notwendigkeit bestand zu gehen. Diese Dummköpfe glauben, der Papst und sein Sohn seien der durch schlechte Luft verursachten Krankheit zum Opfer gefallen, die halb Rom befiel.« Er grinste. »Ich sagte ja, daß Rom im Sommer kein der Gesundheit zuträglicher Ort ist.«

Lorenzo lachte matt. »Und niemand findet es eigenartig, daß beide am selben Tag krank geworden sind?«

»Einige wenige wollen etwas von Gift wissen, aber damit meinen sie das Bankett, an dem Alexander und der Herzog am fünften August in den Weinbergen des Kardinals Adriano Corneto teilnahmen. Man munkelt, daß eigentlich die Borgias Corneto vergiften wollten, daß aber die Trinkgefäße vertauscht worden seien. Auch Corneto ist – sehr passend – krank.«

»Du lieber Gott, dieses Gerücht ist so dumm wie das andere. Nicht einmal mir gelänge es, ein Gift zu brauen, dessen Wirkung erst nach zwei Wochen eintritt.« Lorenzo zögerte, da er die Vorteile eines solchen Giftes erwog. »Doch es wäre eine Herausforderung, ein solches Gift zu erfinden. Da Cesare sich noch unter den Lebenden befindet, sollte ich mir vielleicht etwas überlegen.«

»Überlegt lieber, wie Ihr wieder einschlafen und zu Kräften kommen könnt.«

»Ach, Ihr seid besorgt um mich?«

»Ob Ihr lebt oder sterbt, ist mir einerlei.« Luigi flößte ihm noch einen Schluck Wein ein und wischte anschließend Lorenzos Lippen mit einem erstaunlich sauberen Tuch ab. »Warum sollte es mich auch kümmern? Ich habe es nur satt, Euer Erbrochenes wegzuwischen und Euer Gestöhne zu hören. Wer ist übrigens Caterina?«

Lorenzo gab keine Antwort.

»Spart Euch die Antwort. Es ist ja nicht so, daß ich etwas über Euch erfahren möchte.« Luigi stellte das Trinkgefäß auf den Boden und stand auf. »Schlaft weiter, und wenn Ihr erbrecht, könnt Ihr alles selbst aufwischen.«

»Luigi.«

Luigi sah ihn an.

»Ich... ich danke Euch.«

Luigi wandte schleunigst den Blick ab. »Euch wird man leichter los, wenn Ihr auf eigenen Füßen verschwindet und ich nicht Euren stinkenden Kadaver aus dem Haus zerren muß.«

»Habe ich je erwähnt, wie angenehm sich Eure schönen Worte anhören?« Lorenzo schloß die Augen und dreht sich auf die Seite. »Ich schlafe jetzt ein paar Stunden. Dann sollt Ihr mich wecken. Ich muß noch etwas erledigen.«

»Gar nichts könnt Ihr tun. Ihr seid so schwach wie ein verhungertes Kätzchen, das nach den Zitzen seiner Mutter miaut.«

»Was für eine Verunglimpfung!« Lorenzo hielt die Augen geschlossen. »Wenn ich die Aufgabe nicht allein schaffe, müßt Ihr mir helfen. Weckt mich...«

»Höher die Laterne! Diese Gasse ist finster wie ein Kaminabzug. Wollt Ihr, daß ich in den Tiber stolpere und ersaufe?« Luigi umfing Lorenzos schlanke Gestalt fester. »Ich weiß ja, daß Ihr selbst keine Angst habt. Ihr würdet auf dem Wasser treiben. Man sagt nicht umsonst, daß der Teufel seinesgleichen schützt.«

»Mein teurer Luigi, es ist schon genug der Demütigung, wenn man sich wie einen Säugling mitschleppen lassen muß, also spart Euch die Beleidigungen. Ist es noch weit bis zum Vatikan?«

»Wir sind gleich da«, keuchte Luigi. »Und Ihr seid schwerer als ein Säugling. Euer Gewicht kommt dem eines servierbereiten Wildschweins gleich oder dem einer Rinderseite, ehe sie auf den Spieß kommt und...«

»Schluß damit.« Lorenzos Ton war gequält. »Mir ist klar, daß Euch mein erbarmungswürdiger Zustand boshafte Freude bereitet, aber laßt ab davon, mich mit Euren Speisen zu vergleichen.« Er versuchte, die vor ihm liegende Dunkelheit zu durchdringen, konnte aber außerhalb des Lichtkreises der Laterne nur die warmen, vom Fluß aufsteigenden Dunstschleier sehen. »Wenn Ihr auf diese Weise fortfahrt, bin ich gezwungen, mich allein fortzubewegen und Euch dieses vorübergehenden Gefühls der Überlegenheit zu berauben.«

»Und wie ein Häufchen Unglück auf dem Boden zu landen wie bei dem Versuch, aus dem Bett aufzustehen«, brummte Luigi.

»Ich kann gehen.« Er hielt inne, als er Luigis verächtliches Schnauben hörte, und gestand etwas kleinlaut: »Ein wenig. Ich muß mich erst an den Gedanken gewöhnen, daß meine Gliedmaßen nur über die Festigkeit von Pasta-Teig verfügen. Sicher wißt Ihr diesen Vergleich zu würd... ach, wir sind da.«

Luigi blieb ruckartig stehen. »Es ist bodenlose Dummheit. Um diese späte Stunde haben wir hier nichts zu suchen. Die Schweizer Gardisten werden uns mit ihren Hellebarden die Schädel wie Melonen spalten. Laßt zu, daß ich Euch wieder nach Hause trage.«

»Nachdem ich Eure Beleidigungen über mich ergehen lassen mußte? Wir gehen natürlich weiter.« Lorenzo machte eine Pause. »Oder vielmehr ich gehe weiter. Ich glaube nämlich nicht, daß die Situation so gefahrvoll ist, wie Ihr meint, aber Ihr könnt mich ruhig hinstellen, und ich werde allein weitergehen, wenn Euch das lieber ist.«

Unter Ausstoßung etlicher Flüche hielt Luigi auf die Tore zu. »Ihr habt so viel Hirn wie eine Pfauenhenne. Der Papst mag im Sterben liegen, er ist aber noch immer Papst. Der Vatikan wird strenger bewacht als jeder andere Palast in ganz Italien, und Cesares Wachen bilden einen Kordon um ihren Herrn, solange er hilflos darniederliegt. Im Moment gibt es keine Möglichkeit, an ihn heranzukommen und ihn zu töten.«

»Ich weiß, daß ich ihn nicht töten kann. Man muß eine andere Gelegenheit abwarten. Das ist nicht der Grund unseres Hierseins.«

»Bei allen Heiligen... was machen wir dann hier?«

»Der Papst hat etwas, was ich an mich bringen möchte, und dies ist der günstigste Zeitpunkt, um mir das Ding aus seiner Schatzkammer zu holen.«

»Ihr plant einen Raubzug in die päpstliche Schatzkammer?« Luigi schüttelte fassungslos den Kopf. »Ihr ahnt ja nicht, wie schwierig das ist.«

»Ganz und gar nicht, wenn wir klug vorgehen.« Lorenzo spähte in die Finsternis des Palasthofes. »Und der Zeitpunkt ist goldrichtig. Wo sind die Schweizer Gardisten, Luigi? Wo sind die starken Truppen, die Seine Heiligkeit schützen?«

Luigi ließ den Blick über den leeren Hof wandern. »Nun, ich wüßte nicht...«

»Wie ich es mir dachte: Verwirrung, Aufruhr und Unordnung. Ein großes Haus läßt nach seinem Sturz nur Chaos und Schrecken zurück. Bringt mich zum Torre Borgia.«

»Zu den Privatgemächern?«

»Wir müssen in Erfahrung bringen, ob der Papst tot ist. Cesare würde nie zur Tat schreiten, solange die geringste Möglichkeit besteht, daß sein Vater noch lebt.«

»Cesare liegt krank im Bett und ist fast so geschwächt wie Ihr.«

»Und doch bin ich zur Stelle. Glaubt Ihr, Cesare sei weniger entschlossen als ich? Und wenn er selbst nicht da ist, werden seine Getreuen das päpstliche Gemach wie Aasgeier belagern.«

Luigi hörte nicht auf zu fluchen, während er sich zum Torre Borgia aufmachte. Kaum hatten sie den Eingang zu den päpstlichen Privatgemächern durchschritten, als man lautes Krachen und aufgeregtes Lachen hörte.

»Nach der allgemeinen Heiterkeit zu schließen, kann man davon ausgehen, daß Alexander tot ist«, bemerkte Lorenzo. »Setzt mich auf diesen Stuhl und stellt fest, was Ihr von den armen Seelen, die seine Heiligkeit bedienen, erfahren könnt. Gewiß hat der Kummer ihnen den Verstand verwirrt, sonst würden sie diesen traurigen Anlaß nicht so erheiternd finden.«

Luigi setzte ihn auf den mit Kissen belegten, hochlehnigen Stuhl, auf den Lorenzo gedeutet hatte. »Werdet Ihr es hier aushalten?«

»Aber gewiß doch. Ich werde dasitzen und mich an den herrlichen Wandmalereien Pinturicchios erfreuen. Es soll sich um das Schönste handeln, was er je schuf.«

»Wandmalereien! Ihr betrachtet schöne Bilder, wenn doch die Schweizer Garde jeden Augenblick herbeistürzen und uns die Köpfe abschlagen kann?«

»Was gäbe es anderes zu tun?« Lorenzo lehnte sich bequem zurück. »Ich könnte mir denken, daß man einen oder zwei der Gardisten im Schlafgemach des Papstes antreffen wird, doch ich bezweifle ernsthaft, ob sie ihn bewachen.« Er stellte die Laterne auf den Tisch neben sich und betrachtete mit schräggelegtem Kopf kritisch die Wandgemälde. »Alexander soll angeblich für jene Figur in der ›Auferstehung‹ Modell gestanden haben. Was meint Ihr, hat Pinturicchio die Ähnlichkeit getroffen?«

Luigi warf beide Arme hoch, drehte sich um und verließ den Raum, von Lorenzo mit einem Lächeln beobachtet.

Kaum fünf Minuten später war Luigi wieder zur Stelle. »Der Papst ist tot, seine Kammerdiener plündern die Gemächer. Burkard, sein Zeremonienmeister, ist der einzige anwesende Würdenträger und kann dem Treiben nicht Einhalt gebieten. Der ganze Vatikan sei in einen Taumel geraten. Alle versuchen, an Reichtümern an sich zu raffen, was nur geht, ehe sich die Nachricht vom Tod Alexanders verbreitet.« Nach einer kurzen Atempause fuhr er fort: »Michelotto Corella verlangte vor einer knappen halben Stunde in Cesares Namen die Schlüssel zur päpstlichen Schatzkammer.«

»Ach, dann sind wir rechtzeitig eingetroffen.« Lorenzo richtete sich auf seinem Sitz auf. »Jetzt heißt es, auf schnellstem Weg zur Schatzkammer zu gelangen.«

»Ich befürchtete, daß Ihr das sagen würdet. Ihr seid total verrückt. Corella ist Cesares Handlanger, sein gedungener Meuchelmörder, der seine Befehle widerspruchslos ausführt. Man munkelt, daß er Madonna Lucretias zweiten Gemahl erdrosselte, als dieser hilflos zu Bett lag.«

»Für Würger hatte ich nie etwas übrig. Es fehlt ihnen an Fingerspitzengefühl und Phantasie. Sie verlassen sich einzig auf Körperkraft. Ich bin sicher, wir können diesen Hohlkopf übertölpeln.« Lorenzo kämpfte sich auf die Beine und stand schwankend vor Luigi, als er sagte: »Gehen wir?«

»Ihr wollt Corella übertölpeln und schwankt trunken wie ein diebischer Kellermeister?« Luigi gestattete sich einen abgrundtiefen Seufzer, ehe er Lorenzo hochhob. »Ein Wahnsinn.«

Die Türen der Schatzkammer standen weit offen. Männer in den rotgelben Farben des Hauses Borgia strömten heraus. Sie schleppten Gegenstände aus Silber und Gold und große Geldtruhen mit sich.

»Ich sagte ja, es sei reiner Wahnsinn«, flüsterte Luigi, der Lorenzo im Halbdunkel einer Ecke des Korridors absetzte. »Es sind zu viele.«

»Ich brauche nur einen«, meinte Lorenzo und spähte verstohlen um die Ecke. »Dieser Gardist hat etwa meine Statur, und hinter ihm kommt niemand.« Er deutete auf den Mann, der den langen Korridor entlangkam, und faßte in seinen Stiefel. »Packt die Geldkassette, die er trägt. Wahrscheinlich ist sie voller Dukaten, und wir wollen doch nicht, daß die Münzen auf dem Boden landen.«

»Warum sollte er…«

Der Gardist war auf gleicher Höhe mit ihnen, als Lorenzo behende vortrat, den Hals des Mannes von hinten umfaßte und ihn um die Ecke zerrte. Sein Dolch stieß mit todbringender Präzision zu. Sein Opfer ließ nur einen leisen Seufzer hören, als die Klinge in sein Herz drang.

Luigi fing die Geldkassette auf, als sie den Händen des Toten entglitt. »*Maraviglioso*. Was für ein Künstler Ihr seid! Ihr hättet einen vortrefflichen Metzger abgegeben!«

»Zerrt ihn in diese Kammer und entkleidet ihn.« Lorenzo lehnte sich ermattet an die Wand. »Rasch!«

Zehn Minuten später hatte sich Lorenzo mit Luigis Hilfe in die Gardistenuniform gekämpft, und Luigi hatte den nackten Toten in einer Nische versteckt.

»Was nun?« flüsterte Luigi.

»Jetzt begebe ich mich in die Schatzkammer und hole mir die Beute, um deretwillen ich hier bin.«

»Ihr könnt ja keinen Schritt tun, ohne zu taumeln.«

»Corella hatte es offenbar so eilig, daß er nur wenige Fackeln anzündete. Der Gang ist so schlecht beleuchtet, daß es niemandem auffallen wird, ob ich taumle oder nicht.«

»Corella wird erkennen, daß Ihr nicht zu seinen Leuten gehört. Er wird Euch erdrosseln.«

»Nun, dann braucht Ihr mich nicht mehr nach Hause zu schleppen.« Lorenzo machte sich auf den Weg. »Bleibt hier. Wenn ich in zehn Minuten nicht wieder da bin, verlaßt Ihr den Vatikan ohne mich.«

»Das mache ich«, schwor Luigi. »Warum sollte ich mein Leben für einen Wahnwitzigen aufs Spiel setzen? Kaum seid Ihr in der Schatzkammer verschwunden, bin auch ich verschwunden.«

Lorenzo erschien die Schatzkammer so entfernt wie die Hölle vom Himmel. Wieder kam ein Gardist heraus, unter dem Gewicht des Stapels goldener Teller schwankend, die er mit sich schleppte. Hastig wandte Lorenzo sein Gesicht ab, doch der Mann lief an ihm vorüber, ohne ihn anzusehen.

Dio, der Boden schwankte unter seinen Füßen! Mit jedem Schritt verminderte sich seine Kraft, und als er die Tür der Schatzkammer erreicht hatte, zitterten seine Gliedmaßen unkontrollierbar.

»Irgendwo muß es sein. Seine Gnaden besteht darauf, daß wir es ihm bringen.« Ein Mann von mächtiger Statur schob am anderen Ende des Raumes mit Schmuck gefüllte Truhen hin und her. »Sucht weiter. Es ist eine unscheinbare Mahagonikassette.«

Corella, dachte Lorenzo, als er die grimmige Miene des Meuchelmörders sah. Es bedeutete für ihn eine große Erleichterung, als er merkte, daß er weder Corellas Züge noch jene der zwei Gardisten deutlich erkennen konnte. Nur ein paar spärliche Kerzen erhellten den riesigen Raum, und wenn er Corella und seine Männer nicht erkennen konnte, mußte es sich umgekehrt ähnlich verhalten.

Er drückte sich tiefer in den Schatten links von der Tür, gebückt, als suche er wie die anderen Gardisten zwischen Truhen und Kassetten. Dabei wurde ihm so schwindlig, daß er verzweifelt an einer großen Truhe Halt suchte, bis er wieder klar sehen konnte.

»Dort ist es!« Corella deutete auf die Mahagonikassette, die halb verborgen hinter einer fünf Fuß hohen goldenen Vase mit einer Halbreliefdarstellung des Letzten Abendmahles versteckt stand. »Nehmt sie mit.«

Als Lorenzo sich aufrichtete und zu der angegebenen Stelle eilte, lief ein untersetzter Gardist aus der entgegengesetzten Ecke des Raumes gleichzeitig los.

Heilige Muttergottes, schoß es Lorenzo durch den Kopf. Ich kann kaum ein paar Schritte gehen und muß um die Wette laufen!

Lorenzo war als erster zur Stelle, griff nach der Kassette, drehte sich um und wollte zur Tür.

»Warte!«

Lorenzo erstarrte. Sein Rücken blieb Corella zugewendet.

»Vielleicht können wir noch etwas von diesen Münzen in die Kassette schütten. Wir müssen dafür sorgen, daß sich jeder einzelne Weg lohnt. Öffne sie und sieh nach, ob noch Platz ist.«

Lorenzo stellte die Kassette auf den Boden, öffnete den Verschluß und klappte den Deckel auf. Die Smaragdaugen des ›Windtänzers‹ zwinkerten ihm zu, als fände dieser seine mißliche Lage äußerst amüsant.

»Kein Platz mehr«, stieß er rauh hervor. Er klappte den Deckel zu und schloß mit zitternden Fingern die Verriegelung.

Dann hob er die Kassette hoch und ging damit unsicheren Schrittes zur Tür.

»Ist sie so schwer? Laß sie ja nicht fallen, sonst schneide ich dir deine *coglios* ab, *stupido*.«

»Schwer«, knurrte Lorenzo und schwankte durch die Tür. Schweiß bedeckte seine Stirn, er spürte würgende Übelkeit. Die wenigen Schritte bis zur Biegung des Ganges hätten ebensogut eine ganze Meile sein können.

Er würde es nicht schaffen.

Er konnte nicht mehr.

Geschafft!

Er wurde um die Ecke gezogen, die Kassette wurde ihm abgenommen. »*Santa Maria*, was für ein Eigensinn.« Luigi hielt die Kassette unter dem linken Arm, während er mit dem rechten Lorenzos Taille umfaßte. »Warum habt Ihr nicht aufgegeben?« Er stützte Lorenzo, während sie den Gang entlanggingen. »War es, weil Ihr mein Leben noch elender machen wollt, als es jetzt schon ist?«

»Ihr habt gesagt, Ihr wolltet gehen.«

»Ich merkte, daß ich keine Eile hatte. Nachdem ich Euch klappriges Knochengestell durch Rom geschleppt habe, brauchte ich etwas Ruhe.«

»Ich verstehe.« Lorenzo quittierte die Äußerung mit einem Lächeln. »Was für ein Glück für mich. Könntet Ihr wohl Euren Griff ein wenig lockern? Ihr brecht mir ja die Rippen. Seit meiner Kindheit in Neapel hat mich kein Mann so angefaßt. Seid Ihr sicher, daß keine romantische Neigung fürs männliche Geschlecht dahintersteckt?«

»Für diese Ehrenbeleidigung sollte ich Euch loslassen, damit Ihr mir hilflos zu Füßen liegt.« Er beeilte sich hinzusetzen: »Und ich würde es tun, wenn ich Euch nicht wieder hochheben müßte. Ließe ich Euch hier liegen, würde sich jemand erinnern, daß ich Euch für die päpstliche Küche empfohlen habe, und ich würde in den Verliesen der Engelsburg landen. Was Euch widerfährt, kümmert mich herzlich wenig.«

»Gewiß.« Die feuchte Nachtluft umfächelte angenehm Lorenzos Gesicht. Und als sie den Palast hinter sich ließen, atmete er tief durch. »Niemals hätte ich etwas anderes angenommen.«

»Dann ist es ja gut.« Luigis kräftiger Arm legte sich fester um Lorenzo. »Man müßte eine ausgemachter Tölpel sein, sich um das Schicksal eines Verrückten zu kümmern, der wegen eines Diebstahls aus der päpstlichen Schatzkammer riskiert, daß Corella ihm den Kragen umdreht. Was enthält dieses Kästchen, weil Ihr so viel Gefahren auf Euch nehmt, um es zu erlangen?«

Lorenzo sah das ruhige, schimmernde Gewässer des Tibers direkt vor sich. Er spürte unendliche Erleichterung, denn hinter ihnen war kein Verfolger zu hören. *Per dio*, sie hatten es geschafft!

»Im Kästchen befindet sich ein Geschenk. Ein ganz besonderes Geschenk für einen sehr guten Freund.«

21. KAPITEL

Pisa, 15. Dezember 1503

»Glaubst du, daß er noch kommt?« Sanchia beugte sich über die Reling. Ihr Blick suchte die Menge ab, die den Kai bevölkerte. »Ich kann ihn nirgends sehen, und wir legen bald ab.«

Lion zog liebevoll die Kapuze des lorbeergrünen Umhanges über Sanchias schimmernde brünette Flechten. »Lorenzo hält immer seine Versprechen. Er wird zur Stelle sein.«

»Aber wenn... da ist er ja!« Sie zeigte auf die wohlbekannte, elegante Erscheinung, die sich geschmeidig durch die Menge bewegte. »Er sieht gut aus. Ich befürchtete schon, die Krankheit sei noch nicht ganz auskuriert.«

»In letzter Zeit neigst du dazu, dir über alles Sorgen zu machen«, sagte Lion nachsichtig. »Schon vor Monaten hat er uns geschrieben, daß er wieder ganz gesund ist.«

»Warum ist er noch in Rom geblieben? Alexander war tot, und an Cesare Borgia konnte er nicht mehr heran, da der Herzog die Zahl seiner Bewacher verdoppelte. Ich dachte, er sei krank und wollte uns nicht beunruhigen... sieh, er trägt etwas.« Sanchia machte große Augen, als sie das Mahagonikästchen erkannte. »Guter Gott, es ist...«

»›Der Tänzer im Wind‹.« Lions Miene erhellte sich vor Freude. »*Santa Maria*, er hat den ›Windtänzer‹ bei sich!«

Schmerz durchbohrte Sanchia, als die Erinnerungen sie überfielen. Das Verlies in Solinari, Pieros ernster, staunender Blick, als er im Salon die Statuette betrachtet hatte, der Blick des Pegasus, der auf Caterina und sie gerichtet war, als sie ihre Toten beweinten, Damari, wie er den ›Windtänzer‹ an seinem Sattel festzurrte, während er Sanchia eine Greueltat nach der anderen enthüllte. Sie umklammerte die Reling so fest, daß ihre Fingerknöchel hervortraten.

»Wie, zum Teufel, hat er das nur geschafft?« Lion, der sich zu ihr umdrehte, bemerkte ihre Miene. »Was ist denn? Ist es wieder die Übelkeit?«

»Nein.« Sie versuchte ein Lächeln. »So viele Erinnerungen sind damit verknüpft. Mandara...«

Lion umfaßte ihre auf der Reling liegende Hand. »Mandara ist untergegangen. Wir beginnen ein neues Leben, *cara*. Die Erinnerungen werden verblassen.«

»*Dio*, über vier Monate verheiratet und noch immer turtelt ihr wie die Täubchen und haltet euch an den Händen!«

Sie sahen Lorenzo die Gangway hinaufkommen. »Mich packt ein Schaudern.« Er ging lächelnd auf sie zu. »Oder, wie mein Freund Luigi es drastischer ausdrücken würde, mir wird speiübel.«

»Geht es Euch gut?« fragte Sanchia.

Lorenzo stellte die Kassette mit dem ›Windtänzer‹ aufs Deck. »Seht gut.« Sein Blick suchte ihr Gesicht. »Und du, meine liebe Sanchia, bist voll erblüht.«

»Ich bin guter Hoffnung«, erklärte sie freimütig.

»Ach, das ist gut... Erneuerung.« Er wandte sich an Lion. »Hier, ein Geschenk für dich.«

»Ja, das sehe ich.« Lion schlug ihm auf die Schulter. »*Madre di Dio*, wie hast du das nur bewerkstelligt?«

»In Alexanders Todesnacht bin ich in den Vatikan geschlichen.« Lorenzo schnitt eine Grimasse. »Vielmehr – Luigi hat mich in den Palast getragen, da ich noch nicht richtig bei Kräften war. Michelotto Corella forderte die Schlüssel zur privaten Schatzkammer des Papstes, als Alexander seinen letzten Atemzug tat. Corella entkam mit hunderttausend Dukaten sowie einem Vermögen in Gold und Edelsteinen. Er brachte alles seinem Gebieter, der zu krank war, um ihm bei dem Raub Gesellschaft zu leisten. Ich brachte den ›Windtänzer‹ in meinen Besitz, während Corella zusammenraffte, was seine Männer wegzuschleppen vermochten.« Ein befriedigtes Lächeln zeigte sich um Lorenzos Lippen. »Mir kam zu Ohren, daß Cesare tobte, weil Corella ihm den ›Windtänzer‹ nicht mitgebracht hatte.«

»Das läßt sich denken«, meinte Lion trocken. »Cesare braucht alle diese Wertstücke ganz dringend, seit der päpstliche Geldstrom versiegt ist. Er soll so verzweifelt um seine Macht kämpfen, daß er sich sogar zu einem Übereinkommen mit dem neuen Papst Julius herbeiließ.«

Lorenzo nickte bestätigend. »Ich beobachte den Beginn seiner

Höllenfahrt. Sicher ist dir bekannt, daß Julius Cesare gefangenhält, bis dieser an seine Befehlshaber das Losungswort ausgibt, das sie ermächtigt, Borgias Stützpunkte in der Romagna aufzugeben?«

»Wird er es tun?«

»Mit der Zeit sicher. Doch das heißt nicht, daß Borgia damit geschlagen wäre. Er ist ein brillanter Kopf mit eiserner Willenskraft. Um Eisen zu zertrümmern, bedarf es großer Anstrengung, aber ich habe nun die Zeit, seinen Untergang zu einem endgültigen zu machen.« Nach einer kleinen Atempause schloß er: »Ich bin gekommen, um Abschied zu nehmen.«

Lion erstarrte. »Es war vereinbart, daß du mit uns kommst. Hast du deine Absicht geändert?«

»Cesare Borgia ist noch am Leben.«

»Aber du sagst ja selbst, daß er an Macht und Einfluß verliert.«

»Sein Untergang ist nicht gewiß. Ich muß dafür sorgen, daß er unausweichlich wird.« Lorenzo begegnete Lions Blick. »Damaris Tod war zu leicht.«

»Laß dir versichern, daß er selbst nicht dieser Meinung wäre.«

»Er konnte nicht mitansehen, wie alles, was er sich aufgebaut hatte, wieder zerfiel. Ich werde dafür sorgen, daß Borgia jeden einzelnen Schritt seines Niederganges bewußt erlebt.«

»Wohin willst du? Nach Rom?«

»Ja, vielleicht.« Lorenzo blickte auf die Menschenmenge am Kai. »Ebenso erwog ich freilich, nach Mandara zurückzugehen.«

»Nach Mandara?« Sanchia hätte nicht erstaunter sein können. »Aber dort gibt es ja nichts mehr.«

»Doch, die Weingärten und die Kellerei. Ich könnte mir ein kleines Landhaus bauen.«

Lion schüttelte den Kopf. »Du? Auf dem Land?«

»Da die Rebenkultur Ordnung und Symmetrie bedingt, ist sie für mich sehr ansprechend. Der Reifeprozeß hat mit der erfolgreichen Abwicklung eines kühnen Unternehmens viel Ähnlichkeit.« Lorenzo wandte sich um. »Im Weingarten läßt es sich ebensogut sitzen und auf eine günstige Gelegenheit warten wie anderswo.«

»Warte.« Lion deutete auf die Mahagonikassette. »Nimm das mit.«

Sanchia erschrak. »Lion...«

Lorenzo drehte sich wieder zu ihm um. »Du willst ihn nicht?«

»Natürlich will er ihn.« Sanchia war um einen ruhigen Ton bemüht. »Er liebt den ›Tänzer im Wind‹.«

»Aber ich liebe auch meine Frau.«

»Die Figur ist Teil eurer Familie«, sagte Sanchia. »Du hast mir erzählt...« Sie holte tief Atem. »Ich möchte dich nicht um den ›Windtänzer‹ bringen.«

Er lächelte voller Zärtlichkeit. »Sanchia, es ist meine Entscheidung. Ich würde mich freuen, wenn du meine Gefühle für den ›Windtänzer‹ teilen könntest, aber es ist nicht der Fall. Und ich möchte ihn nicht als ständige Erinnerung an das, was du erlitten hast, um mich haben.«

»Nein, denk nicht an mich. Ich kann...«

»Still, *cara mia.*« Er strich über die Silberlocke an ihrer Schläfe. »Es ist entschieden. Die Legende besagt, daß der ›Windtänzer‹ immer wieder zu meiner Familie zurückkehrt. Falls er zurückkehren sollte, ist es gegen meinen Willen.« Und zu Lorenzo sagte er: »Der ›Windtänzer‹ gehört dir, wenn du ihn annimmst.«

»Ich nehme ihn an.«

»Ich war nicht sicher, ob du ihn haben willst.« Lions Lächeln fiel schief aus. »Wenn ich mich recht erinnere, sagtest du einmal, in deinen Augen sei er eine Sirene, die die Menschen ins Verderben lockt. Nach Mandara dachte ich, deine Ansicht hätte sich verfestigt.«

»Nein, ich denke jetzt anders darüber.« Lorenzo blickte gedankenvoll auf die Kassette nieder. »Nicht der ›Windtänzer‹ war es, der Tod und Verderben über Mandara brachte. Es waren Habgier und Ehrgeiz. Damaris und Cesares Ehrgeiz und Alexanders Habgier. Diese drei Männer hätten sich ganz Europa unterwerfen können. Der ›Windtänzer‹ hat auf verschlungene Weise ihren Plänen ein Ende bereitet.« Er bückte sich nach der Kassette. »Ich verspreche dir, daß ich einen guten Verwendungszweck für ihn finden werde.«

»Lorenzo, komm mit uns.« Lion war unwillkürlich einen Schritt auf ihn zugetreten.

Der Freund schüttelte den Kopf. »Ihr braucht mich nicht. Vielleicht besuche ich euch eines schönen Tages, um mich zu überzeugen, wie glücklich ich mich schätzen kann, von den Fesseln häuslichen Glücks verschont zu sein.«

»Du bist immer willkommen«, sagte Lion in gedämpften Ton. »Jederzeit.«

»Lion, du wirst ja rührselig«, spottete Lorenzo. »Ich gehe lieber, ehe du in Tränen ausbrichst und...«

»Ich würde mich nicht scheuen, meine Tränen zu zeigen, wenn ich dich damit bewegen könnte, mit uns zu kommen«, gab Lion zurück.

Lorenzos Lächeln verblaßte. »Das war ein unfairer Hieb. Du... entmannst mich damit.«

»Ich fühle mich dir sehr nahe, und du wirst mir fehlen.«

»Wieder ein Hieb.« Ein unerwartet warmes Lächeln erhellte Lorenzos Antlitz. »Lebwohl, mein Freund.« Damit drehte er sich um und ging.

»Halt ihn auf.« Sanchia faßte beschwörend nach Lions Arm.

»Ich kann ihn nicht aufhalten.« Lions Augen schimmerten feucht, als er Lorenzo nachblickte. »Er hat seine Entscheidung getroffen.«

»Und du bist zu ehrenhaft, um ihn davon abzubringen.« Sie war außer sich. »Du hast ihn gern. Er gehört zu dir. Hast du nicht schon genug Menschen verloren, die zu dir gehörten?«

»Dies hier ist anders. Er hat das Recht auf eine freie Entscheidung.«

»Es ist nur deshalb anders, weil du die Möglichkeit hast, ihn zurückzurufen.« Der Eigensinn, der sich in seiner Miene zeigte, erregte ihre Ungeduld. »Wenn du es nicht tust, dann werde ich es tun. Ich möchte ihn nicht auch noch verlieren.« Sie trat einen Schritt vor. »Lorenzo!«

Er blickte über die Schulter.

»Versprecht, daß Ihr kommt, wenn Ihr zu Ende gebracht habt, was Ihr tun müßt.«

»Vielleicht.« Wieder drehte er sich um.

»Nicht nur vielleicht. Wir brauchen Euch wirklich. Lion hat sich in den Kopf gesetzt, mir ein schönes Schloß zu bauen. Ich bin nicht erzogen worden, einem feinen Haus vorzustehen. Ihr müßt es mir beibringen.«

»Das wirst du von selbst lernen.« Er ging weiter.

»Es wird den schönsten Rosengarten von ganz Frankreich haben. Ich brauche Hilfe, um ihn anzulegen.«

Sein Schritt stockte unmerklich. Dann ging er weiter.

»Sollte unser Kind ein Junge werden, werden wir ihn Lorenzo nennen.«

»Gott stehe ihm bei!«

»Nein, Ihr sollt ihm beistehen!«

Lorenzo betrat die Gangway.

»Und wenn es ein Mädchen wird, werden wir sie Caterina nennen.«

Er blieb auf der Gangway unvermittelt stehen. Sein Rücken war kerzengerade: Es dauerte einen Augenblick, ehe er sich zu ihnen umdrehte. »Sanchia, ich habe ja immer gesagt, daß du ein raffiniertes kleines Balg bist.«

Sein Blick war eine warme Liebkosung, die ihnen beiden galt. Dann ging er weiter, die Gangway ganz hinunter und war gleich darauf in der Menge verschwunden.

»Lion«, flüsterte Sanchia. »Werden wir ihn je wiedersehen?«

Lion umschlang sie und zog sie sanft an sich. »Ich weiß es nicht.« Seine Lippen glitten über ihre Schläfe. »Du hast dein Bestes getan.«

»Weil ich ihn lieb habe.«

Sie blieben stehen, noch immer von der leisen Hoffnung erfüllt, er würde zurückkommen, oder sie würden einen letzten kurzen Blick auf ihn werfen können. Sie standen auch noch da, als die Gangway eingezogen worden war und das Schiff abgelegt hatte.

»Die Brise ist frisch«, sagte Lion. »Du solltest in die Kabine gehen.«

Es ist kalt, dachte sie. Der Himmel war bleigrau wie die See, und der Wind hatte Schärfe. Kein verheißungsvoller Anfang für den Beginn einer Fahrt.

»Bald. Ich möchte hier stehen, bis das Land nicht mehr zu sehen ist. Eine sonderbare Vorstellung, vielleicht nie zurückzukommen.«

»Betrübt dich dieser Gedanke?«

»Nein.« Sie überlegte. »Ja. Ach, ich weiß nicht.« Sie schmiegte sich wieder an ihn. »Meine Gefühle sind im Moment sehr schwankend. Nur eines ist sicher: Ich möchte bei dir sein. Alles andere wird sich finden.«

Die Küste war nur noch mit Mühe zu erkennen. Bald würde sie ganz verschwinden, und sie würden ins Unbekannte segeln.

Im Unbekannten lauerten Ungeheuer, hatte Lion in der Nacht gesagt, als sie nach Genua gesegelt waren.

Nun, sie und Lion waren gemeinsam stark genug, um jedes Ungetüm zu besiegen, das ihnen seinen Flammenodem entgegenschleuderte. In der unbekannten Fremde mochten ihnen Kämpfe bevorstehen, doch der Lohn würde reich ausfallen.

»Du bist so still«, sagte Lion. »Woran denkst du, *cara*?«

»An Ungeheuer.« Sie richtete sich auf und straffte die Schultern, als sie ihm in die Augen sah. »Und an Erhabenheit.«

EPILOG

Zeit der Knospen

Am 12. April 1504 wurden die bedeutendsten Stützpunkte der Truppen Cesare Borgias in der Romagna an Papst Julius übergeben, und für Cesare öffneten sich die Kerkertore. Allgemein wurde erwartet, der Herzog würde unverzüglich zu seinem alten Freund und Waffengefährten Ludwig XII. von Frankreich fliehen, doch aus irgendeinem rätselhaften Grund segelte er südwärts nach dem damals unter spanischer Oberhoheit stehenden Neapel.

Am 26. Mai 1504 wurde Cesare in Neapel von den Spaniern festgenommen und auf einer Galeere nach Spanien gebracht, wo er zunächst in der Burg von Sevilla und später in der Festung von Medina del Campo eingekerkert wurde.

23. Oktober 1504
Der Weingarten, Mandara

»Ein Bote wartete im Hof«, sagte Luigi säuerlich. »Das bedeutet wieder einmal, daß mein gutes Essen kalt wird.«

»Nicht unbedingt.« Lorenzo schob den Stuhl vom Schreibtisch zurück und durchquerte den Raum.

»Für Euch werde ich es nicht warmhalten!« rief Luigi ihm nach. »Ich werde es den Schweinen vorwerfen.«

»Wir haben keine Schweine«, rief Lorenzo zurück.

»Und wer ist daran schuld? Ich sagte ja, wir sollten Schweine halten. Wenn es keine Schweine gibt, wie soll ich dann Schweinefleisch braten? Wegen Eurer Knausrigkeit werde ich noch meine Künste verlernen.«

Lorenzo trat auf die Schwelle des Hauses und nahm von einem sommersprossigen Boten, der kaum dem Knabenalter entwachsen war, ein zusammengefaltetes und versiegeltes Stück Pergament entgegen.

»Sitz ab und tritt ein, um dich zu erquicken.«

Der junge Mann schüttelte verneinend den Kopf. »Ich habe Anweisung, auf Antwort zu warten, Herr.«

Lorenzo brach das Siegel und entfaltete das Blatt. Die Nachricht, die keine Unterschrift trug, bestand aus einer einzigen Zeile.

Ist es genug?

»Ich komme gleich wieder.« Lorenzo verschwand im Haus und ging an seinen Schreibtisch. In seiner kühnen, unverwechselbaren Schrift schrieb er ganz unten an den Rand:

Es ist nicht genug.

Er ging hinaus, um das Pergament dem Boten zu übergeben.

Dann schloß er die Haustür, ohne zu warten, bis der junge Mann davongeritten war.

Blüte

König Ferdinand von Spanien glaubte, einen brillanten Schachzug zu tun, als er nach Königin Isabellas Tod Cesare Borgia auf freien Fuß setzen und ihn zum Generalissimus der spanischen Truppen in Italien machen wollte, um sich seines militärischen Genies zu bedienen. Doch wieder einmal griff das Schicksal ein und machte Borgias ehrgeizige Hoffnungen zunichte. Die Festung Medina del Campo, sein Gefängnis, lag in Kastilien, im Herrschaftsbereich von Ferdinands Tochter Juana. Für ihren Haß, mit dem sie nun gegen Cesare vorging, lag scheinbar kein Grund vor, und dennoch ließ sie ihm freien Lauf. An dem Tag, als Ferdinand um die Freilassung des Gefangenen bat, ließ sie Cesare vor Gericht stellen. Er wurde angeklagt, beim Tod seines Bruders, des Herzogs von Gandia, sowie bei jenem seines Schwagers Alfonso di Bisceglie, seine Hand im Spiel gehabt zu haben. Am 4. September 1506 ließ Ferdinand schließlich von seinen Bemühungen, Cesares Freilassung zu erwirken, ab und segelte ohne ihn nach Neapel.

15. Oktober 1506
Der Weingarten, Mandara

Diesmal war der Bote, von dem Lorenzo den Brief in Empfang nahm, kein Jüngling, sondern ein Mann in den besten Jahren, der den Würzwein, der ihm von einem mißmutigen Luigi angeboten wurde, annahm, während Lorenzo das Siegel erbrach und den Inhalt der Mitteilung überflog.

»Warte hier.« Lorenzo verschwand im Haus, um direkt an seinen Schreibtisch zu gehen. Die knappe Botschaft, die er erhalten hatte, war genau wie erwartet.

Genug?

Die Antwort, die Lorenzo an den unteren Rand des Briefes kritzelte, war fast ebenso knapp.

Nicht genug.

Er ging auf den Hof, übergab den Brief dem livrierten Boten und schickte ihn auf den Weg.

Weinlese

Sechs Wochen nach Ferdinands Aufbruch nach Neapel gelang Cesare Borgia die Flucht aus der Festung Medina del Campo. Er flüchtete sich nach Pamplona, der Hauptstadt des Königreiches Navarra, über das Jean d'Albret, der Bruder seiner Gemahlin, herrschte. Sein Schwager, der die Chance erkannte, Cesares militärisches Genie für seine eigenen ehrgeizigen Ziele zu nutzen, hieß ihn herzlich willkommen und versprach ihm Truppen, die ihm wieder zu Siegen verhelfen würden. Navarra war indessen ein sehr armes Land, so daß Cesare in seiner Verzweiflung einen Boten zu seiner Schwester Lucrezia schickte und sie bat, ihm von den Kunstschätzen der Familie so viel zu überlassen, daß ein Verkauf dreihunderttausend Dukaten einbringen würde. Der Bote wurde auf Befehl von Papst Julius festgenommen.

Cesare sandte auch dem König von Frankreich eine Nachricht, und bat ihn um die hunderttausend Dukaten, die er ihm noch als Teil der Mitgift seiner Braut Charlotte schuldete. Außerdem forderte er die beträchtlichen Einkünfte des Valentinois, seines Herzogtums, ein, um wieder zu Macht und Reichtum zu gelangen. König Ludwig verweigerte ihm nicht nur die beiden Summen, er entzog ihm den Herzogtitel sowie das Valentinois und verbot ihm, das königliche Wappen zu führen.

Im März 1507 wurde Borgia im Alter von einunddreißig Jahren von den rasch um sich greifenden und ihre Opfer stark schwächenden französischen Blattern befallen und sah sich ohne Macht, Geld oder Land. Kurz nachdem sein Verwalter Don Jaime de Requesnez ihm den Verlust des Valentinois mitgeteilt hatte, wurde Cesare vom König von Navarra beauftragt, einen aufständischen Edelmann, Don Juan, den Grafen von Beaumont, in Viana niederzuwerfen. Cesare lag zu Viana in der Garnison, als ein Angriff erfolgte. Er sprang aus dem Bett, zog sich an und schwang sich, ohne Befehle an seine Truppen zu geben, auf sein Pferd, um allein durch die Stadttore zu reiten. Später wurde berichtet, Borgia hätte gebrüllt und geflucht, kurzum, er hätte den Eindruck eines Wahnsinnigen gemacht, als er allein in das in einer Schlucht gelegene feindliche Lager ritt und unter wilden Schreien und Flüchen den Gegner angriff.

Bei Tagesanbruch ritten Cesares Truppen aus der Stadt und stießen bald auf seinen nackten verstümmelten Leichnam, der dreiundzwanzig gräßliche Stichwunden aufwies.

7. April 1507
Der Weingarten, Mandara

Langsam werde ich ungeduldig. Was könnt Ihr noch wünschen? Genug?

Lorenzos Blick wanderte vom Brief zum Fenster hinter dem

Schreibtisch, durch das man die verkohlten und geschwärzten Stadtmauern von Mandara sehen konnte.

Mit einem kaum sichtbaren Lächeln griff er zur Feder und schrieb ein einziges Wort ganz unten hin.

Genug.

21. Mai 1507
Bourges, Frankreich

Lorenzo ging langsam den langen, schimmernden Korridor entlang, wobei sein Blick immer wieder voller Bewunderung an den herrlichen Gemälden hängenblieb, die die Wände schmückten.

Der livrierte Page blieb mit einem vorwurfsvollen Blick stehen. »Bitte, Monsieur Vasaro. Seine Majestät hat es sehr eilig.«

Lorenzo nickte, ohne seinen Schritt zu beschleunigen. »Seine Majestät besitzt viele schöne Gemälde. Ist das hier ein da Vinci?«

Der Page nickte. »Der König bewundert Meister Leonardo über alles. In den Privatgemächern Seiner Majestät befinden sich noch viel schönere Kunstgegenstände.«

Der Page riß die hohen, mit schönen Einlegearbeiten versehenen Türen auf. »Monsieur Vasaro, Eure Majestät.«

König Ludwig kam ihm entgegen. »*Mon Dieu*, Vasaro, habt Ihr Euch lange Zeit gelassen.« Sein Blick blieb an dem Kästchen hängen, das Lorenzo unter dem Arm trug. »Ist es das?«

Lorenzo nickte, ehe er an einen Tisch aus Carrara-Marmor trat und die Kassette darauf stellte. »Ja.« Er öffnete den Verschluß und klappte den Deckel auf. »Wie versprochen.«

Er wollte den Windtänzer herausheben, Ludwig aber verwehrte es ihm. »Nein, laßt mich...« Mit andächtiger Sorgfalt hob nun der König die Statuette aus ihrem Samtnest. »Ach, sie ist so erlesen, wie ich sie in Erinnerung habe. Ich dachte schon, die Vorfreude hätte meine Erinnerung getrübt.« Er bedachte Lorenzo mit einem vorwurfsvollen Blick. »Eure Starrsinnigkeit in dieser Sache hat mir sehr zu schaffen gemacht. Drei Jahre sind eine lange Wartezeit.«

»Für mich auch, Majestät.« Lorenzo lächelte. »Aber Handel bleibt Handel.«

»Ihr hättet nachgeben können. Es hätte ja nicht alles ganz genau so gehen müssen, wie Ihr es gewünscht habt«, äußerte Ludwig mürrisch. »Ich habe getan, was Ihr wolltet. Ich gab Borgia zu verstehen, daß er hier nicht erwünscht ist, und drängte ihn damit in spanische Hände. Das hätte Euch genug sein müssen.«

Lorenzo sagte kein Wort.

»Könnt Ihr Euch vorstellen, wie schwer es mein Gesandter an Juanas Hof hatte, sie so zu beeinflussen, daß sie sich gegen Borgia wandte? Die Frau ist jetzt dem Wahnsinn nahe.«

»Aber er hat es geschafft.«

»Weil ich ihm drohte, ich würde seinen Kopf fordern, wenn ihm kein Erfolg beschieden sei.« Ludwig trug den ›Windtänzer‹ zu einem schwarzen Marmorsockel, um ihn vorsichtig darauf zu plazieren. Dann trat er einen Schritt zurück und betrachtete die Figur voller Bewunderung. »Vor zwei Jahren ließ ich diesen Sockel für den ›Tänzer im Wind‹ anfertigen. Nun, wie sieht er darauf aus?«

»Großartig. Ihr verfügt über einen erlesenen Geschmack, Majestät.«

Ludwig starrte die Figur lange an, ehe er sagte: »Wißt Ihr, daß die Soldaten in Viana, die Borgia in jener Nacht hinausreiten sahen, der Meinung waren, er wolle seinem Leben selbst ein Ende bereiten?«

»Dann hat er sich damit den Weg in den Himmel versperrt, falls er es nicht schon zuvor getan hat.«

»Ihr würdet seine Seele der Hölle überantworten, so wie ihr seinen Körper für das Grab bestimmt habt?«

Lorenzo gab keine Antwort.

»Als er zum erstenmal hier an meinem Hof erschien, hielt ich ihn für den bezauberndsten und brillantesten Menschen, der mir je begegnet war.« Ludwigs Blick hing am ›Windtänzer‹. »Er war dem Untergang geweiht, auch wenn ich Euch nicht behilflich gewesen wäre, nicht wahr?«

»Vielleicht, aber nicht sehr wahrscheinlich.«

»Ihr seid ein harter Mann.« Ludwig schnitt eine Grimasse. »Und so scharf und schneidend wie eine Klinge aus Toledo. Ich habe in meinem Gefolge Verwendung für Euch. Was haltet Ihr von einer Stellung an meinem Hofe?«

Lorenzo schüttelte den Kopf. »Ich habe mir vorgenommen, in

Marseille Freunde zu besuchen, die vor zwei Jahren mit Nachwuchs gesegnet wurden.«

»Ist es ein Knabe?«

»Ein Mädchen. Sie nannten die Kleine Caterina nach der Großmutter und behaupten, sie sei ihr in vielem ähnlich.«

»Schade, daß es kein Sohn wurde. Sie müssen enttäuscht sein.«

Lorenzo lächelte. »Es sieht nicht danach aus.«

»Seid Ihr Eures Weingartens überdrüssig?«

»Sagen wir, es wird Zeit, daß ich etwas anders hege als nur Trauben. Vielleicht werde ich mir einen Rosengarten anlegen.«

»Ihr werdet eine Enttäuschung erleben. Blumen bringen nur wenig Profit.«

»Man wird sehen.«

Ludwig trat noch weiter zurück. Die Furchen auf seiner Stirn vertieften sich, sein Blick zeigte Unzufriedenheit. »Auf dem Sockel sieht die Figur doch nicht so schön aus, wie ich gehofft habe. Der Sockel ist ihrer nicht würdig. Der ›Tänzer im Wind‹ überstrahlt alles in seiner Umgebung.«

»Wie wahr.«

Ludwig verfiel in langanhaltendes Schweigen, ehe er plötzlich in einem Entschuldigung heischenden Ton vorbrachte: »Die Vernichtung Cesare Borgias war gerechtfertigt. Und es ist nur recht und billig, daß der ›Windtänzer‹ sich jetzt am königlichen Hof von Frankreich befindet. Die Macht der Stadtstaaten Italiens ist im Sinken begriffen, während Frankreich wie die Sonne aufgeht. Der ›Windtänzer‹ sollte einer Nation wie der französischen gehören. Gebt Ihr mir nicht recht, Vasaro?«

Lorenzos Lächeln war undeutbar, als er die Statuette ansah. »Ja, Majestät, ich bin auch der Meinung, daß es zur Zeit keinen geeigneteren Ort für den ›Windtänzer‹ geben könnte als Frankreich.«

Ein vorwitziger Sonnenstrahl, der durch eines der hohen Fenster fiel, hüllte den goldenen ›Windtänzer‹ in eine strahlende Aura, erweckte die Smaragdaugen zu blitzendem Leben und berührte die geöffneten Lippen des Pegasus.

Und für den Bruchteil einer Sekunde sah es aus, als lächle der ›Tänzer im Wind‹.

NACHWORT DER AUTORIN

In diesem Roman sind Fakten und Erfundenes so eng verwoben, daß einige Erklärungen angebracht sind.

Bei der Schilderung des historischen Hintergrundes – Sitten und Gebräuche, Kleidung, Tagespolitik – halte ich mich genau an die historischen Quellen.

Der Schwarze Tod, der unter der Bevölkerung des alten Kontinents schon im vierzehnten Jahrhundert wütete, trat in den darauffolgenden zwei Jahrhunderten immer wieder vereinzelt auf.

Was die Borgias betrifft, so sind Intelligenz, Habgier, Brutalität und Skrupellosigkeit von Papst Alexander und seinem Sohn Cesare ausreichend dokumentiert. Daß sie eine Greueltat, wie sie in Mandara geschah, billigten, ist daher gewiß nicht undenkbar, wenngleich nicht überliefert. Vater und Sohn erkrankten tatsächlich an ein und demselben schicksalhaften Augusttag – die Vermutung, daß sie vergiftet wurden, lag nahe. Einige Historiker halten unverrückbar an der These eines Mordversuches fest, während andere die Meinung vertreten, die Borgias seien an Malaria erkrankt, nachdem sie mit Kardinal Adriano Corneto in dessen Weingarten unter freiem Himmel tafelten. Freilich waren die medizinischen Kenntnisse jener Zeit spärlich und die Berichte darüber selten, so daß keine der beiden Behauptungen erhärtet werden kann.

Cesare Borgias mörderischer Handlanger Michelotto Corella raubte am Abend des Todes von Papst Alexander dessen Schatzkammer aus. Alexanders Gemächer im Torre Borgia wurden von seiner Dienerschaft ausgeplündert, während der Leichnam die Nacht über unbeachtet dalag. Es ist also durchaus denkbar, daß jemand während dieser chaotischen Stunden ungehindert in den Vatikan eindringen konnte.

Der Oleander besitzt tatsächlich die beschriebene todbringende

Wirkung und wuchs im Italien der Renaissance in großer Zahl. Wenngleich die Giftmischer der damaligen Zeit meist ungeschickte Pfuscher waren, wie Lorenzo behauptet, könnte ein Meister wie Lorenzo Vasaro sehr wohl die Wirkung der Pflanze entdeckt und zu seinem Vorteil genutzt haben.

So viel zu den Fakten.

Können sich die fiktiven Teile des Romans wirklich so zugetragen haben?

Die Renaissance war ein Zeitalter von Samt und Rüstung, von tiefer Armut und unvorstellbarem Reichtum, von Pest und Meuchelmord, von Heiligen und Sündern, von Michelangelo und Machiavelli. Es war eine Epoche, in der die Welt eine Wiedergeburt erfuhr, eine kühne Umgestaltung nach den Vorstellungen jener, die über die Kraft verfügten, sie zu erobern und festzuhalten.

Gewiß, diese Geschichte könnte sich genauso zugetragen haben.